K.T. MEADOWS

White feather

LEGENDE DER SCHWINGEN

IMPRESS

© Tanja Malek

K.T. Meadows wurde 1979 in Niedersachsen, genauer im Herzen Ostfrieslands, geboren. Bereits in ihrer Kindheit begann sie zu schreiben, doch erst mit 31 Jahren schrieb sie ihren ersten Roman. Seither lässt die Welt zwischen den Zeilen sie nicht mehr los. Dabei fühlt sie sich vor allem im Romantic-Fantasy Genre zu Hause.Heute lebt die erfolgreiche Autorin mit ihrem Mann und ihren Kindern in Baden-Württemberg am südlichen Oberrhein.

Und über die Zwischengefilde wachen zwei Seraphen. Einer mit weißen Schwingen, so unschuldig wie der Morgen; der andere mit schwarzen, düster wie die Nacht. Ein jeder mit sechs Flügeln, zwei, um sich in die Lüfte zu erheben und zu richten, zwei, um ihr Antlitz vor den Menschen zu verbergen, und zwei, um ihre Füße zu bedecken, auf dass niemand ihrer Spur folge.
(Die Legende von Tirithan & Sorothez; Einleitung)

Kapitel 1

»Bist du bereit für deinen Absprung?« Ibe saß neben mir auf der Bank vor seiner Werkstatt und fasste Pergamentseiten zusammen, die er mit einer Knochennadel zu einem Skript vernähen würde. Die Sonne ging allmählich auf und warf erste Strahlen auf das von einzelnen Bäumen und niederem Buschwerk geschützte Plätzchen. Lachfältchen säumten seine gutmütigen Augen. Er legte die Seiten auf seinem Schoß zurecht und fuhr sich dann durch den ergrauten Bart. Auf seinen breiten Schultern ruhte die Verantwortung für dieses Gehöft und mehr als ein Dutzend Mündel. Er konnte die Bürde zweifelsohne tragen.

»Ich denke schon. Wisst Ihr denn, wann es so weit sein wird?« Obwohl ich von ihm großgezogen worden war, hatte sich an der respektvollen Anrede nie etwas geändert. Ibe und seine Frau Lore waren als Zieheltern auch die Oberhäupter unseres Gehöfts. Keiner würde ihnen den nötigen Respekt versagen.

»Bald. Sehr bald schon.« Er nahm die Nadel mit dem Faden zur Hand und stach durch die oberste Schicht des präparierten Pergaments. Ich liebte den Klang, wenn der grobe Faden durch das Papier glitt und die Seiten einer Geschichte miteinander verband. Einzig ihm als dem Oberhaupt des Hofes war es vorbehalten, die Legenden der Himmelsgeschöpfe niederzuschreiben, damit wir aus ihnen unsere Lehren ziehen konnten.

»Ein glanzvolles Jahr«, sinnierte er, ohne mich anzusehen. »Schon lange her, dass so viele auf einmal unter meiner Obhut gesprungen sind.«

Ich nickte. Der Absprung von der heiligen Klippe. Dieses Jahr waren es Bree, Samuel, Lijan, Fab und ich, die das Gehöft für immer verlassen würden.

Zu uns fünf Anwärtern aus Silver Crevice kämen aber sicher noch einige mehr aus den weiter entfernten Siedlungen. Das Ritual fand am Ende eines jeden Sommers statt, egal wie viele Anwärter die Grenze zum Erwachsensein überschritten und sich somit ihrer Bestimmung stellen mussten. In manchen Jahren kamen ausschließlich Anwärter anderer Höfe infrage. Einmal hatte es ganze drei Jahre gedauert, bis erneut einige von uns in die Himmelsstädte aufgestiegen waren.

»Bevor ich es vergesse. Willst du mich in drei Tagen begleiten? Ich muss einen der anderen Höfe besuchen.«

»Eve Orchard?« Ich richtete mich hoffnungsvoll auf und umklammerte die Kante der Bank. Dorthin hatte Ibe mich noch nie mitgenommen. Meist begleitete Lijan ihn. Er war sein Liebling, verantwortungsvoll und ernster Natur. Bezogen auf seine körperliche Kraft wohl auch nützlicher. Ibe belud seinen Wagen oft bis zum Anschlag mit allerlei Gütern, die zum Handel oder Tausch gedacht waren.

»Nein, bedaure. Es geht nach Black Storm Grange.«

Wie schade. Den Einsiedlerhof kannte ich bereits von zwei früheren Besuchen. Dort gab es nicht viel zu sehen. Es war ein Gehöft wie unseres. Wenige Tiere, einige Menschen, ein Haufen Kinder und viel Arbeit. Kaum einer hatte Zeit zu plaudern. Die Besuche waren immer gleich verlaufen. Ibe hatte drinnen mit dem anderen Oberhaupt Rat gehalten und ich auf dem Kutschbock gewartet. Worum es in ihren Gesprächen ging, war mir bis heute nicht bekannt. Ich vermutete aber, sie sprachen über die jeweiligen Anwärter. Das einzig Reizvolle war also die Fahrt dorthin.

Kein Vergleich zu den beiden anderen Siedlungen, von denen ich bisher nur gehört hatte. Eve Orchard oder noch weiter entfernt Day Star Valley. Lijan hatte sie mehrfach mit Ibe besucht und mir davon erzählt. Sie bestanden aus mehreren Höfen, die zusammen fast ein kleines Dorfleben ergaben. Aus dem benachbarten Königreich, das seine Ausläufer bis weit hinein in dieses Niemandsland erstreckte, kam bisweilen neues Blut für die wenigen Plätze an eingeweihten Menschen. Diese lebten mit uns und dienten in unseren Siedlungen, die wie Nadeln im Heuhaufen versteckt lagen. Ich wäre nur zu gerne der Abgeschiedenheit entkommen und hätte dort neue Eindrücke gesammelt.

»Ich begleite Euch gern«, gab ich vor, um nicht undankbar zu erscheinen. Ibe drehte den Kopf in meine Richtung, kniff die Augen zusammen und schien zwischen den Zeilen zu lesen. Es war schwer, ihm etwas vorzumachen, deshalb wechselte ich schnell das Thema: »Meine morgendlichen Pflichten sind erledigt, die Tiere versorgt und den Jüngeren habe ich ihr Frühstück bereitet.«

»Du möchtest Zeit für dich erbitten?«, schlussfolgerte er und widmete sich nun wieder voller Hingabe seiner Arbeit.

»Für einen kurzen Spaziergang an der Steilküste.« Es war eine der wenigen Vergnügungen, der man hier nachgehen konnte. Engelssiedlungen lagen stets weit abseits jeglicher von Menschenhand geschaffener Orte. Silver Crevice bot daher eine eher überschaubare Auswahl an Plätzen, die zum Entspannen einluden. Der Strandabschnitt unterhalb der Klippe, der umliegende Wald und vielleicht noch der Weiher, der mitten zwischen bewachsenen Hügeln lag. Zu ihm zog es mich nicht mehr.

»Nun, wenn du deine dir übertragenen Aufgaben erfüllt hast und Lore dich nicht braucht ...«

Ich musste mich ermahnen nicht aufzuspringen und blieb noch einen Moment an seiner Seite sitzen. »Ihre Erlaubnis habe ich schon eingeholt.«

»Triffst du dich mit Lijan?« Er zog erneut den Faden durch das Pergament und fertigte geschickte Knoten. Ehe ich antworten konnte, rieb er seine Wange und fuhr fort: »Mit jemandem gemeinsam in die Himmelsstadt aufzusteigen, kann dir den Antritt dort erleichtern, weißt du? Ein gemeinsames Ziel zu haben, macht euch stark und mag darüber hinwegtrösten, dass ihr andere hinter euch lasst. Seid ihr euch zugetan?«

Irritiert blinzelte ich. »Wie Geschwister es sind.« Von allen, die zu unserer Gemeinschaft zählten, verband mich vor allem mit Lijan und Fab eine enge Freundschaft. Aber das wusste er. Seit Lijan und ich dasselbe Ziel verfolgten, den Aufstieg nach Tirithan, hatte uns das nur umso mehr zusammengeschweißt. Fab hingegen hatte einen anderen Weg gewählt. Weswegen Lijan und Fab sich mittlerweile auch eher wie Rivalen aufführten. Ich verspürte jedoch die Verbundenheit zu beiden.

»Lijan ist ein guter Junge und wird sicher zu einem fähigen Anführer. An seiner Seite würde es dir gut gehen«, stellte er mir in Aussicht. Ich wusste nichts zu erwidern.

Auch wenn ich ihm recht geben musste: Seine Worte schmerzten in meiner Brust. Warum sah er künftige Anführer immer nur in den männlichen Anwärtern, warum nicht in den Mädchen? Wir waren genauso willensstark, entschlossen und fähig. Bree ebenso wie ich. Ibe schien in dieser Hinsicht jedoch vom alten Schlag, genau wie Lore, seine Gefährtin. Ich hatte sie oft darüber reden und Entscheidungen treffen hören. Männliche und weibliche Attribute, männliche und weibliche Aufgabenteilung. Ich erkannte darin nur Nachteile. Was sollte es den Jungen schaden, wenn sie den Boden schrubbten, das Obst schälten ... Und was glaubten sie, uns Mädchen aufzubürden, wenn sie uns das Schmieden erlaubten oder – Gott bewahre – das Kämpfen. Glücklicherweise hatten Kinder ihre eigenen Gesetze, sodass Lijan und Fab mich alles gelehrt hatten, auf das sie selbst so stolz waren. Handwerkliches ebenso wie das Führen eines Schwertes. Sie hatten keinen Unterschied darin gesehen, ob Ibe ihnen eine Fähigkeit nahebrachte oder sie mir. Wobei Lijan und mich eher die ruhigeren Pflichten verbanden. Fab hingegen hatte mir auch die gefährlicheren Dinge zugemutet.

»Hör zu, Liz.« Ibe legte die Hände auf das Skript und hielt inne. »Jetzt, wo das Ritual naht und ihr uns verlassen werdet, möchte ich dir sagen, was ich längst nicht allen Anwärtern gegenüber eingestehen kann«, er suchte meinen Blick, um sicherzugehen, dass seine Worte mich auch erreichten. »Deine Bestimmung ist gewiss.«

Ich glaubte, mich verhört zu haben und verharrte schweigend. Hatte Ibe gerade angedeutet, dass er wusste, in welche der beiden Himmelsstädte ich aufsteigen würde? Aber das durfte er meines Erachtens nicht. Auch wenn er derjenige war, der es am ehesten beurteilen konnte, die Gewissheit kam erst mit dem Absprung. Wir konnten hoffen, im Herzen eine Wahl treffen, mehr jedoch nicht.

»Ich werde den Namen nicht nennen«, sagte er wie zur Bestätigung, »aber da du Lijan zugetan bist, scheinst du dir ohnehin sicher zu sein und es bedarf meines Zuspruches nicht.«

Warum sagte er es dann? Ich wurde das Gefühl nicht los, dass er meine Verbundenheit zu Lijan vorantreiben wollte. Jeder wusste zwar, dass Lijan Ibes Liebling war, aber jetzt pries er ihn mir als Gefährten an? Ich wusste nichts zu erwidern, außer: »Lijan wartet sicher schon auf mich.«

Ibe lächelte und winkte ab. »Natürlich. Geh nur. Junges Blut braucht Zeit unter seinesgleichen.« Er verlor kein weiteres Wort über den Absprung.

***

Ich überquerte den vom letzten Regen aufgeweichten Platz zwischen der Gemeinschaftshütte, den Ställen und unseren Unterkünften. Es war recht still, was daran liegen mochte, dass Lore den Kleineren aus den Schriften vorlas. Nach dem Frühstück folgte stets der Unterricht, dem ich als Anwärterin nicht mehr beizuwohnen brauchte. Danach würden weitere alltägliche Aufgaben verteilt werden. Bis dahin hatte ich aber noch ein wenig Zeit.

Ich ließ die Hütten hinter mir und lief entlang des ausgetretenen Pfades Richtung Steilküste. Es war kühl geworden. Der Sommer neigte sich merklich dem Ende zu. Die morgendlichen Sonnenstrahlen brachten nun keine Wärme mehr mit sich und der Wind eroberte sein Territorium zurück. Bald würde der Herbst die Blätter der wenigen Laubbäume wie pures Gold zwischen den immergrünen Nadelhölzern herausstechen lassen. Aber dann wären wir längst fort.

Kurz bevor ich zu den felsigen Stufen abbiegen konnte, die zum Strand hinabführten, drangen plötzlich Stimmen an mein Ohr. Irritiert verharrte ich. Kam das nicht von der heiligen Klippe? Ein mieses Gefühl beschlich mich. Entschlossen marschierte ich den schmalen Pfad hinauf und trat hinaus auf den weiten, von dichtem Grün gesäumten Platz oberhalb des Meeres.

Lijan und Fab. Dachte ich es doch.

»Seid ihr von Sinnen? Was macht ihr hier? Wenn Ibe euch erwischt!«, legte ich sofort los.

Lijan wandte sein blondes Haupt in meine Richtung und verschränkte die Arme. »Er will springen«, spottete er und wies mit dem Kinn auf Fab.

»Springen?« Ich trat näher an Lijans Seite und schaute ungläubig zu Fab, der seelenruhig am Abgrund stand. Sein Grinsen war nahezu unverschämt.

»Das habe ich keinesfalls verpassen wollen«, stichelte Lijan weiter und dann in Fabs Richtung: »Du hast schon immer viel riskiert. Dieses Mal wirst du dir das Genick brechen.«

Ich stieß Lijan mit dem Ellbogen in die Rippen. »Hör auf, du spornst ihn nur noch mehr an.« Mein Blick bat Fab, es nicht zu tun. Ihm dabei zuzusehen, wie er jetzt gefährlich nahe an der Klippe entlangspazierte, machte mich nervös. Eine heftige Böe zerrte an seinem Leinenhemd, das wild flatternd seinen Körper umspielte. Ich wusste, er war herausragend in allem, was auch nur im Entferntesten körperliches Geschick erforderte, aber dieses Wagnis war selbst für ihn zu groß. Der schroffe Sandstein bröckelte, während Fab fast spielerisch seine Bewegungen abstimmte und das Gleichgewicht hielt.

»Lass den Unsinn. Du handelst dir nur den nächsten Verweis ein. Ich glaube nicht, dass Ibe in der Hinsicht Spaß versteht«, ermahnte ich ihn, doch er schmunzelte nur und hockte sich, kurz wankend, dann wieder sicher, vor den Abgrund. Der laue Wind wirbelte sein dunkles Haar auf.

»Es kann nicht jeder so unfehlbar sein wie du, Liz.« Er fuhr sich mit der Hand durch die wilden Strähnen und schüttelte amüsiert den Kopf. »Warum sollte ich die Klippe nicht bezwingen? Innerhalb der nächsten Wochen werden wir den Absprung alle hinter uns bringen müssen. Wieso also nicht jetzt gleich?«

Lijan löste seine Arme und seufzte, als hörte er den tagträumerischen Ideen eines Kindes zu. Nur dass wir mit knapp neunzehn eben keine Kinder mehr waren. Wir überschritten gerade die Schwelle zum Erwachsensein und waren damit bereit für die Wandlung. »Es gehört schon ein bisschen mehr dazu, als sich halsbrecherisch in den Abgrund zu stürzen. Auf diese Weise wirst du deine Flügel auch nicht früher erhalten«, gab er zu bedenken.

»Wenn überhaupt!«, fauchte ich. Allmählich gingen mir dieses Gehabe auf die Nerven. »Einige von uns werden keine bekommen, das wisst ihr. Was ist, wenn du kein Seraphenblut in dir trägst? Schon mal daran gedacht?«

Fab richtete sich auf und hob störrisch das Kinn. Meine Worte schmeckten ihm nicht. Er verzog argwöhnisch den Mund. »Für mich ist es keine Frage, ob ich aufsteige oder zu welcher der beiden Himmelsstädte ich gehöre. Schwingen zu tragen ist mir vorherbestimmt. Wie bedauerlich, wenn du noch zweifelst.«

»So habe ich das nicht gemeint … Ich finde nur, du solltest nicht … nicht, ohne zu wissen …« Herrgott. Ich hatte ihn doch nicht verletzen wollen. Warum zum Teufel musste er sich auch ständig beweisen und damit unnötig in Gefahr bringen? Was hatte er davon? Keiner außer Lijan und mir wohnte der Zurschaustellung seines schier grenzenlosen Egos bei. Und Lijan war nur aus einem Grund hier. Weil er Fab scheitern sehen wollte. Plötzlich erschöpfte mich sein fortdauerndes Auflehnen. Ich hatte es satt, Fab ständig in Schutz zu nehmen. »Ach, weißt du was? Tu es! Wirst schon sehen, was du davon hast, wenn Ibe dich erwischt. Aus dem Wasser fischen wird er dich, tot oder lebendig … Aber besser du tust keinen Atemzug mehr, wenn er dich findet.«

Fab lachte. »Soll er ruhig toben. Das macht mir nichts.«

Ich lehnte mich angriffslustig vor. »Oh, er wird mehr als das.«

»Und wenn schon. Wäre nicht das erste Mal, dass er mich in den Turm sperrt, weil ich die Regeln breche.« Fab drehte sich dem Abgrund zu und ließ seinen Blick über die raue See schweifen. Die Strömungen konnten mörderisch sein, das musste er doch wissen. Ganz zu schweigen von den zerklüfteten Felsen. Nur ein Narr würde sich ohne Flügel von der Klippe stürzen.

Lijan fuhr sich mit den Händen an den Hinterkopf und vergrub die Finger in den blonden Strähnen. »Du hast schon einigen Mist veranstaltet, aber die heilige Klippe entweihen … Alle Achtung, wenn du dich traust.«

»Das ist nicht hilfreich!«, herrschte ich ihn an, doch er zuckte nur entschuldigend mit den Schultern.

»Was denn? Wenigstens wissen wir dann ganz sicher, welche Farbe seine Flügel haben werden.«

»Als ob das nicht jedem klar wäre«, konterte Fab leichthin über seine Schulter.

Wütend streckte ich die Hände von mir. »Das ist doch Irrsinn. Brich dir alle Knochen. Ist mir egal. Ich sehe mir das nicht an!«

»Dann schließ besser die Augen.« Fab blickte wieder nach vorne, breitete die Arme aus und sprang.

Erschrocken riss Lijan die Arme runter und versteinerte geradezu. Mir blieb das Herz stehen. Großer Gott, er war gesprungen.

»Scheiße!«, fluchte Lijan, spurtete zum Rand des Abgrunds, legte sich flach auf den Bauch und spähte hinunter. Ich legte die Hände an meine Stirn und wandte mich ab. Meine Lungen wollten keinen Atemzug mehr einlassen. Das war zu viel.

Bange Sekunden verstrichen.

»Ich sehe ihn nicht«, hörte ich Lijan hinter mir, »er ist sicher ins Wasser gestürzt. Auf den Felsen ist nichts zu sehen.«

Ich schnappte nach Luft, nur um gleich wieder den Atem anzuhalten und zu warten. Meine Lungen brannten. *Bitte, bitte,* flüsterte mein Geist unablässig, während mein Verstand das harte Branden der Wellen registrierte.

»Da! Ich glaube, das ist er ... Haha! Der verfluchte Hund hat es geschafft«, jauchzte Lijan jetzt selbst wie ein Kind. »Nicht zu fassen. Das wird ihn mindestens einen Monat im Turm kosten.«

Ich nahm die Hände herunter, fuhr herum und musterte ihn verständnislos. »Du willst sein Vergehen melden, damit Ibe ihn einsperrt?« Langsam trat ich heran und wagte selbst einen Blick auf das schäumende Meer unter uns, in dem eine Gestalt quer zur Strömung auf das flachere Ufer zuschwamm.

»Natürlich werde ich das.« Lijan richtete sich auf. Seine stolzen Gesichtszüge verhärteten sich. »An einem Ort wie diesem muss es Regeln und Grenzen geben, Liz. Und wer, wenn nicht wir, sollte für die Einhaltung der Ordnung sorgen?« Er kniff die Augen zusammen und musterte mich prüfend. »Ich meine, das ist doch der Plan. Wir beide gehen nach Tirithan, in die glanzvolle Stadt.«

Ich presste die Lippen aufeinander und warf einen Blick zurück auf Fab, der sich, offenbar unversehrt, ans felsige Ufer hievte. Lijan brauchte mich nicht daran zu erinnern, dass Ordnung Tirithans oberste Grundregel war.

»Liz?« Seine Stimme klang ungeduldig. »Es ist bald Zeit für das Ritual. Ich muss das wissen!«

Eine Sekunde lang schloss ich die Augen, dann riss ich mich vom Anblick des rebellischen Klippenspringers los. Meine Finger fuhren zwischen die von Lijan. »Natürlich gehen wir nach Tirithan.« Man konnte es kaum als Plan bezeichnen. Wir fühlten uns einfach dazu berufen.

Lijan atmete spürbar auf, während ich das zwiespältige Gefühl herunterschluckte. Alles in unserem Leben war seit jeher auf diesen Absprung ausgerichtet. Wir lebten in abgelegenen Siedlungen, weit ab der Himmelsstädte, wuchsen heran, lernten die Regeln und wenn die Zeit der Wandlung gekommen war, erhielten wir, was uns zustand. Es war nichts Wertendes in der Farbe unserer Flügel, auch wenn hinter der Hand anderes geflüstert wurde. Unsere Bestimmung gab letzten Endes die Richtung vor, die einen bekamen Schwingen in strahlendem Weiß, die anderen in nächtlichem Schwarz. Jedenfalls die meisten von uns. Einige wenige waren eben doch nur elternlos und auf Umwegen, durch Eingeweihte, zu uns gelangt.

»Komm, gehen wir zurück.« Er drückte kurz meine Hand und entließ mich aus seinem Griff.

»Aber Lijan ... « Ich sah zu ihm auf.

»Ich weiß, ich weiß ... Du wirst Fab nicht ausliefern. Ist mir klar.« Er verdrehte die Augen. »Dann gehe ich zu Ibe.«

»Ist das wirklich nötig?«

Er runzelte die Stirn. »Dass du das überhaupt fragen musst. Einer muss ihn schließlich in die Schranken weisen. Andernfalls erlebt er seinen eigentlichen Sprung gar nicht erst.« Er küsste mich versöhnlich auf die Stirn. »Es wird seiner Bestimmung schon nicht schaden, da bin ich sicher. Er wird ohnehin ein Blackfeather, da ist ihm sein Temperament eher zuträglich.«

Ich seufzte. »Da hast du recht.« Dass Fab nach Sorothez, in die nächtliche Stadt, aufsteigen würde, war früh klar geworden. Mit verschränkten Armen hatte er am Weiher gestanden und zugesehen, wie ich um mein Leben kämpfte und beinahe ertrank. Wir waren noch Kinder gewesen, aber schon damals hatte sich sein Sinn für Rache und Vergeltung gezeigt. Welche andere Bestimmung als die eines Blackfeathers könnte in seinem Blut liegen? Dennoch …

»Lijan?« Ich schenkte ihm einen herzerweichenden Augenaufschlag, der ihn zum Schmunzeln brachte.

»Schon verstanden. Ich werde ein gutes Wort für ihn einlegen, damit die Strafe nicht zu hoch ausfällt. Ibe ist sehr zufrieden mit mir, vielleicht hört er ja auf mich.«

Ich nickte strahlend. »Und ich werde Fab im Turm mit Wasser und Essen versorgen.«

»Wie immer.«

Schmollend boxte ich ihm gegen die Schulter. »Gar nicht immer … Außerdem muss er doch essen, wenn er tagelang am Boden dieses hölzernen Ungetüms sitzt.«

Lijan lächelte und nahm behutsam mein Kinn zwischen seine Finger. »Das ist okay. Ich würde nichts anderes von dir erwarten. Du hast ihm immer beigestanden und deswegen wirst du eine Whitefeather und betrittst mit mir gemeinsam die glanzvolle Stadt.«

Verlegen streifte ich seine Hand von meinem Kinn. Es war mir immer ein wenig unangenehm, wenn er mich auf ein Podest stellte. »Sollte ich denn überhaupt weiße Schwingen erhalten.«

»Natürlich wirst du das. Du bist pflichttreu und fleißig. Und in Sachen Mitgefühl hängst du uns alle ab.«

»Es braucht mehr als das.«

»Und nicht weniger als Perfektion ist von dir zu erwarten. Wenn jemand auf das Ritual vorbereitet ist, dann du, das kann selbst Ibe nicht abstreiten, auch dann nicht – oder gerade deshalb nicht –, wenn du Fab ein weiteres Mal durch das Schlamassel begleitest, in das er sich permanent verstrickt.« Er strich sanft über meinen Oberarm. »Du wirst eine wundervolle Whitefeather. Mach dir bitte keine Sorgen.«

Sein Blick verharrte einige Sekunde auf meinen Lippen. Oder bildete ich es mir nur ein? Nein, das war albern. Lijan war wie ein großer Bruder für mich.

Auch wenn wir ein gemeinsames Ziel verfolgten und der Gedanke für andere nahelag. Wir waren Freunde. Nichts weiter. Nun gut, ich musste zugeben, allein die Vorstellung, ein Junge könnte mich küssen, bescherte mir weiche Knie. Aber Lijan war es nicht, von dem ich mir dies erhoffte. Jede andere Möglichkeit endete allerdings schon beim bloßen Gedanken. Wozu etwas beginnen, das ein Ende finden musste, wenn man unterschiedliche Farben trüge. Auch wenn Ibe sich sicher wähnte. Whitefeather oder Blackfeather – fest stand es erst, wenn wir von der Klippe sprangen und sich unsere Schwingen zeigten. Dann jedoch war es unumstößlich, welche der Himmelsstädte uns aufnehmen würde.

Kapitel 2

»Ich hoffe, du hast die Fahrt nicht meinetwegen ausgeschlagen.«

Erschrocken zuckte ich zusammen und bemerkte beim Blick zur Seite ein lässig gekreuztes Paar Beine neben mir. Ich hob das Kinn.

Fab lehnte mit verschränkten Armen am Pfosten der offenen Veranda meiner Hütte und beobachtete die Jüngeren, die in einiger Entfernung herumtollten. Wilde Strähnen umrahmten sein Gesicht. »Danke übrigens.«

»Wofür?« Ich widmete mich wieder den Äpfeln in meinem Rockschoß, die ich schälte und halbierte, deren Gehäuse ich entfernte und die ich dann zurück in die Holzschale warf.

Fab hockte sich hin. »Na, dafür, dass du mich mit Essen versorgt hast.« Er stibitzte einen unversehrten Apfel direkt aus meinen Fingern.

»He! Die sind nicht für dich«, protestierte ich und funkelte ihn wütend an. »Lore will Kuchen für die Kleinen backen.«

»Ach, komm schon. Du hättest mir später sicher einen gebracht, wenn ich noch länger hätte einsitzen müssen.« Er biss genüsslich ab und grinste.

Ich schüttelte den Kopf. »Du bist unverbesserlich.«

Jetzt setzte er sich neben mich und ließ die Beine baumeln. »Klar, an mir muss nichts verbessert werden. Ich bin schon die beste Version von mir.«

Ich zog die Augenbrauen zusammen und nickte. »Ist Arroganz eigentlich ein Kriterium für Sorothez?«

»Selbstvertrauen ganz sicher«, konterte er. »Warum darf ich nicht dazu stehen, dass ich mag, wie ich bin?« Er stieß mich mit der Schulter an. »Du magst mich ja auch.« Er biss erneut ab.

»Vielleicht ist es einfach nur schwer, dich zu ignorieren.« Ich warf ihm einen unmissverständlichen Blick zu.

»Nein …«, sagte er gedehnt und blinzelte in die hochstehende Sonne. »Du magst mich, da bin ich mir sicher.«

Ich seufzte. Gegen Fabs Selbstbewusstsein konnte wohl niemand etwas ausrichten. Außerdem hatte er recht. Ich mochte ihn, vom ersten Tag an. Seine innere Stärke war beeindruckend, auch wenn sie mich manchmal den letzten Nerv kostete. Aber sie diente einer anderen Bestimmung als der, die ich mir erhoffte. Das war die Krux. Während Lijan und ich hofften, Whitefeather zu werden, war Fabs Zukunft eindeutig die eines Blackfeathers. Unsere Wege würden sich dann unweigerlich trennen.

»Ich habe einfach keine Lust gehabt, Ibe zu begleiten. Es mir überhaupt anzubieten, ist wahrscheinlich nur eine nett gemeinte Geste gewesen«, wechselte ich das Thema. »Was machst du eigentlich hier? Er hat wohl Gnade vor Recht ergehen lassen und deine Strafe verkürzt.«

»Du weißt, dass er das niemals tut.«

»Du hast nur zwei Tage im Turm gesessen, welche Erklärung gäbe es sonst? Das Entweihen der heiligen Klippe hätte dich mehr kosten müssen.«

»Du wärst mit dem Strafmaß wohl nicht zimperlich gewesen.« Sein Mundwinkel kräuselte sich amüsiert, als er mich musterte.

Ich klemmte die Schüssel unter den Arm, raffte meinen Rock und stand auf. »Keine Ahnung. Hat dich denn eine der vielen Strafen je geläutert?«

»Auch wieder wahr.« Er sprang von der Veranda und drehte sich erwartungsvoll um. Seine grünen Augen funkelten schelmisch, als flackerte dahinter bereits der nächste aufrührerische Gedanke. »Da du heute keinen Gefangenendienst schieben musst, gehen wir spazieren?«

Ich betrachtete ihn skeptisch. »Ist das nicht zu seicht für dein rebellisches Gemüt?«

Jetzt grinste er. »Vielleicht. Aber du kennst mich. Ich könnte auf dem Weg einem inneren Impuls erliegen und Kopf und Kragen riskieren.«

»Wäre nichts Neues.«

»Und wer sollte dann auf mich aufpassen …« Er streckte die Hand nach mir aus, während ich die Stufen herunterging.

»Ich könnte das übernehmen«, erklang Lijans Stimme, als er um die Ecke der Hütte bog.

Fab zog seine Hand zurück, sein Ausdruck ernüchterte. »Musst du immer solch ein Spielverderber sein? Lass mich die kleine Liz doch wenigstens einmal in Schwierigkeiten bringen.«

»Ich bin nicht klein.«

»Aber süß.« Er zwinkerte mir zu.

»Hört auf. Ihr benehmt euch wie Kinder«, rügte Lijan uns. »Kaum zu glauben, dass das Ritual euch zwei dieses Jahr mit einschließt.«

Mit gespieltem Entsetzen schlug Fab sich die Hand auf die Brust, trat an meine Seite und legte den Arm um meine Schultern. »Man stelle sich vor, wir zwei Täubchen noch ein ganzes Jahr hier allein, ohne die Aufsicht dieses blonden Engels«, feixte er mit Blick auf Lijan.

Ich stieß ihn von mir. »Danach wäre der Status meiner Seele ganz sicher fragwürdig.«

Das Lächeln, das sich jetzt auf Fabs Lippen legte, war mehr als provokant. Und ich begriff, was ich da eben gesagt hatte.

»So, glaubst du das ...« Seine Augenbraue beschrieb einen eleganten Bogen.

»Nicht dass ich damit sagen will, wir würden ...«

»Ja ...?« Fab amüsierte sich köstlich, während meine Wangen Feuer fingen.

»Ach, halt die Klappe!«

»Liz würde niemals –«, begann Lijan.

»Und du hältst auch besser den Mund!«, wies ich ihn mit einem warnenden Blick in die Schranken und beendete diesen unnützen Schlagabtausch. Ich wollte von keinem der beiden hören, zu welch sündhaften Dingen ich mich wann und mit wem hinreißen lassen würde. Das war zu verwirrend. Nicht dass ich derlei Gefühlsregungen nicht verstand. Wir waren schließlich keine Kinder mehr. Aber ich kannte die beiden, solange ich denken konnte. Wir waren Freunde. Natürlich waren aus den einstigen Jungs mittlerweile attraktive junge Männer geworden und natürlich hatte ich die Veränderungen ihrer Körper über die Jahre ... Herrgott, ich sollte meine Gedanken wirklich auf anderes richten.

»Begleitest du uns?«, wandte ich mich Lijan zu. »Ich muss nur schnell die Äpfel für Lore in die Gemeinschaftshütte bringen.« Ich konnte nicht widerstehen, ihm die Tour zu vermasseln.

Lijan strich sich durchs goldblonde Haar. »Eigentlich wollte ich auf die Lichtung zum Training. Die anderen sind schon vorausgegangen. Vielleicht hat unser einsamer Turmfalke hier auch Lust, sich im Kampf zu beweisen?« Er verschränkte die Arme.

Fab funkelte ihn sofort an. »Wenn dein Ego eine Niederlage verkraftet? Ich will dich ja nicht frustrieren.«

Ein Seufzen entschlüpfte meinem Mund. »Warum eigentlich müssen junge Bullen immerzu mit den Hufen scharren?« Lijan und Fab waren darin besonders gut. Die bloße Gegenwart des jeweils anderen stachelte offensichtlich ihr Temperament an.

»Weißt du das nicht? Das ist ein Naturgesetz.« Fab aß den Rest seiner gestohlenen Frucht und schleuderte das Kerngehäuse mit einer kraftvollen Bewegung Richtung Baumgrenze.

Ohne auf seine Erwiderung einzugehen, setzte ich mich in Bewegung. Die beiden folgten mir.

»Kämpfst du heute auch, kleine Liz?«

»Nein danke. Das ist nichts für mich.« Ich hatte wohl hundertmal zugesehen, wie sie sich mit den langen Stöcken einen Schlagabtausch lieferten, fand aber selbst wenig daran, zu den Waffen zu greifen. Wenige Male hatte ich es probiert und festgestellt, dass mir die Bewegungen recht schnell in Fleisch und Blut übergingen. Seither begnügte ich mich damit, ihre Kämpfe, Tricks und Strategien aus sicherer Entfernung zu studieren.

»In Tirithan wird Liz keine Kampfkünste brauchen«, urteilte Lijan.

Fab stöhnte auf. »Darum geht es doch gar nicht. Vielleicht will sie es einfach zum Spaß auskosten. Fang doch nicht ständig von den Himmelsstädten an.«

»Möglicherweise fange ich davon an, weil das Ritual kurz bevorsteht und wir uns an den Gedanken gewöhnen sollten, dass jeder von uns bald seiner Bestimmung folgt.« Lijan war in letzter Zeit wirklich fixiert darauf.

»Daran gewöhnen?« Fab lachte spöttisch. »Ich sehne den Tag herbei. Nicht meine Schuld, wenn die Klippe dir Bauchschmerzen bereitet.«

»Tut sie nicht.«

»Einigen wir uns doch darauf, dass keiner von uns seinen Absprung fürchtet, in Ordnung?« Die beiden waren heute ja besonders reizbar.

»Warum küsst ihr beide euch eigentlich nie?«

Wie bitte? Jetzt blieb ich abrupt stehen und fuhr herum, sodass auch die beiden stoppten.

Fab grinste breit. »Was denn? Ich bin neugierig. Ihr würdet ein hübsches Paar abgeben. Verfolgt dieselben Ziele ...«

»Weil wir über etwas verfügen, was dir gänzlich fehlt«, antwortete Lijan und versuchte wohl auf charmante Weise meine Ehre zu verteidigen.

»Hört auf ...«, sagte ich matt. Ich wünschte, er würde nicht laufend auf Fabs Spielchen einsteigen.

»Und was genau meinst du?«, ignorierte Fab meinen Einwand. »Disziplin? Selbstbeherrschung?«

»Anstand«, warf Lijan ein.

Fab schüttelte mit auf den Boden gerichtetem Blick sein Haupt. »Ihr wisst schon, dass ihr euch nicht zurückhalten müsstet. Bree lag letzten Winter bei Samuel und es ist kein Geheimnis, dass sie eine Whitefeather sein könnte.«

»Das ist Brees Problem.« Lijan würde nicht von seinem Standpunkt abweichen. Er war zutiefst von seinen Prinzipien überzeugt.

»Du denkst tatsächlich, es könnte dich dein Weiß kosten, wenn du Liz küssen würdest?« Fab hob den Blick und verschränkte die Arme hinter dem Kopf. »Nein, ich würde sogar weiter gehen und sagen, du *weißt*, es würde dich den Einzug nach Tirithan kosten, wenn du sie küsst.«

Zeit einzuschreiten. »Darüber, wer mich küsst, entscheide immer noch ich.«

Fab warf mir einen kurzen, spöttischen Blick zu und fixierte sofort wieder Lijan, der die Arme vor der Brust verschränkte.

»Ich respektiere Liz.«

Fab verengte den Blick. »Oder du fürchtest dich, weil der Kuss eine Lüge wäre.«

»Es reicht, Fab!« Ich hatte genug davon. Was glaubte er, was ihn das anging? Nur weil das Ritual bevorstand, mussten sie nicht gleich durchdrehen. Obwohl, nein, dieses Gebaren zwischen den beiden hatte ich in den letzten Monaten dutzende Male beobachtet. Und gerade jetzt hatte ich es satt.

Ich kehrte den Streithähnen den Rücken zu und marschierte allein zur Gemeinschaftshütte. Mir war die Lust auf ihre Gesellschaft gründlich vergangen.

***

Als ich mein Ziel erreichte und die Hütte betrat, fand ich dort einzig Bree vor, die auf dem Boden des Saales kniete und irgendeine Sauerei neben dem Esstisch der Kleineren aufwischte. Ich stellte die Schale mit den Apfelhälften auf den Tresen der offenen Kochecke und gesellte mich ohne großes Zögern zu ihr, griff die Bürste aus dem Wassereimer und begann zu schrubben.

Einen Moment lang hatte ich das Gefühl, dass sie mich prüfend musterte. »Schlechte Laune?«, fragte sie schließlich, holte eine zweite Bürste aus dem Verschlag neben dem Ofen und schrubbte Seite an Seite mit mir die Holzdielen.

»Nein!« Ich verstärkte meine Bemühungen.

»Mhm«, raunte sie wissend. »Fab oder Lijan?«

»Was meinst du? Wer von beiden der größere Holzkopf ist?«, fragte ich unzufrieden und linste zu ihr herüber.

Bree wischte sich lediglich eine ihrer rotbraunen Locken aus der Stirn und arbeitete weiter. Sie hatte ein untrügliches Gespür dafür, wann man besser schwieg. Deshalb vertraute man ihr auch gerne Dinge an. Wahrscheinlich würde Bree deshalb eine Whitefeather werden. Sie war geduldig, nachsichtig und versöhnlich. Sie denunzierte nicht und sie verurteilte niemanden. Eine wahre Tochter Tirithans.

Ich setzte mich auf und legte die Hände in den Rockschoß. »Du hast bei Samuel gelegen?« Die Worte waren einfach aus meinem Mund gesprungen.

Sofort lief ich rot an und schämte mich. Wie unmöglich, ihr solch eine Frage zu stellen.

Doch Bree kannte meine Neugier und lächelte nur. »Das ist richtig. Und?«

Und? Das war alles? Ich biss auf meine Unterlippe, verharrte einen Moment, beugte mich wieder vor und schrubbte den verdammten Boden. Dann war es für sie keine große Sache, es sorgte sie nicht hinsichtlich ihrer Bestimmung?

»Vielleicht solltest du einfach zu ihm schleichen, wenn es dunkel ist, und in sein Bett kriechen«, schlug sie vor.

Ich stoppte erneut und sah sie an. »Zu wem?«

Jetzt verharrte sie ebenfalls und erwiderte meinen Blick. »Ich dachte Lijan ...«

»Wir sind Freunde.« Warum zum Teufel musste ich das heute immer wieder klarstellen?

»Und bist du dir sicher, dass er das genauso sieht?«

»Ich ... denke schon. Warum? Was siehst du denn?« Hatte ich irgendwas verpasst? Hatte Lijan vielleicht etwas gesagt, dass auf anderes hindeutete? Auf einmal wand sich ein seltsames Gefühl in meinem Magen.

Bree zuckte mit den Schultern. »Dass er dir zugetan ist, sieht doch ein Blinder. Er hält sich ständig in deiner Nähe auf, wählt immer den Platz neben dir. Da müsste mich meine Nase schon sehr trügen, wenn er nicht darauf aus wäre, dich für sich zu gewinnen.«

»Das klingt ja, als wäre ich eine Trophäe.«

»In seinen Augen auf jeden Fall die richtige Wahl. Lijan ist strebsam. Der würde sich keinen Fehltritt erlauben. Wenn er sich für dich erwärmt, hat er das Für und Wider gründlich abgewogen«, sagte sie scherzhaft, lag aber vermutlich näher an der Wahrheit, als sie dachte.

»Ich finde es gut, dass er überlegt, bevor er handelt«, trotzte ich. »Aber wir sind dennoch nur Freunde. Ibe meint, dass es leichter sei, gemeinsam in die Himmelsstadt Einzug zu halten. Wollen Samuel und du denn zusammenbleiben?«

»Wenn wir es dürfen. Noch haben wir unsere Schwingen nicht. Vorher eine Entscheidung zu treffen, wäre sinnlos. Aber gegen ein bisschen Vergnügen kann niemand etwas haben.« Sie beugte sich vor und schrubbte ein paar Züge lang weiter, bevor sie erneut innehielt und mich ansah. »Bist du dir deiner Farbe denn sicher?«

»Du hast selbst festgestellt, dass das unmöglich ist. Warum will eigentlich jeder darüber reden?«, murrte ich. »Als ob es kein anderes Thema mehr gäbe.«

»Gibt es ja auch nicht. Also? Tirithan oder Sorothez? Was, glaubst du, erwartet dich? Wenn ich Lijans Interesse an dir richtig einschätze, sieht er wohl weiße Schwingen an dir.«

Ich schnaufte und hatte nicht vor auf ihre Frage einzugehen. »Jeder spekuliert über jeden. Vielleicht sollten wir Wetten abschließen.«

»Müßig. Wer sollte den Wetteinsatz einfordern, wenn wir getrennte Wege gehen. Du empfindest also nichts für Lijan?«, versuchte sie erneut die Daumenschrauben anzulegen.

»Da ist nichts zwischen uns.«

»Aber er ist heiß, findest du nicht? Hat sich ganz schön gemacht in den letzten zwei Jahren.« Sie seufzte. »Das Kampftraining bewirkt das. Ihr Kreuz wird breiter, die Oberarme kräftiger. So ist mir auch Samuel ins Auge gesprungen.« Sie biss sich verlegen auf den Daumennagel und lächelte.

»Dann glaubst du nicht, dass es Einfluss auf deine Bestimmung haben kann, bei einem Jungen zu liegen?« Warum nur ritt ich darauf herum? Vielleicht weil sich auf einem so abgelegenen Gehöft nicht allzu viele Gelegenheiten für derartige Gespräche ergaben.

»Die Grundsätze von Tirithan sind Wissen, Bewahren und Ordnung. In den Schriften steht nichts von Jungfräulichkeit, Entsagung und Prüderie. Glaubst du, das Bild der Whitefeather als moralisch, streng und überlegen bekäme Schlagseite, wenn sie sich mal ein klein wenig amüsieren? Ich glaube nicht.«

Oh, na das war doch mal eine klare Aussage.

»Fabs Körper ist auch nicht zu verachten«, setzte sie nach und beobachtete mich genau. »Schade nur wegen der Narben.«

»Welche Narben?«

»Na, die auf seinem Rücken. Hast du sie nicht gesehen? Er trägt sie, seit er aus der anderen Siedlung zurück ist.«

»Die andere Siedlung …« Ich hatte lange nicht mehr daran gedacht. Mit zwölf Jahren war Fab zu einem fremden Gehöft gewechselt. Oder war er schon älter gewesen? Ja, vermutlich. Jedenfalls blieb er ungefähr zwei Jahre fern und kehrte dann unangekündigt und wohl zu Ibes Leidwesen zu uns zurück. Ich erinnerte mich dunkel, dass Ibe damals einen heftigen Streit mit dem Oberhaupt der anderen Siedlung ausgetragen hatte, wusste aber nicht, worum es gegangen war. »Hat Fab gesagt, wie das passiert ist?«

Bree sah mich vielsagend an. »Es wird eine Strafe gewesen sein. Sah sehr nach Stockhieben oder Ähnlichem aus. Ehrlich, ich hätte mir lieber auf die Zunge gebissen, als ihn danach zu fragen.«

Mein Gesicht verzog sich leidvoll. »Das habe ich nicht gewusst.« Er war dort geschlagen worden? Kein Wunder, dass er zurückgewollt hatte. Oder vielleicht hatte man ihn dort auch nicht länger geduldet.

»Wann hättest du ihn auch nackt sehen sollen? Er hält die Narben gut verborgen.«

Mein Blick blieb an ihr haften. »Wann hast *du* ihn nackt gesehen?« Allein die Frage trieb mir die Röte ins Gesicht. Schwer, sich seinen Körper nicht vorzustellen, wenn man darüber sprach.

Bree seufzte. »Samuel und er teilen doch eine Hütte. Als wir letzten Sommer zu Anwärtern erklärt und aus dem Schlafsaal in die Unterkünfte umquartiert worden sind, bin ich über Nacht bei Samuel geblieben. Fab hat damals im Turm gehockt.«

»Da saß er ständig, seit seiner Rückkehr«, merkte ich an. Samuel und Fab waren die einzigen von uns fünf Anwärtern, die sich eine der vier Unterkünfte teilen mussten, aber dank Fabs ständigen Streichen kam es Sam sicher nicht so vor.

»Wirklich? Ich meine, er hat schon früher fortwährend Ibes Geduld auf die Probe gestellt.«

»Hat er. Aber im Turm ist er vor seiner Rückkehr nur zweimal gewesen. Erinnerst du dich noch, wie er als Kind einmal die ganze Nacht rebelliert und gebrüllt hat, er würde es immer wieder tun?«

Bree schnalzte mit der Zunge. »Na, der Drohung ist er ja mehr als gerecht geworden. Als ob er es darauf anlegen würde, schwarze Schwingen zu tragen.«

Ich schmunzelte. »Fab ist schon als Blackfeather geboren worden.«

Bree fuhr gedankenverloren mit den Fingern die Borsten der Bürste nach. »Nun ..., in jener Nacht ist Fab doch plötzlich aufgetaucht. Es muss ihm wohl nicht bewusst gewesen sein, dass ich neben Samuel gelegen habe. Jedenfalls hat er sein Hemd gewechselt und ich habe einen Blick auf seinen Rücken erhascht.« Sie zog die Stirn kraus. »Kein schöner Anblick.«

Es lag mir auf der Zunge, ihr zu widersprechen, aber sie meinte ja die Narben. Ich seufzte und tunkte die Bürste ins Wasser. »Hoffentlich können Samuel und du gemeinsam aufsteigen. Das würde mich freuen. Nicht zuletzt, weil dann mehr von uns zusammenbleiben. Nachts in Lijans Bett zu kriechen, kommt für mich aber nicht infrage. Keine Ahnung, warum mich jeder ausgerechnet an seiner Seite sieht.«

Bree neigte den Kopf. »Wenn du das so sagst, klingt es beinahe, als gäbe es eine zweite Option.« Sie beäugte mich neugierig.

Ich verharrte reglos.

Bree widmete sich wieder summend dem Boden.

»Gibt es nicht«, sagte ich viel zu spät und konnte mich kaum der Bilder erwehren, die sich jetzt in meinen Kopf stahlen. Lächerlich. Natürlich gab es die nicht.

Kapitel 3

In dieser Nacht fand ich keinen Schlaf. Meine Gedanken kreisten stetig um das Ritual. Im letzten Sommer waren einige Anwärter aus den weiter im Landesinneren liegenden Höfen angereist, um den Absprung von der heiligen Klippe zu vollziehen. Wir hatten nicht dabei sein dürfen, aber meine Neugier hatte mich zu einem Streifzug in die angrenzenden Wälder verleitet. Nie würde ich den seltsamen Aufschrei vergessen, das Wehklagen. Mir war sofort klar gewesen, was passiert sein musste. Wenn sie den Absprung wagten und keine Schwingen … Ich schluckte. Nicht auszudenken. Ich drehte mich auf die Seite und schob die flache Hand unter meine Wange.

»Elisabeth?« Eines der Kinder schlich sich in meine Hütte. Nur sie nannten mich bei meinem vollen Namen. Ich hörte, wie die Tür sich schloss.

»Was ist? Kannst du nicht einschlafen, Eliott?« An seiner Stimme hatte ich ihn erkannt. Keine Antwort. Offensichtlich genierte sich mein nächtlicher Gast. Ich rückte seufzend ein wenig zur Seite. »Komm schon her. Lore muss es nicht wissen.« Flink kletterte der kleine Quälgeist auf mein Bett.

Für sie waren wir wie große Geschwister. Bald wären sie die Großen, dann musste Eliott mit auf die anderen achtgeben. Sollte es keinen Wechsel zwischen den Siedlungen geben, was gelegentlich vorkam, würden Torge und er, mit ihren knapp dreizehn und acht Jahren, die Ältesten bleiben. Das hieß, kein Aufstieg aus Silver Crevice in den nächsten fünf bis sechs Jahren.

Eliott kuschelte sich an mich. »Erzählst du mir noch eine Geschichte? Die Legende von den ersten Seraphen?«

»Ganz sicher nicht.« Er würde nicht leichter einschlafen, wenn ich ihm die tragische Legende von der wunderschönen Tirithan und dem heldenhaften Krieger Sorothez erzählte.

Unzufrieden murrte er und wälzte sich herum. Das Schweigen hielt genau fünf Sekunden an. »Warum können die Menschen uns nicht sehen? Ich meine, wenn wir als Engel über sie wachen und sie doch an uns glauben ...«

Ich stöhnte, konnte mir aber ein Schmunzeln nicht verkneifen. »Bist du nicht ein bisschen zu jung für derartige Sorgen? Du hast noch ein paar Jahre, ehe du deine Schwingen bekommst.« In seinem Alter hatte ich unserem Ziehvater fast dieselbe Frage gestellt.

Eliott brummte vernehmlich. Vermutlich glaubte er, ich wollte ihm die Antwort schuldig bleiben. Aber das war gar nicht meine Absicht.

Ich beugte mich zu seinem Ohr. »Beantworte mir zuerst eine Frage. Kannst du deinen Atem sehen?«

Eliott schüttelte den Kopf.

Ich kniff die Augen ein wenig zusammen. »Niemals? Denk nach«, ermahnte ich ihn.

»Ich weiß, dass er da ist, auch wenn ich ihn nicht anfassen kann. Aber wenn es draußen kälter wird, kann ich ihn früh morgens sehen.«

»Ja, gut.« Ich nickte. »Eine kluge Antwort. Und genauso verhält es sich mit den Menschen. Diejenigen, die sich Zeit nehmen zu spüren, nehmen die Gegenwart von Engeln wahr. Auch wenn sie den Kern ihres Gefühls nicht greifen können, wissen sie dennoch, dass da etwas Höheres ist. Und wenn der Zeitpunkt stimmt und sie ihren Geist öffnen, können sie sie sogar sehen.« Dass es sich bei diesem magischen Augenblick um den Tod handelte, klammerte ich lieber aus. Eliott würde die unschönen Seiten des Lebens noch früh genug kennenlernen. »Aber natürlich ist es Engeln streng verboten, sich den Menschen zu zeigen. Deshalb befinden sich unsere Siedlungen weit genug von den Menschen entfernt, damit sie nicht versehentlich Zeuge unseres Absprungs werden oder sich fragen müssen, wohin wir verschwinden. Danach hat jede Seite ihren ganz eigenen Schutz.«

»Schutz? Welchen?« Er wandte mir im Halbdunkeln das Gesicht zu.

Ich schmunzelte. Dass unser vorbestimmter Weg Faszination auf ihn ausübte, verstand ich nur zu gut. »Die Nacht verbirgt jene mit schwarzen Schwingen. Die Whitefeather jedoch fliegen gegen das grelle Sonnenlicht. Auf diese Weise entgehen sie dem menschlichen Auge. Und am Boden können sie ihre Schwingen einziehen.«

»Sechs Flügel ...«, hauchte er und bezog sich auf den Beginn der Seraphenlegende.

»Das ist nur eine Metapher, ein Bild, um etwas zu erklären.« Das sollte Eliott aus dem Unterricht bei Ibe wissen.

»Zwei zum Fliegen, um über die Menschen zu richten«, flüsterte er und erschauderte. Ich spürte die Gänsehaut auf seinem dünnen Arm.

»Wir richten nicht«, sagte ich sanft und vertrieb mit meiner wärmenden Hand seine Furcht. »Wir stehen den Menschen bei, wenn es nötig ist.«

Schnell nickte er. »Zwei Flügel für das Antlitz, zwei für ihre Füße«, vervollständigte er das Bildnis des sechsflügeligen Seraphs.

»Diese vier Schwingen sind nur Erklärungen dafür, dass die Menschen uns weder sehen noch uns in die Himmelsstädte folgen können.« Ich knuddelte ihn und zog die Decke über seine Schulter hoch. »Und jetzt wird geschlafen, du kleiner Engel.« Er giggelte.

Eliott hatte noch nie einen echten Seraph gesehen, genauso wenig wie ich, und das würden wir zu Lebzeiten auch nie. Die zwei Himmelsstädte befanden sich zwischen der menschlichen Welt und dem, was uns in den himmlischen Gefilden erwartete. Auch wir mussten glauben und hoffen. Unser Schicksal lag in höheren Händen. Natürlich spürten wir den göttlichen Funken in uns, aber im Grunde konnten wir uns ebenso wenig sicher sein. Ibe betonte fortwährend, dass auch wir um unsere Seelen kämpften. Wir waren Feather, einst dem Blut herabgestiegener Seraphen entsprungen, nicht besser als die Menschen, nur eine weitere Spezies. Auch wenn unser Zuhause in den Wolken lag.

***

Im Morgengrauen schreckte ich auf, ein seltsames Bauchgefühl durchströmte mich. Ich sah mich um. Eliott lag eingerollt neben mir und schlief fest.

Hatte ich vielleicht geträumt? Nein ... Jetzt hörte ich entfernte Laute, Rufe draußen auf dem Platz. Sie hatten mich geweckt.

Behutsam schob ich mich an Eliott vorbei aus dem Bett, flocht in Windeseile mein langes braunes Haar zu einem ordentlichen Zopf, wechselte das Nachthemd gegen mein einfaches Kleid und trat hinaus in den taufrischen Morgen. Eine schwache Brise wehte den Geruch des Meeres herüber.

Einige der Jüngeren stürmten aufgeregt rufend an mir vorbei, vermutlich auf dem Weg zum Gemeinschaftssaal. Ich lächelte unwillkürlich angesichts solcher Wildheit und blickte ihnen nach. Warum herrschte denn solch ein Tumult? Als ich mich wieder umdrehte, entdeckte ich Lijan und Samuel. Mit kraftvollen Schritten kamen sie auf mich zu. Lijans Ausdruck wirkte ernst. Seine blauen Augen zu Schlitzen verengt, seine ebenmäßigen Gesichtszüge angespannt. Er strahlte trotz seiner gerade mal neunzehn Jahre unbestritten Autorität aus. Von uns Anwärtern hätte ihm wohl keiner eine gewisse Führungsrolle abgesprochen, auch wenn es selbstverständlich Lore und Ibe waren, die hier den Ton angaben. Das Lächeln, was ich eben noch auf meinen Lippen getragen hatte, erstarb allmählich, als mich eine Ahnung beschlich. »Was ist passiert?«

»Fab«, sagte er schlicht und bestätigte mein Bauchgefühl.

Ich eilte die Stufen vor meiner Hütte herunter und packte seinen Arm, als er an mir vorüberschreiten wollte. »Was ist passiert?«, wiederholte ich. Mein Magen ballte sich zusammen. Wenn Fab, der immerzu etwas auf dem Kerbholz hatte, alle in Aufruhr versetzte, musste etwas Schwerwiegendes geschehen sein.

»Er hat Ibes Aufzeichnungen gestohlen.« Lijan schob meine Hand von seinem Arm und schritt langsam rückwärts weiter, die Hände entschuldigend von sich gestreckt.

»Das Buch?«, stammelte ich. »Aber ... warum sollte er das Buch stehlen?«

»Du kennst ihn doch. Es ist Fab.«

»Was hat er zu seiner Rechtfertigung gesagt?«

»Er schweigt.« Lijan drehte sich um und schloss zu Samuel auf, der ein paar Schritte voraus war.

Ich runzelte die Stirn. Fab schwieg? Das sah ihm gar nicht ähnlich. »Vielleicht deckt er jemanden …?« Mein Einwand war geradezu lächerlich. Es war nicht das, was Fab tun würde.

»Er hat gestanden, Liz. Er schweigt nur über seine Motive«, rief Lijan, ohne sich noch einmal umzusehen, und erstickte damit meinen Protest im Keim.

Ich nickte. »Dann geht er wieder in den Turm«, murmelte ich zu mir selbst. Verdammt, was hatte dieser unselige Narr sich dabei gedacht. Er war doch gerade erst wieder draußen. Wie konnte er Ibes Buch stehlen? *Das* Buch. Ich wagte nicht, daran zu denken, wie Ibe reagiert haben mochte. In diesen Aufzeichnungen stand alles über das Ritual, über unsere Bestimmung, über die Aufgestiegenen und wer wusste, was noch alles. Ich schluckte. Hatte Fab sich vergewissern wollen, in welche der Himmelsstädte er einziehen würde? Das war absurd. Er konnte doch keine Zweifel mehr haben. Was die Farbe *seiner* Flügel anging, hatte keiner von uns Zweifel. Nachtschwarz war die einzige Option. Fab würde als Blackfeather aufsteigen, sein Charakter ließ gar nichts anderes zu. Kein Anwärter vor ihm war je rebellischer gewesen oder hatte mehr den Regeln getrotzt. Nein, Fab musste einen anderen Grund gehabt haben, das Buch zu nehmen. Ich folgte dem aufgebrachten Mob, um der Sache auf den Grund zu gehen. Hier stimmte etwas nicht.

***

Als ich den Saal betrat, standen Ibe und Fab im Zentrum des Interesses. Offenbar hatte die Anhörung bereits stattgefunden, möglicherweise waren Urteil und Strafe bereits gefällt worden. Ibe hielt das Beweisstück in den Händen und wirkte zornig. War eigentlich schon einmal jemand vom Ritual ausgeschlossen worden? Mein Atem stockte. Nein, sicher durfte er Fab den Absprung nicht verwehren. Außerdem wäre Ibe bestimmt froh, einen solchen Unruhestifter los zu sein, sagte ich mir.

Bree zog mich am Arm auf die Seite. Jetzt entdeckte ich auch Lijan, der auf der anderen Seite neben der Tür stand und die ganze Sache aufmerksam verfolgte. Täuschte ich mich oder umschmeichelte ein zufriedenes Lächeln seine Mundwinkel? Er sollte nicht schadenfroh sein. Auch nicht, wenn er sich moralisch überlegen fühlte. Das schien mir für einen künftigen Whitefeather nicht richtig. Aber was wusste ich schon. Wissen – Bewahren – Ordnung lauteten die Grundsätze von Tirithan und keines dieser Prinzipien verletzte er.

Leidenschaft – Mut – Kampfbereitschaft forderte Sorothez. Fab entsprach alldem. Leichtsinn hätte ihm auch nicht widersprochen. Ärgerlich schnaufte ich.

»Er geht in den Turm«, flüsterte Bree neben meiner Schulter. »Keine Verkürzung. Bis zum nächsten Neumond.«

»Was? Aber das ist beinahe ein ganzer Monat.« Bestürzt sah ich erst sie und dann Fab an. Dieser Dummkopf. Das hatte er nun davon.

»War er überhaupt schon mal so lange da drin?«

Ich nickte gedankenverloren. »Die Sache mit dem Weiher.«

Sie raunte zustimmend. »Richtig. Hat er als Kind nicht jemanden hineingestoßen?«

Ibe führte gerade eine erneute Unterredung mit Fab, offenbar, um ihn zu läutern und ihm seine Motive zu entlocken.

»Ja, mich«, antwortete ich abwesend. »Ich wäre ertrunken, hätte Lijan mich nicht herausgezogen.«

»Große Güte … und dennoch seid ihr befreundet?« Ich bemerkte, wie Bree die Arme verschränkte. Sicher musterte sie mich jetzt. Ich kannte diesen Blick, ich hatte ihn des Öfteren geerntet, wenn es um Fab ging. Sie konnte nicht verstehen, dass ich ihm nicht grollte. Ich verstand es selbst kaum.

»Ich kann mich gar nicht mehr an den Vorfall erinnern. Wie alt waren wir denn damals?«, überlegte sie.

»Zu jung, um es besser zu wissen«, antwortete ich wahrheitsgemäß, was aber natürlich ganz und gar nicht für diese bizarre Situation galt.

Fab schüttelte zum wiederholten Male den Kopf und entzog sich Ibes Versuchen, ihn zum Reden zu bewegen. Was ging nur in seinem Kopf vor? Na, zumindest stand das Strafmaß fest. Noch weiter in die Höhe treiben konnte er es durch sein Schweigen wohl kaum. Auf Ibes Geste hin drehte Fab sich um und marschierte auf den Ausgang zu. Das Spektakel war beendet. Die Jüngeren, die gebannt von ihren Bänken aus zugesehen hatten, wandten sich jetzt einer nach dem anderen dem Frühstück zu. Allgemeines Gemurmel hob an, während ich mich zur Tür schob.

Lijan lehnte mit verschränkten Armen im Türrahmen und funkelte Fab amüsiert an. »Und ich dachte, du wärst dir deiner Bestimmung sicher?«, stichelte er.

»Kein Grund, neidisch zu werden, Kalkflügel. An meinem Schicksal ändert glücklicherweise keiner etwas. Ich habe nur sichergehen wollen, dass unsere Wege sich hinter der Klippe trennen.« Fab touchierte Lijans Schulter und trat hinaus vor die Hütte, wo einer von Ibes Helfern bereits wartete. Es bedurfte keiner Aufforderung. Niemand kannte den nun folgenden Ablauf besser als Fab. Der Turm war praktisch sein zweites Zuhause.

Lijans Gesichtszüge verhärteten sich, seine Kiefer mahlten sichtlich. Aber er war ja selbst schuld.

»Musst du ihn immerzu provozieren?« Ich kniff ihn leicht in den Oberarm und entlockte ihm ein schuldbewusstes Lächeln.

»Du hast recht. Entschuldige.« Er löste seine Haltung und räusperte sich. »Lassen wir es einfach damit bewenden, dass die Ordnung wiederhergestellt ist.«

***

Während jeder einschließlich Lijan und dem gerade erst dazugekommenen und noch schlaftrunken wirkenden Eliott am Tisch seinen Platz fand, nahm ich zwei Scheiben Brot und stahl mich hinaus. Meine Schritte führten mich geradewegs zwischen den Hütten hindurch den kleinen Hügel hinauf.

Ein sanfter Wind strich über das Gras, wirbelte eine meiner losen Haarsträhnen auf. Mein Blick wanderte an dem hölzernen Ungetüm empor. Es besaß eine Luke im oberen Drittel, die jetzt verriegelt war. Über eine Leiter erreichte man den Einstieg, dahinter lag nichts weiter, nur der Schacht, der einen in die Schranken weisen sollte. Wie es sich dadrinnen anfühlte, mochte kaum jemand außer Fab wissen. Ich trat näher, fuhr mit der Hand über die Wand und ging in die Hocke. Er saß immer an derselben Stelle am Grund des

Turmes, das wusste ich. Die Schläfe ans Holz gelehnt schloss ich für einen Moment die Augen. Gerade mal ein Tag und da waren wir wieder.

»Bist du da?«, erklang seine matte Stimme.

Ich merkte auf und lächelte. »Natürlich.«

Wie viele Stunden hatte er in diesem Turm zugebracht? Und wie viele davon hatte ich hier draußen gesessen und ihm zur Seite gestanden? Ich beugte mich ein wenig vor, drückte die Gräser herunter und reichte ihm das Brot durch den etwa handgroßen dreieckigen Spalt.

»Das musst du nicht tun«, kam sein wenig überzeugender Protest.

»Doch, muss ich.«

»Du solltest bei den anderen sein.«

»Genau wie du, aber du hattest ja anderes für uns vorgesehen«, antwortete ich spöttisch.

Nachdem er eine Weile geschwiegen hatte, legte ich meine Stirn an das Holz und stellte endlich meine drängendste Frage: »Warum, Fab? Warum dieses verdammte Buch, von dem wir alle wissen, dass Ibe es nicht in unseren Händen sehen will?«

»Ach, Liz ...«

»Nein, ich möchte es verstehen. Warum tust du solche Dinge? Hat es dir irgendeinen Vorteil verschafft? ... Herrgott, bis zum Neumond, Fab! Du wirst in diesem maroden Bau noch verschimmeln.« Ich lachte bitter. »Weiß du nun wenigstens, dass du ein Blackfeather sein wirst? Ich bin mir sicher, es steht in ebenso schwarzer Tinte geschrieben.«

»Zumindest weiß ich jetzt, welchen Status Ibe *dir* zumisst«, antwortete er und brachte mich damit zum Schweigen. Mein Status? Himmel, er hatte das doch hoffentlich nicht meinetwegen getan? Nein, das war nur ein Scherz. Außerdem ...

»Das ist unerheblich. Ich kenne meine Bestimmung seit Langem.«

»Seit Langem«, wiederholte er skeptisch. »Und woher?«

Ich schloss die Augen und sah ihn vor mir, den Tag am Weiher. »Du willst es wissen?«

»Natürlich.«

»Also gut …« Ich holte tief Luft und ignorierte das seltsame Gefühl in meinem Bauch, als würde ich eine Grenze überschreiten. »Es hängt mit dem Tag zusammen, an dem du mich in den Weiher gestoßen hast. Ich wäre beinahe ertrunken, während du nur am Ufer gestanden und zugesehen hast. Das Wasser hat mich mit eisiger Kälte umschlossen, meine Lebensgeister waren fast erloschen und trotzdem hat es mir keine Angst eingeflößt. Weil da auch gleißendes Licht gewesen ist. Wie das eines Engels. Damals habe ich gewusst, dass ich zu diesem Licht gehöre.« Schön ausgedrückt für die Tatsache, dass ich im Begriff gewesen war zu sterben. Und ein wenig zurechtgebogen wohl auch. Ich hatte mir nur eingebildet, weiße Schwingen zu sehen, die sich um seine schwarze Silhouette legten. In meiner noch kindlichen Vorstellung hatte ich die Schlussfolgerung gezogen, dass ich Fab verzeihen sollte. Und das hatte ich getan. So oder so, mein Gefühl sagte mir seither, dass ich eine Whitefeather sein würde. Ich verdankte Fab also auf verquere Weise meine Bestimmung.

»Das hast du mir nie erzählt«, sagte Fab leise. Zu gerne hätte ich jetzt in seinem Antlitz gelesen. Ob er seine Tat von damals bereute? Wir hatten nie wieder darüber gesprochen. Ich verfluchte die elende Wand zwischen uns. Sie machte es unmöglich, Nähe aufkommen zu lassen. Und dennoch, belehrte mich mein Verstand, hatte sie mir auch Gespräche beschert, die wir sonst sicher nicht geführt hätten. Der Turm war Ausgrenzung und Zuflucht zu gleichen Teilen.

»Hast du dich je gefragt, von wem wir abstammen?«, fragte ich aus einem Impuls heraus. »Und ob es eine Rolle spielt, welche Farbe *ihre* Schwingen haben?«

»Du glaubst doch nicht, dass ich das Buch stehlen musste, um mir sicher zu sein.«

»Nein, das meine ich nicht. Herrgott, wer könnte daran zweifeln. Ich will wissen, ob du je …«

»Wir sind die Kinder von niemandem«, fuhr er mir über den Mund und bediente sich doch nur der Phrase, die sie uns eingebläut hatten und die nicht mehr bedeutete, als dass wir kein Recht hatten, danach zu fragen.

»Ich würde dennoch gerne wissen, wer sie sind«, stand ich zu meinem Gedanken. »Ob sie je an uns denken? Vielleicht ähneln wir ihnen. Das Aussehen, unser Temperament …«

»Sie stecken uns in diese Siedlungen. Hier, fernab von allem, sollen wir unseren Weg selbst wählen. Glaubst du wirklich, es interessiert sie, wer wir sind?«

»Vielleicht …« Ich war mir nicht sicher. Aber so verbittert, wie Fab klang, wollte ich nicht sein. »Wäre doch möglich, dass wir aufsteigen und in der Himmelsstadt jemandem begegnen, der uns ähnelt.«

»Wir sind Engel, Liz. Es ist nicht wie bei den Menschen. Unser Leben besteht aus dem Dienst an ihnen und der Pflichterfüllung für unsere Himmelsstadt. Du erliegst einer romantischen Vorstellung, wenn du nach mehr Verbundenheit suchst, glaub mir.«

»Nun, irgendeine Art Verbundenheit wird es geben, sonst wären wir wohl nicht hier«, wehrte ich mich gegen seine nüchterne Art.

»Du meinst Liebe?«, fragte er, als wäre es ein Fantasiegebilde, über das wir sprachen. »Besser, du strauchelst nicht über deine Gefühle. Es wird nicht viel Platz dafür geben.«

»Warum sagst du das?«

»Weil ich nicht vielem begegnet bin, das diesen Schluss zuließe. Lore und Ibe haben auch nur ihre Pflicht erfüllt, indem sie uns großgezogen haben. Letzten Endes steht jeder für sich allein.«

»Das stimmt nicht. Wir sind nicht allein. Wir gehören zu einer Gemeinschaft, sowohl hier als auch in der Himmelsstadt.«

»Das kann nur jemand sagen, der noch nie am Rand hat stehen müssen.«

Ich schnaufte. »Wenigstens versuche ich ein Teil der Gemeinschaft zu sein und stoße nicht fortwährend alle vor den Kopf«, hielt ich dagegen.

Fab antwortete nicht darauf. Das scharrende Geräusch mochte bedeuten, dass er sich von unserer Wand zurückzog. Ich legte den Kopf in den Nacken und gab mich geschlagen. Mit Fab war es nie leicht. Meist gab er sich zwanglos und offen, aber manchmal und dann unerwartet konnte ich seine Gefühlswelt so eindringlich wahrnehmen, dass es mich zurückschrecken ließ. Heute war es keins von beidem. Heute war Fab ein tiefes dunkles Geheimnis, das ich nicht ergründen sollte. Ich blieb noch eine Weile sitzen, dann ging ich zurück zu den anderen.

Kapitel 4

»Er wollte mir nicht sagen, warum er das Buch gestohlen hat.« Ich sank neben Lijan auf die Bank vor seiner Hütte.

»Natürlich nicht. Wenn Fab sich mal etwas in den Kopf gesetzt hat …« Lijan streckte die Beine aus, verschränkte die Hände hinter dem Kopf und sah zum Wald hinüber, der den Weg zur Klippe barg.

»Hat Ibe sehr getobt?«, fragte ich, ahnend, dass es so gewesen sein könnte. Von uns Älteren zog er am ehesten Lijan ins Vertrauen.

»Nicht mehr als sonst. Er hat schließlich sein Buch zurück, seine Wut wird bald verraucht sein.«

»Denkst du, er wird Fab wirklich bis zum Neumond in den Turm sperren?«

»Anzunehmen. Diesmal habe ich ihn nicht in Schutz nehmen können.«

Ich merkte auf und runzelte die Stirn. »Du meinst Fabs Klippensprung. Das warst tatsächlich du, der dafür gesorgt hat, dass er nur zwei Tage im Turm hat sitzen müssen? Wie hast du denn das geschafft?« Ich wusste ja, dass er bei Ibe ein gutes Wort hatte einlegen wollen, aber ein so kurzes Strafmaß konnte er wohl kaum allein auf seine Fahne schreiben.

Ein geheimnisvolles Schmunzeln zierte Lijans Lippen, während er weiter ins Grüne blickte. »Na, vielleicht habe ich ja nur erwähnt, dass Fab sich von einer Klippe gestürzt hat, nicht von *der* Klippe.«

Meine Augen weiteten sich. »Du hast Ibe angelogen?«

Lijan nahm seine Arme herunter. »Nein, das wohl nicht. Ich habe dafür gesorgt, dass Fab für sein Handeln geradestehen muss. Hätte Ibe mich danach gefragt, hätte ich gesagt, welche Klippe es gewesen ist. Aber er hat nicht gefragt und Fab hat es nicht erwähnt. Ich glaube, beide sind froh gewesen, es dabei bewenden lassen zu können.«

»Mich wundert, dass du es konntest«, gestand ich frei heraus.

Lijan legte den Kopf schräg und kniff die Augen etwas zusammen, während er mich nun ansah. »Ich frage mich manchmal, was du eigentlich in mir siehst, Liz. Nur weil ich mich verpflichtet fühle einer gewissen Ordnung zu folgen, muss das nicht heißen, dass ich Fab etwas Schlechtes wünsche.« Da hatte er wohl recht. Lijan besaß eben nur ein anderes Verständnis von Moral als Fab. Deshalb würden sie ja auch unterschiedliche Farben tragen.

»Bist du nervös wegen des Rituals?« Ich betrachtete ihn aufmerksam.

Er schüttelte den Kopf. »Es wird alles genau vorgegeben sein. Die rituelle Kleidung, die wir tragen, der Ablauf, die Reihenfolge, in der wir springen. Du brauchst dir keine Sorgen zu machen. Es wird höchstens die eine oder andere Überraschung geben, wenn jemand sich bisher bedeckt gehalten hat.«

»Samuel ...« Er hatte sich bisher nie wirklich zu einer Seite bekannt und trat auch sonst nicht groß in Erscheinung.

»Ich glaube, er geht nach Tirithan.«

»Whitefeather? Obwohl er bei Bree gelegen hat?«, neckte ich ihn. »Dein Urteil erstaunt mich.«

Lijan hob das Kinn und setzte sich aufrechter hin. Meine Offenheit schien ihm nicht zu behagen. Oder wollte er sich zu Bree und Samuel äußern? Irgendwas lag ihm sichtlich auf dem Herzen. Er schien die richtigen Worte zu suchen. Seine Hände umklammerten jetzt den Rand der Holzbank. »Liz, ich weiß, wir haben nie groß darüber gesprochen, allenfalls darüber, nach dem Absprung gemeinsam aufzusteigen. Was Fab gesagt hat ... Ich meine, du magst dir vielleicht erhoffen, dass –«

»Zweifelst du an meiner Bestimmung?«, fragte ich geradeheraus das, was *mein* Herz schwer machte. Vielleicht glaubte Lijan nicht, dass ich ihn begleiten konnte.

»Nein.« Er schaute mich entsetzt an. »O Gott, nein. Du wirst zweifellos weiße Schwingen tragen. Es ist nur, ich möchte ...« Seine Haltung verspannte sich. War er etwa nervös? In meiner Gegenwart? Offenbar wusste er nicht recht, wo er anfangen sollte.

Völlig unvermittelt beugte er sich vor, legte eine Hand an meine Wange und küsste mich. Mein Herz überschlug sich beinahe vor Aufregung. Diese zarte Berührung, dieser Hauch seines Atems auf meinem Mund, mein erster Kuss. Ich war so überrumpelt, dass ich mich nicht rühren konnte. Lijan löste sich zaghaft. Ich starrte ihn unverwandt an.

Der Blick, mit dem er mich musterte, war unergründlich. Und was mein Herz eigentlich hätte leichter machen sollen, schnürte es nun auf eine mir fremde Weise zusammen. Etwas stimmte nicht. Das Gefühl war nicht, wie es sein sollte. Irritiert und leicht beschämt schlug ich den Blick nieder. Ein eisiger Hauch kroch unversehens über meinen Nacken, als ich bemerkte, dass Lijan die Hände geballt hielt. Er spürte es also auch.

»Lijan …«, wollte ich anheben, doch er wandte sich aufgewühlt ab, bevor er schließlich aufstand.

»Ich habe gedacht, es wäre das, was du dir wünschst.« Seine Stimmfarbe verschleierte seine Gefühle. Ich konnte nicht ergründen, ob er enttäuscht war oder vielleicht sogar wütend. Alles, was ich bemerkte, war seine stolze Haltung. Wie immer pure Disziplin.

***

Ich betrat meine Hütte und warf mich aufs Bett. Der erste Kuss. Meine Gefühlswelt hatte Schiffbruch erlitten. In meinen Träumen hatte ich mir so oft vorgestellt, wie es wäre, einen Jungen zu küssen. Aber nie hatte es damit geendet, dass ich mich elend fühlte. Was hatte Lijan sich nur dabei gedacht? Wir mochten uns, natürlich, aber … ein Kuss? So sehr ich mich bemühte, seine Beweggründe zu verstehen, es mir in der Vergangenheit sogar in Gedanken vorgestellt hatte, es war doch immer nur mein Kopf gewesen, der in uns eine vorteilhafte Verbindung gesehen hatte. Eine wünschenswerte Verbindung, wenn ich Ibe glauben sollte. Wir würden es zusammen leichter haben. Ich drehte mich auf die Seite und legte meine Hände vors Gesicht. Verdammt, ich war so naiv. Wie hatte ich übersehen können, dass Lijan über uns als Paar nachdachte? Andere taten das ja offenbar auch.

In meinem Bauch wuchs ein Stein. Es war aufregend gewesen, einen Kuss zu bekommen. Schon lange hatte ich mich nach dieser Erfahrung gesehnt. Aber es war weder der richtige Moment noch das sprühende Feuerwerk gewesen, das ich mir erhofft hatte. Himmel, es hatte etwas – ich hasste den Gedanken – *Brüderliches* gehabt. Lijan musste das auch gespürt haben. Jetzt war alles verdorben. Ich verzog leidvoll das Gesicht. Unser gemeinsamer Einzug in die Himmelsstadt würde nicht glanzvoll, sondern steinig werden. Mit nur einem Kuss hatten wir unsere Freundschaft aufs Spiel gesetzt. Ich musste das wieder geraderücken.

Heute brauchte ich darauf jedoch nicht mehr hoffen. Den restlichen Tag würde Lijan mit Ibe in der Werkstatt verbringen. Sie dort zu stören, war ausgeschlossen.

Stattdessen beschloss ich Lore in der Küche zur Hand zu gehen. Bei so vielen zu verköstigenden Mäulern gab es immer etwas zu tun. Gemüse putzen, Kartoffeln schälen … Ich war wegen des Aufruhrs nicht ausdrücklich eingeteilt worden, brauchte aber dringend Beschäftigung. Mein Geist würde mich sonst fortwährend mit den Konsequenzen dieses verdammten Kusses quälen. Wenigstens saß Fab im Turm und konnte mich nicht löchern. Er bemerkte immer, wenn ich mich elend fühlte, und würde nicht eher ruhen, bis er der Sache auf den Grund gegangen war. Eine seiner besseren Eigenschaften, aber anstrengend, wenn man etwas für sich behalten wollte. Und diesen Kuss würde ich definitiv für mich behalten.

***

»Hast du Kummer?« Zu meiner Überraschung war es Josh, Ibes breitschultriger Helfer, der in liebenswert rauer Manier nachhakte. Er stand mit einem Korb voller Holzscheite vor mir und wollte ganz sicher nicht reden. Er redete nämlich nie viel.

»Nein, alles in Ordnung«, erwiderte ich, dennoch dankbar für seine Aufmerksamkeit, und pickte die nächste Kartoffel aus dem schon fast leeren

Eimer. Der Gemeinschaftsraum rühmte sich bei gutem Wetter nicht gerade seines Namens. Die Kleineren spielten draußen, die etwas Größeren wurden von Bree und Samuel dazu eingespannt, ihnen mit den Tieren oder im Garten zu helfen.

Josh kniete sich neben die Feuerstelle und verstaute Holzscheite im Verschlag. Ich beobachtete ihn dabei eine Weile, bevor ich mit dem Schälen der Kartoffeln fortfuhr. Vor ungefähr drei Jahren war Josh aus einer anderen Siedlung zu uns gewechselt. Wie Lore und Ibe war auch er ein Mensch. Auserwählt und eingeweiht in die Besonderheit dieses Ortes, aber eben nicht zum Absprung bestimmt. In seinen Adern *floss kein Seraphenblut.* So sagte man bei uns. Insgeheim war ich mir nicht sicher, wie verwässert unseres nach so vielen Jahrhunderten sein musste. Der Glaube an die Legende von Tirithan und Sorothez, die beiden Seraphen, die unsere Himmelsstädte gegründet hatten, bildete die Grundlage unserer Lebensweise. Aber wer konnte schon belegen, ob es sich damals wirklich so zugetragen hatte, wie wir es heute erzählten.

Tirithan, unübertroffen an Schönheit und Verstand, die erste Whitefeather, verschmähte das sichere Himmelsreich, um ihre Wissbegierde zu stillen. Sie wollte den Menschen nah sein.

Als sie eines Tages einem Dämon, einem Sohn der Hölle, in die Hände fiel, war es Sorothez – der erste Blackfeather seiner Art –, der sie vor dem Monstrum rettete. Tirithan wollte Sorothez, der gleichsam Schwingen trug, aber nie die himmlischen Gefilde betreten hatte, aus Dankbarkeit dort hinführen. Doch dieser Wunsch wurde ihr verwehrt. Daraufhin beschloss sie an seiner Seite zu bleiben.

Diese Stelle berührte mich immer besonders, wenn sie sich auf seine Seite schlug, ihrem Gefühl folgend das Richtige tat. Natürlich waren sie laut Legende kein Paar gewesen. White- und Blackfeather verbanden sich nicht. Aber allein der Gedanke, es könnte doch einen Funken Liebe gegeben haben, ließ mein Herz höherschlagen.

Die Regeln waren allerdings eindeutig. Es gab keine Verbindungen zwischen beiden Seiten. Ein absolutes Verbot. Die einzige Bedingung, der Tirithan und Sorothez sich unterwerfen mussten, um ihren eigenen Weg beschreiten zu dürfen. In meiner Vorstellung hatten sie nur deshalb die zwei Himmelsstädte gegründet. Um nicht der Versuchung zu erliegen.

»Wenn du noch einmal so einen tiefen Seufzer von dir gibst, muss ich dich erneut fragen, was los ist.«

Ertappt blickte ich auf.

Josh stützte die Hände vor mir auf die Tischplatte und beäugte mich.

»Oh, entschuldige … Hab ich gar nicht bemerkt.« Ich räusperte mich verlegen. »Der Absprung beschäftigt mich. Wird ja bald so weit sein.«

Josh rutschte neben mich auf die Bank. »Hast du Angst davor?«

»Ich weiß nicht. Respekt zu haben, ist sicher nicht verkehrt.«

»Solange es dich nicht davon abhält zu handeln«, gab er zurück. In diesem Moment öffnete sich die Tür und Helen, Lores Magd, kam herein. Sofort wanderte Joshs Blick zu ihr und blieb etwas zu lang auf die brünette Schönheit gerichtet, als dass es mir hätte entgehen können. »Respekt sollte einen nicht abhalten«, wiederholte er nachdenklich. Ich hatte das Gefühl, er meinte jetzt nicht mehr mich.

»Weißt du, das stimmt.« Ich legte die letzte geschälte Kartoffel in die Schüssel, erhob mich und bugsierte mich hinter dem Tisch heraus, um meinen Platz zu räumen. »Wenn man nicht springt, wird man nämlich auch nicht fliegen.« Mein Zwinkern entging Josh völlig. Er hatte nur Augen für Helen.

Schmunzelnd schnappte ich mir den Eimer und brachte die Schalen in die Küche, um gleich darauf die Schüssel vom Tisch zu holen und sie Helen zu reichen, die sich um das Essen kümmern würde. Sollte Josh ihr ruhig sein Herz schenken. Sie war liebreizend, freundlich und fleißig, nicht zuletzt ein Mensch und somit ebenfalls nicht zum Absprung bestimmt. Die beiden waren wie geschaffen füreinander. Und ihre Art des Fliegens mochte ohnehin die schönere sein.

Kapitel 5

»Liz, wach auf.« Es war Lijans Stimme. Sofort war ich hellwach und setzte mich auf. Er kam nie an mein Bett, schon gar nicht mitten in der Nacht. Draußen war es stockfinster. Er stellte eine brennende Kerze auf den Hocker neben mir.

»Was ist los? Ist was mit den Kleinen?« Mein Herzschlag hatte sich von jetzt auf gleich beschleunigt.

»Keine Angst, es ist alles in Ordnung.« Seine Hand drückte sanft meine Schulter. »Aber du musst aufstehen und dich bereit machen.«

»Bereit wofür?«

»Für den Absprung.« Er lächelte nachsichtig.

»Was? Aber ... Wir ... Das Ritual findet jetzt statt?« In meinen Gedanken überschlug sich alles. Beim Abendessen hatte niemand etwas gesagt. »Ibe wollte uns doch rechtzeitig –«

»Ibe bereitet die Klippe vor. Bree nimmt die Anwärter der Nachbarhöfe in Empfang«, beschwichtigte er mich. »Ich habe dir deine Sachen auf das Bettende gelegt. Zieh dich an. Ich warte draußen.« Völlig geordnet richtete er sich auf und ging zur Tür. Mein Inneres geriet ins Wanken. Wir verließen das Gehöft, unser Zuhause? Ich wusste nicht, was ich fühlen sollte. Das kam so unerwartet. Warum die plötzliche Eile? Und warum war Lijan derart ruhig, insbesondere nach unserer missglückten Annäherung.

»Lijan?« Ich stob aus dem Bett hoch, ich musste mit ihm reden.

»Liz, hör zu«, unterbrach er mich sofort, »lass uns zuerst nach Tirithan gehen, okay?« Seine Worte hatten ungeduldig geklungen, doch jetzt besann er sich und drehte sich mir erneut zu. Er trat näher und strich versöhnlich eine Haarsträhne hinter mein Ohr. »Das Ritual ist ein wichtiger Schritt auf unserem Weg. Wir sollten uns darauf konzentrieren. Wenn wir erst einmal in Tirithan sind, wird sich zwischen uns alles klären, das verspreche ich dir. Dann werden wir über alles reden können.« Sein Blick wanderte über mein Antlitz, als suchte er Zustimmung darin. An meinen Lippen blieb er hängen. Und dann tat er etwas, mit dem ich nicht rechnete. Er küsste mich erneut. Mein Herz verstrickte sich sofort in dieses kaum greifbare Gefühl, beflügelt von Hoffnung, durchdrungen von Zweifeln. Bevor ich überhaupt reagieren konnte, war der flüchtige Moment vorüber.

Nein, es war kein Feuerwerk zwischen uns, nicht beim ersten Kuss und auch jetzt nicht. Bedauernd blickte ich ihn an. Ich sollte etwas sagen. Sollte ich? Aber was? Mein Verstand, der nüchtern die Oberhand behielt, suchte fieberhaft nach Worten, nach Ausflüchten, Rechtfertigungen. Es waren nie sprühende Funken gewesen, die mich Lijans Nähe hatten suchen lassen, aber zu erkennen, dass ich mir dennoch etwas vorgemacht hatte, enttäuschte mich auf einer tieferen Ebene. Vielleicht hatte ich insgeheim doch gehofft, Lijan könnte die richtige Wahl sein? Wir verkörperten dieselben Werte, verfolgten dasselbe Ziel. Doch jetzt wusste ich plötzlich nicht mehr, wie wir zueinanderstanden.

»Es wird sich alles finden, aber jetzt müssen wir springen«, erinnerte er mich und durchbrach damit das betretene Schweigen.

»Ein Schritt nach dem anderen, richtig?« Ich versuchte ein Lächeln aufzusetzen und scheiterte kläglich.

Er nickte. »Lass uns gemeinsam nach Tirithan aufsteigen, wie wir es immer vorgehabt haben, und die Himmelsstadt erobern.« Meine Hand tastete verunsichert nach seiner, doch er trat zurück. »Ich warte draußen auf dich.«

Als er die Tür hinter sich schloss, sank ich auf die Bettkante. Wie eine Eroberin fühlte ich mich keineswegs, eher als sei ich an meinem allerersten Abenteuer gescheitert. Ich ließ die Luft aus meinen Lungen weichen. Sollte ich mich nicht eigentlich großartig fühlen, dass jemand mir auf diese Weise zugetan war? Aber das Gefühl stellte sich nicht ein. Vielleicht war ich auch nur zu überrascht gewesen, um mich dafür zu öffnen. Zweimal …? Meine Schultern sanken. Ich liebte Lijan, dessen war ich mir sicher, aber vielleicht eben nicht auf leidenschaftliche Art. Warum nur hatte er mich erneut geküsst? Er musste doch auch gespürt haben, wie falsch es sich anfühlte.

Es blieb keine Zeit, weiter darüber nachzusinnen. Zu allem Durcheinander in meinem Inneren gesellte sich nun der Druck, meiner Zukunft entgegentreten zu müssen. Aufgewühlt nahm ich die Kleidung vom Bettende, hielt sie in die Höhe und betrachtete das rituelle Gewand. Na ja, Gewand war ein übertriebener Ausdruck für den Fetzen Stoff mit Schnüren, der, dünn und flattrig, nicht mehr als meine Vorderseite bedecken würde, und den Rock, den man bestenfalls als Lendenschurz bezeichnen konnte. Die Himmelskleidung war spärlich geschnitten, damit sie unsere Schwingen beim ersten unbeholfenen Flug nicht behinderte.

Ich streifte mein Nachthemd ab, rieb mit einem Fuß über den Fußrücken des anderen und seufzte. Jetzt wurde ich doch langsam nervös.

***

»Warum überstürzen sie alles?« fragte ich Lijan, als ich wenig später die Hütte verließ und in die kalte Nachtluft hinaustrat. Das behagte mir nicht. Ich zog den langen, beigefarbenen Umhang, der seinem ähnelte, fest um den Leib und spürte doch die Kälte in meinen Körper kriechen. Die knappe Bekleidung darunter hatte der Witterung nichts entgegenzusetzen.

»Es ist nicht überstürzt.« Lijan reichte mir seine Hand, die sofort meine Finger spürbar wärmte. Das fühlte sich seltsamerweise wieder richtig an. »Sie wollen es uns leichter machen.«

»Leichter? Wir konnten uns nicht einmal verabschieden.« Ein Gedanke schoss unvermittelt wie ein heißer Blitz durch meinen Kopf. »O Gott, wo ist Fab? Er sitzt doch sicher noch im Turm.«

»Ich habe Samuel geschickt, um ihn zu holen. Keine Sorge.«

Erleichtert atmete ich durch. »Ibe verweigert ihm also nicht den Absprung?«

Lijan lachte auf. »Er wird sich glücklich schätzen, den Aufrührer los zu sein.« Ich nickte.

Wir marschierten auf den schmalen Pfad zu, der zwischen den Bäumen hindurch zur Klippe hinaufführte. Jetzt war es also gleich so weit.

»Was wird aus meinen Sachen? Ich konnte gar nichts mitnehmen.« Nicht dass ich nennenswerte Güter besaß, die mir fehlen würden. Jeder Schritt fiel mir nur plötzlich schwer, obwohl wir diesem Tag entgegengefiebert hatten. Wir würden unser ganzes bisheriges Leben hinter uns lassen.

»Wir werden nichts brauchen, Liz. Mach dir nicht so viele Gedanken. Es ist alles richtig, wie es ist. Ibe hat sich schon etwas dabei gedacht, uns den genauen Zeitpunkt zu verschweigen. Ein kummervoller Abschied macht dir nur das Herz schwer.« Er drückte meine Hand und ließ sie los. »Außerdem werden wir viele in Tirithan wiedersehen.«

Ich wandte den Blick ab und bemühte mich zu atmen. *Viele. Aber eben nicht alle.*

Am Ende des Pfades gab der Wald den Anblick auf die weite Klippe frei. Die Anwärter hatten sich dort versammelt, auch diejenigen der fremden Siedlungen, gehüllt in dunkelgrüne und weinrote Umhänge. Eine beachtliche Anzahl. Fackeln säumten beide Seiten des Platzes. Ibe, gekleidet in eine mit silbernen Runen verzierte zeremonielle Robe, streute etwas aus einem Tiegel in die Flammen der Fackeln. Eine kühle Brise wehte den herben Geruch zu mir herüber. Rituelle Beigaben.

Bree und Samuel standen nebeneinander in der ersten Reihe.

Lijan bedeutete mir, mich etwas weiter hinten einzureihen und stellte sich neben mich.

Hier oben raute es deutlich auf. Meine Haare wirbelten im Wind. Ich hätte sie vielleicht doch zu einem Zopf flechten sollen. Jetzt war es zu spät. Während Ibe ganz auf seine Handlungen konzentriert das Ritual einläutete, nahm ich aus den Augenwinkeln eine Bewegung wahr. Fab stand unvermittelt an meiner Seite, sein unnachahmlicher Duft streifte mich. Wild und frei wie ein Tag im Wald. Erleichterung und gleichzeitig Beklemmung rangen in meiner Brust. Unser letztes Zusammensein. Seine Finger stießen kaum merklich gegen meine Hand. Nadelstiche jagten über meine Haut. Ob er meine Nähe suchte? Machte ihn das Ritual etwa auch nervös? Ich wagte nicht, den Kopf zu drehen, um in sein Gesicht zu blicken. Wie bei den anderen war mein Blick eisern auf den Horizont geheftet, auch wenn das ganze Drumherum, die feierlichen Schwüre aus Ibes Mund, das Streuen weiterer Kräuter auf die brennenden Fackeln, mich zunehmend hibbelig machte.

»Bree«, wurde nun die Erste unter uns aufgerufen. Alle Blicke huschten zu ihr. Bree wandte sich kurz Samuel zu, der ihr ein wohlwollendes Lächeln schenkte. Sie hob stolz das Kinn. Wahrscheinlich klopfte ihr Herz ebenso stark wie meines. Kerzengrade trat sie vor und schritt auf die Klippe zu. Ihr langes, lockiges Haar war zu einem kleinen Kunstwerk geflochten. Eine silberne Nadel mit einem glasklaren Stein hielt den Stoff ihres Umhanges an der Schulter zusammen, wie bei jedem von uns. Sie war sich sicher, was ihre Bestimmung anging. Und Ibe musste es wohl auch sein, andernfalls wäre sie nicht die Erste von uns. Die Zeremonie beginnt immer mit einem glückseligen Auftakt, hatte er einmal erzählt. Glückselig, weil es Flügel geben würde. Und glückselig, weil der Auserwählte mit seinem Schicksal versöhnt wäre. Jeder der Anwesenden sollte sehen, wie der Himmel jemanden mit gütigen Händen aufnahm.

Bree löste die Nadel an der Schulter und der helle Umhang fiel wallend zu Boden. Das knappe, aber dennoch wunderschöne Gewand kam darunter zum Vorschein. Der glänzende, dunkelgraue Stoff umschmeichelte ihre Lenden, der Rücken lag frei. Während Ibe den Umhang an sich nahm und seine Schwüre lauter wurden, breitete Bree die Arme aus und stellte sich auf Zehenspitzen an den Rand. Nun trennte sie nur noch ein Lufthauch vom Abgrund. Ich sah, wie sie tief einatmete und sich langsam nach vorne beugte. Der Wind löste eine Strähne aus ihrem gebundenen Haar und ließ sie tanzen. Dann fiel Bree. Ein erschrockenes Raunen ging durch die Reihen.

Ich ballte die Hände neben den Beinen und wartete. Mein Herzschlag gab den Takt an … eins, zwei, drei … Was, wenn das Meer sie verschluckte und nie wieder hergab? Ich begann vor Anspannung zu zittern. Es war totenstill.

Ich spürte erneut Fabs Finger an meiner Hand und diesmal ergriff ich sie und drückte so fest zu, dass es ihm wehtun musste.

Bitte, bitte, bitte …

Ein gewaltiger Schatten schob sich wenige Meter vor der Klippe an den Himmel und bedeckte den fahlen Mond. Ein ohrenbetäubendes Rauschen erklang, als zwei mächtige weiße Schwingen schlugen und Brees Körper mühelos in der Luft hielten. Und einen Herzschlag später ein freudiges Jubeln und Klatschen. Erleichtert flatterte es in meinem Bauch. Bree hatte den Absprung geschafft und würde nach Tirithan gehen. Die Nacht ließ ihre Engelsflügel erstrahlen. Und obwohl ihr Gesicht im Schatten lag, war ich mir sicher, dass sie lächelte. Ibe verneigte sich vage in ihre Richtung und Bree verließ uns mit kräftigen Flügelschlägen. Bald verebbte das Geräusch und wieder wurden unsere Herzen schwer.

»Lijan«, wurde der Nächste gerufen. Ich hielt den Atem an. Die Anwärter drehten sich zu uns um und gaben den Weg frei. Lijan wandte sich mir zu und musterte mich eingehend. »Wir sehen uns«, flüsterte er mit rauer Stimme. Im Gehen warf er einen Blick auf meine Hand, die immer noch Fabs hielt. Erschrocken wollte ich loslassen, doch Fab verstärkte seinen Griff. Ich blickte zu ihm auf. Er hob einen Mundwinkel und lächelte. »Es ist das letzte Mal, das weißt du.«

Mein Herz befahl mir, wieder nach vorne zu schauen, wo Lijan bereits seinen Umhang abstreifte. Darunter lag das glanzvolle Tuch schmeichelnd auf seinen Hüften und bildete einen Kontrast zu seiner sonnenverwöhnten Haut. Wie wunderbar würde er erst mit mächtigen weißen Schwingen aussehen?

Er breitete seine Arme aus. Die Schwüre hoben an. Auch er war einer der Ersten, weil seine Bestimmung in Stein gemeißelt war. Lijan wusste das und war stolz darauf. Er trat einen Schritt vor, hob den Blick zum Himmel und fiel. Kein Raunen. Alle schwiegen ehrfürchtig.

Erneut begann ich zu zittern, ob von der Kälte des Windes oder vor Anspannung. Fab drückte meine Hand. Ich sah ihn wehmütig an, um mit einem Lächeln Abschied zu nehmen. Wer wusste, ob nicht einer von uns der Nächste wäre. Unsere Wege trennten sich am heutigen Tage und unsere Freundschaft konnten wir nur in den Herzen mitnehmen. Dass er und ich unterschiedliche Wege gehen würden, war sicher, und dass wir uns je wieder begegnen sollten, nahezu ausgeschlossen.

Fabs Augen glänzten, als er mich innig ansah, beinahe war mir, als wolle er noch etwas sagen, seine Lippen öffneten sich einen Hauch …

»O nein«, keuchte plötzlich jemand hinter mir. Ich nahm die Unruhe wahr, die um uns herum aufkam. Ich schaute verwirrt zu Ibe, der wie versteinert vor dem Abgrund stand. Erste entsetzte Schreie lösten sich aus der Gruppe. Fab ließ meine Hand los, ich fühlte mich wie im freien Fall. Was geschah hier?

»Lijan? Wo ist Lijan?«, fragte ich hektisch, doch keiner der Umstehenden wollte mir antworten. Ich drehte mich herum und herum, starrte in weit aufgerissene Augen, sah, wie sich ein Mädchen weinend abwandte. »Nein …« Ich schüttelte den Kopf. »Nein! Nein!« Ich schubste jemanden zur Seite und wankte zur Klippe. Der Himmel war nachtschwarz und leer. Der Mond wie festgenagelt. »Wo ist er? Lijan?« Es klang, als kämen die Worte nicht aus meinem Mund.

»Liz, nicht …« Fab war plötzlich an meiner Seite und packte mich an der Taille, um mich vom Abgrund fernzuhalten. Meine Hände drückten gegen seinen Leib, doch er ließ mich nicht los. Fest umklammerte er meinen aufbäumenden Körper. Der Schmerz, der in meinem Herzen aufbrandete, löste sich mit einem hysterischen Schrei aus meiner Kehle und zerriss die Nacht.

Kapitel 6

»Du musst essen, Liz.«

»Du musst springen, Fab.«

»Hör auf damit, ich habe alle Zeit der Welt, meinen Absprung nachzuholen, das weißt du.« Er warf ein weiteres Holzscheit ins Feuer des offenen Kamins. Der Gemeinschaftsraum war behaglich warm, doch in meinem Inneren wohnte trotzdem die Kälte. Ich zog die Beine hoch auf die breite Ofenbank und die Arme an meinen Körper.

Lore aß mit den Kleineren zu Mittag, doch Fab machte keine Anstalten, sich ihnen anzuschließen.

»Was hält dich noch hier?«, fragte ich matt und legte den Kopf in den Nacken.

»Du«, war seine simple Antwort.

Ich lächelte milde. »Wir wissen beide, dass ich nicht fortgehen werde. Also verpass nicht den Anschluss und geh. Mein Platz ist hier.«

»Dein Platz ist in Tirithan und *das* wissen wir beide. Ich bleibe so lange, bis du springst.«

»Dann wirst du niemals nach Sorothez gehen.«

»Dann ist es so.«

Ich wandte den Kopf zur Seite und schloss die Augen, bevor ich all meine Kraft sammelte und ihn direkt ansah. »Warum tust du das? Du bist mir nichts schuldig.«

Fab beugte sich vor, sodass sein Flüstern nur mich erreichte. »Ich schulde dir einfach alles. Und dass ich dir nicht auch noch dein Leben schulde, ist nur Lijans Verdienst.«

Ich keuchte, als mein Herz geschunden zusammenfuhr. Wie konnte er mich daran erinnern? War meine Qual noch nicht groß genug? »Geh jetzt«, zwang ich mich zu sagen und bedachte ihn mit einem unmissverständlichen Blick.

Fab kniff die Augen zusammen. »Das kannst du vergessen. Du hast dich nicht davon abhalten lassen, mir im Turm beizustehen. Und ich lass mich nicht davon abhalten, dir auf deinen vorbestimmten Weg zu helfen.«

Wütend stob ich hoch und ballte die Hände zu Fäusten. Nicht einmal trauern lassen konnte er mich, ohne mir auf den Nerv zu gehen. Er war unmöglich. Seit zwei Tagen folgte er mir auf Schritt und Tritt. Das hieß, von der großen Hütte zur heiligen Klippe und wieder zurück. Zu mehr war ich einfach nicht imstande. Ich schaffte es nicht, den Gedanken zuzulassen, dass Lijan ... Nein!

»Dann mach dich auf eine lange Wartezeit gefasst!« Ich kehrte ihm den Rücken zu und stapfte Richtung Ausgang.

»Du musst essen!«, rief er mir nach. Ich rupfte im Vorbeigehen demonstrativ zwei Äpfel aus dem vollen Korb neben dem Tresen, damit er mir ja nicht folgte, und marschierte hinaus.

Fab war ein unverbesserlicher Quälgeist! Sonst kümmerte ihn doch auch niemandes Schicksal außer sein eigenes. Außerdem hatten Lijan und er sich ständig in den Haaren gelegen. Aufgebracht stürmte ich quer über den Platz, die Stufen zu meiner Hütte hoch, stürzte hinein und pfefferte die Tür zu. Gleich danach sackte ich auf die Knie, ließ die Äpfel aus meinen Fingern gleiten und begann zu weinen. Eine riesige Welle brach über mir zusammen und spülte mich in einem Rutsch fort. Bestürzt schlug ich die Hände vor das Gesicht und schluchzte. Wie konnte so etwas passieren? Es war doch Lijan. Seine Bestimmung war unumstößlich gewesen. Bittere Tränen rannen meine erhitzten Wangen hinab. Ich konnte es einfach nicht begreifen. Er durfte nicht abgestürzt sein. Ein Mensch? Mein Verstand weigerte sich, Lijan so zu sehen. Ibe hätte seine Bedenken geäußert. Lijan war allen voran sein Liebling gewesen. Ibe hätte ihn nicht springen lassen, wäre er sich nicht absolut sicher gewesen. Erneut schüttelte mich ein Schluchzen. Das war nicht fair. Bree und

Samuel waren aufgestiegen, wahrscheinlich gemeinsam. Auch alle übrigen Anwärter waren fort. Und wir hätten es ihnen gleichtun sollen.

Warum?, hatte ich Ibe angebrüllt, nachdem der erste Schmerz verebbt und ohnmächtige Wut eingekehrt war. Aber er hatte nur den Kopf geschüttelt und nichts sagen können. Regelrecht hilflos hatte er inmitten seiner Werkstatt gestanden und mich aus so flehenden Augen angeschaut, dass ich es nicht länger ertragen hatte. Seither schottete Ibe sich ab.

Und Fab? Er stellte seinen Sprung hintenan, obwohl er sich seiner Bestimmung sicher sein konnte. *So sicher wie Lijan?*, stichelte mein Herz. Es war zum Verrücktwerden. Fab war geblieben, um mir beizustehen, doch ich ertrug seinen Anblick einfach nicht. Immerzu wog ich die Möglichkeiten ab, auf welche Weise ich auch ihn verlieren würde. Entweder er ging nach Sorothez oder er stürzte von der Klippe ins Meer. Es schien einfach keinen Ausweg zu geben. Mein Verstand drehte noch durch. Besser, die Trennung geschah schnell, solange meine Wunden noch bluteten. Ich stemmte die Arme in meinen Bauch und beugte mich vor. Es tat weh. Alles in mir tat weh. Als bestünde mein Inneres aus nichts als rohem Fleisch und Scherben.

Fab musste gehen. Ich wiegte mich vor und zurück. Sorothez, die mächtige dunkle Stadt, würde ihn aufnehmen, ihm ein neues Zuhause schenken, fernab dieser unseligen Klippe, fernab von mir. Ich hingegen würde bleiben. Lijan zurückzulassen, an einem Ort, an dem er buchstäblich verloren gegangen war, brachte ich nicht fertig. Das Meer hatte ihn verschluckt und seinen Körper nicht wieder hergegeben. Erneut rannen Tränen der Verzweiflung über mein Gesicht. Wie sollte ich ihn gehen lassen, wenn ich mich nicht verabschieden konnte? Ständig kreisten die Bilder in meinem Kopf. Lijan, der in der eisigen, düsteren Tiefe des Meeres schwebte, die Arme noch zum Absprung gestreckt, leblos treibend.

Warum nur war er gefallen? Die endlose Schleife drehte erneut ihre Runde. Warum hatte es niemand kommen sehen? Wenn er ein Mensch gewesen wäre, hätte es jemandem auffallen müssen. Zumindest doch Ibe. Wozu sonst führte er sein verdammtes Buch? Ich hielt inne, als mich plötzlich die Erkenntnis traf. Meine zitternden Hände suchten am Boden nach Halt. Das

Buch. Ibes Aufzeichnungen. Vielleicht wusste Fab etwas. Ja, er hatte doch das verfluchte Ding gestohlen. Und wenn er seine und meine Seite inspiziert hatte, dann möglicherweise auch Lijans. Ich wischte mir die Tränen aus dem Gesicht und versuchte mich zu sammeln. Fab hatte als Einziger einen Blick in das Buch geworfen. Was genau wusste er also über die Aufzeichnungen?

***

Als ich Fab stellte, saß er am Rand der geweihten Klippe. Die Beine über dem Abgrund baumelnd betrachtete er die Brandung tief unter sich. Ich blieb in gebührendem Abstand stehen und verschränkte die Arme. Der Wind zog rau über uns hinweg, ebenso wie die grauen Wolken am Himmel. Fab schien in seinen Gedanken versunken, er zuckte leicht zusammen, als ich zu sprechen begann. »Ist er ein Mensch gewesen?«

Fab drehte den Kopf zur Seite, ohne mich richtig anzusehen. »Das glaubst du doch selbst nicht. Was soll diese Frage?«

Ich setzte mich ein Stück weit hinter ihn, um das Meer nicht sehen zu müssen, und strich mit den Fingerspitzen über das Gras, das zwischen dem Sandstein hervorlugte. »Irgendetwas ist passiert, Fab. Und du kennst die Antwort. Warum ist Lijan abgestürzt? Das ergibt keinen Sinn. Er ist sich sicher gewesen. Er hätte Schwingen tragen sollen.« Ich wollte ihm die Möglichkeit geben, selbst mit der Sprache rauszurücken, wenn er irgendetwas wusste.

Fab blickte wieder aufs Meer hinaus und streckte seinen Rücken durch. »Wer sagt, dass er keine Schwingen bekommen hat?« Er schnaufte und warf etwas, vermutlich einen Stein, über die Klippe.

Ich stutzte. »Aber ... er ist nicht aufgestiegen.« Wenn Lijan Flügel erhalten hatte, warum war er nicht am Himmel erschienen? Fabs Einwand war absurd. Und doch klammerte sich mein dummes Herz sofort an diesen vagen Hoffnungsschimmer. Ich wollte daran glauben, dass Lijan lebte, und endlich die Bilder seines vom Meer verschlungenen Leichnams aus meinem Kopf verbannen.

»Irgendwas hat ihn vom Aufsteigen abgehalten«, sagte Fab und pfefferte erneut etwas Richtung Meer.

»Abgehalten? Und was? Du denkst, seine Schwingen haben sich nach dem Absprung entfaltet und er … er ist nicht damit aufgestiegen, weil …« Ich konnte mich der Schlüsse nicht erwehren, die ich jetzt unwillkürlich zog. Es gab nur eines, das Lijan davon abgehalten hätte, sich zu zeigen. Wenn sich eine andere als die erhoffte Bestimmung offenbart hätte.

»Weil er ein Blackfeather ist«, sprach Fab aus, was meinen Verstand zum Widerstand aufrief.

Ich schüttelte den Kopf. »Das kann ich nicht glauben. Nicht Lijan.«

Fab neigte den Kopf. »Warum nicht?« Jetzt erhob er sich, kam zu mir und schaute auf mich herab.

Ich stand ebenfalls auf, um ihm gegebenenfalls die Stirn bieten zu können.

Er musterte mich. Sein ernster Ausdruck war mir fremd. »Was ist daran undenkbar? Weil er wäre wie ich? Ein Sohn Sorothez'? Ist es dieser Gedanke, der dir unerträglich ist? Oder weil es bedeuten würde, dass du ihn nicht gekannt hast?« Er trat näher, bis sein Körper beinahe meinen berührte.

Ich konnte ihn weder ansehen noch antworten. Fabs Worte trafen es, jedes einzelne.

»Ihr habt euch vielleicht für einen gemeinsamen Weg entschieden, aber wie es aussieht, hat Lijan dir nicht in allem die Wahrheit gesagt. Zieh es in Betracht. Er ist jemand anderes gewesen. Ob die Blackfeather seine Bestimmung sind? Ich weiß es nicht. Aber es scheint mir zumindest plausibler als die Alternative. Dass er als Mensch gefallen ist.«

Fab ließ mich auf der Klippe stehen, während ich kaum meinen Herzschlag beruhigen konnte. War es möglich, dass er recht hatte? Ich schluckte. Fab war nie sonderlich feinfühlig gewesen oder bequem, aber wenn es darum ging, dem Schicksal tapfer ins Auge zu sehen, war er mir weit voraus.

Zumindest schien das Buch keine Rolle zu spielen. Fab hatte Lijan Kalkflügel genannt, erinnerte ich mich wieder, und jetzt glaubte er, unser Freund sei ein Blackfeather. Er stellte also selbst Mutmaßungen an. Das Menschsein kam darin nicht vor. Ich rieb mit den Händen über mein Gesicht und strich durch mein Haar. Verflucht, was sollte ich nur tun, woran glauben?

Unvermittelt kam Fab zurück. »Nein, weißt du was? Ich will das jetzt wissen. Warum wäre es eine solche Katastrophe, wenn er nächtliche Schwingen tragen würde?« Er musterte mich prüfend, als wolle er es ein für alle Mal ergründen. »Warum glaubt ihr, dass jedem Blackfeather ein verdorbener Charakter innewohnen muss?« Er schaute mir direkt in die Augen. »Das ist es doch, was du glaubst. Weshalb es dir unmöglich scheint, dass Lijan einer ist.«

Ich schluckte. »Vielleicht weil die Schriften darauf hinweisen, dass ...«

»Die Schriften«, er winkte unbeeindruckt ab und legte plötzlich seine Hände an mein Gesicht. »Ich will wissen, was du denkst. Was du, wenn du mich ansiehst, denkst.« Sein fordernder Auftritt vereinnahmte mich und barg so viel Leidenschaft, dass es mich wohlig erschaudern ließ. Ich spürte die Wärme seiner Hände auf meinen Wangen und errötete. Eine Geste, auf die unweigerlich ein Kuss folgen konnte.

Bevor das merkwürdige Kribbeln sich in meinem Bauch ausbreitete, das ich nicht fühlen wollte, schlug ich seine Arme zur Seite und wandte mich ab. »Was könnte ich denn in dir sehen, Fab?« Ich klang aufgebrachter, als mir lieb war. »Du bist dickköpfig und eigensinnig. Du forderst ständig dein Schicksal heraus, legst dich mit allen an. Es ist kein Wunder, dass du allein bist. Du stößt jeden vor den Kopf!«

Er drehte mich an der Schulter herum. »Aber dich stoße ich nicht vor den Kopf.«

Ich wehrte seine Hand ab. »Doch! Ständig!« All die Verzweiflung schlug plötzlich in blanke Wut um und kochte über. Wie sehr hatte ich gehofft, mit Lijan nach Tirithan zu gehen. Und wie sehr hatte ich mir insgeheim gewünscht, Fab könnte uns begleiten. Doch das wagte ich nicht auszusprechen. Wozu auch? Er wollte nach Sorothez, in die nächtliche Stadt. Oder den Sündenpfuhl, wie sie einige nannten. Fab wollte schwarze Flügel tragen, daran hatte er nie einen Zweifel gelassen. Warum also hatte er immer wieder meine Nähe gesucht, wozu die Freundschaft zwischen uns am Leben gehalten, wenn wir ja doch getrennte Wege gehen würden? Zornig und ohnmächtig ballte ich die Fäuste. Ich hatte Lijan verloren. Und jetzt würde ich auch Fab verlieren. »Spring endlich!«, herrschte ich ihn an. »Was ich in dir sehe? Ich sehe alle Vorurteile bestätigt, die man den Nachtseraphen zuspricht. Nicht nur die aus den Schriften, sondern auch die, die hinter vorgehaltener Hand geflüstert werden!«

Fab hob das Kinn, seine Miene versteinerte. »So siehst du mich also?« Das allererste Mal, seit ich ihn kannte, wirkte er nicht wie der Junge, mit dem ich herangewachsen war, sondern wie ein Mann, den ich nicht kannte.

Ich schluckte. Tränen traten in meine Augen. Ich wusste, ich war zu weit gegangen. Und doch konnte ich nicht anders. »Ja, genau so sehe ich dich. Deine Schwingen werden schwarz sein, schwärzer als die Nacht. Und sie werden dich zu Recht auszeichnen.« Das Herz schlug hohl in meiner Brust. Wenn ich mir erlaubte auf seinen Takt zu hören, würde es flüstern, dass ich Fab nur so eisern von mir wies, weil er mir etwas bedeutete. Das hatte er immer. Und genau deshalb verschloss ich diese Ahnung tief in meinem Inneren. Ich wollte nichts fühlen müssen, nicht wenn es bedeutete, dass ich erneut jemanden verlieren würde. Erschöpft ließ ich meine Schultern sinken. Der Impuls, mich zu entschuldigen, meldete sich. »Warum nur musst du mich immer provozieren?«, fragte ich matt.

»Und warum nimmst du alles für bare Münze, was sie dir über die Himmelsstädte erzählen? Deine Meinung ist von ihren Vorurteilen gefärbt.«

»Das ist nicht wahr«, wehrte ich mich. »Ich glaube nur nicht, dass du mit Lijan recht hast. Er kann kein Blackfeather sein.«

»Du siehst ihn also lieber tot am Grund des Meeres?«

Meine Hände ballten sich erneut zu Fäusten. »Das habe ich nicht gesagt!«

»Warum siehst du in den Blackfeather etwas Schlechtes, erklär es mir. Du hast dich immer so tolerant gegeben, hast nie wirklich Stellung bezogen, nicht so wie Lijan. Er hat wenigstens keinen Zweifel daran gelassen, was er von Sorothez hält.«

»Ich habe deshalb keine Stellung bezogen, weil jeder selbst entscheiden muss, wohin er gehören will.«

»Ja, aber jetzt, wo es Lijan getroffen haben könnte, scheinst du mit zweierlei Maß zu messen, oder irre ich mich? Was genau ist so schrecklich an der nächtlichen Stadt?«

»Leidenschaft – Mut – Kampfgeist!«

»Sorothez' Grundsätze«, bestätigte er stolz.

»Ich habe gesehen, was dir deine Leidenschaft eingebracht hat«, spottete ich. »Nichts als Ärger.«

»Du hältst mich für leidenschaftlich?« Sein Mundwinkel zuckte. »Und ich dachte, davon hättest du keine Ahnung.«

»Du bist nicht leidenschaftlich! Du bist waghalsig, respektlos und leichtsinnig. Du hast einen selbstzerstörerischen Hang zum Ungehorsam und setzt dich über jede Regel hinweg. Du tust einfach nie das Richtige! So wie Lijan es würde. Er kann kein Sohn Sorothez' sein.«

»Ich tue immer das Richtige. Nur entspricht es nicht eurer Vorstellung von Anstand, sehr wohl aber meinem Selbstverständnis. Wann habe ich jemals jemanden verletzt?«

»Mich, als du mich in den Weiher gestoßen hast!« Tiefschlag. Das war einer Tochter Tirithans nicht würdig, rügte mich mein Verstand. Wir waren damals noch Kinder gewesen. Sofort bereute ich, es ausgesprochen zu haben.

Hinter Fabs Antlitz arbeitete es sichtbar, ich hatte ihn getroffen. Seine Kiefer mahlten, er kontrollierte sein Inneres.

»Was steht in den Aufzeichnungen?«, setzte ich nach und machte mir nun auch noch seine Verunsicherung zunutze. Ich musste es wissen. »Hat Ibe etwas über Lijans Status geschrieben?«

Fab senkte das Kinn auf die Brust und atmete durch. »Whitefeather«, sagte er in rauem Ton, als verhängte er damit das Todesurteil über Lijan.

Ich schloss für einen kurzen Moment die Augen und nickte. Ibe hatte also auch geglaubt, Lijan würde nach Tirithan gehen. Es erleichterte und beunruhigte mich gleichermaßen. Denn wenn eine andere Bestimmung ausgeschlossen war, musste Lijan etwas zugestoßen sein. Plötzlich setzte der Schmerz des Verlustes wieder ein und schnürte meine Brust zu. Ich presste die Lippen hart aufeinander, um keine weiteren Tränen aufsteigen zu lassen. Fab bemerkte meine Verlorenheit und nahm mich, ohne zu zögern, in die Arme, obwohl ich ihn eben noch auf geradezu unverzeihliche Weise beleidigt hatte. Jetzt schämte ich mich dafür. Der Halt tat gut. Ich brauchte einen Freund.

»Was ist nur passiert? Wo ist er jetzt?«, flüsterte ich erstickt.

Fab seufzte. »Ich weiß es nicht.« Plötzlich schob er mich ein Stück von sich und spähte über meine Schulter zum Rand der Klippe. Ich fuhr herum.

»Helen?« Tatsächlich stand Lores Magd dort mit wehendem Rock am Abgrund. Während zwischen Fab und mir die Fetzen geflogen waren, musste sie hier heraufgekommen sein.

»Sei vorsichtig …«, ermahnte ich sie.

»Komm schon, das willst du doch nicht tun«, maß Fab der Situation eine ganz andere Brisanz zu.

»Helen?!« Jetzt stürmte Josh den Platz, stoppte abrupt und streckte sofort die Hände aus. Sein Augenmerk ruhte ganz auf ihr. »Tu das nicht. Bitte.« Seine Stimme und seine Bewegungen waren sanft, als versuchte er sich einem scheuen Reh zu nähern.

Helen hob das Kinn. In ihren Augen schimmerten Tränen. »Ich bin genauso gut wie sie.«

»Natürlich bist du das«, beschwichtigte er sie und näherte sich Schritt für Schritt.

Fab nahm mich am Arm beiseite, um den beiden Raum zu geben.

»Ich wäre eine wundervolle Whitefeather …«

»Wärst du«, bestätigte Josh. »Aber es ist uns nicht vorherbestimmt, Liebes. Wir steigen nicht auf.« O Gott, darum ging es?

Helen verengte widerwillig den Blick und atmete tief durch. »Das kannst du nicht verstehen. Du fühlst das nicht. In meinem Inneren brennt ein Licht.« Sie legte die Hände auf ihr Herz. Eine tiefsitzende Pein verzerrte ihr Antlitz. »Ich habe eine Pflicht zu erfüllen. Tirithan ruft mich.«

»Helen …«

»Nein, ich höre das. Ich muss folgen …« Ehe jemand einschreiten konnte, tat sie einen Schritt ins Nichts und fiel.

Ohne zu zögern, rannte Josh los, breitete die Arme aus und sprang ihr nach.

Ich wollte nach vorn stürzen, aber Fab riss mich zurück. Mein Atem kam gepresst. Sekunde um Sekunde verstrich, dann endlich wand ich mich aus seinem Griff und strauchelte vorwärts.

»Du kannst nichts tun …«, wollte Fab mich zurückhalten. Der Schmerz in meinem Inneren war übermächtig. Das konnte nicht erneut geschehen sein.

In diesem Moment erklang plötzlich das Rauschen zweier Schwingen. Und ehe wir wussten, wie uns geschah, erhob Josh sich über den Rand der Klippe, Helen in seinen Armen geborgen. Ich hielt den Atem an, als er vor uns landete und sie behutsam absetzte. Das Schwarz seiner Flügel verschlang jeden meiner Gedanken.

»Du musst gehen!« Ibe tauchte hinter uns auf, beurteilte die Situation und riss ohne Umschweife das Kommando an sich. Er schritt an den Rand des Platzes, hob eine vom Ritual übriggebliebene Fackel auf und rammte sie in den Boden. Geflissentlich machte er sich daran, sie zu entzünden. Danach kramte er in seiner Kleidung und holte einen Beutel hervor. Die rituellen Beigaben. »Du hast dich gewandelt. Du wirst aufsteigen.«

Joshs Miene verfinsterte sich. Er schob die sichtlich mitgenommene Helen kurzerhand in meine Arme und schritt auf Ibe zu.

»Nein!« Ibe stellte sich ihm in den Weg. »Du gehörst nicht länger hierher. Sorothez hat dich gerufen, nun musst du folgen. Steig auf! Deine Flügel werden einen Tunnel für dich öffnen, doch nur direkt nach der Wandlung. Wenn du jetzt bleibst, wirst du nicht mehr aufsteigen können. In der Himmelsstadt erfährst du alles Weitere. Vielleicht darfst du eines Tages zurück auf die Erde, aber wiedersehen werden wir dich nicht. Verstehe das, Engeln ist es verboten, sich zu zeigen. Du musst hier und jetzt Abschied nehmen. Es tut mir leid.« Ibe wandte sich wieder der Fackel zu und streute feines glitzerndes Pulver in die Flamme. Es knisterte.

»Und wenn ich mich weigere zu gehen?« Joshs Arme spannten sich an. Er rang offensichtlich mit sich.

Ibes Schultern sanken, er atmete tief durch. »Dann, mein Lieber, werden *sie* herabsteigen.«

Seine Worte jagten ein Frösteln über meine Haut. Helen entfuhr ein jämmerliches Stöhnen, das die Aufmerksamkeit ihres Liebsten auf sich zog.

Ibe schritt ein und legte Josh die Hand auf die Schulter. »Bring Helen nicht in Gefahr. Steig auf, wie es deine Bestimmung ist«, mahnte er ihn. »Das ist der einzige Weg.«

***

Nachdem Josh uns verlassen und Ibe die von den Ereignissen mitgenommene Helen von der Klippe gebracht hatte, musste ich mich erst mal setzen. Immer wieder ging ich es in meinem Kopf durch und konnte es doch nicht glauben. »Josh ist zum Absprung berufen gewesen. Das heißt, er hätte schon vor Jahren aufsteigen und seine damalige Siedlung verlassen können.« Und ich Schaf war einfach davon ausgegangen, dass er ein Mensch war.

Fab schabte mit dem Fuß über den Sandstein, setzte sich neben mich und legte die Stirn in Falten. »Er hatte sich wohl gegen den Himmel entschieden. Oder vielleicht geglaubt, sein Glück in Helen gefunden zu haben. Jedenfalls hat er als Mensch leben wollen.« Er seufzte tief. »Jetzt muss er nach Sorothez gehen. Ihr unbedachtes Handeln hat ihn zum Absprung gezwungen.«

»Was, denkst du, wäre passiert, wenn Josh sich Ibe widersetzt hätte? Er hat gesagt, *sie* würden dann kommen. Wen hat er gemeint?« Über Derartiges hatte keiner bisher gesprochen. Wozu auch? Wir waren Anwärter und fieberten seit Langem unserer Berufung entgegen.

»Vermutlich Ausführende aus der jeweiligen Himmelsstadt.« Fab verzog abwägend den Mund. »Schwer zu sagen.«

»Ausführende ...«, wiederholte ich skeptisch und hatte sofort bedrohlich wirkende Seraphen vor Augen, die den armen Josh an den Armen gepackt in den Himmel mitnahmen. Fab schüttelte nur schmunzelnd das Haupt.

»Für jemanden, der weiß, was es dort oben gibt, wirkst du recht erschüttert über die Möglichkeiten. Denkst du, sie würden nicht auch hierherkommen, wenn es Schwierigkeiten gäbe? Sie stehen auch den Menschen überall zur Seite, unentdeckt. Vielleicht sind sie längst hier gewesen und wir wissen es nur nicht«, setzte er noch einen drauf.

Ich schlang die Arme um meine Beine. »Und für jemanden, der fortwährend nichts als Streiche im Sinn gehabt hat, wirkst du recht abgeklärt«, murrte ich unzufrieden und konnte mich nicht entscheiden, ob ich ihn ansehen wollte oder nicht. Das vor unseren Augen abgespielte Drama hatte mich ohnehin auf den harten Boden der Tatsachen zurückgeholt, aber jetzt belehrte Fab mich auch noch. Dabei sollte ihm all das genauso neu sein wie mir. War es vermutlich auch, allerdings hatte er sich im Vorfeld offensichtlich mehr eigene Gedanken gemacht und nicht nur erlerntes Wissen nachgekaut.

»Helen hat tatsächlich geglaubt, Tirithan würde sie rufen«, sprach ich aus, was mir am kuriosesten erschien, und beobachtete seine Reaktion.

Fab presste betreten die Lippen aufeinander und spähte aufs Meer hinaus. »Vielleicht ist es mehr eine Sehnsucht als eine Ahnung gewesen. Ich finde es jedenfalls nachvollziehbar, dass sie an einem Gefühl hat festhalten wollen, das ihr offenbar alles bedeutet hat. Selbst wenn es zum Scheitern verurteilt gewesen ist, sie hat es für echt gehalten.«

Ich schnaufte verächtlich. »Sie wollte unbedingt Schwingen tragen und jetzt hat sie sich selbst die Chance auf eine gemeinsame Zukunft mit Josh genommen«, stellte ich klar und bedauerte sofort, so hartherzig zu urteilen. »Dabei weiß ich, dass die beiden sich mögen. Das ist doch ungerecht. Darf er als Blackfeather denn keinen Menschen lieben?« Ich kannte die Regeln und wünschte mir dennoch eine Ausnahme für die beiden.

»Selbst wenn er sie lieben dürfte ... Sie hat ihm keine Wahl gelassen und ihn gezwungen zu springen. Das wird er ihr vielleicht nie verzeihen.« Fab stand unvermittelt auf. Ruhelos lief er auf und ab, fuhr sich durch die schwarzen Strähnen, überlegte, wog ab. Schließlich zog er sich sein Shirt über den Kopf.

»Was machst du?« Irritiert erhob ich mich. Jetzt stand er mit bloßem Oberkörper vor mir. Seine sehnigen Arme spannten sich an, als er mich sanft an den Schultern fasste.

»Lijan ist fort«, sagte er mit durchdringendem Blick, als sei ihm eben etwas klar geworden, von dem er wollte, dass auch ich es sah. »Was immer passiert sein mag, er kommt nicht zurück, weil er es nicht kann oder weil er nicht will, sonst hätte er es längst getan. Spring, wann immer du so weit bist. Ich weiß, ich habe versprochen, dich auf deinen vorbestimmten Weg zu bringen. Aber ich habe kein Recht, dich zu überreden, wenn du es nicht fühlst.« Er verzog leidvoll das Gesicht und senkte das Kinn. »Aber ich … Ich spüre Sorothez rufen. Seit langer Zeit schon. Ich muss meiner Bestimmung folgen.« Er beugte sich zu mir und küsste meine Stirn. »Leb wohl, kleine Liz. Du wirst mir fehlen.«

Tränen sammelten sich in meinen Augen. Meine Lippen öffneten sich leicht, doch kein Laut wollte hinaus. Ich stand wie versteinert da und atmete gegen das Gefühl des Verlustes an. Fab würde mich verlassen. Jetzt. Hier. Und es gab nichts, was ich dagegen sagen durfte, nichts, was ich dagegen tun wollte. Er gehörte nach Sorothez, das hatten wir immer gewusst. Mein Herz zog sich vor Freude und Schmerz zusammen.

Er senkte sein Haupt und riss sich von meinem Anblick los. Ich war dankbar, dass er tat, wozu ich nicht fähig war. Ehe ihn etwas zurückhalten oder ich doch noch ein Wort erwidern konnte, wandte er sich ab, nahm Anlauf, breitete die Arme aus und stieß sich mit einem solchen Satz ab, als wolle er dem Schicksal mitten ins Genick springen. Nicht eine Sekunde versackte sein Körper, die Schwingen brachen unmittelbar aus seinem Rücken hervor und fingen ihn auf. Fab stieg in den Himmel, wunderschön, mit gewaltigen pechschwarzen Schwingen wie erwartet. Noch im Aufstieg und als das Irisieren des sich ankündigenden Tunnels einsetzte, stieß er ein triumphales Johlen aus, das mein Herz weckte. Und ich wusste, auch ich würde dem Ruf folgen müssen.

***

Fab

Ohne Zögern flog Fab den breiten Steg an, der wie eine Brücke in die nächtliche Stadt führte. Er hatte sich für den ersten Aufstieg, der geschützt verlief, Zeit gelassen. Hatte den irisierenden Tunnel kühn auf die Probe gestellt. Er sollte einen überall dort hinbringen, wohin einen Verstand und Herz leiteten. Auf diese Weise hatte er seine Runden über dem Ozean gedreht, bis die Sonne versunken war und er dem schimmernden Tunnel nach Sorothez folgen musste. Nun verbarg die Nacht den größten Teil der Bauten ebenso effektiv wie seine schwarzen Schwingen. Lichter erstrahlten hier und dort, bis weit in die Höhe, und gaben Aufschluss darüber, wie gewaltig die Himmelsstadt sein musste. Für menschliche Augen wären diese Lichter nichts weiter als Sterne am Firmament, für ihn bedeuteten sie die Verheißung auf einen Platz, an den er gehören könnte. Fab landete und zog die Flügel ein, die nach diesem ersten Einsatz wie ein bleiernes Gewicht an seinem schmerzenden Rücken hingen. Es würde leichter werden. Zumindest das Fliegen.

Er hatte sich losgerissen – losreißen müssen –, als ihm klar geworden war, dass er Liz nicht allein lassen wollte. Seine Anwesenheit hätte sie nur darin bestärkt abzuwarten, länger zu bleiben. Sie hätten ihren Absprung vielleicht niemals vollbracht und sich irgendwann gehasst.

»Neuankömmling?«, raunte ein Wachposten schroff und baute sich mit seinem breiten Kreuz vor ihm auf. »Name?«

Fabs Blick glitt über den einsam stehenden Steinbogen, an dem der Blackfeather Wache stand. Das war also Sorothez' Willkommen? Ein nutzloses Denkmal und eine unfreundliche Seele? »Geht dich einen Dreck an.«

»Uuh, Schätzchen ...«, spottete die Wache unbeeindruckt, um dann im ernsten Tonfall fortzufahren. »Absprungsort?«

»Silver Crevice.«

Der Blackfeather rieb sich nachdenklich das Kinn. »Liegt das im Westen?«

»Im Norden«, korrigierte Fab ihn. Die Siedlung war eine der kleinsten, die eine heilige Klippe besaßen, hatte Ibe einmal erzählt. Sicher kannte er sie nicht.

»Melde dich in der Stadt, unterhalb des höchsten Turms. Du bist heute nicht der Einzige.«

Fab nickte. »Ich dachte, hier wäre nachts mehr los.«

Der Wachmann lehnte sich gegen den Torbogen, verschränkte die Arme und lachte rau. »Darauf kannst du deinen Arsch verwetten. Die Hälfte ist ausgeflogen, aber der Rest tobt sich aus. Hier wird dein Rhythmus anders ticken. Schlafen, bis die Sonne untergeht und dann ... Na, du wirst es ja sehen.«

Fab nickte abermals. Machte Sinn. Zumindest das mit dem zeitlichen Rhythmus. Die Blackfeather wurden durch die Nacht verborgen, die Whitefeather durch die gleißende Sonne. Er stieß sich vom Steg ab und stieg auf. Er hatte nicht vor auch nur eine Sekunde länger zu laufen als nötig. Mit kräftigen Schlägen erhob er sich über die Lichter der Stadt und suchte den besagten Turm. Als er ihn schließlich am anderen Ende ausgemacht hatte, segelte er beinahe lautlos hinab, zwischen den Dächern und Häuserschluchten hindurch, um Sorothez zu begrüßen. Hier war alles anders. Verschachtelte Bauten, ein ausgeklügeltes Netzwerk von Planken zwischen den Gebäuden. Eine eigenwillige, aber passende Architektur. Natürlich würde es geordnete Strukturen geben, zumindest innerhalb der Stadtführung, aber das Antlitz von Sorothez spiegelte geradezu die unendlichen Möglichkeiten wider, sich über gängige Gesetzmäßigkeiten hinwegzusetzen. Fabs Puls beschleunigte sich. *Zu Hause*, schrie seine Seele, während sein Blick unablässig über die Schönheit des gerade erwachten schwarzen Juwels schweifte.

Kapitel 7

Ich brauchte eine weitere Woche, um dem Ruf meines Herzens zu folgen. Dem Alltag des Gehöfts beizuwohnen, fühlte sich falsch an. Ich gehörte nicht länger nach Silver Crevice. Nicht nur Helens böse Blicke zeugten davon.

Also bat ich Ibe die rituellen Fackeln zu entzünden und sprang meiner ungewissen Zukunft entgegen. Kein Laut des Triumphes begleitete mich. Als Nachzügler stieg ich allein auf. Die Last auf meinen Schultern rührte nicht von den weißen Schwingen, die folgsam ihren Dienst verrichteten, als hätte ich sie immer schon besessen. Die Luft flimmerte vor meinen Augen und bildete einen verheißungsvollen Tunnel, dem ich folgte.

Der Wolkennebel schien kein Ende zu nehmen. Blindflug. *Folge deinem Herzen*, hatte Ibe mir mit auf den Weg gegeben, damit ich mich nicht ängstigte. *Alles wird gut werden.* Ich war mir nicht sicher.

Endlich brach ich durch die Wolkendecke und schoss wie ein Pfeil hervor. Ich hatte gar nicht bemerkt, wie schnell ich geflogen war. Erst als die riesige strahlende Stadt vor mir aufragte und die Wolken unter mir sich immer weiter entfernten, verharrte ich einen Atemzug, in dem mich meine Schwingen am Himmel hielten. Schließlich flog ich herab, um grazilen Schrittes auf dem Weg zum gewaltigen Portal von Tirithan aufzusetzen. Eine Gänsehaut überzog meinen Körper, ich erzitterte. Ganz sicher weniger vor Kälte als vor Ehrfurcht. Hierher hatte meine Bestimmung mich berufen. Tirithan. Die glanzvolle Stadt.

Langsam setzte ich einen Fuß vor den anderen. Der Weg war ebenmäßig, weiß und blank. Der Wolkennebel streifte zaghaft darüber. Ich hatte es mir zwar so ähnlich vorgestellt, doch im Vergleich zu diesem überwältigenden und realen Anblick waren es nichts als Träume gewesen. Eine Stadt, die sich beinahe blendend über den schneeweißen Wolken auftürmte. Der Pfad führte mich in sanften Schwüngen darauf zu.

Die unermessliche Höhe des Portals, das auf halbem Weg zur Stadt lag, schüchterte mich ein. Unbewacht, ungeschützt, aber anmutig ragte der weiße Koloss vor mir auf. Flankiert wurde er an beiden Seiten von zwei nicht minder gewaltigen Skulpturen. Seraphen. Sie hatten sechs Flügel, zwei, um ihr Antlitz vor den Menschen zu verbergen, zwei, um über sie zu kommen und zu richten, und zwei, um ihre Füße zu bedecken, damit man ihrer Spur nicht folgen konnte. Sie waren unsere Vorfahren, Mutter und Vater unserer Ordnung. Tirithan, die Weise, die Gelehrte, der Gerechtigkeit verpflichtet, strebsam und aufrichtig. Sie verkörperte die Whitefeather. Und Sorothez, der Blackfeather. Ein Krieger. Leidenschaft und Rachlust waren sein Antrieb. Stark, fordernd und dem Kampf ergeben. An seiner Seite fand Tirithan der Legende nach Schutz, während Sorothez sich ihrem klugen Verstand und ihrer Führung überantwortete. Ich konnte kaum atmen, angesichts meines Erbes.

Einige Sekunden verharrte ich wie versteinert vor dem Portal und wagte kaum hindurchzuschreiten. In meinem Magen brannte es. Ich kam mir winzig und unbedeutend vor. Und ich wünschte Lijan wäre hier.

»Wer da?« Das plötzliche ruckartige Aufsetzen eines Whitefeathers neben mir ließ mich erschrocken zur Seite taumeln. Ich stürzte.

»Warum kommst du unangekündigt? Bist du außerhalb des Rituals gesprungen? Aus welcher Region stammst du?« Der Engel zog seine Schwingen ein, während er mich forsch mit Fragen bombardierte und unsanft am Oberarm auf die Beine zog. Verwirrt huschte mein Blick zu dem blanken Boden, den meine Hand beim Sturz aufgeschoben hatte, als bestünde er aus Sand, und dessen Oberfläche sich nun wie durch Zauberhand von selbst glättete.

Er ließ mich los und musterte mich mit ernster Miene. »Beantworte meine Fragen. Wie ist dein Name?«

»Liz.«

»In Ordnung, Liz. Deiner Kleidung nach zu urteilen, bist du außerhalb des Rituals gesprungen. So etwas ist hier ungern gesehen. Ich werde dich jetzt in die Stadt bringen und dafür sorgen, dass man dir einen Platz zuweist.«

Ein weiterer Whitefeather landete hinter mir und nahm sofort Haltung an. Seine gewaltigen Schwingen beeindruckten mich. Offenbar war die Stadt doch bewacht. Wie töricht von mir. Natürlich war sie das.

»Probleme?«, fragte der Zweite in tiefem Ton. Über dem breiten Brustkorb spannte sich ein dünner, weiß glänzender Stoff, der die Rückenpartie aussparte. Ihre Kleidung ähnelte den rituellen Gewändern beim Absprung. Mir hatte Ibe wegen meines alleinigen Aufstiegs gestattet, etwas mehr anzuziehen. Ich war froh, Beinkleider statt eines dünnen Rockes zu tragen.

»Eine verspätete Ankunft. Ich bringe sie rein und trage es dem Präfekten vor.«

Der zweite Whitefeather nickte. Gleich darauf riss ihn sein kraftvoller Flügelschlag in die Luft und er verschwand vor meinen Augen. Den Blick abgeschirmt versuchte ich ihn auszumachen, aber es gelang mir nicht. Es war also tatsächlich etwas dran an den Erzählungen, dass Tageslicht uns verbarg.

»Komm schon, ich habe Pflichten zu erfüllen. Umsehen kannst du dich später.« Die Wache begann mit kraftvollen Schritten loszulaufen, stieß sich ab, breitete die Flügel aus und segelte knapp über dem Pfad auf die Stadt zu, die erst ein Stück hinter dem Portal begann.

Verflucht. Ich rannte ihm nach. Die Sache mit dem Segelflug sparte ich mir lieber. Das würde nur in einem peinlichen Unglück enden. Ich hatte den Weg hier herauf zwar mühelos hinter mich gebracht, was mich immer noch erstaunte, aber nur weil mir das geglückt war, hieß das nicht, dass man Fliegen nicht trainieren musste. Wenigstens taugte meine Kondition etwas, sodass ich ihn recht zügig an der Stadtmauer einholte.

»Dort rauf. Ich hoffe, du kannst das.« Er stieß sich kraftvoll ab und landete in einem offenen Bogengang, der vermutlich weiter ins Innere der Stadt führte. Ich hatte keine Zeit zum Nachdenken und versuchte seinen von den Schwingen unterstützten Sprung nachzuahmen. Nicht sonderlich elegant stolperte ich in den Gang. Die Wache wartete bereits ungeduldig am Ende des langen Flures. Als er bemerkte, dass ich folgte, verschwand er im nächsten. Ich nahm die Beine in die Hand. Auf Rücksichtnahme brauchte ich offensichtlich nicht zu bauen. Aber vielleicht brachte mein verspätetes Erscheinen ja tatsächlich Abläufe durcheinander. Ich bog um die Ecke. In meinem Inneren spürte ich deutlich den Druck steigen. So allein hatte ich mich in meinem ganzen Leben noch nie gefühlt.

Der Whitefeather stand bereits wieder am Ende des Ganges, wies mit strengem Blick auf eine Bank und trat dann einfach über einen Sims hinaus, um dahinter fallend zu verschwinden. Ich schnaufte. So hatte ich mir den Einzug in die glanzvolle Stadt nicht vorgestellt. Resigniert schlurfte ich zu der Bank und setzte mich. Keine Ahnung, worauf oder auf wen ich hier wartete, aber nach dieser Begrüßung war mein Bestreben, mir fremde Hilfe zu suchen, erloschen. Ich legte die Hände in den Schoß, senkte das Kinn und versuchte das Brennen zurückzudrängen, das meine Kehle hinaufkroch und Tränen erzwingen wollte. Nein, ich würde das durchstehen. Ich würde nicht als heulendes Elend in Tirithan einziehen und mich meines Stolzes berauben lassen, selbst wenn das Fehlen meiner Freunde mich innerlich zerriss. Dann war ich eben allein. Na und? Ich ballte die Fäuste, schloss die Augen und versuchte mir etwas von Fabs Tapferkeit zu borgen. Jetzt wäre sein trotziger Widerstand von Nutzen oder wenigstens sein spottender Humor. Bitter lächelnd schüttelte ich den Kopf. Endlich verstand ich, warum er so war.

***

»Du bist der Spätankömmling?« Ich schreckte hoch. War ich etwa eingenickt? Vor mir stand ein dunkelblonder, junger Mann in heller Kleidung.

»Ich bin Liz. Ich hätte vor ein paar Tagen ankommen sollen, aber …«

»Es hat einen Absturz bei euch gegeben.« Offenbar war er über die Geschehnisse im Bilde. »Dann komm. Ich gebe dir eine kurze Einführung und morgen stelle ich dir jemanden an die Seite, den du begleiten kannst. So findest du dich am schnellsten zurecht und störst nicht weiter.« Wow. Hier war man wirklich nicht erpicht darauf, vom Plan abzuweichen. *Ordnung, Liz! Der dritte Grundsatz.*

»Wie ist *dein* Name?«, fragte ich, um trotzdem irgendwie ankommen zu können.

Ein Lächeln umspielte seinen Mund, er streckte mir seine Hand hin. Na endlich. »Ich bin Deklan.« Sein Händedruck war fest und angenehm warm.

»Ich bin Liz. Ach ..., das sagte ich ja schon. Tut mir leid, wenn ich Umstände mache.«

Anstatt mich zu beschwichtigen, nickte er lediglich und bedeutete mir, ihm zu folgen. Scheinbar waren die Whitefeather mehr der unnachgiebigen strengen Seite in sich verpflichtet. Lijan hätte fabelhaft hierher gepasst. Ich hingegen versuchte nicht allzu überfordert zu wirken.

»Du wirst Kleidung erhalten, du bekommst einen Schlafplatz zugewiesen und die Regeln erklärt. Man wird zu gegebener Zeit an dich herantreten, um das Einweihungsritual nachzuholen. Natürlich verläuft es sonst nicht derart ungeordnet. Abstürze und daraus resultierende Verzögerungen sind nicht gerne gesehen, kommen aber natürlich vor.«

Ich bemühte mich seinen Worten und flotten Schritten zu folgen. Immer wieder musste ich aufschließen. Dennoch versuchte ich meine Umgebung wahrzunehmen, mich zu orientieren und nicht zuletzt irgendein Gefühl der Zugehörigkeit zu entwickeln.

Die makellose, elfenbeinfarbene Architektur, die hohen Bogengänge, die fantastisch detailreichen Verzierungen – all das hatte ich erwartet. Selbst das Irisieren der Oberflächen wunderte mich bei Tirithans Namen nicht. Glanzvoll. Ein nachvollziehbarer Titel. Nur eines kam mir seltsam vor.

»Was ist das?« Ich strich sanft mit den Fingern über die schimmernde Säule, die wir gerade passierten und deren Oberfläche sofort abblätterte und in hauchdünnen Fetzen durch die Luft schwebte, als wirbele Asche aus der Glut auf. Wie merkwürdig. Als zerfalle die Säule bei Berührung.

»Tirithan wächst und erneuert sich fortwährend. Die Substanz nennt sich Quiryll. Sie findet selbstständig zu neuer Form zusammen, wenn man sie zerschlägt. Einmal durch die Hand eines Whitefeathers erschaffen, behält sie ihren Zweck bei. Du siehst also, Tirithan wäre in Kriegszeiten vor Zerstörung geschützt.«

Fasziniert blieb ich stehen und stieß die blättrige Substanz der nächsten Säule an, die zerfiel, unbeirrt ihresgleichen suchte und sich zusammenfügte. Die Säule war wieder glatt und schimmernd wie zuvor. Jetzt konnte ich nicht länger widerstehen und grub die Finger tief in das Quiryll, das leicht und kaum spürbar zerbarst, in pulvrigem Staub und Fetzen aufstob, in einer schwungvollen Bahn höher schwebte und im nächsten Augenblick eine hübsche Verzierung in Form einer Blütenranke am oberen Ende der Säule schuf, während die ruinierte Stelle eine Aussparung gleich einer eingelassenen Muschel bildete. Mein Blick glitt zu Deklan.

»Es erfindet sich neu?« Das war fabelhaft. »Und so hübsch.«

Er zuckte unbeeindruckt mit den Schultern. »Das Göttliche ist auf Schönheit und Perfektion ausgelegt. Aber bitte … Ich weiß, es verleitet dazu, aber das Spielen mit Quiryll ist verpönt. Lass es nicht zu einer schlechten Angewohnheit werden.«

»Ich dachte nicht, dass Whitefeather schlechte Gewohnheiten haben könnten«, gab ich zurück und lächelte.

Deklan jedoch blieb mehr als unterkühlt. »So ist es ja auch. Darum meine Warnung.«

Ich schluckte. Herrje, hier herrschte wahrlich ein strenger Ton.

Wir verließen den langen offenen Bogengang und stiegen eine breite Treppe hinauf.

»Du kommst im Trakt der Neuen unter. Es ist nur für einige Tage. Du teilst dir dort den Schlafsaal mit einem Dutzend Anwärterinnen. Wir haben festgestellt, dass es die Gemeinschaft stärkt. Außerdem findet man schneller Anschluss und besser in seine Rolle. Was wird deine Aufgabe sein?«

»Wie bitte?« Woher sollte ich denn das wissen? Ich war ja gerade erst angekommen.

Deklan seufzte. »Ich meine, hast du eine bestimmte Aufgabe in eurer Siedlung gehabt? Bist du handwerklich geschickt? In dem Fall käme die Quiryllwerkstatt infrage. Hast du ein Faible fürs Lesen und Schreiben? Oder einen Sinn für Ordnung? Dann vielleicht die Bibliothek, die Schreibstube, das Archiv. Hast du dich um andere gekümmert und bist wenig zimperlich …

Nun, auch dafür haben wir Verwendung.« Er warf mir einen prüfenden Blick über die Schulter zu und grüßte gleichzeitig im Vorübergehen eine Gruppe von Mädchen. Eine von ihnen lächelte scheu.

»Vielleicht die Bibliothek …«, versuchte ich eine Entscheidung zu treffen. Falls er denn überhaupt eine erwartete. Ich musste an Ibes Knochennadel und das Binden des Pergaments denken. Vielleicht würden Bücher das brennende Gefühl von Heimweh lindern, während ich mich in diese neue Welt einfand.

»Die Bewahrer des Wissens. Du bist ein Bücherwurm?«

»Nein, kann man nicht sagen. In unserer Siedlung hat es diesbezüglich nicht viel zu ergründen gegeben, fürchte ich. Könnte aber interessant sein und es schadet ja nicht, seinen Horizont zu erweitern.«

»Aus welcher Region stammst du noch mal?«, fragte er und klang, wenn überhaupt möglich, noch frostiger als zuvor. »Silver Crevice, richtig? Im Norden. Sie lehren euch dort Ansprüche zu stellen? Nun … Bescheidenheit, Folgsamkeit – du wirst es lernen. Im Archiv gibt es eine Menge Fleißarbeit. Ist vielleicht die bessere Wahl für dich. Ich werde ein gutes Wort für dich einlegen, um deine charakterliche Entwicklung voranzutreiben.«

Seine Worte erschütterten mich. Noch nie hatte mich jemand mit einem solchen Unterton in der Stimme als anspruchsvoll bezeichnet. Eher im Gegenteil. Ich war stets folgsam und fleißig gewesen und sah darin meine Stärken. Doch hier schien ein anderes Maß an Gehorsam verlangt zu werden. Ich schluckte und verdaute das Vorurteil, das er nun meiner Heimatregion anlastete.

Deklan öffnete eine schlichte, breite Tür. Lautlos glitt sie auf und gab den Blick auf einen riesigen Saal frei, dessen einzige Funktion es zu sein schien, eine Unzahl an Betten zu beherbergen. Wir traten ein.

»Hier ist es. Du kannst dir eines der freien Betten aussuchen. Es sind genügend vorhanden«, bot er mir mit einer ausladenden Geste an, bevor er sich mir wieder zuwandte. »Am besten, du knüpfst schnell Kontakte. Die anderen sind ja schon ein paar Tage hier und werden bald ihren Bereichen zugeteilt. Später triffst du nur noch selten auf Whitefeather aus anderen Abteilungen.«

Er zuckte mit den Schultern. »Wenn dir das überhaupt wichtig ist. Viele fühlen sich in ihren Nischen am wohlsten. Wenn du dich eingearbeitet hast, erhältst du eine Kammer nahe deinem Bereich.«

Ich nickte und nahm das Bettzeug entgegen, das er aus einem Regal genommen hatte. »Ordnung halten. Sich zur Abendglocke einfinden. Essen gibt es zu den ausgewiesenen Zeiten im unteren Saal. Wer eine Mahlzeit verpasst, muss bis zur nächsten warten. Keine Ausnahmen, keine Regelverstöße. Wer gegen eine der Grundregeln verstößt, fliegt. Und das darfst du ruhig wörtlich nehmen. In der Bewährungszeit eine Regel zu verletzen, führt unweigerlich zum Ausschluss aus Tirithan. Dann bleibt dir nur mehr der Dienst im Geschwader.«

»Entschuldige ...«, ich traute mich ja kaum mehr zu fragen, aber ..., »was ist das Geschwader?« Sicher würde ich umgehend die nächste Rüge erhalten.

»Dienst am Menschen. Das Geschwader verrichtet seine Pflichten auf der Erde und lebt auch dort, am Rande und unbemerkt. Du wärst eine Unbeachtete.«

»Und ... was genau ist die Pflicht einer Unbeachteten?«

Er verschränkte die Arme. »Sie leisten den Menschen seelischen Beistand durch ihre Anwesenheit. Sie werden überall dorthin gerufen, wo Rückhalt gebraucht wird. Notlagen, Krankheit, Todesfälle ...«, präzisierte er. »Keine reizvolle Aufgabe. Du brächtest bis zum Ende aller Tage deine Energie für jene auf, die dich nur rufen, wenn sie nicht weiterwissen und selbst dann nicht an dich glauben. Niemand würde dich je sehen und keine Seele je deinen Beitrag anerkennen. Also reiß dich am Riemen, kleine Feder. Pass dich den hiesigen Regeln an und du darfst deinen Bücherhorizont haben.« Er hob eine Braue und neigte erwartungsvoll den Kopf.

Ich zeigte mich mit einem schnellen Nicken folgsam.

»Gut. Dann sind ja keine Scherereien zu erwarten. Ich lasse dich dein Bett machen und hole dich in einer Stunde zum Essen ab. Danach ist das Händchenhalten beendet und du musst deinen Weg allein finden.«

»Werde ich«, brachte ich heiser hervor und räusperte mich. »Bestimmt.«

Na, das war ja super gelaufen. Meine ersten Stunden in Tirithan und schon stand ich gefühlt auf der Abschussliste. Damit hatte ich nun wahrlich nicht gerechnet. Ich presste das Bettzeug an meine Brust und lief die Reihe der Betten hinunter. Tränen sammelten sich in meinen Augen. Ich vermisste Lijan. Mit ihm wäre es nicht so verlaufen. Er trat immer souverän auf. Ihm hätte niemand solche Dinge an den Kopf geworfen. Herrgott, wir wären gar nicht erst verspätet angekommen, wenn er nicht … Jetzt löste sich die erste Träne. Sofort wischte ich sie weg und riss mich zusammen. Niemandem war geholfen, wenn ich einknickte. Und Lijan war nicht tot.

Kapitel 8

»Guten Morgen.« Jemand war auf mein Bett gesprungen.

Erschrocken schlug ich die Augen auf und rutschte zurück ans Kopfteil. Das hieß, ich versuchte es, stieß aber auf unerwarteten Widerstand. Meine Schwingen.

Ein hinreißendes brünettes Mädchen mit aufgewecktem Blick und weißen Flügeln beäugte mich. »Ich bin Mila und soll dir ein bisschen auf die Sprünge helfen, weil du deinen ja vertrödelt hast. Mach dir nichts draus, du bist nicht die Einzige, habe ich mir sagen lassen. Auf alle Fälle kannst du mich begleiten. Du interessierst dich für die Bibliothek? Ich arbeite dort«, plapperte sie munter drauf los. »Wenn du keine Trantüte bist, verspreche ich ein gutes Wort für dich einzulegen. Aber nur, wenn es zwischen uns stimmt. Das verstehst du, oder? Das Leben ist zu kurz für miese Freundschaften.«

Ich schob die Beine aus dem Bett, setzte mich an die Kante und rieb meine Schläfen, während Mila es sich auf meiner Decke gemütlich machte. Mein Schädel brummte. Offensichtlich hatte ich seit meiner Ankunft durchgeschlafen und niemand, auch nicht dieser Deklan, hatte es für nötig befunden, mich abzuholen oder weiter einzuweisen. So viel zur Ordnung.

»Schön, dass du mich unter deine Fittiche nimmst«, dankte ich Mila. Sie schien nett zu sein und trug ihr Herz offensichtlich auf der Zunge. »Das mit den miesen Freundschaften sehe ich genauso.«

»Okay, dann raus aus den Federn, du wildes Ding. Wir gehen erst einmal frühstücken, bevor sie den Saal schließen.« Skeptisch zupfte sie an meinen Kleidern. »Hast du etwa in deinen Sachen geschlafen? Uuuäh!«

Ich betrachtete meine zerknautschte Garderobe. »Es hat mir keiner etwas anderes gegeben und ich wollte nicht noch mehr stören, als ohnehin schon.«

»Verständlich. Dich hat ja auch Deklan eingewiesen, der elende Denunziant.« Sie erhob sich mitten auf meinem Bett und hopste über das Fußende herunter. »Ich zeig dir, wo du neue Kleider bekommst. Ach, ich sollte vielleicht noch erwähnen, dass ich schlechter Umgang für dich bin.« Mila grinste keck. »Zumindest nach Deklans Standards. Aber der kann mich mal. Er ist auch nur einer von vielen und nicht der strahlend aufgehende Stern, für den er sich hält. Aber die Meinung darfst du dir gerne selbst bilden. Nur dass ich dich gewarnt habe.« Sie bedeutete mir, ihr zu folgen.

»Ist er eine Art Aufseher? Er kam mir so vor.« Wir marschierten die Reihe von Betten hinunter. Allesamt ordentlich aufgeschlagen und einheitlich. »Warte mal ...« Ich eilte zu meinem Schlafplatz zurück, zog die zerknautschte Decke glatt und schlug sie wie bei den anderen auf. Niemand sollte mir nachsagen, dass ich mich nicht bemühte.

Mila seufzte vernehmlich, wartete jedoch geduldig, bis ich mich wieder an ihrer Seite einfand. Ihr schien mein Engagement ziemlich egal zu sein. »Die Neuen werden in diesen Bettensälen gesammelt und zurechtgestutzt. Deklan führt Liste über die neuen Anwärter und ihre weitere Ausbildung«, erzählte sie. »Je nach Eignung werden sie später aufgeteilt, um ihrer Pflicht nachzugehen. Außer dem Geschwader. Diese Whitefeather – übrigens der weitaus größte Teil von uns – verrichten ihren Dienst auf Erden und besuchen Tirithan nur, um außer der Reihe Rapport zu erstatten. Deklan hält die Art Pflicht natürlich für unwürdig. Er schwingt seinen verwöhnten ... Na, jedenfalls verlässt er Tirithan nicht. Er will unbedingt in die Verwaltung aufsteigen. Sieht sich wohl zu höheren Aufgaben berufen.«

Im Eiltempo redete sie weiter.

»Hier kannst du dich vorerst waschen, obwohl du bald feststellen wirst, dass menschliches Verhalten, zumindest hier oben, kaum nötig ist.« Sie zeigte auf kunstvoll verzierte Becken in den Ecken des Saales. Gestern bei meiner Ankunft hatte ich sie gar nicht bemerkt. »Natürlich nicht jetzt. Wir müssen erst deine Garderobe besorgen. In den Wohnbereichen wirst du später mehr

Privatsphäre haben. Ich weiß nicht, wie es in eurer Siedlung gehandhabt worden ist, aber manche sind die Bettensäle ja gewohnt. Habt ihr bei euch einzelne Zimmer gehabt? Bei uns nur die Ältesten. Wobei … den Kleinen hat es ohnehin besser gefallen, zusammen zu schlafen«, plapperte sie ohne Unterlass weiter. Wir verließen den Saal und liefen den Gang hinunter. Am Absatz der Treppe schwebte ein feiner Luftstrom feinster Glitzerfetzen vorbei. Fasziniert schaute ich ihm nach, während Mila bereits die ersten Stufen nahm.

»Woraus besteht eigentlich dieses Quiryll?« Ich strich mit den Fingern über die irisierende Wand, die sich seltsam kalt anfühlte, beinahe, als legte sich kurz ein Hauch von Frost auf meine Fingerspitzen, nur um gleich wieder zu verschwinden. »Es kann seine Form ändern und sich selbst reparieren? Wie ist das möglich? Ich habe noch nie etwas Vergleichbares gesehen.«

Mila stoppte und sah mich über die Schulter an. »Den Versuch, Tirithan mit der Menschenwelt zu vergleichen, kannst du getrost vergessen. Manches mag dem ähneln, was du kennst, aber ich sag dir, anderes ist so bizarr, dass du dir nur die Hirnwindungen verbiegst, wenn du es zu ergründen versuchst.«

»Dann weißt du es also auch nicht?« Ich sah an den glänzenden Wänden empor.

»Nope.«

»Du nimmst diese Dinge einfach hin?«

»Yup. Solltest du auch tun.«

Ich nickte, war allerdings nicht wirklich ihrer Meinung. Neugier war ein wichtiges Werkzeug. Ich wollte immer allem auf den Grund gehen, selbst wenn das etwas länger dauern mochte. Mila war mehr von der unbekümmerten Art. Leben, den Moment genießen, sich von einem Augenblick zum nächsten treiben lassen. Ich hätte nicht gedacht, jemanden wie sie hier in der Himmelsstadt zu treffen, war aber froh, dass nicht alle Whitefeather sich wie Deklan benahmen.

Wir liefen noch zwei weitere Treppen nach unten und betraten schließlich durch einen bogenförmigen Einlass eine Halle, ähnlich hoch und weit geschnitten wie der Schlafsaal.

»Warum nutzen wir eigentlich nicht unsere Schwingen, sondern steigen Treppen? Gestern ist die Wache, die mich in die Stadt geführt hat, einfach in den Gang hochgesprungen.«

»Zu unruhig für die Abläufe hier. Die Wachen sind aus gröberem Holz geschnitzt. Kann man ihnen nachsehen. Sie leisten ihren Dienst außerhalb der Stadtmauern, über den Dächern von Tirithan. Da nutzen sie natürlich ihre Flugkünste.« Klang plausibel.

Wir spazierten zwischen langen Marmorbänken entlang, auf denen sich vereinzelt Whitefeather zum Essen zusammengefunden hatten. Sie hockten voreinander, aßen und sprachen mit gesetzten Stimmen.

Ich hob die Augenbrauen. »Keine Tische?«

»Wozu? Wir setzen uns zu zweit gegenüber und platzieren alles zwischen uns auf der Bank.« Sie unterstrich ihre Worte mit schwungvollen Gesten, die sie offenbar von jemandem übernommen hatte, vielleicht einer Ausbilderin. Der gespielt höfische Tonfall war jedenfalls nicht der ihre. »Wir schenken unserem Gegenüber mehr Aufmerksamkeit, wenn wir uns auf eine Person konzentrieren. Wir teilen und lernen uns besser kennen.« Sie rollte mit den Augen und seufzte bedauernd. »Und natürlich sind die Gespräche deutlich leiser und weniger wie eine ausgelassene Party.«

Ich ließ den Blick schweifen und beobachtete das von Mila erläuterte Essensritual. Leuchtete mir ein. Unruhe kam so gar nicht erst auf und höflich war es wohl auch. Zufrieden kräuselte ich einen Mundwinkel. Mir gefiel dieses Arrangement. Als verspäteter Neuankömmling hatte ich befürchtet, ausgeschlossen zu sein, aber so kam das Gefühl von Einsamkeit gar nicht erst auf. Ich würde mit Mila speisen und nicht den Eindruck erwecken, fehl am Platz zu sein.

Auf der anderen Seite des Saales traten wir auf eine Art überdachten Innenhof hinaus, den Mila mir als Atrium vorstellte. Hier war es nun deutlich belebter und sah auch mehr nach Stadtleben aus. Die Bürger Tirithans begegneten sich hier, eilten geschäftig vorüber, manche unterhielten sich, andere verschwanden in einem der unzähligen abgehenden Gänge. Die hohe lichtdurchflutete Halle reichte über mehrere Stockwerke und war unbestritten das Herz der Stadt. Erstaunt nahm ich zur Kenntnis, dass alles – Wände, Böden, Mobiliar, Kleidung – weiß erstrahlte oder zumindest beige anmutete.

»Warum tragen sie keine Schwingen?« Ich hielt unvermittelt inne und tastete nach meiner Schulter. »Und wo sind meine?«, fiel mir auf einmal auf.

Mila kicherte. »Ich habe mich schon gefragt, wann du es merkst. Keine Panik. Sie sind noch da. Nur ziehen wir sie instinktiv ein, wenn wir festen Boden betreten.«

»Wirklich?« Ich bewegte die Schulterblätter und spürte meinen Flügeln nach. Unversehens brachen sie hervor. Mit lautem Geraschel schnitt eine Schwinge durch das Quiryll einer Säule, sodass sich pulvrige Wolken bildeten. Ich geriet durch das ungewohnte Gewicht ins Wanken.

Mila stützte mich am Ellbogen. »Genau deshalb«, sagte sie und konnte sich ihr Grinsen nicht verkneifen, während andere Umstehende meinen Auftritt weniger amüsant fanden.

»Zieh sie wieder ein …« Mila lachte unverhohlen. Ich jedoch hatte alle Mühe, meine neuen Anhängsel in den Griff zu kriegen. »Mach schon … Stell dir vor, du würdest die Arme an den Körper ziehen.«

Endlich klappte es. Meine Schwingen falteten sich brav zusammen, hingen allerdings wie ein Bleigewicht an meinem Rücken. »Wenig glanzvoll«, jammerte ich mit gedämpfter Stimme. Das Quiryll hatte die Säule mittlerweile wieder instand gesetzt und die Leute wandten sich ihren eigenen Dingen zu. Mila hingegen lachte immer noch.

»Durchatmen, Liz. Sie verschwinden von allein, wenn du dich beruhigst. Mit ein bisschen Übung hast du es bald raus. Gewöhn dir aber besser eine ordentliche Haltung an, wenn sie draußen sind, sonst kriegst du auf Dauer noch einen Buckel.« Sie zwinkerte mir zu. Ich beschloss ihren Rat trotzdem für bare Münze zu nehmen. »Verdammt! Deklan …« Milas Augen weiteten sich. Offenbar nahte die nächste Katastrophe. »Pfirsiche«, blieb ihr gerade noch Zeit, in meine Richtung zu zischen. Irritiert musterte ich sie, dann stand uns auch schon der Whitefeather mit den strengen Standards gegenüber. Er presste einen Stapel Dokumente an seine Brust.

»Mila«, begrüßte er sie mit langgezogenen Silben.

»Deklan«, antwortete sie katzenfreundlich.

Okay, die beiden hassten sich.

»Man hat ausgerechnet dich geschickt, um –«, er warf einen flüchtigen Blick auf sein Skript, »Liz ... zu begleiten?«

Mila verschränkte die Arme. »Irgendwann trifft es jeden mal.«

»Hast du gefrühstückt?«, fragte Deklan jetzt an mich gewandt und musterte mich aus zusammengekniffenen Augen. Hinter uns fiel soeben das Gittertor zum Speisesaal ins Schloss.

»Ähm ... Ja?«, stammelte ich unbeholfen.

»Und was genau hast du heute früh gegessen?«, setzte Deklan seine Befragung fort, die wohl dazu diente, Milas Betreuung in Verruf zu bringen.

»Ähm ... Pfirsiche?«

Mila grinste zufrieden.

Deklan brummelte etwas Unverständliches und hakte eine Zeile auf seiner Liste ab. »Du solltest Liz außerdem einkleiden lassen«, schnauzte er sie an. »Ihr habt nur bis zum Mittagsläuten Zeit und sie muss noch herumgeführt werden.«

Mila löste empört ihre Haltung. »Warum nur bis Mittag? Der Begleitung eines Neuankömmlings wird für gewöhnlich zwei bis drei volle Tage eingeräumt.«

»Für gewöhnlich. Aber sie ist verspätet aufgekreuzt und hat das Einweihungsritual noch nicht vollzogen. Ihr habt bis Mittag. Du kannst dir deine erhoffte Freizeit getrost abschminken.« Ohne mit der Wimper zu zucken, kehrte Deklan uns den Rücken zu und stolzierte davon.

Mila stieß einen ungehörigen Fluch aus, dann packte sie meinen Arm und zerrte mich mit sich. »Wenigstens haben sich bei Deklans hässlichem Anblick deine Schwingen verkrochen«, sagte sie wutschnaubend.

Wir überquerten den weiten Platz und erreichten auf der anderen Seite ein breites Ausgabefenster, hinter dessen Tresen uns eine wunderschöne blonde Whitefeather erwartete. Sie trug ihre angelegten Schwingen sichtbar zur Schau und war damit unbestritten der Inbegriff eines Engels.

»Neuankömmling«, meldete Mila mich an, löste ihren Griff und lehnte sich mit den Unterarmen auf die schmale Theke.

»Jemand Neues? Sehr schön. Einmal die komplette Ausstattung.« Die blonde Schönheit spähte aus ihrem Verschlag hervor und ließ ihren fachkundigen Blick von meinem Haaransatz bis zu meinen Füßen gleiten. »Bin gleich zurück.« Sie schenkte mir ein fröhliches Lächeln und verschwand.

Mila drehte sich mir zu, trommelte mit ihren Fingern auf der Theke und betrachtete mich. »Jetzt erhältst du die Langweilermontur. Shirt, Hose, einfaches Schuhwerk. Nichts Aufregendes«, klärte sie mich auf. »Eben das Gleiche, was ich auch trage. Aber wenn du erst deinen Anwärterstatus abgelegt hast, eingeteilt worden bist und womöglich zur Erde herababsteigen darfst, bekommst du richtig schmuckes Zeug.« Bei ihrer ausgeprägt sarkastischen Ader war ich mir nicht sicher, wie sie das meinte.

»Wann genau legt man denn seinen Anwärterstatus ab?« O Gott, vielleicht wurde man sogar geprüft?

»In der ersten Zeit wird beobachtet, ob du dich in den Augen der Obrigkeit bewährst. Das Befolgen der Regeln, Fleiß, Talente ... Letzten Endes erhältst du eine Beurteilung von demjenigen, der dich ausbildet, also von der Person, die deinem Arbeitsbereich vorsteht. So in etwa läuft das.«

»Und wer hat *dich* beurteilt?« Es klang herausfordernder, als ich beabsichtigt hatte. Sofort ruderte ich zurück. »Damit wollte ich gewiss nicht sagen, dass du dich nicht bewährt hättest. Versteh das nicht falsch. Ich dachte nur, weil Deklan ...«

»Krieg dich wieder ein«, winkte sie ab. »Ich habe dir ja gesagt, ich bin schlechter Umgang.«

Ich ließ meine Schultern sinken. »Das habe ich damit nicht ausdrücken wollen. Und der Meinung bin ich auch nicht. Um ehrlich zu sein, erleichtert es mich, dass nicht alle Whitefeather so steif sind wie Deklan.« Ihr konnte ich es ja eingestehen.

»Und um dir gegenüber ehrlich zu sein, du solltest lieber davon ausgehen, dass das Gros der Whitefeather genauso tickt wie er. Also halte dich lieber nicht an mein Verhalten, wenn du nicht in Ungnade fallen willst.«

»Ist es das, was ich eben gesehen habe? Bist du bei Deklan in Ungnade gefallen?«

Erneut winkte sie ab. »Hat was mit Ehrgeiz zu tun. Und maßgeblich damit, dass er ein Arsch ist.«

Jetzt musste ich schmunzeln. »Deine Offenheit ist entwaffnend.«

»Mach sie dir nicht zu eigen.«

»Nur in deiner Gegenwart, wenn ich darf.«

Sie grinste. »Jederzeit.«

Die attraktive Kleiderfee kam zurück an die Theke und balancierte mehrere Lagen Kleidung und ein Paar Schuhe auf ihrem Arm. »Das müsste passen. Wenn du mich wieder besuchst, suchen wir dir hübschere Sachen aus. Vielleicht etwas Flugtaugliches, wenn du beim Geschwader landest, oder etwas Hitzebeständiges für die Werkstatt …«, flötete sie fröhlich.

»Hitzebeständig wäre auch noch woanders nützlich«, murmelte Mila und erntete dafür einen tadelnden Blick. »Was denn? Ich meine ja nur …« Trotzig nahm sie den Kleiderstapel entgegen und reichte ihn an mich weiter.

Ich verstand kein Wort. »Danke. Wir sehen uns bestimmt bald wieder«, verabschiedete ich mich von der blonden Whitefeather und trottete hinter Mila her.

»Also los, du Grünschnabel. Du hast Deklan gehört. Die anderen haben zwei Tage zur Eingewöhnung gehabt. Wir zwei können uns nur den Vormittag nehmen, danach muss ich zurück an die Arbeit«, brachte Mila meine müden Glieder in Schwung. »Ich hoffe, du hast eine gute Auffassungsgabe. Wir werden Tirithan im Schnellgang durchlaufen. Viel Zeit für Fragen und weitschweifige Erklärungen bleibt nicht, wenn du alles sehen sollst. Besser, du konzentrierst dich darauf, dir alle Wege einzuprägen, den Tagesablauf zu kennen und dir zu überlegen, in welchem Sektor du am sinnvollsten untergebracht wärst.« Sie tippte sich nachdenklich ans Kinn. »Obwohl … Die anderen Anwärter beziehen, glaube ich, heute ihren ausgewählten Bereich, um mit der Einarbeitung zu beginnen. Wahrscheinlich wirst du gar nicht wählen dürfen. Du erhältst einen übrig gebliebenen Platz. Vermutlich in der Wäscherei.«

»Der Wäscherei?« Meine Gesichtszüge entglitten. Du meine Güte. Das Bild von riesigen dampfenden Wasserbottichen baute sich vor meinem geistigen Auge auf. Ich, die mit einer langen Stange Tonnen weißer Kleidung einweichte, herausfischte, ausschlug. »Meine Oberarme werde in kürzester Zeit denen eines –«

Milas glockenhelles Lachen unterbrach abrupt meine Gedanken. »Du müsstest mal dein Gesicht sehen.« Sie konnte sich gar nicht mehr einkriegen. »Die Kleider werden doch nicht auf herkömmliche Weise gewaschen. Ach, ist das herrlich ... Ich sehe schon, wir müssen dich dringend in die Gepflogenheiten Tirithans einweihen.« Sie legte den Arm um meine Schulter und drückte mich herzlich. »Hier, mein unwissendes Engelchen, macht sich keiner die Hände schmutzig. Selbst die niederen Arbeiten lassen sich mit einer gewissen Eleganz erledigen. Wirklich unschön wird es nur im Raum der Trennung.«

Ich runzelte die Stirn. »Wo?« Das sagte mir nichts. Was für eine Abteilung sollte das sein, in der es unschön wurde?

»Okay ... Fangen wir doch gleich dort an«, beschloss Mila. »Dein Bild von Tirithan muss ordentlich geradegerückt werden, wie mir scheint. Danach wirst du zumindest wissen, wo du nicht arbeiten willst. Aber zuerst schlüpfst du mal in deine neue Montur.« Sie schob mich in eine offene Nische unterhalb einer der vielen Emporen, kaum größer als eine Speisekammer. Mit geweiteten Augen beobachtete ich, wie sich der offene Bogen hinter uns mit feinem Quiryll verschloss.

»So etwas gibt es hier überall. Nützlich, wenn man ein Gespräch unter vier Augen sucht ... oder sich umziehen muss«, drängelte sie mit Fingerzeig auf meine Kleider.

»Oh ... klar.« Misstrauisch behielt ich die durchscheinende, milchige Quiryllbarriere im Auge, während ich meine Sachen abstreifte und wechselte.

»Natürlich verschließt das Quiryll nur bei zwei Anwesenden. Kein einsames Verstecken und Heulen, keine Gruppenvergnügungen«, erklärte sie abfällig. Sie hielt wohl nicht viel von derlei Regeln. »Einzig nützlich, wenn man einen festen Freund hat.«

»Fertig!« Das Anziehen verlief ohne die Schwingen problemlos. Ich hatte mich schon gefragt, wie das zu bewerkstelligen wäre. Nun hatte ich meine Antwort. »Warum tragen einige ihre Schwingen zur Schau und andere nicht?«, hakte ich noch einmal nach. »Und wie soll ich es handhaben?« Trotz der Blitzeinweisung und dem daraus resultierenden nur groben Überblick wollte ich in jedem Fall so viele Fettnäpfe aus dem Weg schaffen wie möglich.

»Du darfst sie tragen oder auch nicht. Jedem selbst überlassen. Es ist unserem Instinkt geschuldet, der uns gebietet, die Flügel auf der Erde einzuziehen. Hier oben ist es letztlich egal, da wir unter uns sind. Bei einigen Tätigkeiten ist es aber von Vorteil, sie quasi abzulegen.«

»Ebenso wie es für die Wachen von Nutzen ist, sie offen zu tragen«, mutmaßte ich und folgte Mila, die mit meinen alten Klamotten auf dem Arm einfach durch die Quiryllwand spazierte und damit nicht nur sprichwörtlich eine Menge Staub aufwirbelte.

»Jetzt blickst du es langsam.«

***

Eine Weile später verließen wir den Raum der Trennung und fanden uns auf einem hübsch angelegten Außenhof wieder. Mila hatte recht gehabt. Sowohl in der Hinsicht, dass frische Luft mir guttun und womöglich die Blässe aus meinem Gesicht vertreiben würde, als auch damit, dass sich meine Sicht auf Tirithan ändern würde.

»Dort will ich keinesfalls meinen Dienst verrichten«, stellte ich klar und presste immer noch die Hand auf meinen Magen.

Herrgott. Eine Stadt über den Wolken, die Heimat von Engeln, glanzvollen Wesen göttlichen Ursprungs ... Ich war blauäugig gewesen zu denken, Krankheit und Tod zögen hier nicht ein. Das unscheinbare Gebäude, das man über einen langen Gang erreichte, strahlte im Inneren eine kalte Atmosphäre aus. Nicht, dass die Wände dort weniger glanzvoll, das Quiryll weniger perfekt wäre. Dennoch hing irgendetwas in der Luft. Man spürte förmlich die Präsenz des Todes ... oder vielleicht auch nur die Abwesenheit von Leben? Ein seltsames Gefühl. Wir hatten mit der Erlaubnis eines Ältesten einen flüchtigen Blick auf die Räumlichkeiten und die Feuerschale werfen dürfen. Eine Feuerschale, um die Toten zu verbrennen – in der glanzvollen Stadt! Mein Inneres war in Aufruhr geraten. Damit hatte ich nicht gerechnet.

Natürlich verstand ich die Notwendigkeit. Tirithan konnte seine Verstorbenen nicht in den Wolken beerdigen und irdische Bestattungen waren nicht vorgesehen. Vermutlich auch nicht gewollt. Was also blieb, als die Toten zu verbrennen? Asche zu Asche …

Ich musste mich einen Moment setzen. Mila spazierte unterdes eine Runde über den Platz, während ich mich mühsam sammelte. »Alles in Ordnung?«, fragte sie schließlich und trat an mich heran. Ich nickte. Mila rang mit den Händen. »Ich will nicht drängeln, aber wir haben ein straffes Programm. Vielleicht kannst du dich auch beruhigen, während ich dir die Bibliothek, einen der Wohnräume und die Quiryllwerkstatt zeige?« Erneut nickte ich stumm.

Dass Engel, zumindest diejenigen, die die Himmelsstädte bewohnten, nicht unsterblich waren, wusste ich. So viel hatten sie uns beigebracht. Auf die unschönen Details der Kadaverbeseitigung hatten sie dabei aber verzichtet. Sei es drum. Ich war erwachsen. Das alles gehörte dazu. Irgendwann hatte ich damit ja in Berührung kommen müssen. Auch wenn der Tod seit Lijans Absprung ein wunder Punkt in meinem Inneren zu sein schien.

»Warum werden ihnen die Flügel genommen?« Ich hatte einen alten Mann auf der Bahre gesehen, zumindest sein bleiches Gesicht. Der Rest seines Körpers hatte sich unter einem weißen Tuch befunden. Doch seine Schwingen, das war mir nicht entgangen, hatten in einem Fach unter ihm geruht.

»Sie verbrennen beides getrennt voneinander. Hat etwas mit dem göttlichen Funken zu tun. Sie geben uns in Gottes Hand, wie wir geboren worden sind. Ohne Schwingen.« Mila neigte den Kopf und musterte mich. »Glaubst du an Gott?«

Irritiert blinzelte ich. »Ist das nicht eine etwas seltsame Frage für einen Engel?«

Sie zuckte mit den Schultern. »Warum? Nur weil wir im Himmel wohnen? Ich sage dir was. Auch wir müssen glauben. Göttlicher Funke … pff. Wir wissen auch nicht viel mehr als die Menschen. Im Endeffekt sind wir ebenso weit vom Göttlichen entfernt wie sie. Lediglich unsere Natur ist eine andere.«

»Dann glaubst du nicht, dass deine Seele in den Himmel aufsteigt?«

»Natürlich glaube ich daran. Allein die Aussicht, in die Hölle zu fahren, sollte meiner Motivation wohl Flügel verleihen. Schließlich werden Dämonen von unseren Leuten dann und wann gesichtet.«

»Also sind wir doch nicht genau wie die Menschen. Wir wissen zumindest um das Göttliche ... oder die Kehrseite.«

»Du bist so eine Schubladendenkerin, oder? Schwarz, weiß. Richtig, falsch.« In Milas Stimme klang Spott.

»Und du hältst alles für möglich«, glaubte ich ihren Charakter zu erkennen, der sich von meinem, zumindest in diesem Punkt, unterschied.

»Man muss sich alles offenhalten.«

»Offenhalten ...«, spottete ich nun selbst. »Wir sind für unseren Absprung herangezogen worden und haben mit der Farbe unserer Schwingen einen vorbestimmten Weg beschritten. Was sollten wir uns da offenhalten?«

»Na, zumindest können wir Einfluss darauf nehmen, wie wir unsere Zeit in den Zwischengefilden verbringen, in welcher Aufgabe wir Sinn finden«, wandte sie ein. »Im Raum der Trennung sehe ich dich aber nicht. Du bist eindeutig zu weich.«

Es lag mir auf der Zunge, ihr zu widersprechen. Andererseits sah ich mich selbst nicht an einem Ort, an dem das Leben endete.

***

Das Mittagsläuten holte uns bereits ein, als wir gerade die Bibliothek besichtigt hatten. Eine Halle mit gewölbtem, nach oben hin offenem Gebälk. Mein Nacken versteifte sich schon vom vielen Starren. Alles in mir schrie, dass die unzähligen Bücher, Regale und sonstiges Mobiliar ungeschützt der Witterung ausgesetzt waren. Doch andererseits ... Welche Witterung? Hier über den Wolken war weder Regen noch herabfallendes Laub zu erwarten.

»Wie passend«, kommentierte Mila das Läuten. »Dann kann ich ja gleich hierbleiben. Unser entzückender kleiner Rundgang ist beendet. Ich hoffe, du kommst einigermaßen klar. Die Besichtigung der Quiryllwerkstatt holen wir bei Gelegenheit nach. Wenigstens habe ich dir noch den Wohntrakt zeigen können.«

O ja, ich hatte ihre Kammer gesehen. Erstaunlich, welche Unordnung man trotz der kargen Ausstattung anrichten konnte. Lijan hatte gesagt, wir bräuchten hier oben nicht viel Weltliches. Mila schien das anders zu sehen. Sie schleifte vermutlich jedes bisschen Glitzer, jeden Pomp und Schmuck wie eine gierige Elster in ihr Nest. Ein handlicher Spiegel, Haarschleifen, geschnitzte Holzfiguren, Pergamentrollen, Ketten, Unmengen an Büchern und ein Haufen weißer Kleidung. Es war ein wildes Sammelsurium, das – gleich einem Hurrikan – rings um den Platz kreiste, an dem sie offenbar lebte. Ihr Bett. Ich hatte wahrlich noch nie jemanden wie Mila getroffen. Der Grundsatz Ordnung schien im krassen Gegensatz zu ihr selbst zu stehen. Das Prinzip Wissen erfüllte sie jedoch glänzend. Und so sehr sie auch ihr Herz auf der Zunge trug, war ich doch sicher, dass sie, wenn man sich ihre Anerkennung erst verdient hatte, jedes Geheimnis bewahren würde. Es beruhigte mich auf mehreren Ebenen, dass man offensichtlich nicht in allen Belangen perfekt sein musste, um Tirithans Ansprüchen zu genügen. Auch wenn sie nicht müde wurde zu betonen, dass sie kein Maßstab sei. Ich wollte unbedingt in ihrer Nähe bleiben, vielleicht sogar einen Platz in der Bibliothek ergattern, um mit ihr arbeiten zu dürfen. Lijan hätte mir durch seine Disziplin Sicherheit vermittelt. Mila brachte durch ihren Mangel an Gewissenhaftigkeit meinen Tatendrang zum Erblühen. An ihrer Seite fühlte ich mich weniger gehemmt.

»Du schuldest mir noch ein Essen«, sagte ich herausfordernd und verschränkte die Arme. »Schließlich habe für dich auf Pfirsiche verzichtet.« Was immer das sein mochte.

Mila, die sich eben auf ihren Platz hinter dem Schreibpult niederlassen wollte, verharrte mit ungläubiger Miene. Dann schob sich ein unbezwingbares Schmunzeln auf ihre Lippen. »Ach, richtig. … Nun ja, soll mir keiner nachsagen, ich hätte dich nicht recht eingewiesen. Und wer zum Essen zu spät kommt, …«

»… muss bis zur nächsten Mahlzeit warten«, beendete ich den Satz. »Gehen wir? Ich habe wirklich Hunger.«

Mila hob die Augenbrauen. »Tatsächlich? … Ach so, klar«, sie schlug sich mit der flachen Hand gegen die Stirn, »du bist ja noch gar nicht offiziell aufgenommen worden.«

Ich runzelte die Stirn. Was hatte das denn mit meinem leeren Magen zu tun?

Mila klärte mich auf dem Weg zum Speisesaal auf. »Wir müssen nämlich nicht zwingend essen. Na ja, jedenfalls deutlich seltener und nur kleine Mengen. Trinken schon, Wasserhaushalt oder so … Aber als Whitefeather tragen wir den Glanz Tirithans in uns, so sagt man, und benötigen keine anderen Kraftquellen. Außer, wir entfernen uns zu lange von der glanzvollen Stadt.«

»Und wozu gibt es dann einen Speisesaal und Mahlzeiten?«, fragte ich skeptisch.

»Berechtigter Einwand. Hat etwas mit Sozialkontakten und Genuss zu tun. Wobei ich wirklich nicht weiß, wer dieses grauenhafte Grünzeug vermissen sollte. Ich meine, Rosenkohl, Bohnen … Was davon soll bitte dem Genuss dienen?« Sie schüttelte sich.

»Sie beziehen die Güter aus den Siedlungen, richtig?« Jetzt erst begriff ich, wohin Ibe jedes Mal mit seinem Gespann verschwunden war, wenn er einen Teil der Ernte fortbrachte. Ich hatte geglaubt, er teilte oder tauschte die Vorräte mit den übrigen zu uns gehörigen Siedlungen. Dabei hatte er sich vermutlich mit Abgesandten Tirithans getroffen, um Abgaben zu leisten.

»Welche Rolle genau spielt die Stadt als Kraftquelle? Liegt es daran, dass sie näher an der Sonne liegt?«

Mila stieß geräuschvoll die Luft aus. »Es ist bei der Einführung mal erwähnt worden, aber ich habe solch ein schlechtes Gedächtnis. Es hat irgendwas mit dem Quiryll zu tun, glaub ich. Vielleicht fragst du besser Deklan.«

Ich verzog das Gesicht. »Sicher nicht. Der würde mir erst mal einen Vortrag über verspätete Absprünge halten.« So viel hatte ich mittlerweile verstanden.

»Jedenfalls ist dein knurrender Magen bald Geschichte. Du wirst sehen. Essen ist hier eher ein liebgewonnenes denn ein notwendiges Ritual.«

Der Speisesaal war mäßig gefüllt. Offenbar nutzten die meisten eine der anderen Essenszeiten am Tag für die Befriedigung ihrer Gelüste. Mila und ich suchten uns einen Platz am Rand der weiten Halle. Sie wies mich an zu warten und eilte Richtung Essensausgabe davon, die sehr dem Erscheinungsbild der Kleiderausgabe ähnelte. Sie sprach mit einem Whitefeather und gestikulierte wild, während er Schüsseln befüllte, dann kehrte sie mit einem vollen Tablett zurück. Sie setzte sich breitbeinig mir gegenüber auf die weiße Bank und arrangierte die Schalen so, dass jeder von allem kosten konnte. Mehr als acht Köstlichkeiten, serviert in geschwungenen Schalen. Filigrane Silberzangen dienten uns als Besteck.

»Ich wusste nicht, was du magst, deshalb habe ich von allem etwas mitgebracht. Lang zu. Du brauchst deine Kräfte noch. Bis zum Einweihungsritual bist du von der Energiequelle abgeschottet.«

Das ließ ich mir nicht zweimal sagen. Mir hing mein Magen in den Kniekehlen. Der wunderbare Duft von süßem Obst und fremden Gewürzen betörte meine Sinne. Ich steckte mir eine halbe Pflaume zwischen die Zähne, musterte die übrigen Schalen mit unbändigem Appetit und angelte ein Stück helles Brot von Milas Seite des Tabletts, um es in mundgerechte Häppchen zu zerreißen. Gerade als ich mir genüsslich einen Fetzen des weichen Brotes in den Mund schob, hastete ein pausbackiger, recht unbeholfen wirkender Whitefeather an uns vorbei. Um seine Kondition schien es nicht allzu gut bestellt. Er keuchte. »Ein Ikarus …«, erscholl sein japsender Ruf. Aufgeregt eilte er zu zwei anderen hinüber und verharrte erschöpft in gebeugter Haltung neben ihnen.

Ich schaute ihm irritiert nach, bevor mein fragender Blick zu Mila wanderte. »Ein was?«

Sie sah lediglich kurz auf und schien von dieser seltsamen Szene wenig beeindruckt. »Ein Ikarus«, wiederholte sie. »Du kennst den Mythos von Ikarus?«

Ich runzelte die Stirn. »Das ist etwas Menschliches … Ist da nicht die Rede von falschen Flügeln und Wachs, einem Flug zu dicht an der Sonne, Absturz … so in etwa?« Lore hatte etwas in der Art mal als Gutenachtgeschichte erzählt.

»In etwa.« Milas Blick hob sich und folgte dem Jungen, der bereits zu den nächsten eilte, um seine scheinbar sensationelle Neuigkeit zu verkünden. Sie beugte sich vor und blickte mich verschwörerisch an. Ich tat es ihr gleich. »Ikarus werden hier diejenigen genannt, die sich ungeschützt bei Tageslicht zeigen.«

»Ungeschützt?« Ich verstand nicht.

Sie schnaufte. »Na die, die von der Sonne enttarnt werden.«

Ich richtete mich auf. »Du meinst Blackfeather.« Jetzt begriff ich. »Aber … ist das nicht verboten?« Ebenso wie es uns untersagt war, bei Nacht aufzusteigen.

Mila spielte unschlüssig mit ihrer Silberzange. »Der Ikarusruf ist entstanden, als ein paar besonders schlaue Blackfeather sich bei Tageslicht den Menschen gezeigt haben. Sie sind daraufhin mit Pfeilen vom Himmel geschossen worden. So heißt es zumindest.« Sie zupfte lustlos ein Salatblatt aus einer Schale. »Ich für meinen Teil kann mir nicht denken, dass irgendjemand so dämlich ist. Wäre ein glattes Selbstmordkommando. Jeder weiß, wie hysterisch Menschen reagieren.«

Da hatte sie nicht unrecht. Dennoch … »Das heißt, in Tirithan werden Blackfeather gesichtet?«

»Nein, werden sie nicht.« Mila betrachtete das Salatblatt, als befürchte sie Insekten daran. Schließlich legte sie die Silberzange samt Salat zurück in die Schale, ließ kurz ihren Blick über die übrigen Speisen schweifen und sah wieder auf. »Sie glauben nur, dass sie Blackfeather sichten. Aber kein Diener Sorothez' hat je die Stadt betreten. Was sollten die hier auch wollen? Die Party steigt doch eindeutig bei denen.«

»Lass Deklan das nicht hören«, rügte ich sie mit gespieltem Entsetzen.

»Was denn? Ist doch wahr, wenn man den Gerüchten Glauben schenkt. Mut, Leidenschaft, Kampfbereitschaft«, zählte sie die Grundsätze der nächtlichen Stadt in falscher Reihenfolge auf und ergänzte frei heraus: »Genuss, Rausch, Bettgeschichten … Ich schätze, die lassen nichts aus.«

»Man könnte meinen, du beneidest die Blackfeather darum.« Ich nahm mir etwas von Milas verschmähtem Grünzeug und steckte es voller Genuss in den Mund. Keine Ahnung, was sie gegen den Salat einzuwenden hatte.

»Neid ist so ein hässliches Wort«, erwiderte sie. »Neugier, ja. Ehrfurcht, möglicherweise. Bewunderung? Definitiv!«

»Mila …« Ich zog tadelnd eine Braue hoch, konnte mir aber ein Schmunzeln nicht verkneifen. Sie war sicherlich die rebellischste Whitefeather über den Wolken.

Sie stöhnte auf. »Liz …, meine Flügel sind doch schon weiß. Und außerdem, hast du dich nie gefragt, wie das wohl wäre?«

»Wie was wäre? In der verruchten der beiden Himmelsstädte die Nacht zum Tag zu machen?«

»Jaaa …«, seufzte sie und bekam einen träumerischen Ausdruck.

Lächelnd schüttelte ich den Kopf. »Klar, das frage ich mich laufend. Von Alkohol berauscht mit zwei heißen Typen das Bett teilen, mich einen Dreck um Regeln scheren …«

Mila merkte auf. Sie musterte mich mit einer Mischung aus Faszination und Empörung. »Wirklich?«

Ich beugte mich verschwörerisch vor. »Lust und Laster, überleg dir das mal. Keine Reue, nur wunderschöne, verschwitzte Körper in völliger Ekstase …«

Ihre Lippen teilten sich leicht, während sie gebannt lauschte. Herrgott, meine als Scherz gemeinten Worte lösten selbst bei mir ein warmes Kribbeln im Bauch aus.

Mila schluckte sichtbar und löste sich nur schleppend aus ihrer Starre. Ich hatte es tatsächlich geschafft, ihr die Röte ins Gesicht zu treiben. »Nun …, jetzt, da ich weiß, dass wir aus demselben Holz geschnitzt sind …«

Oh, oh. Es war wohl zu spät, meinen Scherz als solchen zu enttarnen. Na, egal. Es war Mila. Durch die Nummer hatte ich mehr als nur einen Stein bei ihr im Brett.

»… willst du mir in der Bibliothek helfen?«

»Wie bitte?« Ich verschluckte mich fast und musste mich räuspern.

Sie zuckte mit den Schultern. »Ich dachte, es könnte dir gefallen. Eine ziemlich ruhige Arbeit, aber mit dir kommt ja nicht so schnell Langeweile auf, wie ich feststellen muss. Wäre vielleicht witzig. Also, willst du?«

»Aber … ich bin in der Probezeit und muss mich erst bewähren. Hast du nicht gesagt, ich würde beobachtet und nach meinen Talenten beurteilt werden?«

Sie winkte ab. »Das lass mal meine Sorge sein. Deklan hat derzeit mit zwei Mädchen was laufen. Ich glaube nicht, dass er möchte, dass sie voneinander wissen.«

»Du willst ihn erpressen?«

»Nein … Das wäre kein feiner Zug von mir«, sagte sie schmunzelnd und bediente sich nun doch noch am Essen. »Ich bin eine Tochter Tirithans. Ich will ihm nur behilflich sein, seine Angelegenheiten zu *ordnen* oder seine Geheimnisse zu *bewahren*.«

Fassungslos starrte ich sie an. So lief das hier also? Vielweiberei und zwielichtige Methoden, um seine Ziele zu erreichen? Na, von mir aus … Ich löste mich aus meiner Starre.

Am Einlass regte sich etwas. »Ich glaube, da kommt deine Gelegenheit«, bemerkte ich und wies mit dem Kinn Richtung Tür. Deklan betrat den Speisesaal, ließ seinen strengen Blick wandern, der an mir hängen blieb, und steuerte direkt auf uns zu.

Ein Stöhnen entfuhr Mila. »Ich sagte ja, sie behalten dich im Auge.«

»Meine Damen …«, begrüßte Deklan uns und glättete seine ohnehin faltenfreie Kleidung. »Ihr werdet das Schwätzchen verschieben müssen. Ich soll Liz jetzt zur Einweihung bringen.«

Mila stocherte unbeeindruckt im Salat. »Die findet auf einem Platz außerhalb der Stadtmauern statt«, erklärte sie mir. »Du wirst unter Aufsicht der Ältesten deinen Runenstein ziehen.«

»Danke, Mila. Ich übernehme ab hier.« Deklan bedeutete mir aufzustehen. Ich kam seiner Aufforderung nach.

»Klar …« Mila stand ebenfalls auf und schnappte sich unser Tablett. »Ich kümmere mich um das hier. Viel Glück.« Bevor ich fragen konnte, ob wir uns später noch sehen würden, spazierte sie bereits davon. Offenbar beendete man auch zu zweit seine Mahlzeit.

»Ein Runenstein?« Ich sah Deklan stirnrunzelnd an.

»Es ist ein Willkommensritual«, erklärte er knapp und marschierte ohne weitere Worte voraus auf den Gang. Ich folgte ihm eilig. Über Treppen und Flure spazierten wir in angespanntem Schweigen durch halb Tirithan. Die Gelegenheit für mich, weitere Eindrücke der Himmelsstadt zu sammeln. Besonders das zauberhafte Quiryll hatte es mir angetan. Mittlerweile konnte ich mir gut vorstellen, dass es nahezu jede Struktur hier bildete. Alles erstrahlte in dem gleichen schimmernden Weißton. Geschwungen, weich und absolut perfekt. Ein Bogen mit kunstvollem Relief wies uns den Weg zu einer langgestreckten Brücke. Diese verband die Stadt mit einem weit vor ihr liegenden Plateau mitten in den Wolken. Fabelhaft. Ich konnte mich an diesen mystischen, magischen, göttlichen Gegebenheiten immer noch nicht sattsehen.

»Das Ritual sollte dich nicht beunruhigen«, hob Deklan an und betrat mit mir gemeinsam die Brücke. »Die anderen haben es bereits bei der Einführung hinter sich gebracht. Nur ein paar Schwüre, dass Tirithan dich als eine Tochter aufnimmt, du die Grundsätze achten wirst … et cetera, et cetera … Es verleiht der Aufnahmezeremonie ein gewisses Gewicht.«

Klang verheißungsvoll. Von all diesen Dingen hatten Lore und Ibe uns nie erzählt. Wahrscheinlich wussten sie als Menschen auch nichts darüber. Mein Gemüt schrieb Ritualen jedenfalls einen romantischen Charme zu, nicht zuletzt eine gewisse Wirkungsweise, wenn auch indirekt. Symbole und rituelle Handlungen hielten sich wohl kaum über Jahrtausende, wenn sie nicht auch Einfluss übten. »Was hat es denn mit dem Runenstein auf sich?«, fragte ich nun neugierig und hielt mich neben ihm.

Deklan schien sich diesmal nicht an meiner Frage zu stören, allenfalls hielt er mich immer noch für vorlaut. Wenn es so war, ließ er es sich nicht anmerken. »Die Runen stehen für unsere Rolle als Whitefeather. Sie zeichnen dich aus, beurteilen dich, sind richtungsweisend bezüglich deiner Aufgabe und haben somit bedeutenden Einfluss auf deinen Werdegang.« *Okay, okay. Kann er nicht noch mehr Druck aufbauen?*

»Ich dachte, es sollte mich nicht beunruhigen?!«

»Das Ritual, das Wesen eines Engels mit Hilfe eines Zeichens zu offenbaren, ist sehr alt. Es reicht zurück bis zum Ursprung unserer Legende über die Begründer der Himmelsstädte, soweit es mir bekannt ist. Die Runensteine sind jedoch nicht ganz so alt.«

Welche Art der Beeinflussung hatte ich wohl zu erwarten? »Was bedeuten die Runen im Einzelnen?« Ich hatte nicht vor, locker zu lassen und mich um Antworten zu bringen. Wenn ich über das Ritual Bescheid wusste, wäre ich weniger nervös. »Es ist nur fair, mich in Kenntnis zu setzen, schließlich stelle ich mich diesem Ritual allein und kann nicht wie alle anderen zuschauen.«

Ein vernehmliches Seufzen. »Weisheit, Geduld, Mildtätigkeit, Fleiß, Selbstlosigkeit, Gerechtigkeit, Tapferkeit, Demut, Sittlichkeit, Beharrlichkeit, Treue – all diese Tugenden und weitere befinden sich als Rune in dem heiligen Gefäß. Sie sind eingraviert auf Kieselsteine.«

»Ich ziehe also einen Stein und der soll etwas über mich aussagen?!«, provozierte ich ein wenig.

Er nickte. »Die Skepsis in deiner Stimme überrascht mich nicht. Aber bedenke, dass es Tradition ist. Kein Grund, den Kopf zu verlieren, aber auch keiner, sich unziemlich zu benehmen und uralte Bräuche infrage zu stellen. Du trittst Mitgliedern des Rates entgegen. Besser, du zeigst Anstand und Haltung.«

Wir erreichten das Ende der langen Brücke und Deklan trat zur Seite. Mit einer ausladenden Geste präsentierte er mir den Ort der Einweihung. Das Plateau war riesig. Wie eine gewaltige Arena, die von künstlich geschaffenen Quiryllfelsen gesäumt wurde. Ich fragte mich, wie viele Whitefeather und Anwärter es bei der Willkommenszeremonie beherbergt hatte. Ich presste die Lippen zusammen. Das würde ich wohl frühestens erfahren, wenn es mir vergönnt war, an einer der nächsten als Zuschauer teilzunehmen.

Deklans immer noch ausgestreckter Arm bedeutete mir jedoch, dass ich diesmal mehr als zuschauen würde. Dieses Mal ging es um meine Aufnahme in ihre Reihen.

Einsamen Schrittes überquerte ich den Platz und hielt auf eine Gruppe von acht Personen zu. Ratsmitglieder hatte Deklan gesagt. Ich straffte meine

Haltung. Sie standen zu viert nebeneinander, in zwei Reihen. Die Hände ergeben vor sich gekreuzt, den Blick geradeaus gerichtet, verhielten sie sich anscheinend genau wie beim großen Ritual. Vor ihnen auf einer flachen Erhebung stand ... nun ja, die wohl hässlichste Vase, die ich je gesehen hatte. Gut einen halben Meter hoch, uralt und das einzig Bunte, das in Tirithan existieren mochte. Allerdings wurden die darauf abgebildeten Zeichnungen und Muster durchweg von irisierendem Material unterbrochen, was dem Ganzen den Anstrich von Unvollkommenheit verlieh. Flickwerk. Irgendwie mochte ich das klobige Ding.

Mit Blick auf die Ratsmitglieder, die allesamt erhaben und steinalt wirkten, atmete ich tief durch, trat näher und blieb in – wie ich fand – gebührendem Abstand stehen. Etwas verloren kreuzte ich ebenfalls die Hände vor dem Schoß. Mir Blieb auch nichts anderes übrig. Keiner hatte mir gesagt, was ich an dieser Stelle zu tun hatte.

Eines der Ratsmitglieder, eine Frau mit streng zusammengebundenem grauem Haar, trat zwischen den anderen vor und stellte sich würdevoll an das wenig ansehnliche Gefäß. Sekunden verstrichen, in denen ich mich fragte, ob ich etwas sagen oder tun musste, dann schmetterte die Ratsdame plötzlich mit zeremoniell erhobener Stimme los, als spräche sie zu Hunderten und nicht bloß zu mir.

»Tretet vor, Neuankömmlinge. Tretet vor die Urne und beweist Tirithan, uns und nicht zuletzt euch selbst, was ihr für unsere Gemeinschaft sein werdet.« Jetzt breitete sie auch noch allumfassend die Arme aus. Die war ja seltsam. Ich konnte nicht widerstehen einen Blick über die Schulter zu werfen, wo natürlich niemand wartete. Dann trat ich vor die riesige Vase und starrte ins dunkle Innere. Mein Herz klopfte. Auch wenn alle übrigen Anwärter diese Bewährungsprobe bereits gemeistert hatten und Deklan der Meinung war, dass es mich nicht beunruhigen sollte, so tat es doch genau das. Das Ritual war nicht allein Tradition. Nein, es wirkte derart eingefahren, dass für mich kein Zweifel bestand: Dieser winzige Kieselstein, diese Rune auf ihm, würde ein Urteil über mich fällen. Meine Finger kribbelten seltsam, als ich mich hinunterbeugte und die Hand tief ins Ungewisse tauchte. Ich wollte nicht in eine

Schublade gesteckt werden. Mit einem tiefen Atemzug rührte ich durch die kalten Steine, die verheißungsvoll klickerten und mir zuflüstern wollten. Ich schluckte, überwand mich und schloss die Finger um einen der Steine. Er fühlte sich flach und glatt an. *Du bist es. Du wirst mir zeigen, wie ich sein soll.* Ich richtete mich auf und streckte meine geschlossene Faust vor.

»Liz, Whitefeather, von der heiligen Klippe Silver Crevice. Dies ist deine Bestimmung. Du wirst ...« Ich öffnete die Hand und schloss einem Impuls erliegend die Augen.

Kein Wort folgte. Ein empörtes Keuchen löste sich aus dem Mund der Ältesten. Ich öffnete verwirrt die Augen. Alle starrten auf meine Hand. Ihre Gesichter von Unglauben und Entsetzen gezeichnet ... Eine zweite Ratsdame wandte sich angewidert ab.

Mein Blick glitt zu meiner Hand, die zu zittern begann. »Schwarz ...«, hauchte ich verwirrt und schaute zu dem Ratsmitglied auf, das jetzt, vermutlich im Bestreben, die Ordnung wiederherzustellen, den schwarzen Kieselstein von meiner Handfläche rupfte, ehe ich einen genaueren Blick auf die Rune hatte werfen können.

»Offensichtlich ein dummer Streich«, sagte sie frostig. »Derlei Steine benutzen die Blackfeather. Sie haben hier keinerlei Aussagekraft, da ihre Runen gänzlich andere Eigenschaften zuschreiben als die unseren.«

»Und ... was besagt die Rune?«, fragte ich mit belegter Stimme und zog meinen Arm zurück.

Der durchdringende Blick, mit dem die Ratsvorsitzende mich nun bedachte, traf mich wie ein Fausthieb in den Magen. »Du willst ihre Bedeutung wissen?« Ich schluckte und schüttelte unwillkürlich den Kopf, als mir nur allzu bewusst wurde, dass das offensichtlich keine annehmbare Frage gewesen war.

»Sie zählt hier nicht. Und sie weist in keiner Weise aus, was du sein wirst. Eine Blackfeatherrune hat keine Wirkung hier in Tirithan.« Sie streckte den Arm nach hinten und ließ den schwarzen Stein fallen, der zwischen den Quiryllfelsen in einer Spalte verschwand. »Du wirst erneut wählen, Liz aus Silver Crevice. Und dieses Mal sollte die Rune dich ehrenvoller auszeichnen, als dieser bedauerliche Zwischenfall dich dastehen lässt.«

Wütende Tränen traten in meine Augen. Sie tat ja gerade so, als könnte ich etwas für dieses Missverständnis. Als hätte ich in rebellischer Absicht den Stein aus der Vase gezogen. *Boshafte alte Krähe,* schimpfte ich sie innerlich und beugte mich erneut hinunter. Und obwohl ich wütend war, hoffte ich doch, es möge mich diesmal ein Geschenk erwarten und kein Fehlurteil.

***

Nachdem das weitere Einweihungsritual vollzogen, die Schwüre gesprochen und ich einen winzigen Becher flüssigen Quirylls zu trinken bekommen hatte, leerte sich das Plateau. Mein weißer Runenstein hatte mich mit Selbstlosigkeit charakterisiert. Einem Wort, das mich weder genau traf noch mir völlig widersprach. Es löste irgendwie nichts in mir aus. Ich war einzig froh gewesen, dass die alte Krähe zufrieden genickt hatte. Doch meine Gedanken kreisten allein um den schwarzen Stein. Ich verlor keine Zeit, eilte über die Brücke in die Stadt, drehte eine Runde durch Tirithans unzählige Arkaden und kehrte dann, als ich sicher war, dass mich niemand mehr im Blick hatte, zum Schauplatz des vorherigen Geschehens zurück.

Es war eine wirklich miese Idee und ich wunderte mich über mich selbst, als ich schließlich zwischen den hellen, glitzernden Felsen umherstieg. Warum wollte ich unbedingt wissen, welches Zeichen auf dem schwarzen Kiesel abgebildet war? Und warum glaubte ich überhaupt, dass er noch da war? Vielleicht, weil sie alles, was Sorothez und die Blackfeather anging, derart herablassend betrachteten, dass ein Stein sie nicht weiter bekümmern sollte. Aber eben genau das hatte ich in ihren Gesichtern gelesen. *Entsetzen. Als ob ein Kiesel ihr Weltbild zum Einsturz bringen könnte.* Solch ein Irrsinn. Ich würde nichts als Ärger bekommen. Auf verquere Weise fühlte ich mich mit Fab verbunden, der immerzu alle Grenzen hatte austesten müssen. Zumindest konnte ich seinen Antrieb nachvollziehen, wenigstens dieses eine Mal.

Da! Tatsächlich, der schwarze Runenstein funkelte wie ein düsteres Juwel zwischen den hellen Felsen. Er steckte in einem Spalt fest. Ich musste mich tief herunterbeugen, wenn ich an ihn herankommen wollte. Meine Finger reichten eben an seinen glatten Rand. Der Fels scheuerte an meiner Schulter und blätterte ab, wenn auch deutlich unnachgiebiger als die Säulen in der Stadt. Ich zwängte mich noch weiter in den engen Spalt. Jetzt brachten meine Finger den Stein dazu, sich zu drehen, bis er sich mit einem weiteren Schubs so weit aufrichtete, dass ich ihn zwischen Zeige- und Mittelfinger herausfischen konnte. Und auch wenn ich keine Ahnung hatte, was die Striche auf ihm bedeuten mochten, fühlte ich mich dennoch, als hätte ich soeben einen Sieg errungen. Zweifelsohne den Sieg über einen Aufstand, den ich nicht geplant hatte.

Kapitel 9

»O mein Gott, Liz?!« Eine vertraute Stimme hallte durch den Bettensaal und ließ mich herumschnellen. Ich hatte gerade noch Zeit, den Runenstein im Bund der weichen Hose zu verstauen, die für die Nachtruhe vorgesehen und in die ich nach dem zermürbenden Einweihungsritual vorsorglich geschlüpft war.

»Bree?« Ihr Anblick beschwor sofort Tränen in mir herauf.

Sie eilte durch die Bettenreihen auf mich zu und schlang ihre Arme fest um mich. »Ich bin so froh, dich zu sehen.« Sie drückte mich noch fester, bevor sie mich ein Stück zurückschob und kummervoll betrachtete. »Ist er mit dir hier?«

»Du weißt es gar nicht?«, erkannte ich voller Entsetzen.

Bree nahm mich am Ellbogen und führte mich zum Ende des Saales, dorthin, wo keins der Betten belegt war und wir uns in Ruhe unterhalten konnten. Ich blieb vor ihr stehen.

»Hat es dir denn keiner gesagt?«, fragte ich kummervoll. Die fremden Anwärter und Samuel waren immerhin Zeugen des Unglücks geworden.

Bree schob die Augenbrauen zusammen und atmete durch. »Ich habe nach dem Absprung gewartet, aber ihr seid nicht gekommen. Auch bei der Einweihung habe ich euch nicht entdeckt. Und als die erste Nacht herum gewesen ist … Keiner hat mir etwas sagen wollen. Und dann habe ich von einem Absturz gehört …« Jetzt kämpfte sie sichtlich mit ihrer Bestürzung. »Liz …« Ihre zitternde Stimme riss ab.

Ich schlug den Blick nieder. »Es stimmt. Lijan ist abgestürzt«, brachte ich heraus, bevor die ersten Tränen rannen und ich weinend in ihre rettende

Umarmung sank. Ich hatte mich den ganzen Tag im Griff gehabt, aber nun kam alles erneut hoch. Brees Arme bebten vor Anspannung und verstärkten nur mein Gefühl der Ohnmacht.

»Es tut mir so leid …«, flüsterte sie. Als ich mich von ihr löste und sie ansah, bemerkte ich, dass auch ihre Augen vor Tränen schwammen. »Was genau ist passiert?«

»Lijan ist direkt nach dir gesprungen und … er ist nicht wieder …« Ich kämpfte darum, nicht laut aufzuschluchzen. Die anderen warfen uns ohnehin schon neugierige Blicke zu. Ich setzte mich auf ein leeres Bett und knetet meine Hände im Schoß, während ich den Absprung – zumindest den Teil, an den ich mich erinnerte – beim Erzählen noch einmal durchlebte. Nachdem ich Bree alles bis zu dem Punkt, an dem ich beschlossen hatte aufzusteigen, geschildert hatte, sank sie auf die Kante neben mich und starrte schweigend zu Boden. Auch sie brauchte Zeit, das Gehörte zu verdauen.

Dann schluchzte sie unvermittelt auf und schlug sich die Hand auf den Mund. Ich hörte sie Worte der Entschuldigung stammeln, während sie völlig von ihren Emotionen überrannt wurde. Aufgelöst griff sie nach meiner Hand und drückte sie, dass es schmerzte. »Ich habe gedacht, Samuel wäre …« Sie brachte den Satz nicht zu Ende.

Große Güte. Endlich sickerte in mein Bewusstsein, was sie so aufwühlte. Samuel war nicht hier? Bree wusste nichts von dem Zwischenfall, weil er es ihr nicht hatte sagen können, und das bedeutete zwangsläufig: »Dann ist er ein Blackfeather.« Ich schüttelte verwirrt den Kopf. Sie hatte glauben müssen, *er* wäre abgestürzt. Vielleicht hatte sie auch gedacht, Lijan und ich verspäteten uns wegen des Zwischenfalls. Aber nun war es eben anders. Zwar hatten Fab und ich Samuels Absprung nicht miterlebt, weil ich zusammengebrochen war, aber er hatte ihn gewiss unbeschadet hinter sich gebracht.

Bree wischte sich mit der anderen Hand die Augen trocken. »Es tut mir leid. Ich … bin nur so erleichtert, dass es nicht er gewesen ist. … O Gott, hör mich nur an. Du musst umkommen vor Trauer und ich …«

»Nein … Schon gut. Ich versteh das. Die letzten Tage müssen dich verrückt gemacht haben.«

Sie nickte. Wir umarmten uns noch einmal und versuchten einander Trost zu spenden. Wenigstens wusste sie jetzt Bescheid. Und ich hatte jemanden in Tirithan, mit dem ich über Lijan sprechen konnte.

»Ladys? Gute Nacht!«, ertönte eine weibliche Stimme von der Tür her und läutete die Nachtruhe ein. Während sieben Whitefeather flink in ihre Betten schlüpften, Bree und mich eingeschlossen, zählte sie durch, nickte zufrieden und schloss die Tür. Gleich darauf wirbelte ein feiner Strom Quiryll an den Kerzen empor und erstickte die Flammen.

Mit klopfendem Herzen lag ich im Dunkeln und warf verstohlen einen Blick zu Bree rüber. Ihr Bett befand sich auf der anderen Seite, zwei Plätze weiter rechts. Sie lag mit dem Rücken zu mir und hatte die Decke weit hochgezogen. Ob sie jetzt vor Erleichterung weinte? Es hatte nicht Samuel getroffen. Zusammensein würden sie dennoch nie wieder. Offenbar floss Sorothez' Blut in seinen Adern. Ich biss tapfer die Zähne zusammen. Bree und mich verband mehr, als sie dachte. Ich tastete nach dem Runenstein, schob ihn behutsam unter mein Kopfkissen und fühlte mich einsamer als je zuvor.

***

Als alles eine Weile ruhig geblieben war und nur noch leise Atemzüge zu vernehmen waren, starrte ich immer noch wie in Trance zum Gewölbe empor. Das Quiryll löste sich hie und da, flirrte in dünnen Schwaden die Bögen entlang, um gleich darauf wieder mit seinesgleichen zu verschmelzen. Jetzt, in der nächtlichen Stille, glaubte ich, dem außergewöhnlich lebendigen Stoff einen feinen, fast melodischen Ton zuordnen zu können. Ja, wenn man genau hinhörte, erklang die süße Melodie des Quirylls. Harmonisch, fließend, beruhigend und versöhnlich. Die Verheißung auf Neues, die Musik des Erschaffens. So verdammt versöhnlich, dass es mein Herz auf eine Weise anrührte, die ich nicht spüren wollte. Ich hatte Lijan verloren, nichts würde diesen Riss kitten, auch kein göttlicher Verputz!

Ich schlug die Decke zurück und stahl mich aus dem Bett. Auf Zehenspitzen schlich ich zur Tür. Nächtliches Herumspazieren war sicher verboten, aber das war mir in dem Moment egal. Ich wollte nur einen einzigen Atemzug an der klaren Nachtluft, durchatmen, um meine Gedanken zu ordnen. Das konnten sie mir nicht versagen.

Darauf bedacht, keinen Lärm zu machen, schob ich mich auf den Gang hinaus. Wohin jetzt? Links herunter zu den Treppen und dem Innenhof? Nein, vielleicht lieber rechts entlang, zu den Türmen und Aufgängen. Möglicherweise gab es dort oben eine Fensterflucht, auf die ich mich setzen konnte. Mit nackten Füßen eilte ich schnellen Schrittes durch die verwaisten Gänge und die Stufen hinauf. Der Boden strahlte trotz seines kalten Erscheinungsbildes eine behagliche Wärme ab. Was für ein sonderbarer Stoff.

Ich drückte die Hände gegen eine reich verzierte Tür und gelangte endlich ins Freie. Die Nachtluft füllte meine Lungen. Erleichterung durchströmte mich unvermittelt. Ich schloss die Augen und genoss den Moment, der nur mir gehörte. Wer wusste, wie viele es davon noch geben würde. Tirithan war anders, als ich erwartet hatte. Was mir nichts ausmachte. Ich wollte nicht zimperlich sein, wenn es um meine Pflichten ging, aber … Ich öffnete die Augen und ließ den Blick schweifen. Es fühlte sich seltsam an. Wie Sandkörner im Mund, wie ein verirrtes Haar im Gesicht. Tirithan irritierte mich. Darauf war ich nicht vorbereitet gewesen. All die Jahre, in denen ich hierhergewollt hatte, in denen ich mit Lijan Pläne geschmiedet hatte … Jetzt war ich allein und fühlte mich irgendwie fehl am Platz. Ich mochte Tirithan, eine wahrhaft glanzvolle Stadt, ohne Zweifel. Und ich fühlte mich als Whitefeather, auch wenn ich erst seit Kurzem meine Flügel trug. Verflucht, ich konnte nicht sagen, woran es lag. Es war weder Heimweh noch Furcht, weder Enttäuschung noch der unsägliche Verlust. Es war meine Bestimmung, meine Zukunft. Es war genug, in jeder Hinsicht, und doch fehlte etwas.

Ich trat weiter hinaus auf den großzügigen Vorsprung, der nichts weiter als ein Ort des Absprungs sein mochte. Von hier aus stiegen vielleicht die Whitefeather in den Himmel auf oder stürzten sich in die Tiefe, wenn sie zur Erde aufbrachen. Keinen Schimmer. Diese Dinge lernte ich sicher noch.

Hier draußen herrschte im wahrsten Sinne des Wortes himmlische Stille. Der Anblick Tirithans bei Nacht konnte einem den Atem rauben. Die Stadt schien aus sich selbst heraus zu leuchten, wie Mondlicht oder vielleicht eher wie Nordlichter, lebendig, sich wandelnd. Auch das bewerkstelligte offensichtlich das Quiryll. Jedenfalls lenkte es mich ein wenig ab.

Ich drehte mich um und betrachtete den zu den Seiten des Vorsprungs schmaler werdenden Sims. Er bot immer noch genug Platz, um sich zu setzen. Ich strich mit der Hand über die Fassade, setzte mich und lehnte mit der Schläfe an der Mauer. Diese Haltung fühlte sich vertraut an und schickte mich auf eine innere Reise.

Mechanisch und aus alter Gewohnheit kratzte ich mit dem Fingernagel an der Wand, gerade eine Handbreit über dem Boden. Das Geräusch war ein völlig anderes, das Gefühl auch. Es war ein billiger Ersatz. Mein Kopf hatte Mühe, die rechten Erinnerungen zu finden – den Geruch von staubigem Holz, die Berührung des Windes, der um meine Beine strich, seine Stimme, gedämpft und hohl durch die Wände des verwitterten Turms. Ich wiegte mich hin und her und schloss die Augen. Es war schwer, sich an den Ort zu träumen, an dem ich so oft gewesen war. Doch weitaus schwerer war es, mir einzugestehen, wen ich nach all den Ereignissen, nach all dem Drama tatsächlich vermisste.

Das Quiryll erwies sich als loyal und verschwiegen. Beendete mein Fingernagel den letzten Buchstaben, war von den ersten zwei nichts mehr zu spüren. Es verbarg den Namen, den ich wiederkehrend und blind einritzte. Wie ein Ritual, das mir den Übergang in mein neues Leben erleichtern sollte, lebte ich diese eine Erinnerung, bevor sie durch die Eigenschaften der göttlichen Substanz unausweichlich ausgelöscht wurde. Wieder und wieder.

Ich musste loslassen und konnte nicht.

»In dir steckt eine kleine Rebellin, nehme ich an.«

Erschrocken riss ich die Augen auf und stützte sofort die Hände auf, um notfalls aufspringen und – dieser Impuls war neu – meine Schwingen entfalten zu können. Was natürlich sinnlos wäre. In der Dunkelheit aufzusteigen, würde mich aufleuchten lassen und erst recht alle Aufmerksamkeit auf mich ziehen.

»Keine Sorge«, beschwichtigte mich der Whitefeather, der in der halb geöffneten Tür lehnte und jetzt zu mir hinaustrat, »Ich werde dich nicht verraten.« Er lächelte und machte Anstalten, sich zu setzen. »Auch wenn wir beide wissen, dass du im Schlafsaal bei den Neuen sein solltest.«

Ich rückte ein wenig zur Seite, damit er neben mir Platz fand. Mein Herzschlag beruhigte sich nur mäßig. Dass mein nächtlicher Spaziergang aufgeflogen war, behagte mir nicht. Offensichtlich konnte der Whitefeather mich den Anwärtern zuordnen, auch wenn er scheinbar nicht vorhatte, mich auszuliefern.

»Ich komme selbst oft hier raus«, verriet er mir nun im Plauderton. »Den Kopf freikriegen oder in Erinnerungen schwelgen.« Während er so unerwartet ungezwungen redete, musterte ich ihn aus den Augenwinkeln. Wie alt mochte er sein? Nicht so alt wie Ibe jedenfalls, aber deutlich älter als ich. Dunkles Haar rahmte sein Gesicht, das stolze Züge trug. Feine Fältchen um die wachen blauen Augen. Er wirkte – mein Verstand ging eine Reihe von Wörtern durch – erfahren, tiefgründig, … nein, souverän. Ja, das passte. Er wirkte wie jemand, der einiges über das Leben wusste und sich nicht scheute, die Dinge beim Namen zu nennen. In gewisser Weise erinnerte er mich an Lijan. Die gleiche Selbstsicherheit stand beiden zu Gesicht.

»Warum bist du hier draußen?«, fragte er sanft und riss mich damit aus meinen Gedanken.

»Erinnerungen«, gab ich zu meiner eigenen Überraschung preis.

Ein Lächeln fand auf seine Züge, er nickte. »Das ist sicher der beste Grund«, sagte er und fragte zu meiner Erleichterung nicht weiter nach. Langsam entspannten sich meine Schultern.

»Habt Ihr mich rausschleichen sehen oder …«

»Nein. Ich bin aus eigenen Motiven hier.« Er zog die Knie heran und schlang die Arme darum, was ihm ein eher jugendliches Aussehen verlieh. Wahrscheinlich steckte in ihm derselbe rebellische Anteil, den er mir zuschrieb. »Heute ist ein Jahrestag, an den ich mich gerne erinnere. Siehst du das hohe Fenster dort drüben? Gleich neben dem schmalen Turm, oberhalb der großen Halle.« Er wies mir die Richtung, in die ich schauen sollte, doch mein Augenmerk ruhte weiter auf ihm. »Vor langer Zeit ist es das Zimmer einer wunderschönen Whitefeather gewesen. Das zauberhafteste Mädchen, das du dir vorstellen kannst.« Er lächelte etwas verlegen und rieb sich die Wange. »Herrje, das willst du von einem alten Mann wie mir sicher gar nicht hören. Gemessen am Alter könnte ich dein Vater sein. Entschuldige bitte.«

»Nein, nein. Schon okay. Das klingt nach einer reizenden Geschichte«, beeilte ich mich zu sagen.

»Ja? … Ja, das ist sie auch gewesen. Reizend.«

Ich lächelte verhalten. »Erzählt mir den Anfang der Geschichte. Ich wäre froh, etwas zu hören, das mir Tirithan von seiner besseren Seite zeigt.«

Er legte die Stirn in Falten. »Keinen guten Start gehabt?«

Ich seufzte. »Kann man so sagen.«

»Deshalb auch nur den Anfang der Geschichte, nicht wahr? Du ahnst, dass es kein glückliches Ende geben könnte.«

Verlegen biss ich auf meine Wange. »Nun, Ihr habt gesagt, sie sei reizend *gewesen* und dass Ihr hier sein würdet, um Euch zu erinnern. Das lässt nicht viel Spielraum für ein Happy End.«

Er strich sich durch die Haare und atmete geschlagen durch. »Du hast einen wachen Verstand. Darf ich dann meinerseits schlussfolgern, dass die Erinnerungen, denen du nachhängst, mit deiner Heimat zusammenhängen und du – einer traurigen Geschichte offensichtlich abgeneigt – selbst einen Verlust hast hinnehmen müssen?«

O verdammt, er war gut. Offenbar verfügte er über ein außerordentliches Einfühlungsvermögen.

»Hast du deswegen einen schlechten Start gehabt?«

Ich nickte.

»Versuch die Stolpersteine zu verwinden«, riet er mir nun. »Mir ist es einmal ähnlich ergangen und aus mir ist trotzdem jemand geworden.«

Jetzt löste ich meine Haltung und drehte mich ihm ganz zu. »Was genau ist denn aus Euch geworden?« Mit wem hockte ich hier eigentlich über den Dächern der glanzvollen Stadt und plauderte zwanglos?

Verschwörerisch lehnte er sich in meine Richtung, als folge ein Geheimnis, das nur geflüstert weitergegeben werden durfte. »Wärst du am ersten Tag mit den anderen Anwärtern eingetroffen, liebe Liz ...«, *Himmel, er kennt meinen Namen!,* »... hättest du mich bei der Begrüßungsrede gesehen. Andererseits wäre so diese nette Unterhaltung wohl nicht zustande gekommen.« Er seufzte. »Wie bedauerlich, dass sie so kurz währte. Jetzt muss ich dich freundlich, aber bestimmt dazu auffordern, in den Schlafsaal zurückzukehren. Anwärtern ist es nicht gestattet, nach Sonnenuntergang Tirithans Mauern unsicher zu machen, noch weniger die Dächer.« Er zwinkerte mir zu und erhob sich.

Mit wackeligen Beinen stand auch ich auf. »Wer seid Ihr?«

Er lächelte. »Ich bin der Präfekt von Tirithan.«

Ach du heilige ... Darauf wäre ich nie gekommen. »Dann seid Ihr für –«

»So ziemlich alles verantwortlich, was die Anwärter betrifft. Keine Angst. Dein Start hätte wahrlich schlechter sein können, als mich an einem solchen Tag hier oben anzutreffen. Und meiner Position sollte es genügen, wenn ich dir eine Verwarnung erteile. Also ..., runter vom Dach, kleine Whitefeather.«

Das musste er mir nicht zweimal sagen. Ich machte mich schleunigst von dannen, dankbar, dass dieser Bürdenträger toleranter Natur war. Himmel, der Präfekt der Stadt. So etwas musste natürlich mir passieren.

Kapitel 10

»Du siehst müde aus. Lange Nacht gehabt?« Mila stupste mir in die Seite, als wir uns am nächsten Morgen auf der Treppe zum Speisesaal begegneten. Bree war von einer Whitefeather eines anderen Bereiches abgeholt worden. Deklan hatte offenbar recht damit, dass man sich nicht mehr so häufig sehen würde. »Wir haben Verlängerung bekommen«, frohlockte Mila, »also lass uns frühstücken.«

»Was heißt denn Verlängerung?«, fragte ich hoffnungsvoll und eilte ihr hinterher. »Begleitest du mich heute etwa noch mal?«

»Genau das«, sagte sie mit Fingerzeig auf mich und fügte schmunzelnd an: »Deklans Gesicht ist zum Schießen gewesen. Er gönnt mir die kleine Auszeit von der Routine wohl nicht.«

»Warum erlaubt er es dann?«

»Die Order ist von oben gekommen. Sie wollen, dass du trotz des Zwischenfalls reibungslos Anschluss findest. Neben Verzögerungen gibt es nur eines, das die noch mehr nervt – ein Totalausfall. Die wollen sichergehen, dass du als Whitefeather bestehst.« Sie lächelte keck. »Ich sehe da kein Problem. Du etwa?«

»Ähm ... nein, aber ... Du sagst, die Order ist von oben gekommen?« Das könnte bedeuten, dass die fiese Krähe vom Einweihungsritual es wegen der schwarzen Rune auf mich abgesehen hatte. Oder aber der Präfekt hatte veranlasst, dass ich ... Ach, nein. Unwahrscheinlich.

»Ist doch prima. Jetzt können wir noch einen Tag zusammen rumhängen. Ich zeig dir die Quiryllwerkstatt und alles andere. Du kannst mir ein bisschen was von dir erzählen und später habe ich vielleicht noch eine nette Überraschung für dich.«

Wir betraten den Speisesaal, der morgens anscheinend besser besucht war, und suchten uns einen Platz am Fenster.

»Das ist gestern aber noch nicht da gewesen«, bemerkte ich erstaunt und betrachtete die kunstvolle Aussparung in der Wand.

Mila zuckte nur unbeeindruckt mit den Schultern. »Ich hol mal ein bisschen von allem. Du kennst unser Buffet ja noch nicht so gut.« Sie verschwand, während ich mich setzte und die Architektur des Saales etwas genauer betrachtete, um festzustellen, was das Quiryll über Nacht geleistet hatte. Erstaunlich. Ich entdeckte zwei neue Fenster, ein Wandrelief und der Bogen am Ausgang wirkte auch irgendwie höher.

»Viel aus den südlichen Regionen heute. Dürfte dir gefallen. Deine Heimat liegt doch im Norden, oder?« Sie platzierte das Tablett zwischen uns und reichte mir die filigrane Silberzange. »Probier dich einfach durch.«

Ich betrachtete die Schalen mit den fremd anmutenden Speisen. Kugelförmig, in Würfel geschnitten, zartrosa und süß, orangefarben und saftig. Ich konnte keinen der Geschmäcker zuordnen. Für mich war alles Neuland.

»Woher bekommen sie die ausgefallenen Sachen?«

Mila grinste und steckte sich eine gelbliche Kugel zwischen die Zähne, die saftstrotzend zerplatzte. »Aus Siedlungen wie deiner. Woher denn sonst? Du vergisst wohl, dass die Whitefeather überall auf der Welt vertreten sind. Wichtig ist nur, dass die Engelssiedlungen sich abgelegen genug befinden.«

Ich kaute gedankenverloren ein zäh-süßes Etwas. Über andere entferntere Länder hatte ich nie nachgedacht. Natürlich konnten Whitefeather von überall nach Tirithan aufsteigen, genauso wie wir von hier aus jeden Ort auf der Welt erreichen konnten, dank der irisierenden Tunnel.

»Man muss nur an den Ort denken, den man erreichen will, richtig?«

»Du meinst, wenn man zur Erde absteigt? Ja. Du denkst an den Ort und der Tunnel leitet dich.« Sie schnappte sich mit der Zange eine weitere gelbe Kugel und wies damit auf mich. »Deshalb zeigen sie uns in den Siedlungen auch Zeichnungen von Tirithan und Sorothez. Es erleichtert den Anwärtern den ersten Aufstieg. Wenn man einen Ort nicht kennt, kann man nicht auf kurzem Wege dort hingelangen. Das macht es nötig, die Engelssiedlungen so weit zu streuen. Schließlich muss das Geschwader alle Orte erreichen können. Es klappt aber auch, wenn zwei absteigen und einer die Führung übernimmt, der sich auskennt.«

Ich stieß die Luft aus. Spannend, aber alles so theoretisch, wenn man selbst noch nicht viel herumgekommen war.

Mila lächelte und ließ die Kugel zwischen ihren Zähnen platzen. Ein Tropfen lief ihr Kinn hinab. Kichernd wischte sie ihn fort. Der missbilligende Blick des Whitefeathers neben uns schien sie dabei wenig zu interessieren.

»Was für eine Überraschung meintest du vorhin?«, lenkte ich mich davon ab.

»Oh … genau. Eigentlich wollte ich dich später damit … Na schön, ich kann es auch jetzt verraten«, plapperte sie drauflos. »Jemand hat dich für die Bibliothek vorgeschlagen. Du kannst künftig mit mir arbeiten. Deklan hat es mir eben gesagt. Auch wenn er wohl nicht dahintersteckt, irgendjemand kann dich definitiv gut leiden.« Sie wackelte mit den Augenbrauen.

»Ikarus! Ich schwöre es«, raunte uns in diesem Moment ein junger Whitefeather zu und eilte mit seinem Tablett weiter, um auch den nächsten beiden seine Nachricht zu überbringen.

Mila verdrehte nur theatralisch die Augen, während ich schmunzelnd den Kopf schüttelte. Offensichtlich gehörte das hier zum täglichen Ablauf. Es erinnerte mich an die Halbstarken in den Siedlungen. Offensichtlich gab es solche Strohköpfe aber in jedem Alter und an jedem Ort.

»Dann leiste ich meine Probezeit bei dir ab?«, hakte ich hoffnungsvoll nach.

»Sieht ganz danach aus«, antwortete sie überaus zufrieden.

Ich grinste und schnappte mir nun selbst eine der gelben Kugeln, um sie zwischen meinen Zähnen zerplatzen zu lassen. »Darauf habe ich gehofft«, bekannte ich schmatzend.

Nach dem Frühstück machten wir uns auf den Weg zur Quiryllwerkstatt. Mila wollte sie mir zeigen, bevor wir uns in die Bibliothek zurückziehen würden, um meinen Aufgabenbereich abzustecken. Über das katastrophale Einweihungsritual verloren wir kaum ein Wort. Mila bekannte lediglich, wohin ihrer Meinung nach die Kiesel gehörten.

»Ich zeige dir alles, was du wissen musst, und hole dich künftig jeden Morgen zum Dienst ab, bis du im Wohntrakt unterkommst. Ist das in deinem Sinne?«

»Hört sich toll an.« Ich konnte mein Glück kaum fassen. Jetzt bekam ich doch noch meinen Bücherhorizont. Deklan hatte sich ja versöhnlich zeigen wollen, wenn ich mich benahm. So schnell hätte ich allerdings nicht mit seiner Unterstützung gerechnet. Im Gegensatz zu Mila traute ich ihm aber durchaus diese nette Geste zu.

»Du nimmst den Platz in der Bibliothek also an?«, versicherte Mila sich.

»Natürlich!«

»Gut.« Sie stoppte und verschränkte demonstrativ die Arme. »Keine Klagen hinterher, dass das klar ist.«

Ich runzelte die Stirn. »Worüber sollte ich klagen?«

»Ich meine ja nur ...« Sie löste ihre Haltung und wies mit einladender Geste auf eine breite Tür zu unserer Rechten, die seltsamerweise Wärme abstrahlte. »Ich präsentiere: Die Quiryllwerkstatt.« Sie versetzte der Tür mit beiden Händen einen Schub, sodass sie aufschwang.

Ich bekam große Augen. Teufel noch eins!!!

Mila wartete einen tiefen Seufzer lang, bevor sie im nächsten Moment die Tür vor meiner Nase zuzog und mich weiterschob. Ich wandte und drehte mich unter ihren Händen. Was zum ...?

»Nein, nein«, rügte sie mich mit amüsiertem Unterton, »du hast dich für die Bibliothek entschieden.« Sie nahm meine Hand und zog mich, ungerührt ob meines offen stehenden Mundes, weiter.

»Aber ... aber ... aber ...«, stotterte ich beinahe genauso schnell, wie ich blinzelte.

»Ich weiß«, seufzte Mila.

Die wenigen Sekunden, die ich dem Schauspiel hatte zusehen dürfen, reichten völlig, um mich aus der Fassung zu bringen. Mein Geist setzte die spärlichen Bruchstücke in Windeseile zusammen. Das weit geöffnete Fenster, durch das weiße Nebelschwaden hineinströmten und in einem riesigen kreisförmigen Schlund im Boden verschwanden. Das orangefarbene Glühen. Die aufsteigenden Fetzen, schimmernd und tänzelnd.

»Heißt das, sie nutzen –«

»Jepp.«

»… und … und mittels Magie können sie –«

»Hast du doch gesehen.« Mila drehte sich um und stoppte mich, indem sie mir den Finger auf das Brustbein setzte. »Hör zu, die Quiryllwerkstatt – pff … Küche wäre wohl treffender – ist ein zauberhafter Anblick, *aber* …« Jetzt kam das große Veto. »Diejenigen, die dort arbeiten, äußern sich wenig schwärmerisch. Schon klar, Wolken … Magie … das flirrende Zeug …« Sie schnaufte ungeduldig. »In Wirklichkeit, habe ich gehört, ist es so, als ob man sein Tagewerk am Rande des Fegefeuers verrichten müsste. Hitze. Ein kräftezehrender, stupider Akt. Reinschaufeln, das Quiryll einfangen … Glaub mir, wir beide werden mehr Spaß haben.«

Ihre Worte sickerten in mein Bewusstsein und lösten aufrichtiges Bedauern aus. Harte Arbeit? So hatte es gar nicht ausgesehen. Sie schmolzen offenbar Wolken ein oder nein, sie verwandelten Wolken mittels göttlicher Magie in diese zauberhaft zarte Substanz. Feinste irisierende Blättchen. Vielleicht brauten sie das Quiryll auch zusammen, diesen federleichten, ascheähnlichen Wolkenstaub. Keine Ahnung, wie man Derartiges vollbrachte. Erfahren würde ich es wohl nicht mehr. Meine Wahl war auf die Bibliothek gefallen.

»Aber … Mila …?« Mein Blick musste dem eines bettelnden Welpen ähneln.

Sie seufzte abermals. »Ich weiß.« Scheinbar war auch sie dem Charme der Quiryllküche erlegen und bereute doch wenigstens ein bisschen anders gewählt zu haben. »Komm, die Bücher warten.«

Kapitel 11

Lautes Gepolter hinter den Bücherregalen ließ mich erschrocken herumwirbeln. Sofort und unwillkürlich schossen meine Schwingen drohend hervor und stießen dabei den Beistelltisch samt Gedeck um. Der Tee ergoss sich über den Boden, während die Tassen praktischerweise in glitzernde Quiryllfetzen zerstoben und sich in ähnlicher Form wieder zusammensetzten. Mein Blick wanderte zu der Quelle des Lärms und erspähte den hageren Anwärter, der zwei Tage nach mir zur Gruppe der Bücherwürmer, wie Deklan uns spöttisch nannte, gestoßen war und seine Flügel offenbar auch noch nicht richtig kontrollieren konnte. Er hatte einige schwere Bände aus dem Bücherregal gefegt.

Mila stöhnte auf. »Liz, ehrlich. Das musst du in den Griff kriegen. Du darfst nicht so schreckhaft sein.« Sie tätschelte meine Schulter und bückte sich nach den Tassen, um sie aufzuheben. »Deine Schwingen sollten nur bei echter Gefahr hervorbrechen. Alles andere ist inakzeptabel«, äffte sie mit pikierter Stimme jemanden nach.

»Entschuldige, ich habe das nicht gewollt …«, stammelte ich schuldbewusst und bemühte mich durchzuatmen, damit meine Schwingen sich wieder zur unsichtbaren, kompakten Variante zusammenfalteten.

»Weiß ich doch.« Mila schmunzelte, richtete sich mit den Tassen in der Hand auf und rieb die schmutzige Schicht des Bodens mit der Stiefelspitze ab. Das von Tee befleckte Quiryll löste sich und wirbelte in einem Luftstrom davon. Von meinem Missgeschick war nichts mehr zu sehen.

Erleichtert seufzte ich und schob die Schultern zurück, um meine Haltung zu straffen und die göttlichen Anhängsel zu ordnen. Es gelang mir, sie verschwinden zu lassen.

»Kommt nicht wieder vor«, beteuerte ich.

Mila lächelte. »Doch, wird es. Aber das macht nichts. Viele haben am Anfang Schwierigkeiten, sich anzupassen. Damit bist du nicht allein.« Sie spazierte hinter den Tresen und stellte die Tassen auf den ohnehin völlig überfrachteten Schreibtisch. Ein Stapel alter Bücher wankte bedrohlich, sodass sie ihn wieder zurechtrücken musste. Mila und ich waren mit dem Beurteilen und Aussortieren beschädigter Bände betraut worden. »Es wird besser mit der Zeit. Du wirst dich nicht mehr so schnell aus der Ruhe bringen lassen. Und falls doch, bin ja immer noch ich da. Natürlich nicht, um dich zu trösten, nur um mit dir darüber zu lachen.« Sie zwinkerte schelmisch. Sofort fühlte ich mich besser. Mila würde mir beistehen, sie war wirklich ein Geschenk des Himmels.

Mit ihr gemeinsam Dienst in der Bibliothek zu schieben, war mehr Lohn als Arbeit. Die ältere Whitefeather, der dieser Bereich unterstand, war zu beschäftigt, um sich großartig um uns zu scheren. Sie hatte mich zu Beginn meiner Tätigkeit nur kurz begrüßt und verließ sich ansonsten offenbar ganz auf Milas Sachverstand, was die Ordnung und Pflege des immensen Bücherbestandes anbelangte. Und so chaotisch Milas Kammer auch ausgesehen hatte, mit diesem Fundus des Wissens ging sie komplett anders um. Das musste ich ihr lassen. Ihre Beurteilung konnte nur grandios ausgefallen sein. Wenn ich mich nicht allzu ungeschickt anstellte, würde auch meine mir hoffentlich gestatten, an diesem Ort zu bleiben.

»Immer noch so nervös? Kein Wunder bei der Betreuung.« Deklan lehnte lässig an einem der Regale und musterte uns mit selbstgefälligem Blick. In den letzten Tagen, in denen Mila sich redlich bemüht hatte, mir alles beizubringen, war er immer wieder unerwartet aufgetaucht, um meine Ausbildung zu überwachen. Mila schwor, dass er mir meinen Bücherhorizont nicht gönnte und nur das Haar in der Suppe suchte. Ich hingegen hoffte, dass er sich einzig versichern wollte, für wen er ein gutes Wort eingelegt hatte. Und so wenig ich seine Art mochte, ich würde ihm keinen Grund geben, mich von dieser Arbeit abzuziehen. Deshalb hielt ich mich strikt an die Regeln. Kein nächtliches Herumschleichen mehr und den schwarzen Runenstein trug ich stets verborgen am Körper. Deklan konnte mir nichts.

»Willst du lediglich dein Häkchen setzen oder hast du einen konkreten Anlass, hier zu sein?« Mila verschränkte die Arme und gab sich gewohnt unversöhnlich. Was dem geborenen Aufseher aber nichts auszumachen schien.

»Ich habe heute eine Menge Häkchen zu setzen«, sagte er geschliffen. »Unter anderem kontrolliere ich mal wieder die Wohntrakte.« Sein Blick lag herausfordernd auf ihr.

Mila setzte ein Lächeln auf. »Nur zu, lass dich von uns nicht aufhalten. Am besten, du beginnst mit meinem Zimmer«, bot sie zu meinem Erstaunen an. Auch Deklan schien überrascht, doch nicht auf freudige Weise. Er umklammerte seine Dokumente, verkniff sich mit Mühe eine Erwiderung und machte auf dem Absatz kehrt. So schnell hatte ich ihn noch nie davonrauschen sehen.

»Machst du dir keine Sorgen wegen der Unordnung in deinem Zimmer?«, hakte ich vorsichtig nach.

Mila löste ihre Arme und grinste nur. »Welche Unordnung denn? Ich komme doch nicht Deklan und seinen geliebten Häkchen in die Quere. Da wäre ich ja schön dumm.«

»Aber ... Hast du denn gewusst, dass er heute die Wohntrakte inspiziert?« Sie würde kaum über Nacht ihr Verhalten geändert haben und dauerhaft Ordnung halten.

»Also ehrlich, Liz ... Wenn man rein zufällig entdeckt, wo er seine Listen und Pläne ablegt, kann man ihm und seiner Arbeit doch ein bisschen entgegenkommen. Ich meine es ja nur gut. Der Ärmste ist immer so gestresst.« Mila war unverbesserlich.

***

Am Ende eines jeden Tages sank ich todmüde in den Schlaf. Auch an diesem. Das Hin- und Herschleppen der schweren Bücher forderte seinen Tribut. Doch offensichtlich erging es nicht jedem so.

»Kannst du auch nicht schlafen?«

O Himmel. Ich fuhr erschrocken unter der Decke zusammen. Mein Herzschlag drohte auszusetzen. »Mila! Verflucht noch mal!«, fauchte ich mit gedämpfter Stimme. »Was willst du hier?«

Der Schreck jagte eine Salve feuriger Geschütze durch meine Blutbahnen, gefolgt von einer schaurigen Gänsehaut. »Du hast mich zu Tode erschreckt.« Ich setzte mich im Bett auf, während sie sich trotzig dreinblickend auf der Kante niederließ. Die übrigen Anwärterinnen hatten gottlob ihre Wohneinheiten bezogen und die nächsten sollten erst in zwei Tagen eintreffen, sodass wir allein im Bettensaal waren.

»Ich bin nicht müde«, flüsterte sie gereizt.

»Ist doch nicht meine Schuld. Und hör auf zu flüstern. Es ist niemand hier.«

»Man weiß nie, wer lauscht.« Sie grinste. »Außerdem ist es sehr wohl deine Schuld. Wegen dir bin ich nicht mehr körperlich ausgelastet. Du schaffst ganz schön was weg in der Bibliothek.« Sie tätschelte mein von der Decke verhülltes Bein. »Komm, zur Belohnung zeig ich dir etwas.«

Sie ließ mir keine Zeit zu protestieren, stand auf und begab sich zur Tür, durch die sie mit einem schelmischen Zwinkern in meine Richtung schlüpfte.

Ich schlug die Decke zurück und folgte ihr auf den Gang hinaus. »Falls du mir die Stadt bei Nacht zeigen willst, spar dir das. Man hat mich deswegen bereits abgemahnt. Es ist keine gute Idee, Tirithan nachts aufs Dach zu steigen«, rief ich sie zur Räson.

»Wer sagt denn, dass ich aufs Dach rauf will?«, konterte sie. »Nein, wenn Tirithan eine Frau ist, verschwinden wir heute Nacht unter ihrem Rock.« Sie wackelte verheißungsvoll mit den Brauen.

In mir wuchs das Unbehagen. »Lass die Albernheiten. Tirithan ist eine Himmelsstadt und besitzt gewiss kein Kellergewölbe.« Keine der Zeichnungen hatte etwas Derartiges erkennen lassen. Wolken, nichts als Wolken, die den Boden aus festerem Quiryll verbargen.

»Natürlich nicht«, bestätigte sie meine Vermutung und klang nun doch etwas ungeduldig. »Sei nicht so ein Schaf. Ich spreche über den Drop.«

»Den …« Ich runzelte die Stirn, während Mila entschlossen meine Hand fasste und mich mit sich zog.

»Der Ausstieg nach unten. Ich weiß, wo er liegt. Wir könnten unter Tirithans Rock eine Runde drehen. Das heißt, ich weiß, wie man ihn findet. Er wechselt nämlich fortwährend seinen Standort. Deshalb bewachen sie ihn auch nicht.«

Widerwillig folgte ich ihren forschen Schritten, einzig um mehr über ihr waghalsiges Unternehmen zu erfahren. Vielleicht konnte ich sie davon abhalten. Schließlich wollte ich nicht, dass Mila sich wegen ihres Temperaments in Schwierigkeiten brachte.

»Halt, warte mal …« *O nein.* Ich blieb abrupt stehen und zwang damit auch Mila innezuhalten. »Das darf ja nicht wahr sein.«

»Was ist?« Sichtlich irritiert spähte sie in alle Richtungen. Doch meine Irritation rührte nicht daher, dass uns jemand entdeckt hätte. Mir war nur eben etwas klar geworden.

»Du erinnerst mich an jemanden.«

»Was?« Sie ließ meine Hand los und blickte mich fragend an.

»Du erinnerst mich an jemanden.« Geschlagen sank ich gegen die Wand und fluchte innerlich. Ich hatte Mila sofort ins Herz geschlossen, ihre fröhliche, etwas aufmüpfige Art, ihr loses Mundwerk – Sie war wie Fab. Große Güte. Sie hatte sogar denselben Hang zum Ungehorsam.

»An wen?«, fragte sie verdutzt. Zumindest für den Moment schien der geplante Rundflug vergessen.

»Komm, du rebellische Feder.« Diesmal packte ich ihre Hand und zog sie in einen der hübsch gestalteten Innenhöfe.

Auf einer Bank an der Mauer ließen wir uns nieder.

Mila musterte mich. »Sagst du mir jetzt, wer dir so die Röte ins Gesicht treibt? Muss ja jemand Denkwürdiges sein, wenn dich die bloße Erinnerung aus dem Tritt bringt.«

»Ein Vorschlag: Du erzählst mir von diesem ominösen Drop, von dem ich keine Ahnung habe, und ich sage dir, an wen du mich erinnerst. Abgemacht?« Vielleicht würde es Mila Genugtuung verschaffen, ihr Wissen über diesen geheimnisvollen Ort zu teilen. »Danach gehen wir aber zurück. Ich habe keine Lust, deinetwegen meinen Platz in der Bibliothek zu verlieren.«

»Wirst du schon nicht. Du hast doch einen einflussreichen Freund.«

Erschrocken versteifte ich mich. Sie spielte auf den Präfekten an? »Woher weißt du davon?«

Mila riss begeistert die Augen auf und verharrte mit geöffnetem Mund. Ein quietschender Laut entfuhr ihr.

»O nein … Du hast es gar nicht gewusst«, erkannte ich zu spät. »Ich habe es dir eben eingestanden.«

»Lässt sich nicht mehr ändern«, flötete sie. Dann faltete sie brav die Hände im Schoß und setzte sich ordentlicher hin. »Also gut … Du sagst mir, an wen ich dich erinnere und wer dieser hochdotierte Gönner ist, der … Oh, oh … Habt ihr denn was miteinander? … O Gott, ich hoffe, du hast für die Bibliothek nichts Unaussprechliches … Obwohl, vielleicht sollte ich mir den Mann auch warmhalten, um …«

»He –« Ich hatte Milas Kinn umfasst und in meine Richtung gedreht. »Jetzt hol bitte mal Luft. Ich habe keinen Gönner und schon gar keinen, dem ich irgendwie irgendwas schulde«, stellte ich klar.

Milas Ausdruck ernüchterte. Gelangweilt schlug sie meine Hand aus. »Man schuldet immer irgendwem irgendwas.«

»Er ist zu alt für mich und entschieden zu nett für solche Abartigkeiten, glaub mir. Und das mit der Bibliothek ist purer Zufall gewesen.«

»Und du wirst mir nicht sagen, um wen es sich handelt.«

»Und ich werde dir nicht sagen, um wen es sich handelt«, bestätigte ich.

Sie stieß die Luft aus und lehnte sich zurück an die Mauer. Zarte flirrende Fäden aus Quiryll lösten sich über ihrer Schulter und umschwirrten ihren Kopf. Sie schlug mit der Hand danach, sodass die Glitzerstäubchen auseinanderstoben und sich etwas weiter oben wieder vereinten.

»Ich hoffe, die Story über den Typen, an den ich dich erinnere, taugt mehr«, murrte sie unzufrieden und verschränkte demonstrativ die Arme vor der Brust.

»Wer sagt, dass es ein Typ ist?«

Mila wollte entsetzt hochschnellen. Ich konnte sie gerade noch mit den Händen beschwichtigen sitzen zu bleiben und kringelte mich jetzt fast vor Lachen.

»Okay ... okay ... Schon gut, es ist ein Er. Du hast ja recht. Ohne heiße Typen oder halsbrecherische Abenteuer kommst du wohl nicht aus.«

Mila lehnte sich nur zögerlich wieder zurück, natürlich nicht, ohne mich mit einem giftigen Blick zu strafen, der aber wohl nur aufgesetzt war, denn gleich darauf zierte freudige Erwartung ihr Antlitz. »Er ist also heiß? Wäre er vielleicht was für mich? Einer aus deiner Heimatsiedlung? Ist er jünger als du? Wann absolviert er seinen Absprung?«, sprudelte es aus ihr heraus.

Auch wenn Mila in ihrer Aufregung putzig wirkte, mir verging das Lächeln allmählich. Natürlich nahm sie an, es handle sich um einen potenziellen Whitefeather. Etwas anderes kam ja im Grunde nicht infrage.

»Er hat seinen Absprung schon hinter sich«, antwortete ich deutlich gesetzter und etwas kleinlaut. An Fab und seine wundervollen schwarzen Schwingen zu denken, schmerzte weit mehr, als ich hätte ahnen können.

Mila ließ meine Worte einige Sekunden sacken, dann richtete sie sich kerzengerade auf. »Du meinst, er ist ein Blackfeather? O mein Gott. Du bist mit einem Blackfeather zusammen gewesen?« Sie starrte mich an, als sähe sie mich zum ersten Mal. »Du ... listige Natter.« Sie versetzte meiner Schulter einen freundschaftlichen Stoß. »Und ich habe gedacht, du bist so ein Mauerblümchen. Ein Sohn Sorothez', wer hätte das gedacht? Habt ihr es denn nicht gewusst? Hat es keine Anzeichen gegeben?«

Ich seufzte. »Im Gegenteil. Seine Bestimmung hätte kaum eindeutiger sein können.« Mila darüber aufzuklären, dass Fab und ich lediglich Freunde gewesen waren, sparte ich mir. Sie sank bereits träumerisch in sich zusammen. Ich wagte es nicht, ihre wilden Fantasien über Blackfeatherjungs zu zerstören. Das Missverständnis könnte ich leicht bei einer ihrer hundert zu erwartenden Fragen aus der Welt räumen. Für den Moment genügte es mir jedoch, dass es sie von dem unseligen nächtlichen Besuch des wie auch immer gearteten Drop abhielt. Und vielleicht wollte ich selbst ein wenig an dem Gedanken festhalten, dass es mehr gewesen war.

»Wie ist er denn so?«

Ich seufzte, als die Erinnerung an einen ausgelassenen Nachmittag im Wald in mir hochstieg. »Wild, rebellisch, ...«

»Sexy … mit einem göttlichen Körper …«, ergänzte Mila freimütig, um meine Ausführungen anzuheizen. Ich schmunzelte und ließ sie gewähren. Fab hatte ich nie auf diese Weise betrachtet, aber objektiv gesehen mochte sie recht haben.

»Er ist ein fabelhafter Freund gewesen.« Das war immerhin nicht gelogen. Kein Wunder, dass ich ihn vermisste.

»Und ich erinnere dich an ihn, hm?« Mila warf mir einen gespielt verruchten Blick über die vorgezogene Schulter zu.

Ich stieß sie mit dem Ellbogen an. Wir kicherten.

Mila stand schließlich auf und zog mich auf die Beine. »Also komm …«

»Wohin?«, fragte ich mit leicht panischem Unterton in der Stimme. Sie würde doch nicht immer noch …

»Ins Bett, du Schaf. Du *schwarzes* Schaf«, ergänzte sie mit einem Grinsen. »Du hast es tatsächlich geschafft, dass ich lieber eine Runde durch meine Träume als durch die kalte Nachtluft drehen würde. Das können wir ja ein anderes Mal nachholen. … Außer natürlich, du möchtest?«

»Danke, kein Bedarf«, lehnte ich ab und folgte ihr bereitwillig in den Gang.

»Hätte mich auch gewundert. Sicher schweben deine Gedanken schon auf himmlischen Schwingen davon, jetzt, wo ich deiner Erinnerung auf die Sprünge geholfen habe. Oh, das ist so unfair.«

Das empfand ich genauso. Heute Nacht würde Fab mir nicht mehr aus dem Kopf gehen.

***

»Da ist jemand für dich.« Mila drückte mir einen weiteren Stapel alter Bücher in den Arm und wies mit einem Nicken Richtung der ersten Regalreihe. »Benimm dich bloß. Das ist der Präfekt«, warnte sie mich.

Mit geweiteten Augen spähte ich um das Regalende und erblickte tatsächlich den Stadtvorsteher. Was wollte der denn hier? War unser Spaziergang in der letzten Nacht etwa aufgeflogen? Das fehlte gerade noch.

»In Ordnung«, stammelte ich und balancierte die Bücher zum Beistelltisch hinüber, neben dem er sich aufgestellt hatte.

»Hallo«, sagte ich möglichst leise, weil ich nicht wusste, wie ich einen der Oberen anzusprechen hatte. Die Begrüßung klang viel zu vertraut.

»Guten Morgen, Liz.« Er lächelte und wirkte völlig souverän. So machte man das also. »Wie gefällt es dir in der Bibliothek? Genug Nahrung für deinen wachen Geist?« Jetzt zwinkerte er mir doch tatsächlich verschwörerisch zu.

Mila warf uns neugierige Blicke zu, bevor sie wieder mit ihrer Liste hinter den Regalen verschwand.

Ich räusperte mich. »Leider hat sich die Gelegenheit zum Lesen noch nicht ergeben. Diese Bücher hier müssen durchgesehen und sortiert werden.« Ich wies auf den Haufen antiquarischer Schätze, die den Tisch unter sich begruben. »Der Zahn der Zeit hat einigen ziemlich zugesetzt. Sie sollen repariert werden. Manche sind noch intakt.« Ich begann damit, die Bände einzusortieren, die keiner fürsorglichen Hand bedurften. Eine Weile schaute der Präfekt mir dabei zu.

»Alles in Ordnung?« Er hatte wohl mein leises Seufzen gehört. Jetzt war es mir unangenehm. Meine Schultern versteiften sich. »Du kannst ruhig sprechen. Das andere Mädchen ist gerade nach hinten verschwunden. Wir sind allein, niemand hört uns«, versuchte er mich aus der Reserve zu locken.

Wir hatten schon einmal Vertraulichkeiten ausgetauscht, als er mir von einer entzückenden Whitefeather erzählt hatte. Aber diesmal war es anders. Ich wusste jetzt, wer vor mir stand. Auch wenn seine Zugewandtheit mir ein gutes Gefühl gab, er war der Präfekt, ich sollte eigentlich Distanz wahren. Dennoch gäbe es keinen anderen Weg, wenn ich Antworten bekommen wollte.

»Hier ist so viel Wissen zusammengetragen worden, über so viele Jahrhunderte. Legenden über die Whitefeather, die Blackfeather …«, redete ich, ohne ihn anzusehen. »Sogar über das Ritual des Absprunges sind Schriften vorhanden, aber … ich meine, wir erhalten unsere Schwingen beim Absprung, es werden Aufzeichnungen über unsere Bestimmung gemacht …«

»Du willst mich etwas fragen«, erkannte er.

Ich hielt mit einem Buch im Arm inne. Sollte ich mir ein Herz fassen? Ja, vielleicht sollte ich das. »Ein Freund von mir ist an der Klippe verschwunden.

Er ist dazu bestimmt gewesen, als Whitefeather aufzusteigen. Aber, er ...« Ich atmete durch. »Er scheint abgestürzt zu sein.«

Der Präfekt nahm Haltung an. »Das tut mir aufrichtig leid«, sagte er ernst.

»Nein, ich glaube ja gar nicht, dass er ... dass ihm etwas passiert ist. Ich meine, natürlich wird ihm etwas zugestoßen sein, nur ...«

»Liz.« Er hob die Hand und brachte mich zum Schweigen. »Ich merke, wie sehr das Thema dich aufwühlt, aber, nur um dir keine falschen Hoffnungen zu machen, höchstwahrscheinlich ist dein Freund tot. Möglicherweise ist er eben doch nur ein Mensch und nicht zum Absprung bestimmt gewesen.« Seine Miene drückte Mitgefühl, aber auch Strenge aus. »Solche Geschichten höre ich öfter, als mir lieb ist. Nicht alle werden gefunden, verstehst du? Das Meer behält manche für sich.« Seine Finger fuhren verlegen über eines der Bücher. »Ich wünschte wirklich, ich könnte dir Erfreulicheres sagen. Aber ich glaube, du hast jemandes Meinung hören wollen, der näher an diesen Dingen dran ist als deine Anwärterkameraden.«

Bekümmert presste ich das Buch fester an meinen Leib. Jetzt wünschte ich mir, ich hätte den Mund gehalten. Es so schonungslos von einem Oberen zu hören, ließ mein Herz verkrampfen. Lijan sollte tot sein? Nein ... Alles in mir wehrte sich dagegen. Ich nickte dennoch.

Wir hantierten eine Weile nebeneinander, ohne zu sprechen. Ich schaffte die makellosen Bücher in die Regale, während er sich gedankenversunken der Beurteilung der älteren Exemplare widmete. Er blätterte darin, prüfte die Seiten und Einbände, las ein paar Zeilen und legte sie schließlich doch unbeurteilt zurück auf den Haufen. Ich war mir sicher, er beobachtete mich aus den Augenwinkeln und versuchte eher, was mich anbelangte, zu einem Urteil zu kommen.

»Du glaubst trotz meiner Worte, dass dein Freund am Leben ist, nicht wahr?«, durchschaute er mich.

Ich verharrte mit gesenktem Blick und schwieg, weil ich ihn nicht anlügen wollte.

Er seufzte vernehmlich. »Ich finde, deine Probezeit sollte mit dem heutigen Tage enden.«

Alarmiert blickte ich auf. Er verkürzte meine Probezeit? Warum? Oder ... O nein ... Wollte er mich etwa rausschmeißen? Schon klar, ich war über den Dächern herumspaziert, war offenkundig emotional angeschlagen ... Auch die Nachricht von dem schwarzen Runenstein dürfte ihn erreicht haben. Was davon warf er mir vor?

»Du verrichtest deine Arbeit gewissenhaft, hast schnell Anschluss gefunden, bist überaus aufgeschlossen und mitfühlend, soweit ich das beurteilen kann. In meinen Augen hast du dich bewährt.«

Ich musste mich ermahnen, ihn nicht anzustarren. »Dann darf ich ganz offiziell bleiben?«

Er lächelte. »Nur deshalb bin ich hier. Ich habe mir Gewissheit verschaffen wollen, ob ich dich richtig beurteile.«

Mein Herz klopfte. Er sprach sich für mich aus? Erleichterung zog in mein Inneres ein. Ich durfte in Tirithan bleiben. Jetzt war ich eine echte Whitefeather.

»Und da du jetzt nicht mehr unter Aufsicht stehst, möchte ich dir eine Aufgabe übertragen, die du besser als jeder andere erfüllen dürftest.«

»Ihr habt gleich einen Auftrag für mich?«, fragte ich erstaunt.

»Jetzt bereust du es wohl, mich über den Dächern getroffen zu haben«, scherzte er. »Aber ich kann dich beruhigen, ich bediene mich nur deiner Ortskenntnisse. Du wirst einen Brief nach Silver Crevice bringen und deinem Ziehvater übermitteln.«

»An Ibe?«

Der Präfekt griff in die Innenseite seiner Kleidung, holte ein versiegeltes Schriftstück hervor und überreichte es mir. Ich fuhr mit dem Daumen darüber. Das elfenbeinfarbene Wachs zeigte das Symbol der Whitefeather. Zwei stilisierte Schwingen. Auf mich hatten sie immer wie zwei aufeinander zuspringende Engel gewirkt, die Arme und Schwingen nach hinten überstreckt, der gemeinsamen Bestimmung ergeben.

»Ich hoffe, der Ausflug kann dir irgendwie helfen, deinen Verlust zu verarbeiten. Es ist nicht leicht, jemanden zu verlieren«, sprach er mit sanfter Stimme. »Ich verstehe das.«

»Wann breche ich auf?« Ich hob das Kinn und erwiderte seinen Blick. Es war, als hätte er ein Feuer in mir entfacht.

»Sofort, wenn es dir nichts ausmacht. Es ist äußerst dringlich.«

»Dann mache ich mich umgehend auf den Weg«, stimmte ich zu und presste den Brief an mein Herz, als wäre er für mich bestimmt. Ich würde den Hof besuchen und in Erfahrung bringen können, ob Lijan aufgetaucht war. Die Ungewissheit darüber saß wie ein Stachel in meinem Herz. Dieser unverhoffte Auftrag war meine Rettung.

***

Fab

Fab ging um den hölzernen Turm herum. Er hatte sich nie die Zeit genommen, ihn in Ruhe von außen zu betrachten. Jetzt, wo er wegen Lijan zurückgekehrt war, nahm er sie sich. Wenn er früher eingesperrt worden war, hatte er die Leiter erklommen, war durch den Einstieg geschlüpft und nach unten gesprungen. Nie hatte er dabei eine Miene verzogen oder sich gesträubt. Er hatte jede einzelne Strafe verdient gehabt und sie ohne Zögern angenommen. Sich gegen die Regeln aufzulehnen, hatte ihn gereizt; zu jammern, wenn er erwischt worden war, hätte er als Schwäche empfunden. Schließlich hatte er die Grenzen gekannt.

Sein Blick blieb auf einer Stelle haften, an der dem Hof abgewandten Seite des Turms. Er schluckte. Hier musste sie gesessen haben. Er erkannte den dreieckigen Spalt im Holz. Von außen nichts weiter als ein schwarzes Loch, innen jedoch warf es einen hellen Lichtkegel auf den sandigen Boden. Durch diesen Spalt hatte sie Essen geschoben, manchmal einen Apfel oder ein Stück Brot. Bei einer Gelegenheit, als sie noch Kinder gewesen waren, einen schwarzen Kiesel. Schwarz. Damals war ihm aufgefallen, wie besonders sie war. Dennoch hatte er sie in den Weiher gestoßen. Auch dafür war er in dem hölzernen Ungetüm gelandet. Das einzige Mal, dass er seine Strafe als ungerecht empfunden und sie nicht auf der anderen Seite gesessen hatte. Eine Woche hatte sie damals im Fieber gelegen und eine weitere krank im Bett. Doppelt so viele Tage hatte er im Turm verbracht.

Er seufzte. Die Gewissheit, dass er schwarze Flügel tragen würde, war ein schwacher Trost für das gewesen, was er sich selbst verbaut hatte. Trotzdem waren Liz und er nach diesem Tag auf verquere Weise unzertrennlich gewesen. Auch wenn sie das nie zugegeben hätte.

Er kauerte sich neben die Wand und fuhr mit der Hand über die kahle Stelle am Boden, an der nach all der Zeit einfach kein Gras mehr wachsen wollte. Seine Finger betasteten den Spalt. Wie oft hatte er sich vorgestellt ihre Finger zu berühren, ihre Hand zu halten. Doch sie hatte sie ihm nie gereicht. Immer nur etwas zu essen. Und er hatte ihr gedankt, ihr erzählt, was er angestellt hatte und was er noch alles anstellen würde, wenn er wieder herausdürfte. Sie hatten gemeinsam überlegt, wie viele Tage er für welchen Streich aufgebrummt bekommen würde, und gelacht. Aber nie hatte sie versucht ihn abzuhalten. *Warum machst du so waghalsige Dinge?*, hatte sie gefragt. *Weil ich ohnehin nach Sorothez gehe*, war seine stolze Antwort gewesen. Und damit war alles gesagt gewesen.

Er hatte nie wieder jemand anderen in Schwierigkeiten gebracht. Das schien ihr gereicht zu haben. Doch ihre Hand hatte er nicht halten dürfen.

Er sank auf den Platz nieder. Mit der Schläfe an das Holz gelehnt verharrte er. Sie hatte manchmal eine ganze Stunde dagesessen und geschwiegen. Er hatte ihren Atem gehört, manchmal das Schaben auf Holz.

Der Wind raute auf. Er schlug seinen Kragen hoch und verschränkte die Arme. Warum nur hatte sie das getan? War sie der Überzeugung gewesen, ihm beistehen zu müssen?

Ein eisiger Hauch ließ das Gras erzittern, der Wind zog scharf um die Ecken des Turms. Sein Augenmerk fiel auf etwas, vielleicht Kratzspuren, an der Wand eine Handbreit über dem Boden, verdeckt von einem Büschel Gräser. Er drückte die Halme mit der flachen Hand nieder.

Ein tiefer Atemzug drängte in seine Lungen.

F A B – drei Buchstaben, eingeritzt in das verwitterte Holz. So tief, in unzähligen krakeligen Linien, dass der Überstand des Buchstaben A bereits herausgebrochen war. F A B. Sie hatte es schweigend eingraviert, so unabänderlich, wie er ihren Namen tief in seinem Herzen trug.

Kapitel 12

Die Perspektive auf Silver Crevice war eine ungewohnte. Vom Himmel aus auf die Erde abzusteigen, bot einen Anblick, der einfach unbeschreiblich war. Und doch … So wundervoll und einzigartig es sich anfühlte, es ließ auch Trauer in mein Herz einziehen. Überschaubar, glanzlos, heruntergekommen. Nein, hier wohnte nichts Göttliches. Kein Wunder, dass die Whitefeather sich erhaben fühlten. Silver Crevice – der Name war das einzig Schillernde an diesem Ort. Kein Quiryll bügelte Schwachstellen aus oder reparierte Blessuren, die der Zahn der Zeit dem Gehöft zugefügt hatte. Mir war tatsächlich nie aufgefallen, wie bedauernswert mein Zuhause wirkte. Der Glanz Tirithans hatte mich geblendet und nun war ich scheinbar blind für die Schönheit der Menschenwelt geworden. Voller Bedauern nahm ich es zur Kenntnis und setzte leichtfüßig am Rand der Klippe auf. Ich tänzelte, wie einst Fab, gefährlich nahe am Abgrund entlang und spürte keinerlei Angst. Schwingen zu tragen, machte einen immun gegen jedwede Furcht vor Höhe.

Nachdem der Präfekt mich in der Bibliothek aufgesucht und mir den Auftrag erteilt hatte, war der Tag nun schon halbwegs vorüber. Mila war mit mir noch schnurstracks zur Kleiderfee geeilt, um die wirklich coolen Sachen zu ordern. Doch so außergewöhnlich fand ich sie gar nicht. Etwas enger anliegend, mit mehr Riemen und geheimen Taschen, als ich brauchen würde. Praktische Kleidung eben.

Dem Wind und der rauen Kälte ausgesetzt hockte ich mich hin und spürte, wie meine Schwingen sich zusammenfalteten und schließlich verschwanden. Ein seltsames Gefühl. Ich fuhr mit der Hand tastend über meine Schulter. Auf der Erde durften wir sie nicht zeigen, durften das Göttliche nicht zur

Schau stellen. Verständlich. Keiner konnte sagen, wie Menschen auf uns reagieren würden. Auch wenn mir dieses Gebot unwichtig erschien, hier an meinem Heimatort.

Ich atmete tief durch, beobachtete die Wellen weit unter mir und horchte in mich hinein. Der Schmerz über Lijans Verschwinden kratzte immer noch an meinen Empfindungen, auch wenn die Intensität nachgelassen hatte. Oder hatte ich mich nur an das elende Loch in meinem Inneren gewöhnt, es zu einem Teil von mir gemacht? Ich wusste, man konnte mit Verlusten leben, denn ich entbehrte seit dem Absprung mehr als nur einen Freund.

»Eine Whitefeather also. Ich habe gewusst, du würdest Tirithan alle Ehre machen«, erklang eine vertraute Stimme in meinem Rücken. Ich drehte mich um.

»Fab?« Überrascht musterte ich ihn. Was machte er denn hier? Ich richtete mich auf und trat vom Abgrund zurück. Und Himmel, wie er sich verändert hatte. Mein Blick wanderte über seinen Körper, der in einer äußerst ansprechenden schwarzen Montur steckte und noch durchtrainierter wirkte als sonst. Krieger – sagte mir mein Unterbewusstsein. Herrgott, unzählige Riemen und Einsteckmöglichkeiten wie an meinen Kleidern, doch seine zierten seltsam geformte Klingen und anderes. Seine Haltung war stolz und selbstsicher. Nicht aus purem Trotz wie früher vielleicht, sondern aus Überzeugung, die ihm seine Bestimmung beschert haben mochte.

»Mit dir hätte ich nicht gerechnet«, gab er zu und wies mit einer beiläufigen Geste auf meine Kleidung. »Steht dir gut, Tirithans Glanz. Jetzt weiß ich wenigstens, dass du dort angekommen bist, wo du hingehörst.« Irgendwie klang er verlegen, was gar nicht zu seinem Auftreten passte. Aber auch ich war verunsichert. Mein erster Impuls wollte mich ihn in die Arme schließen lassen, doch etwas hatte sich verändert zwischen uns.

»Ja, ist etwas anderes, in der Himmelsstadt zu leben, oder?« Ich zupfte unbeholfen an meinem Hosenbein. »An das ganze Weiß muss ich mich noch gewöhnen.«

Fab lächelte. »Wenn es nur das ist, kommst du wohl gut zurecht.«

»Ja, na klar …« Ich nickte eifrig, eigentlich um meine Nervosität zu überspielen, verstärkte aber wohl nur den Eindruck, aus dem Konzept zu sein. Und warum eigentlich? Schließlich kannten wir uns. Wenn ich schon einem Blackfeather begegnete, dann besser Fab. »Bist du allein? Ich meine, sind noch andere …« Er winkte beschwichtigend ab.

»Keine Sorge. Nur ich. Sonst niemand.«

»Ah, okay … Ich auch. Ich meine, außer mir ist keiner hier. Nur ich.« *Du meine Güte, reiß dich zusammen, Liz.* Meine Gedanken schienen wie ungestüme Fohlen herumzuspringen. Waren die Wimpern, die seine grünen Augen rahmten, schon immer so schwarz gewesen?

Sein Mundwinkel hob sich zu diesem typisch neckenden Lächeln. »Was heißt denn nur? Auf erlesenere Gesellschaft hätte ich kaum setzen können.« Und da war es wieder. Der leichte, unverbindliche Tonfall, die charmant spöttische Art. Eben Fab. Sofort wurde ich etwas ruhiger, wandte mich aber doch lieber der weiten Aussicht zu, anstatt mich in seinem Anblick zu verlieren.

»Dein erster Abstieg?«, fragte ich um einen ebenso lockeren Ton bemüht.

»Zumindest der erste nach Silver Crevice.«

Er war also bereits abgestiegen und vermutlich weniger aufgeregt als ich. Das schale Gefühl, nicht mehr zu wissen, was in seinem Leben vor sich ging, erfüllte mich. Genau wie damals, als er aus der fremden Siedlung zurückgekehrt war. Eigentlich sollte ich jetzt fragen, wie es ihm ergangen war und ob es ihm in Sorothez gefiel, aber die Worte schienen mir zu banal. »Ich habe das Gefühl, ewig fort gewesen zu sein. Und doch ist es, als wären wir erst gestern gesprungen«, sagte ich stattdessen. »Klingt das seltsam?«

»Ich verstehe, was du meinst«, rettete er mich. »Manche Sinneseindrücke vergisst man dort oben.«

Wie zur Bestätigung schloss ich die Augen und atmete tief ein. Die Herbstluft, erfüllt von unterschiedlichsten Gerüchen, strömte in meine Lungen.

Fab trat dicht neben mich. Ich spürte ihn, ohne hinzusehen. »Was hat dir am meisten gefehlt?«

»Der Duft des Laubes …«

»Wirklich?«

»Ja … und Gras, nasser Sand, Tannennadeln … mir ist nie klar gewesen, wie viele Gerüche es gibt. In Tirithan sind sie so überschaubar wie die Farben. Alles eine Variante desselben Tons.« Als ich die Augen wieder öffnete, bemerkte ich, dass Fab mich mit geneigtem Kopf musterte. »Was?«, lachte ich.

»Nichts … Schön, dass Tirithan dir in mancherlei Hinsicht die Augen öffnet«, sagte er kryptisch. Ich zog die Stirn kraus. Wie meinte er das?

»Gibt es etwas, das du in Sorothez vermisst?«, wollte ich nun wissen.

Fabs Antlitz streifte ein bitteres Lächeln. Er blickte aufs Meer hinaus. »Den Turm.«

Ich verzog das Gesicht. »Sehr witzig. Ich habe das ernst gemeint. Und was machst du eigentlich hier?«, fiel mir gleich die nächste Frage ein. »Bist du wegen Lijan hier?« Augenblicklich schlug mein Herz schneller. »Weißt du etwas über seinen Verbleib?«

Fab fuhr sich durch das Haar und zögerte. Das Thema bereitete ihm sichtlich Unbehagen. Dennoch war er nicht so feige, meinem Blick auszuweichen. »Ich wollte tatsächlich schauen, ob man etwas weiß, … ihn vielleicht gefunden hat«, räumte er ein.

O Gott, wollte ich das wirklich hören? Ich presste unwillkürlich die Hände auf den Bauch und wappnete mich.

»Sein Körper ist nicht angespült worden, wie es aussieht.«

Ich nickte, mir wurde übel. »Hast du mit Ibe gesprochen?«

»Mit Ibe … Das ist so eine Sache …«, hob er an, doch in eben diesem Moment betrat jemand die heilige Klippe. Eliott. Erschrocken versteifte ich mich. Fab fasste mein Handgelenk und bedeutete mir zu schweigen. Eliott sah sich um, runzelte unzufrieden die Stirn, schien zu horchen und … sah mitten durch uns hindurch.

Erstaunt sah ich zu Fab auf.

»Menschen können uns nicht sehen. Das haben sie uns erklärt, weißt du noch? Du bist doch jetzt offiziell eine Feather. Nur sehr Sensible können unsere Gegenwart spüren«, redete er ungeniert weiter. Eliott nahm uns gar nicht zur Kenntnis.

»Und warum sollte ich dann still sein?« Ich flüsterte die Worte vorsichtshalber.

Fab zuckte mit den Schultern. »Weil ich sehen wollte, ob du auf mich hören würdest. Außerdem habt ihr immer einen besonderen Draht zueinander gehabt. Ist also nicht ausgeschlossen gewesen, dass du vor lauter Rührseligkeit deinen Schutz aufgibst.«

Ich boxte ihn gegen die Schulter, dass er aufjaulte und sich – jetzt lachend – den Arm rieb. »Du glaubst, ich verbocke meinen Einsatz auf der Erde, richtig?« War ja klar, dass er mich aufziehen würde. Wie grün hinter den Ohren ich mich tatsächlich fühlte, sagte ich ihm besser nicht. Etwas zu wissen und etwas zu beherrschen waren eben zweierlei.

»Du hast also einen Auftrag zu erfüllen?«, hakte er immer noch amüsiert nach. »Was für einen?«

Gespielt hochmütig wandte ich mich ab und stolzierte an dem ahnungslos dreinschauenden Eliott vorbei, der jetzt Richtung Felsenpfad abbog. »Geht dich gar nichts an. Aber du darfst mir gerne folgen, wenn du nichts Besseres zu tun hast.« Es war leichter und ergiebiger, Fab herauszufordern, als ihn zu bitten. Er kannte sich offenbar besser aus als ich und konnte mir vielleicht eine Hilfe sein. Wenn auch eine recht nervtötende. Meinen ersten Abstieg wollte ich jedenfalls nicht durch Unachtsamkeit verbocken. Wer wusste schon, ob die Whitefeather ansonsten nicht jemanden schicken würden, um mich zu holen, oder noch schlimmer, mir jeden weiteren Ausflug versagten. Fab hatte angedeutet, dass man Lijan nicht gefunden hatte, nun wollte ich wenigstens die kurze Zeit nutzen, um selbst nachzuforschen.

»Besseres, als eine Tochter Tirithans scheitern zu sehen? Sicher nicht«, konterte Fab.

Zufrieden nahm ich zur Kenntnis, dass er mich einholte.

»Wohin willst du überhaupt?«

»Zu Ibe. Ich will ihn sehen. Auch wenn er mich nicht sehen kann«, fügte ich an, bevor er mich erneut belehren würde. Den Brief sollte ich an einem geeigneten Platz hinterlegen, hatte der Präfekt mir aufgetragen. Ibes Werkstatt schien mir dafür der perfekte Ort. Vielleicht konnte ich so etwas über Lijans Verbleib erfahren. »Hast du ihn besucht?« Ich warf Fab einen neugierigen

Blick zu. Schwer vorstellbar, dass er denjenigen besuchen wollte, der ihn fortwährend in den Turm gesperrt hatte.

»Hättest du das an meiner Stelle?«

Ich zuckte mit den Schultern. »Keine Ahnung. Es ist mir immer schwergefallen, mich in deine Lage zu versetzen.« Das stimmte nicht. Nur hatte ich mir für Fab manchmal gewünscht, er würde weniger aufrührerisch sein. Nein, auch damit gab ich der Wahrheit wohl nicht die Ehre. Ich hatte sein Temperament immer bewundert. Herrgott, kaum war ich wieder in seiner Nähe, stürzte er meine innere Ordnung ins Chaos. Wie schaffte er das nur? »Du wartest draußen«, wies ich ihn unmissverständlich an, als wir den alten Schuppen erreichten. Fabs Anwesenheit würde mich nur aus dem Konzept bringen.

»Zeig dich ihm nicht. Das kann auch bei euch nicht gern gesehen sein«, wies Fab mich zurecht.

»Habe ich nicht vor.« Es hatte etwas mit dem bloßen Willen zu tun, so weit die Theorie.

Der vertraute Geruch von Staub, Holz und Metall erwartete mich, als ich eintrat.

Ibe stand an der uralten Werkbank, die so viele Kerben aufwies, dass sie keine einzige gerade Kante mehr besaß, und tüftelte an irgendeiner Kleinigkeit in seinen Händen. Ein vertrautes Bild. Ich umrundete ihn gespannt. Er brummte eine unbekannte Melodie, nahm eine Zange, kniff ein metallenes Stück ab, das zu Boden und zwischen die vollgestopften Kisten fiel. Er schien völlig vertieft.

Vorsichtig, obwohl dazu ja kein Anlass bestand, näherte ich mich ihm, stellte mich eine Armlänge entfernt neben die Werkbank und sah ihm bei der Arbeit zu. Sein Gesicht wirkte verhärmt. Tiefe Falten durchzogen seine von Sorgen umwölkte Stirn. Er war seit unserem Absprung sichtbar gealtert.

»Ibe?« Ich konnte nicht widerstehen seinen Namen auszusprechen, um eine Reaktion zu provozieren. Doch natürlich hörte er mich nicht. Es war ein Test. Ich *wollte* nicht, dass er mich hörte. Der Schutz funktionierte also. »Ibe, wo ist Lijan?« Meine Stimme verhallte in der Stille. Eine Gänsehaut überkam mich. »Ich will immer noch nicht glauben, dass er tot ist. Es muss etwas passiert sein. Etwas anderes, als alle denken. Ich kriege den verdammten Absprung einfach nicht aus meinem Kopf.« Ich hatte so lange darauf gewartet, diese Dinge aussprechen zu dürfen und hier konnte ich es. »Alles ist vorgegeben gewesen an jenem Tag. Die Kleidung, die rituellen Beigaben und Schwüre. Er ist mir überhaupt nicht nervös vorgekommen. Wie kann er abgestürzt sein? Wie kann ausgerechnet Lijan abgestürzt sein?« Die Worte sprudelten nur so aus meinem Mund, während ich mich jetzt mit geballten Fäusten auf den Tisch stützte und unseren Ziehvater immer deutlicher anklagte. »Wir zwei wissen, dass er nach Tirithan hätte gehen sollen, also was ist passiert? Du bist dir doch sicher gewesen. Wieso ist er nicht aufgestiegen? Wieso nicht? Du bist dir doch sicher gewesen!« Meine Fäuste knallten plötzlich auf die Unterlage.

Ibe zuckte zusammen und ließ das Werkstück fallen.

Erschrocken über seine Reaktion versteifte ich mich, hob das Kinn und beäugte ihn misstrauisch. Schweiß stand ihm auf der Stirn, fahrig fuhr er sich mit den Fingern über das Gesicht und rang um Fassung. Immer noch schaute er mich nicht an. Überhaupt gab es keinerlei Anzeichen dafür, dass er mich sehen konnte. Aber sein Inneres geriet sichtlich aus den Fugen. Hatte ich das getan? Hatte ich Ibe spüren lassen, was ich fühlte?

Sein Atem kam gepresst, seine Augen schimmerten vor Tränen. Himmel, er stand Höllenqualen aus wegen des Verlustes, immer noch. »Schon gut. Tut mir leid.« Voller Reue über meine Vorwürfe streckte ich die Hand aus und legte sie ihm auf die Schulter. Vielleicht würde ihn das beschwichtigen.

Das Gegenteil war der Fall. Unvermittelt stöhnte Ibe auf, als versenge ihn das Fegefeuer selbst. Mit verzerrtem Gesicht und krampfenden Händen ging er auf die Knie. Der gequälte Laut aus seinem Mund wollte nicht abreißen und schwoll an.

»Liz! ... « Fab stürmte, alarmiert durch den Schrei, in die Werkstatt und sah mich jetzt aus strengen Augen an. »Tu das nicht! Gib ihm keine Hoffnung. Du quälst ihn.«

»Was? ... Aber ich ...«

»Nimm deine Hände von ihm!«

Erschrocken zog ich meine Hand zurück. Das Schreien ebbte sofort ab. »Was tue ich denn? Ich will doch nur, dass er sich besser fühlt.«

Fab trat näher und legte jetzt seinerseits die Hand auf Ibes Schulter. Der keuchte und beugte erschöpft das Haupt. Ein paar Augenblicke später beruhigten sich seine Atemzüge und er legte die Hände in den Schoß.

»Bringen sie euch denn gar nichts bei?!«, herrschte Fab mich ungehalten an. »Was machst du überhaupt hier? Zum Geschwader gehörst *du* ganz sicher nicht.«

Überfordert von seinen harschen Worten und der Tatsache, dass ich Ibe offensichtlich Schmerzen zugefügt hatte, wich ich zurück, stammelte wirre Worte der Entschuldigung, stieß einen Stapel Kisten um und flüchtete schließlich hinaus.

***

Es dauerte eine Weile, bis Fab mich am Fuße der knorrigen Eiche fand, von deren erhabenem Platz aus ich immer dem Kampftraining zugeschaut hatte. Der Tag neigte sich bereits dem Ende zu. Mein erhitztes Gemüt war gründlich abgekühlt, mein Puls schlug wieder in einem normalen Takt. Ich fürchtete nur, dass Fab mir die Leviten lesen würde.

»Entschuldige, ich habe die Sache mit dem Geschwader nicht böse gemeint«, sagte er stattdessen. »Du bist nur zu klug, um eine solche Laufbahn einzuschlagen, und ich bin einfach erstaunt, dass man dich herkommen lässt. Du scheinst deine Kräfte noch gar nicht richtig zu kennen.«

Ich rückte ein wenig zur Seite, damit Fab sich setzen konnte. »Ich habe ihn nicht quälen wollen ...«

»Ich weiß.« Fab rupfte einige Grashalme aus und drehte sie zwischen den Fingern. »Willst du mir nicht sagen, warum du hier bist?«

»Du weißt, dass ich das nicht sollte. Und es spielt auch keine Rolle. Es hat jedenfalls nichts mit dem zu tun, was eben passiert ist.« Ich lehnte den Hinterkopf an den Stamm und schloss die Augen. »Das ist es also, was das Geschwader tut? Wenn sie sagen, die Engel stehen den Menschen bei, sie spenden ihnen Trost ...«

»Nur hast du ihm keinen Trost, sondern Hoffnung geschenkt, wo keine mehr ist. So etwas verursacht Schmerzen.«

Ich öffnete die Augen und nickte leicht. Eine Sache, die ich nur allzu gut verstand. Hoffnung quälte einen, wenn sie langsam an der Realität zugrunde ging. In mir sah es nicht anders aus.

»Was hast *du* ihm geschenkt?« Ich wandte das Gesicht in Fabs Richtung und musterte ihn.

»Einen klaren Gedanken vielleicht …« Er schnaufte spöttisch und zerdrückte die Halme.

»Hat jedenfalls Besseres bewirkt als meine hehren Absichten.«

»Womit wir wieder bei meiner Frage wären.« Fab schenkte mir einen herausfordernden Blick und stieß mich mit der Schulter an. »Komm schon, Liz. Warum?«

Ich stöhnte und setzte mich aufrechter hin. Mit der Hand fischte ich den versiegelten Brief aus meiner Innentasche und hielt ihn Fab vor die Nase. »Den hier soll ich Ibe übermitteln. Du siehst, es ist eigentlich keine Sache, an der man scheitern könnte.« *Außer man betraute mich damit.*

Fab streckte die Finger nach dem Brief aus, den ich aber sofort aus seiner Reichweite zog.

Schmunzelnd musterte er mich. »Verstehe … Hast du vor ihn zu lesen?«

»Ich bin nicht du.«

Er zog die Beine an seinen Körper heran und kreuzte die Arme über ihnen. »Du glaubst, ich würde einfach so ein Siegel brechen?«

»Du überschreitest doch gerne Grenzen.«

Er ließ geschlagen den Kopf sinken und nickte. »Manche sollte man allerdings achten.«

Na, das waren ja ganz neue Töne. Fab, der geläuterte Rebell, ordnete sich Regeln unter. Ich staunte.

»Ich werde Ibe den Brief später auf die Werkbank legen, wenn er sich schlafen gelegt hat. Es ist nicht klug von mir gewesen, ihn persönlich aufzusuchen. Ich weiß noch zu wenig über diese Engel-Menschen-Dinge.«

Fab bedachte mich mit einem seltsam grüblerischen Ausdruck in den Augen. »Ich frage mich …«

»Was?«

Er lachte auf. »Nein, entschuldige. Ich sollte nicht noch mehr Grenzen übertreten.«

»Jetzt sprich es schon aus. Wann hast du jemals ein Blatt vor den Mund genommen?«

»Ich frage mich nur, warum sie eine solch unerfahrene Whitefeather schicken. Sie haben Boten für derlei Aufträge. Warum also du?«

»Weil ich Silver Crevice kenne, es ist schließlich mein Zuhause gewesen.«

Fab schüttelte den Kopf, als hätte ich etwas übersehen. »In Tirithan gibt es andere Whitefeather, die aus Silver Crevice stammen und deutlich mehr Erfahrung vorzuweisen haben«, entkräftete er mein Argument mit Leichtigkeit.

Ich verdrehte die Augen und gab auf. »In Ordnung. Sie geben mir die Möglichkeit, Abschied von Lijan zu nehmen.«

»Sie?«

»Eigentlich er.«

»Er?« Jetzt schossen seine Augenbrauen amüsiert in die Höhe.

Ich versuchte mich nicht verunsichern zu lassen. »Ein Freund. Er hat mir ermöglicht auf die Erde abzusteigen.«

»Du hast einen Freund?«

»Nicht so einen Freund«, stellte ich klar. »Er ist viel zu alt für mich.«

Fabs Mundwinkel verzog sich spöttisch. »Das muss ihn ja nicht abhalten.«

»Iiiihh ...« Angewidert verzog ich das Gesicht und boxte Fab für diese Aussage. »Behalte deine anzüglichen Bemerkungen gefälligst für dich. Er käme ohnehin eher einer Vaterfigur gleich.«

»Vaterfigur ... Hast du diesen Gedanken immer noch nicht verworfen? Wir sind ausgesetzt worden, Liz. Da ist niemand, der auf uns wartet.«

»Alle von uns werden ausgesetzt. Das heißt nicht, dass sie uns nicht lieben«, wehrte ich mich. »Aber nein. Keine Sorge. Ich suche Tirithan nicht nach meinen Eltern ab.«

»Gut, das wäre nämlich Zeitverschwendung.«

»Du findest es aber keine Zeitverschwendung, herzukommen und nach Lijan zu suchen ... Dabei sagst du mir laufend, dass es auch dafür keine Hoffnung gibt.«

Fab lehnte sich zurück und atmete tief durch. Jetzt, wo die Wand des Turmes nicht mehr zwischen uns stand, konnte ich endlich einmal in seinem Gesicht lesen. Ernste Gespräche hatten wir immer nur dort geführt. Und zu meinem Erstaunen erkannte ich plötzlich …

»Du weißt etwas.« Irritiert starrte ich ihn an. »Du weißt etwas und verschweigst es mir.« Ich war mir plötzlich ganz sicher.

Fab biss sichtlich die Zähne zusammen und haderte wohl damit, dass ich ihn durchschaute. Doch schließlich gab er sich geschlagen. »Lijans Körper ist nach dem Sturz nicht aufgetaucht. Er hätte es aber sollen«, erklärte er. »Sie haben einmal nach dem Ritual dieses Mädchen aus dem Wasser geholt … Ihr Körper ist auf den Felsen zerschellt. Ein grauenhafter Anblick.«

Ich packte Fabs Ärmel und krallte die Finger hinein. »Wo ist Lijan?« Hatte er ihn gefunden? Mir wurde flau. Vielleicht Teile von ihm …

Fab hielt meinem bohrenden Blick ungerührt stand. Seine Miene verzog sich nicht spöttisch wie sonst und gerade das machte mir eine Heidenangst. Sein wortloses Verharren konnte nur eines bedeuten.

»Es ist zu schlimm, richtig? Du willst es mir nicht sagen, weil es … O Gott, du hast ihn gefunden. Am Ufer? War er …« Mein Körper schien sich plötzlich von meinen Empfindungen zu lösen. Bleiern sank meine Hand von seinem Arm. Fab ergriff sie.

»Liz, ich weiß nicht, wo Lijan ist. Und ich habe keine Ahnung, was ihm zugestoßen sein könnte. Ich habe alles abgesucht, nach Spuren Ausschau gehalten.«

»Glaubst du, dass er tot ist?« Ich hielt mich nur mit Mühe aufrecht. Wenn Fab es glaubte, wenn er ebenso aufgab wie alle anderen …

Er schüttelte den Kopf. »Ich weiß es nicht.«

Mein Verstand, mein Herz, einfach alles in mir ignorierte in diesem Moment den Klang seiner Stimme und klammerte sich verzweifelt an die vage Geste. Er hatte den Kopf geschüttelt. Er glaubte es auch nicht.

»Trotzdem ist da etwas, oder? Ich sehe es dir an. Du hast mir nicht alles gesagt.«

Fab schlug den Blick nieder. »Ich will dir keine Hoffnung machen.«

»Dann sag mir einfach die Wahrheit«, fuhr ich ihn an.

Er blickte auf, zögerte und gab sich schließlich einen Ruck. »Also gut ... Nach dem Absturz ist Lijan wie vom Erdboden verschluckt gewesen. Während Lore sich um dich gekümmert hat und die anderen weiter abgesprungen sind, bin ich zum Strand hinuntergegangen, über die Felsen geklettert. Nichts. Aber als ich jetzt zurückgekommen bin, ist mir etwas ins Auge gefallen, dass ich zuvor ohne Schwingen nicht habe sehen können. Ein Höhleneingang.«

»Wie bitte? Wo?«

»Unterhalb der Klippe, in der Felswand verborgen. Mehr ein zerklüfteter Spalt. Vom Strand aus nicht zu sehen, auch nicht vom oberen Rand. Der Eingang zu einem Tunnel, der mitten durch den Fels führt. Liz, es hat eine Fackel in diesem Gang gelegen.«

Mein Blick verklärte sich, ich konnte nur langsam den Kopf schütteln, während mir hundert Gedanken auf einmal kamen. »Du meinst, er könnte ungesehen entkommen sein?«

»Nein, ich glaube, es könnte ihn jemand ungesehen geholt haben. Ich glaube nun nicht mehr, dass Lijan ein Blackfeather ist«, antwortete er mit fester Stimme.

»Man hat ihn als Whitefeather entführt ...« Auf die Art Hoffnungsschimmer war ich nicht vorbereitet gewesen. Meine Gedanken und Gefühle verschwammen, während Fab sich erhob und mich auf die Beine zog. Ich spürte seinen Kuss auf meiner Schläfe.

»Wir werden ihn finden, falls er dort draußen ist. Ich verspreche es dir.«

***

Nachdem ich in der Dämmerung den Brief in Ibes Werkstatt gebracht und mittig auf der Bank platziert hatte, traf ich Fab auf der Rückseite meiner ehemaligen Unterkunft. Aufsteigen durfte ich jetzt ohnehin nicht mehr, die Nacht verbarg nur schwarze Schwingen. Fab hatte jedoch versprochen zu bleiben. Ihm saß die Zeit offensichtlich nicht so im Nacken wie mir, auch wenn der Präfekt eingeräumt hatte, dass mein Auftrag mich für eine Nacht in Silver Crevice festhalten könnte.

»Gleich morgen früh untersuchen wir den Tunnel noch einmal gemeinsam. Vielleicht finden wir Hinweise.«

Fab senkte sein Kinn und sah mich an. »Es ist aber nur eine vage Idee, Liz. Es kann sich auch anders zugetragen haben«, erinnerte er mich noch einmal.

»Ich weiß. Aber es ist unsere einzige Fährte und es wäre mir ein Trost, wenigstens alles versucht zu haben«, gab ich zurück und öffnete das Fenster der Hütte. Da Eliott und die anderen immer noch im gemeinschaftlichen Schlafsaal untergebracht waren, brauchten wir nicht zu befürchten hier jemandem zu begegnen. Und die Betten waren reizvoller als die feuchte Kälte des Bodens draußen. Wir kletterten nacheinander ins Innere. Wie gut, dass zu einer ordentlichen Montur auch Hosen gehörten. Mit dem schmeichelnden Lendenschurz vom Ritual hätte es peinlich werden können.

»Du kannst das da nehmen.« Ich ließ mich auf mein vertrautes Lager fallen und wies auf das schon lange nicht mehr genutzte Bett gegenüber.

»Ich könnte mich auch zu dir legen«, war Fabs wohl nicht ganz ernst gemeinter Vorschlag. Er grinste.

»Ich könnte dir auch meinen Ellbogen in den Bauch rammen, solltest du mich im Schlaf anrühren.«

»Touché.« Er hob die Hände, setzte sich rücklings auf sein Bett und machte es sich auf dem Rücken liegend gemütlich.

Ich legte mich auf die Seite und spürte die Kälte in meinem Rücken. »Warum verschwinden unsere Flügel, wenn uns ja doch niemand sieht?«, flüsterte ich ins Halbdunkle.

»Es gibt Abstufungen. Wir sind nicht sichtbar, wir geben uns als Menschen aus oder wir entblößen unser Antlitz«, zählte er auf. »Letzteres ist streng verboten. Und komm ja nicht auf die Idee, sie würden es nicht erfahren«, fügte er die Worte an, die mir schon der Präfekt vor meinem Aufbruch eingebläut hatte.

»Ich weiß, alles erreicht sie«, gab ich zurück. »Wann geben wir uns denn als Mensch aus?« Fab schien darüber deutlich mehr zu wissen als ich.

»Wir beide gar nicht. Aber es gibt Boten, die mit den Oberhäuptern der

Siedlungen Kontakt aufnehmen, Abgaben einholen, Korrespondenz ... solche Sachen.« Fab verschränkte die Arme hinter dem Kopf.

Neugierig betrachtete ich ihn. »Woher weißt du all das? Ich habe in den ersten Tagen eine Menge über Tirithan gelernt, aber nichts über den Abstieg.«

»Weil du noch nicht hättest absteigen sollen.«

»Du aber schon? Steigen alle Blackfeather ab?« Es war aufregend, ihn all das fragen zu können. Wie mochte es in seiner Welt sein? Sorothez – die dunkle Stadt.

»Nicht alle.« Er schlug lässig die Beine übereinander. »Ich gehöre allerdings zu denen, die man auf die Menschheit loslässt. Und deshalb, kleine Liz, darf ich all das wissen, was man dir vorenthält.«

»Wissen sie auch, dass wir hier zusammen sind?«

»Nicht wenn du es für dich behältst. Was du besser solltest.« Jetzt drehte er sich auf die Seite, bettete sein Haupt auf dem angewinkelten Arm und musterte mich. »Selbst wenn wir auf andere Weise *zusammen* wären, würden sie es nicht wissen.« Er hatte das Wort absichtlich betont. Vermutlich, um mich zu necken. Dann fuhr er aber ungerührt fort. »Nur das Erschüttern einer menschlichen Seele durch das Göttliche erreicht sie. Also entspann dich. Sie wissen vieles, aber nicht alles. Auch wenn sie es dir weismachen wollen, sie haben ihre Augen nicht überall.«

»Werden sie jemanden schicken, wenn ich morgen nicht umgehend wiederauftauche?« War ja nicht ausgeschlossen, dass unsere Suche nach Hinweisen von Erfolg gekrönt sein und ich noch etwas länger verweilen würde.

»Zwei Tage werden sie schon warten. Kommt vielleicht auch darauf an, wie sehr dein *Freund* dich vermisst.«

Ich drehte mich auf den Rücken und legte die Hände auf den Bauch. »Dann haben wir Zeit«, entgegnete ich mehr aus Trotz als aus Überzeugung. Der Präfekt war sicher geduldig, aber keinesfalls leichtfertig. Die Regeln musste ich befolgen, andernfalls konnte ich auf kein gutes Wort von ihm hoffen. »Gute Nacht, Fab.«

»Stimmt es eigentlich, dass Whitefeather strikte Nachtruhe einhalten und niemals über die Stränge schlagen? Denn wenn dem so ist, dann –«

»Gute Nacht, Fab.« Ein dunkles, melodisches Lachen erklang von der anderen Zimmerseite und zwang ungewollt ein Lächeln auf meine Lippen, bevor ich die Augen schloss und mich in Gegenwart eines Blackfeathers beruhigt in den Schlaf gleiten ließ.

Kapitel 13

»Aufwachen, kleine Feder.« Fab strich eine Haarsträhne aus meiner Stirn. Ich blinzelte müde. »Dafür, dass gerade deine Zeit anbricht, bist du ganz schön träge. Komm schon, die Sonne geht bald auf.«

Ich versetzte ihm einen kraftlosen Schubs, der ihn nicht einmal ins Wanken brachte, sondern lediglich Grübchen auf seine Wangen zauberte. »Warum bist du wach?«, maulte ich schlaftrunken. »Solltest du nicht bei Tagesanbruch in die Kissen sinken? Du bist ein Blackfeather ...«

»Genau das«, raunte er jetzt direkt neben meinem Ohr. »Ich habe zu lange nichts mehr angestellt und bin voller Tatendrang.« Sein Atem bescherte mir augenblicklich eine Gänsehaut. Jetzt war ich hellwach.

Da ich nicht dafür verantwortlich sein wollte, dass Fab aus lauter Übermut auf dumme Gedanken kam, und das Leben auf dem Gehöft sicher bald seinen gewohnten Gang nahm, brachen wir unverzüglich zur Klippe auf. Fab hatte recht gehabt, mit Schwingen war es ein Leichtes, den Spalt in der Felswand zu finden, der sich ansonsten neugierigen Blicken entzog.

Der Tunnel führte uns tief durch die Eingeweide der Klippe und endete in einem Ausstieg mitten im Wald.

Fab kletterte geschickt voran. Über Felsen und einen umgestürzten Baum, die den Eingang verbargen. Dass man hier ungesehen von der Siedlung wegschleichen konnte, glaubte ich sofort. Die Frage war nur, wer von einem solchen Tunnel profitierte. Denn Menschen konnten den Einstieg in der steilen Klippenwand nicht erreichen, so viel war klar. Nur Schwingen tragenden Geschöpfen war das vorbehalten. Oder kamen sie durch den Wald zur Klippe? Aber wer? Und zu welchem Zweck? Vielleicht hatte uns jemand beim

Absprung beobachtet. Wenn das stimmte, gab es jemanden, der uns sagen konnte, was mit Lijan geschehen war. Meine Gedanken kreisten ohne Unterlass.

In der Nacht musste es geregnet haben. Das Unterholz war nass, was diesen bezaubernden Duft nach Moos hervorbrachte. Das hatte ich in Tirithan auch vermisst. Leider barg die Feuchtigkeit auch ihre Tücken. Ständig rutschte ich auf aufgeweichtem Laub oder moosbewachsenen Steinen weg und musste höllisch achtgeben nicht hinzufallen.

»Geht es?« Fab amüsierte sich königlich.

»Natürlich.« … *nicht.* Schon in der nächsten Sekunde lag ich auf dem Waldboden, die Hosenbeine grün vor Dreck.

Ärgerlich setzte ich mich auf und begutachtete die Misere. Na, wenigstens hatte ich mich nicht verletzt. Unvermittelt hielt ich die Luft an. Was verdammt …? Der Schmutz auf meiner hellen Kleidung schien sich einfach in nichts aufzulösen. Die grünen Schlieren schmolzen geradezu dahin und verschwanden. Erstaunt blickte ich zu Fab auf, dessen Augen sich weiteten.

»Nettes Outfit«, quittierte er dieses kleine Wunder, das mir selbst neu war. Verwoben sie etwa Quiryll in unserer Kleidung? Dann würde der Stoff sich vermutlich auch selbst flicken, wenn er einriss. Wie praktisch.

»Wie sollte man weiße Sachen sonst sauber halten«, gab ich lapidar zurück, war aber ziemlich beeindruckt von der Magie der Whitefeather.

Fab grinste. »Unsere Kluft verbirgt Flecken auch auf geradezu magische Weise.«

»Eure Kluft ist schwarz.«

»Eben.«

Jetzt konnte ich das Lachen nicht länger zurückhalten. Gott, wie hatten mir seine flapsigen Kommentare gefehlt.

Er stimmte mit ein und schenkte mir ein unglaubliches Lächeln. Hatten seine Augen schon immer diesen geheimnisvollen Glanz gehabt? Warum war mir das nie aufgefallen?

»Komm, gib mir deine Hand.« Er packte mich, bevor ich protestieren konnte, und zog mich hoch. »Zusammen geht es leichter. Dort drüben scheint der

Pfad wieder befestigt zu sein.« Herrje, auch das noch. Jetzt hielten wir also Händchen, während wir durch den Wald staksten. Auch wenn ich zugeben musste, dass der feste, warme Griff sich wunderbar anfühlte. Unwillkürlich musste ich an das Ritual denken und daran, wie er meine Hand gehalten hatte, als Lijan aufgerufen worden war.

»Glaubst du wirklich, er steckt hier irgendwo?«

»Wäre möglich.«

»Aber warum sollte ihn jemand geholt haben?« Ich strauchelte und musste mich mit der anderen Hand an Fabs Arm festhalten, um nicht erneut zu stürzen.

»Alles in Ordnung?« Er löste seinen Griff, stellte sich auf sicheren Grund, packte mich an der Taille und hob mich über eine besonders aufgeweichte Stelle am Waldboden. Mein Bauch begann zu kribbeln.

Nachdem er mich wieder abgesetzt hatte, ließ ich ihn sofort los. Die Nähe zu Fab machte mir zu schaffen. Allmählich wurde mir bewusst, dass ich nie großartig mit ihm allein gewesen war, jedenfalls nicht, wenn wir uns körperlich hätten nah sein können. Vielleicht waren mir deshalb meine Gefühle so fremd. Immerzu war Lijan unserer Zweisamkeit zuvorgekommen und hatte mich unter seine schützenden Fittiche genommen.

»Da vorne ist etwas«, unterbrach Fab meine Grübelei. Ich blickte auf. Tatsächlich. Eine Hütte mitten im dicht bewachsenen Wald. Sie sah sogar recht geräumig aus, nur etwas heruntergekommen. Was vermutlich an der Feuchtigkeit und dem mangelnden Sonnenlicht lag.

Vorsichtig näherten wir uns. Pilze siedelten an den Holzbalken und umliegenden Baumstämmen. Um den Hackklotz, der sich an der uns zugewandten Rückwand der Behausung befand, verteilten sich jedoch einige frische Holzspäne. Außerdem waren Scheite unter einem Verschlag aufgestapelt worden. Die Hütte wurde also genutzt.

»Bleib hier«, flüsterte Fab, ließ mich neben dem Holzverschlag stehen und umrundete die Hütte, um zum Eingang zu gelangen. Normalerweise hätte ich ihm wohl widersprochen, aber von uns beiden war er der Blackfeather. In diesem Fall wollte ich lieber auf die Vorurteile und damit auf seine Verteidigungskünste vertrauen. Obwohl ich mich fragte, warum wir eigentlich vorsichtig sein mussten. Wenn es Lijan war, der sich hier verbarg, bestand doch keine Gefahr, und Menschen konnten uns schließlich nicht sehen. Außer natürlich, Fab ging davon aus, dass unseresgleichen Lijan festhielt. Jetzt wurde ich doch nervös.

»Lijan?« Meine Stimme klang heiser und zu zaghaft.

»Nein, Liebes. Nicht Lijan«, raunte jemand hinter mir. Erschrocken zuckte ich zusammen. Und ehe ich mich versah, wurde mein Brustkorb schraubstockartig umschlungen. Ich spürte etwas Kaltes an meiner Kehle und wagte kaum zu schlucken. Jemand drückte mir eine Klinge an den Hals. »Darf ich fragen, was ein Engel wie du hier sucht?«

Es schnürte mir den Atem ab. Wer, verdammt, war dieser Kerl? Und warum konnte er mich sehen?

»Lass sie sofort los!« Plötzlich tauchte Fab auf dem Dach auf, zog etwas aus seinem Bund, schlitterte elegant herunter, sprang und landete mühelos vor uns. Seine Augen fixierten den Angreifer in meinem Rücken. So zornig hatte ich ihn noch nie gesehen. Zwischen seinen Fingern kreiste unablässig ein hölzerner Stern. Gebogene Klingen, silbrig verziert.

Ich vernahm ein Keuchen hinter mir, dann fiel das Messer ins Laub.

Irritiert fuhr ich mit der Hand an meine Kehle und drehte mich um. Der Mann mit dem strähnigen, halblangen Haar kniete jetzt gebeugten Hauptes auf dem Waldboden, die Hände ergeben in den Schoß gelegt. Was war denn das bitte? Flößte Fab ihm derart Respekt ein, dass er sofort die Waffen streckte? Du meine Güte.

»Ihr wisst, was wir sind?«, forderte Fab eine Antwort auf das Offensichtliche.

Schweigen. Der Kerl befürchtete wohl etwas Falsches zu sagen.

»Er hat mich Engel genannt.«

Fab nickte. Auch er ließ sich nichts vormachen. »Dann seid Ihr selbst ein Bürger der Himmelsstädte. Welcher?« Die vielfarbige Kleidung des Kerls ließ keinen Schluss zu.

Einige Sekunden verstrichen, bevor der Mann vernehmlich seufzte und es wagte aufzustehen. »Nicht mehr«, sagte er und glättete seinen vor Dreck stehenden Mantel.

»Ihr seid ein Gefallener?« Fab betrachtete ihn skeptisch. »Dann dürftet Ihr uns nicht sehen können. Ohne Flügel solltet ihr derlei Fähigkeiten nicht länger besitzen.«

»Ich war eben wehrhaft«, erwiderte der Fremde leichthin und schlüpfte aus einem Ärmel, sodass der Mantel nur noch auf einer Schulter hing. Aus seinem Rücken brachen Schwingen hervor und streckten sich zu beiden Seiten zu ihrer vollen Länge aus.

Mir wurde augenblicklich übel. Das zerzauste, halb zerstörte Gebilde konnte man kaum mehr als Flügel bezeichnen. Blanker Knochen, verrenkte Glieder. Wer hatte ihm das bloß angetan? Vereinzelte schwarze Federn zeugten davon, welcher Seite er angehört hatte. Jetzt verstand ich auch seinen Impuls, vor Fab niederzuknien.

»Wenn ihr die Zeit erübrigen könnt, setzen wir uns doch. Ich erzähle euch meine Geschichte und ihr mir, was eine weiße Feder in Begleitung eines Blackfeathers macht.« Der charmante Tonfall täuschte nicht darüber hinweg, was er uns vorhielt. Es war ihm sehr wohl bewusst, was für ein seltsames Gespann wir abgaben.

***

Draußen vor der Hütte plumpste der Halbgefallene ungelenk auf seinen Platz neben der erkalteten Feuerstelle. Dabei wackelte ein herabhängender Teil seines Flügels. Alles an ihm wirkte so wenig göttlich, dass die zerfledderten Schwingen auf seinem Rücken nur ein absurdes Konstrukt zu sein schienen. Zu meiner Erleichterung zog er sie ein und den Ärmel des Mantels wieder an.

Fab und ich setzten uns ihm gegenüber auf den von Laub bedeckten Boden. Es konnte nicht schaden herauszufinden, wer er war oder ob er etwas über Lijans Verbleib wusste.

»Habt Ihr andere Blackfeather in der Gegend gesehen?«, kam Fab gleich auf den Punkt. Seine Frage verbarg dabei geschickt, was wir eigentlich zu wissen begehrten.

»Ich bin erst vor Kurzem in diese Gegend gekommen. Habe kaum jemanden angetroffen. Diese Hütte stand verwaist. Sie schien ein vortreffliches Plätzchen zu sein, um ein bisschen zu verweilen.« Er strich sich nachdenklich über die leicht ergrauten Bartstoppeln. »Aber wenn ihr nach anderen sucht ...«

»Ja?«, hakte Fab nach.

Der verstoßene Blackfeather verengte die Augen. »Sicher kennt ihr dieses Gefühl, auf Schritt und Tritt beobachtet zu werden. Auf dem Weg hierher schien der Wald regelrecht Augen gehabt zu haben. Wenn ihr es also nicht gewesen seid, muss ein anderes Geschöpf des Himmels dahinterstecken.«

»Wie kommt Ihr darauf?«, fragte ich neugierig.

»Erfahrung ...«, raunte er. »Ich weiß, wie Flügelrauschen klingt.«

»Vielleicht sind es keine Geschöpfe des *Himmels* gewesen«, wandte Fab ein.

»Doch, sicher. Dämonen haben keinen Grund, ausgerechnet hier Seelen zu jagen. Eine Engelssiedlung liegt ein paar Meilen dort runter.« Er wies Richtung Silver Crevice. »Das bedeutet, diese Gegend ist nahezu menschenleer.« Er schob Laub mit seinem Fuß auf und warf mir misstrauische Blicke zu. »Aber jetzt zu euch. Was wollen ein Blackfeather und eine Tochter Tirithans in dieser abgelegenen Gegend? Holt ihr einen Verurteilten?«

»Schon möglich«, antwortete Fab ausweichend. »Aber das werden wir Euch kaum sagen. Vor allem nicht, solange Ihr für Euch behaltet, was es mit Euren Flügeln auf sich hat.«

»Ihr könntet einander natürlich auch vertraut sein«, mutmaßte der Halbgefallene jetzt und rieb sich die unrasierte Wange, »vielleicht aus einer gemeinsamen Stätte abgesprungen.« Er kam der Wahrheit gefährlich nahe.

»Ich schätze, Ihr selbst seid ein Verurteilter gewesen, den man geholt hat?«, schlussfolgerte nun Fab seinerseits und scherte sich dabei wenig um die treffenden Vermutungen des einstigen Verbündeten.

Der schnaufte und rutschte ein Stück zurück. Aus seiner Innentasche fischte er eine Flasche, schraubte den Verschluss ab und setzte sie für einen Schluck an.

»Das Geisterhaus von Mainbay, schon mal gehört?«

Fab nickte unbeeindruckt. Als der Kerl mich ansah, tat ich es Fab gleich, auch wenn ich keinen Schimmer hatte.

»Dort habe ich in den letzten Jahren gelebt, nachdem sie mich meines Stolzes beraubt hatten. Bin einem der Obersten ein Dorn im Auge gewesen. Hat mich ausschalten lassen. Sind aber nicht besonders gründlich vorgegangen, seine Schergen. Um mich an die Erde zu fesseln, hat es dennoch gereicht, wie ihr seht«, fasste er seine wenig ruhmreiche Geschichte zusammen. »Aufsteigen werde ich jedenfalls nie wieder.«

»Wer hat Euch fallen lassen?«, fragte Fab ernst.

»Deinesgleichen«, antwortete er ohne Vorwurf in der Stimme. Er schien seine Strafe akzeptiert zu haben.

Außer dass er sich mit dem Falschen angelegt und seine Flügel im Kampf mit der eigenen Sippe verloren hatte, verstand ich nicht viel. Aber mehr brauchte ich vielleicht auch nicht zu wissen. Trauen konnte man ihm wohl nicht. Allenfalls Informationen aus ihm herausholen.

Er nahm einen weiteren Schluck aus der Flasche und fuhr sich mit dem Ärmel über den Mund. Auf Sauberkeit legte er offenbar keinen gesteigerten Wert. »Wie heißt ihr zwei eigentlich?« Er wischte sich die schmutzige Hand notdürftig am Hosenbein ab und streckte sie mir hin. »Mein Name ist Rufus. Ihr dürft ihn vergessen, sobald ihr wieder aufsteigt.«

»Liz«, sagte ich widerwillig und hatte nicht vor, seine Hand zu schütteln.

Er lächelte, zog die Hand zurück und wiederholte meinen Namen, als koste er die einzelne Silbe genüsslich aus. »Und dein Freund?« Er wandte sich Fab zu. »Wie heißt du, mein Junge?« Er setzte die Flasche, in der ich mittlerweile irgendeinen Fusel vermutete, erneut an die Lippen.

»Fab.«

Der Kerl prustete einen Schwall klarer Flüssigkeit aus. Sein Lachen ging in einem rasselnden Husten unter, während er die Tropfen von seinem Kinn wischte. Der schwere, süßliche Geruch verriet mir, dass ich mit dem Fusel recht gehabt hatte.

Fab hob die Augenbrauen und warf mir einen skeptischen, wenn auch unbeeindruckten Blick aus den Augenwinkeln zu. *Betrunken*, da waren wir uns wohl einig.

»Warum amüsiert Euch mein Name?«, fragte Fab nachsichtig.

»Tut er das? Nun, also ... Jedenfalls weißt du, was du bist«, antwortete Rufus und bescherte uns die nächsten Runzeln auf der Stirn.

»Wie meint Ihr das, *was* er ist?«, mischte ich mich ein. Der Kerl war wirklich seltsam.

Er nahm den nächsten, diesmal viel größeren Schluck, dann schenkte er Fab seine ungeteilte Aufmerksamkeit, während er sorgsam die Flasche verschloss. »Sie haben dich tatsächlich so genannt?«, fragte er in gesetzterem Tonfall, um dann an mich gewandt nachzuhaken: »Und sie haben nie einen anderen Namen benutzt? Niemals?«

»Warum hätten sie das sollen?«, fragte ich ungläubig.

Der Kerl fuhr mit den Fingern über seine Mundwinkel. »Nun, weil Fab kein Name ist.«

»Und was soll es sonst sein?« Fab klang jetzt ungeduldig.

»Eine Bezeichnung.« Der Kerl zuckte ungerührt mit den Schultern. »Fabs sind unerwünschte Findelkinder. Alle paar Jahre gibt es ein oder zwei von ihnen, ein recht überschaubares Problem also.«

Mein Unbehagen wuchs mit jedem seiner Worte. Nervös huschte mein Blick zu Fab, der ... keine Ahnung ... standhielt? Seine Miene wirkte kontrolliert, aber hinter seinen wunderbaren grünen Augen schien Bestürzung zu flackern wie eine Kerze im Windhauch. Er wurde von alldem ebenso überrollt wie ich. Sein Name war eine Bezeichnung? Heilige Sch...!

»Sie werden wie alle Kinder von göttlichem Blut an entsprechenden Orten großgezogen. Gern gesehen sind sie dennoch nicht. Vielleicht ist das der Grund für deinen Spottnamen. Deine Pflegeeltern haben nicht viel für dich übriggehabt, hm? Zumindest wohl nicht für deine Eltern.«

Fab starrte ihn einige Sekunden an, in denen er sicher seine Gedanken ordnen musste. »Meine ... Was soll das heißen? Alle Findelkinder kommen anonym in die Siedlungen.«

»Unerwünscht, mein Junge. Du bist nicht einfach ausgesetzt worden, damit du als göttliches Kind deine Bestimmung selbst findest. Deine Eltern sind zu wichtig, zu mächtig, in jedem Fall aber zu schuldig gewesen, um den Dingen ihren freien Lauf zu lassen.« Er beugte sich vor, aus seinem Mund strömte ein ekelhafter Geruch. »Für deine Beseitigung ist Geld gezahlt oder möglicherweise ein Gefallen gewährt worden.« Er lehnte sich zurück und strich mit den Händen über seine fleckige Weste.

»Wieso Beseitigung?«, fragte ich verwirrt. »Wollt Ihr damit sagen, seine Eltern hätten gewollt, dass er ...« Ich schüttelte den Kopf, weil es so absurd war.

»Und sie haben dafür bezahlt«, bestätigte er ungerührt.

Fab sprang jetzt von seinem Platz auf. Unschlüssig drehte er sich herum und suchte mit seinen Blicken den Wald ab. »Lass uns gehen, Liz.« Diese Sache brachte ihn sichtlich aus der Fassung.

Verunsichert wanderte mein Blick zwischen Fab und dem gestrauchelten Blackfeather hin und her. Zögerlich stand ich auf.

»Dein Freund scheint die Wahrheit nicht gut zu verkraften. Verständlich bei dem Erbe. Aber vielleicht wollt ihr noch erfahren, warum sein Name für alle Zeit wie ein Brandzeichen auf seiner Stirn stehen wird«, bot der zerfledderte Engel großmütig an. »*Fab* hat eine Bedeutung, die die Schwere seiner Bürde unmissverständlich ausdrückt. Nicht zuletzt zeichnet sie sein Dilemma als das aus, was es wirklich ist, nämlich ein Verbrechen.«

»Was bedeutet sein Name?« Ich ignorierte, dass Fab den Platz verließ, und wollte das Ausmaß dessen begreifen, was der geschundene Blackfeather andeutete.

Er grinste mich mit seinen widerlich gelben Zähnen an. »F.ab. – for abuse, Schätzchen. Diese Kinder sind Abfall und für jegliche missbräuchliche Zwecke freigegeben.«

***

Die Erklärung steckte wie ein Messer in meinem Herz. Ich konnte nicht atmen, nicht denken, keine andere Erklärung finden, die mich davon überzeugt hätte, dass das alles ein böser Scherz war. Kopflos lief ich in die Richtung, in die Fab davongestürmt war. O Gott. Für ihn musste eine Welt zusammenbrechen, seine Welt. Er war ungewollt, mehr noch, man hatte dafür bezahlt, dass er … – ich schluckte – … *beseitigt* wurde.

Ich verlor Fabs Fährte und irrte durchs Unterholz. Wo, verdammt, war er? Hoffentlich stellte er nichts Dummes an. Ich konnte den Wunsch nachvollziehen, niemanden sehen zu wollen, aber meine Sorge erdrückte mich. Bei solch einer Sache konnte ich ihn nicht allein lassen. Auch wenn er immer souverän und bestimmt auftrat, das hier war selbst für Fab eine Nummer zu groß. *For abuse – zum Missbrauch freigegeben. Großer Gott.* Fortan würde sein Name ihn jeden einzelnen Tag an seine Herkunft erinnern. Dieses Brandmal würde er nie wieder loswerden.

Plötzlich packte mich jemand von hinten am Kragen und riss mich herum. Der Halbgefallene war mir gefolgt. Aufgewühlt, vielleicht sogar mitleidig musterte er mich und fuhr sich über das gerötete Gesicht. »Hilf ihm, Kleines. Du kannst nicht ermessen, wie es sich anfühlt, den Himmel aufzugeben«, sagte er getrieben. »Einmal die Süße des Windes in deinen Schwingen gekostet zu haben und es nie wieder spüren zu dürfen. Es ist eine Bürde, als Gefallener zu leben. Möge das Schicksal gnädiger zu euch sein, mein Engel. Ich arrangiere mich damit, so gut ich kann.«

Ich streifte seine Hand von mir und stolperte einige Schritte zurück, um Raum zwischen uns zu bringen. »Woher wisst Ihr das mit seinem Namen? Weiß es jeder in den Himmelsstädten?«

Bitter lächelnd fiel er gegen einen Stamm, lehnte sich daran und raufte sich die fettigen Haarsträhnen. »Niemand weiß das. Es ist ein dunkles Geheimnis. Das dunkelste.«

»*Ihr* wisst es.«

»Richtig. Richtig …« Er schallt mich mit dem Finger. »Aber du solltest besser fragen, wer mächtig genug ist, solch eine Schweinerei zu befehlen.« Er wankte und trat, die Arme entschuldigend ausgestreckt, zurück. »Sag deinem Freund, er soll seinen Namen tragen wie ein Schild. Wie eine verdammte Warnung. Er hat überlebt, obwohl er nicht sollte. Jemand hat ihm einen Namen gegeben, den es nicht geben sollte. Fragt euch wozu!?«

»He! ... Was wisst Ihr noch? Warum habt Ihr Eure Flügel verloren?«, rief ich ihm nach, während er eilig das Weite suchte. Ich zögerte. Sollte ich ihm folgen? Aber Fab hatte vielleicht die andere Richtung eingeschlagen. Und ich sollte bei *ihm* sein. Verdammt. Ich ballte die Fäuste. Wir waren hier, um Lijan zu suchen, und jetzt das. Ich musste Fab finden.

Im nächsten Augenblick zuckte ich jedoch erschrocken zusammen, als etwas direkt neben den sich immer weiter entfernenden Rufus in einen Stamm schlug und er wie versteinert innehielt. Erneut schlug etwas in den Stamm. Diesmal spähte ich in die Richtung, aus der das unheilvolle Geschoss gekommen war. Zu meinem Erstaunen schritt Fab durch das Unterholz auf Rufus zu.

Verflucht, was hatte er vor? Ich nahm die Beine in die Hand.

Fab packte ihn bereits erbarmungslos an der Kehle und drückte ihn rücklings gegen den Stamm der Buche, in dem die seltsam geformten Wurfsterne steckten. »Hast du zu denen gehört, die diese Kinder hergebracht haben? Weißt du deshalb darüber Bescheid?«

»Nein ..., Herrgott, nein ... Ich ... ich bin eines von ihnen gewesen«, krächzte Rufus und überraschte mit diesem Eingeständnis nicht nur Fab. Sofort ließ der von ihm ab und wich zurück. Trotz seiner offenkundigen Bestürzung wies seine Stirn eine tiefe Zornesfalte auf. Er kämpfte sichtlich darum, einen kühlen Kopf zu bewahren.

»Ich bin wie du. Ein Fab.« Rufus rieb sich die Kehle. »Gebrandmarkt und zum Tode verurteilt. Die Siedlung hätte das Ende meines Weges sein sollen, war es aber nicht. Ich bin aufgestiegen, ein Sohn Sorothez'.«

»Bis man Euch fallen lassen hat. Habt Ihr deshalb Eure Flügel eingebüßt, weil Ihr ... nicht hättet aufsteigen sollen?« Fab versuchte zu ergründen, was sein eigenes Schicksal für ihn vorsah. Mir gefror das Blut in den Adern.

Stolz richtete der ehemalige Blackfeather sich auf. »Ich bin Teil der Rotte gewesen. Einer der Besten. Sorothez hat sich meiner Talente bedient. Nur hätte ich mich nicht auflehnen sollen. Ich habe mich auf dünnem Eis bewegt. Das ist mir nie bewusst gewesen. Bis zu jenem Tag, da mich mein Schicksal eingeholt hat. Erst da habe ich erfahren, was ich eigentlich bin. Erst als ich es niemandem mehr mitteilen konnte. Als sie mich zum Menschen machen wollten und mir meine Flügel genommen haben.« Er hob das Kinn. »Aber ich habe gekämpft. Gegen meine eigenen Brüder. Sie sind dem Befehl gefolgt und haben nicht infrage gestellt, was immer man ihnen gesagt hat. Nur einem glücklichen Zufall verdanke ich es, überhaupt geflohen zu sein. Und jetzt sage ich es dir. Kämpfe! Kämpfe, Sohn Sorothez'! Denn ansonsten mag mein Schicksal deine Zukunft sein.«

Fab starrte Rufus ungläubig an, bevor sein Blick verloren zu Boden glitt. All die Erkenntnisse übermannten ihn. Wie ein Kind strauchelte er rückwärts und kniete plötzlich.

Ich eilte sofort zu ihm, drückte seine Hände, strich über seine Wange. Mein Herz war erfüllt von Wut und Trauer. Das allererste Mal sah ich, wie Fabs Stolz zerbrach. Es schmerzte. Sein Dasein gründete auf einem dunklen Geheimnis, auf einem abscheulichen Verbrechen. Und ich fand kein einziges Wort des Trostes. Es zerriss mich, wie ohnmächtig er wirkte. »Warum nur habt Ihr es ihm gesagt?!«

»Weil er besser seinen Weg kennt, bevor ihn eines Tages die Dunkelheit einholt.«

Fab schloss die Augen und kämpfte. Ich konnte seine Machtlosigkeit erkennen und doch nichts tun, außer die Arme um ihn zu schlingen und ihm Hoffnung zu schenken. Es war das, was mich nach Lijans Verschwinden aufrecht gehalten hatte. Fabs Körper versteifte sich augenblicklich. Jeder Muskel verkrampfte unter meiner Umarmung. Ich ahnte, dass ihn die Hoffnung quälte, die ich ihm vermittelte, ebenso wie sie Ibe gequält hatte. Und der Schrei – Befreiung und Untergang zugleich – mochte in seiner Kehle stecken, doch Fab biss die Zähne zusammen und bezwang ihn. Er kämpfte tapfer gegen seine Bestürzung an, gegen den Schmerz, den mein Trost erst entfesselte, aber ich ließ nicht los. Ich konnte nicht. Es fühlte sich an, als bräuchte er die starren Wände des Turmes, um das hier zu überstehen, und nichts anderes war ich in diesem Augenblick. Nicht Gefängnis, sondern sicheres Versteck. Sein Halt. Das hatte ich immer sein wollen. Egal was das Schicksal für ihn vorsah, ich würde ihn nicht im Stich lassen.

Kapitel 14

Rufus hatte alles immer und immer wieder erzählt, bis Fab es nicht länger einforderte. Er saß weiterhin geschlagen am Boden, hatte sich aber sichtlich beruhigt. Offenbar hatte er die sich wiederholenden Erklärungen gebraucht, um die Erkenntnis sacken zu lassen. Jetzt wussten wir wenigstens, wie es um ihn bestellt war. Besser, er wusste Bescheid und konnte seinem Schicksal die Stirn bieten. Unwissenheit hatte noch nie geholfen, wenn böse Kräfte am Werk waren. Auch wenn sich bezüglich der Verantwortlichen Resignation breitmachte. Rufus wusste nicht, wer genau diese Geschäfte absegnete. Wenn ich an Lore und Ibe dachte, ballte sich mein Magen zusammen. Sie hatten gewiss davon Kenntnis gehabt, haben müssen. Blieb nur die Frage, wie schuldig sie sich gemacht hatten. Fab war immer wieder im Turm gelandet. Anderes hatten sie ihm nicht angetan, soweit ich wusste.

Mit Unbehagen drängte sich mir das Gespräch mit Bree auf. In der fremden Siedlung hatten sie Fab grausame Narben zugefügt. War das seinem Namen geschuldet gewesen? Hatten sie gewusst, was er bedeutete? Der Gedanke lag nahe, dass alle Oberhäupter der Siedlungen früher oder später Geheimnisträger des laut Rufus überschaubaren Problems wurden. Jedenfalls schien man dort der gängigen Praxis gefolgt zu sein. Ich wagte nicht, Fab danach zu fragen. Er fing sich gerade erst wieder.

»Wir sollten nach Lijan suchen und dann aufsteigen«, befand ich. »Ich müsste eine weitere Nacht bleiben, wenn ich den rechten Zeitpunkt verpasse.« Es war eher der Versuch, ihn abzulenken, als meine Belange in den Mittelpunkt zu stellen. Es war mir egal, ob ich noch bleiben musste.

»Ihr sucht diesen Lijan?«, hakte Rufus nach. »Wer ist er?«

»Ein Gefallener«, gab ich zurück, bevor Fab etwas erwidern konnte. »Wir wollen wissen, was aus ihm geworden ist. In dieser Gegend hat er sich zuletzt aufgehalten.« Daran war nichts gelogen.

Rufus nickte. »Nun, ich bin ihm nicht begegnet. Aber vielleicht versucht ihr es ein oder zwei Meilen weiter südlich.«

»Dort, wo der Wald Augen hat?« Ich nickte dankbar. »Ist einen Versuch wert.«

Fab nickte ebenfalls. Seit seinem Zusammenbruch ruhte er auf beunruhigende Weise in sich.

»Dann wünsch ich euch viel Glück mit diesem Lijan«, läutete Rufus seinen Aufbruch ein, »und vergesst was ich euch erzählt habe, ebenso wie meinen Namen, wenn ihr aufsteigt.« Er zwinkerte mir zu.

»Bestimmt nicht. Aber ich werde beides gerne für mich behalten«, versicherte ich ihm.

Rufus lächelte. »Wahrhaft ein Engel.« Ohne weiteres Aufheben drehte er sich um, kramte die Flasche hervor – die er nach diesem Gespräch zweifellos brauchte – und ging seines Weges, während wir uns aufmachten, dem Pfad in südlicher Richtung zu folgen.

***

Der Nebel um uns herum zog sich immer undurchdringlicher zusammen. Seit einer Weile schon wurde der Boden feuchter und unsteter. Alles versank grau in grau.

»Sein Ratschlag führt uns geradewegs in den Sumpf«, wetterte ich. Meine Hosenbeine standen vor Dreck. Das Quiryll hatte wohl aufgegeben.

»Sieht aus, als wäre der Stoff gesättigt.« Fab schmunzelte. Na wenigstens fand er zu seinem passenderweise schwarzen Humor zurück.

»Bin ich auch. Gesättigt«, schnaufte ich und stapfte weiter durch den Morast. »Ich habe es satt. Das hier. Kein Mensch hält sich doch in diesem Niemandsland auf.«

»Wie gut, dass wir keinen Menschen suchen«, gab Fab zurück. »Du weißt hoffentlich, dass du jederzeit umkehren und von den Klippen aus nach Tirithan aufsteigen kannst.«

»Und all den Spaß verpassen? Vergiss es!« Ich streckte die Hand nach Fab aus, weil ich erneut mit dem Stiefel feststeckte.

Ein Lächeln schob sich auf sein Antlitz. Er packte meine Hand und zog. Mit einem schmatzenden Ruck befreite ich mein Bein und landete geradewegs in seinen Armen. Fast brachte ich ihn dabei zum Straucheln. Mein Herz geriet in Aufruhr, als ich seine Körperwärme spürte. Verlegen stemmte ich mich von seiner Brust und schaffte etwas Abstand zwischen uns. Sein Ausdruck lag irgendwo zwischen schelmisch und unergründlich anziehend.

»Siehst du? … Nichts als Spaß«, spottete ich schnell, um mich aus der verfänglichen Situation und seinen Armen zu befreien, genoss jedoch das unbeschreibliche Gefühl der Vertrautheit zwischen uns.

»Ich wollte dich immer schon in Schwierigkeiten bringen«, erinnerte er mich. Seine raue Stimme jagte einen wohligen Schauder über meine Haut.

»Glaub ich keine Sekunde.« Ich zog gespielt überlegen eine Braue hoch und marschierte weiter. »Du warst immer viel zu beschäftigt damit, jegliche Grenzen auszutesten.«

»Was ist mit deinen Grenzen?«, fragte er herausfordernd und folgte mir durch das von Bäumen gesäumte moorige Areal.

»Liegen weit außerhalb deiner Reichweite.«

»Natürlich. Du bist eine Whitefeather«, gab er unbeeindruckt zurück und schloss auf, wohl um mich besser im Blick zu haben. »Wie schlägst du dich eigentlich so in Tirithan? Du hast noch gar nichts erzählt.«

»Da gibt es nicht viel Aufregendes …«

»Ist ja auch Tirithan«, merkte er spitzfindig an.

»Du scheinst auf deine Umwelt jedenfalls mehr Eindruck zu machen.« Ich bezog mich auf Rufus' Kniefall und wies nun auf die an Fabs Kleidung befestigten kunstvollen Klingen. »Was sind das für Waffen, die du trägst?«

Er schüttelte den Kopf. »Kein Spielzeug für unschuldige Engel. Du weichst meiner Frage aus.«

»Also schön, was willst du denn wissen?« Mir lagen ein paar spitze Kommentare auf der Zunge, darüber, dass doch immer er im Mittelpunkt gestanden hatte und wir es dabei belassen sollten. Aber wegen der jüngsten Erkenntnisse hielt ich mich zurück. Fab war tief verletzt worden, darüber täuschte auch seine gewohnt flapsige Art nicht hinweg.

»Beispielsweise, in welchem Bereich du dich einbringst. Was ist deine Aufgabe in Tirithan?«

»Bücherwurm würde Deklan sagen.« Ich warf ihm absichtlich den nächsten Brocken hin, damit die unverfängliche Unterhaltung andauerte. Das Geplänkel tat uns beiden gut.

»Deklan? Ist das der Freund?«

»Deklan ist ein pedantischer Arsch«, gab ich zurück.

Fab verbarg sein Lachen hinter einem Räuspern. »Ein typischer Whitefeather also.«

»War klar, dass du das sagst. Aber ja, vermutlich bedient er nahezu jedes Klischee, das je über uns verhängt wurde.«

»Klingt grauenhaft.« Fabs Brauen zogen sich zusammen. »Und du bist also im Archiv gelandet? Ist das dein Wunsch gewesen?«

»Bibliothek, nicht Archiv. Glanzvoller, heller und ansprechender. Nicht das schaurige Kellergewölbe, das du dir wahrscheinlich vorstellst«, korrigierte ich ihn. »Und ja, das ist mein Wunsch gewesen.«

»Warum?«

Ich blieb stehen und musterte ihn. »Du meinst, weshalb ich meine Zeit mit Büchern verschwende?« Seine Frage hatte in meinen Ohren geklungen, als sei es die Sache nicht wert.

Fab neigte den Kopf. »Ich hätte einfach nicht gedacht, dass deine Talente in den ruhigen Dingen liegen. Du kannst schließlich kämpfen wie keines der anderen Mädchen. Und auch Tirithan wird Wachen brauchen.«

Ich lachte auf. »Die alle mindestens einen Kopf größer sind als ich. Ganz zu schweigen von ihrem breiten Kreuz.«

Fab verschränkte die Arme. »Du glaubst, es käme auf die Größe an?«, provozierte er absichtlich.

Ich schenkte ihm einen unmissverständlichen Blick. »Wieso, würde das denn deinen Stolz verletzen?« Unser kleiner Schlagabtausch begann mich zu amüsieren.

»Nicht im Mindesten.«

Ich schmunzelte und watete weiter. »Dann ist es ja gut. Ich habe mir schon Sorgen gemacht.«

»Warum die Bibliothek? Verrat es mir.« Er schloss wieder auf.

»Um meine Neugier zu stillen, vielleicht.«

»Wie bedauerlich ...« Fab seufzte. »Dafür, dass du an der Quelle des Wissens sitzt, scheinst du keinen großen Nutzen daraus zu ziehen. Ich würde sogar behaupten, du bist erschreckend uninformiert.«

Ich musste tief Luft holen und meinen aufkommenden Unmut in geballten Fäusten verstecken. So sehr ich es auch hasste, seine Worte trafen ins Schwarze. Aber diesen Wissensrückstand würde ich sofort nach meiner Rückkehr aufholen, da konnte er sicher sein.

»Was ist deine Aufgabe in Sorothez? Sicher nichts Tiefgründiges«, frotzelte ich, um keine Schwermut aufkommen zu lassen.

»All eure Vorurteile über die Blackfeather bedienen«, antwortete er sarkastisch.

»Wirklich ... Klingt anstrengend.« Ich überlegte. »Wobei ... Meine Freundin Mila wäre entzückt. Sie hat eine Schwäche für alle düsteren Gerüchte, die sich um Sorothez ranken.«

»Das sind nicht gerade wenige. Welche genau?« Jetzt wollte Fab es wissen. »Was sagt man denn in euren heiligen Hallen über den Sündenpfuhl der Blackfeather?«

Mal sehen, was hatte Mila angeführt? »Dass die Party dort niemals endet. Ihr euch all euren Gelüsten hingebt. Dass ihr unbestritten die Nacht zum Tage macht.« Ich warf ihm einen vorsichtigen Blick zu, um zu ergründen, was meine Worte bei ihm auslösten.

Fab verzog abwägend den Mund. »Klingt durchaus vertraut.«

»Und was sagt man über die glanzvolle Stadt?«, wollte ich nun meinerseits wissen. »Lass mal ein paar eurer Vorurteile hören.«

Fab zuckte ungerührt mit den Schultern. »Dass ihr niemals Spaß habt, dass Regeln jeden eurer Schritte bestimmen. Ach ja, … und dass man euch davor bewahrt, selbständig denken zu müssen.«

Zack! Das hatte gesessen.

Meine Haltung versteifte sich merklich. Zu erfahren, wie andere – möglicherweise auch Fab – uns sahen, und zu wissen, dass ich in dieser Schublade steckte, fühlte sich seltsam an. Nicht zuletzt falsch, auch wenn ich nicht genau wusste, an welcher Stelle ich seine Aussagen entkräften sollte.

»Sieh mal …« Fab berührte meine Schulter. Mein Gedanke riss unvermittelt ab.

»Eine Hütte.«

»Die zweite in dieser gottverlassenen Gegend. Muss unser Glückstag sein«, raunte Fab und glaubte scheinbar ebenso wenig an Zufälle wie ich. »Wahrscheinlich nutzen sie die bei der heiligen Klippe, um dort abzuwarten, und eine weitere hier draußen im Sumpf, um Schutz zu suchen.«

»Du glaubst immer noch an eine Entführung?«

»Welchen Grund gäbe es sonst für Lijans Verschwinden? Komm schon, lass uns nachsehen.« Er verlor keine Sekunde und überholte mich schmatzenden Schrittes.

Rauch entstieg dem aus Stein und Lehm gemauerten Schornstein an der Rückseite der Behausung. Fab bedeutete mir, still zu sein, nahm dieses Mal aber meine Hand und zog mich mit zur Vorderseite. Wir stiegen vorsichtig die zwei Stufen zur Veranda hoch und traten an die Tür heran. Es war nichts zu hören. Keine Gespräche im Inneren der Hütte, kein Laut, der darauf schließen ließ, was drinnen vor sich ging. Vielleicht hatte er recht und man hielt Lijan gefangen, möglicherweise hatte man ihn geknebelt. Mein Magen drehte sich.

Sanft drückte Fab mit den Fingern gegen die Tür. *Verschlossen,* formten seine Lippen. Ich nickte und trat zurück, während er sich bereit machte. Mein Herz klopfte. Die Hände ineinander verschränkt und die Arme an den Körper gezogen, warf sich Fab gegen die Tür. Mit einem Krachen flog diese auf und schmetterte gegen die Wand.

Von der Feuerstelle stob eine Gestalt hoch und schnellte kampfbereit herum.

»Liz?« Sofort entspannte sich Lijans Haltung.

Ich keuchte und drückte mich an Fab vorbei in die Hütte. »Lijan!« Ich konnte es nicht fassen. Er war es. Er war hier. Mein Blick wanderte über seinen Körper. Und unverletzt. *Moment mal* ... Ich verharrte irritiert. Schon begann mein Verstand Schlüsse zu ziehen. »Du kannst uns sehen. Das heißt, du bist kein Mensch. Dann hat Fab recht gehabt, du hast tatsächlich Schwingen erhalten.«

»Liz ...«, mischte sich Fab ein.

»Nein, schon gut. Das haben wir ja erwartet«, winkte ich ab. »Wir haben den Spalt in der Klippe entdeckt. Bist du von jemandem abgefangen worden?«, richtete ich mich an Lijan, dessen Gesicht von Gram gezeichnet schien. Ich senkte das Kinn. »O Gott, sie kommen bald wieder, oder? Wir müssen dich hier rausschaffen, bevor –«

»Liz!«, verlangte Fab meine Aufmerksamkeit. Als ich mich umdrehte, zeigte er mir den schweren Riegel an der Innenseite der Tür. »Außer ihm ist niemand hier, aber die Tür ist versperrt gewesen.«

Verwirrt suchte mein Blick erneut den von Lijan. Mein Verstand verarbeitete die Eindrücke schleppend, doch schließlich kapierte ich. »Du hast dich selbst eingesperrt ...« Meine Gedanken bekamen Schlagseite. Ich schüttelte den Kopf. Jetzt gab es nur noch eine einzige sinnvolle Frage. »Welche Farbe trägst du?«

Lijan schwieg eisern. Die Lippen aufeinandergepresst wich er meinem Blick aus. Offenbar wollte er uns darauf nicht antworten.

»Hör zu, es spielt keine Rolle, welche Farbe du trägst«, hob ich an. »Wenn du entgegen deiner Erwartungen ein Sohn Sorothez' bist, ist das kein Drama. Ich weiß, du hast dir anderes vorgestellt, aber letztlich zählt doch nur, dass –«

»Warum seid ihr hier?«, unterbrach er meinen Appell und funkelte über meine Schulter hinweg Fab an. »Ich meine, ihr beide, gemeinsam.«

»Ich ..., bitte was?«

»Hat er es endlich geschafft? Deine glühende Rede, deine Toleranz gegenüber Sorothez lässt ja nur den Schluss zu.« Lijan baute sich jetzt drohend vor mir auf. Einem Impuls folgend hob ich die Hände.

»Jetzt beruhig dich. Wir haben nach dir gesucht. Nichts weiter. Du kannst meine Farbe doch leicht meiner Kleidung entnehmen. Ich bin eine Tochter Tirithans.« Was dachte er nur?

Lijan schnaufte verächtlich, seine Schultern sanken jedoch. »Eben. Du solltest deine Bestimmung nicht für einen wankelmütigen Blackfeather riskieren.«

»Das habe ich gar nicht vor!«, entrüstete ich mich. »Du solltest aber auch nicht dort anknüpfen, wo ihr beide aufgehört habt. Fab hat mir nur geholfen dich zu finden. Er ist ebenso in Sorge gewesen wie ich.«

Meine Worte schienen die Vernunft in Lijan anzusprechen, jedenfalls betrachtete er Fab nun etwas versöhnlicher. Die Gefahr, dass die beiden sich an die Gurgel gehen würden, schwand.

»Wenn du keine schwarzen Flügel trägst und auch nicht verschleppt worden bist«, wandte Fab ein, »was hat dann deinen Einzug in die glanzvolle Stadt verhindert?«

Lijan hob erneut störrisch das Kinn und schwieg.

Ich trat zurück. »Fab hat recht. Was stimmt hier nicht? Du ... Du wärst doch nach Tirithan aufgestiegen, oder nicht?« Was also hatte ihn abgehalten? »Bist du verletzt worden?« Nein, auch das machte keinen Sinn. Er hätte sich nicht verkrochen, er hätte um Hilfe gebeten.

Fab zog jetzt etwas hinter seinem Rücken hervor. Einen dieser seltsamen dreizackigen Holzsterne. »Zwing mich nicht«, drohte er unverhohlen.

»Das wagst du nicht«, bot Lijan ihm die Stirn, doch da kannte er Fab schlecht. Mir war sofort klar, dass er nicht zögern würde. Alles ging blitzschnell. Eine kraftvolle Bewegung, ein Lufthauch an meiner Wange. Lijan griff nach seiner Schulter, die offensichtlich touchiert worden war. Der Stern steckte in der Wand hinter ihm. Und dann ... brachen seine Schwingen hervor. Mächtig und drohend schwangen sie auf und nahmen die gesamte Breite der Hütte für sich ein. Ich traute meinen Augen nicht.

Grau! Sie waren grau!

Es schnürte mir die Luft ab. Deshalb war er nicht aufgestiegen. Jetzt kannten wir die Wahrheit.

Während Fab jedoch aus irgendwelchen Gründen beschloss, vor ihr davonzulaufen, und aus der Hütte stürzte, sank ich geschlagen auf eine Truhe neben dem Eingang nieder.

Lijan zog seine Schwingen an den Rücken und hockte sich neben mich. »Verstehst du es nun?«, flüsterte er und strich sanft mit dem Daumen über meine Hand.

Und ob ich verstand. Graue Schwingen. Noch nie hatte ich von grauen Flügeln gehört. Es musste eine kuriose Ausnahme sein, ein Fehler unserer göttlichen Natur. Lijan hatte sich nicht gezeigt, weil er das Grau als das klassifizierte, was auch ich darin sah. Eine pervertierte Form unserer Möglichkeiten. Ich verurteilte mich sofort für das meiner Erziehung geschuldete Gefühl. Wenigstens ließ es mich seine Situation nachvollziehen.

»Schämst du dich?« Ich konnte die Frage nicht zurückhalten.

Lijan räusperte sich und versuchte seine Fassung zu wahren. »Ich … bin nicht, wer ich sein sollte«, antwortete er diplomatisch. Disziplin war scheinbar immer noch das, was ihn in einer seelischen Krise aufrecht hielt.

»Aber … grau? Ich versteh das nicht.« Die Hände an den Schläfen beugte ich mich vor. »Was bist du dann? … Ein Greyfeather?«, versuchte ich der Sache einen Namen zu geben. »Noch nie hat jemand Greyfeather erwähnt. Wie kann das sein? Wieso sind deine Schwingen grau?«

Lijan drückte sanft meine Hände herunter und seufzte. »Meine Bestimmung ist eben nicht eindeutig.«

Ich richtete mich auf und musterte ihn. »Dir ist Tirithan bestimmt gewesen. Daran hat keiner gezweifelt. Wer, wenn nicht du, hätte als Whitefeather aufsteigen sollen? Du hast dich an alle Regeln gehalten, hast vehement durchgegriffen. Herrgott, ich hätte dich manchmal würgen können, wenn du Fab gemeldet hast.« Ich ließ meine Schultern sinken, entschuldigend sah ich ihn an. »Siehst du? Und mir, obwohl ich derart rede, ist der Glanz von Tirithan beschieden. Wie ist das möglich?«

Lijans Ausdruck war bitter und gleichzeitig zum Herzerweichen. Offenbar hatte er tatsächlich eine Ahnung, weshalb er auf diese Weise gezeichnet hier festsaß. »Ich habe Schuld auf mich geladen«, gestand er und wirkte erleichtert, es endlich aussprechen zu können.

»Schuld? Welche Art Schuld?«, fragte ich ungläubig. Er war sich seiner Bestimmung sicher gewesen und abgesprungen, hatte graue Schwingen erhalten und sich versteckt. Vor uns. Seinen Freunden. Welche Schuld hatte ihn in diese Lage gezwungen?

Lijan strich mit seinen Fingern über meinen Arm bis zur Hand und ergriff sie. »Ich habe es lange Zeit vor dir geheim gehalten, Liz, aber jetzt kann ich es dir nicht länger verschweigen. Du hast das Recht, es zu erfahren, bevor du mich wieder meinem Schicksal überlässt und deiner Bestimmung folgst.«

»Was? Aber …«, meine Augen suchten in seinem Antlitz nach der Verbundenheit, die mich hergeführt hatte, »… ich werde dich nicht im Stich lassen. Du verdienst es aufzusteigen. Diese … grauen Schwingen sind ein Irrtum. Ein Fehlurteil. Ich werde in jedem Fall zu dir stehen. Wir zwei gemeinsam, als Freunde. Das ist doch immer der Plan gewesen.«

Lijan kämpfte sichtbar mit sich, bevor er den Blick abwandte und antwortete: »Ich war nicht immer dein Freund. Aber einen Plan hat es durchaus gegeben.«

***

Nachdem er geendet hatte, stand ich auf und verließ die Hütte. Draußen erwartete mich feiner, trister Regen. Der Himmel hatte offenbar beschlossen die Tränen zu weinen, zu denen ich nicht fähig war.

Fassungslos schaute ich über die Nebelbänke, das moorige Gelände und dann über die Schulter zurück auf Lijan, der mir gefolgt war. Meine Lippen bebten. »Ihr habt euch damals abgesprochen?« Meine Gefühle überwarfen sich.

Lijan fuhr sich mit der Hand über das Gesicht. »Wir sind Kinder gewesen, Liz. Aber selbst Kinder wissen, was sie wollen.«

Ich schüttelte den Kopf und wandte mich ihm zu. So kannte ich ihn nicht. Er rechtfertigte sich für etwas, das selbst in seinen Augen falsch sein musste. »Ihr beide seid es gewesen? Ihr habt mich in den Weiher gestoßen? Absichtlich?« Dann war der Streit, der Fabs Stoß vorausgegangen war, nur gespielt gewesen.

»Ich habe weiße Schwingen gewollt, Fab schwarze. Für uns war es eine einfache Rechnung!«

Mein Herz stockte im eisigen Frosthauch. »*Ich* war eine einfache Rechnung für euch?« Mein Blick glitt geschlagen zu Boden und wieder zu ihm. Große Güte. »Erzähl es mir noch einmal«, forderte ich heiser und konnte das Ausmaß ihres Verrats einfach nicht begreifen.

Lijan stemmte die Hände in die Seiten und beugte reumütig das Haupt. »Fab sollte dich ins Wasser stoßen, ich dich herausziehen und retten. Wir wollten damit unsere Bestimmung vorantreiben.«

Traurig hob ich die Augenbrauen. »Dann ist euer Plan aufgegangen. Nur hat er andere Konsequenzen nach sich gezogen, als ihr erwartet habt.« Mein Blick wanderte über seine angelegten grauen Schwingen, die hier draußen bei Tageslicht silbrig schimmerten.

»Sieht ganz so aus.« Er seufzte.

Trauer schnürte meine Brust zu, als ich jetzt an Fab dachte. Ich hatte ihn immer verteidigt, in dem Glauben, dass er mich nur wegen seines ungestümen Temperaments gestoßen hatte. Damit hätte ich leben können. Aber dies … Ich biss die Zähne zusammen und ballte die Fäuste. Die Enttäuschung wog schwer. »Fab hat seine nächtliche Farbe verdient!« Sie hatten mich in das trübe Wasser geworfen und abgewartet, bis das Leben aus mir wich. Wie abgebrüht mussten diese beiden sein?

Lijan strich sich nachdenklich über den Nacken, bevor er mit ausgestreckten Händen an meine Nachsicht appellierte. »Wenigstens kannst *du* nach Tirithan gehen, in dem guten Gewissen, dort hinzugehören. Du brauchst nicht länger hier verweilen und keinen Gedanken mehr an Fab oder mich verschwenden.«

Ich schloss für einen Moment die Augen. Es brauchte all meine Beherrschung, um der aufbegehrenden Tränen Herr zu werden. Zu sehr verletzte mich ihre Scharade, mehr noch Lijans Ungerührtheit. Offensichtlich hatten sie keine Sekunde daran gedacht, dass es mir etwas ausmachen könnte.

»Du solltest als Whitefeather aufsteigen und uns vergessen, Liz. Aber bevor du das tust …«, sagte er zaghaft, als wollte er mich um etwas bitten.

»Ich werde dir nicht verzeihen!«, presste ich hervor und bedachte ihn mit einem unmissverständlichen Blick. Sollte er zum Teufel gehen. Mein Herz konnte sich hier und jetzt nicht versöhnlich zeigen.

Lijan nickte, als sei es gar nicht das gewesen, worum er mich hatte bitten wollen. »Ich weiß.« Er presste die Handflächen aneinander und rang mit sich. »Aber … du solltest Fab vergeben, wie du es immer getan hast. Er verdient deinen Zorn nicht.«

»Er verdient …«, ich hielt fassungslos inne. »Ich hätte sterben können!«

Lijan schüttelte den Kopf. »Nein, Liz. *Ich* wäre gestorben, wenn Fab nicht gewesen wäre. Und er hat selbstlos seine Bestimmung aufgegeben, um mich zu retten, als er *mich* aus dem Weiher gezogen hat. Nur so bin ich überhaupt auf die Idee gekommen.« Seine Augen sahen mich flehend an. »Ich habe Fab seinen einzigen Antrieb genommen. Sorothez. Mit der selbstlosen Tat, jemandes Leben zu retten, wäre er nie dort hingelangt. Aber mit meinem Plan habe ich ihm seine Bestimmung zurückgeben.« Er trat auf mich zu und nahm meine Hände, die ich ihm wie in Trance überließ. »Wir haben abgemacht, dass wir alles daransetzen, ihn nach Sorothez und uns beide nach Tirithan zu schicken. Nur deshalb habe ich jedes seiner Vergehen vor Ibe offengelegt und mich selbst an jede noch so harte Regel gehalten. Aber letzten Endes ist meine Schuld zu groß gewesen, wie es scheint.«

»Fab hat dir das Leben gerettet und wäre nach Tirithan aufgestiegen?« Meine Augen füllten sich mit Tränen. Von all den erklärenden Worten hallte nur diese Erkenntnis in meinem Herzen nach.

Lijan senkte das Kinn auf die Brust. »Ja, wahrscheinlich wäre er das. Mit uns gemeinsam hätte er in die glanzvolle Stadt einziehen können.«

Plötzlich wurde mir etwas klar, das ich bisher übersehen hatte. Ich vermutete eine Wahrheit hinter Lijans Worten, die nur schwer zu ertragen war. »Das ist dein Vergehen, oder? Du hast ihm nicht nur helfen wollen schwarz zu tragen, du wolltest ihn auch von mir trennen.« Gequält verzog ich das Gesicht und erkannte das Grauen hinter Lijans Plan. Es war die Eifersucht eines Jungen auf den anderen gewesen. »Du hast vorgehabt, allein mit mir nach Tirithan zu gehen. Deshalb hast du deine Unschuld geopfert und Fab überzeugt mitzumachen. Anders ergibt es gar keinen Sinn. Auch wenn er dich aus dem Weiher gezogen hat, die weißen Schwingen sind dir sicher gewesen. Ein niederträchtiger Plan allerdings hätte dich den Glanz von Tirithan kosten können. Du hättest doch nie deine Bestimmung für einen anderen geopfert. Eher hättest du Fab geholfen mit seinen weißen Schwingen zurechtzukommen. Du Mistkerl!« Ich stieß ihn von mir. »Du hast Fab dazu überredet, oder nicht? Weil du es nicht ertragen hättest, wenn er mit uns gekommen wäre.«

»Hast du mal daran gedacht, dass Fab seine Entscheidung für Sorothez aus freiem Willen getroffen hat?«, herrschte er mich gereizt an. »Herrgott. Er hat es so gewollt!«

»Nein, komm mir nicht so. Ich weiß, dass dem so gewesen ist. Aber er wäre auch mit weißen Schwingen klargekommen.«

Lijan lachte auf. »Fab? Du spinnst ja. Der wäre an dieser Bürde zerbrochen, das weißt du so gut wie ich.«

»Ich kenne Fab besser, als du dich je bemüht hast ihn kennenzulernen. Er ist ein großartiger Mann. Loyal, mutig, mitfühlend ... all das, was du nicht bist! Er wäre ein viel größerer Whitefeather geworden als wir beide!«

Lijans Gesichtszüge verhärteten sich. Er trat zurück. »Fab gehört nicht zu dir, Liz«, raunte er und all seine Geringschätzung kam zum Tragen. »Und er gehört auch nicht nach Tirithan.« Auch jetzt noch hielt er sich scheinbar für etwas Besseres.

»Du hast nichts aus alldem gelernt, Lijan. Du tust mir leid. Und weißt du was? Du verdienst es, hier ausharren zu müssen.« Ich kehrte ihm den Rücken zu und marschierte davon.

Von allen Seiten stürmten anklagende Stimmen auf mein Inneres ein. Ich konnte das Gewirr aus Erinnerungen und Lügen, in das sich mein Geist immer tiefer verstrickte, kaum noch bezwingen. Wie hatte ich nur glauben können, einen von ihnen zu kennen. Absprachen, Intrigen, Geheimnisse. Ich wusste nichts über die beiden. Dabei waren wir gemeinsam aufgewachsen, hatten Zeit gehabt, einander zu beurteilen. Nur offensichtlich hatten sie das viel besser bewerkstelligt als ich. *Naive Göre,* schalt ich mich. Nichts anderes hatten sie in mir gesehen. Jemanden, den man für seine eigenen Zwecke manipulieren konnte. Mein Herz brach.

Als ich endlich den Sumpf durchquert hatte und wieder festeren Boden unter den Füßen spürte, schlug ich ohne Umschweife die Richtung ein, in der meinem Empfinden nach die Steilküste liegen musste. Ich wollte zurück nach Tirithan. Die Sehnsucht nach unumstößlichen Regeln und einer Umgebung, die Ordnung und Sicherheit versprach, zerrte an meinem Inneren.

Doch zu meinem großen Ärgernis lief ich ausgerechnet dem zweiten treulosen Bastard in die Arme. Fab lehnte am Fuße einer stämmigen Buche. Als er mich kommen sah, sprang er von seinem Platz auf und steuerte direkt auf mich zu.

»Nein!«, fauchte ich und hob abwehrend die Hand. »Spar dir deine Worte!«

»Was hat Lijan dir erzählt?«

»Du meinst den Grund für seine grauen Schwingen? Euer ganzes mieses Komplott! Wie ihr mich benutzt habt!« All die Enttäuschung in mir loderte in gleißender Wut auf. Ich drehte mich zur Seite und beschleunigte meine Schritte, bis ich rannte.

»Liz!«

»Nein, lass mich!« Ich rannte zwischen den Bäumen hindurch auf die Waldgrenze zu. Die Sonne war noch nicht untergegangen. Ihre Strahlen würden mich willkommen heißen und endlich aus diesem Albtraum entfliehen lassen.

»Liz, bleib stehen!« Fab war mir dicht auf den Fersen. Ich musste fort von hier. Er konnte nichts sagen, das mein gebrochenes Herz kitten würde. Nichts, was unsere gemeinsame Vergangenheit nicht zur Lüge erklärte. Sie hatten mich verkauft, für die Gewissheit ihrer Bestimmung geopfert. Lijan strauchelte nun über seine eigene Niedertracht. Er trug selbst die Schuld daran. Am meisten schmerzte jedoch, dass es Berechnung gewesen war, mit der Fab mich in den Weiher gestoßen hatte. Nicht Lijans durchaus logischer Plan, sondern das Kalkül, mit dem Fab ihn ausgeführt hatte. Das erste Mal seit jenem Tag war ich tatsächlich wütend. Fab hatte mich gestoßen, das Wasser mich verschlungen, Lijan mich nur knapp gerettet. Aber erst jetzt fühlte ich die Ohnmacht, die mein Herz mit eiserner Hand umschloss. In all den Jahren hatte es Fab gar nicht leidgetan. Deshalb hatte er nie wieder darüber gesprochen. Es war ein Handel für ihn gewesen. Und er hatte bekommen, was er zweifelsohne verdiente.

Ich erreichte die Steilküste. Meine Schwingen brachen ohne Zögern hervor, während ich zum Rand schritt.

»Liz!«, brüllte Fab.

Von blankem Hass gepeitscht fuhr ich herum und fegte ihn mit einem kraftvollen Akt meiner Flügel gegen den nächsten Baum.

Die Hände in seinem Rücken richtete er sich am Stamm auf und rang um Atem. In seinem Blick lagen unendliche Möglichkeiten ... Trotz, Mitleid, ... vielleicht sogar Reue.

»Wir waren Kinder«, brachte er hervor, was schon Lijans Ausrede gewesen war.

Mein geschundenes Herz krampfte. »Genau! Das ist der Punkt! Wie konntet ihr mein Leben riskieren, für eine Zukunft, die euch noch gar nichts hätte bedeuten sollen?!« Er konnte mir alles erzählen, aber in diesem Alter hätte es sie nicht derart beeinflussen dürfen, ob und in welche der beiden Städte sie aufsteigen würden. Das Ganze war so intrigant, dass mich die Tragweite ihres Verrates noch nach so vielen Jahren in meinen Grundfesten erschütterte. Ich stieß mich ab und verharrte einige Flügelschläge über Fab.

Er schüttelte bedauernd den Kopf und wies auf den Himmel. »Ich darf dir nicht ins Tageslicht folgen.«

»Und diese Grenze hast *du* zwischen uns gezogen!« Ich wandte mich ab, ehe er meine Tränen erfüllten Augen sähe, und ließ den Wald unter mir zurück, in dem er bis Einbruch der Nacht ausharren musste, um aufsteigen zu können. *Blackfeather!*

Kapitel 15

Die irisierende Luft umschloss mich einige Herzschläge lang wie ein Wirbel, dann brach ich bereits durch die Wolken und erreichte Tirithans gewaltiges Portal. Diesmal war der Aufstieg viel schneller verlaufen. Ich setzte auf dem glanzvollen Weg direkt am Portal auf und sank augenblicklich zu Boden.

Es fühlte sich an, als hätte ich eine Tür hinter mir zugeschlagen. Der Situation entkommen, nicht aber dem beißenden Gefühl. Ich vergrub das Gesicht in den Händen. Der Schmerz war unerträglich. *Es war eine einfache Rechnung,* hallten Lijans Worte in mir nach. Ich war Mittel zum Zweck gewesen, nichts weiter. Und jetzt saß Lijan mit grauen Schwingen auf der Erde fest und Fab … Fab war … Ich konnte kaum atmen.

All die Hoffnungen, die ich scheinbar in ihn gesetzt hatte. All die Jahre, in denen ich mir vorgemacht hatte ihn als Freund zu betrachten. Es war viel mehr als das gewesen, schalt mich mein dummes Herz. Sonst würde die Tatsache nicht derart schmerzen, dass er doch nach Tirithan hätte gehen können. Er hatte sich dagegen entschieden. Er hatte mich angelogen. Er hatte Lijan das Leben gerettet und meines riskiert. Meine Hände sanken in den Schoß. Wie frustrierend es sich anfühlte, ihn falsch beurteilt zu haben. Ich rang mit mir. *Er hat deinen Zorn nicht verdient,* hatte Lijan mich beschworen. Und er sprach sich niemals für Fab aus. *Vergib ihm, wie du es immer hast.* Aber wie könnte ich?

»Probleme, Whitefeather?« Scheinbar aus dem Nichts setzte neben mir eine Wache auf. Erschrocken fuhr ich zusammen, schüttelte im nächsten Moment jedoch meine Starre ab und stand auf.

»Ja. Aber keine, bei denen Ihr mir helfen könntet«, sagte ich bestimmt, marschierte los, stieß mich ab und segelte den Weg entlang der Stadt entgegen. Dieses eine Wort rüttelte mich wach. Ich war eine Whitefeather. Trotz regte sich in mir und versuchte die elende Enttäuschung zu ersticken. Es gab jetzt Wichtigeres zu regeln, als meinen verletzten Stolz zu beweinen. Ich würde für Ordnung sorgen und die Sache irgendwie hinter mir lassen. Es war an der Zeit, meine schwärmerischen Gedanken für den rebellischen Jungen von damals abzulegen. Wir waren längst erwachsen und hatten lange vor diesem Zwischenfall verstanden, dass kein Weg uns je zueinander führen würde. Warum also sollte es mir mehr ausmachen als zuvor?

Aber Lijan brauchte Hilfe. Auch wenn ich in all meiner Wut kaum noch den Freund in ihm sehen konnte, wusste ich, dass er mit mir gemeinsam nach Tirithan hatte aufsteigen wollen. Und ich konnte ihn nicht einfach der Ungewissheit überlassen. Nicht zuletzt mussten die Obersten von den grauen Schwingen erfahren. Sie mussten eine Regelung für ihn finden, wie immer die auch aussehen mochte. Ich würde dafür sorgen, dass sie sich seines Schicksals annahmen. Man durfte Lijan nicht durchs Raster fallen lassen, nur weil seine Natur eine andere war.

Auf dem Weg durch Tirithans Gänge überlegte ich, wem ich von den Ereignissen berichten sollte. Mila war meine erste Wahl. Sie hegte nicht einmal Vorurteile gegenüber Sorothez, sie würde auch Lijans Situation nicht verurteilen. Möglicherweise könnte ich sogar den Präfekten einweihen und vertrauensvoll um Hilfe bitten. Aber wo sollte ich ihn auf die Schnelle finden? Bald läutete die Abendglocke, dann müsste ich bis morgen warten.

Deklan. Als ich das Atrium erreichte, verließ er gerade den Speisesaal und schloss die Tür ab, unter dem Arm wie immer seine Listen. Ich eilte hinüber.

Er erspähte mich und verharrte mit kühlem Ausdruck. »Zurück vom ersten Abstieg?«, begrüßte er mich gewohnt distanziert.

»Ich muss dich sprechen. Jetzt. Es ist wichtig.«

Er hob die Augenbrauen. Nach einem tiefen Atemzug, der mir wohl seine Ernüchterung zeigen sollte, antwortete er in gesetztem Ton: »Bettensaal. Warte dort. Ich komme gleich hoch.«

»In Ordnung.« Es hatte keinen Zweck, ihn jetzt sofort zu behelligen. Bei Deklan lief alles nur nach Plan ab. Also eilte ich hoch zum Schlafsaal und wartete. Die Hände knetend lief ich zwischen den Betten auf und ab. Besser, ich vertraute Deklan das mit den grauen Schwingen nicht an. Es machte sicher keinen guten Eindruck, wenn es jemand noch vor dem hohen Rat erfahren würde. Nein, ich wollte es richtig angehen und die Wege einhalten. Sollten die Ältesten entscheiden, wie zu verfahren war. Vielleicht kannten sie eine derartige Lage bereits von früheren Fällen. Vielleicht – aber daran glaubte ich im Grunde nicht – war es keine große Sache. Verdammt, ich wünschte, ich wäre nicht so schrecklich unerfahren. Wie sollte ich diese Sache nur im rechten Licht beurteilen?

Alles stürmte erneut auf mich ein. Wie viel mehr hatte Fab als Blackfeather gewusst, dabei trug er seine Schwingen kaum länger als ich. Dennoch hatte man ihm viel mehr beigebracht. Auch wenn er um die Bürde seines Namens nicht gewusst hatte. Ein Kloß bildete sich in meinem Hals. *For abuse* … Herrgott, es gab so vieles, was ich den hohen Rat fragen wollte. Wie konnte man Kinder derart verurteilen? Wer entschied so etwas? Fabs Schicksal rührte mich erneut an und mischte sich mit den wirren Gefühlen, die in meiner Brust rangen. Ich hatte ihn vermisst und jetzt hasste ich ihn für etwas, das lange zurücklag. Aber die Bürde, die ihm auferlegt worden war, weckte auch Mitgefühl in mir. Wie ich es drehte und wendete, ich konnte mich aus diesem Gefühlschaos nicht lösen.

»Was kann so wichtig sein, dass du meine Abläufe unterbrichst?« Deklan schritt durch den Schlafsaal auf mich zu. »Man hätte dich nicht absteigen lassen sollen. War ja klar, dass das Ärger nach sich ziehen würde.«

»Vielleicht gäbe es keinen, wenn ihr die Anwärter besser auf den Abstieg vorbereiten würdet«, schoss ich aufgebracht zurück. Er konnte nichts von alldem mir anlasten. »Ich bin mir da unten wie eine Idiotin vorgekommen. Über nichts habe ich richtig Bescheid gewusst.«

Deklan kniff die Augen zusammen. »Du solltest einen Brief übermitteln. Was kann es da für Komplikationen gegeben haben?«, fragte er nüchtern.

Ich presste die Kiefer zusammen und schluckte meinen Protest herunter.

Er durfte nicht wissen, was sich auf meinem Ausflug alles zugetragen hatte. In seinen Händen waren Geheimnisse sicher nicht gut aufgehoben.

»Hast du unerlaubten Kontakt gehabt?«, fragte er jetzt misstrauisch.

O ja, jede Menge, wollte ich ihm an den Kopf werfen. »Nein.« Meine erste Lüge als Whitefeather.

»Bist du verletzt worden?«

Nicht wie du es meinst. »Nein.«

»Was ist sonst vorgefallen, dass dich zu derartigem Verhalten anstachelt?«

»Ich …« Was genau wollte ich ihm sagen? Dass ein Blackfeather mir bei der eigenmächtigen Suche nach einem verschollenen Freund geholfen hatte? »Ich muss mit einem der Ältesten sprechen. Am besten mit allen.«

»Du meinst den Rat?« Skeptisch hoben sich seine Brauen.

»Genau. Ich muss mit dem Rat sprechen. Es geht um etwas Grundlegendes, das uns alle betrifft«, beharrte ich mit Nachdruck. Nur dort konnte ich Lijans Situation darlegen.

Deklan bedachte mich mit einem Stirnrunzeln. »Ist es etwas von großer Tragweite?«

Ich nickte.

Er verschränkte die Arme über seinem Stapel Notizen. »Verstehe. Natürlich. Wenn es dir so ein wichtiges Anliegen ist, werde ich dem Rat deine Bitte um Gehör umgehend vortragen.«

»Das wäre gut. Es ist dringend.«

Eine Sekunde schien er förmlich zu versteinern, bevor er schließlich fassungslos den Kopf schüttelte. »Sag mal, hast du sie nicht alle? Glaubst du tatsächlich, der Rat hat nichts Besseres zu tun, als einen Grünschnabel wie dich anzuhören? Was immer dich aus dem Takt gebracht hat, schluck es runter! Deine Sorgen und Nöte interessieren niemanden. Dich hat jemand ungerecht behandelt? Du hast eine Beschwerde? Heimweh? Schreib es in dein Tagebuch!« Er wandte sich leise fluchend ab. »Klar, ich besorg ihr eine Audienz … tz …«

»Aber …« Meine Stimme verhallte ungehört. Ohne sich noch einmal umzudrehen, rauschte er davon. Geschlagen sank ich auf das nächste Bett und legte die Hände in den Schoß. Na, das war ja super gelaufen.

Die Abendglocke ertönte und binnen kürzester Zeit trafen die neuen Anwärterinnen ein, die ab heute für einige Tage den Schlafsaal mit mir teilen würden. Ich war nicht sicher, ob ich mich über die Gesellschaft freute. In meinen Gedanken herrschte ein solches Chaos, dass ich den jetzt aufkommenden Trubel nur schwer verkraftete. Als ich unvermittelt Brees Lachen von der Tür her vernahm, sprang ich sofort auf die Beine und eilte zu ihr. Offensichtlich hatte sie die Neuankömmlinge heraufbegleitet. »Bree …« Ohne Zögern ergriff ich ihren Arm und zerrte sie auf die gegenüberliegende Seite des Ganges. Die Blicke der Neuen waren mir herzlich egal. »Lijan, er lebt. Ich habe ihn gesehen. Ich bin nach Silver Crevice abgestiegen.«

Brees Augen weiteten sich. »Was? Aber … Dann hast du ihn dort angetroffen? Wird er bald nachkommen?«

Oh, an die Erwartungen, die meine Worte weckten, hatte ich gar nicht gedacht. Natürlich dachte Bree jetzt, er würde seinen Absprung nachholen. »Ich … weiß nicht. … Vermutlich«, stammelte ich.

Sie nickte. »Du hast nicht mit ihm sprechen können, weil er noch zu ihnen gehört. Geht es ihm gut? War er denn verletzt?« Scheinbar zog ihr Verstand Schlüsse, die eine gänzlich andere Geschichte schrieben.

»Es geht ihm gut.« So viel durfte ich eingestehen. Den Rest würde ich aufklären, wenn ich mit jemand Verantwortlichem gesprochen hatte. Gleich morgen.

»Fab ist auch dort gewesen.« Die Worte wollten einfach hinaus. Mein Herz klopfte, während ich auf Brees Urteil wartete.

Sie musterte mich. »Er ist ein Blackfeather«, sagte sie mit gesenkter Stimme, als müsse sie mich daran erinnern.

»Ja, ist er.« Meine Stimme wurde dünn.

Wieder folgte ein langer Blick, der mich spüren ließ, dass wir ein unsichtbares Band knüpften. Auch Samuel war nach Sorothez gegangen.

»Denkst du, wir können beeinflussen, wohin wir gehen?«, flüsterte ich erstickt. Mein Herz blutete.

»Das haben wir doch alle geglaubt«, sagte sie.

»Bist du dann nicht enttäuscht von Samuel? Er hätte bei dir sein sollen.«

»Er hat Sorothez eben stärker rufen hören.«

»Aber wenn er sich bemüht hätte nach –«

»Liz«, unterbrach sie mich, »hör auf. Ich wollte Samuel nie ändern. Ich habe jede seiner Seiten geschätzt. Warum sollte ich wollen, dass er sein wahres Wesen verleugnet? Das ist keine Liebe.«

»Ich weiß … Trotzdem tut es weh, oder nicht?« Als ich die Lippen aufeinanderpresste, um meine Gefühle zu bezwingen, umarmte Bree mich versöhnlich.

»Ach, Liz. Wir sprechen doch gar nicht über Samuel.« Sie legte ihre Wange an mein Haar und schwieg. Wir brauchten nicht auszusprechen, was ich zu spät erkannt hatte. Es spielte keine Rolle mehr.

»Ladys … Zur Nachtruhe«, ertönte der vertraute Appell. Ich löste mich von Bree, die mir sanft über die Wange strich, wischte verstohlen meine Augen trocken und begab mich in den Saal zu den anderen. *Zusammenreißen, Liz.*

Nachdem alle ihre Betten bezogen hatten und die Kerzen vom Quiryll gelöscht worden waren, lag ich einsam im Dunkeln, mit den Gedanken bei dem Blackfeather, der jetzt von der Klippe aus aufstieg und seine selbst gewählte Heimat ansteuerte. Bree hatte recht. Jemanden verändern zu wollen, war keine Liebe. Deshalb hatte ich es nie versucht, immer nur still gehofft. Letztlich hatten sich aber all meine Hoffnungen in Luft aufgelöst. Ich sah wunderbar seidene, schwarze Schwingen durch den Nachthimmel gleiten. Ich hatte sein wahres Wesen immer bewundert. Wie könnte ich es bedauern, dass er seiner Bestimmung gefolgt war?

Ob er sie tatsächlich schon als Kind gespürt hatte? Mein Verstand wollte es nicht akzeptieren, doch meine Erinnerungen zeigten mir die Wahrheit. Hatte ich nicht selbst seit jenem Tag am Weiher geahnt, nein gewusst, wohin mein Weg mich führen würde? Warum sollten sie es nicht auch gewusst haben? Ich drehte mich auf die Seite. Die Whitefeather im Bett neben meinem starrte mich an. Ich wandte mich zur anderen Seite. Als ich die Augen schloss, sperrte ich das Bild von drei Kindern in mein Herz ein. Waren wir je unschuldig gewesen, wie man es so jungen Geschöpfen nachsagte? Hatte ich nicht selbst nur deshalb am Turm gesessen, damit Fab mich bemerkte? Um ihm nah zu sein. Und hatte ich nicht auch gelogen, indem ich ihm verschwieg, was für Empfindungen in mir gewachsen waren? Ich krallte die Finger in die Decke und zog sie fester um mich. Vielleicht rührte meine Wut nur davon, dass ich um die verpasste Chance trauerte, mit Fab gemeinsam aufzusteigen.

Ich musste endlich akzeptieren, dass er sich anders entschieden hatte. Offenbar war mir das noch nicht gelungen.

***

Nachdem ich einige Zeit wachgelegen hatte, gab ich dem Drängen in mir nach und schlich verbotenerweise durch Tirithans Gänge zum Vorsprung über den Dächern. Auch wenn bleierne Müdigkeit mich einhüllte und bei jeder Stufe an meinen Gliedern zerrte. Ich wollte mir zurechtlegen, wie ich dem Rat gegenübertreten könnte. Möglicherweise hoffte ich aber auch auf das Erscheinen des Präfekten. Mit ihm vertraulich zu sprechen, würde es mir so viel leichter machen. Er wusste sicher, wie mit Lijans Lage zu verfahren wäre. Ich stemmte mit den Händen die verbotene Tür auf und wurde sofort von kühler Nachtluft eingehüllt. Gänsehaut kribbelte auf meinen Armen.

»Dachte ich mir …«, erklang tatsächlich seine Stimme, als ich hinaustrat. Er erwartete mich. »Deklan sagte, du seist zurück.«

Ich ging zu ihm, akzeptierte den Umstand unseres erneuten Zusammentreffens und sank an der Wand herunter, um mich auf den schmalen Sims zu setzen. Ob er meinetwegen oder aus eigenen Motiven hier oben war, konnte mir egal sein. Ich streckte kraftlos meine Beine aus, während er mit lässig aufgestelltem Bein den Hinterkopf an die Mauer lehnte und in den Himmel schaute. Sein mangelndes Bestreben, mich zu tadeln, ließ auch die letzten Bedenken in mir erlöschen. Dass er der Präfekt sein sollte, konnte ich mir immer noch schwer vorstellen. Es schien zumindest an diesem Ort und zu dieser unseligen Stunde keine Rolle zu spielen.

»Hat Deklan sonst noch etwas gesagt?«, erkundigte ich mich.

»Hätte er denn sollen?«

Ich zuckte mit den Schultern und wollte nicht gleich mit der Tür ins Haus fallen. »Vielleicht. Ich habe ihn gebeten, den Rat sprechen zu dürfen.«

»Und hat er dir gesagt, du sollst deine Befindlichkeiten deinem Tagebuch anvertrauen?«

Verwundert sah ich den Präfekten an. »Ja, hat er.«

Ein unmerkliches Schmunzeln zierte seinen Mund. »Die Weisung ist gängige Praxis bei Anwärtern. Auch wenn du keiner mehr bist. Dennoch können wir nicht jedem Wehwehchen Gehör schenken. Das verstehst du sicher. Du willst den Rat immer noch sprechen, wenn ich deine Empörung richtig deute?«

»Ja. Da es sich nicht um meine eigenen Befindlichkeiten handelt, sondern jemand anderen betrifft.«

Er senkte das Haupt. »In Ordnung. Ich werde dir eine Audienz verschaffen, wenn du Wert darauflegst. Das stellt kein Problem dar.«

Das überraschte mich. Misstrauisch kniff ich die Augen zusammen und beäugte ihn. »Und in welchem Fall sollte ich keinen Wert darauflegen?«, hinterfragte ich seine Zusage. Ich wollte mich nicht naiv verhalten.

»Wenn dein Anliegen diese andere Person in Schwierigkeiten bringen könnte.« Seine Stimme hatte diesen ruhigen, aber warnenden Unterton. »In Tirithan ist erwünscht, was funktioniert, Liz. Überlege dir genau, ob deine Sorge wirklich eine Hilfe für diese Person ist. Ich habe oft miterlebt, wie aus guter Absicht plötzlich schlechte Dinge erwachsen sind. Vielleicht vertraust du dich zuerst jemandem an und reflektierst die Angelegenheit, bevor es einer Gerichtsbarkeit übermittelt wird, die nicht mehr anders als nach ihren eigenen Maßstäben handeln kann.«

Mein Puls hatte sich bei seiner Rede beschleunigt. »Wisst Ihr um mein Anliegen?« Konnte ihn die Nachricht von Lijans Schicksal bereits erreicht haben? Wollte er mich nun davor warnen, seine Existenz zu offenbaren? Ein mulmiges Gefühl bohrte in meinen Eingeweiden. Vielleicht betrachtete ich die Angelegenheit aus dem falschen Blickwinkel. Was bedeuteten graue Schwingen in einer Stadt mit strenger Tradition und einem stolzen, wenn nicht gar überzogenen Selbstbild?

»Habt Ihr Euch … Ich meine, habt Ihr Euch je gefragt, ob es noch anderes gibt?«

»Anderes?« Er lächelte erstaunt. »Wie meinst du das? Anderes als unsere geschaffene Ordnung?«

Ich hob die Schultern. »Etwas außer Schwarz und Weiß.«

Sein Lächeln erstarb. »Nein, das habe ich nie. Warum auch? Man entscheidet sich und folgt seiner Bestimmung. Selbst jene, die abtrünnig werden, tragen eine der Farben. Ob sie sie schätzen oder ablehnen.«

Ich atmete durch und ließ seine Worte unkommentiert. Es war sicher klüger, ihn mich belehren zu lassen, als mein Wissen und damit einhergehende Zweifel preiszugeben. Was, wenn niemand von grauen Schwingen wusste? Was, wenn man darum nicht wissen durfte?

Der Präfekt erhob sich und bot mir seine Hand, um mich hochzuziehen. Ich ergriff sie. »Deine Absicht, einem Freund helfen zu wollen, ehrt dich. Glücklicherweise entziehen sich deine Gründe aber meiner Kenntnis. Dabei sollten wir es belassen. Auch wenn ich diese kleinen außerordentlichen Treffen langsam schätze, dürfen wir doch nicht vergessen, was Tirithan von uns verlangt. Auch wir müssen unsere Rollen spielen, damit wir nicht unversehens am Rande stehen.«

Ich schluckte. »Das verstehe ich. Danke, dass Ihr mir ein ums andere Mal die Chance gebt, meinen Platz zu finden.«

Der Präfekt nickte und begab sich zur Tür.

»Habt Ihr eigentlich …«, drängte plötzlich die Frage in mir, doch ich biss mir schnell auf die Zunge. Ob er Kinder hatte, ging mich nichts an. Ihn als Vaterfigur sehen zu wollen, würde mir meinen Weg nicht erleichtern.

Er sah über die Schulter und lächelte matt. »Lerne deine Neugier zu kontrollieren, Liz. Nicht alles muss zu jeder Zeit offengelegt werden.« Sein Rat bezog sich wohl nicht nur auf mich, sondern vor allem auf Lijan.

»Ich werde mein Anliegen noch einmal überdenken.«

»Kluge Entscheidung.«

Kapitel 16

»Wie kann ich nach Sorothez gelangen?«

Mila entglitten sämtliche Gesichtszüge. Ungläubig starrte sie mich an, während ich einen Stapel Bücher über das sogenannte schwarze Juwel anschleppte und auf dem Schreibtisch vor ihr absetzte. Ich hatte die dicken Bände gleich am Morgen in den Regalen der Bibliothek gesucht und mich über mich selbst geärgert, dass ich meine bisherige Zeit nicht besser genutzt hatte, um mich zu bilden. »Kann man als Whitefeather dorthin? Und ich meine nicht, ob man es darf, sondern ob ich den Weg finden würde.« Ich wollte weder Belehrungen hören noch daran erinnert werden, dass Whitefeather Sorothez meiden sollten. Das war mir alles von klein auf eingebläut worden. Alte Regeln, verstaubte Gesetze – nichts davon interessierte mich jetzt noch. In meinem Inneren brannten einen Tag nach der Begegnung mit Lijan nur zwei Fragen. War sein Schicksal durch die grauen Schwingen besiegelt? Und hatte ich mich derart in Fab getäuscht? Beides wollte ich weder glauben noch hinnehmen.

Mila stand von ihrem Stuhl auf und kam um den Schreibtisch herum. »Verstehe ich dich richtig? Du willst in die Stadt der Blackfeather, nach Sorothez, in den Sündenpfuhl?«

»Ja«, knurrte ich gereizt und widmete mich dem obersten Buch des Stapels. Die Vorurteile kannte ich selbst. »Hilfst du mir nun?«

Sie sank gegen die Tischkante neben mir, verschränkte die Arme und schien einen Augenblick nachzudenken. »Klar. Warum nicht«, flötete sie dann, als plane ich einen abenteuerlichen Ausflug und nicht das Unmögliche schlechthin.

»Gut. Dann lass mal hören, was du alles weißt. Wie finde ich dorthin? Wann mache ich mich am besten auf den Weg? Und vor allem ... Was sage ich, wenn ich erwischt werde?« Unsicher suchte ich ihren Blick.

Mila zog die Stirn in Falten und grübelte. »Da du nie dort gewesen bist, würde ich es mit einem Bild von Sorothez versuchen. Man sollte den Ort schließlich vor Augen haben, an den man gelangen möchte. Auf die Weise sind wir auch aufgestiegen, mit nichts weiter als dem Bildnis im Kopf. Wenn der Tunnel dich nicht leitet, ist dein Vorhaben eben gescheitert und du brauchst wenigstens keine Konsequenzen fürchten. Aber ... warum willst du eigentlich nach Sorothez? Wegen eines Kerls?«

»Richtig.«

»Uuuh ...«, quiekte Mila angetan. »Ist er heiß?« Sie hob abwehrend die Hand. »Keine Antwort nötig. Es handelt sich um den Freund, an den ich dich erinnere, richtig? Er ist ein Blackfeather und du riskierst Kopf und Kragen. Er muss zwangsläufig das heißeste Exemplar unter dem Himmelszelt sein.«

Ich unterdrückte ein Lächeln. »Ist er.«

»Aaaaah ...« Milas Begeisterung beschränkte ihre sprachlichen Fähigkeiten auf Vokale. Das war in Ordnung. Sollte sie ihre Fantasie genießen. Dafür half sie mir ja auch. Meine Finger blätterten eifrig durch die Seiten.

»Hier ist eine Zeichnung von Sorothez.« Ich drehte ihr das aufgeschlagene Buch zu. »Sie ähnelt der, die sie uns in meiner Heimatsiedlung gezeigt haben. Denkst du, sie reicht aus?« Mila drehte sich um und inspizierte das Bild. Zustimmend nickte sie und wirkte regelrecht hingerissen von meinem Plan.

»Am besten, du fliegst Sorothez bei Tage an. Licht bietet den besten Schutz. ... Obwohl ...« Sie tippte sich aufs Kinn. »Wenn ich es recht bedenke, birgt die Dämmerung auch Vorteile.«

»Und welche? Das Zwielicht schützt weder uns noch sie richtig. Der Himmel ist dann bereits zu dunkel für unsere glanzvolle Gestalt und zu hell, um die Blackfeather zu verbergen.«

»Eben. Um diese Zeit ist keiner unterwegs. Und weil das so ist, wechseln in der Dämmerung die Wachposten. Ein nettes Fenster, um durch ihre Reihen zu schlüpfen, würde ich sagen.«

Ich musterte Mila. Diese gewitzte, aufmüpfige Whitefeather steckte wirklich voller Überraschungen. »Kann es sein, dass du auch schon mal überlegt hast Sorothez einen Besuch abzustatten?«, durchschaute ich sie.

»Ich?« Mit gespieltem Entsetzen schlug sie beide Hände auf die Brust, drehte sich mir zu und breitete die strahlenden Schwingen aus, sodass sie geräuschvoll die Tischplatte leer fegten. »Um die Jungs da drüben mit meinen glanzvollen Federn zu blenden? Nie und nimmer.« Sie kicherte ausgelassen.

»Mila.« Auch ich lachte nun. »Du bist unmöglich.«

»Sagt der Unschuldsengel. Du machst dich doch auf den Weg, um deinen geflügelten Adonis zu treffen. Mit so viel Wagemut kann ich nicht dienen.«

Während sie ihre Schwingen einzog, sammelte ich die Bücher auf und packte sie zurück auf den Schreibtisch.

»Ich muss ihn einfach noch einmal treffen, auch wenn das falsch ist. Es gibt zu viel Unausgesprochenes zwischen uns.« Außerdem war Fab der Einzige, mit dem ich über Lijan sprechen konnte. Ich sollte mich jemandem anvertrauen, hatte der Präfekt mir geraten. Das hatte ich vor. Fab sollte mir sagen, wie er Lijans Situation beurteilte und ob man in Sorothez etwas für ihn tun konnte.

»Hey, mir bist du doch keine Rechenschaft schuldig«, gab Mila zurück. »Folge deinen Instinkten. Die täuschen einen selten.«

Ich betrachtete sie kopfschüttelnd. »Weißt du, dass ich wirklich froh bin, dir begegnet zu sein?«

Fast verlegen nahm sie meinen Dank an und fuhr mit den Fingerspitzen die Tischkante entlang. »Wer sollte dich auch sonst bei deinem Himmelfahrtskommando unterstützen? Also, wann willst du aufbrechen?«

»Am liebsten sofort. Ich kann nicht länger warten.«

Mila kratzte sich nun doch besorgt die Stirn. »Sofort. Also zur Abenddämmerung. Wäre die Morgendämmerung nicht eigentlich besser geeignet? Das Tageslicht würde dich viel besser schützen, wenn du dich auf den Rückweg machst.«

»Nein, ich denke, nachts ist besser. Du hast selbst gesagt, die Neuen werden am Anfang ständig im Auge behalten. Und Deklan gibt immer noch keine Ruhe, noch weniger, seit ich meinen Anwärterstatus so schnell abgelegt habe. Tagsüber fällt ihm mein Verschwinden eher auf.«

Mila seufzte. »Da könntest du recht haben. Dann müssen wir uns aber etwas einfallen lassen, um deine Abwesenheit im Schlafsaal zu erklären. Zu dumm, dass du noch kein eigenes Zimmer hast.«

»Kinderspiel. Darüber habe ich schon nachgedacht. Nach dem Abendläuten kommt lediglich eine Whitefeather reingeschneit, nennt uns Ladys und zählt grob durch. Und da alle Anwärterinnen neu sind, würde es sicher schon reichen, wenn du dich irgendwo weiter hinten im Saal aufhalten könntest, um sie zu täuschen. Ich hätte die ganze Nacht, um meine Angelegenheiten zu klären, und würde im Morgengrauen zurückkommen.«

»Okay ... Dann gehe ich also an deiner statt nach dem Abendläuten in den Bettensaal, drück mich am Ende des Saals herum und lass mich zählen. Den anderen, falls überhaupt eine fragt, könnte ich sagen, dass ich ein paar Sachen für dich holen muss, weil du wegen Schwindel im Krankenzimmer liegst.«

Ich prustete los. »Wegen Schwindeln meinst du wohl ... Das passt ja.«

»Aber Liz«, sie berührte mich zaghaft am Arm, »auch wenn wir jetzt darüber Späße machen. Es wird weder besonders lustig, wenn die Blackfeather dich aufgreifen, noch unterhaltsam, wenn Tirithans Rat von deinem Ausflug erfährt.«

Ich biss auf meine Unterlippe und nickte. »Das weiß ich.«

»Gut ...« Milas Ausdruck zeugte davon, dass sie da keineswegs sicher war. »Dann suchen wir noch ein paar Informationen über Sorothez zusammen und danach bring ich dich zum Drop.«

»Wohin?«

Sie verdrehte die Augen und warf die Arme in die Luft. »Der Drop. O Gott, du solltest besser informiert sein. Erinnerst du dich nicht? Du hast mich davon abgehalten, ihn dir zu zeigen. Von dort aus kannst du ungesehen die Stadt verlassen. Wir wollen ja nicht, dass die Reise gleich hier endet.« Richtig, der verbotene Ausstieg nach unten. Mein Magen wand sich.

Der Entschluss war dennoch gefasst. Wir verbrachten den restlichen Nachmittag damit, neben unserer Arbeit weitere Bilder und Fakten über Sorothez zusammenzutragen. Und natürlich musste Mila unbedingt noch einmal den heißen Kerl in allen erdachten Facetten beleuchten, der mich überhaupt dazu gebracht hatte, die nächtliche Stadt aufsuchen zu wollen. Als wir schließlich in der Dämmerung durch entlegene Winkel und Gänge der glanzvollen Stadt eilten, hatte sie sich derart in Rage geschwärmt, dass ich beinahe annehmen musste, sie wollte den Platz mit mir tauschen. In mir wuchs jedoch allmählich gesundes Unbehagen, besonders, als es um uns herum immer stiller wurde.

»Tue ich wirklich das Richtige?« Ich brauchte Milas Zuspruch, denn einen Rückzieher wollte ich nicht machen.

»Psst ...« Mila ignorierte meine Frage und lauschte. »Hörst du das? So findet man den Drop. Er ist der lauteste Ort in Tirithans Eingeweiden, weil er sich fortwährend verändert.« Sie entschied sich an der Gabelung für den linken Pfad. Ich folgte ihr und strengte mein Gehör an. Das nannte sie laut? Dieses feine Geflüster der Quiryllblättchen?

»Warum ändert er sich ständig?« Sie hatte lediglich erwähnt, dass er den Standort wechselte. Was kurios genug schien.

»Nie am selben Ort und nie dasselbe Erscheinungsbild«, erklärte sie. »Deshalb ist er so sicher. Man kann ihn nicht direkt anfliegen, mit einem dieser praktischen Tunnel, meine ich. Selbst wenn man ihn gesehen und benutzt hat, kann deine Vorstellungskraft dich nicht zu ihm führen. Man muss einen Ort kennen, um ihn anzufliegen, und Tirithans Drop zeigt nie zweimal das gleiche Gesicht.«

»Ziemlich schlau«, musste ich gestehen. Wir lauschten und folgten und lauschten und bogen um die nächste Ecke nach rechts. Milas Antlitz hellte sich auf.

»Da ist er ja«, sagte sie, als sei sie zu einem alten Freund zurückgekehrt. »Äußerst elegant heute.«

Das Flüstern und Summen des Quirylls war hier in diesem überschaubaren Raum tatsächlich so laut, wie ich es sonst noch nirgendwo vernommen hatte. Ein stetiges Abblättern, Flirren, Ablagern und Auflösen. Der Ausstieg nach unten – oder sollte ich es lieber als Loch im Boden bezeichnen? –, schien sich dabei zu verschieben. Gerade noch kreisrund zog er sich jetzt sichtbar in die Länge, bildete harte Kanten aus. Ein filigranes Geländer aus Rosenranken wuchs in die Höhe, zeigte sich wie eine aufsitzende Krone, bog sich in einer Welle nach außen und zerfiel einfach.

»Los jetzt, sonst verschwindet der Drop unter der Wand und wir müssen erneut durch die Gänge«, trieb Mila mich an. Tatsächlich kroch das Rechteck allmählich zum Rand des Raumes.

»Spring ich einfach hindurch?«, fragte ich ratlos. Herrje, das Ding änderte schon wieder die Richtung und schnürte sich eben zu einer wenig ansprechenden Röhre zusammen. Muster durchliefen den Rand.

»Siehst du das harte Stück?« Mila wies auf eine für mich unbestimmte Stelle, die genauso schimmerte wie der Rest der lebendigen Masse.

»Welches harte Stück denn? Das löst sich doch alles ständig in Fetzen auf.« Ich zog sie vorsichtshalber etwas am Ärmel zurück, sonst schluckte der blindsuchende Drop noch unbeabsichtigt uns beide.

»Es gibt eine Platte, die sich nicht wandelt. Das ist der harte Teil, auf dem man stehen kann, bevor man abspringt. Dient sicher dem besseren Gefühl, wenn man nicht direkt auf der Falltür steht«, feixte sie. »Nun mach schon, du Feigling.« Sie stupste mich mit dem Ellbogen an und grinste.

»Ist ja gut …« Mein Blick fixierte den sich ausdehnenden Rand. Da! Jetzt sah ich es auch. Eine Stelle, gerade mal breit genug für ein Paar Füße, etwas dunkler als der Rest. Flink hopste ich darauf und beäugte die Wolkendecke, die sich beständig unter Tirithans Rockschoß durchschob. Ich warf einen letzten Blick zu Mila, die aufmunternd nickte.

»Wünsch mir Glück.« Dann sprang ich ins Nichts.

***

Fab

Fab betrat die Lichtung, die ihm in einer Nachricht beschrieben worden war und auf der er scheinbar jemanden treffen sollte. Sie lag in der Nähe eines

Gehöfts, das er bei einer anderen Gelegenheit besucht hatte. Dass er Aufträge in Form einer Banderole erhielt, die in seiner Kammer platziert wurde, war nicht ungewöhnlich, trotzdem sah er lieber in jemandes Gesicht, wenn er seine Pflicht für Sorothez erfüllte und Befehle entgegennahm.

In der Mitte des Platzes brannte eine in den Boden gerammte Fackel. Fab verharrte in angespannter Stille. Er hatte gelernt sich in solchen Situationen nicht hektisch oder kopflos zu verhalten, sondern sich zu konzentrieren. Er schloss die Augen, um seine übrigen Sinne zu aktivieren. Die Geräusche um ihn herum verrieten ihm einiges. Schritte auf dem weichen Waldboden. Das Knistern der Fackel erschwerte die Wahrnehmung, aber Fab war sich ziemlich sicher, dass jemand die Lichtung gemächlich umrundete. Er ballte die Fäuste und lauschte. Jetzt war derjenige direkt vor ihm zwischen den Bäumen stehen geblieben. Fab öffnete die Augen. Noch hielt der Fremde sich in den Schatten verborgen. Ein Blackfeather. Weshalb sonst hätte er die Nacht als Zeitpunkt festgelegt?

Fab atmete tief durch und hob das Kinn an, um sich von den fremden Augen beurteilen zu lassen. Er spürte förmlich, wie er aus der Dunkelheit heraus gemustert wurde. Sollte derjenige nur. Fab hatte all seine Geheimnisse tief in sich begraben.

Die Gestalt betrat den erhellten Kreis. Feige verhüllt in eine nachtschwarze Robe, die weite Kapuze tief ins Gesicht gezogen. *Ein Mann*, durchfuhr es Fab sofort. Der Fremde konnte sich weder hinter seiner Körperhaltung noch seinem verräterischen Gangbild verstecken. Die Stiefel blank poliert, die unter der Robe hervorblitzende Hose von feinem Stoff. Ein Anführer. Einer der Obersten, denen man kaum je begegnete. Fab kannte sein Gesicht gewiss nicht. Jetzt blieb nur die Frage, von welcher Seite er geschickt worden war, oder sollte Fab sich lieber gleich fragen, auf wessen Seite derjenige stand?

»Ich bin erfreut, dass du meinem Ruf gefolgt und gekommen bist. Das habe ich nicht zwingend erwartet, aber schön, dass du mich eines Besseren belehrst.«

Whitefeather! Der Fremde hatte kaum seinen Auftakt beendet, da brüllte die Erkenntnis Fab geradezu an. Nur ein beschissener Whitefeather würde sich derart arrogant verhalten. Der Fremde sah auf ihn herab, das war nur allzu deutlich. Whitefeather. Die schwarze Robe änderte nicht das Geringste daran. Wahrscheinlich musste er sich auf diese Weise kleiden, damit seine strahlenden Schwingen ihn nicht verrieten. Fab verachtete ihn bereits jetzt. Ein Mann, der sich einer Maskerade bediente, anstatt zu seinem Lager zu stehen. Und was, verdammt, wollte überhaupt ein Anführer der anderen Sippe von einem Krieger wie ihm? Whitefeather suchten nie den direkten Kontakt zu seinesgleichen. Bedienten sie sich jetzt nicht mehr allein der feinen Pergamentrollen, um Aufträge zu erteilen? Musste er ihn treffen, um Dinge zu verlangen, die man besser nicht aufschrieb? Dann handelte es sich vielleicht um eine auszuführende Hinrichtung.

Fab verspürte nicht die geringste Lust, Worte aus seinem Mund zu quälen, um dem Feigling in irgendeiner Weise entgegenzukommen. Sollte er sein Anliegen vorbringen. Besser schnell, ehe Fab die Geduld verlor.

»Wie ich sehe, bist du kein besonders pflegeleichtes Exemplar. Nun, ich hoffe, du bist versierter in dem, was du tust.«

»Und wie ich sehe, seid Ihr nicht besonders tapfer. Macht nichts, dafür gibt es ja mich. Welche Drecksarbeit darf ich für Tirithan erledigen?«

Stille.

Der verhüllte Fremde musste sich offenbar sammeln. Gut. Vielleicht bekam er es auch endlich mit der Angst zu tun. Besser.

»Du bist klug, nicht wahr? Ein gescheiter Sohn Sorothez'.« War das Spott?

»Kommt zur Sache, bevor ich es mir anders überlege. Niemand kann mich zwingen, Euren Auftrag anzunehmen.«

»Nicht? Oh, aber so geschieht es doch fortwährend. Tirithan ruft und Sorothez folgt. So ist es doch seit jeher vorgesehen.«

Fabs Kiefer mahlten. Unschlüssig öffnete und schloss er die Hände. Wenn er es mit den Regeln auch nicht so genau nahm, er hatte sich bisher keinem Auftrag widersetzt. Allerdings hatte er auch nicht erwartet für seine Dienste mit Hohn überschüttet zu werden. »Das reicht. Sucht einen fähigen Krieger in Euren eigenen Reihen. Ich bin nicht Euer Schoßhund«, beschloss er und trat demonstrativ einen Schritt nach dem anderen zurück.

Ein leises Lachen erklang unter der weiten Kapuze. Ein böses Lachen, das nichts Gutes verheißen konnte. Der Fremde trat vor und löste seinen Umhang, der zu Boden glitt. Die zum Hemd gehörige Kapuze verschleierte jedoch weiter seine Identität. »Ich soll einen Krieger aus meinen Reihen wählen? ... Nun, ich dachte, das hätte ich!« Mit einem gewaltigen Schlag entfesselte er seine riesigen Schwingen, die sich in voller Pracht ausstreckten und im Schein der Fackel seiden schimmerten.

Fab stolperte rückwärts und konnte nicht anders, als seinem Impuls zu folgen und niederzuknien. *Schwarze Schwingen.* Verflucht. Nie hätte er geglaubt, dieser arrogante Bastard könnte ein Anführer der nächtlichen Stadt sein. Er war ein oberster Blackfeather. Sein Auftreten und die Verhüllung durch die Kapuze ließen sogar vermuten, dass es sich um eine Turmkrone handeln könnte. Jene höchste Instanz, die eigentlich nur als Abstimmungsinstrument, dann aber mit absoluter Entscheidungsgewalt auftrat, um Sorothez' Geschicke zu lenken. Und er ersuchte ihn seinem Befehl zu folgen. Fab hatte keine Wahl. Er neigte sein Kinn auf die Brust. »Sprecht. Was ist Euer Begehr.«

Kapitel 17

Die Luft um mich herum begann zu flimmern, als der Tunnel sich aufbaute. Mein Herz schlug einen schnelleren Takt an. Jetzt war es gleich so weit. Ich versuchte mich auf das Bild in meinen Gedanken zu konzentrieren. Die schwarze Stadt. Sorothez. Hoffentlich war das Einstudieren der Zeichnung ausreichend gewesen. Nach dem Absprung von der heiligen Klippe hatten uns die Schwingen zu unserer neu bestimmten Heimat geleitet und auch da hatten wir nicht mehr als ein Bild in unserem Herzen getragen. Aber Sorothez war nicht mein Zuhause. Allein mein Wille musste mich dort hinführen. Es war ein Wagnis, mehr ein Gefühl als eine Ahnung, aber ich folgte diesem. Was blieb mir auch anderes übrig?

Als ich durch die Wolken brach, die immer dunkler und unheilvoller geworden waren, und Sorothez sich vor mir erhob wie das reißerische Gebiss eines gewaltigen Raubtieres, mit all seinen spitzen Türmen und den glanzlosen Schatten, dauerte es kaum zwei Atemzüge, bevor mich etwas gleich einem Hammerschlag rammte. Keuchend presste ich die Arme an den Leib, geriet ins Trudeln und hatte alle Mühe, mich in der Luft zu halten. Schon traf mich der nächste Schlag, als eine mächtige, schwarze Gestalt durch die Luft schnitt und mich angriff. Keine Sekunde blieb mir, um meinem Widersacher etwas entgegenzusetzen. Er stieß seinen Ellbogen in meine Rippen, dass es krachte, und war so pfeilschnell wieder verschwunden, wie er aufgetaucht war. Nackte Panik erfasste mich. Mein Herz hämmerte. Hektisch spähte ich in jede Richtung. Nichts als Wolken und Sorothez. Mein Atem ging nur noch flach und zu schnell. Schwindel breitete sich in meinem Kopf aus. Ich würde ohnmächtig werden und abstürzen.

Mit verzweifelten Schlägen versuchte ich höherzusteigen, hinauf, raus aus diesem … Ich musste an Tirithan denken, auf den Weg gelangen. Schnell, sonst …

Eine Hand packte mein Fußgelenk. »Hättest du wohl gern.« Es fühlte sich an, als reiße man mir mein Bein aus. Ich schrie auf. Schwarze Schwingen, größer als meine, wirbelten die Luft um uns auf, als der Blackfeather mich in die andere Richtung zerrte. Wie ein Schmetterling, den man zwischen den Fingerspitzen hielt, flatterte ich unnütz und wehrlos mit meinen Schwingen. Bis er von mir abließ und ich in einer Schrecksekunde versackte. Dann prallte der nächste Feind gegen meinen Körper und raubte mir diesmal gänzlich die Sinne. Ohnmacht und die Schwärze seiner Flügel hüllten mich ein.

***

»Wach auf, verflucht!«, schimpfte eine mir bekannte Stimme. Ich blinzelte, damit mein Blick sich klärte. Gerade noch über eine Schulter hängend stellte man mich jetzt auf meine eigenen Füße. Unbarmherzig umschlossen kräftige Hände meine Schultern und hielten mich aufrecht. »Was, verdammt noch mal, willst du hier? Hast du den Verstand verloren?« Fab neigte den Kopf und ergründete wohl, ob ich mich wieder eigenständig auf den Beinen halten konnte, dann, als er sicher sein konnte, pfefferte er mich rücklings gegen die Wand und nahm aufgebracht Abstand. »Du kannst dich glücklich schätzen, dass es einer meiner Freunde gewesen ist, der dich als Erster entdeckt hat. Obwohl deine blauen Flecken dich vom Gegenteil überzeugen sollten. Warum bist du hier, Liz?« Offenbar befanden wir uns innerhalb der Stadt, in einem dunklen, nur spärlich durch zwei Fackeln beleuchteten Gang. Ein Luftzug riss an ihren Flammen, was bedeutete, dass wir uns in der Nähe eines Ausgangs aufhielten.

Ich presste die flachen Hände gegen die Wand in meinem Rücken und atmete aufgewühlt. Die Situation überforderte mich. Der gewaltsame Angriff, Fabs harsche Worte … Ich wusste, die Whitefeather waren ihnen nicht willkommen, so wenig wie die Blackfeather uns in Tirithan. Aber … das war übler, als ich es mir ausgemalt hatte. Ich schnaufte und begriff meine Blauäugigkeit.

»Du hast recht, ich hätte nicht herkommen sollen. Mein Fehler!« Ich stieß mich ab und wand mich an ihm vorbei. Irgendwie würde ich schon hier rausfinden.

Fab packte meinen Unterarm. »Was denkst du, wohin du gehst?«, fragte er fast spöttisch. »Die Sonne ist untergegangen, du kannst nicht da raus. Mag sein, dass du clever genug gewesen bist, während der Dämmerung herzufinden, aber jetzt erhellen deine Flügel wie Leuchtfeuer den Himmel. Die Nachtwachen zerfetzen dich, ehe du auch nur einen Laut von dir geben kannst.«

Ich schaute zu ihm auf und erkannte, wie ernst es ihm war. Seine Miene wirkte plötzlich so fremd. Fab stand nicht länger als junger Bursche vor mir, sondern als Mann. Ein gestandener Blackfeather, der mich offenbar davor bewahrt hatte, dass mich einer seiner Brüder vom Himmel fegte. Jedenfalls nahm ich an, dass es Fab gewesen war, der mich als Zweites erreicht und seinen Freund dazu überredet hatte, mich ihm zu überlassen.

»Und was schlägst du dann vor?«

Fab löste seinen Griff, trat unschlüssig zurück und fuhr sich mit der Hand über das Gesicht. »Erst mal müssen wir dich hier wegschaffen. Dieser Gang mündet in einen Ausgang, von dem aus viele abspringen, wenn sie Sorothez verlassen. Sehr wahrscheinlich, dass jemand hier entlangkommt.« Er packte meine Hand und zog mich mit sich. »Beeilen wir uns lieber. Um diese Zeit erwacht die Stadt.«

Sie erwachte, weil es dunkel wurde und sie jetzt in den Himmel aufsteigen durften. Gott, war ich dämlich. Wie hatte ich das nicht bedenken können? Meine Sorge hatte hauptsächlich Tirithans Wachen gegolten und zu welcher Zeit mein Verschwinden am wenigstens auffallen mochte. Aber Fab hatte recht. Ich war ins surrende Wespennest eingedrungen. Jetzt galt es, nicht gestochen zu werden.

»Hier, nimm den.« Fab rupfte im Gehen einen dunklen Umhang vom Haken und drückte ihn mir in die Hände. Flink schwang ich ihn um mich und zog ihn vor der Brust zusammen. In Tirithan hätte ich Kleider dieser

Farbe vergebens gesucht. Aber Tarnung war eine gute Idee. Nachdem er die Lage geprüft hatte, bogen wir um die Ecke.

»Weißt du überhaupt um die Konsequenzen, wenn dich jemand erwischt?«, wetterte er und bedachte mich mit einem finsteren Blick. »Und dabei spielt es keine Rolle, welche Seite es tut, das kannst du mir glauben.«

Ich zuckte trotzig mit den Schultern. »Einen hölzernen Turm habe ich bei uns in Tirithan jedenfalls nicht gesehen. Aber vermutlich blüht mir mehr als nur Hausarrest.« Dass eine Strafe drohte, war mir bewusst. Ich war ja nicht dumm, auch wenn Fab mir gegenwärtig durchaus anderes bescheinigen würde.

Wir stoppten vor einer Tür. Fab warf mir einen weiteren grimmigen Blick zu, dann verlagerte er sein Augenmerk auf das im Türspalt eingeklemmte Tuch. Er ließ es durch die Finger gleiten und seufzte. Im nächsten Moment schlug er dreimal mit der Faust gegen die Tür. »Oz? Pack dich! Mein Unterschlupf!« Er wartete genau zwei Sekunden, bevor er reinstürmte.

Zwei Gestalten stoben aus dem Bett hoch. Ich blieb im Türrahmen stehen, während Fab zwischen Bett und Tisch das Zimmer durchschritt und auf der gegenüberliegenden Seite ein tief geschnittenes, geflügeltes Fenster öffnete, das mit seinem Vorsprung nach draußen wohl als Ausstieg diente.

»Fabulous, du Hurensohn ... Was ist dein Problem?«, schimpfte der junge, blonde Kerl amüsiert. Die Frau zog das Laken an ihre Brust und entstieg dem offenkundigen Liebesnest. Ihr langes Haar wallte in seidenweichen Wellen über die nackte Schulter.

»Such dir eine eigene Bleibe, Oz.«

»Klar, ... sobald ich ein paar Münzen dafür erübrigen kann.«

»... die du nicht sofort in die Wirtschaft trägst«, ergänzte Fab.

Der Bursche, dessen entblößter Oberkörper und zerwühltes Haar wenig Rückschlüsse auf die vorangegangenen Aktivitäten zuließen, grinste reuelos. Während die grazile Schönheit in ihre nachtschwarzen Sachen schlüpfte, packte Fab einen Kleiderstapel vom Stuhl neben dem Tisch und pfefferte ihn Oz in die Arme. »Verschwindet jetzt. Ihr könnt auf meine Kosten im Salvation essen.«

»Salvation?«, rutschte mir heraus. Sie besaßen hier eine Wirtschaft, die *Erlösung* hieß?

»Eine scherzhafte Anspielung darauf, wie Tirithan uns sieht«, erklärte Fab trocken, zog mich ins Zimmer und schloss die Tür hinter mir.

»Also, ich finde ja, von uns muss keiner erlöst werden. Außer vielleicht vom Kater des letzten Gelages.« Oz streifte das halb aufgeknöpfte Hemd über sein breites Kreuz und stand, ungerührt seiner entblößten unteren Partie, vom Bett auf.

»Himmel …« Ich schirmte meine Augen ab, um weiteren Einblicken zu entgehen. Sein Gesäß, wenn auch nicht unansehnlich, war eindeutig mehr, als ich hatte sehen wollen.

»Raus mit euch!« Als ich wieder aufblickte, schob Fab seinen Freund, der endlich in Beinkleidern steckte, an der Schulter zum Ausstieg, griff einen Lederbeutel vom Tisch und schüttete einige Silberlinge in dessen Hand. Oz küsste ihn daraufhin wild auf die Schläfe. So wild, dass die Frau unwillkürlich zu kichern begann. Fab stieß ihn grob von sich. Das Grinsen, das sich für eine Sekunde auf seinen Mund geschlichen hatte, zeigte mir jedoch, dass sie enge Freunde sein mussten.

»Bist ein Prachtstück, Fabulous!« Oz trat aus dem Fenster, als erwarte ihn dahinter fester Boden. Ein Schritt über den Sims und er war verschwunden.

Seine Freundin lächelte etwas verlegen. »Nichts für ungut, Fab.« Sie entschwand ebenfalls.

Mit einem erschöpften Seufzer schloss Fab die Läden und stützte die Hände dagegen.

»Freunde von dir?«, versuchte ich mit amüsiertem Ton die Stimmung aufzulockern. Er sollte mir nicht gleich wieder den Kopf abreißen.

»Oz ist ein Idiot. Entschuldige.« Vermutlich war das nicht die Art gewesen, wie er mir sein neues Zuhause hatte präsentieren wollen.

»Macht doch nichts. Er scheint nett zu sein.«

Fab drehte sich um und hob die Augenbrauen. »Er hat mich einen Hurensohn genannt.«

»Er hat dich ein Prachtstück genannt«, wandte ich ein.

Fab fuhr sich mit der Hand durch die wilden, schwarzen Strähnen. »Du hast recht. So gesehen sollte ich ihm wohl einen Antrag machen.«

»Unbedingt.«

»Denkst du, er nimmt ihn an?«

Ich schürzte die Lippen. »Du wirst schwerlich gegen den makellosen Körper seiner Freundin bestehen.«

»Stimmt auch wieder ... Obwohl meiner auch nicht so schlecht ist.«

Ich verschränkte die Arme. »Das ... kann ich weit weniger beurteilen«, redete ich mich heraus. Dieses Gespräch verlief in die falsche Richtung. Vor meinem geistigen Auge tauchten plötzlich Bilder von Fab mit entblößtem Oberkörper auf, wie er in gestreckter Haltung von der Klippe sprang und seine Schwingen erhielt. Ich blinzelte die Erinnerung fort.

»Also, warum bist du hier?«, wechselte er zu meiner Erleichterung das Thema.

»Kümmert es Oz gar nicht, dass du eine Whitefeather anschleppst?«, lautete meine Gegenfrage. Gerade noch hatte er mir eingebläut, mich dürfe niemand sehen. Dafür, dass die Blackfeather mich in Stücke reißen wollen würden, hatten Fabs Freunde doch ganz entspannt reagiert.

»Oz ist nicht wie die anderen. Er stellt nicht infrage, was ich tue. Wir verlassen uns aufeinander.«

»Und seine Freundin?«

Fab grinste. »... ist nicht seine Freundin. Sie gehört zu jemand Höhergestelltem. Wenn sie reden würde, käme sie wohl nicht mehr in den Genuss von Oz' Gesellschaft.«

Ich runzelte die Stirn. »Und sie liebt ihn?«

»Nein«, sagte Fab gedehnt und kam mit verschränkten Armen weiter auf mich zu, »es kommt ihr wohl auf andere Vorzüge an.«

»Oh ...« *Oh!* Ich biss verlegen auf meine Unterlippe.

»Die beiden werden die Klappe halten. Für andere kann ich meine Hand nicht ins Feuer legen. Es wäre besser, du verschwindest von hier, bevor dich jemand sieht, Liz.«

Plötzlich schlugen die Luken des Ausstiegs auf. Erschrocken fuhr Fab herum.

»Trägt die Süße tatsächlich Weiß?« Oz war zurück und keineswegs desinteressiert an dem, was Fab tat. Jetzt spazierte er jedenfalls wieder ins Zimmer und warf die Münzen aufs Bett. Sein Blick galt ganz mir. »Das musst du mir erklären.«

Instinktiv zog ich den Umhang fester um meine Schultern.

Oz neigte jedoch spöttisch den Kopf und wies mit einem Nicken auf meine weißen Stiefel. »Nicht nötig, Schätzchen. Ich sehe, was du bist.«

Fab schloss erneut die Klappen und schob diesmal einen Riegel vor. »Sie ist eine Freundin.«

Oz musterte erst Fab und dann wieder mich. »*Die* Freundin?«

»Ja, *die* Freundin«, raunte Fab und rieb sich das Gesicht.

Ich zog meine Augenbrauen empor. »*Die* Freundin?«, wiederholte ich skeptisch. Was sollte denn das heißen?

»Die Freundin, die dumm genug ist, als Whitefeather nach Sorothez zu kommen«, präzisierte er und wich damit meiner Frage aus.

Oz hockte sich auf die Bettkante und schürzte abwägend, aber durchaus interessiert den Mund. »Lass mal sehen.« Er griff herüber und zupfte an meinem Umhang, den ich sofort seinen Fingern entriss.

»Was soll ich dir zeigen, etwa meine Flügel?«

»Ja. Ich habe noch nie eine Whitefeather mit offenen Schwingen gesehen. Jedenfalls nicht von so nah«, gestand er. »Lass sie mich anschauen. Ich halt auch den Mund, versprochen.«

Mein Blick wanderte zu Fab, der nur grimmig nickte. Offenbar war das der Preis für Oz' Verschwiegenheit und ich sollte vermutlich froh sein.

»Na schön.« Mich zu präsentieren, war nicht sehr reizvoll. Andererseits schien Oz ein durchaus netter, wenn auch etwas schroffer Geselle zu sein. Ich streifte den Umhang ab, ließ ihn zu Boden fallen und streckte meine Schwingen möglichst kontrolliert. Zu meiner Erleichterung gelang es unfallfrei. Dennoch würde sicher gleich ein spöttischer Kommentar fallen.

Das Gegenteil war der Fall. Oz' tiefer Atemzug gepaart mit seinen plötzlich ernsten Zügen trieb mir die Röte ins Gesicht. Du meine Güte, jetzt merkte ich es selbst. Wie ein Leuchtfeuer erstrahlte das Weiß und erhellte die dunklen

Wände. Ich fiel auf wie Mondlicht in finsterer Nacht. So durfte ich wirklich nicht da raus.

Oz öffnete den Mund, um etwas zu sagen, seufzte dann doch nur und blickte, sich den Nacken reibend, zu Fab.

»Wie bringen wir Liz hier raus? Irgendeine Idee?«, fragte dieser nur.

»Heute Nacht? Gar nicht. Ich würde sagen, ihr wartet die Dämmerung ab und du bringst sie zum Drop.«

Oh, gut. Auf die Möglichkeit, die Stadt unter den Wolken zu verlassen, hatte ich gehofft. Dennoch ... »Nicht bevor wir geredet haben!«, stellte ich klar.

Oz erhob sich. »Dafür habt ihr ja jetzt genug Zeit. Dafür und für anderes.« Er grinste mich unverhohlen an, bevor er Fab einen vielsagenden Blick zuwarf. »Ich schließ euch dann mal ein.«

Kaum war Oz durch die Tür verschwunden, erklangen metallisch klickende Geräusche und ein Schließmechanismus über dem Türgriff drehte sich. Langsam faltete ich meine Schwingen wieder zusammen und wandte mich Fab zu. Jetzt waren wir allein.

Unschlüssig schwiegen wir. Beide mochten wir darauf warten, dass der andere begann.

»Nach Lijans Geständnis habe ich nicht erwartet dich wiederzusehen«, brach er als Erster das Schweigen.

»Und doch bin ich hier«, entgegnete ich trocken und ließ ihn in der Luft hängen. Als er keine Anstalten machte zu sprechen, verschränkte ich demonstrativ die Arme.

»Erwartest du etwa eine Entschuldigung?«, fragte er unbeeindruckt. »Die wirst du nicht bekommen. Ich bereue es nicht, Lijan geholfen zu haben.«

»Geholfen?« Fassungslos öffnete und schloss ich den Mund. Fab glaubte, ihr Komplott hätte irgendeinen Nutzen gebracht? »Er hat graue Schwingen!«

»Nicht meine Schuld.«

»Wie bitte? Ihr habt diesen Plan doch zusammen in die Tat umgesetzt.«

»Deshalb sind sie aber nicht grau.«

»Wie meinst du denn das? Was sollte sonst seine Schuld sein, wenn nicht die Sache mit dem Weiher?«

»Es geht überhaupt nicht um Schuld. Er ist unentschlossen, in welche Himmelsstadt er gehört.«

»Nein, Lijan ist niemals unentschlossen gewesen, was seine Bestimmung angeht. Das ist lächerlich. Warum sagst du das? Ist das immer noch diese alberne Eifersucht?« Immerzu hatten sie konkurriert und den Weg des anderen infrage gestellt.

»Eifersucht?«, brauste Fab auf. »Worauf denn? Ich bin eins mit meiner Bestimmung.«

»Mag sein. Aber Lijan war immer begünstigter als du …« Ibe hatte ihn immer allen anderen vorgezogen. Auf die Sache mit Fabs Namen wollte ich gar nicht erst zu sprechen kommen.

»Liz …« Er warf den Kopf in den Nacken. »Zieh wenigstens in Betracht, dass du falschliegst. Du weißt nicht alles über Lijan.«

»Und du schon? Ihr habt in der Vergangenheit nicht mal einen Satz wechseln können, ohne zu streiten.«

»Wir haben nicht gestritten.«

»Einig wart ihr euch aber auch nie.« Wenn er tatsächlich glaubte, dass ich falschlag, würde er mir schon Gründe liefern müssen.

»In einem Punkt sind wir durchaus einer Meinung gewesen«, bot er mir die Stirn. »Was für ein stures Geschöpf du sein kannst!«

Ich ließ mich davon nicht ablenken. »Du glaubst, er hat an sich gezweifelt? Dann sag mir warum.«

Fab presste die Lippen zusammen und schwieg.

»Siehst du? Du weißt selbst keinen Grund.«

»Nur weil eine Geschichte nicht erzählt wird, heißt das nicht, dass es keine gibt«, belehrte er mich. »Lijan ist innerlich zerrissen, glaub mir.«

»Im Gegensatz zu dir, dem es offensichtlich nicht das Geringste ausmacht, ein Leben für die Gewissheit der eigenen Bestimmung zu riskieren«, fuhr ich ihn an.

Jetzt verengte Fab misstrauisch die Augen. »Worüber genau habt ihr eigentlich gesprochen?«

Aufgebracht warf ich die Arme in die Luft. »Na, über den Weiher und wer wen aus dem Wasser gezogen hat.«

»Lijan hat dich herausgezogen«, stellte er klar.

»Ja, und du zuvor ihn. Ein Bäumchen-wechsel-dich an Farben. Du als Whitefeather, du als Blackfeather. Habe ich alles verstanden. Aber wie hast du mich Lijans Rettung überlassen können, wenn er doch offensichtlich selbst so ein mieser Schwimmer gewesen ist?« Diese Kröte musste er schlucken. Hatten sie wirklich geglaubt, ich würde diesen haarsträubenden Plan nicht von allen Seiten beleuchten? Missmutig verschränkte ich die Arme. Nicht ich war die Naive hier.

»Verstehe.« Fab nickte. »Nur bist du gar nicht in Gefahr gewesen. Lijan ist seit jeher ein hervorragender Schwimmer«, nahm er mir den Wind aus den Segeln. »Es ist ein dummer Plan gewesen, keine Frage. Aber glaubst du, ich hätte tatsächlich in Kauf genommen, dass dir etwas passiert?«

Ich löste zögerlich die Arme. Sie hatten mich ins Wasser gestoßen, aber nicht mein Leben aufs Spiel gesetzt, meinte er das? »Aber ... nun, letztlich ist mir etwas zugestoßen.«

Fab seufzte und sank auf die Kiste unter dem Ausstieg. Geschlagen ließ er den Kopf hängen. »Ich weiß. Du hast Wasser geschluckt und Fieber bekommen. Es war nicht unsere Absicht, dass du krank wirst. Ich habe damals an deinem Lager gesessen und dich gebeten mir zu verzeihen. Danach hat Ibe mich doppelt so viele Tage in den Turm gesteckt, wie du im Bett gelegen hast.« Er schaute auf. »Ich habe immer geglaubt, du hättest mir meine Torheit verziehen.«

Ja, das hatte ich, wenn auch aus anderen Gründen. An Fab, der mich an meinem Lager hockend um Verzeihung bat, erinnerte ich mich nicht. Nur an die Vision von gleißend weißen Schwingen, die das Dunkel umarmten.

»Wenigstens hast du den Mut gehabt, zu mir zu kommen«, erkannte ich an. »Was ist mit Lijan? Warum euer Pakt? Er hat gesagt, du hättest ihm das Leben gerettet und er stünde in deiner Schuld.«

»Na, wenn er das sagt, muss es ja stimmen.«

Ich verengte die Augen. »Warum? Weil es Lijan ist? Ich glaube, er hat zu Genüge bewiesen, dass auch er fehlbar ist.«

»Sicher nicht leicht, dir einzugestehen, dass du ihn im Grunde nicht kennst.«

Ich atmete durch, um meine aufkommende Wut in Schach zu halten. Dieses Zimmer war entschieden zu klein für einen hitzigen Streit. »Dafür habt ihr ja gesorgt.«

»Wir haben dich nie belogen«, schalt er mich mit dem Finger.

»Ihr habt mir aber auch nicht die Wahrheit gesagt.«

Fab schnaufte und beugte sich auf seine Oberschenkel gestützt vor. »Wem hätte die Wahrheit genützt? Du hättest uns mit anderen Augen gesehen.«

Ich biss die Kiefer aufeinander, um nicht zu antworten. Sie hatten also freimütig mein Leben riskiert, aber befürchtet, ich könnte nicht mit ihnen befreundet sein wollen? »Erzähl mir die Geschichte aus deiner Perspektive«, forderte ich. »Lijan hat mir seine Sicht geschildert. Ich will deine hören.«

»Wozu? Du hast doch schon beschlossen mich dafür zu hassen. Nicht die unmöglichste Wahl einer Whitefeather gegenüber einem Anhänger Sorothez'.«

Jetzt schnaufte ich. »Könntest du aufhören ständig unsere unterschiedlichen Lager ins Feld zu führen? Was spielt es für eine Rolle? Wir sind Freunde. Jedenfalls habe ich das gedacht.« Ihr Verrat lastete schwer auf meinen Schultern. Aber ich wollte diese Bürde endlich abstreifen.

»Wir sind Freunde«, sagte er geschlagen. »Wir werden nie weniger sein können.« *Und auch nicht mehr,* vollendete mein Verstand.

Ich wies mit den Händen auf Sorothez' düstere Wände. »Habe ich dich hierhergebracht? Dann ist es das Opfer vielleicht wert gewesen«, musste ich einräumen. Lijan, Bree – sie alle mochten es lange vor mir erkannt haben. Fab wäre niemals nach Tirithan gegangen. Schwarze Flügel waren ihm bestimmt. »Wenn Lijan so ein guter Schwimmer ist, dann hast du ihn also gar nicht retten müssen?«

»Doch, musste ich. Aber anders, als er es dir offenbar erzählt hat.«

Ich schüttelte den Kopf und kam nicht mehr mit. »Dann erzähl mir, wie es wirklich gewesen ist.« Die Welt derer, denen ich vertrauen konnte, löste sich allmählich auf. Erst die Sache mit Fabs Namen, Ibe und Lore, die es gewusst haben mussten. Jetzt Lijan, der durch seine Niedertracht zum Greyfeather geworden war und dennoch weiterhin log. Ich wollte vor diesem Irrsinn wegrennen, hätte ich nur gewusst wohin.

Fab lehnte sich gegen den verschlossenen Ausstieg und stemmte die Stiefel gegen das Bettende. »Es ist nicht der Weiher gewesen, vor dem ich ihn gerettet habe«, sagte er, nur um gleich darauf wieder zu schweigen.

»Aber etwas anderes«, wollte ich ihm auf die Sprünge helfen. Derart im Dunkeln zu tappen, machte mich rasend. Fab ließ sich jedoch nicht aus der Reserve locken. Seine Kiefer hielten unter Verschluss, was er nicht preisgeben wollte. Ich seufzte genervt. »Also schön ... Du hast Lijan also irgendwie gerettet. Aus einer Felsspalte gezogen, vor einem wilden Tier bewahrt, was weiß ich.«

»Letzteres«, warf er ein.

»In Ordnung. Letzteres also. Und weil du keine weißen Heldenschwingen wolltest, hat Lijan dir mit eurem Pakt und meiner unfreiwilligen Rolle darin zu schwarzen Schwingen verholfen und sich heroisch meiner Rettung verschrieben, um nach Tirithan aufsteigen zu können«, fasste ich überspitzt zusammen, zu was sie ihre kindliche Sichtweise verleitet haben mochte. Ob wirklich eine einzelne Handlung unsere Farbe bestimmen konnte, war nicht sicher, aber es hatte genug Vorbilder gegeben, die sich bereits vor dem Absprung entsprechend der jeweiligen Grundsätze benommen hatten. »Dann ist Lijan Tirithan tatsächlich damals schon so wichtig gewesen?«

Fab lehnte den Kopf zurück. »Es war sein sehnlichster Wunsch. Er musste weiße Schwingen bekommen. Daran lag ihm alles. Ich habe mich von ihm überzeugen lassen zu helfen. Aber ...«, er richtete sich wieder auf und sah mir direkt in die Augen, »ich hätte nie in Kauf genommen, dass dir etwas zustößt. Das musst du mir glauben.«

Ich atmete tief durch und nickte schließlich. Fabs Reue klang aufrichtig. Auch wenn sie offensichtlich nicht ihrem dummen Streich galt, sondern nur meinem Fieber. Aber ich konnte eine über Jahre gewachsene Verbundenheit nicht einfach abtun, nur weil sie als Kinder Fehler begangen hatten. Dennoch warfen diese elenden Geheimnisse für mich nun ein anderes Licht auf die beiden.

»Du musst nicht verstehen, warum es Lijan und mir so wichtig gewesen ist«, räumte Fab ein und zollte meinem grüblerischen Schweigen Respekt.

Ich war dankbar, nicht antworten zu müssen. Er stand auf und versuchte die Stille zu überbrücken. Zunächst richtete er das zerwühlte Bettzeug von Oz und seiner Gespielin, beförderte die Münzen zurück in den Lederbeutel und verstaute diesen in einem Verschlag über dem Kopfende des Bettes. Als er fertig war, holte er mehrere handgroße Gebilde aus einem Schubfach unter dem Tisch. Es waren diese kunstvollen Wurfsterne. Er befestigte sie überall am Körper, am Bund, am Schaft seines Stiefels und der Außenseite seines Oberteils. Ob sie aus einem speziellen Material gefertigt waren? Ich machte mir nichts vor. Nur weil ihre Struktur wie Holz wirkte, mussten sie nicht daraus gemacht sein. Schließlich verfügten die Whitefeather auch über Quiryll. Nicht auszuschließen, dass etwas Ähnliches in Sorothez existierte.

»Was ist das?«, fragte ich fasziniert und trat näher.

»So etwas habt ihr nicht in Tirithan.«

»Jedenfalls nicht dort, wo ich bisher tätig gewesen bin. Aber ich schätze, die sind auch kaum dazu gedacht, Bücher zu reparieren.«

Er lächelte schief. »Nein, eher nicht.«

»Das sind Waffen. Du hast sie im Wald benutzt, um Rufus in die Schranken zu weisen. Darf ich sie mir ansehen?« Ich streckte eine Hand aus.

Fab zog einen dreiendigen Stern aus seinem Bund und reichte ihn mir ohne Zögern. Ich mochte es, dass er nicht mal mit der Wimper zuckte, ehe er mir gefährliche Dinge anvertraute. Seine Einstellung war so anders als die der Söhne Tirithans.

»Das hier ist der Teil, von dem man sich fernhalten sollte, nehme ich an.« Ich glitt vorsichtig mit dem Daumen über die abgeflachte Kante. Fühlte sich nicht sonderlich scharf an.

Fab schmunzelte und trat an mich heran. »Nicht ganz.« Er nahm mir den seltsam geformten Stern ab und schleuderte ihn kraftvoll von sich. Ich schnappte erschrocken nach Luft. Die Spitze steckte tief in der Wand. »Man hält sich besser von jedem Ende des *Silents* fern.«

»Ihr nennt sie Silent?« Ich hob die Augenbrauen. Machte irgendwie Sinn. Man brach vermutlich tot zusammen, ehe man das Teil kommen hörte.

»Dabei sollte es besser *Painless* heißen«, sagte Fab und hob meine Hand an, die sich merkwürdig klebrig anfühlte.

»O mein Gott.« Erstaunt betrachtete ich meinen blutenden Daumen. Der durchaus tiefe Schnitt war von dieser einen zaghaften Berührung gekommen? »Ich habe überhaupt nichts gespürt.«

Fab nahm ein Leinentuch vom Bettende und wischte das Blut von meinen Fingern. »Dass du dich auch immerzu den gefährlichen Dingen zuwenden musst. Es wird mit dir noch böse enden.« Der vertraute schelmische Ausdruck auf seinem Antlitz und seine Berührung schmerzten mehr als die Verletzung.

Das Gefühl zu fallen durchströmte meinen Bauch. »Du hättest mich warnen können«, flüsterte ich.

Seine grünen Augen musterten mich eingehend, während er den Stoff fest auf den Daumen presste und dann meine Finger darum schloss. »Erfahrungen sind wichtiger als kluge Ratschläge. Man muss wissen, womit man es zu tun hat, andernfalls wird man niemals vernünftige Entscheidungen treffen.«

Ich blinzelte. Redeten wir hier noch über Waffen?

»Du wirst unsere Silents nie wieder unterschätzen.« Er trat an die Wand und zog mit einem Ruck den hölzernen Stern heraus. Nachdenklich wog er ihn in der Hand, fuhr mit dem Finger über seine Spitzen. Eine schien lädiert. Er brach sie ab und reichte mir das Stück. »Hier. Eine kleine Erinnerungsstütze, falls du noch einmal beschließen solltest nach Sorothez zu kommen.«

Ich nahm das Stückchen Unheil und betrachtete es. Unmerklich schüttelte ich den Kopf. Ich würde die Waffen der Blackfeather gewiss nie wieder unterschätzen. Und Fab auch nicht.

»Wie kommt es, dass du dich hier bewegst und sprichst, als seist du nie woanders gewesen? Ich meine, du bist nicht viel länger ein Blackfeather als ich eine Tochter Tirithans und dennoch trittst du derart sicher auf, weißt so vieles, hast Freunde, die für dich die Hand ins Feuer legen …« Warum erstaunte mich das? Ich würde das für Fab schließlich auch tun. Obwohl … Bedauern stach in meiner Brust. »Warum hast du dich nur von Lijan zu diesem unseligen Pakt überreden lassen? Wie konntest du –« Meine Stimme riss ab, als Fab jetzt näher trat und seine Hand auf mein Schlüsselbein legte. Sein Daumen strich sanft über meinen Hals. Ich spürte, wie sich mein Puls beschleunigte, und konnte mich nicht vom Anblick seiner tiefgrünen Augen lösen.

»Du musst dich schon entscheiden, Liz. Bist du hier, um mir zu schmeicheln oder um mir die Hölle heißzumachen?«, fragte er rau.

»Ich … ich weiß nicht … Vermutlich beides«, stammelte ich irritiert.

Ein Lächeln umspielte seine Lippen. »Habe ich mir gedacht.« Er trat unvermittelt zurück und ließ sich auf das Bett sinken. »Also gut. Lass mich dir Antworten geben«, wechselte er mühelos von verführerisch zu abgeklärt. Ich kannte niemanden, der das so gut beherrschte wie er. »Oz ist mein bester Mann. Ich kenne ihn aus der Zeit in Black Storm Grange. Wir haben uns dort eine Unterkunft geteilt.«

»Oh.« Dann hatten sie sich bereits vor Sorothez gekannt. Das erklärte natürlich ihre enge Freundschaft. »Warum sagst du dein bester Mann?«, hakte ich nach.

»Weil er meiner Rotte angehört.«

»Deiner … Okay, heißt das, du führst eine Gruppe Blackfeather an?« *Jetzt schon? Wir sind gerade erst aufgestiegen.*

»Hör zu. Du magst den Eindruck haben, ich fände mich besser zurecht als du in deinem neuen Zuhause. Wenn das so ist, dann deshalb, weil ich hierhergehöre. Ich habe auf Sorothez gewartet und jetzt bringe ich mich mit allem ein, was ich aufbieten kann. Das Gefühl von Gemeinschaft, von wahrer Verbundenheit ist … neu für mich. Warum sollte ich nicht mein Bestes geben?«

Ich sank zurück gegen die Wand und betrachtete ihn. »Auch jetzt noch, nachdem du weißt, was sie in dir sehen?« *For abuse.*

Sein Ausdruck verfinsterte sich augenblicklich. »Gerade jetzt. Außerdem sieht Oz mich gewiss nicht so.«

Ich nickte. »Er hat dich vorhin Fabulous genannt.«

Fab erwiderte darauf nichts, aber hinter seiner Fassade sah ich unverkennbar Stolz schimmern. Er fühlte sich von seinen Freunden hier angenommen. Egal welches Schicksal auf ihm lastete. Oz würde wohl zu ihm stehen. Ganz im Gegensatz zu Lijan, der trotz – oder gerade wegen? – ihres Geheimnisses kein gutes Haar an ihm gelassen hatte.

Fab seufzte tief. »Liz, kann ich mit dir über ein anderes ernstes Thema sprechen?«

»Natürlich.«

»Hast du dich eigentlich mal gefragt, woher die Babys kommen?«

»Was?« Irritiert starrte ich ihn an. Woher kam denn nun dieser Gedanke? Ich lachte auf. »Fab. Ich werde mit dir gewiss keine Unterhaltung über –«

»Keine Angst. Ich will mit dir nicht über Sex sprechen. Das ist ein ganz anderes Thema.«

»Das ist überhaupt kein Thema«, entrüstete ich mich. Zu meinem Leidwesen stieg mir spürbar die Röte ins Gesicht.

Fab neigte amüsiert den Kopf. »Sag mir noch mal, warum wollen so viele freiwillig nach Tirithan?«

»Jedenfalls nicht deswegen«, rutschte mir heraus.

»Offensichtlich.«

Ich presste die Lippen zusammen und verwand, dass ich mich mit diesem Konter auch nicht in besseres Licht gerückt hatte. Wieso kam ich mir an Fabs Seite immer so unerfahren vor? Und warum machte seine Überlegenheit mich rasend und ihn gleichzeitig anziehend in meinen Augen? »Also gut«, gab ich mich geschlagen, »klär mich auf. Woher kommen deiner Meinung nach die Babys?«

»Okay. Also, wenn zwei Liebende …«

»Fab!« Er konnte einfach nicht widerstehen. Was hatte ich auch erwartet? Dennoch musste ich ein Schmunzeln unterdrücken. Es war zu verlockend, sich auf seine lockere, unbekümmerte Art einzulassen. Er war klug und schlagfertig. Gepaart mit seinem Äußeren eine gefährliche Mischung.

»Schon gut …« Er lachte. Das Grübchen auf seiner Wange wollte mich um den Verstand bringen. Die unerwartet sanfte, ernste Seite, die jetzt zum Vorschein kam, fürchtete ich jedoch mehr. Damit konnte er mich um den Finger wickeln. »Ich wollte darauf hinaus, warum es keine Kinder in den Himmelsstädten gibt.«

»Weil sie zu den Höfen außerhalb menschlicher Reichweite gebracht werden, um fernab des Göttlichen ihren Weg zu finden. Die Farbe der Schwingen ist kein Erbe«, betete ich erlerntes Wissen herunter.

»Und warum bringen sie sie fort? Warum nicht die Kleinsten in den Städten behalten und sie dort ihre Bestimmung finden lassen? Sie könnten bei ihren Eltern aufwachsen.«

»Ich ... ähm ... Na, weil ...« *Denk, denk, denk.* Diese Sache hatte ich nie hinterfragt. Fab erwischte mich kalt. Früher war ich davon ausgegangen, man würde mir in Tirithan sagen, wer meine Eltern wären. Doch diese Hoffnung lag begraben. Keiner sprach darüber. »Weil sie Eltern und Kinder separieren müssten, wenn sie sich in der Farbe unterscheiden?« Sie würden keine Blackfeather in Tirithan dulden, da war ich sicher.

»Sie trennen uns jetzt auch.«

»Hm, dann vielleicht, um Enttäuschungen zu vermeiden«, schlug ich vor.

Fab starrte mich entsetzt an. »Inwiefern sollte es die denn geben? Du meinst, wenn jemand nach Sorothez geht, der aus einer Whitefeatherverbindung stammt?«

»Ich ... nein, so habe ich das nicht gesagt. Dreh mir nicht die Worte im Mund herum!«

»Das muss ich gar nicht. Die kommen da schon so verquer heraus!«

»Ach ja? Nun, vielleicht ist es ja deine verirrte Wahrnehmung, die dich so etwas hören lässt«, wehrte ich mich.

Seine Augenbraue beschrieb einen Bogen. »Jetzt bin ich also schon verirrt?«

»Hör auf damit! Warum musst du immer provozieren?«

Er stob hoch. »Vielleicht, weil ihr euch für etwas Besseres haltet und keine Gelegenheit verstreichen lasst, das zu untermauern.«

»Wie bitte? Du spinnst doch. Ich habe mich nie für etwas Besseres gehalten.« Die Whitefeather sich allerdings schon, das konnte ich nicht abstreiten.

»Es heißt Wissen – Bewahren – Ordnung. Grundsätze, die wie ein Joch auf euch lasten.«

»Ich kenne die drei Grundsätze, danke! Du sagst das, als wäre ich eine

Gefangene Tirithans und kein eigenständiges Wesen.« Schmollend verschränkte ich die Arme und wandte mich ab.

»Nein, hör zu.« Fab ließ sich nicht abwimmeln und drehte mich zu sich um. »Wissen – weil sie nicht wollen, dass ihr selbst nachdenkt. All die Schriften kauen euch doch nur vor, woran ihr glauben sollt. Bewahren ...«

Ich schob ihn unwirsch von mir. »Nur weil du dich nie für Regeln interessiert hast, heißt das nicht –«

»Bewahren«, fuhr er mir über den Mund. Seine Augen baten mich eindringlich ihm weiter zuzuhören. »... weil sie um jeden Preis ihr Vermächtnis erhalten wollen!«

»Und Ordnung«, schloss ich, »sicher hast du auch gegen diesen Punkt etwas einzuwenden.«

Fab schnaufte verächtlich. »Weil sie nie eine andere als die ihre gelten lassen würden!«

»Und du bist in der kurzen Zeit als Blackfeather zu einem Experten unserer Ordnung geworden«, spottete ich.

»Jedenfalls stelle ich mir mittlerweile die richtigen Fragen.«

»Wohingegen ich erschreckend uninformiert bin, richtig? Aber du stellst eben nur dir diese Fragen. Vielleicht solltest du lieber mal an höherer Stelle deine Bedenken bezüglich unserer Prinzipien äußern!«

»Und wie Rufus testen, auf wie dünnem Eis ich stehe?«, konterte er.

Ich rieb mir mit einer Hand das Gesicht und durchschritt sein Zimmer. »Das führt zu nichts, Fab. Wir müssen aufhören uns gegenseitig fertigzumachen. Ich habe diese Komponente unseres Daseins so satt. Schwarze Flügel, weiße. Wen kümmert's! Es geht hier um Lijan und darum, dass er sich an niemanden wenden kann. Das ist nicht richtig. Kannst du dir vorstellen, dass man mich indirekt davor gewarnt hat, über Lijans Situation zu sprechen?«

Fab merkte auf. »Du hast jemandem von seinen grauen Flügeln erzählt?«

»Nein, bisher nicht. Aber ... irgendjemandem müssen wir es sagen.«

»Nein«, beschied Fab mir. »Du sagst es niemandem. Das ist zu gefährlich.«

Ich zog die Stirn kraus. »Warum? Was denkst du, wird geschehen, wenn sie es wissen?«

»Das tun sie bereits.« Er raufte sich die Haare am Hinterkopf. »Zumindest weiß ich, dass Lijan zum Abschuss freigegeben ist.«

»Er ist was?« Ich glaubte, mich verhört zu haben. »Soll das heißen, sie jagen ihn, wie sie Rufus gejagt haben?«

»Genau das. Sie wollen ihn ausschalten.«

Meine Gedanken überschlugen sich. »Dann müssen wir sofort zu ihm. Wir müssen ihm helfen. Ihn warnen.«

»Es gibt nur eines, was Lijan jetzt noch helfen kann«, stoppte Fab mich.

»Und was soll das sein?«

Resigniert sanken seine Schultern. »Lijan müsste freiwillig seine Schwingen ablegen.«

»Was? Nein!« Meine Stimme schrillte hysterisch. »Er soll seine Flügel aufgeben? Das heißt, er wäre bis an sein Lebensende an die Erde gefesselt.«

Fabs Miene verfinsterte sich. »Immerhin würde er leben. Welche Wahl hat er? Sie werden ihn töten, damit niemand seine Andersartigkeit bemerkt.«

Verzweifelt wanderte mein Blick durch den Raum. Ein Ausweg … Wir brauchten einen Ausweg. »Vielleicht muss Lijan seine Flügel nicht verlieren. Er kann sich doch erst mal versteckt halten, bis wir eine Lösung gefunden haben. Bitte. Ich bin mir sicher, er wird sich den Menschen nicht zeigen.«

»Du verstehst nicht, Liz. Es sind nicht die Menschen, die ihn nicht sehen dürfen, sondern wir sind es. Sollte es neben schwarzen und weißen Schwingen eine dritte Möglichkeit geben, eine Alternative, dann könnte das ganze System kippen.«

Ungläubig musterte ich den Blackfeather, dessen nächtliche Schwingen mir ebenso wenig Angst einflößten wie Lijans graue. »Aber … ich verstehe nicht. Worin liegt das Problem einer dritten Farbe?«

Er trat auf mich zu. »Aufgrund der uralten Verhältnisse steht Tirithan über Sorothez. Einer entscheidet, einer fügt sich und führt aus. Sollte es ein unbestimmtes drittes Lager geben, wären sicher Aufstände vorprogrammiert.«

Ich lachte auf, verschluckte mich jedoch beinahe an der Erkenntnis. »Du meinst das todernst, oder? Du glaubst wirklich an diese zweigeteilte Ordnung.«

»Nicht an die Ordnung, aber an die Konsequenzen, die derartige Veränderungen mit sich brächten, und ganz sicher an die Vehemenz, mit der die Obersten sich solchen Problemen stellen würden. Du bist in Gefahr, Liz. Wenn sie erfahren, dass du einen Greyfeather deckst, machen sie dich mundtot.« In seinem Blick lag solche Besorgnis, dass es mir eine Gänsehaut bereitete.

»Aber ich tue doch niemandem etwas«, brachte ich heiser hervor.

»Du akzeptierst – mehr noch, du heißt gut –, dass es etwas anderes als die bisherige Ordnung gibt. In ihren Augen bist du eine mögliche Aufrührerin. Du könntest dein Wissen teilen und andere zum Umdenken bewegen. Das werden sie nicht zulassen.«

»Und wenn es gar keine Greyfeather geben muss?«, wandte ich verzweifelt ein. »Lijans Farbe ist ein Irrtum. Er sollte Weiß tragen.«

Fab stieß sichtlich genervt die Luft aus. »Nach allem, was du über ihn weißt, hältst du immer noch daran fest? Warum, verdammt, stellst du euren Weg niemals infrage?«, herrschte er mich an. Seine Worte waren wie ein glühend heißes Eisen, das meinen Leib durchbohrte. Ich fühlte mich ohnmächtig.

»Weil ich es mir nicht anders vorstellen kann! Ich bin mit dieser Gewissheit aufgewachsen«, verteidigte ich mich, wissend, dass dies das schlechteste Argument sein mochte. Aber es traf leider zu. »Vielleicht bin ich nicht mutig genug, solchen Wendungen die Stirn zu bieten.«

Meine Hilflosigkeit weichte Fabs zornige Miene auf. Nachsichtig musterte er mich. »Nun, immerhin bist du mutig genug, mir die Stirn zu bieten. Das ist doch ein Anfang.« Er spielte wohl auf all die unverzeihlichen Worte an, die ich ihm an den Kopf geworfen hatte. Ich schluckte und ließ meinen Blick beschämt zu Boden gleiten.

Fab legte seine Hand an meine Wange, wollte mich aufblicken lassen, doch ich drehte das Gesicht zur Seite weg und vereitelte damit seine Geste. Ich konnte ihm nicht in die Augen sehen.

»Aber es ist nicht Mut, der dich dazu anstachelt, richtig? Du bietest mir die Stirn aus einem ganz anderen Grund. Deshalb bist du auch nach Sorothez gekommen.« Seine sanfte Stimme jagte einen Schauder über meine Haut.

Ich hoffte, er würde es dabei belassen und nicht weiterbohren. Hitze wallte in meinem Inneren auf. Doch es war eben Fab. »Denkst du, ich könnte weniger von dir halten, wenn du zugibst, mich mehr als nur zu mögen?«

Ich schloss die Augen. Mein dummes Herz rebellierte wie ein Gefangener im Käfig. »Deine Arroganz wird dich eines Tages noch zu Fall bringen«, erteilte ich ihm eine unverdiente Abfuhr. Ich konnte mich nicht offen zu meinen Gefühlen bekennen. Nicht jetzt. Möglicherweise niemals. Gut sein lassen, konnte ich es dummerweise auch nicht. Ich wandte ihm das Gesicht zu und hob herausfordernd den Blick. »Du bist es doch gewesen, der ständig um mich herumgeschlichen ist.«

»Geschlichen?« Sein Mundwinkel kräuselte sich.

»Du hast Lijan und mich immerzu beobachtet und bist in meiner Nähe aufgetaucht, um …« Ich musste mich räuspern. »Ach, vergiss es.« Es war besser, die Sache ruhen zu lassen.

»Nein, was wolltest du sagen? Was wollte ich in deiner Nähe?« Jetzt war der spottende Ausdruck verschwunden.

Ich musterte ihn und musste mich sammeln. Musste mein Herz dazu bringen, langsamer zu schlagen. »Du hast mich herausgefordert. Du wolltest mich ständig reizen, einen Schritt weiterzugehen.«

Fab strich unvermittelt erneut mit den Fingerspitzen über meine Wange.

Ich schluckte. »Warum tust du das?« Mein Inneres geriet ins Straucheln. Warum fragte ich danach? Sollte ich nicht froh sein, dass jeder von uns seinen Platz gefunden hatte? Es machte überhaupt keinen Sinn, eine Antwort zu fordern, wenn sich nichts ändern würde.

Fab schlug den Blick nieder und ließ seine Hand sinken. Ihr Fehlen hinterließ einen kalten Hauch auf meiner Wange. »Vielleicht ist es Hoffnung.«

»Hoffnung worauf?«, flüsterte ich und ertrug kaum meinen Herzschlag.

Hinter Fabs Fassade mischten sich unterschiedliche Gefühle. Er rang sichtbar mit einer Antwort. »Spielt das wirklich eine Rolle? Meine Niederlage ist doch offenkundig.«

»Niederlage? Du bist zu einem beeindruckenden Blackfeather geworden. Das hast du doch gewollt.«

Fab schloss für einen Moment die Augen, bevor er mich erneut ansah. Und diesmal war sein Blick von der Intensität, die ich so schmerzlich vermisst hatte. »Glaub mir, ich habe etwas anderes gewollt und ich *habe* verloren.« Er wandte sich ab, während mein Herz nicht zum ersten Mal das Gefühl eines Verlustes einstrich, der mir zu spät bewusst geworden war.

Plötzlich hörten wir das Schloss klicken, Oz riss die Tür auf. »Ihr müsst Sorothez verlassen! Die Rotte ist alarmiert worden«, sagte er zu Fab, dessen Haltung sich sofort veränderte. Er schaute beunruhigt zu mir. Oz spähte in den Gang. »Kommt schon, der Augenblick ist günstig.« Meinem Empfinden nach konnte der Augenblick nicht unpassender sein.

»Was war es, das du wolltest?« Ich hielt Fab am Ärmel zurück. Er sollte mir diese letzte Frage beantworten. Doch er machte keine Anstalten. Stattdessen rupfte er mir das Tuch von meinem verletzten Daumen, packte meine Hand und zerrte mich auf den Gang hinaus, wo Oz erneut angespannt zu beiden Seiten Ausschau hielt.

»Wartet! Was ist mit dem Umhang?«

»Schätzchen, der wird dich auch nicht retten«, urteilte Oz hart und wandte sich an Fab. »Bring sie zum Drop. Führ sie am besten ab, das erregt am wenigsten Aufmerksamkeit, falls euch doch jemand erwischt.«

Fab nickte und schob mich, jetzt am Oberarm gepackt, vorwärts.

Kaum war Oz außer Hörweite, versuchte ich erneut, Fab eine Antwort abzuringen. »Was war es, das du wolltest?«

»Dafür ist keine Zeit, Liz. Wir müssen dich hier rausbringen. Konzentrier dich besser auf den Weg, der vor uns liegt.« Fab bugsierte mich dicht an seiner Seite durch die dunklen Gänge. Er verlor keine Sekunde. Schiefergraue Wände zogen an uns vorüber. Alles sah gleich aus. Ab und an konnte ich ein Leuchten am Ende der abgehenden Tunnel erspähen, womöglich führten diese zu ihren Sälen oder anderen gemeinschaftlichen Räumen. Stimmen waren zu hören, doch Fab schien genau zu wissen, von wo sie kamen und ob sie uns gefährlich werden konnten. Schwer zu beurteilen. Immer wieder bog er ab, sagte jedoch kein Wort. Ich hatte Mühe, mit ihm mitzuhalten.

Plötzlich blieb er stehen, horchte, spähte angespannt erst in den Gang hinter uns, dann unschlüssig nach vorn. Ich konnte keine Stimmen hören, nur ein anderes vages Geräusch.

»Lauf!« Fab stieß mich vorwärts. »Immer rechts entlang. Schnell, sie kommen.« Ich verstand. Er würde mir den Weg zeigen, aber ich musste vor ihm herrennen, damit die Blackfeather glaubten, dass ich vor ihm floh, falls sie uns stellten. Ich nahm die Beine in die Hand und rannte.

Fab hielt mühelos Schritt. So leicht es ihm fiel, mich durch die Gänge zu hetzen, würden die anderen Blackfeather mich sicher jeden Moment einkesseln. »Da entlang!«, stieß er zwischen zwei Atemstößen hervor. Er stoppte mich unsanft und schob mich in Richtung einer Treppe, die sich, unten noch offen, zu einem geschlossenen Turm in die Höhe schraubte. Zumindest waren wir hier vor Angriffen von den Seiten geschützt. Aber wohin führte dieser Weg? Etwa rauf auf die Dächer von Sorothez? Dort würden sie mich noch leichter fangen. Das musste er doch wissen.

»Schneller! Los, rauf!«, kommandierte Fab forsch und trieb mich weiter an. Wir folgten den Stufen nach oben. Meine Lungen brannten. Ich war die körperliche Anstrengung nicht so gewohnt wie er.

Immer wieder blickte ich über die Schulter. Fab zog seinen Ärmel hoch und rammte mitten im Lauf seinen nackten Unterarm gegen die schroffe Wand. Sein Aufkeuchen verlangsamte meine Schritte. Aber schon stürmte er an mir vorbei und packte meinen Oberarm. »Das war nur für sie. Nicht anhalten!« Das letzte Stück schleifte er mich nach oben. »Wir haben keine Zeit. Du musst mir jetzt vertrauen, Liz.« Er bugsierte mich durch das Turmzimmer, in das wir gelangt waren, zu einem finsteren Loch im Boden. Es glich einem Brunnenschacht. »Zieh die Arme dicht an deinen Körper und … Liz!« Mit einem Ruck holte er meine Aufmerksamkeit zurück, die seinem blutenden Arm gegolten hatte. »Pass auf. Du darfst deine Schwingen nicht einsetzen. Keinesfalls öffnest du sie, bis ich es dir sage.«

Ich nickte und blickte aufgewühlt zur Treppe. Gepolter von vielen Stiefeln. Sie kamen.

Fab packte meine Handgelenke und half mir meine Arme vor der Brust zu kreuzen. Dann stellte er sich dicht vor mich, schob seine Arme unter meinen hindurch und fasste meine Schultern, um mir Halt zu geben.

»Fab …« Mein flehender Blick hielt sich an seinem Antlitz fest. Ich konnte das nicht. Ich war nicht er.

Er zog mich an den Rand des Schachtes. »Du schaffst das. Keine Flügel!«

Er sprang mit mir in die Dunkelheit. Ich hielt den Atem an. Einige Sekunden vergingen, in denen ich den heftigen Luftstrom spürte und die Augen so fest zukniff, dass ich blitzende Lichter sah, dann riss ich sie wieder auf und begann zu keuchen. Wir fielen. Mein Herz raste. Ich konnte nicht atmen.

»Keine Flügel!«, mahnte Fab.

Der Wind riss an unseren Kleidern, an meinem Haar. Meine Lungen pumpten nutzlos in kurzen Atemstößen. Mir wurde schwindelig.

»Noch nicht!«

»Fab.«

»Nein!«

Meine Arme zitterten vor Anspannung. Die nackte Angst floss durch meine Venen. *Bitte, bitte … wie weit noch?* Die Tiefe öffnete ihren gewaltigen gähnenden Schlund und wir stürzten hinein.

Plötzlich riss der zerrende Luftstrom ab und die engen Mauern des Schachtes waren verschwunden.

»Noch nicht!«, forderte Fab.

Der Druck in meinem Inneren war nicht mehr auszuhalten. Meine Schwingen wollten sich öffnen, mich vor dem Absturz retten, doch Fab hielt mich fest umfangen. Seine Augen hielten mich im Zaum. In diesem chaotischen Nichts schien er die Oberhand zu behalten. Meine gekreuzten Hände lösten sich zitternd von meiner Brust und suchten seinen Körper. Ich krallte mich in seiner Kleidung fest, hielt ihn am Revers gepackt. Ein Lächeln umspielte seinen Mund, während mein Leib vor Kälte und Angst bebte.

Dann umschloss uns für einige Sekunden ein irisierender Schimmer. Fab stieß mich von seinem Körper. »Jetzt!«, brüllte er.

Und wie auf Kommando schossen meine weißen Schwingen hervor. Sie fingen den Wind ein und bremsten meinen Fall so abrupt, dass ich glaubte, meine Schultern würden herausgerissen. Ich biss die Zähne zusammen und versuchte trotz des schneidenden Schmerzes die Kontrolle zu übernehmen. Es gelang mir, wenn auch nicht elegant und nur mit vielen kräftigen Flügelschlägen. Mein Herz stolperte trunken. Sorothez lag über uns in den Wolken verborgen. Kein Blackfeather folgte uns. Wir hatten es offenbar geschafft zu entkommen. Der Wind auf meiner Haut fühlte sich berauschend an. Ich holte tief Luft und konnte kaum das Gefühl des Triumphes in meiner Brust einschließen, das sich nun einstellte und mit aller Macht herauswollte. Ich stieß einen johlenden Laut aus und erschrak über meine Reaktion. Schnell presste ich die Hände auf den Mund.

Fab lachte nur und fand sich neben mir ein. Seine gewaltigen Schwingen verursachten ein fabelhaftes Geräusch.

»Komm mit«, bat er und es klang nicht mehr nach Eile.

Ich wartete, dass er die Richtung angab, und folgte ihm. Im Sturzflug sanken wir weiter hinab, bis das Meer sichtbar wurde. Über dem Meeresspiegel, die Gischt der sich brechenden Wellen und die Spiegelung meines glanzvollen Lichtes unter uns, flogen wir dahin, bis wir uns der bewaldeten Küste näherten. Erst dort, auf den schroffen Felsklippen, setzten wir ab.

Kapitel 18

»Wo sind wir hier?« Der Ort kam mir nicht bekannt vor. Aber wer konnte das bei der Dunkelheit schon recht beurteilen.

»In der Nähe von Silver Crevice.«

»Wirklich?«

Er neigte den Kopf. »Glaub mir, wir sind in der Nähe des Gehöfts.«

»Schon okay. Du bist derjenige, der bei Nacht fliegt. Ich vertrau dir.«

»Tust du das ...«, spottete er.

»Immerhin hast du eben bewiesen, dass du mich deiner Sippe nicht zum Fraß vorwirfst. Mehr kann man von einem Blackfeather wohl nicht erwarten.« Sofort wollte ich mir auf die Zunge beißen. Herrgott, wann lernte ich endlich meine Spitzen im Zaum zu halten.

Fab hob das Kinn und musterte mich prüfend. Sein Lächeln war verschwunden. »Du bist immer noch wütend wegen des Weihers«, mutmaßte er. »Oder ist es nur die gewohnte Arroganz der Whitefeather, die aus dir spricht?« Das hatte gesessen. Eben noch hatte ich das Verlangen gespürt, mich zu entschuldigen. Jetzt fragte ich mich, wozu ich meinen Unmut überhaupt verstecken sollte.

»Hast du gedacht, ich kann diese Sache einfach so vergessen, nur weil es einen von euch in Schwierigkeiten gebracht hat? Ich bin enttäuscht!«, setzte ich seinem verletzenden Spruch entgegen. »All die Zeit, in der ich angenommen habe, du könntest nichts für dein Temperament und es täte dir leid. Dabei ist es nur ein Handel für dich gewesen. Schwarze Flügel für deine Rücksichtslosigkeit mir gegenüber. Ich hätte Besseres von dir erwartet!«

»Das ist ein Scherz …« Er lachte ungerührt. »Du hast immer gewusst, was ich sein würde. Alle Vorurteile, auch die hinter vorgehaltener Hand, erinnerst du dich?«

»Du hast Lijan das Leben gerettet und hättest die Möglichkeit gehabt, nach Tirithan zu gehen. Herrgott, ich habe mir gewünscht, wir drei könnten zusammen aufsteigen.«

»Warum? Damit ich mit ansehe, wie du Lijan anschmachtest?«

»Lijan hat mich nie interessiert. Ich wollte, dass *du* weiße Schwingen trägst.«

»Hör endlich auf, mich an deinen Erwartungen zu messen!«, fuhr er aus der Haut.

»Keine Angst, das tue ich nicht mehr. Du hast mich längst davon überzeugt, wer du bist. Blackfeather.«

Erhitzten Gemütes standen wir erneut voreinander und rangen um Beherrschung. Warum nur mussten wir immer wieder eine Grenze ziehen, wenn ich die bestehenden am liebsten einreißen würde. Seine Nähe, die eben erst vollbrachte Flucht in seinen Armen … Ich wollte ihn gleichsam von mir stoßen und küssen.

Fab bemerkte meinen Aufruhr. Unmerklich zuckte sein Mundwinkel. »Und trotzdem, obwohl du mir den Kopf abreißen möchtest, sind wir noch Freunde.« Seine grünen Augen gaukelten mir Überlegenheit vor. »Wir erliegen nicht dieser verklärten Vorstellung, dass da jemals mehr sein könnte?«

»Hättest du wohl gerne, aber nein, da ist nichts«, bot ich ihm die Stirn. Er konnte mich nicht herausfordern, ich kannte seine Spielchen.

»Gut«, er nickte, »dann verstehst du Folgendes auch nicht falsch.« Er packte meinen Kragen, zog mich unwirsch heran und küsste mich. Erschrocken stemmte ich sofort die Hände gegen seinen Bauch, der sich fest unter dem Stoff abzeichnete. Doch mein Aufbäumen brachte mir nichts weiter ein als einen tiefen kehligen Laut von ihm. Himmel, dieser Klang gepaart mit der Hitze seines Körpers schien meinen Widerstand einzuschmelzen. Meine Knie wurden weich und drohten nachzugeben. Auch meine Hände gaben ihre Gegenwehr auf und krallten sich jetzt in sein Oberteil. Gerade als nicht nur mein Verstand die Waffen strecken, sondern auch mein Herz den Absprung wagen wollte, löste er sich von mir.

Aufgewühlt verharrte er vor meinem Gesicht, sodass ich seinen Atem noch auf meinen Lippen spürte. »Du wirst mir auch das verzeihen«, prophezeite er mit rauer Stimme, stieß mich im nächsten Moment von sich und stieg ohne Zögern auf.

Mein Blick fing ihn einen Wimpernschlag lang ein, bevor die Nachtluft irisierte und er verschwand. So ein Mistkerl. Er wusste, ich konnte ihm nicht folgen.

Geschlagen presste ich die Hände auf den Bauch und wartete darauf, dass das elende Kribbeln verebbte. Es waren gleichsam Wut und Sehnsucht, die in mir aufloderten. So war es in Bezug auf Fab immer gewesen. Ich konnte ihn nicht fassen, weder seine Beweggründe durchschauen noch mich von ihm fernhalten. Warum hatte er mich geküsst, nach einem Streit, auf so rohe Weise? Und warum, verflucht, bedeutete es jetzt schon mehr als der klägliche Versuch von Lijan, mein Herz zu gewinnen? Fab meinte es offensichtlich gar nicht ernst. Es war ein Spiel für ihn. Wie sonst könnte ich das verstehen.

Ich schlang die Arme fest um meinen Leib und zog mich an die Baumgrenze zurück. Aufsteigen könnte ich frühestens in der Dämmerung. Bis dahin musste ich ausharren. Obwohl … Ich konnte vielleicht doch etwas tun. Ich konnte Lijan suchen und ihn warnen.

Ich wandte mich dem finsteren Wald zu und marschierte geradewegs hinein. Irgendwie würde ich den Weg schon finden. Zumindest, wenn das Gelände es zuließ. Der Sumpf würde es mir sicher nicht leicht machen, aber wenigstens nährte das volle Mondlicht meine Zuversicht. Ich musste es versuchen. Lijan war zum Abschuss freigegeben. Er sollte das erfahren.

Woher nur wusste Fab davon? Er hatte klargestellt, dass weder die White- noch die Blackfeather von Lijans grauen Schwingen wissen durften. Wer also hatte von dem Greyfeather erfahren und seinen Tod angeordnet? Mein Magen drückte. Die einzige Möglichkeit, wie es ans Licht gekommen war, schien Fab zu sein. Vielleicht hatte er jemanden ins Vertrauen gezogen und war an diesem Versuch ebenso gescheitert, wie er es mir in Aussicht gestellt hatte.

Die Rotte ist alarmiert worden, hallte Oz' Stimme in mir nach. Fab führte diese offenbar an. Und auch wenn es mir niemand explizit gesagt hatte, so konnte ich doch davon ausgehen, dass es die Rotte war, die zu kriegerischer Tat schritt. War das der Grund dafür, dass Fab so schnell wieder aufgestiegen war? Er musste seine Rotte anführen. Zunächst wahrscheinlich, um sicherzustellen, dass kein Eindringling durch Sorothez spazierte, aber dann womöglich, um Lijan zu jagen. Wie sonst hatte er von dem Befehl wissen können?

Meine Gedanken kreisten weiter, während ich durchs düstere Unterholz strauchelte und verzweifelt versuchte mich zu orientieren. Sinnlos. Völlig sinnlos. Jetzt zogen auch noch Wolkenfetzen über den Mond. Ich würde den Weg bei Nacht niemals finden. Geschlagen lehnte ich die Schulter gegen einen Stamm. Eine besonders düstere Wolke verschlang den Mond. Ich konnte kaum die Hand vor Augen sehen. Es hatte keinen Zweck.

Der einzige Trost schien, dass niemand bei solchen Verhältnissen wagen würde den Wald zu durchkämmen. Auch keine Rotte Blackfeather.

Das erste Donnergrollen durchfuhr den Himmel. Mein Blick wanderte besorgt nach oben. Blitze durchzuckten die unheilvolle Wolkendecke und zeichneten die kargen Baumwipfel über mir ab. Ich presste mich mit dem Rücken an den Stamm. Auch das noch. Ein Gewitter. Wo sollte ich denn jetzt, blind wie ich war, einen Unterschlupf finden? Erneut erhellte ein Blitz den Himmel. Erschrocken zuckte ich zusammen. Hatte sich da eben jemand zwischen den Bäumen auf mich zubewegt? Jetzt sah ich nichts mehr. Alles versank in nächtlichem Schwarz. Mein Herz hämmerte. Erste Regentropfen benetzten mein Gesicht. Ich betete um einen neuerlichen Blitz.

Plötzlich packte jemand mein Handgelenk. Ich schrie auf.

»Was zum Teufel machst du hier? Du solltest an den Klippen auf die Dämmerung warten!«, herrschte Fab mich an. Mein rasender Puls bescherte mir Schwindel und Übelkeit.

»Lijan ...«, brachte ich nur heraus.

»Ist ja nicht zu fassen. Komm mit. Hier kannst du nicht bleiben«, befand Fab und zog mich in der Dunkelheit mit sich, als wäre es für ihn kein Problem, den rechten Weg zu finden.

»Ich kann nichts sehen«, protestierte ich und stemmte mich instinktiv gegen seine viel zu schnellen Schritte.

»Whitefeatheraugen«, tadelte er mich rüde. »Wie kommst du auch auf die dumme Idee, nachts durch den Wald zu spazieren? Kannst du nicht ein einziges Mal vernünftig handeln?«

»Was?« Ich riss mich los. Das war doch wohl ein Scherz. »Ich will Lijan warnen! Er hat ein Recht zu wissen, was sie ihm antun werden!«, schimpfte ich mitten in die gesichtslose Finsternis. »Du hast dich ja aus dem Staub gemacht. Zumindest dachte ich das, bis du mir aufgelauert hast. Konntest dein schlechtes Gewissen wohl doch nicht verwinden.« Nach einigen aufgewühlten Atemzügen horchte ich in die Stille hinein, die mich nun umgab, und streckte zaghaft die Hände aus. Doch da war niemand vor mir. »Fab?«

Ein Blitz kam mir zur Hilfe und spendete eine Sekunde lang Licht. Mein Verstand verarbeitete das Bild eines mit verschränkten Armen neben mir stehenden Blackfeathers.

»Und was nun, kleine Liz. Willst du ihn etwa blind, wie du bist, suchen? Mitten im Sumpf?«

Ich schlug wütend aus und traf. »Nein. Du wirst mir helfen Lijan zu finden. Offensichtlich sind deine Augen fähiger als meine.«

Ich spürte ihn meine Hand ergreifen. »Und wenn ich das tue, was erhalte ich für meine Dienste?«, wagte er tatsächlich zu fragen, setzte sich aber bereitwillig in Bewegung.

»Du hast mir doch gerade erst etwas gestohlen«, konterte ich. »Das dürfte doch wohl genügen.«

»Du meinst den Kuss eines Whitefeathermädchens? Hm … In Anbetracht dessen, wie selten der sein dürfte, bleibe ich dir wohl etwas schuldig.«

Ach ja? »Ist nicht mein erster Kuss gewesen. Wir sind also quitt.« Jetzt war es schlagartig vorbei mit den neckischen Sprüchen. Nur noch die Hand, die mich führte, deren Griff sich eisern verstärkte, und ich.

Der Regen prasselte unaufhörlich nieder, verschlimmerte sich aber zu meiner Erleichterung nicht weiter.

»Die Silberlinge …«, hob ich nach einer Weile an, »das ist es, was du normalerweise für deine Dienste erhältst. Deine Rotte und du, ihr erledigt Aufträge.«

»Ja.«

»Und Lijan ist einer dieser Aufträge.« Nur deshalb wusste Fab, dass sie ihn jagten. Und nur deshalb mochte er so schnell zurückgekehrt sein. Er führte die Krieger an, die Lijan mitsamt seinen grauen Schwingen beseitigen sollten.

Fab stoppte so abrupt, dass ich gegen ihn stieß. »Ich würde ihm nie etwas antun. Schon gar nicht, um irgendeinen Sold einzustreichen«, stellte er klar.

»Aber du hast den Auftrag, es zu tun.« Ich zog die Stirn kraus und lauschte angestrengt. Es war wie früher, wenn die Wand des Turmes zwischen uns stand. Ich spürte dennoch, dass ich richtiglag. Nicht in seinem Antlitz lesen zu können, war nichts, was mich aus dem Takt brachte.

Fab seufzte und war offenbar kurz davor, die Waffen zu strecken.

»Warum hast du mich geküsst?«, setzte ich nach, um das Überraschungsmoment auszunutzen. Nicht nur er konnte sich taktisch der Dunkelheit bedienen.

Sein abgehacktes Einatmen verriet mir alles, was ich wissen wollte. Der Kuss hatte etwas bedeutet.

»Du hast recht. Meine Rotte soll Lijan ausfindig machen und stellen.« Seine Ausflucht zum vorherigen Thema bestätigte meinen Verdacht nur.

»Das heißt, ihr jagt Greyfeather?«

»Wir jagen sie nicht.« Fab schnaufte und ließ meine Hand los. »Verdammt, es hat ja bisher überhaupt keine gegeben! Es ist uns nichts über Greyfeather beigebracht worden. Denkst du nicht, wir hätten davon hören müssen? Spätestens nach unserem Aufstieg in die Stadt.«

»Wer hat den Befehl gegeben?«

»Wie bitte?«

»Wer will, dass ihr Lijan jagt? Kam das von ganz oben?«

In diesem Moment gaben die Wolken den Mond und das Licht damit den Blick auf Fabs Antlitz frei. »Davon kannst du ausgehen.« Jetzt war er ganz der Anführer.

»Sollst du ihn töten?«

»So lautet der Befehl.«

»Und den stellst du als pflichttreuer Blackfeather natürlich nicht infrage, auch wenn du es nicht selbst tun willst«, spottete ich und spähte an ihm vorbei, um abzuschätzen, ob ich im Mondlicht meinen Weg auch allein fände. Dann würde eben ich Lijan warnen.

»He!« Fab packte meinen Oberarm. »Ich habe einen Eid geleistet, aber durchaus eine eigene Meinung. Auch wenn mir gesagt worden ist, der Grey stelle eine Bedrohung dar. Ich schätze Lijan anders ein. Aber wenn ich den Befehl verweigert hätte, was glaubst du, wäre passiert? Ich sag es dir. Sie hätten jemand anderen geschickt, um den Auftrag zu erledigen. Und danach hätten sie mich ebenso kaltgestellt.« Er stieß mich von sich. »Also halt dich lieber zurück mit deinem Urteil. Wenn ich die Fäden in der Hand behalte, kann ich Einfluss nehmen. Nur so hat Lijan vielleicht eine Chance.«

»Und welche? Willst du ihn überreden seine Flügel abzulegen? Oder ihm vielleicht zur Flucht verhelfen? Für wie lange, bevor sie ihn fassen? Du hast gesehen, was sie Rufus angetan haben. Und er ist deinesgleichen entkommen.«

Fab biss die Kiefer zusammen und beherrschte sich. »Ich will Lijan nicht laufen lassen. Ich will dabei sein, wenn sie ihn stellen. Mag sein, dass ich an Befehle gebunden bin, aber meine Männer vertrauen mir. Wenn die Rotte ihn anhört und zu demselben Schluss kommt wie ich ... Ihr Urteil über die Gefahr, die von Lijan ausgeht, mag dann anders ausfallen. Wenn er mehr Fürsprecher hätte, können wir ihn vielleicht retten.«

Ich schüttelte resigniert den Kopf. »Und wer ist jetzt naiv?« Fabs Plan klang nach einer Möglichkeit, aber in meinem Inneren erstickte die Hoffnung im Keim, wenn ich an das abgeklärte Vorgehen in Tirithan dachte. Ich brauchte mir nur Deklan vorzustellen, um zu wissen, dass es kein Abweichen von unserer Ordnung geben würde. Aber was sollten wir sonst tun?

»Versprich mir einfach, dass Lijan leben wird«, flüsterte ich und setzte noch leiser hinzu: »Ob mit Schwingen oder ohne.«

Wir durchschritten weiter das Areal. Fab ging voran und schien sich der Richtung sicher. Ich hingegen wäre ohne seine Führung und trotz des fahlen Mondscheins aufgeschmissen gewesen.

»Warum bist du so viel besser an die Dunkelheit angepasst?«, murrte ich. Schon klar, wir unterschieden uns. Darüber, dass es diese feinen Abweichungen geben könnte, hatte ich vor dem Absprung nie nachgedacht. Auch wenn es fraglos Sinn machte. Blackfeather flogen ausschließlich bei Nacht. Dennoch schien mir der bloße Sprung von der Klippe nicht ausreichend, um diese Diskrepanz unserer Natur hervorzurufen. Nicht zuletzt bedauerte ich die sich immer weiter auftuende Kluft zwischen uns.

Fab seufzte genervt. »Warte ...« Er blieb stehen, drehte sich um und fasste meine Schultern. Zu meinem grenzenlosen Erstaunen verbesserte sich plötzlich meine Sehkraft, sodass ich ihn mit konzentrierter Miene klar und deutlich vor mir sehen konnte.

»Was zur Hölle ..., bist du das gewesen? Wie hast du das gemacht?«

Fab löste seine Hände. »Ich teile meine Fähigkeiten mit dir.«

»Das geht?«, fragte ich fasziniert und ließ den Blick schweifen. Jetzt war das Vorwärtskommen kein Problem mehr. »Warte mal ... Das geht?« In der nächsten Sekunde versetzte ich Fab einen so kräftigen Stoß gegen die Brust, dass er zurücktaumelte. »Wäre das vorhin nicht hilfreich gewesen?!«

Er rieb sich schmunzelnd das Brustbein. »Hätte ich denn deine Hand halten dürfen, wenn du nicht blind gewesen wärst?«

Ich ballte die Fäuste und beherrschte das wütende Sticheln in meinem Bauch. »Sicher nicht! Aber möglicherweise erspare ich dir weitere Fausthiebe, wenn du mir sagst, welches Hexenwerk mir plötzlich gute Augen beschert.« Wenn ich Fabs unmögliches Betragen schon hinnehmen musste, sollte es mir wenigstens Erkenntnisse einbringen.

Er trat auf mich zu und streckte sich nach meiner Hand. Ich zog sie demonstrativ zurück. Er knurrte und packte sie dennoch. »Hier ...« Er zeigte mir meinen Daumen. »Es ist dasselbe Prinzip wie bei euch. Nur sind es eben unsere, von Sorothez übertragenen Fähigkeiten.«

Irritiert entzog ich ihm meine Hand und rieb den Daumen, der völlig verheilt schien. Ich verstand kein Wort, wollte es aber nicht offen zugeben müssen. Es gab also noch mehr Dinge, die er mir voraushatte. »Und du kannst es einfach mit mir teilen, dein Sehvermögen?«

»Hält nicht allzu lange vor, aber ja, solange wir hier im Dunkeln tappen, sollte ich dir helfen können.« Wir setzten unseren Weg fort.

»Und ... das ist also etwas Typisches für einen Blackfeather?« Über welche Fähigkeiten verfügten sie wohl noch? Immerhin beschützten sie beide Himmelsstädte, wohingegen Tirithan hauptsächlich administrative Aufgaben übernahm. Möglicherweise bescherte Sorothez ihnen ja auch Schnelligkeit und Kraft.

»Hast du je darüber nachgedacht, ob die Legende von Tirithan und Sorothez wahr ist?«, entgegnete er zu meiner Verwirrung.

»Du meinst, ob es sich so zugetragen hat, wie sie uns erzählt haben? Tirithans Notlage, die Rettung durch Sorothez ...«

»Nein, das meine ich nicht. Es mag sich auf die Weise zugetragen haben, aber ...« Er seufzte. »Was, wenn unsere Fähigkeiten eine Art Erbe sind? Und wenn die Farbe unserer Schwingen nicht zwangsläufig etwas darüber aussagen würde, wessen ursprüngliches Blut in unseren Adern fließt.«

»Du meinst, welcher Seraph unser Urahn wäre?«, fragte ich.

»Stell dir vor, es wären beide.« Während ich mich nur aus verklärter Romantik mit der Vorstellung beschäftigt hatte, dass Tirithan und Sorothez ein Liebespaar gewesen sein könnten, hatte diese Überlegung Fab offensichtlich zu tiefgreifenderen Gedanken inspiriert.

»Vielleicht ist es uns deshalb vergönnt, unsere Fähigkeiten untereinander zu teilen. Überleg doch. Sie lassen uns fernab der Himmelsstädte unsere Bestimmung finden. Wir sollen in uns gehen und erspüren, wohin es uns beruft. Was, wenn wir wählen können?«

»Aber das haben wir doch im Grunde.« Worauf wollte er hinaus?

»Ja, schon. Aber warum können wir überhaupt wählen? Sie haben es uns als eine tiefe innere Verpflichtung verkauft und das ist es ja vielleicht auch, aber ... Sollten wir nicht die Anlage für beide Seiten in uns tragen, um wählen zu können? Und wenn wir beide Seite unumstößlich in uns tragen, wie können wir einander dann verurteilen? Es wäre unser Erbe, beide Seiten, egal welche Farbe wir trügen.«

Ich stieß die Luft aus. »Wir wären in unserem Kern gleich, meinst du?« Das würde Leuten wie Deklan, die sich als etwas Besseres sahen, nicht schmecken.

Ich schüttelte den Kopf. »Aber wenn wir tatsächlich auf ein gemeinsames Erbe zurückblicken könnten und nicht allein auf eine gemeinsame Geschichte, warum sollten sie uns das nicht einfach sagen?«

»Weil es reine Politik ist. Sie wollen nicht, dass wir uns mischen. Die Whitefeather entstammen den himmlischen Gefilden, während Sorothez diese nie betreten hat. Was glaubst du, woher er gekommen ist? Schwarze Flügel ... Er wird kaum auf Erden geboren sein.«

Ich schluckte. Wollte Fab mich wirklich sagen hören, dass Sorothez dämonischen Ursprungs sein könnte? Und das, nachdem er mich immer davon hatte überzeugen wollen, dass den Blackfeather kein verdorbener Charakter innewohnte. Ich konnte nicht antworten.

Fab hingegen spann seinen Gedanken unbesonnen weiter. »Die erste Seraphin unserer Ordnung. Tirithan. Weise Gelehrte, Schönheit und Arroganz in einem.«

»Ich habe sie nie als arrogant empfunden«, wandte ich ein.

»Und Sorothez. Talentierter Krieger, mutig, leidenschaftlich, aber grausam und der Rachlust verschrieben ...« Er betrachtete mich aufmerksam. Dann hoben sich seine Augenbrauen. »Interessant. Hier erhebst du keinen Einspruch?«

Mein Blick verfinsterte sich. »Hör auf, mich zu testen, Fab. Worauf willst du hinaus?«

»Darauf, dass Lijans Schicksal Fragen nach unserer Herkunft aufwirft. Seine Schwingen können nur deshalb grau sein, weil er beide Seiten in sich vereint. Jeder wird das erkennen. Auch wenn sie ihm wahrscheinlich anlasten würden, dass seine Eltern eine verbotene Verbindung eingegangen sind.«

»In dem Fall wäre das Grau nicht seinem inneren Konflikt geschuldet, sondern Erbe, und er könnte gar nichts für die Farbe seiner Flügel.« Dummerweise war das kein Freispruch für Lijan. Im Gegenteil, es wäre der Beweis für die Schuld seiner Eltern und die Obersten sähen sich möglicherweise gezwungen nachträglich für die Einhaltung dieses Gebots zu sorgen. »Das wäre sein Todesurteil.«

»So weit habe ich auch gedacht. Und noch weiter ...« Fab hatte sich offensichtlich den Kopf zermartert, auf der Suche nach einer möglichen Erklärung und Lösung für Lijans Dilemma. »Nehmen wir mal wirklich an, Tirithan und Sorothez wären nicht nur im übertragenen Sinn Mutter und Vater unserer Ordnung. Das würde bedeuten, sie hätten die ersten Nachkommen gezeugt, auf denen sich unsere Existenz gründet. Das Göttliche hätte sich mit dämonischem Ursprung gekreuzt und die Blackfeather hervorgebracht. Möglicherweise entstammen wir alle den Verbindungen der ersten Whitefeatheranhänger mit Sorothez' dämonischen Kumpanen.«

»Und du denkst nicht, übergeordnete Seraphen wären eingeschritten? In den Lehren ist die Rede von einem Verbot derartiger Beziehungen«, erinnerte ich ihn. »Warum hat man das nicht durchgesetzt?« Sicher hätte es Wege gegeben, so etwas im Keim zu ersticken.

»Nun, jetzt setzen sie es ja durch. Aber vielleicht hat man anfänglich eben jenen Vorteil in Sorothez gesehen, wie er sich schließlich über Jahrtausende gehalten hat. Die Blackfeather beschützen euch.«

Mein Verstand arbeitete getrieben. »Weil sie, wenn sie dämonischen Ursprungs sind, die bessere Waffe gegen derartige Kräfte darstellen.« Die Erkenntnis wog schwer. Unsere Legende in so realem Licht zu betrachten, fühlte sich schal an. Man hatte die Blackfeather also nur geduldet – möglicherweise sogar gezüchtet? – wegen ihrer außerordentlichen, dem Ursprung nach dämonischen Fähigkeiten?

»Sie trennen uns, weil die Whitefeather ihren höher gestellten Status erhalten und dennoch nicht auf den Schutz durch die Blackfeather verzichten wollen«, fasste Fab seine Sichtweise zusammen. »Eine Spezies, die beides in sich vereint und auch mit allen Konsequenzen nach außen trägt, ist in einem solchen Gefüge nicht vorgesehen. Wo würden sie stehen, welche Pflichten bedienen?«

»Das macht Sinn. … Ich meine, nicht dass ich das gutheiße, aber ich verstehe jetzt ihr Handeln.« Das göttliche Gebot sorgte dafür, dass die Blackfeather nicht auf derselben Stufe wie Tirithan standen. Es gab keine Gleichberechtigung. Deshalb sollten die Seiten sich nicht mischen. »Manchmal – aus welchem Grund auch immer – zeigt sich unser gemeinsames Erbe in grauen Schwingen. Dann müsste die Existenz der Greyfeather bekannt sein. Zumindest dem Rat der Ältesten.« Ob ich damit richtiglag? Ich hatte das Gefühl, dass wir einer großen Sache auf der Spur waren, und dennoch verschloss sich uns dieses spezielle Kapitel. Entweder war Lijan ein absurder Einzelfall oder aber die Himmelsstädte verbargen etwas. Nun, die Antwort konnte ich mir wohl selbst geben. Die Schnelligkeit und Vehemenz, mit der ein Oberster den Befehl zum Abschuss gegeben hatte, sprachen eindeutig für weitreichende Machenschaften. Fab hatte recht. Hier gab es mehr zu ergründen.

»Wo ist deine Rotte jetzt?«, fand ich zurück zum Grund unseres Gesprächs. – Ich sorgte mich um Lijan.

»Ich habe Oz den Sumpf und die Lage der Hütte beschrieben. Er und die anderen erwarten uns hoffentlich dort.« Fab hatte also in seiner kurzen Abwesenheit bereits alle Hebel in Bewegung gesetzt.

»Und warum bist du nicht bei ihnen?«

Er lachte auf. »Na, weil du für eine Whitefeather überraschend unberechenbar bist. Ich konnte doch nicht riskieren, dass du im Wald verloren gehst.«

Meine Brauen schnellten hoch. Er hatte sich meinetwegen von seiner Rotte getrennt? »Wie hast du mich überhaupt gefunden?«

»Kinderspiel. Blackfeather verfügen über scharfe Sinne, wie du vielleicht bemerkt hast. Du bist aufgrund des aufkommenden Unwetters ja nicht sonderlich weit gekommen«, klärte er mich auf. »Ich hätte dich im Dunkeln tappen lassen können, aber ich war besorgt, dass du mangels Lichts auf die Idee kommen könntest, deine glanzvollen Schwingen zu entfalten.«

Meine Faust traf zielsicher seine Schulter. »Diese Boxhiebe hast du dir alle selbst zuzuschreiben«, rügte ich ihn. Er lachte nur rau.

»Warte!«, plötzlich bedeutete er mir zu schweigen und lauschte. »Ich hoffe, das ist Oz.« Er drückte mich mit der flachen Hand in den Schutz des stämmigen Baumes neben uns und zog einen Silent.

Mir lag die Frage auf der Zunge, ob er mich erneut aufzog, denn ich hörte nicht das Geringste. Im nächsten Moment jedoch setzte ein gewaltiger Schatten beinahe lautlos zwischen den Bäumen auf. Erschrocken zuckte ich zusammen. Himmel noch eins, die Blackfeather waren wirklich geschaffen für die Nacht.

Doch zu meiner Überraschung war es gar nicht Oz, der auf uns zumarschierte, sondern Lijan. Seine schattenhaften Schwingen verbargen ihn offenbar ebenso effektiv in der Dunkelheit.

»Euer Kommen wurde mir angekündigt«, begrüßte er uns trocken, platzierte zwei Finger zwischen den Lippen und pfiff durchdringend. »Meine Begleitung«, erklärte er. »Ihr versteht sicher, dass ich mich euch nicht allein stellen kann. Aber keine Sorge, die Männer sind Eingeweihte. Bedauerlicherweise erwarten dich deine Brüder wohl etwas weiter entfernt an der Hütte.« Lijan wirkte trotz seiner Situation keineswegs aufgerieben, wie ich es erwartet hatte. Selbstsicher baute er sich vor uns auf.

»Ich hätte nicht gedacht, dass du dich mit Gefallenen einlässt«, schloss Fab aus Lijans Worten und spielte wohl auf Rufus an.

Lijan lächelte nur. »Ich habe eher seine Verbundenheit zu Sorothez als Schande empfunden. Aber er hat seine Kenntnisse über die Niedertracht der Städte nur allzu gerne mit mir geteilt. Warum also sollte ich ihn nicht anhören? Offenbar hat er ja recht gehabt. Ihr seid hier.« Hinter Lijan tauchten Männer aus der Dunkelheit auf, vier an der Zahl, zwei bewaffnet und zwei mit Fackeln. Sie stellten sich an seine Seite. Etwas ziellos verfolgten ihre gespannten Bogen und Pfeilspitzen einen für sie unsichtbaren Feind. Wer immer Lijans Beistand war, sie würden uns nur sehen, wenn wir es zuließen.

Eingeweihte, hatte er gesagt. Ich vermutete, dass man diese Gesellen gründlicher ihres göttlichen Stolzes beraubt hatte, sodass sie nicht mehr fähig waren zu sehen, oder aber es waren schlicht Menschen.

»Wäret ihr so freundlich«, bat Lijan. »Unsere Unterhaltung mutet sonst seltsam einseitig an. Und wir wollen doch keinen Unfall durch verirrte Pfeile riskieren. Euch nicht zu sehen, schürt ihre Nervosität.«

Fab nickte. Im selben Augenblick lief ein Schimmer an ihm hinab und tauchte seine Kleidung in unbestimmte Farben. Er zeigte sich in Menschengestalt. Die Männer fixierten ihn umgehend. Beide Waffen waren nun auf ihn gerichtet. Ich hielt den Atem an.

»Liz?«, forderte Lijan mich höflich auf.

»Ich weiß nicht wie«, sagte ich verunsichert. Keine Ahnung, wie man sich zu erkennen gab, ohne seine Schwingen zu zeigen. Und das war schließlich verboten.

»Spielt keine Rolle«, schritt Fab ein. »Sie brauchen sie nicht zu sehen.«

»Da stimme ich dir ausnahmsweise zu. Es geht ja hier um uns beide.« Lijan schritt geradewegs auf Fab zu, holte aus und schlug ihm ohne Vorwarnung die Faust ins Gesicht, sodass er rücklings zu Boden ging. »Das war für Liz!«

»Lijan!«, kreischte ich. »Was tust du denn?« Die umstehenden Männer nahmen meinen Aufschrei gar nicht wahr. Auch Lijan starrte wie gebannt auf Fab, der sich vom Boden hochstemmte und mit dem Handrücken Blut aus dem Mundwinkel wischte. Herrgott, warum hatte er das getan? Ging es um Eifersucht? Hatte er Fab und mich zusammen gesehen?

»Du solltest dir überlegen, welche Prioritäten du setzt. Ich bin als Freund hier.«

»Als Freund?«, höhnte Lijan. »Man hat mich ins Bild gesetzt, wie freundschaftlich dein Anliegen zu verstehen ist.« Er versetzte Fab einen provozierenden Stoß gegen die Brust. Ich sah nun geballte Fäuste auf beiden Seiten und hoffte, die Situation möge nicht völlig kippen. Die auf Fabs Leib gerichteten Pfeilspitzen beunruhigten mich.

»Wir wollen dir nur helfen«, versuchte ich Lijan zu beschwichtigen, der mich jedoch keines Blickes würdigte.

»Ich soll sie ablegen, richtig? Deshalb seid ihr gekommen. Rufus hat gesagt, es würde darauf hinauslaufen.« Er wusste es also. Jetzt verstand ich, warum er sich so in die Ecke gedrängt fühlte. Lijan wollte sich nicht seiner einzigen Chance berauben lassen, jemals in die Himmelsstädte aufzusteigen.

»Dann hat er dich sicher auch vor den Konsequenzen gewarnt, wenn du dich weigern solltest«, antwortete Fab nüchtern. »Du bist zum Abschuss freigegeben.«

»Von deinesgleichen.« Lijan verzog das Gesicht und spuckte zu Fabs Füßen. »Sollst *du* dich mit meinen Federn schmücken?«

Ich bewunderte, wie ruhig der sonst so rebellische Blackfeather blieb. Bei solchen Unterstellungen wäre ich längst aus der Haut gefahren.

»Ich trage meine Auszeichnung längst auf dem Rücken«, konterte er souverän. »Aber du solltest besser als jeder andere wissen, dass es darauf nicht ankommt.«

Lijans Kiefer mahlten, während er Fab böse anfunkelte. »Tatsächlich? … Rufus hat mir erzählt, was du bist.«

Verdammt.

Fab packte Lijan warnend am Kragen. Sofort hob dieser die Hand Richtung seiner Männer, um ihnen zu bedeuten sich nicht einzumischen. Er glaubte wohl, alles im Griff zu haben. Und tatsächlich stieß Fab ihn nur von sich, um auf Abstand zu gehen.

»Fabulous?« Oz stand unvermittelt zwischen den Bäumen und beäugte die seltsame Szenerie. Auch sein Schutz wirkte offenbar noch. Die Männer bemerkten ihn nicht. Lijans Blick glitt jedoch zwischen den Söhnen Sorothez' hin und her.

»Fabulous?«, wiederholte er ungläubig, »… so wie fabelhaft?« Er lachte und fuhr sich mit der Hand über den Mund.

»Hör auf, Lijan«, zischte ich.

»Was? Nein …, ich meine ja nur. Fabulous. Kauft dir das irgendwer ab?«

»Lijan!«

Er schnellte zu mir herum. »Fabs sind das Letzte, das Niederste … Hat man dir das nicht gesagt? Sie stehen noch weit unter –«

»Deinesgleichen?«, fragte Fab ungerührt und bezog sich auf Lijans graue Schwingen.

»Du elender Bastard!« Jetzt brach Lijans Zorn ungebremst hervor. Er packte Fab und verpasste ihm einen Schlag. Doch der Blackfeather verstand es, sich zu wehren. Er rammte Lijan das angezogene Knie in den Magen, sodass er sich krümmte. Der Aufwärtshaken verfehlte Fab nur knapp, doch der zweite Fausthieb von Lijan saß. Ich warf Oz beunruhigte Blicke zu, doch die Geste seiner Hand bedeutete mir, mich rauszuhalten. Noch waren weder er noch ich in den Fokus der Männer geraten. Mein Herz klopfte. Fab und Lijan schenkten sich nichts. Wie einst im Kampftraining forderten sie einander heraus. Dabei schien die Auseinandersetzung einigermaßen ausgewogen abzulaufen. Und solange keine Waffen gezogen wurden, stimmte ich Oz zu, nicht einzuschreiten. Sollten sie ihre lang angestauten Differenzen austragen. Hauptsache, wir fänden anschließend eine Lösung für Lijans zermürbende Situation.

Weitere Schläge wurden ausgeteilt. Allmählich geriet Fab ins Hintertreffen. Er kämpfte weniger verbissen als der Greyfeather, für den mehr auf dem Spiel stand. Ein Ellbogen krachte gegen Fabs Schläfe und schickte ihn zu Boden. Endlich endete der Irrsinn.

Lijan hockte sich vor Fab, der erschöpft den Kopf hängen ließ, und packte seinen Nacken. Er gab ihm einen kameradschaftlichen Ruck, als müsse er sich selbst zusammennehmen. Fab blickte auf. Verschwitzte Strähnen fielen in seine Stirn. Kraftlos blinzelte er Lijan an, Blut tropfte von seiner Schläfe.

»Ich habe es dir immer gesagt, du bist ein Nichts in ihren Augen …«, urteilte Lijan hochmütig.

Gequält zog ich die Brauen zusammen und schluckte.

Lijan zerrte Fab am Revers zu sich und legte seine Stirn an seine, beinahe wirkten sie jetzt wie Brüder. »Ich bin besser als du«, flüsterte Lijan, dann völlig unerwartet küsste er Fab auf den Mund. Ein bittersüßer Schmerz verzerrte sein Antlitz. Die Männer hielten – jetzt deutlich unruhiger – weiter ihre Bogen aufrecht. Mein Herz stockte in freiem Fall. Die Sekunden wandelten sich zu einer Ewigkeit, in der ich endlich begriff. Lijan hasste Fab nicht, er liebte ihn.

Großer Gott. All die Jahre. Er investierte die Qual seiner Zerrissenheit in Fabs Ruin, weil er ihn nicht haben konnte. Jetzt mehr denn je. Der Absprung und die schwarzen Schwingen hatten es unumstößlich gemacht.

Fab stieß ihn mit einem letzten Aufbäumen von sich. Lijan landete im Laub. »Du warst nie besser als ich. Wir sollten uns auf Augenhöhe begegnen, aber ich schätze, du bist zu feige für die Wahrheit.«

Lijan hob einen Mundwinkel, erst zögerlich, dann grinste und nickte er. Wackelig fand er auf die Beine und klopfte sich den Dreck von der Kleidung, wie er es vermutlich gerne mit der Vergangenheit getan hätte. »Beendet es«, wies er ungerührt seine Kameraden an.

Mein Blick schnellte zu Fab, der immer noch am Boden saß. »Nein!« Ohne nachzudenken, stellte ich mich ihnen entgegen und spreizte meine gewaltigen Schwingen, die in diesem finsteren Teil des Waldes erstrahlten wie ein Leuchtfeuer. »Wagt es ja nicht«, drohte ich und überschritt jede Grenze.

»Whitefeather …«, hörte ich das ungläubige Flüstern. Eine Fackel fiel ins Laub, ein Bogen sank. Die Ehrfurcht in ihren Gesichtern erschütterte mich und bescherte mir ein seltsames Gefühl von Macht, auf das ich es nicht angelegt hatte.

Der zweite bewaffnete Mann klammerte sich angsterfüllt an seinen erhobenen Bogen. Seine Arme bebten vor Anspannung. Plötzlich löste sich der Schuss und der Pfeil sauste auf mich zu. Eine schwarze Schwinge fegte mich mit einem Schlag zu Boden. Fab sprang breitbeinig auf, die Fäuste wehrhaft geballt, die Schwingen gestreckt.

»Blackfeather!« Dieses Wort flüsterten sie nicht. Jetzt rannten sie.

Kapitel 19

»Was hast du damit gemeint, auf Augenhöhe?« Ich folgte Fab, der aufgebracht davonstürmte, vermutlich, um sich erst mal zu sammeln. Oz war als Wache bei Lijan geblieben. Er würde ihn schon im Griff behalten, jetzt, wo seine Helfer das Weite gesucht hatten.

»Fab!« Ich riss ihn an der Schulter herum. »Was hast du damit gemeint? Warum solltet ihr auf Augenhöhe sein? Willst du denn …« Ich konnte es kaum aussprechen. »… mit ihm zusammen sein?«

Fab schenkte mir einen langen Blick und trat näher. Seine Hand strich meinen Hals hinauf, sein Daumen zeichnete meinen Kieferbogen nach. »Du meinst, so wie ich mit dir zusammen sein will?«, fragte er rau. »Nein, so habe ich für ihn nie empfunden.«

Mein Herz geriet bei seinem unerwarteten Eingeständnis ins Stolpern. Doch jetzt war nicht die rechte Zeit, darauf einzugehen. »Sag mir, was euch verbindet«, flüsterte ich flehend. Warum hasste Lijan ihn so, obwohl er ihn gleichzeitig zu begehren schien?

»Das Buch«, antwortete Fab.

»Ein Buch?«

»Ibes Aufzeichnungen. Als ich diese gestohlen habe, hat mich einzig interessiert, welche Bestimmungen er uns wohl zumisst. Das Kürzel f.ab. in der Zeile hinter meinem Namen hat mir damals noch nichts gesagt.«

»Und ich habe gedacht, dass du dir deiner Bestimmung immer sicher warst.«

Ein kurzes Zucken seines Mundwinkels. »War ich auch. Aber ich wollte das Wort Whitefeather hinter *deinem* Namen sehen. Ich musste es sehen, um mich von meinen Gefühlen loszusagen. Wir waren nicht füreinander bestimmt. Dein Weg hat in dieselbe Richtung wie der von Lijan geführt und er hat deine Gunst ebenso eingefordert.«

»Aber er wollte gar nicht mich. Er wollte dich.«

Fab presste die Kiefer zusammen und senkte das Kinn. »Lijan konnte aber nicht verwinden, dass ich mich für Sorothez entschieden hatte. Uns hat ebenso viel getrennt wie dich und mich. Er wollte den Whitefeather angehören, ich nicht. Scheinbar haben seine Gefühle bei ihm einen tiefen Konflikt ausgelöst. Es ist nicht leicht, da herauszufinden.« Fab biss verlegen auf seine Wange. »Es war Lijan, der mich dazu gebracht hat, das Buch zu stehlen«, rückte er endlich mit der Wahrheit heraus und brachte meine Sichtweise immer mehr zum Kippen. »Um seine Bestimmung zu erfahren. Er hat Angst gehabt, kein Whitefeather zu werden, umso mehr, nachdem er mich geküsst hat.«

Lijan hatte Fab geküsst? Schon damals in der Siedlung? Ich fühlte mich unbehaglich bei dem Gedanken. Dieser Kuss war ohne Zweifel leidenschaftlicher ausgefallen als die geschwisterliche Zuneigung, die er mir hatte zuteilwerden lassen.

»Warte mal ... Hast du eben gesagt, Lijan hat dich dazu gebracht, das Buch zu stehlen? Du hast das für ihn getan?«

»Ich fühlte mich verantwortlich. Schließlich kann er nichts für seine Gefühle ... Es war meinem Weg nicht abträglich zu stehlen und ehrlich gesagt hat es mein Gewissen beruhigt, dass ich die Schuld auf mich nehmen konnte.«

»Du hättest einen Monat im Turm verbracht«, erinnerte ich ihn.

»Und du hättest bei mir ausgeharrt, auf der anderen Seite der Wand. Einen ganzen Monat hättest du mir gehört.«

Ich schloss die Augen. »Aber der Preis war zu hoch.«

»Nein, sicher nicht. Nicht in meinen Augen.« Fab hob mein Kinn, damit ich aufblickte. »Ich wollte mit dir zusammen sein und konnte es nicht sagen.« Er senkte sein Gesicht, unsere Lippen näherten sich an.

Aufgewühlt kämpfte ich mit mir und wandte im letzten Moment den Kopf zur Seite. Ich konnte ihn nicht küssen. Ich wollte, aber ich konnte nicht. Mein Inneres verkrampfte sich schmerzvoll. Ich wollte in die Arme eines Mannes sinken, den Lijan begehrte und von dem er sich offensichtlich nicht lösen konnte. War es denn so unvereinbar für ihn gewesen, einen Blackfeather zu lieben? Ja, das war es wohl. Ich spürte selbst den Zwiespalt, den aufziehenden Konflikt, wenn ich mich nicht im Griff behielt. Meine Hand ruhte auf Fabs Brust, hinter der sein Herz in Erwartung einer Entscheidung schneller schlug. Dann befreite er mich aus meinem Zwiespalt, bevor er verlor, und schlang die Arme um mich. Er zog mich in seine Umarmung, viel zu fest und doch nicht fest genug, um aufzuwiegen, dass wir in all der Zeit hätten zusammen sein sollen. Jetzt jedoch trennte uns zu viel, um einen Anfang zu wagen. Wir hatten unsere Chance verpasst.

»Lijan ist nur deswegen an meiner Seite gewesen, damit ich mich dir nicht zuwende. Er hat gar nicht gefürchtet, dass du mich ihm wegnimmst, er hat vereiteln wollen, dass ich dich ihm wegnehme. Es ist immer um dich gegangen«, erkannte ich die Niedertracht in Lijans Handeln.

»Und wie weit ist er dafür bereit gewesen zu gehen?« Fab schob mich von sich. Sein Blick durchdrang mich. Es mochte die Frage sein, ob ich jemals mit Lijan das Lager geteilt hatte.

Ich schüttelte unmerklich den Kopf.

Fab tat einen tiefen Atemzug und trat von mir zurück. »Gut.« Er war nicht in der Lage oder nicht willens, seine Erleichterung zu verbergen.

»Warum hasst Lijan dich?«, flüsterte ich. Konnte ein gekränktes Herz so etwas nach sich ziehen?

»Möglicherweise tut er das, weil uns noch etwas anderes mit einander verbindet«, räumte Fab ein und trug offenbar ein weiteres Geheimnis mit sich herum. »Es ist nicht allein mein Weg nach Sorothez, der ihn gegen mich aufgebracht hat. Wir sollten auf Augenhöhe sein, weil auch hinter seinem Namen das Kürzel stand.«

Stille.

Mein Verstand hatte alle Mühe, diese Information zu verarbeiten. »Er ist eins jener Kinder?« Ich war fassungslos. Lijan hatte vorhin keinen Hehl aus seiner Verachtung gemacht. Er verurteilte Fab für das, was er war. Oder konnte er nur die eigene Schande nicht ertragen? Mir wurde flau. »Du hast ihm von dem Kürzel erzählt.«

»Und Rufus muss ihm die Bedeutung verraten haben. Vermutlich ohne zu ahnen, dass es nicht nur mich betrifft.« Du meine Güte. Hatte Lijan deshalb Fab aus dem Weg räumen wollen? Neben Ibe war er der Einzige, der um seine Bürde wusste.

Aber eins verstand ich immer noch nicht. »Ibe wollte, dass Lijan nach Tirithan geht. Ist das denn nicht eigentlich das Gegenteil von dem, was sein Schicksal hätte sein sollen? Entschuldige, das ist kein Angriff auf Sorothez gewesen«, ruderte ich sofort zurück.

»Du hast ja recht. Wenn diese Kinder derart gequält werden, sehen sie ihre Zukunft gewiss nicht in der glanzvollen Stadt. Diejenigen, die ihren Absprung schaffen, gehen nach Sorothez.«

»Aber Ibe hat Lijan nicht gequält. Im Gegenteil, er hat große Erwartungen in ihn gesetzt«, fiel mir auf. »Er hat also entgegen der Absprachen gehandelt und Lijan beschützt?«

Das sah Fab anders. »Oh, er hat ihn gewiss nicht beschützt«, spottete er in herablassendem Ton und bedeutete mir, ihm zurück zu Lijan zu folgen. »Du solltest wissen, warum er ist, wie er ist.« Wie bitte? Was gab es denn noch zu klären? War ich nicht schon genug über Dinge gestrauchelt, die mir entgangen waren? Und jetzt gab es noch mehr? Angespannt folgte ich Fab.

»Euer Freund hat ein nettes Vokabular, bezogen auf unsere Himmelsstadt«, begrüßte Oz uns und schüttelte nur amüsiert den Kopf. Diesen gestandenen Krieger brachte offensichtlich nichts so schnell aus der Ruhe, obwohl Lijan es sicher versucht hatte. Zwischen Oz' Fingern kreiste lässig ein Wurfstern. Jetzt fielen mir auch die zwei Silents ins Auge, die hinter Lijan im Stamm steckten. Nun gut, scheinbar hatte Oz seiner Kränkung doch Ausdruck verliehen. Ich konnte es ihm nicht verübeln.

»Liz sollte die ganze Geschichte kennen«, sagte Fab an Lijan gewandt. Der löste sofort seine verschränkten Arme.

»Nein!«

»Lijan, sie ist hier, um zu helfen. Sie nimmt ein großes Risiko auf sich, du solltest sie ins Vertrauen ziehen.« Nach allem, was Lijan sich geleistet hatte, fasste Fab ihn mit Samthandschuhen an? Ich verstand gar nichts mehr.

»Was soll er mir sagen? Wovon sprecht ihr?« Ich wagte ja gar nicht, die Frage nach dem Kürzel in den Ring zu werfen, aus Angst, Lijan würde gleich wieder ausrasten.

»Du hältst den Mund, Blackfeather«, drohte Lijan. Seine Fassade bekam allerdings deutliche Risse.

»Liz glaubt, Ibe habe dich beschützt«, warf Fab ein.

Lijan ballte die Faust. »Das hat er!«

»Sag es ihr«, forderte Fab.

Meine Hände fuhren wie von selbst an meine Stirn. Das hier war absurd. »Was ist das zwischen euch? Ich verstehe das nicht.«

Fab stemmte die Hände in die Seiten und richtete den Blick zu Boden. »Ibe hat …« Er schüttelte den Kopf, als könnte er es nicht aussprechen.

Verständnislos sah ich Lijan an, dessen Ausdruck von Scham und Pein zeugte. »Wag es ja nicht, Fabulous …«, flüsterte er mit erstickter Stimme.

Jetzt kämpfte auch ich mit den Tränen. »Lijan?«, hauchte ich gepresst. Das konnte nicht stimmen. Ich zog die falschen Schlüsse. Ibe hatte gewiss nicht …

»Er hat mich geliebt«, sagte Lijan in blanker Verzweiflung. »Ich war etwas Besonderes für ihn.«

»Er hat sich zu dir gelegt!«, hielt Fab dagegen. »Er hat sich selbst berührt. Wer weiß, was er noch getan hätte, wenn nicht –«

»O Gott.« Ich unterdrückte ein Würgen und presste die Hand auf meinen Mund, um das Unaussprechliche hinunterzuschlucken.

Lijan verzog gequält das Gesicht und drohte Fab kraftlos mit dem Finger. »Er hat mich nie angerührt. Er wollte, dass ich nach Tirithan gehe. Er ist wie ein Vater für mich gewesen«, brachte er unter Tränen hervor. Scheinbar hatte Fab recht, Lijans Seele war vergiftet mit unaussprechlichen Dingen, die ein Kind nicht erfahren sollte. Ich schloss die Augen und schluckte hart. Was hatte Ibe den beiden nur aufgebürdet? Ihre Welt lag in Scherben und nun, ebenso unumstößlich, zerbrach auch die meine.

***

»Was geschieht jetzt? Werden Oz und du nach Sorothez zurückkehren?«, fragte ich mit Blick auf Lijan und sank an Fabs Seite in den Schneidersitz. Wir hatten den Platz zum Lager erkoren und ein Feuer entzündet, neben dem unser vom Leben gezeichneter Freund schließlich vor Erschöpfung eingeschlafen war.

Fab stieß mit der Stiefelspitze einen Stein an. »Nein, ich bleibe noch, um sicherzugehen, dass Lijan sich beruhigt hat.«

»Das hast du immer getan, oder?«, mutmaßte ich. Wie oft hatte Fab Lijan beigestanden, während ich nachts seelenruhig in meinem Bett geschlafen hatte. Deshalb der Pakt zwischen den beiden Jungen. Ich verstand jetzt, vor welchem Tier Fab Lijan beschützt hatte, nicht zuletzt warum sie mich in den Weiher gestoßen hatten und Lijan mich retten sollte. Er wollte etwas zurückgewinnen, das man ihm geraubt hatte.

Weiße Schwingen. Kein Wunder, dass er besessen davon war. Mein Bild von Lijan zerbrach in viele traurige Facetten. Vielleicht war er nur deshalb in meiner Nähe geblieben, um mich – wie ich es immer gespürt hatte – zu beschützen, mich vor dem zu bewahren, was ihn selbst zugrunde richtete.

»Bist du deshalb so ungehorsam gewesen? Wolltest du Ibe von ihm ablenken, damit es nicht noch einmal passiert?«

Fab atmete hörbar durch. Sein Blick verfinsterte sich. »In dieser einen Nacht, als ich gesehen habe, was Ibe tat, bin ich eingeschritten. Klein wie ich war, habe ich ihn einfach mit dem Besenstiel geschlagen. Ich habe nur gewollt, dass er aufhört … Ich habe eigentlich gar nicht begriffen, was dort vor sich gegangen ist.«

Ich schluckte. Sie waren zu jung gewesen, um das zu begreifen. Was für einem Druck die beiden ausgesetzt gewesen waren.

»Das ist die Nacht gewesen, in der du lautstark rebelliert hast.« Mein Magen wollte sich umdrehen. So vieles hatte ich falsch verstanden.

»In der Nacht habe ich geschworen, dass ich mich Ibe immer in den Weg stellen würde, sollte er noch einmal jemandem zu nahe kommen. Also habe ich alles getan, damit er seine Aufmerksamkeit vollends mir schenkt.«

Mein Herz stach bei all den Erinnerungen, die mir ein anderes Bild unserer Siedlung zeigten. Und ich hatte geglaubt – und hasste mich jetzt dafür –, unsere Kindheit wäre unbelastet verlaufen. »Warum habe ich all das nicht gesehen?«

Fab lächelte bitter. »Wie hättest du es sollen? Ich musste Lijan versprechen, es niemandem zu sagen.«

Ich musterte ihn von der Seite. »Das muss schwer gewesen sein.« War Fab deshalb so ein Einzelgänger gewesen? Er hatte praktisch jeden auf Abstand gehalten. »Du hast gesagt, diese Kinder könnten den Glanz Tirithans nicht spüren, wenn man sie derart quält«, tastete ich mich behutsam vor. War er von Sorothez auf dieselbe Weise besessen wie Lijan von Tirithan? »Warum hast du dich immer als Blackfeather gesehen?«

Seine Schultern versteiften sich merklich.

Ich spürte das Blut durch meine Adern rauschen. »Hat man dir auch …« Die Worte blieben mir im Halse stecken. Das Grauen war unaussprechlich.

»Ibe hätte das nicht gewagt«, brachte er mühsam hervor.

»Aber andere haben es«, flüsterte ich erstickt. Die Erkenntnis, woher seine Narben auf dem Rücken stammten, schrie mich förmlich an. »Sag mir, dass Oz für dich das gewesen ist, was du für Lijan warst«, flehte ich. »Hat er dich davor bewahrt?«

Fabs Kinn sank auf die Brust. »Jetzt verstehst du sicher, warum ich für ihn meine Hand ins Feuer legen würde.«

Mit tränenverschleiertem Blick sah ich zu Oz auf, der sich schon vor einer Weile auf einen dicken Ast weit über uns gesetzt hatte, um uns in Ruhe reden zu lassen.

»Ich weiß nicht, wie es Lijan in den zwei Jahren ergangen ist, in denen ich fort war«, rückte Fab sich aus dem Fokus der Geschichte, »aber Ibe schien ein anderes Interesse an ihm entwickelt zu haben, als ich zurückkehrte. Er hat plötzlich Erwartungen in ihn gesetzt.« Das entsprach wieder dem Bild, das ich auch gesehen hatte. »Nach meiner Rückkehr stand Lijan der Whitefeather geradezu ins Gesicht geschrieben. Zwischen uns wurde es immer unerträglicher.«

Ich erinnerte mich. Damals hatte ich ihr zunehmend männliches Gebaren der Frühreife zugeschrieben. »Dann ist Lijan dir schon *vor* deinem Fortgang zugetan gewesen?«

Fab rieb sich mit der Hand über das Gesicht. Die Schatten der Vergangenheit überkamen ihn. »Sein Kuss war überhaupt der Grund, warum man mich fortgeschickt hat«, erklärte er resigniert. »Vielleicht glaubt er, ich hätte ihn im Stich gelassen.«

Meine Hände fühlten sich plötzlich eiskalt an. »Oder er glaubt, dich ihnen ausgeliefert zu haben.« So oder so hatten all die Geschehnisse eine tiefe Schneise zwischen die einstigen Freunde geschlagen.

Ich starrte über die Flammen hinweg auf den Jungen, der graue Schwingen trug, weil das Leben ihn auf unvorstellbare Weise geprüft hatte, und verstand. Er konnte sie nicht ablegen. Seine Flügel waren gleichsam Konsequenz, Mahnung und letzte Hoffnung für ihn. Er brauchte ein Zuhause. Dringender als alles andere. Und niemand wollte ihm eines geben.

»Steh auf.« Ich sprang auf die Füße und streckte Fab die Hand entgegen. Oz spähte zu uns hinunter.

Fab schien überrumpelt, nahm aber meine Hand und zog sich daran hoch. »Wohin willst du?«

»Oz, du bleibst bei Lijan, bis er aufwacht«, nahm ich mir heraus den Blackfeather anzuweisen. »Gib auf ihn acht. Und dann lässt du ihn gehen.«

Oz schwang ein Bein über den Ast, sprang von seinem Platz herab und suchte Fabs Blick. Der nickte.

»Was hast du vor?«

»Die Nacht hält mich noch ein zwei Stunden am Boden. Wir gehen jetzt und stellen denjenigen, der tatsächlich verurteilt werden sollte.«

»Du willst zu Ibe?« In seiner Stimme schwangen gleichsam Erstaunen und Respekt.

Und ob ich das wollte. »Du kannst mitkommen oder mich das allein durchziehen lassen. Aber ich will diesem heuchlerischen Bastard ins Gesicht sehen und ihm sagen, was ich von ihm halte«, brachte ich zornig hervor. »Du magst ihm jahrelang die Stirn geboten haben. Ich will es wenigstens ein einziges Mal. Eher gebe ich keine Ruhe.«

Oz zog die Augenbrauen hoch und betrachtete mich skeptisch. Whitefeather und zwei Köpfe kleiner als er, aber wenn es um meine Entschlossenheit und die Stärke in meinem Herzen ging, konnte ich es mit ihnen allen aufnehmen.

»In Ordnung, ich begleite dich. Oz, du bleibst«, beschloss Fab. »Weck Lijan vor Sonnenaufgang, lass ihn gehen und kehr heim nach Sorothez. Ich werde sobald ich kann folgen.« Er schmunzelte. »Lassen wir der kleinen Whitefeather ihren Aufstand.« Ich wusste, er meinte das anerkennender, als es klang.

Kapitel 20

Je näher wir dem Hof kamen, desto mehr Mühe hatte Fab, mir zu folgen. Blackfeathersehvermögen oder nicht, jetzt, wo die Dämmerung einsetzte, fand ich den Weg spielend und stürmte auf das Gehöft zu.

»Warte. Was genau hast du eigentlich vor?«

»Als ob du das nicht wüsstest!« Ich stapfte durch die jetzt nicht einmal mehr kniehohe Vegetation. Das niedrige Buschwerk scharrte bei jedem Schritt an meinen Stiefeln.

»Willst du Ibe zur Rede stellen? Er wird sein Fehlverhalten nicht eingestehen.«

»Oh, ich will gar nicht reden. Ich will ihm eine verpassen.« Meine Fäuste ballten sich von allein.

»Sei vernünftig. Er ist größer und stärker als du.«

»Aber ich habe das hier«, triumphierte ich, griff an den Bund um meine Taille und befreite das unscheinbare Stück Blackfeatherkunstfertigkeit. Die abgebrochene Spitze des Silents.

Fab reagierte umgehend. »Nein!« Mit wenigen Schritten schloss er zu mir auf. »Das darfst du nicht.«

»Warum nicht? Wollen wir doch mal sehen, ob er nicht redet.« Ich ließ mich nicht beirren und durchmaß das wilde Gras neben Ibes Werkstatt.

»Ich habe gedacht, du willst ihm die Stirn bieten. Aber ihm zu drohen ist nicht mutig, sondern dumm.«

»Ah, verstehe. Du beanspruchst unbedachte Handlungen allein für dich«, stichelte ich.

Jetzt packte er meinen Oberarm und schleuderte mich rücklings gegen die

Wand der Hütte. »Sie werden uns beide dafür belangen. Als Whitefeather ist es dir nicht erlaubt, einen Silent zu tragen. Ich hätte dir das Stück nicht überlassen sollen.«

Ich entriss ihm meinen Arm und stieß mich angriffslustig vom Holz ab, sodass sich beinahe unsere Nasenspitzen berührten. »Keine Sorge, ich werde ihnen nicht verraten, dass ich den Silent von dir habe. Du hast nichts zu befürchten.« Ich zeigte ihm die kalte Schulter und lief zur Vorderseite der Werkstatt. Als ob ich jemals jemanden verletzen könnte.

»Darum geht es mir doch gar nicht. Bitte, Liz. Tu das nicht.« Doch ich wollte nicht hören. Der Impuls, endlich einmal zu handeln, mit der Faust auf den Tisch zu schlagen, war übermächtig.

»Ibe!«, tönte ich aufgebracht und stemmte mit der Schulter die Tür auf, die träge knarzend aufschwang. Ich verstummte im selben Augenblick.

O Gott.

Meine Augen weiteten sich. Jedes Detail dessen, was sich mir offenbarte, brannte sich unwiderruflich in mein Gedächtnis.

Das Gesicht aschfahl, eingefallen, völlig fremd. Der Leib auf ein Holzgerüst gespannt, die Arme ausgebreitet.

Ibes Füße berührten die Dielen nicht. Blut war an ihnen hinabgeronnen und hatte eine Lache gebildet. Das Kurioseste waren jedoch die schwarzen Federschwingen. Man hatte sie ebenso aufgestellt wie unseren Ziehvater. Als stünde ein Seraph vor uns in der Luft. Ich ließ das Stück Silent fallen.

»Verflucht.« Fab gab einen erstickten Laut von sich und schlug sich die Hand vor Nase und Mund. Der schwere Geruch des Blutes lag in der Luft.

»Er ist tot«, sprach ich aus, was nicht erst gesagt werden musste, und konnte nicht anders, als zu starren. Wenn die Menge an Blut nicht überzeugte, dann spätestens die grauenhaften Verletzungen an Hals und Bauch. Abschlachten war wohl das treffende Wort dafür. Man hatte Ibe, den ich eben noch selbst zur Rechenschaft hatte ziehen wollen, abgeschlachtet.

Fab schob sich an mir vorbei, umrundete die Blutlache und näherte sich Ibes Leichnam. Vorsichtig inspizierte er die grausigen Wunden, die man Ibe zugefügt hatte, während ich mich endlich abwandte. Keuchend atmete ich gegen die Übelkeit an, die mich nun doch überkam. Mein Magen wollte sich umstülpen. Ich würgte und rang um Kontrolle.

»Könnte ein Silent gewesen sein«, hörte ich Fabs ernste Stimme hinter mir.

»Woher –« Ich musste erneut schlucken. *Atmen, Liz. Einfach atmen,* ermahnte ich mich. Ein neuerlicher Luftzug trug mir den bittersüßen Geruch zu. Ich bückte mich und hob die Silentspitze auf, um sie wieder zu verstauen.

»Die Wundränder«, gab Fab zurück. Ich verstand. Nur ein sehr scharfes und präzises Werkzeug verursachte derartige Verletzungen.

»Du meinst, es könnten Blackfeather …«

»Nein.«

»Aber …«

»Ich bin der Anführer der Rotte. Wir sind für diese Region verantwortlich. Und nur wir benutzen Silents. Ich würde es wissen.« Seine Stimme hatte bestimmt geklungen.

Ihn darauf hinzuweisen, dass er möglicherweise nicht von allem Kenntnis hatte, was die Blackfeather betraf, half uns nicht weiter. Aber offensichtlich war ich nicht die Einzige, die Dinge infrage stellen sollte.

»Was ist mit den Flügeln?«, fragte ich und wagte nun doch wieder einen zaghaften Blick. »Sind die echt?« Die Übelkeit regte sich erneut. »Denn … das mag jetzt komisch klingen, aber ich glaube, das habe ich alles schon einmal gesehen.«

Fab musterte mich mit ernstem Ausdruck. »Was meinst du damit, du hast das schon mal gesehen? Eine solche Hinrichtung?«

»Nein, die schwarzen Schwingen an ihm.« Meine Gedanken wurden von vagen Erinnerungen erfüllt.

»*Diese* schwarzen Schwingen?«

»Ja.« Ich sah es nun deutlicher vor mir. Die Nacht, die schwach erhellte Kammer, das Flackern einer Kerze. »Sie ist ein gutes Mädchen …«, flüsterte ich.

»Was?«

»Das hat er gesagt. Ich sei ein gutes Mädchen.«

»Wer? Ich versteh nicht. Wer hat das gesagt?«

»Ibe.« Alle Erinnerungen kehrten plötzlich zurück, so als hätte ein gewaltiger Damm sie all die Jahre zurückgehalten und gäbe sie nun frei. »Nachdem ich beinahe ertrunken wäre. Ibe hat mich in seiner Hütte untergebracht, als ich im Fieber lag. Er hat schwarze Schwingen getragen. Und … er hat mit jemandem gesprochen, über mich. Darüber, dass man mir helfen sollte. Da ist dieses gleißende Licht gewesen …« *Sie ist ein gutes Mädchen. Sie trägt keine Schuld daran. Helft ihr.* Ich hörte Ibe in meinem Kopf flehen. Wieder und wieder.

Fab betrachtete die Flügel mit Argwohn, dann wieder mich. »Mag sein, dass du damals kränker warst, als sie uns haben wissen lassen. Vielleicht ist ein Whitefeather hier gewesen, um dir beizustehen. Diese Schwingen sind aber nicht echt, Liz. Es ist nur ein abscheuliches Konstrukt. Eine Nachbildung.«

Verstohlen wischte ich mir über die feuchten Augen. »Warum sollte jemand Schwingen nachbauen? Dann sind es gar nicht seine?«

Fab fächerte die Federn auseinander und untersuchte Ibes Rücken. Einzelne Federn lösten sich und schwebten zu Boden. Ich schirmte den Blick ab. Das Bild, wie einem Engel die Flügel gerupft wurden, war zu bizarr.

»Ich denke …«, hob Fab an und schien mit seiner Untersuchung noch nicht fertig. Das seidene Rascheln erklang erneut. »… sie haben ihm seine vor langer Zeit genommen. Es ist verheilt, aber immer noch tastbar.«

Ich ließ die Hand sinken und beäugte Fab. »Du meinst, Ibe ist ein Gefallener gewesen?«

»Sieht so aus.«

»Aber … Ich habe gedacht, Gefallene erfüllen keine Pflichten mehr für die Himmelsstädte. Wieso war Ibe dann unser Ziehvater?«

Fab schnappte sich einen alten Lappen und wischte sich sorgfältig die Finger damit sauber. »Vielleicht war er auf diesem Posten nützlich für sie.« Seine nüchterne Sichtweise zeigte mir einmal mehr, wie sehr er sich von dem Oberhaupt unserer Siedlung distanziert hatte. »Möglicherweise hat er zu Beginn Schwingen getragen. Wenn du dich wirklich daran erinnerst, ihn damit gesehen zu haben?«

Ich schnaufte. »Fraglich. Vielleicht habe ich in meinem damaligen Zustand auch nur fantasiert.«

»Egal welcher Seite er mal angehört hat, irgendwann hat er seinen Status jedenfalls eingebüßt und seine Schwingen verloren. Vielleicht ist das Konstrukt sogar sein Werk.«

»Du meinst, weil er sie vermisst haben könnte?« Ich verzog das Gesicht.

»Spielt keine Rolle. Die Frage ist, warum sie ihn erst geduldet und ausgerechnet jetzt beseitigt haben.«

»Die Frage ist wohl eher, *wer* ihn beseitigt hat«, gab ich zu bedenken. »Du glaubst doch nicht, Lijan könnte das gewesen sein? Bei allem, was er durchmachen musste.«

»Dann hätte er seine Rache bekommen«, urteilte Fab ungerührt. »Aber woher sollte er einen Silent haben?«

»Vielleicht von Rufus? Schließlich hat Lijan mit ihm gesprochen. Und Rufus könnte Interesse daran haben, einem – entschuldige den Ausdruck – f.ab. zu helfen.«

»Wenn er nicht gar selbst Hand angelegt hat«, überlegte Fab. »So oder so. Wir müssen sofort zurück zu Lijan. Denn wenn das hier nicht sein Werk ist, läuft dort draußen jemand anderes herum, der vor nichts Halt macht.«

***

Nachdem wir Ibe mitsamt dem absurden Konstrukt niedergelegt und seinen Leichnam verdeckt hatten, verließen wir die Werkstatt.

»Nicht auszudenken, wenn ihn eines der Kinder fände.« Besorgt wanderte mein Blick über den Platz zu den Unterkünften. Dunst verhängte vage die Sicht.

Fab blieb stehen und schaute sich ebenfalls um. »Kommt es dir auch komisch vor?«, fragte er.

»Was genau meinst du?«

»Der Hof. Sollten sie nicht längst auf den Beinen sein?«

Jetzt fiel es mir auch auf. »Irgendwie unheimlich.« Ich lauschte angestrengt. Als hätte sich jedes Lebewesen schutzsuchend verkrochen. Wie ausgestorben. Totenstill.

Fab stieß meinen Arm an und wies mit dem Kinn Richtung Gemeinschaftshütte und Scheune. Geöffnete Türen. Man hatte die Pferde aus dem Stall geholt. Umgestürzte Gerätschaften erweckten den Eindruck, als seien sie überstürzt aufgebrochen.

»Spürst du das?«, fragte Fab mit gedämpfter Stimme. Seine Haltung veränderte sich plötzlich. Er fasste meine Hand und bugsierte uns achtsamen Schrittes zurück zur Werkstatt.

»Wieso spüren?«, fragte ich verwirrt, doch im selben Augenblick wusste ich, wovon er sprach. Ein Grollen durchfuhr den Boden, sodass das Wasser in einer flachen Pfütze erzitterte.

Erschrocken zog ich mich an Fabs Arm heran und suchte mit den Blicken den Grund ab. »Was war das?«

»Schnell!«, befahl er und zerrte mich mit sich, geradewegs an der Werkstatt vorbei Richtung Wald.

Der Boden unter unseren Füßen schien lebendig zu werden. Donnern und Grollen folgte uns. Oder umschloss es uns vielleicht von allen Seiten? Ich konnte es nicht sagen. Überall um uns herum zischte plötzlich Dampf aus dem Boden. Fab riss mich beiseite, als direkt neben uns ein heißer Strahl hervorschoss. Die Hitzewelle erreichte mich dennoch.

»Was passiert hier?«, kreischte ich.

Der vom Regen aufgeweichte Boden begann regelrecht zu brodeln und warf unvermittelt riesige Blasen, die, eine neben der anderen, anschwollen, bis sie mannsgroß waren. Mein Puls beschleunigte sich beim Anblick dieser schlammigen Kuppeln.

»Was zur Hölle ist das?«, schimpfte ich ungläubig. Fab brachte uns hinter einer Ansammlung von Findlingen in Sicherheit. Im nächsten Moment platzte die erste Blase. Wie aus einem Geysir schossen zwei Gestalten daraus hervor. Sie landeten auf ihren muskulösen Beinen, zogen krumme Klingen aus den Halterungen ihrer Kluft und marschierten wie fremdgesteuert los. Erschrocken versteifte sich mein Körper, als Fab seine Hand auf meinen Mund presste und mich an sich zog. Er kauerte sich mit mir nieder. Immer lauter wurden nun die Geräusche des aufbrechenden Bodens. Der schneidende Laut des Ziehens ihrer Waffen schmerzte in meinen Ohren. Eine unheilvolle Melodie von Chaos und drohendem Untergang. Ich klammerte mich an Fabs Arm. Mein Puls überschlug sich. Dämonen, es waren Dämonen, die ausbrachen und sich auf den Weg machten. Gott! Was wollten sie hier? Oder geschah so etwas einfach? Ich wusste, sie buhlten um menschliche Seelen. Aber überfielen sie auch Engelssiedlungen? War dies eine dämonische Truppe auf Raubzug? Es wirkte, als brächen sie zu einer Schlacht auf.

Fab schmiegte seine Wange an meine Schläfe und versuchte offenbar beruhigend auf mich einzuwirken. Erst jetzt wurde mir bewusst, dass ich am ganzen Leib zitterte.

»Behalte die Nerven. Ich bin sicher, der Hof ist geräumt«, flüsterte er.

Ich nickte hastig. Was immer geschehen sein mochte, die Hütten standen leer.

Fab nahm die Hand von meinem Mund, suchte meine zittrigen Finger, öffnete sie und legte etwas hinein. Ich brauchte nicht hinzusehen, um zu wissen, dass es ein Silent war. »Nicht werfen. Festhalten und zustechen«, raunte er und sorgte dafür, dass ich den Silent richtig zu fassen bekam. Ein eisiges Frösteln kroch meine Arme hinab und richtete jedes Härchen auf. »Ich bin bei dir«, versprach er, dann richteten wir uns zusammen an einem der Felsen auf, immer noch in seinem Schutz verharrend.

Den Geräuschen nach endete das sprühende Feuerwerk der Unterwelt allmählich. Ich spähte vorsichtig zwischen den Findlingen hindurch und betrachtete die teils dunkel gekleideten Gestalten, die entschlossen zu den Unterkünften marschierten. Einige wenige unter ihnen muteten an wie Blackfeather. Schwarze angezogene Schwingen, aufrechter Gang, menschliche Züge. Nicht schwer zu glauben, dass Sorothez von ihnen abstammen sollte. Die meisten wirkten jedoch wie Tiere. Bucklig, die oberen Glieder unnatürlich verlängert. Einer von ihnen stieß unvermittelt grauenhafte Laute aus und schnappte mit seinem raubtierhaften Kiefer nach einem Dämon etwas anderer Statur, als dieser ihm zu nahe kam. Es war das erste Mal, dass ich diese Kreaturen sah, und es weckte Urängste in mir, die ich – da war ich sicher – nur mit Fabs Hilfe bezwang.

Er entließ mich aus seinem Griff und lehnte sich mit dem Rücken zum Felsen zur anderen Seite vor. Ich schloss meine Hand sogleich fester um den Silent. Die Erde hatte aus ihrem Schoß einen Haufen bösartiger Kreaturen geboren. Doch jetzt herrschte Stille. Fab tastete nach meinem Arm, ergriff den Ärmel und zog mich mit sich, während er den Findling langsam umrundete. Das Feld lag brach.

»Was wollen die?«, fragte ich verunsichert.

Fab suchte mit seinem Blick den Waldrand ab und schien zu ermessen, ob wir es wagen konnten, im Schutz der Bäume zu verschwinden.

»Dunkles Engelsblut ruft uns«, erklang seine vertraute Stimme. Mein Herz stockte in Eiseskälte. Fab hatte seine Lippen gar nicht bewegt und doch hatte ich ihn gehört. Es war seine Stimme gewesen.

Ein kehliges Lachen untermalte meine Verwirrung.

Sofort reagierte Fab, riss mich hinter sich und schleuderte einen seiner Wurfsterne. Die unheilvolle Gestalt, die oberhalb der Findlinge hockte, löste ihre Schulterpartie in schwarzen Rauch auf, durch den der Silent schnitt.

»Daneben«, sagte der Dämon gelangweilt, glitt in einer fließenden Bewegung herab, wobei seine Gestalt sich immer wieder in feinen Rauchfäden verlor, und lehnte sich mit verschränkten Armen an. Herrgott, bis auf die lederartige Struktur seiner Schwingen und die bizarren Dornen an Armen und Beinen ähnelte er den Blackfeather frappierend.

Fab schleuderte ohne Zögern erneut einen Silent. Diesmal fing der Dämon den Stern aus der Luft, ungeachtet der Tatsache, dass es ihn einen Finger kostete, der jetzt kläglich neben den anderen hing. »Nicht doch ...« Seine Oberlippe zuckte verärgert. Er gab ein abschätziges Schnalzen von sich, ließ den Silent fallen und rupfte die unnütz gewordene Gliedmaße einfach ab. »Wir könnten Brüder sein ...«, spottete er und warf den Finger ins Gras. Ich wunderte mich über seine geschliffene Zunge neben all der Rohheit. Ein wildes Grunzen hätte meiner Vorstellung eher entsprochen.

Fab zog einen weiteren Wurfstern. »Tausend Jahre und mehr trennen uns.«

»Und mich nur ein glücklicher Treffer von dieser Köstlichkeit.« Die Ausgeburt der Hölle schenkte mir einen glimmenden Blick und streckte in der nächsten Sekunde seine klauenartige Hand nach den aus seinem Arm ragenden Dornen aus. Fab schleuderte den Silent, doch der Dämon löste, ohne hinzusehen, Teile seines Leibes in Rauch auf. Wieder verfehlte der Silent ihn, schlug gegen den Findling und in einem schrägen Winkel ab ins Gesträuch. Der Dämon zog – scheinbar unter Schmerzen – einen langen, leicht gebogenen Dorn aus seiner Haut, aus der es nun schwarz blutete.

Fab schob mich immer weiter zurück. »Du musst sofort aufsteigen«, raunte er.

»Was? Nein.«

»Uuh, hör lieber auf ihn«, feixte der Dämon mit gestohlener Stimme, »ehe deine Haut unschöne Leichenblässe aufweist.« Ohne Zögern marschierte er auf Fab zu, der mich nun rücklings von sich stieß und sich dem Kampf stellte. Der Dorn des Dämons schnitt durch die Luft, einmal, zweimal. Fab sprang zurück, duckte sich darunter weg und zog in derselben Bewegung einen Silent aus dem Schaft seines Stiefels. Eine Drehbewegung und er stieß mit dem Stern zu. Seine kraftvolle Bewegung durchbrach das Ziel. Die Flanke des Dämons hatte sich in schwarzen Rauch aufgelöst. Fab geriet aus dem Tritt, weil er das Fehlen des Widerstandes nicht ausgleichen konnte. Der Dämon jedoch ließ blitzschnell den Dorn in seiner einen Hand zu Rauch zerfallen und verschwinden, um ihn gleich darauf in der anderen zu halten und zuzustechen.

»Fab!«, kreischte ich, als sein Körper getroffen strauchelte. Ohne nachzudenken, fand ich sofort an seine Seite und stützte ihn, während er keuchend in die Hocke sank. Mit zitternder Hand richtete ich tapfer die Spitze meines Wurfsterns auf das Antlitz des Feindes.

»Jämmerlich«, tat der meine Geste ab und verzog missbilligend den Mund. »Ihr seid nicht mal die Zeit wert, euch beim Sterben zuzusehen.« Seine eigene kratzende Stimme schabte wie ein stumpfes Messer über meine Seele. »Elendes Federvieh. Beschütz ihn nur. Du könntest ihm keine größere Schande bereiten.« Er trat mit gesenktem Kinn, aber ohne den Blick von mir zu nehmen, zurück und schmiegte sich lüstern grinsend an den Felsen. »Auf mich wartet ein reizvolleres Fest. Ein bisschen von euch beiden, nur kraftvoller«, protzte er und glitt an dem Findling vorbei, um endlich der Marschroute der anderen zu folgen. Sprach er etwa von dem Greyfeather? Der Anblick seiner sich auflösenden Umrisse wirkte so bizarr, dass ich für einen Augenblick Fab vergaß, der plötzlich in sich zusammensackte. Ich konnte gerade noch seinen Arm packen und ihn vorsichtig ablegen.

»Wie schlimm ist es?« Mein Blick erfasste seine blutige Hand, die kraftlos von seinem Leib glitt. Alarmiert kniete ich mich hin und untersuchte die Verletzung. Seine Kleidung war bereits blutdurchtränkt. Darunter zierte ein seltsamer schwarzer Schleier die blasse Haut rund um die Wunde. *Nein, nein, nein!* Was sollte ich jetzt tun? Seine Augen blinzelten, sein Blick suchte irgendwo Halt. Vielleicht stand er kurz davor, das Bewusstsein zu verlieren.

»He!« Ich versetzte seiner Schulter einen Ruck, um ihn an der Oberfläche zu halten.

Er atmete tief durch, riss die Augen auf und tauchte aus dem Sinnestaumel wieder auf. Im nächsten Augenblick verzog er vor Schmerzen das Gesicht. »Hilf mir …« Seine Hand wanderte zur Wunde. Durch zusammengebissene Zähne holte er Luft.

»Wie?«, fragte ich verzweifelt. Blut sickerte zwischen seinen Fingern hervor. Ich bemühte mich meine Gedanken zu sortieren. Dämonen, Dornen … Ich wusste nichts über diese Dinge.

Fab warf vom Schmerz gepeinigt den Kopf in den Nacken. Seine Grimasse wirkte beinahe spöttisch. »Was bringen sie euch in Tirithan eigentlich bei?«

»Jedenfalls nicht einander zusammenzuflicken.«

»Doch.« Er keuchte. »Doch, genau das können die Whitefeather.«

Jetzt runzelte ich die Stirn.

Er bemerkte meinen ungläubigen Blick und lachte heiser. »Du weißt es gar nicht? … Ich habe wirklich kein Glück.«

»Was soll ich wissen?«

»Whitefeather können heilen. Du bräuchtest nur deine Magie mit mir zu teilen …« Erneut zog er die Luft schneidend ein. »Jedenfalls, wenn du mir helfen willst.«

»Natürlich will ich dir helfen. Aber … wie soll ich das?« Instinktiv betrachtete ich meine Handflächen, zögerte aber dem Impuls nachzugeben, sie auf seine Wunde zu drücken. Irgendetwas brannte unter meiner Haut.

Fab nickte nur. »Versuch es. Schlimmer machen kannst du es kaum.«

Mein Lächeln versagte kläglich. »Bist du sicher?«

Er legte seinen Kopf zurück und atmete tief durch, offenbar wappnete er sich für was auch immer folgen mochte.

»Okay, aber ich habe keine Ahnung, was ich tue«, beschwerte ich mich, schob seine Hand zur Seite und presste die Handflächen auf seinen Bauch. Sofort zuckte ich zusammen, als er es ebenfalls tat. »Reiß dich zusammen!« Ich wusste nicht, ob ich ihn oder mich damit meinte. »Wir müssen herausfinden, ob ich diese Whitefeathermagie besitze, da können wir nicht zimperlich sein.«

»Bin ich nicht, glaub mir. Du kannst das«, machte er mir Mut.

Ich spürte sein Blut unter meinen Händen, warm und feucht, und konzentrierte mich darauf, während ich in meinem Inneren nach irgendetwas suchte, das sich wie Magie anfühlte. Aber da war nichts. Kein Glanz. Keine Gabe. Meine Arme spannten sich unwillkürlich an, aber nichts geschah. Dabei wollte ich Fab helfen, ich wollte ihn heilen. Verfluchtes Tirithan. Wissen – Bewahren – Ordnung? Zum Teufel damit! Offensichtlich behielten sie ihr Wissen für sich und bewahrten wichtige Kenntnisse hinter verschlossenen Türen. Nichts hatten sie mir beigebracht. Ich fragte mich, ob ich überhaupt eine echte Tochter Tirithans war.

Fab atmete urplötzlich gepresst, Blässe erfasste seine Gesichtszüge. Er hustete und drehte sich auf die Seite, als ein Schwall Blut aus seinem Mund floss.

»Großer Gott!« Ich fasste seine Schulter und begriff endlich, dass dies hier schlimmer enden könnte, als ich gedacht hatte.

Entschlossen packte ich sein Oberteil, zerrte ihn in eine sitzende Position und Richtung Felsen. Er stöhnte auf, wehrte sich aber nicht.

»Liz …«, hauchte er erschöpft. Es steckte kaum noch Protest in seiner Stimme.

»Halt die Klappe. Ich muss das anders machen.« Meinem Bauchgefühl vertrauend bugsierte ich mich hinter Fabs Rücken, zog ihn noch ein Stück höher, lehnte mich gegen den Findling und ihn gegen meinen Brustkorb. Eine Hand auf die Verletzung gelegt schob ich die andere in den weiten Ausschnitt seines Hemdes. Jetzt spürte ich seine Körperwärme und seinen Herzschlag. Die Augen geschlossen atmete ich mit ihm gemeinsam und suchte … suchte etwas, das mir Kraft verlieh, ein Gefühl, irgendwas. Ich ließ mich nicht ablenken, konzentrierte mich ganz auf ihn, auf seinen Körper, seinen Herzschlag, bis wir im Gleichklang atmeten. Die Luft schien immer tiefer in meine Lungen zu strömen, Hitze stieg in meinem Bauch auf, verteilte sich als Prickeln an den Nerven entlang, fuhr meine Arme hinab und endlich, endlich schien so etwas wie Wärme unter meiner Hand zu entstehen. Eine Kraft, ein Leuchten, keine Ahnung, was sich unter meinen Fingern befand. Ich kniff die Augen fest zusammen, aus Angst, ich könnte es wieder verlieren. Fab tat jetzt tiefe Atemzüge. Sein Körper spannte sich unter meiner Berührung an, bevor er sich langsam löste und in meine Umarmung sank. Endlich schien ich etwas richtig zu machen.

***

»Wenn ich geahnt hätte, dass das dafür nötig ist, dass du mich hältst …«

Ich schlug benommen die Augen auf. Für einen schwachen Moment hatte mich scheinbar die Kraft verlassen. Fabs Körper lag in meinen Armen. Er sah zu mir auf. Meine Hand ruhte immer noch auf seiner nackten Brust. Die kraftvollen Schläge seines Herzens brachten meins unversehens aus dem Takt. Unsicher zog ich meine Hand aus seinem Ausschnitt.

Fab packte mein Handgelenk. Sein Blick nahm mich eine Sekunde gefangen. Ich hoffte, er würde den Mund halten.

Seine Lippen teilten sich. Unschlüssig schwieg er, während mein Puls sich ungestüm beschleunigte. »Danke«, brachte er schließlich hervor und entließ mich aus seinem Griff. Ich war froh, endlich seiner Nähe entkommen zu dürfen. Es war nicht richtig, was ich fühlte. Das durfte ich nicht. Ich war eine Whitefeather, er ein Blackfeather. Für uns galten die gleichen Regeln. Jeglicher Kontakt war untersagt.

»Dann geht es dir besser?«, fragte ich erleichtert und nahm etwas Abstand.

Fab stand ebenfalls auf und betastete sein von Blut beflecktes Hemd. »Wie neu.«

»Und das bin tatsächlich ich gewesen?« Fassungslos bestaunte ich meine Hände.

»Das bist du gewesen, kleine Whitefeather.«

Ich sah auf. »Woher hast du davon gewusst?«

Er zuckte mit den Schultern. »Jeder in Sorothez weiß, was ihr könnt. Die Frage ist, warum hast du es nicht gewusst.«

Betreten presste ich die Lippen zusammen und verkniff mir eine Antwort. Fab mochte bei dieser Aktion verletzt worden sein, aber ich fühlte mich geschlagen. Ein Sohn Sorothez' wusste mehr über mich als ich selbst. Es war ein schwacher Trost, dass es Fab war. Er hatte recht. Warum wusste ich so wenig über meinesgleichen?

Bitter nickte ich. »Offenbar habe ich einiges nachzuholen.«

»Und das solltest du. Sofort«, entgegnete er. »Du musst aufsteigen und nach Tirithan zurückkehren. Du bist schon viel zu lange fort. Ich will nicht, dass dein Verschwinden auffliegt.«

»Was ist mit Ibe?«

Er schüttelte den Kopf. »Ich fürchte, das liegt nicht mehr in unserer Hand. Die Dämonen werden sich seiner angenommen haben.« Ich sollte wohl lieber nicht nachfragen, was er damit meinte. »Vergossenes Engelsblut ruft sie auf den Plan und Ibe hat eine Menge davon verloren. Deshalb könnten es so viele gewesen sein. Ich versuche in Sorothez etwas in Erfahrung zu bringen. Geh jetzt, Liz.«

»Und Lijan?«

»Ich werde nach ihm sehen, versprochen.«

Ich gab mich geschlagen, wenn auch mit einem unguten Gefühl. Fab trat zurück, während meine Schwingen hervorbrachen und ihren Platz forderten.

Der wehmütige Schimmer in seinen Augen bescherte mir eine Gänsehaut. »Pass auf dich auf.«

»Werde ich.«

Kapitel 21

Ich erreichte Tirithan und steuerte, ohne dem Pfad zu folgen, auf direktem Wege die Stadt an. Kaum landete ich in einem der offenen Bogengänge, packte mich auch schon eine der Wachen.

»He –«, instinktiv wehrte ich mit gegen den viel zu harten Griff. »Lass mich los. Wohin bringst du mich?« Der grimmige Whitefeather schob mich unnachgiebig vor sich her und schwieg. Er war scheinbar mehr an ausführenden Handlungen als erklärenden Worten interessiert.

An einer Ecke rasselten wir beinahe mit Mila zusammen. Erschrocken weiteten sich ihre Augen, dann jedoch, nachdem sie die Lage überblickt hatte, spiegelte ihr Antlitz nichts als Entschlossenheit.

»Gut, dass ich euch treffe«, näselte sie herablassend. »Der Präfekt schickt mich. Ich soll die Angeklagte zu ihm bringen, ehe sie dem Rat vorgeführt wird.« Jetzt waren es meine Augen, die sich entsetzt weiteten. Denn auch wenn Mila offensichtlich eine Rolle spielte, um mich aus den Fängen dieses weißflügeligen Grobians zu befreien, so waren ihre Worte gewiss keine Lüge. Man klagte mich an? Mein Herz verkrampfte sich. Was genau warfen sie mir vor? In meinem Kopf erklangen mehrere Vorwürfe gleichzeitig. *Sie hat sich unerlaubt aus Tirithan fortgeschlichen. Sie hat die nächtliche Stadt besucht.* In meinen Gedanken hörte ich stellvertretend Deklans Stimme. *Sie hat sich mit einem Blackfeather verbündet. Sie deckt jemanden, der nicht zum Aufstieg in die Himmelsstädte berufen ist.*

Was wusste der Ältestenrat? Und von wem? Meine Knie wurden weich.

»Wenn ihr mir nicht glaubt, hier.« Mila reichte ein gefaltetes Stück Papier an die Wache und ergriff schon mal vorsorglich meinen Oberarm. Ich hielt gebannt den Atem an.

Der Whitefeather las die Anweisung, nickte und überließ mich meiner Freundin, die mich – so absurd es mir vorkam – pflichtbewusst abführte. Angespannt überließ ich mich ihrer Führung bis zum Hof des Atriums, wo sie mich in eine der bogenförmigen Nischen bugsierte. Sofort verschloss sich die Öffnung mit einer dünnen durchscheinenden Schicht Quiryll.

»Was ist hier los?«, brachte ich unsicher hervor. »Sie wissen von meinem Ausflug? Wie schlimm ist es?«

Mila drückte mich an die Wand zurück und bedeutete mir, still zu sein. Einige Augenblicke später marschierten drei Whitefeather an unserem Versteck vorbei. Mila wartete, bis die Geräusche verebbten.

»Was ist passiert, Liz?«, flüsterte sie eindringlich. »Lauter absurde Nachrichten erreichen mich. Du versteckst einen Whitefeather? Und ... du ...« Sie schüttelte den Kopf, als könne das nicht stimmen. »Sag mir, dass niemand bei deinem Ausflug verletzt worden ist.«

»Was? Nein, natürlich nicht. Ich meine, ich ... also, wir haben ...«

»Liz, sie sagen, du hättest jemanden getötet.«

Meine Hände wurden kalt. »Was?« O Gott, sie wussten von Ibes Hinrichtung. Und sie machten mich dafür verantwortlich? Schwindel breitete sich in meinem Inneren aus. Das war schlimmer als alles, was ich erwartet hatte. »Warum bist du hier?«, fragte ich wie betäubt. »Hat dich tatsächlich der Präfekt geschickt oder willst du mich nur warnen?«

Milas Ausdruck zeugte von der ernsten Lage, in die ich mich gebracht hatte. »Wir werden den Weg über Deklan gehen müssen.«

»Warum Deklan? Ich verstehe nicht ...«

»Liz, er ist es, der dich ans Messer liefert. Und er glaubt, wir beide würden unter einer Decke stecken.«

»Was, verflucht, hat der Kerl eigentlich gegen dich?!«, fuhr ich aus der Haut. Mila bedachte mich mit einem tadelnden Blick. Klar, sie hatte ja recht. Ich hatte sie in alles mit reingezogen, als ich sie darum gebeten hatte, mir zu helfen, aber ... »Du willst mich also zu Deklan bringen, um ihm zu beweisen, dass du nichts mit meinem Ausflug zu tun hast?« Jetzt fühlte ich mich völlig verloren.

»Nein, ich bringe dich zum Präfekten. Er hat mich eindringlich gebeten seinen Anweisungen zu folgen, wenn du noch eine letzte Chance haben sollst. Er fühlt sich wohl mitverantwortlich für deine Situation, weil er dir einen so frühen Abstieg erlaubt hat. Ich weiß nicht, wie er dir aus dieser vertrackten Lage helfen will, aber du solltest auf ihn hören. Bei solch schweren Vorwürfen wird dir sonst kaum einer Gehör schenken.«

Ich nickte bitter. Das stimmte. Wenn mir jemand helfen konnte, dann er. Welche absurden Verleumdungen Deklan auch in Bezug auf Ibes Tod gegen mich vorgebracht haben mochte, mit dem Vorwurf, dass ich mich unerlaubt aus Tirithan entfernt und die Blackfeather aufgesucht hatte, lag er schließlich richtig. Und auch das konnte ernsthafte Konsequenzen nach sich ziehen.

Mila fasste mein Handgelenk und durchbrach mit der anderen Hand die Quiryllschicht. »Es tut mir wirklich leid, Liz«, bedauerte sie. »Ich mache das nur für dich, ehrlich. Wenn du jetzt davonläufst, werden sie Blackfeather schicken, um dich zu holen.«

Vor meinem geistigen Auge spulte sich der Angriff ab. Pfeilschnelle Krieger, die mich noch im Flug erwischten und mit ihren gewaltsamen Zusammenstößen vom Himmel fegten. Ich hätte nicht die geringste Chance.

»Das habe ich mir selbst zuzuschreiben«, übernahm ich die Verantwortung. Was immer nun folgte, war allein meine Schuld.

Der Raum, in dem der Präfekt und Deklan mich erwarteten, war überladen von edlem Wand- und Deckenschmuck. Unbestritten das Zimmer einer Führungskraft. Das Herz schlug mir bis zum Hals.

»Danke, Mila. Du kannst jetzt gehen«, sagte der Präfekt ernst und bedeutete mir, mich auf einen Platz in der Ecke zu setzen. Deklan beobachtete mich mit Argusaugen.

»Auch dir danke ich für deine Dienste, du bist ein kluger und treuer Sohn Tirithans«, lobte der Präfekt den Verräter und klopfte ihm auf die Schulter. Mir wurde übel. So sah es also aus. Deklan lieferte mich ungerührt ans Messer und erntete dafür auch noch Anerkennung. Sein selbstzufriedenes Lächeln rief in mir das Verlangen wach, seinen Kragen zu packen. Stattdessen umklammerte ich die Sitzfläche des feinen Stuhls.

»Dann darf ich darauf hoffen, dass Ihr mich für eine gehobene Laufbahn vorschlagt?«, war er nicht zu feige zu fragen. Der Präfekt nickte.

»Es wird sich bestimmt eine geeignete Stelle für jemanden mit deinem Eifer finden lassen«, versprach er. Ich atmete tief durch. Deklan würde für seine Dienste belohnt werden.

Während der miese Denunziant den Raum erhobenen Hauptes verließ, durchschritt der Präfekt ohne sichtbares Ziel sein Zimmer. Aufgebracht knetete er die Hände. Jetzt war nichts mehr von seiner kühlen Souveränität übrig. Gleich würde seine Wut ungehalten hervorbrechen.

Mit dem Rücken zu mir baute er sich vor dem Schreibtisch auf und verharrte. Unvermittelt knallten seine Hände auf das Pult. Ich zuckte zusammen.

Erschöpft sanken seine Schultern. »Liz ... Wie konntest du nur?«

Erschüttert und verwirrt schüttelte ich den Kopf. »Ich habe das nicht getan. Ehrlich. Was man mir vorwirft, ist ein Missverständnis«, wehrte ich mich gegen diesen Irrsinn. Ich hätte doch nie die Hand gegen Ibe erhoben. Ihn angeschrien, womöglich. Ihm meine Meinung gesagt, ganz sicher. Aber ihn hingerichtet? Was dachte er von mir?

Der Präfekt drehte sich herum und lehnte sich kraftlos an den Schreibtisch. Seine Finger rieben über seine Stirn, fuhren durch sein braunes Haar. Er versuchte sich zu sammeln, in seine Rolle zurückzufinden.

»Du hast dich nicht aus Tirithan fortgeschlichen?«

»Nun, ich ...«

»Du hast nicht dein wahres Antlitz vor den Menschen entblößt?«, schwoll seine Stimme an. Ich presste die Kiefer hart aufeinander. Sie wussten davon?

Jetzt kam er zu mir herüber und hockte sich vor mich hin, als betrachtete er ein Kind. Sein Antlitz zeugte von großem Kummer. »Ich bin schuld daran. Du bist zu jung, zu unerfahren. Ich hätte dich nicht so früh absteigen lassen sollen.«

Meine Augen brannten. »Ich habe niemanden getötet«, beteuerte ich heiser.

Der Präfekt schloss einen Moment die Augen und schnaufte. »Sie wissen, dass du dort gewesen bist, und sie wissen nun, dass du Grenzen überschreitest. Liz, ich werde dir nicht helfen können, wenn du mir nicht die Wahrheit sagst. Was genau ist geschehen? Warum bist du abgestiegen? Was hast du dort zu suchen gehabt?« Offenbar wollte der Präfekt die Vorwürfe gegen mich nicht vorbehaltlos glauben, auch wenn es zweifellos seine Pflicht war, mich dem Rat vorzuführen.

Tränen sammelten sich in meinen Augen und liefen über. »Ihr habt recht. Es ist Eure Schuld«, fand ich den Mut, die Wahrheit auszusprechen. Er musste alles erfahren. Nur so konnten wir diesen Irrtum aus der Welt schaffen. »Als ich Euch um Hilfe gebeten habe, habt Ihr mir empfohlen, mich jemandem anzuvertrauen und zu ergründen, wie ich einem Freund helfen könnte. Ich will, dass Ihr wisst, was mich dazu angetrieben hat, Tirithans Regeln zu verletzen.« Die Worte, die ganze verfluchte Geschichte über Freunde, Geheimnisse und graue Schwingen wollte heraus. Jetzt konnte ich es nicht mehr aufhalten. Während ich, abgekoppelt von meinen Empfindungen, sprach und die Wirren eines unfassbaren Schicksals offenbarte, schien die Zeit stehen zu bleiben. Der Präfekt konzentrierte seinen Blick einzig auf mich und schenkte mir Gehör.

Nachdem ich geendet hatte, grub sich die Sorgenfalte noch tiefer in seine Stirn.

»Graue Schwingen? Du hast es mit eigenen Augen gesehen?«, fragte er skeptisch.

»Hätte ich sonst so viel riskiert?«, gab ich matt zurück.

Er seufzte. »Ich gebe zu, die Mär eines zerrissenen Engels, nicht gänzlich schwarz, aber auch nicht glanzvoll, ist mir vor vielen Jahren zu Ohren gekommen. Ich bin damals zum ersten Mal einem Blackfeather begegnet, als ich eine der irdischen Siedlungen besucht habe. Ich hielt seine Worte für Spott, eine schaurige Geschichte, um einen jungen aufstrebenden Whitefeather zu verschrecken. Dass es diese Mischwesen wirklich geben könnte, habe ich nie geglaubt.« Er fuhr sich mit den Händen über das Gesicht und vertrieb die Irritation, die meine Worte offenbar in ihm heraufbeschworen hatten. »Und du vertraust diesem Blackfeather, dessen Name du mir nicht nennen willst?«, flüchtete er sich in ein möglicherweise weniger schwieriges Thema.

»Ja, das tue ich. Wir waren schon lange vor unserem Absprung befreundet. Ich erkenne nichts Unrechtes daran.«

Er nickte gedankenversunken, enthielt sich aber eines Kommentars. Was schon weit mehr sein mochte, als ihm seine Stellung zugestand. Eigentlich sollte er zornig aufbrausen, mich abmahnen oder an den Gesetzen Tirithans messen. Nichts davon tat er.

»Wie konnte überhaupt jemand wissen, dass ich meine Flügel gezeigt habe?«, traute ich mich zu fragen. *Nur wenn eine menschliche Seele erschüttert wird,* so oder so ähnlich hatte Fab es mir erklärt.

Der Präfekt erhob sich und ging zu seinem Schreibtisch, auf dem sich neben Tintenfass und Federkiel auch eine Pergamentrolle befand. »Sieh selbst«, beschied er mir und entrollte das seltsam glitzernde Papier. Seine Hände hielten es ausgebreitet, während ich zu ihm trat und über seinen Arm einen Blick darauf warf. Ein erstauntes Zucken durchfuhr mein Gesicht.

»Eine Landkarte?« Nein, eher viele Landkarten. Teile von Regionen, Küsten, Standorten. Übereinandergelagert, sich beständig auflösend, dem Wandel unterworfen, den offensichtlich das Quiryll bewirkte.

»Wir sehen zu jeder Zeit alles, Liz. Ich habe dich gewarnt, dass nichts, was ein Whitefeather tut, Tirithan entgeht«, erinnerte er mich. »Jetzt weißt du warum. Es zu leugnen, wäre zwecklos. Solche Karten befinden sich in der Obhut jedes Ratsmitgliedes und werden von eifrigen Pflichttreuen wie Deklan überwacht. In der Sekunde, da du dein wahres Antlitz den Menschen gezeigt hast, ist dein Standpunkt gleißend hell aufgeleuchtet und hat dich verraten.«

Ich schloss die Augen. Er hatte Standort gemeint, aber Standpunkt gesagt, und damit nicht unrecht. Meine innere Haltung hatte mich in eben jener Sekunde verraten, als ich Fab schützte. Ich hatte nicht überlegen müssen, um sein Leben meinem eigenen Schutz vorzuziehen.

»Was hat dich nur dazu gebracht?«, fragte der Präfekt, als wolle er in meine Gedanken vordringen.

Betreten blickte ich auf. »Ich habe damit sein Leben gerettet.«

»Das des Blackfeathers?«

»Ja. Töricht, nicht wahr?«, flüsterte ich und verschloss damit die Wahrheit vor ihm, die niemanden etwas anging. Ich bereute mein Handeln nicht. Ich würde es wieder tun. Den Präfekten jedoch wollte ich nicht in noch größere Konflikte stürzen, er sollte glauben, dass ich Reue empfand. Schließlich bedeutete die Aufmerksamkeit, die er mir immer noch zuteilwerden ließ, nur eines: dass er gewillt war, mir in meiner misslichen Lage zu helfen.

»Könnt Ihr irgendetwas tun?« Die Hoffnung glomm nur noch schwach. Fast alle Anklagepunkte trafen zu. Dazu kam, dass ich Sorothez betreten hatte. »Mein Ziehvater ist eines grausamen Todes gestorben. Und auch wenn ich Grund gehabt habe, ihn moralisch zu verurteilen, so gibt es nichts, was eine solche Hinrichtung rechtfertigt. Jemand dort draußen hat Ibes Tod befohlen und den Tod meines Freundes. Ich kann nicht glauben, dass Tirithan mit seinen ehrenwerten Grundsätzen diese Verbrechen hinnehmen will.«

Der Präfekt richtete sich auf und versetzte der Pergamentrolle einen Schubs, sodass sie sich wieder aufrollte und ihre Magie verbarg. »Ich will ehrlich sein, Liz. Ich verurteile dich nicht. Du bist jung, unbedarft und deinen Freunden loyal ergeben. Tirithans Geist wohnt dir zu kurz inne, als dass du dich unseren Gesetzen verpflichtet fühlen könntest. Aber mir sind die Hände gebunden. Die Anklage trifft dich zurecht, wenn auch nicht in allen Belangen, das glaube ich dir. Deklan ist ein pflichtbewusster, aufsteigender Sohn Tirithans. Er wird darauf beharren, deine Verfehlungen in allen Einzelheiten vorzutragen. Du hast dein wahres Antlitz enthüllt, dich unerlaubt aus Tirithan entfernt und einen Blackfeather getroffen. Das allein mag ausreichen, um dich für immer aus unseren Reihen zu verbannen. Der Rat wird dich verurteilen. Du wirst deine Schwingen verlieren, fürchte ich.«

Eine Schrecksekunde lang versagte mir der Atem. Mein Herz, eben noch kämpferisch, stockte. Wenn ich fiel, konnte ich niemandem mehr helfen. Nicht Lijan und nicht mir selbst. Und ganz sicher würde ich auch Fab nie wiedersehen.

»Dann lasst mich zumindest die Sache meines Freundes vor dem Rat vortragen. Tirithan muss Lijan aufnehmen. Obwohl er graue Schwingen trägt, bin ich sicher, dass Tirithans Bürger Verständnis zeigen werden, wenn sie von seiner Situation erfahren. Er gehört hierher.«

»Du würdest Tirithans Hilfe erbitten und dich damit dem Befehl eines Obersten Sorothez' in den Weg stellen«, erinnerte er mich, »nur um deinen Freund zu retten?«

»Wenn es ein Unrecht aufwiegt, würde ich alles tun. Deshalb hat es mich überhaupt in die glanzvolle Stadt geführt. Ich will das Richtige tun. Wenn das bedeutet, Verantwortung zu übernehmen und meine Flügel zu verlieren, ändert das nichts an meiner Einstellung. Bitte. Helft mir. Ich muss es dem Rat vortragen, bevor Deklan meinen Leumund zerstört.«

Der Präfekt rieb sich erneut die Stirn und ließ sich meine Worte durch den Kopf gehen. Ich hoffte inständig, er möge über die Grenzen unserer Stadt hinaus so tolerant sein, wie die weiße Seraphin es uns einst gelehrt hatte, indem sie zu Sorothez stand und die gleichnamige Himmelsstadt errichten ließ. Nun mussten wir für eine neue Art Platz schaffen. Greyfeather durften nicht länger ungenannt bleiben.

»Die Brücke zeichnet dich zurecht aus, Liz aus Silver Crevice. Das muss ich zugeben.«

»Wie bitte?« Verwirrt blinzelte ich.

»Die Rune, die du gezogen hast. Die schwarze Rune ...«, präzisierte er. »Es ist mir zu Ohren gekommen, welches Zeichen dich zuerst ausgezeichnet hat. Die *Brücke*. Eine der wenigen Runen, die hier *und* in Sorothez existieren.«

Die ... aha. »Ich verstehe nicht.«

Er lächelte entschuldigend. »Nein, natürlich nicht. Sie werden es dir nicht gerade auf die Nase gebunden haben. Pass auf, ich erklär es dir. Die Brücke ist eine Art Vermittler, jemand, der zwischen den Himmelsstädten eine Verbindung herstellt. Irgendwie müssen die Städte ja schließlich kommunizieren.«

»Aber ... dann ist an der Rune nichts Schlechtes. Warum haben sie so harsch darauf reagiert? Ich meine, genau das passiert doch gerade. Ich versuche zu vermitteln. Würde der Rat das nicht anerkennen?«

Das Lächeln des Präfekten erstarb langsam. »Nun … die Brücke … In der Vergangenheit hat sich leider auch gezeigt, dass sie für jene stehen kann, die generell mit der anderen Seite sympathisieren, heimlich und verbotenerweise Kontakt nach Sorothez pflegen.«

»Oh.« Na fantastisch. Das Ganze nährte also nur die Vorurteile der Ratsmitglieder. Wenn sie von Fab erfuhren, würden sie in mir keine Vermittlerin sehen, sondern vermutlich nur das Liebchen eines Blackfeathers. Diese verflixte schwarze Rune war der Nagel zu meinem Sarg.

»Dann lasst mich etwas anderes in die Waagschale werfen, das die Dringlichkeit einer Entscheidung und unseres Handelns aufzeigt«, wagte ich einen letzten Versuch, den Präfekten auf meine Seite zu ziehen. Viel brauchte es vielleicht nicht mehr. Wenn ich mich auch fragte, weshalb er mit mir so große Geduld bewies. »Es geht um den Tod meines Ziehvaters. Ich weiß, dass er Kreaturen der Hölle zum Opfer gefallen ist.« Eine Notlüge. Auch wenn die Dämonen erst aufgetaucht waren, nachdem wir Ibe gefunden hatten, so hing ihr Erscheinen mit seinem Blut zusammen. Und dass sie sich Ibes Leichnam geholt hatten, stimmte schließlich. Wichtig war nur, dass es die Sichtweise des Präfekten ändern und ihn zum Handeln, vielleicht sogar zu einer kühnen Entscheidung, drängen könnte.

»Du meinst, Dämonen haben ihn getötet? Warum sollten sie das tun?«

Ich zuckte mit den Schultern. »Über mögliche Motive wisst Ihr besser Bescheid als ich. Von größerem Belang sollte aber sein, dass der Boden von Silver Crevice einen ganzen Trupp höllischer Kreaturen vor unseren Augen ausgespuckt hat. Und ihr Auftrag hat sich keineswegs auf Ibe oder uns bezogen, sondern auf den Greyfeather.« Jetzt huschten die Pupillen des Präfekten hektisch hin und her. Na endlich. Er schien zu ergründen, was ich eben angedeutet hatte, und seine Schlüsse daraus zu ziehen.

»Sie wissen von dem Greyfeather und schicken eine kleine Armee, um ihn zu beseitigen …«

Ich verschränkte die Arme. »Stellt sich die Frage, warum sie den Blackfeather an meiner Seite links liegen gelassen haben«, – im wahrsten Sinne –, »und sich lieber der Suche eines Ausgestoßenen widmen wollten. Lijan sollte eigentlich keine Gefahr für sie darstellen. Er ist ja noch nicht einmal aufgestiegen, hat keine Verbündeten und sogar die Rotte der Blackfeather im Nacken. Warum also gilt ihre Aufmerksamkeit ihm?«

Der Präfekt rieb sich gedankenverloren den Nacken. »Ist dir klar, dass dein Freund, dieser Lijan, bereits tot sein könnte?«, fragte er nüchtern. »In diesem tragischen wie bedauerlichen Fall hätten wir keine Beweise mehr für die Motive deiner Grenzüberschreitungen. Dein Ziehvater und Lijan könnten sich nicht mehr für dich aussprechen. Wir hätten einzig das Wort eines Blackfeathers, der bestätigen müsste, dass du aufgrund der von dir genannten Gründe Tirithan verlassen hast.« Er schnaufte geschlagen. »Der Rat wird dich fallen lassen, Liz. Du hast nur mehr eine weitere Sache in die Waagschale geworfen, die dein Genick brechen wird.«

»Nein. In meinen Augen ist es die Erklärung dafür, warum überhaupt ein Oberster Sorothez' den Befehl gegeben hat, Lijan auszuschalten.« Ich hatte sehr genau darüber nachgedacht. »Die Dämonen halten einen Greyfeather für stärker und gefährlicher als die Söhne Sorothez'. Nur deshalb haben die Blackfeather auch Interesse daran, sie zu beseitigen. In unserer Ordnung stellen die Blackfeather seit jeher die schützenden Krieger. Was, wenn es Himmelsgeschöpfe gäbe, die ihnen überlegen und besser im Kampf gegen Dämonen gefeit wären? Die Blackfeather würden sich bedroht fühlen und den Konkurrenten ausschalten. Vielleicht musste Ibe nur deshalb sterben, weil die Rotte mehr mit der Jagd des Greyfeathers beschäftigt gewesen ist als mit dem Schutz unserer Anwärter. Und dieses Versäumnis ruft jetzt Dämonen auf den Plan. Ich meine, eine Engelssiedlung wird sicher nicht einfach so überfallen. Außer das Oberhaupt –«

»– wäre hingerichtet worden«, vervollständigte der Präfekt meinen Gedanken und schien anzubeißen. »Deine Erklärungen machen Sinn. Wir hätten deshalb nichts von Greyfeather gehört, weil sowohl Sorothez als auch die Hölle selbst sie von der Bildfläche verschwinden lassen.«

»Der Rat muss das wissen. Sie müssen Lijan schützen und aufsteigen lassen.«

»Nur wenn sie deine Worte nicht für die verzweifelte Geschichte einer

Verurteilten halten, die nichts weiter im Sinn hat, als ihre Schwingen zu retten.«

»Aber ich lüge nicht!« Verdammt, er musste das doch sehen. Sorothez wusste um die Greyfeather und schickte die Rotte, um sie zu beseitigen, damit Tirithan sich deren Stärke nicht zunutze und damit von den Blackfeather unabhängig machen konnte. Und wie auch immer die Dämonen auf Lijan aufmerksam geworden waren, sie sahen in ihm offenbar den größeren Widersacher. Nun schwärmten sie durch die Wälder, um ihn unschädlich zu machen. Wir mussten etwas unternehmen.

Der Präfekt schürzte seine Lippen. »In Ordnung, hör zu. Ich gebe dir jetzt etwas an die Hand, was dir helfen könnte. Aber es wird ein Ding der Unmöglichkeit, das zu bewerkstelligen, das sage ich dir gleich. Wenn ich deinen Worten trauen darf, weiß Sorothez – zumindest die Obersten – von dem Greyfeather. Sie haben Tirithan nicht darüber in Kenntnis gesetzt, wie sie es eigentlich sollten, sondern eigenmächtig entschieden, ihn zu beseitigen. Warum kann ich nicht beurteilen, aber in jedem Fall haben die Blackfeather das Abkommen mit uns verletzt. Diese Tatsache kann der Rat nicht ignorieren. Jedenfalls dann nicht, wenn wir ihnen einen Beweis vorlegen.«

»Einen Beweis? Ihr verlangt doch hoffentlich nicht, dass mein Freund als Blackfeather gegen seine eigenen Leute aussagt? Darum kann ich ihn unmöglich bitten.«

Der Präfekt winkte ab. »Nein. Sie würden ihn gar nicht anhören. Die Aussage eines jungen Blackfeathers, noch dazu eines Kriegers, würde für den Rat nicht zählen. Aber ... wenn wir etwas Handfestes hätten. Aufzeichnungen, einen Bericht ... Auch die Blackfeather tragen ihr Wissen zusammen.«

Meine Hoffnung sank immer schneller. »Ich müsste Sorothez anfliegen, in die Räume der Obersten vordringen und nach Schriftstücken über die Existenz der Greyfeather suchen?« Ich wusste nicht mal, wo ich anfangen sollte aufzuzählen, was alles schiefgehen konnte. Das war unmöglich.

»Dein Freund müsste dir natürlich helfen, aber wahrscheinlich fassen sie euch, bevor ihr auch nur einen Fuß in die Gemächer setzen könnt ...« Eine tiefe Sorgenfalte zeichnete seine Stirn. »Mir fällt nur nichts anderes ein.

Holen wir Lijan nach Tirithan, lösen wir ein riesiges Chaos aus. Die Whitefeather wären sicher vor den Kopf gestoßen. Keiner kann sagen, wie sie reagieren. Aber sehen wir es mal realistisch. Die Ältesten sind sehr in ihren Traditionen und Gesetzen verhaftet. Vermutlich agieren sie kurzsichtig«, sagte er bedauernd. »Sprechen wir aber ohne jeden Beweis mit dem Rat, mag Sorothez die Hetzjagd auf Lijan abstreiten und uns – mit gutem Gewissen – zwingen, geltendes Recht einzuhalten. Auch in dem Falle würde Lijan seine Schwingen einbüßen und fallen. Unsere einzige Chance scheint es zu sein, Sorothez eines versuchten Verbrechens zu überführen. Damit machen wir sie mundtot und sichern uns die Aufmerksamkeit des Rates, der sicher daran interessiert ist herauszufinden, warum die Blackfeather derart vorgehen.«

Ich atmete tief durch. »Lijan hat dennoch nicht die geringste Chance, seine Schwingen zu behalten, oder?« Ich erkannte die Gedankenschleife, die wir hier drehten. Immer wieder lief es darauf hinaus, dass die Seiten sich nicht mischen sollten. Genau das würden die Whitefeather aber in Lijans Farbe sehen. Beweise gegen Sorothez' eigenmächtiges Handeln würden daran nichts ändern.

Der Präfekt fuhr sich resigniert durchs Haar. »Und wenn es nur dazu dient, ihm sein Leben zu lassen, wäre das nicht genug? Immerhin würde es die Vorwürfe gegen *dich* entkräften. Der Rat könnte dein Engagement, eine Sache von solcher Tragweite aufzuklären, hoch ansehen und dich freisprechen.« Seine Miene wirkte ernst. »Es ist deine Entscheidung, Liz. An diesem Punkt ist es das Einzige, was ich dir zugestehen kann. Bleibst du, wirst du wegen deines Ungehorsams aus Tirithan verbannt. Lass ich dich fliehen, bist du zum Abschuss durch die Rotte freigegeben, in der dein Freund dient. Möglicherweise kann er dich verschonen, aber auch dann wird es dich zumindest deine Flügel kosten, damit die Whitefeather dich für gefallen halten. So oder so fällst du.«

»Immerhin würde ich leben«, flüsterte ich erstickt. Meine Zukunft, die ich nie infrage gestellt hatte, löste sich in ein farbloses Nichts auf. »Wenn ich Sorothez anfliege, ohne dass mein Freund mich erwartet, zerfetzen mich die

Wachen in der Luft.« Fab hatte mich gewarnt, ich sollte sie nie wieder unterschätzen.

»Ich fürchte, so sieht es aus«, bedauerte der Präfekt aufrichtig. »Also, sag mir. Was soll ich tun, Liz? Stelle ich dich vor den Rat oder willst du dein Glück auf der Flucht herausfordern?«

Meine Kehle schnürte sich zu, angesichts der verbleibenden Möglichkeiten. Endete der Weg genau hier? Lijan auf der Flucht, weil es ihn nicht geben durfte. Ich als Gefallene, weil ich ihm hatte beistehen wollen. Und Fab, dessen Auftrag es war, Lijan und mich unseres göttlichen Stolzes zu berauben. Die Geschichte von drei Kindern, die mit einem unheiligen Pakt begann und in einer Katastrophe mündete. Hier stand ich nun und sollte entscheiden.

»Lasst mich gehen«, bat ich. In mir wurde etwas zu Stein.

»Du fliehst vor deiner Verantwortung?«, versicherte er sich.

»Nein. Ich fliege Sorothez an«, verblüffte ich ihn. »Wenn es einen vagen Hoffnungsschimmer gibt, Lijans und meine Situation zu verbessern, muss ich sie nutzen. Sollte das mein Untergang sein, bin ich auch nicht schlimmer dran.«

Er schüttelte bedauernd den Kopf. »Offenbar bin ich ein schlechter Ratgeber. Ich habe wirklich gehofft, du entscheidest dich für ein Leben ohne Schwingen und wählst den sicheren Weg über Tirithans Gerichtsbarkeit«, gab er zu und seufzte tief. »Aber ich sagte, es ist deine Entscheidung. Also werde ich dich schweren Herzens auf diesen steinigen Weg schicken.« Er wirkte dennoch entschlossen. »Ich bringe dich zum Drop, dem Ausstieg nach unten, durch den du fliehen wirst. Danach informiere ich umgehend den Rat über deine Flucht und rufe Sorothez' Rotte auf den Plan, um dich zu jagen, denn so sind die Abläufe. Sie werden gewiss deinen Freund schicken, weil er dich kennt. Wenn er dich nicht bereits verbotenerweise geküsst und damit markiert hat. Sie werden wissen, dass du mangels Erfahrung nur wenige Orte direkt anfliegen kannst. Kehre nach Silver Crevice zurück und …«

»Wartet!«, unterbrach ich ihn verwirrt. »Was heißt, er hat mich markiert?«

Der Präfekt lächelte bitter. »Der Kuss eines Blackfeathers markiert denjenigen für sie. Es ist ein ähnliches Prinzip wie unsere Landkarten aus Quiryll.

Markierte Personen werden schneller von ihnen gefunden. Auf die Weise brandmarken sie diejenigen, die unter Bewährung stehen, um gegebenenfalls kurzen Prozess machen zu können. Der Kuss eines Blackfeathers ist tödlich, sagt man. Hast du nie davon gehört?«

Ein Keuchen entkam meiner Kehle und verriet ihm alles, was er wissen musste. Ich konnte es nicht fassen. Fab hatte mich markiert. Das hatte der rüde Kuss also bedeutet?

»Er ist ein Sohn Sorothez'. Hast du wirklich gedacht, du könntest ihm in allen Belangen trauen?« Der Präfekt legte seine Hand auf meine Schulter. »Ich hoffe wirklich, du irrst dich nicht in ihm. Jetzt werden wir herausfinden, aus welchem Holz dein Freund geschnitzt ist. Wenn ihr euch wiederseht, wird er den Auftrag haben, dich zu töten.«

Kapitel 22

Ich hockte auf dem Bett meiner ehemaligen Hütte und erwartete ihr Kommen. Die Rotte würde mich schnell finden, dank Fabs weiser Voraussicht. Ein gestohlener Kuss besiegelte nun auf die eine oder andere Weise mein Schicksal. Ich fuhr mit den Fingerspitzen über meine Lippen und bedauerte, ihn nicht wenigstens voll ausgekostet zu haben. Es könnte der letzte gewesen sein.

Die Kerze im Fenster flackerte und warf Schatten an die Wand. Ich hörte seine Rufe von Weitem über den Platz hallen. Es spielte keine Rolle, wie laut er meinen Namen brüllte, das Gehöft lag brach. Bei jedem seiner Rufe fuhr mein Herz schmerzend zusammen. Er klang wütend.

Die Tür flog auf. Ich stob hoch. Der Blackfeather stand mit geballten Fäusten im Türrahmen und musterte mich. Sekunden verstrichen, in denen Leid und Zorn sein Antlitz färbten. Er atmete ebenso aufgewühlt wie ich.

»Was hast du getan?«, hauchte er.

Ich schüttelte den Kopf. Erste Tränen bahnten sich ihren Weg. »Es tut mir leid.« Dem Impuls erliegend lief ich auf ihn zu und warf mich an seine starke Brust. Er schloss augenblicklich die Arme starr um meinen Leib, während ich aufschluchzte.

»In welche Lage bringst du mich …«, flüsterte er rau. Seine Finger gruben sich in mein Haar. »Wir haben den Befehl erhalten, eine verurteilte Whitefeather in Silver Crevice zu stellen. Ich habe gebetet, dass du es nicht bist.«

»Aber es stimmt, ich bin die geflohene Whitefeather. Es ist der letzte Ausweg gewesen, glaub mir.« Ich schob mich von seinem Körper, um ihn anzusehen. Wenn ich ihm die Wahrheit gestand, den Plan des Präfekten, wollte ich in seinem Gesicht lesen.

Unvermittelt tauchte Oz in der Tür auf. Ohne ein Wort zu sagen, starrte er erst mich und dann Fab an. Seine Kiefer mahlten.

Fabs Ausdruck ernüchterte. Er kniff mit den Fingern seinen Nasenrücken und schlug den Blick nieder. »Geh raus. Ich erledige das«, sagte er gereizt. Seine Stimme hatte so hart geklungen, dass es mich fröstelte. Als er den Blick hob und den Silent hinter seinem Rücken hervorzog, erkannte ich ihn nicht wieder. Oz wandte sich nur zögerlich ab, schloss dann aber die Tür. Die Kerze flackerte unheilvoll auf, ebenso wie meine Gefühlswelt.

»Ich habe dich gewarnt uns nicht zu unterschätzen«, rügte Fab mich. »Das wird wehtun.«

Was? Erschrocken wich ich vor ihm zurück. »Nein. Tu das nicht ...« Die jämmerlichen Laute aus meinem Mund fachten meine Angst noch mehr an. Er führte den Befehl aus? Panisch packte ich den Hocker und warf damit nach ihm. Fab wehrte ihn einfach ab und ließ den Silent in seinen Fingern kreisen, bevor er abrupt den Griff wechselte, um ihn als Stichwaffe umschließen zu können. Mein Herz raste.

»Du Bastard!«, brüllte ich meine Wut heraus, ehe der Kampf begann. Meine Schwingen brachen drohend hervor. Der Luftzug löschte die Kerze. Fab packte meinen Arm und stieß mich rücklings gegen die Wand, dass es krachte. Ein Streich mit dem Silent und das Blut spritzte hervor. Ich schrie in Todesangst. Es lief warm meinen Unterarm hinab.

Jetzt ließ er den Silent fallen, presste seine Hand gewaltsam auf meinen Mund und setzte meinen Körper an der Wand fest. Ich konnte kaum atmen und bäumte mich doch weiter auf.

»Hör auf, dich zu wehren, Liz, dann haben wir es bald geschafft«, beschwor er mich mit düster funkelnden Augen. Seine Lippen waren einzig durch die Hand von meinem Mund getrennt. Ich spürte seinen erhitzten Atem. Mein Herz rebellierte mit harten Schlägen. »Ich wollte dir nie wehtun. Ich will es immer noch nicht, verstehst du? Lass mich dir helfen. Bitte.« Sein Blick durchdrang mich. Plötzlich schob er seine Hand fort und verschloss meinen Mund mit einem Kuss. So verzweifelt und wild, dass es mir die Sinne raubte. Mein Körper bebte vor Anspannung, während er mir langsam, aber bestimmt mehr Raum ließ und seinen Griff lockerte. Ich packte mit zitternden Händen sein Hemd und krallte die Finger hinein, um Kontrolle kämpfend. Keines meiner Gefühle schien noch Sinn zu machen. Weder die Angst noch Wut oder Verzweiflung. Ich ergab mich dem Moment und dem berauschenden Chaos an Empfindungen, das sein Kuss in mir auslöste. Dann rammte ich ihm das Knie in den Unterleib.

Stöhnend krümmte er sich. Als ich mich nach dem Silent bückte, packte er mein Handgelenk. Doch nicht, um erneut zu kämpfen, wie ich bemerkte. Etwas an seiner Berührung ließ mich innehalten. Sie war sanft, aber bestimmt. Er wollte sich gar nicht verteidigen. Ich überwand nur mit Mühe meinen Fluchtinstinkt und hockte mich neben ihn. Er ließ mich den Silent nehmen und brauchte einige tiefe Atemzüge, um meine unschickliche Attacke zu verwinden. Dann deutete er mit einem Kopfnicken in Richtung Tür und mahnte mich still zu sein. Ich verstand. Draußen wartete die Rotte.

Fab forderte den Silent, den ich ihm überließ, streckte seine Hand nach meiner rechten Schwinge aus und strich die weißen Federn entlang, um im nächsten Augenblick einige fest zu umschließen. Noch einmal legte er mahnend den Finger auf die Lippen. Ich verzog angsterfüllt das Gesicht und hoffte, ihn richtig verstanden zu haben. Mit einem schnellen Streich durchtrennte er lediglich ein paar Federkiele. Jetzt atmete ich auf.

Fab erhob sich und zog mich vorsichtig mit auf die Beine, um meinen Unterarm hervorzuziehen und die weißen Federn mit meinem Blut zu tränken. »Sie müssen es glauben«, flüsterte er mit sichtlichem Unbehagen. Dann hob er meinen Arm und schmiegte seine Wange an die blutige Wunde. »Tut mir leid.«

Ich nickte abermals. Mein Herz strauchelte bei seinem Anblick. Das war er bereit, auf sich zu nehmen, um mir zu helfen? Er würde seine Männer belügen?

Mit den blutigen Federn in der Hand trat er auf die Tür zu, verharrte einen Augenblick, in dem er sich offenbar wappnete, und verließ schließlich die Hütte. »Erledigt«, hörte ich seine von Gram erfüllte Stimme, während ich mich unsicher in die Ecke zwischen Bett und Wand kauerte. Jetzt glaubten sie hoffentlich, dass ich tot sei.

Vage Geräusche drangen zu mir vor. Sich entfernende Stimmen, Schritte … Sicher verließen sie Silver Crevice. Ich schloss die Augen. Schwindel breitete sich in meinem Kopf aus. Wie war ich nur hier gelandet?

Nach einigen ruhigen Momenten, die kaum ausreichten, um mein Herz zu beschwichtigen, brach die Tür erneut auf. Es war Oz. Sofort stemmte ich mich an der Wand hoch.

»Wusste ich es doch!« Er kam zu mir herüber, griff trotz wehrhafter Hiebe meinerseits nach meinem Arm und … zog mich in eine innige Umarmung. Mein Puls überschlug sich beinahe, als ich begriff, dass er mir nichts tun wollte. »Ich hätte ihm auch eigenhändig die Flügel gestutzt, wenn er es gewagt hätte«, gestand der breitschultrige Blackfeather und schien regelrecht erleichtert.

»Zur Kenntnis genommen«, hörten wir jetzt Fabs Stimme von der Tür her, bevor er sich leise flüsternd an mich richtete. »Geht es dir gut?«

Oz gab mich frei. Ich schaute an mir hinunter. Das Quiryll meiner Kleidung hatte ganze Arbeit geleistet und das Blut beseitigt. Selbst die Verletzung war halb verheilt. »Wie neu«, versuchte ich zu scherzen und scheiterte an einem Lächeln. Meine Knie waren weich wie Butter. Ich wankte.

Fab streckte mir seine Hand entgegen. Mir war klar, dass er dieses Schauspiel für seine Männer hatte veranstalten müssen, dennoch waren meine Gefühle gründlich auf den Kopf gestellt. Oz bot mir galant seinen Arm an. Ich hakte mich dankbar unter.

»Tja, verbockt, würde ich sagen«, feixte er und geleitete mich an Fab vorbei, der reumütig den Kopf senkte, die Mundwinkel aber dennoch gekräuselt. Sicher war er ebenso erleichtert, dass wir seinen Auftrag hatten abwenden können.

»Und jetzt erzähl mal, Kleines …« Oz half mir mich an den Rand der Veranda zu setzen. »Was genau kann ein zauberhaftes Geschöpf wie du auf dem Kerbholz haben, das die Rotte auf den Plan ruft? Ich meine, außer, dass du dich an die falschen Orte verirrst, die falschen Freunde hast und überhaupt völlig falschen Dingen den Vorzug gibst«, spottete er mit Blick auf Fab, der sich vor der Hütte auf den schmalen Stufen niederließ.

»Könntet ihr vielleicht zuerst …«, bat ich mit Fingerzeig auf meine Augen und den nächtlichen Sternenhimmel.

»Oh, na klar.« Oz berührte meine Schulter und sofort hoben sich die Schatten. Ich schüttelte den Kopf über diese seltsame Gabe des Nachtsehens. »Und könntest du vielleicht …«, fragt er jetzt seinerseits, kniete sich hin und zog sein Hemd über die Schulter runter. Grauenhafte Kratzspuren, wulstig und dunkel, kamen zum Vorschein. Offensichtlich hatte auch er den Dämonen die Stirn bieten müssen. Vielleicht, um Fab beizustehen.

»Natürlich.« Ich legte meine Hand auf seine Schulter und suchte mit geschlossenen Augen diesen glimmenden Funken Magie in mir. Es gelang mir nicht sofort, ihn zu finden, da mein Inneres einem Schlachtfeld glich, aber als ich ihn schließlich zu fassen bekam, hörte ich Oz zufrieden brummen.

»Du musst nicht jede Falte an ihm glätten, weißt du?«, stichelte Fab. »Ein bisschen kaputt ist er vorher schon gewesen.«

»Nicht kaputter als du, Hurensohn.«

Ich schmunzelte und verlor den Funken. Ein Blick auf seine Schulter zeigte mir aber, dass meine Bemühungen ausgereicht hatten.

»Wie genau ist das passiert? Seid du und Lijan auch von Dämonen angegriffen worden?«, plagte mich dennoch meine Sorge.

»Wir sind auf zwei von denen getroffen, einige Zeit, nachdem Fab zu uns zurückgekehrt war. Habe gar nicht gewusst, dass die Viecher ihr hässliches Antlitz auch bei Tag zeigen. Sollte verboten werden«, frotzelte Oz, als ob es keine große Sache gewesen wäre. »Lijan hatten wir da längst fortgeschafft. Fabulous meinte, er sollte lieber in einem guten Versteck unterkommen, solange Sorothez ihn suchen lässt. Dieser Rufus scheint ja kein sonderlich feinfühliger Ratgeber gewesen zu sein.«

»Dann ist Lijan vorerst in Sicherheit?«

»Ist er«, bestätigte Fab und kam ohne Umschweife wieder auf den Ernst meiner eigenen Lage zurück. »Was ist mit dir? Was hast du jetzt vor? Tirithan hat dich fallen lassen.«

»Nicht ganz. Einen Freund – oder nein, mit Mila sind es wohl zwei – habe ich noch.«

»Derjenige, der dich mit dem Brief zu Ibe geschickt hat?«

»Ja, er ist der Präfekt von Tirithan«, ließ ich die Katze aus dem Sack. Und dann gleich noch ein Rudel Katzen mehr, als ich ihnen erzählte, welche Möglichkeit uns eingefallen war, Lijan und mir zu helfen. Oz plumpste rücklings zu Boden und starrte mich fassungslos an.

»Fab hat gerade erst deinen, zugegeben entzückenden, Arsch gerettet und du willst nach Sorothez?« Es lag nicht einmal ein Vorwurf in der Frage, nur grenzenloses Erstaunen.

»Ich *muss* in eure Himmelsstadt, andernfalls könnt ihr mir gleich die Flügel nehmen.«

»Und dann was? Willst du die Gemächer der Oberhäupter durchwühlen? Hast du eigentlich eine Ahnung, wie stark abgeschottet die sind? Jeder Einzelne bewohnt einen eigens für seinen Posten gewählten Turm, mit nur einem Absprung und nur einem Aufgang. Allesamt mit Wachen der –«

»Zu viele Informationen, Oz!«, fiel Fab ihm ins Wort.

Ich kniff die Augen zusammen. »Traust du mir etwa nicht?«

Er musterte mich mit düsterem Blick. »Dir schon, aber nicht diesem Präfekten. Er will dir helfen, nicht uns, falls dir das entgangen sein sollte.«

»Er will doch nur diesen Beweis, damit Sorothez eure Kenntnis über die Greyfeather nicht abstreiten kann. Er befürchtet, ihr wäret nicht auf Tirithans Seite.«

»Verstehe ich. Nichtsdestotrotz sollte Oz dich nicht erpressbar machen, indem er dir unnötig viele Informationen zuschustert. Immerhin ist dein sogenannter Freund äußerst einflussreich in Tirithan. Wer weiß, was er uns noch anlasten würde, wenn er könnte.«

Ich biss die Zähne zusammen und verkniff mir eine Antwort. Auch wenn ich nicht seiner Meinung war, ohne Fabs Hilfe würde ich nicht ungesehen in die nächtliche Stadt gelangen. Im Grunde konnte ich seine Skepsis sogar verstehen.

»Also, bringt ihr mich nun nach Sorothez?«, ließ ich dennoch nicht locker.

Oz stieß die Luft aus und schüttelte vehement den Kopf.

»Ja«, antwortete hingegen Fab und erstaunte uns mit seiner glasklaren Befürwortung. Oz starrte ihn an, zögerte kurz und warf schließlich geschlagen die Hände in die Luft.

»Klar. Bringen wir die kleine Glanzvolle in die Stadt.«

»Ich bin nicht klein«, echote ich mit Fabs fast gleichen Worten um die Wette. Ein Schmunzeln fand auf meine Züge. Es hatte sich scheinbar nicht alles verändert.

Seine Augen ruhten einen Moment zu lang auf mir, sodass mein Bauch wohlig kribbelte.

»*Die* Kleidung kann sie aber nicht tragen«, unterbrach Oz ungerührt den Augenblick und zupfte an meiner schneeweiß schimmernden Hose.

»Wird sie auch nicht. Wir besorgen ihr die passende. Und die Türme wird sie auch nicht aufsuchen müssen«, beschwichtigte er Oz weiter. »Wir könnten sie stattdessen zum Orakel bringen.«

»Zum Orakel? Hast du sie noch alle?«, flippte der jetzt gänzlich aus. »Sie ist eine Dienerin Sorothez' und Ratgeberin der obersten Riege.«

»Eben. Wenn jemand uns sagen kann, ob es diesen Beweis, den Liz bräuchte, überhaupt gibt, dann sie«, konterte Fab.

Dieser Logik konnte Oz sich nicht verschließen. Außerdem klang es deutlich ungefährlicher als mein Plan. Oz schnaufte. »Na schön, Fabulous. Auf deine Verantwortung.« Mit einem Sprung kam er vor der Veranda auf und entfaltete seine mächtigen Schwingen. »Ich hole der Süßen passende Klamotten und du überlegst dir indes einen Notfallplan, falls das Orakel keine Hilfe ist. Wo Liz in Sorothez unterkommt, brauche ich wohl nicht zu fragen?« Er stieß sich mit einem kräftigen Flügelschlag ab und stieg in die Dunkelheit auf.

»Du weichst mir in Sorothez nicht von der Seite!«, stellte Fab unmissverständlich klar. Ich hob geschlagen die Hände.

Seine Stadt, seine Regeln.

***

Nachdem ich die Kluft der Blackfeather angelegt hatte – wahrscheinlich in aller Eile von einer von Oz' Gespielinnen geliehen –, verstaute ich Tirithans glanzvolles Gewand unter der losen Holzdiele meiner alten Unterkunft. Hier hatte ich jederzeit darauf Zugriff. Das hieß, wenn ich jemals aus Sorothez zurückkehrte.

Die beiden Blackfeather erwarteten mich draußen auf dem Platz vor der Hütte. Ganz in Schwarz gekleidet und mit verborgenen Schwingen stieg ich die Stufen hinab. Ihre Aufmerksamkeit war mir gewiss. Oz lächelte, wohl zufrieden mit dem Ergebnis. Fabs Blick ging mir geradewegs unter die Haut.

Ich spürte, dass sich seit seinem Eingeständnis, mit mir zusammen sein zu wollen, die Lage zwischen uns verändert hatte. Solange fortwährend etwas geschah, konnte ich es verdrängen, aber in der Zeit, in der Oz unterwegs gewesen war, hatte sich wiederholt knisternde Anspannung aufgebaut.

»Wie steigen wir auf? Ihre Flügel wird sie nicht nutzen können.« Man merkte, dass Oz die Idee immer noch nicht wirklich behagte.

»Auf jeden Fall, solange es dunkel ist«, entschied Fab. »Du nimmst Liz. Ich flieg voraus. Wir setzen sie direkt am Ausstieg meines Zimmers ab.« Oz nickte.

»Also los, Kleines«, sagte er entschlossen. »Du bist die erste Feather, die in meinen Armen ihre Kleider anbehalten darf.« Er zwinkerte. Ich ließ mich nicht beirren und trat an ihn heran. Oz war ein Gutmütiger, das hatte ich längst bemerkt. Er nahm meine Handgelenke, führte sie übertrieben zärtlich um seinen Nacken und lächelte auf so unerhört charmante Weise, dass ich mein Schmunzeln nur schwer im Zaum halten konnte. Kein Wunder, wenn ihm die Frauen reihenweise erliegen sollten.

»Hey, ihr zwei Turteltauben«, rief Fab uns zur Ordnung. Seine Stimme klang leicht gereizt. »Besser, ihr konzentriert euch auf unseren Plan.«

Oz grinste unverhohlen. »Vielleicht schmiede ich ja gerade eigene«, setzte er noch einen drauf und erntete den nächsten bösen Blick.

»Schon gut. Ich werde brav sein«, beteuerte ich an Fab gewandt, um ihn zu beschwichtigen. Mein breites Lächeln ließ es aber wohl eher wie eine weitere Stichelei wirken. Es konnte jedoch nicht schaden, sich ein wenig auf Oz' Seite zu schlagen, wenn ich wollte, dass auch er mir beistand. Also schmiegte ich mich an seinen Körper, als umarmte ich ein riesiges Kissen.

»Ja, so mag ich das«, brummte er zufrieden.

Fab funkelte mich warnend an. Hinter seiner Fassade brodelte es sichtlich. »Dann los«, zischte er durch zusammengebissene Zähne und stieß sich mit einem Flügelschlag ab.

Oz packte mit beiden Händen meine Taille, während ich mich darauf konzentrierte, meine Schwingen im Verborgenen zu lassen, und folgte Fab hinauf in den Nachthimmel. Eisern verschränkte ich meine Arme hinter Oz' Nacken und versuchte es ihm so leicht wie möglich zu machen. Doch offensichtlich gelang es diesem gestandenen Blackfeather mühelos, mich durch den Himmel zu tragen. Ich fühlte mich sicher bei ihm.

Das Irisieren des Tunnels umschloss uns für wenige Sekunden, dann folgte die Wolkendecke, dann erste Geräusche aus der himmlischen Stadt. Oz stieg bis weit über die Dächer in die Höhe und schoss als Nächstes in rasantem Sinkflug hinab. In meinem Bauch kribbelte es. Meine Schwingen wollten hinaus, doch ich bezwang den Impuls. »Jetzt gleich«, warnte Oz mich vor, umschloss unvermittelt mit seinen meine Füße, setzte mich auf festem Boden ab und schubste mich rücklings direkt in Fabs Arme. Gerade noch sah ich Oz in einer galanten Schleife abtauchen, bevor ich im Umdrehen stolperte und gemeinsam mit Fab durch das geflügelte Fenster ins dunkle Zimmer stürzte. Unsanft rumpelten wir über die Kiste unter dem Ausstieg auf die Dielen vor seinem Bett. Halb auf ihm liegend stemmte ich mich so hastig hoch, dass ich ihm zu allem Überfluss auch noch meinen Ellbogen in die Rippen stieß. Er krümmte sich stöhnend zur Seite und lachte schließlich rau.

»Tut mir leid. Tut mir so leid …« Ich richtete mich auf. Meine Hände suchten seinen Arm und zerrten ihn so weit hoch, dass er zumindest erst mal saß. Meine Wangen glühten.

»Du machst mich fertig, Liz. Wie kann eine Tochter Tirithans so ungeschickt fallen? Oder war das wieder ein verdienter Boxhieb, weil ich deine Nerven auf die Probe gestellt habe?«, spottete er und rappelte sich auf. Einige Wimpernschläge später erklang ein schabendes Geräusch. Winzige Funken stoben von den Klingen der Silents, die Fab aneinandergeschlagen hatte, um eine Kerze zu entzünden. »Entschuldige, aber ich habe dir ja gesagt, meine

Männer mussten glauben, dass ich den Befehl ausführe.« Mich beschäftigte jedoch vorrangig etwas anderes.

Er sprach über verdiente Hiebe? »Markieren – ist das auch nötig gewesen?«, fragte ich vorwurfsvoll und betrachtete ihn im Schein des flackernden Lichtes. Sein Ausdruck ernüchterte schlagartig. Als hätte ich einen Eimer Eiswasser über ihm geleert.

»Ja, war es.« Er verstaute unwirsch die Wurfsterne in den Halterungen an seiner Kleidung. Dann stimmte es tatsächlich, er hatte mich markiert. Das schmerzte.

»Du traust mir nicht und willst die Fäden in der Hand behalten«, schloss ich aus seinem Verhalten. Warum sonst hätte er mir den als tödlich verschrienen Kuss eines Blackfeathers schenken sollen? Doch nur, um mich jederzeit überwachen zu können. Ich naives Ding. Nur deshalb hatte er mich im finsteren Wald überhaupt gefunden, als ich auf dem Weg zu Lijan gewesen war. Von wegen Blackfeatheraugen. Er besaß jetzt, was mich betraf, einen sechsten Sinn, auf den er bei Bedarf zurückgreifen konnte. Ich verschränkte die Arme.

Oz landete auf dem Vorsprung und betrat das Zimmer. »Das wäre geschafft. Wie es scheint, haben wir kein Aufsehen erregt.« Er stoppte mitten in der Bewegung, als er meine abwehrende Haltung und Fabs unterkühlte Miene bemerkte. »Habe ich etwas verpasst? Hängt bei den Neuvermählten der Haussegen schief?«

»Kann passieren, wenn man die Braut markiert«, stichelte ich. »Aber Vertrauen ist so ein wunder Punkt zwischen Fab und mir, seit er versucht hat mich zu ertränken.« Zugegeben, das war nicht fair.

Oz' Gesichtszüge entglitten. »Du hast sie markiert?« Schwer zu sagen, was ihn so verblüffte oder amüsierte. Dass Fab eine Whitefeather markiert hatte, obwohl jeglicher Kontakt untersagt war. Oder dass er einer langjährigen Freundin misstraute. So oder so schien auch für Oz eine Grenze überschritten. Und das stärkte meine Position.

»Haltet beide die Klappe«, fuhr Fab aus der Haut und rieb sich angestrengt die Schläfe. »Wenn wir das hier durchziehen wollen, sollten wir uns gegenseitige Vorhaltungen sparen.« Er wandte sich mir zu. »Liz, entschuldige, dass ich dich an die lange Leine gelegt habe. Es lässt sich nicht mehr ändern. Und Oz?« Er wandte sich seinem Freund zu, der demonstrativ die Arme verschränkte und grinste. Fab verdrehte die Augen. »Halt einfach die Klappe.«

»Nur in deiner Gegenwart oder –«

Fab schnappte sich ein auf dem Tisch stehendes Kästchen und pfefferte es Oz entgegen, der es lachend aus der Luft grabschte und auf das Bett warf. »Keine Sorge, dein Geheimnis ist bei mir in guten Händen.«

»Das fürchte ich auch.« Fab verschränkte die Hände am Hinterkopf und bog den Rücken durch.

»Könntet ihr vielleicht aufhören mit dem Geplänkel?«, mischte ich mich genervt ein. »Das hier ist kein Spaß. Ihr solltet mich möglichst schnell zu eurem Orakel bringen, damit ich es zu den Greyfeather befragen kann.«

»Sie.«

»Wie bitte?«

»Das Orakel ist eine Sie«, präzisierte Oz und lehnte sich lässig gegen die Wand. »Und jetzt ist der denkbar schlechteste Zeitpunkt, um sie aufzusuchen.«

»Wir müssen bei Tageslicht gehen, dann ruht die Stadt«, erklärte Fab.

»Und wie lange dauert das noch?« Auch wenn ich von Lijans einigermaßen sicheren Versteck wusste, so drängte mich mein Bauchgefühl doch dazu, dieses Unterfangen schnellstmöglich abzuwickeln. Je eher ich Sorothez wieder verlassen konnte, desto besser.

Fab ließ sich auf das Bett sinken und fuhr sich durch die wilden Strähnen, die tief in seine Stirn fielen. »Wir sollten uns ein paar Stunden ausruhen. Wenn es hell genug für einen Fußmarsch durch Sorothez ist, versuchen wir es. Du wirst deine Schwingen schön eingezogen lassen, dann mag die Kleidung ihnen vorgaukeln, du seist eine von uns. Aber es ist untypisch für Blackfeather, also wird es Aufmerksamkeit erregen.«

»Was ist untypisch? Zu Fuß zu gehen?«, fragte ich verwirrt. In Tirithan taten das die meisten.

»Seine Schwingen nicht offen zu zeigen«, klärte Oz mich auf. »Wir tragen sie angelegt, aber sichtbar. Da wir fast alle Wege im Flug zurücklegen ist das auch sinnvoll. Nur die Obersten verbergen ihre Schwingen, aber denen begegnet man so gut wie nie.«

Na wunderbar. Ich war also von vornherein eine wandelnde Zielscheibe.

»Bei Tag wird es schon gehen. Das ist unsere Nacht, vergiss das nicht«, baute Fab mich auf. »Aber bis dahin bleiben wir hier.« Er legte sich zurück aufs Bett und schob die Hände unter den Kopf.

Ich sah Oz an, der mit den Schultern zuckte. »Hey, wir mögen Neuntöter sein, aber selbst wir müssen mal Kräfte sammeln. Vertragt euch schön, bis ich zurück bin.« Er zwinkerte mir zu und stieg durch die Luke hinaus, um vom Sims fallend zu verschwinden. Weg war er. Und ich mit Fab allein.

»Schließ die Läden, bevor du ins Bett kommst.«

»Warum? Willst du noch mehr an mir markieren?«, konterte ich bissig. Er glaubte doch nicht ernsthaft, dass ich in so einer Situation auf irgendwelche Spielchen einstieg.

Sein kehliges Lachen erklang. »Reizvoller Gedanke. Aber ich sollte schlafen, um einen klaren Kopf zu behalten. Nicht nur in Bezug auf dich. Was macht der Schnitt an deinem Arm?«

Ich zog den Ärmel hoch und besah meine blasse makellose Haut. »Nichts mehr zu sehen.«

»Gut«, er schloss die Augen, »dann ruh dich aus. Du brauchst deine Kräfte noch. Whitefeathermagie verblasst fernab der glanzvollen Stadt. Es dauert eine Weile, aber der göttliche Funke in dir wird schwächer werden.«

»Ist das wie die Sache mit dem Essen? Dann werde ich auch wieder Hunger bekommen?« Mila hatte Ähnliches angedeutet.

»So ist es.«

»Warum nennst du nur die Whitefeather, betrifft diese Regel euch denn nicht genauso?«

Er seufzte. »Doch, sogar um einiges schneller als euch. Deshalb kenne ich mich damit ja so gut aus.«

Ich sank auf die Kiste unter dem Ausstieg und musterte Fab, meinen Freund, den Blackfeather, der vor mir lag und sich genüsslich rekelte. Was er alles wusste, welche Geheimnisse er vor mir verborgen hatte … Ich fragte mich unversehens, ob ich ihn noch in anderer Hinsicht falsch beurteilte. »Hast du auch andere markiert?«

Er öffnete die Augen und fixierte mich. Der schelmische Ausdruck in seinem Gesicht war unübersehbar. »Willst du wissen, ob ich noch jemanden ausfindig machen kann, oder fragst du mich gerade, ob ich andere Frauen küsse?«

»Ist das ein kläglicher Versuch, mit mir zu flirten?«, bot ich ihm die Stirn und ignorierte das heiße Kribbeln in meinem Bauch.

»Mehr ist mir ja nicht gestattet.«

Ich legte den Kopf schräg. »Interessiert mich nicht im Geringsten, was du mit anderen Frauen machst.« Und doch beobachtete ich genau seine Mimik. Er hob überlegen einen Mundwinkel.

»Habe ich nicht.«

Verdammt, was von beidem meinte er nun? Ich presste die Lippen zusammen.

»Weder noch«, setzte er hinzu und genoss offensichtlich meine Unsicherheit. Verlegen schlug ich den Blick nieder und nickte nur stumm. Das würden lange Stunden werden, wenn er mich bereits jetzt aus dem Konzept brachte. Ich stellte meine Füße auf das Bettende und stieß ihn mit der Stiefelspitze an.

»Was sind Neuntöter? Oz hat es eben erwähnt.«

Fab löste einen Arm und fuhr mit der Hand über die Riemen seiner Oberbekleidung. »Wir sind das. Die Rotte.«

Ich hob die Augenbrauen. »Ihr nennt euch Neuntöter, nach dieser Vogelart?«

»Du weißt um die Volkssagen über dieses Tier?«, fragte Fab erstaunt. Ich verneinte, weil mir außer dem Namen nichts weiter geläufig war. »Nun, diese Vögel spießen ihre Beute auf Dornen auf. Bezogen auf unsere Silents ein treffender Vergleich. Außerdem wird ihnen im Volksmund eine gewisse Mordlust nachgesagt. Sie sollen ihre Opfer sammeln, neun an der Zahl, bevor sie sie verspeisen.« Ich verzog angewidert das Gesicht.

»Keine besonders schöne Volksweise.«

»Unsere Neuntöter tragen den Namen aus anderen, wenn auch ähnlichen Gründen. Auch uns wird nachgesagt neun Opfer zu fordern, jedoch bevor wir selbst unser Ende finden. Neuntöter stehen an vorderster Front, wenn es um die Verteidigung der Himmelsstädte oder das Erledigen gefährlicher Aufträge geht. Meist Gesetzesverstöße der Feather. Du hast Rufus ja gesehen. Manchmal aber auch die Jagd auf grenzüberschreitende Dämonen. Kaum einer übersteht das längere Zeit unverletzt. Neun Opfer, mehr sind uns nicht vergönnt, sagt man.«

»Und ihr seid euch dessen bewusst?«

»Es ist unsere Bestimmung. Neuntöter geben ihr Leben für Sorothez. Jeder weiß das.«

Ein kalter Hauch streifte mein Herz. »Dann akzeptierst du, ein kürzeres Leben zu führen als die übrigen Blackfeather?« Wie konnte man sich damit abfinden?

»Es hätte bereits enden können, wenn du nicht gewesen wärst«, sagte er mit ernstem Blick.

»Und deshalb hilfst du mir auch bei dieser Sache. Um eine Schuld zu begleichen«, schlussfolgerte ich.

»Nein. Ich bin dir dankbar, aber ich sehe das nicht als Schuld an. Du hast deine Entscheidung selbst getroffen. Ich helfe dir, weil ich nicht für Lijans Tod verantwortlich sein will.«

Verlegen räusperte ich mich. »Geht mir genauso«, sagte ich, um nicht den Eindruck zu erwecken, mich selbst im Fokus der Geschehnisse zu sehen.

»Aber ich fühle mich durchaus schuldig, dass du auf der harten Kiste sitzen musst, während ich weich liege«, neckte er mich. »Komm schon, ich werde dich nicht anrühren. Immerhin trägst du den Glanz von Tirithan. Ich würde mir nur selbst die Schlinge um den Hals legen.« Seine Worte kühlten mein Gemüt deutlich ab. Er hatte recht. Wie töricht von mir hinter seinen ständigen spitzen Bemerkungen mehr zu vermuten als den Versuch, mich erröten zu lassen. Er hatte mit mir zusammen sein wollen, als wir noch nicht von der Klippe gesprungen waren. Jetzt war es dafür zu spät.

Ich warf einen Blick über die Schulter. Noch drang kein Licht durch den

Spalt zwischen den Fensterläden. Wir würden ein paar Stunden warten müssen und meine Glieder fühlten sich matt an. Also schön. Ich stand auf und kroch über das Bettende zu Fab, der ein wenig zur Seite rückte und meine Kapitulation mit einem Lächeln belohnte. War ja auch lächerlich. Wenn er schlief, konnte ich es ebenso gut. Ich würde jedenfalls nicht pikiert auf der dämlichen Kiste hocken.

Fab zog einen Silent aus der Halterung an seinem Hosenbund und schleuderte ihn Richtung Tisch. Er schlug in die Wand. Die Kerze war erloschen.

Ich kehrte ihm den Rücken zu und vergrub mein Gesicht im Kissen, wütend darüber, dass mein Körper, nun da seine Wärme auf mich übergriff und ein Brennen durch meine Adern jagte, doch unmissverständliche Impulse abfeuerte. Ich hätte schwören können sein Grinsen in meinem Rücken zu spüren.

Kapitel 23

»Aufwachen, kleiner Tagfalter …« Ein Finger strich sanft über meine Schläfe die Wange hinab.

Blinzelnd öffnete ich die Augen einen Spaltbreit. Der sich hinter den Fensterläden ankündigende Tag tauchte das Zimmer in ein schummriges Licht.

Fabs Gesicht war nur einen Hauch von meinem entfernt. Sein betörender Duft hüllte mich ein. Als ich mich endlich auf meine einzelnen Körperpartien besann, wurde mir siedend heiß meine Lage bewusst. Offensichtlich hatte ich mich ihm im Schlaf zugewandt, zu allem Überfluss auch noch das angewinkelte Bein auf seinem Schoß drapiert. Meine Hand ruhte auf seinem Bauch. Ich spürte seinen Atem kommen und gehen, viel tiefer als nötig. Einem Impuls folgend wollte ich meine Hand wegziehen, doch Fab reagierte schneller und packte mich am Gelenk. Ein, zwei Atemzüge verstrichen. Kaum merklich schüttelte er den Kopf. Ich verharrte und wartete ab. Langsam führte er meine Hand über seinen Bauch hinauf, bis meine Finger auf seiner Brust ruhten. Der Herzschlag war überwältigend stark und … viel zu schnell.

Fabs Anblick fesselte mich. Ernst, ohne jeden Spott. Ich konnte mich nicht davon lösen.

»Bin …« Ich musste mich räuspern. »Bin ich das? Ich meine –«

»Ja«, sagte er rau.

»Oh …«

Ich zögerte und überlegte meine Hand wegzunehmen, doch Fab legte seine auf meine und hielt mich gefangen. Ein heißer Schauer flutete meinen Körper. Ich schloss die Augen und genoss das einzigartige Gefühl, ihm nah zu sein. Warum fühlte es sich plötzlich so anders an? Süß und bitter, verboten und einfach nur fabelhaft … Ich atmete tief durch.

Als Fab entschied mich freizugeben, beschloss ich aus Trotz das Gegenteil. Sanft, aber bestimmt rückte ich enger an seinen Leib, sodass er völlig überrascht den Atem anhielt, und schmiegte mein Gesicht an seine Brust. Wenn ich ohnehin alle Grenzen hinter mir ließ, konnte ich auch diese übertreten. Meine Seele sog begierig jedes bisschen Zuneigung auf wie ein trockener Schwamm. Ich hatte ihn vermisst. Ihn und mein Zuhause und Lijan und die heile Welt, an die ich zu lange geglaubt hatte.

Fab hätte mich zurückweisen sollen, mir auf seine neckische Art sagen können, dass er anderes im Sinn habe, jetzt, da ich endlich in seinem Bett lag, aber er tat nichts dergleichen. Er hielt mich in den Armen, legte seine Wange an mein Haar und strich zärtlich meinen Arm hinab. Der Takt meines Herzens und mein Verstand überschlugen sich gleichermaßen. Es war absurd. Nie hatte ich mich verlorener und geborgener gefühlt als in diesem Moment in den Laken eines Blackfeathers. Meines Blackfeathers.

»Na, Gott sei Dank. Es besteht noch Hoffnung«, erklang plötzlich Oz' spottende Stimme von der Tür her. Er schob sich ins Zimmer, während Fab und ich uns zu meinem Bedauern wieder voneinander lösten. Beinahe hektisch entstieg er den Laken und zupfte seine Kleider zurecht. Ich kletterte aus dem Bett und spürte, dass diese Aktion in mir nachhallen würde. Was tat ich hier nur? Fabs zauberhafter Geruch schien überall an mir zu haften. Ich konnte nicht klar denken.

»Soll ich euch zum Orakel begleiten?«, bot Oz an.

»Nein, Liz und ich gehen allein. Besser, du bringst in Erfahrung, wer von den Neuntötern Wache hält. Vielleicht kannst du sie ein bisschen beschäftigen, damit sie uns nicht bemerken.«

»Geht klar. Dürfte kein Problem werden. Ich spann Savanna ein, dann sind sie abgelenkt und ihr habt genug Zeit.«

Fab wandte sich an mich und fasste meine Schultern. »Hast du deine Schwingen unter Kontrolle? Lass sie eingezogen. Sollte etwas schiefgehen, musst du sofort fliehen. Ich versuche dir die Wachen lange genug vom Hals zu halten.« Mein Herz schlug augenblicklich härter. Allmählich meldete sich die Angst, erwischt zu werden. Doch für Zweifel war es nun wohl zu spät. Ich nickte.

Fab nahm meine Hand und zögerte keine Sekunde mehr. Wir verließen sein Zimmer und folgten den schiefergrauen Gängen durch die Eingeweide der Stadt. Oz bog an der nächsten Gabelung ab, in der Absicht, sich um die Wachen zu kümmern. Fab und ich eilten entschlossen voran. Einige Stufen hinab, dort um eine Biegung. Zweimal führte unser Weg durch Bögen nach draußen, wo der Pfad über kurze, schmale Stege verlief. So schmal, dass wir hintereinander laufen mussten. Ich ließ meinen Blick schweifen und konnte nicht glauben, dass ich einfach so bei Tag durch Sorothez spazierte, aber so war es. Das Antlitz der nächtlichen Stadt begrüßte mich und mutete so frei und ungezähmt an, so anders als Tirithan, dass es mir den Atem raubte. Wild, verschachtelt und durch unzählige Planken verbunden stapelten sich die Bauten in die Höhe. Schien Tirithan wie aus einem Guss, bot Sorothez einen gänzlich anderen Anblick. Hier gab es kein Quiryll. Die nächtliche Stadt trug ihre Narben offen zur Schau. Ungeschönt, rau und absolut faszinierend. Ich war sofort ein wenig verliebt.

»Bist du schon mal beim Orakel gewesen? Wie ist sie so?«, fragte ich frei heraus.

Fab spazierte vor mir über die Planke, als bedürfte es keinerlei Balance. »Sie ist das verborgene Herz von Sorothez. Sie weiß über alles und jeden Bescheid. Was die Feather angeht, nimmt sie selten ein Blatt vor den Mund. Es heißt, sie berät manchmal die Obersten. Wenn man unter der Hand Hilfe braucht, geht man auch zu ihr.«

»Warum unter der Hand, wenn sie so exzellente Dienste leistet?«, hakte ich nach.

»Das liegt daran, dass sie offiziell nicht existiert. Sie ist lediglich geduldet. Nur ihren guten Verbindungen hat sie es zu verdanken, dass sie in Sorothez verweilen darf. Jedenfalls, solange sie ihre Handlungen bedeckt hält. Ich muss dir nicht sagen, dass du darüber Schweigen bewahrst.«

»Natürlich nicht. Wem sollte ich es auch sagen?«, murrte ich. Für derart moralisch konnte er mich kaum halten, schließlich war ich hier. »Was genau heißt, sie ist nur geduldet? Ist sie denn wegen irgendetwas verurteilt worden?« Eine straffällige Blackfeather.

»Nein. Sie hat ihre Schwingen in einer Auseinandersetzung verloren, zumindest den größten Teil davon. Als Folge eines Streits. Man hat ihr fast die kompletten Flügel aus Rache abgeschnitten. Jetzt ist sie im Grunde nicht länger eine vollwertige Feather. Fliegen kann sie nicht mehr, sie würde fallen, wenn sie es versuchte. Solange sie die Grundsätze von Sorothez würdigt, lässt man sie bleiben.« Mein Herz zog sich schmerzhaft zusammen. Langsam bekam ich ein Gefühl dafür, mit welchem Maß an Brutalität ich in Sorothez rechnen musste.

»Die Blackfeather machen ihrem Ruf wirklich alle Ehre«, raunte ich.

Fab stoppte abrupt und fuhr herum. »Die Whitefeather aber auch, wenn sie dich den Unterschied zwischen deines- und meinesgleichen so unmissverständlich gelehrt haben!« Er funkelte mich wütend an. »Das Orakel ist eine Whitefeather gewesen! Und sie hat ihre Schwingen nicht hier verloren«, stellte er klar.

Ich starrte ihn ungläubig an. Was sagte er denn da? Eine Whitefeather? Und jemand aus den eigenen Reihen hatte ihr die Schwingen abgeschnitten? Aus Rachsucht? Die Grenzen schienen plötzlich zu verschwimmen. »Das soll Tirithans Werk sein?« Ich keuchte und fuhr mir mit den Händen an die Stirn. »Herrgott, gibt es überhaupt irgendwas, das ich weiß?« Meine Welt stand völlig Kopf.

»Hey …« Fab erkannte meine innere Not und fasste meine Handgelenke, damit ich die Hände herunternahm. »Du kannst doch nichts dafür.«

»Nein?«, stammelte ich. »Aber es fühlt sich so an. Ich bin eine Whitefeather. Allem voran sollte ich *wissen*! Ich sollte mich *geordnet* fühlen und andere vor Schaden *bewahren*. Jedenfalls habe ich das gedacht. Aber stattdessen …«

»Liz, es ist nicht deine Aufgabe –«

Ich entzog ihm meine Arme. »Etwas dagegen zu unternehmen? Warum nicht? Wessen Aufgabe ist es denn sonst? Wer soll all das Unrecht aufdecken? … Eine Whitefeather ist aus Niedertracht verstümmelt worden. Das ist falsch! Es sind Whitefeather gewesen, die ihr das angetan haben? Das ist unvorstellbar! Tirithan steht nicht für derartige Grausamkeiten. Soll ich die Augen davor verschließen? Ist das meine Aufgabe?« Ich verausgabte mich völlig in meinem Aufruhr. Mein Verstand drehte wirre Schleifen. Mir war übel. »Es ist nur … Lijan trägt graue Schwingen. Egal was wir anstellen, sie werden sie ihm nehmen. *Ihr* werdet sie ihm nehmen. Warum, verdammt, muss er überhaupt graue Schwingen haben?! Ibe hätte nicht …« Gequält schloss ich die Augen und schüttelte den Kopf, um den Schmerz zu überstehen.

Fab zog mich an sich. »Du bist hier und suchst nach einer Lösung. Wer würde freiwillig solch ein Risiko auf sich nehmen? Gib dir nicht die Schuld an den Verhältnissen. Denk anders als sie, damit änderst du bestimmt etwas.«

»Und was?«, sträubte ich mich gegen seinen Zuspruch.

»Mich. Du änderst mich, Liz. Wenn ich sehe, was du bereit bist, auf dich zu nehmen, für jemanden, der nicht einmal deine Farbe trägt.«

Ich lehnte meine Stirn an seine Brust und versuchte all die Ereignisse, die uns hergeführt hatten, zu verwinden. »Wie könnte ich es nicht. Bevor ich überhaupt an meine Bestimmung glauben konnte, bin ich längst mit euch verbunden gewesen.«

Fab atmete tief durch. »Ich hoffe inständig, die Ältesten von Tirithan werden das verstehen und dem Respekt zollen. Komm. Beschaffen wir ihnen die Beweise, die sie zu brauchen scheinen.« Er strich mein Haar zurück und ließ mich aufblicken, ehe er meine Hand fasste und mich weiterführte.

Wir erreichten den verbauten Einlass zu einem stollenähnlichen Gang. Diese Ecke der Stadt wirkte irgendwie düsterer und unfertig, als hätte man vergessen weiterzubauen oder aber den Umbruch für etwas Wichtigeres unterbrochen. Fab nahm eine Laterne vom Haken und wandte sich unter den Verschlägen durch ins Dunkel.

»Vergiss aber nicht, was ich dir über sie erzählt habe«, erinnerte er mich. »Sie ist aus gutem Grund nur geduldet.«

Ich kletterte ihm nach. »Du hast doch gesagt, man habe ihr die Flügel aus Rache genommen, nicht weil sie verurteilt worden wäre.«

»Das heißt aber nicht, dass sie unschuldig gewesen ist. Es heißt, sie hat mehr Blut als Kleider am Leib getragen, als man sie fand. Sie hat sich wohl geradezu rasend und irrsinnig verhalten. Die ersten Tage haben alle geglaubt, sie erläge dem Wahnsinn.«

Ich schluckte. Klang ja fabelhaft. »Warum gewährt Sorothez ihr überhaupt Unterschlupf? Ist das nicht gegen die Regeln, wenn sie eine ehemalige Whitefeather ist?« Das flüsterte zumindest mein Bauchgefühl. »Und irgendjemand hat sie doch offensichtlich hergebracht.«

»Sie steht wohl in der Gunst eines mächtigen Blackfeathers. Anders kann ich es mir nicht erklären.« Fab leuchtete voran, während wir in ein Labyrinth aus kurzen, engen Fluren tauchten.

»Wahrscheinlich machen sie sich ihre Heilkunst zunutze«, spottete ich. Es wäre zumindest ein verständlicher Schachzug. »Oder besitzt sie keine mehr?«

»Mit dem Verlust der Flügel sind all ihre Gaben erloschen. Na ja, zumindest die typischen Feathertalente. Sie kann niemanden mehr heilen. Jedenfalls nicht auf diese Weise.«

Ich schloss auf. »Dann hat sie tatsächlich alles Göttliche verloren, das sie ausgezeichnet hat?« Es machte mich sprachlos, mit welcher Endgültigkeit man von seiner Bestimmung getrennt werden konnte. Wie musste sie sich fühlen? Wie über die Whitefeather denken? Ein Schatten legte sich auf mein Gemüt.

»Und du vertraust ihr?«

Fab lachte rau. »Nein, natürlich nicht. Aber wem können wir schon vertrauen, wenn es um Lijans Situation geht? Wir haben schlicht keine Wahl.« Ich seufzte. Das stimmte natürlich.

»Du hast gesagt, *alle* Gaben wären erloschen. Wie viele Fähigkeiten gibt es denn? Wir können heilen, ihr im Dunkeln besser sehen. Was noch?«, forderte ich nun zu wissen. Das hatte ich längst fragen wollen.

Fab schnaufte resigniert. »Mut. Blackfeather zeichnen sich nicht nur dadurch aus, sondern können ihn teilen.«

»Wie wir unsere Heilkräfte?«, fragte ich verblüfft. »Ihr schenkt den Menschen Mut, wenn ihr ihnen beisteht?«

»Tapferkeit im Kampf, den Mut, eine schlimme Situation zu ertragen«, führte er aus. »Wir können Mut in jeder Form hervorrufen, bis hin zum Leichtsinn.«

Ein seltsames Gefühl wand sich in meinem Magen. »Ich habe das schon gesehen, oder? Als du Ibe in der Werkstatt die Hand aufgelegt hast. Meine Hoffnung hat ihn an seine Grenzen gebracht, aber deine Gabe hat ihn den Schmerz aushalten lassen.« Fab antwortete nicht, sein Schweigen verriet mir dennoch, dass ich recht hatte. »Hast du jemals ... Ich meine, ... in der Zeit, als wir Lijan vermisst haben oder ich nach Sorothez –«

»Als die Dämonen Ibes Hof heimgesucht haben«, gestand Fab. »Du warst wie gelähmt vor Angst. Da habe ich es dir leichter gemacht.«

Ich schluckte. Es war also seiner Blackfeatherfähigkeit zu verdanken, dass ich einen klaren Kopf behalten hatte.

Fab stoppte vor schweren samtenen Vorhängen und bedeutete, mir still zu sein. Dann teilte er den Stoff und wir traten ein.

Es herrschte ein seltsames Klima hier drinnen. Schwül und schwermütig. Ein süßlicher Geruch hing in der Luft. Jegliches Tageslicht war durch wallende Vorhänge, Wand- und Deckenbehänge ausgesperrt. Einzig Kerzenschein aus mit Wachs gefüllten Schalen erhellte den winzigen Raum. Ich stellte mir vor, wie schnell hier ein Feuer um sich greifen und alles vernichten mochte.

»Trete ein, Nachtschwärmer. Was kann ich für dich tun?« Die Frau, die sich zu uns umdrehte, versteinerte bei unserem Anblick für einige Sekunden, bevor sie sich aus ihrer Starre löste und mit den Händen nervös über ihr dunkelgraues Gewand strich. »Nun, wie ich sehe, bin ich nicht mehr die einzige Glanzvolle hier«, entlarvte sie mich mühelos trotz meiner eingezogenen Flügel. Oder gerade deswegen?

»Darf ich Euch meine Freundin vorstellen?«, begann Fab höflich und wurde unversehens durch ihre erhobene Hand gestoppt.

»Keine Namen, wenn ihr mich besucht. Ich will sie nicht wissen. Geheimnisse lassen sich besser ohne sie wahren.« Das Orakel umrundete uns und sank hinter einem Schreibtisch auf einen mit Kissen und alten Decken ausstaffierten Platz. Ich hatte sie mir irgendwie erhabener vorgestellt. Nichts an dieser verblühten Schönheit wies noch den Glanz der Himmelsstadt auf.

»Woher wollt Ihr wissen, dass ich eine Tochter Tirithans bin?«, fragte ich interessiert.

»Erfahrung«, gab sie zurück und musterte mich aus wachen, grauen Augen, während ihre Fingerspitzen die glatt polierte Tischplatte entlangfuhren. Das leicht ergraute Haar stand in wirren Locken ab, die Haut war aschfahl.

»Ihr seid keine Feather mehr«, stellte ich sie aus keinem ersichtlichen Grund auf die Probe.

Ihr Ausdruck zeugte von einer mir vertrauten Arroganz. »Und ihr seid nicht hier, um meine Geschichte zu erörtern.«

Fab zog mich ein Stück zurück. »Sind wir nicht. Wir kommen wegen eines Freundes. Er sollte in Eure Stadt aufsteigen, hat es aber nicht getan. Jetzt befindet er sich in einem, sagen wir, gewissen Zwiespalt«, umschrieb er galant Lijans Dilemma.

Ihre Augenbrauen stiegen empor. »Ein Greyfeather? Und die Rotte soll ihn ausschalten«, zog sie sofort den richtigen Schluss. Du meine Güte. Auch wenn sie lediglich einen hellen Verstand besaß und uns nicht eben die Zukunft aus Teeblättern vorhergesagt hatte, wunderte mich die Bezeichnung Orakel nicht.

»Ihr wisst also, dass es sie gibt? Er ist nicht der Einzige?« Fab verschränkte die Arme.

»Er ist nicht der Erste, nicht der Einzige und gewiss nicht der Letzte«, brachte sie auf den Punkt, was wir ohnehin dachten. »Es gibt sie. Greyfeather. Silberne. Grauflügel. Vereinzelt, wenige, aber es gibt sie. Und sie werden wegen ihrer Einzigartigkeit gejagt.«

»Einzigartigkeit?«, hakte ich nach. Meinte sie nur die Farbe ihrer Schwingen oder gab es noch anderes, was sie von uns unterschied?

Sie legte den Kopf schräg und lächelte. »Wie bei allen Feather wird eine Menge hinter vorgehaltener Hand gemunkelt. Aber wie wir wissen, ist an jedem Vorurteil auch ein Funken Wahrheit. Manche halten die Greyfeather für die höchste Stufe unserer Spezies.«

»Seid Ihr selbst mal einem begegnet?«, wollte ich wissen.

»Nein, natürlich nicht. Aber man trug mir ihre Geschichte zu.«

»Einfach so?«, stichelte ich. »Ist nicht gerade ein gewöhnliches Thema.«

»Ich bin ja auch keine gewöhnliche Whitefeather. Wo, denkst du, habe ich all mein Wissen, meine Erfahrung erworben? Ich sage es dir. Einst bin ich von der Obrigkeit der glanzvollen Stadt mit einer verantwortungsvollen Aufgabe betraut worden«, belehrte sie mich und gewährte mir nun doch einen Einblick in ihre Geschichte. »Ich war dazu berufen, ihrem Nachwuchs auf die Welt zu helfen, im wörtlichen Sinne. Ich habe die Niederkünfte überwacht, bevor ich für die Unterbringung der Kinder in den irdischen Siedlungen gesorgt habe. In einer solchen Stellung erfährt man vieles. Auch einiges, das man besser nicht wüsste.«

»Ihr seid Hebamme gewesen?« Das überraschte mich und weckte umgehend mein Misstrauen. Hebamme war doch ein ehrbares Amt. »Was genau habt Ihr eigentlich verbrochen, um Eure Flügel einzubüßen?« Es war dreist und vorlaut von mir, aber andererseits, was konnte sie mir anhaben? Allenfalls die Antwort verwehren.

Das Schmunzeln warf tiefe Falten auf ihre mageren Wangen. »Du sagst das, als hätte ich Abbitte für etwas leisten sollen.«

»Hat es sich denn nicht so verhalten?« Was war nur los mit mir? Derart forsch trat ich sonst nie auf.

»Man hat mich vor kein ordentliches Gericht gestellt, so viel kann ich dir sagen.«

»Was war Euer Vergehen?«, beharrte ich und wähnte mich auf der richtigen Spur. Fab hatte recht. Auch wenn sie letztlich einem schmutzigen Racheakt zum Opfer gefallen war, bedeutete das nicht, dass sie ihre Hände in Unschuld wusch.

Sie hob das Kinn. »Ich habe einer Freundin geholfen zu gebären. Ein Kind, das es nicht hätte geben sollen. Ich habe sie gewarnt.«

»Dann ist ein Kind schuld am Verlust Eurer Schwingen?« Widerwillig schüttelte ich den Kopf. »Warum hätte es dieses Kind nicht geben dürfen? War ein menschliches Schicksal darin verstrickt?« Möglicherweise verhielt es sich wie bei Josh und Helen. Eine unmögliche Verbindung.

Ein erschöpftes Schmunzeln. »O mein Liebes, hat dir keiner erklärt, dass wir nicht mehr als zur Hälfte göttlich sind? Mit echten Seraphen haben wir nur noch wenig gemein. Unser Blut ist verwässert. Was denkst du, warum wir den Menschen so ähnlich sind? Unsere Himmelsstädte sind nur eine Ebene zwischen den göttlichen Gefilden und der Menschenwelt. Wir sind ebenso an unseren Glauben gebunden wie sie, auch wenn unsere Talente durchaus ein Beweis des Höheren sind. Nein, mein Kind, ein Mensch hätte mich nicht zu Fall gebracht. Du bist zu jung und zu unerfahren, um zu verstehen, was alles nicht sein darf.«

Ich runzelte die Stirn. Ihre Worte schmeckten mir nicht. Sie wollte darauf hinaus, dass ich nicht abwegig genug dachte, zu naiv möglicherweise? Na schön. »Eure Freundin war eine Blackfeather und Ihr durftet ihr mit eurer Heilkraft nicht helfen. Ihr habt wissentlich die Regeln gebrochen, weil sie sonst ihr Kind verloren hätte.«

Sie belächelte meinen Versuch, ihr Geheimnis zu ergründen. »Du bist also eine kleine Querdenkerin, hm?« Sie winkte ab. »Meilenweit daneben. Mutter und Kind waren kräftig und gesund. Sie hätte es nicht verloren.«

»Aber Ihr hättet ihr nicht helfen dürfen ...«

»Ich bin sogar gebeten worden, ihr während der Geburt beizustehen«, setzte sie meinen Worten entgegen und genoss es sichtlich, mich auf dem Holzweg zu sehen.

»Dann war sie eine Greyfeather und das Kind sollte vor einem ähnlichen Schicksal bewahrt werden ...«

»Sie war eine hoch angesehene Whitefeather. Außerdem habe ich doch gesagt, dass ich niemals einem Greyfeather begegnet bin.«

Ich ließ meine Schultern sinken.

»Führt diese Unterhaltung zu irgendwas? Falls nicht, sollten wir uns lieber um andere Themen kümmern.« Fab hatte sich geduldig gezeigt, aber letztlich hatte er recht, wir waren wegen Lijan hier.

Die Geduldete schenkte ihm einen wohlwollenden Blick. »Ihr Herz ist nicht böse genug, um die Wahrheit zu erkennen. Gut für dich.«

Ich straffte meine Haltung. Gut für ihn? Was meinte sie bitte damit? Plötzlich durchzuckte es mich wie ein Blitz. *War*, sie hatte gesagt, ihre Freundin *war* eine Whitefeather. Das bedeutete … »Sie ist tot. Ihr habt ihr etwas angetan. Das war Euer Vergehen«, wagte ich einen letzten Versuch. »Ihr habt eine hoch angesehene Whitefeather getötet.« Deshalb der Racheakt und Verlust ihrer Schwingen.

Mit einem Knall, lauter, als ich ihrer schwächlichen Konstitution zugetraut hätte, donnerte ihre Hand auf die Unterlage und sorgte für Ruhe. Angespannt schwieg ich. Auch Fab rührte sich nicht.

»Stell meine Geduld nicht auf die Probe, Whitefeather«, spie sie die Worte wie Gift aus. In diesem Moment begriff ich, wie sehr sie sich von meinesgleichen betrogen fühlte. Sie behielt recht, ich war naiv. Eine verstoßene Tochter Tirithans, die sich in den Schoß Sorothez' flüchtete. Was, hatte ich geglaubt, würde sie mir eingestehen?

»Was genau wollt ihr hier?« Ihre Augen verengten sich zu Schlitzen, während sie uns prüfend musterte. »Ein Greyfeather, den ihr als Freund bezeichnet. Du unübersehbar ein Neuntöter. Und deine vorlaute Freundin scheint keinerlei Furcht vor den Konsequenzen ihrer Anwesenheit zu haben. Ihr sucht nach einer Rettung für den silbern Schimmernden, richtig? Aber wie genau – außer, dass ich die Einzige bin, der ihr euer Vorhaben schildern dürft – passe ich in diesen Reigen?«

»Ihr könntet uns sagen, ob es Beweise für Sorothez' eigenmächtiges Handeln gibt. Sie jagen die Greyfeather, ohne dass Tirithan davon Kenntnis hat«, klärte Fab unser Anliegen auf. Mich beschäftigte jedoch anderes.

»Warum hat ein Blackfeather Euch überhaupt das Geheimnis der Greyfeather zugetragen? Hat ihn sein schlechtes Gewissen geplagt?«

»Bist du das, mein Junge? Ist sie deinetwegen so rebellisch?«, fragte das Orakel Fab gereizt. »Untypisch für eine Tochter Tirithans. Das Quiryll sollte sie angepasster auftreten lassen.«

»Wie bitte?« Ich schaute erst sie und dann über die Schulter Fab an, dessen Miene unergründlich wirkte.

»Möglich«, räumte er ein. »Ich will, dass sie Antworten bekommt.«

»Du schenkst mir Mut?«, fragte ich entsetzt.

Die Alte lachte. »Oh, ihr bewegt euch auf dünnem Eis. Teilst du deine Gabe gerade jetzt mit ihr oder habt ihr euch unsittlich berührt? Den Wenigsten ist bekannt, dass Feathertalente während des Akts der Vereinigung aufeinander übertragen werden können. Wenn es geduldete Verbindungen betrifft, merken sie es selbstverständlich nicht. Eine Whitefeather wird nicht besser heilen, weil sie bei einem ihresgleichen gelegen hat. Nur zwischen Söhnen und Töchtern verschiedener Himmelsstädte dürfte es auffallen. Also, färbst du auf sie ab, wie du es nicht solltest?«

»Nichts an dieser ganzen vertrackten Situation ist doch so, wie es sein sollte«, konterte er und war aus irgendeinem Grund nicht bereit, meine Ehre zu verteidigen.

»Da stimme ich dir allerdings zu.« Sie machte es sich auf ihrem Platz gemütlich. »Ich könnte euch mein Wissen vorenthalten, aber ich bin zu neugierig, wie es endet. Zweifelsohne wird euch schon in naher Zukunft jemand auf den Fersen sein. Ein Vertrauter, möglicherweise ein Freund, denn so prüfen sie Loyalität. Nur wer die Belange der Stadt über seine eigenen stellt, darf bleiben.«

»Und was sollte euch das kümmern?«, fragte ich gereizt. »Ihr seht uns nie wieder und sicher seid es nicht Ihr, die unseren Weg verfolgt.« Vergebens versuchte ich in meinem Inneren zu sortieren, welche Empfindungen mir gehörten. Fab stachelte mich offenbar an.

Überlegen hob sie eine Braue. »Unterschätze meine Stellung nicht. So gut wie alles erreicht mich. Ich bin die Einzige, der man jeden Gewissenskonflikt schildern kann.« Darauf schien sie auf verquere Weise stolz zu sein. Sie hob die Hände und wies auf die verhangenen Wände ihres Unterschlupfs. »Andere Ausblicke sind mir nicht mehr vergönnt, also nähre ich mich von allem, was mir zugetragen wird. Dinge *wissen,* Geheimnisse *bewahren,* eine eigene *Ordnung* finden oder an der bestehenden festhalten. Ist es je um etwas anderes gegangen? Für mich als Whitefeather nicht. Aber schwindelig werden kann einem, wenn man die tausend Möglichkeiten bedenkt, diese Grundsätze auszulegen. Und ihr seid Narren, wenn ihr eure Augen davor verschließt, wozu eure Fähigkeiten tatsächlich dienen.«

»Wie meint Ihr das?«

Sie wandte sich an Fab. »Mut«, sagte sie. »Ihr Nachtschwärmer seid in dem Glauben verhaftet, ihr wäret mutig, um beide Lager mit eurer Kampfeskraft zu verteidigen. Aber verteidigen gegen wen? Die Dämonen greifen die Himmelsstädte nie direkt an.« Ihre Augen funkelten unheilvoll. »In Wahrheit braucht es den Mut von Unterdrückten, um eine von sich überzeugte Obrigkeit zu stürzen.« Ich schnappte nach Luft. Sofort verschob sich ihr Augenmerk auf mich. »Whitefeather«, sprach sie wie ein Urteil, »du wirst nicht abstreiten, dass Tirithan anführt. Du kennst die Legenden, ihre Grundsätze … ihre Arroganz. Du glaubst, eure Fähigkeit zu heilen beruhe auf der Pflicht der Fürsorge? Aber du irrst. Du verkennst völlig den Kern der Sache, den tieferen Sinn eures Talents.«

»Und welcher sollte das sein?«

»Ihr werdet bluten.« Ihr Blick durchdrang mich bis ins Mark. »Mangels kämpferischer Fähigkeiten habt ihr im Falle eines Krieges den Feinden kaum etwas entgegenzusetzen. Allenfalls Taktik könnte euch retten. Aber die Verluste würden dennoch unermesslich sein. Ihr. Werdet. Bluten. – Deshalb müsst ihr euch selbst heilen können. Das ist der traurige Fakt.«

Fab gab ein Schnaufen von sich. »Es wird keinen Krieg geben. Keine der Himmelsstädte würde es je darauf anlegen.«

»Nicht? Aber sie treffen bereits Vorbereitungen. Beide Seiten fürchten den Moment, da die Verhältnisse kippen. Der Frieden wankt.«

»Es wird nicht dazu kommen«, beharrte Fab mit mehr Nachdruck als verständlich.

Ihr Antlitz zeigte Erstaunen über seine Wehrhaftigkeit, dann jedoch stahl sich ein wissendes Lächeln auf ihre Züge. »Du bist also der, von dem ich gehört habe. Der Blackfeather mit der verschmähten –«

»Seid still!«, fuhr Fab sie an. »Das ist nicht von Belang.« Aufgewühlt ballte er seine Fäuste und bezwang seinen Unmut. »Gibt es Schriften, handfeste Beweise, darüber, dass Sorothez seit jeher Greyfeather jagt? Nichts anderes wollen wir wissen.«

Die Geduldete stützte ihre Hände auf den Tisch und erhob sich. »Wie gesagt, ich könnte darüber schweigen. Aber ich sehe keinen Grund. Im Gegenteil. Ich bewundere es, wenn sich jemand auflehnt«, gestand sie. »Nun, einst hat mich ein Anführer der Rotte besucht und sein Gewissen erleichtert. Er hat Greys im Auftrag der Obrigkeit getötet. Zweien hat er den Garaus gemacht, ohne Fragen zu stellen, doch die dritte ist eine zarte Frau gewesen. Ein bezauberndes, sanftes Geschöpf, wie er mir berichtet hat. Er musste sich unweigerlich fragen, welche Bedrohung von ihr ausgehen sollte. Also hat er sie verschont und letztlich sogar verbotene Bande geknüpft. Er wollte sie in die Himmelsstadt bringen, wie Tirithan es einst mit Sorothez und den himmlischen Gefilden vorgehabt hat. Eine Absicht, die ihn ehrt.«

»Was ist aus ihm geworden?«, fragte ich, ahnend, dass es kein gutes Ende genommen hatte.

»Er wurde fallen gelassen und von seiner eigenen Rotte ausgeschaltet.« Bedauern spiegelte sich in ihrem Gesicht. »Zuvor jedoch hat er über Wochen und Monate Dinge gesammelt, Notizen geschrieben, in denen er sich ziemlich detailliert über die Natur der Greyfeather ausgelassen hat. Er nannte es stolz seine Trophäensammlung. Törichter Narr. Mit einem Brief wollte er wohl an den Rat herantreten. *Das* wäre ein wahrer Beweis, in den Händen des Richtigen.«

»Das Schriftstück belegt, dass die Greyfeather ungefährlich sind?«, hakte Fab nach.

»Oder das genaue Gegenteil. Ich kann es nicht sagen. Lediglich seine Gefühle für diese Greyfeather lassen mich ahnen, dass dieser Brief eine Hilfe für euren Freund wäre.«

»Dann müssen wir an dieses Schriftstück kommen«, entschied ich. »Wo genau sollen wir danach suchen?«

»Im Salvation.« Zu meinem Erstaunen war es Fab, der antwortete. Er musterte mich. »Dort gibt es solch eine Trophäensammlung. Recht unbeachtete Schätze von den Streifzügen der Rotte. Sie befinden sich an den Wänden verteilt und zwischen den Flaschen der Bar.«

Ich runzelte die Stirn. »Ihr hortet derlei Errungenschaften in einer Spelunke, in der ihr euch betrinkt?« Da war es wieder, das Bild von Sorothez, dem Sündenpfuhl. Ich versuchte meine Vorurteile herunterzuschlucken. »Dann müssen wir eben in diese Bar«, sagte ich so bestimmt wie möglich. Ich wusste, er wäre dagegen.

»Ins Salvation? Vergiss es! Ich bring doch nicht dich und dein perfektes Paar weißer Flügel in dieses Höllenloch.«

»Oh, ich fürchte, das wirst du müssen«, mischte sich das Orakel ein. »Die Notizen, an denen euch gelegen ist, sind in Whitefeatherrunen verfasst. Du könntest sie nicht lesen.«

Fab musterte sie mit Unverständnis. »Warum sollte er in Whitefeatherrunen geschrieben haben? Ein Sohn Sorothez'. Wer soll es ihm beigebracht haben?«

»Nun, ich natürlich. Geheimnisse zu bewahren hat einst zu meinen Pflichten gehört.«

Fab knurrte unzufrieden. »Mag sein. Deswegen muss sie trotzdem kein Risiko eingehen. Ich besorge die Notizen allein. Auch wenn ich sie nicht lesen kann, so werde ich sie dennoch erkennen.«

»Auch hochrangige Runen?«, fragte sie spöttisch. »Die Feather bedienen sich vier verschiedener Schriften, wie du weißt. Du kannst vielleicht einfache Blackfeatherzeichen lesen, aber die übrigen drei Arten nicht voneinander unterscheiden. Nur wenigen ist das vorbehalten. Ich denke nicht, dass du diese Art Whitefeatherrunen ohne Hilfe erkennen würdest. Deine glanzvolle Freundin wird dir helfen müssen. Du kannst doch normale Runen lesen?«, fragte sie mich.

»Mit den gebräuchlichen habe ich in der Bibliothek von Tirithan zu tun gehabt und angefangen sie zu lernen. Ich weiß auch, wie die hochrangigen aussehen, kann sie aber nicht lesen. Erkennen würde ich sie in jedem Fall.«

Das Orakel legte die Hände zusammen. »Dann ist es wohl beschlossen. Die kleine Whitefeather besucht Sorothez' wahren Sündenpfuhl.«

»Nein!«

»Warum nicht? Wir haben sowieso schon jedes Gesetz gebrochen. Wie könnte es jetzt noch schlimmer kommen?«

Sein Blick beschwor mich vernünftig zu sein. »Die meisten Blackfeather hassen euch Glanzvolle. Die Söhne und Töchter Tirithans spucken auf uns.«

»Aber ich nicht.«

Fab legte seine Hände an mein Gesicht. »Das weiß ich, aber die anderen nicht. Sie werden dir nicht eine deiner schneeweißen Federn lassen, wenn sie uns erwischen.«

Ich erwiderte seinen Blick und versuchte mir meinen inneren Aufruhr nicht anmerken zu lassen, der viel weniger der Angst zuzuschreiben war als mehr dem brennenden Gefühl auf meinen Wangen. »Ich werde in diese Bar gehen.«

Er verengte den Blick. »Das kann ich nicht zulassen. Kleidung allein wird dort nicht ausreichen, um dich zu tarnen. Im Salvation tragen wir unsere Schwingen stolz zur Schau. Sie zu verbergen würde dich sofort verraten.«

»Dann lässt du dir besser etwas einfallen. Ich werde auf jeden Fall in diese Bar gehen.«

Das Orakel amüsierte sich königlich. »Oh, wie wunderbar. Selbst ohne deinen Mut ist diese Feather so rebellisch, wie du es ihr nie zugetraut hättest.« Sie holte etwas aus der Schublade ihres Schreibtisches hervor und reichte es Fab. »Hier … Streu dies auf ihre Schwingen. Gemeinsam mit der Kleidung einer echten Blackfeather mag es ausreichen, um alle zu täuschen.«

»Was ist das?« Ich betrachtete die winzige Phiole in seinen Fingern.

Die Alte lächelte nachsichtig. »Ein wenig Magie. Nichts, was sich nicht wieder rückgängig machen ließe. Es färbt deine Flügel schwarz.«

Ich schluckte und forderte von Fab die Phiole, um sie mir anzusehen. Das glitzernde Pulver darin wirkte wie Ruß. »Und woraus besteht Eure Magie?«

»Das willst du nicht wissen, mein Kind.«

Ich verengte die Augen. »Ich bin niemandes Kind. Und natürlich will ich es wissen. Denkt Ihr allen Ernstes, ich vertraue Euch blind?«

»Ich glaube nicht, dass wir …«

Das Orakel ließ Fab mit einer Geste ihrer Hand verstummen. »Schon gut. Deine Freundin will eine Menge mehr wissen, als gut für sie wäre. Aber das heißt nicht, dass es uns zustünde, sie von ihrer Neugierde abzuhalten. Jeder wählt seinen Pfad selbst. Und sie hat sich für den steinigen entschieden. Gut so. Zu wenige sind bereit, unbequem zu reisen. Lass uns herausfinden, wie viel Dunkelheit diese junge Whitefeather aushält.« Ihr Blick hielt mich gefesselt, während ihr Zeigefinger auf das Pulver in meinen Händen deutete. »Es sind die Überreste eines schwarzen Flügels. Daraus besteht meine Magie. Und wenn du willst, dass die Blackfeather dich für eine von ihnen halten, wirst du die Asche eines Toten wie eine verdammte Robe tragen müssen.« Sie streckte die flache Hand aus. »Andernfalls gib es mir zurück und verschwende nicht länger meine kostbare Zeit.«

Ich schloss meine Faust um die Phiole und hielt ihrem bohrenden Blick stand. »Und wie genau benutze ich die Asche?«

Das Orakel zog ihre Hand zurück und betrachtete mich zufrieden. Offenbar zollte sie meiner Reaktion einen gewissen Respekt. »Nun, du streust lediglich eine Prise auf den Ansatz eines jeden Flügels. Das Pulver wird sich wie von allein bis zu den Spitzen deiner Federn ausbreiten.«

»Wird es echt aussehen?«

»So echt wie die Schwinge, aus der das Pulver gefertigt worden ist.«

»Und wo ist der Haken?«, wandte Fab ein. »Ein jeder Zauber birgt einen Haken.«

Sie umschloss mit einer Hand die Kette um ihren Hals und suchte meinen Blick. »Es hat sogar zwei Haken. Erstens: Die Schwärze wird zwar deine wahre Bestimmung verschleiern, dennoch werden sie dein Licht spüren. Gepaart mit dem Anschein, du wärst eine von ihnen, wird es dich so anziehend erscheinen lassen wie kaum etwas anderes. Du kannst dir ihrer Aufmerksamkeit gewiss sein, ganz so, als würdest du als Whitefeather dort einkehren. Nur werden sie es nicht verstehen.« Jetzt wandte sie sich Fab zu. »Du tätest gut daran, als ihr Freund aufzutreten, um sie vor Schwierigkeiten zu bewahren.«

»Ich bin ihr Freund. Das hätte ich ohnehin«, antwortete er, als ärgere ihn der Einwand.

Das Orakel lachte. »Und ich habe gedacht, *sie* wäre die Naive von euch beiden. Nein, du musst mehr sein als das, andernfalls gerät sie sicher in Schwierigkeiten.«

Ich begriff. Mein Blick glitt zu Fab, auf dessen Stirn sich eine tiefe Falte zeigte. Wir sollten als Paar auftreten, um von vornherein zu verhindern, dass mich jemand ansprach.

»Auch das werden wir ihnen glaubhaft verkaufen, wenn es das ist, worauf es ankommt.« Seine Kiefermuskeln verspannten sichtbar.

»Oh, das wird es.« Sie schmunzelte unverhohlen.

Ich straffte meine Haltung. »Das kriegen wir hin«, zwang ich über meine Lippen, um Fab den Rücken zu stärken. Ich war auf seine Hilfe angewiesen, da wollte ich es ihm nicht noch schwerer machen. Mein Blick blieb ein wenig zu lang an seinem Anblick verhaftet.

»Ich sehe, das werdet ihr«, sagte die Alte zufrieden. »Deshalb will ich euch den zweiten Fallstrick nicht vorenthalten.«

»Der da wäre?«, fragte Fab ungeduldig.

»Sie darf ihre Flügel nicht nutzen, solange der Zauber anhält.«

Mein Blick schnellte zu ihr zurück. »Ich kann nicht fliegen?«

»Oh, du kannst. Aber beim ersten kräftigen Flügelschlag wird der Staub sich lösen und vorbei ist es mit der nächtlichen Farbe. Also überlege dir genau, wo du deine Maskerade abstreifst. Sollte jemand bemerken, dass du sie hintergangen hast, schlägt dir gewiss mehr als der übliche Groll entgegen.«

Kapitel 24

Bei Einbruch der Nacht betraten wir das Salvation. Wir hatten die vergangenen Stunden wartend in Fabs Zimmer verbracht, um nichts weiter zu riskieren, und sobald sich Dunkelheit über Sorothez gelegt hatte, zur Phiole gegriffen. Es war tatsächlich nur eine Prise der Asche nötig gewesen, um das Wunderwerk der Magie zu entfesseln. Oz hatte mich danach fliegend hergebracht und in einem günstigen Moment auf einer der Planken vor dem Eingang abgesetzt. Mein Herz hämmerte. Mit der Spelunke hatte ich offenbar nur bedingt richtig gelegen. Das Salvation ruhte nicht tief im Schoß von Sorothez, wie ich es einer solch lasterhaften Höhle zugeschrieben hatte, sondern thronte fast erhaben über der Stadt. Ich war schrecklich nervös. Wie vom Orakel beschrieben, hatte sich die Magie bis in meine Flügelspitzen ausgebreitet und sie schwarz gefärbt. Der Impuls, die angelegten Schwingen zu entfalten, kratzte dennoch an meinen Empfindungen. Die Asche fühlte sich seltsam an.

Fab legte seine Hand auf meinen Rücken und geleitete mich weiter hinein. »Ich bin hier«, flüsterte er. Seine Worte beflügelten augenblicklich meinen Mut. Oder war das wieder nur seine Gabe? Es machte mich verrückt, dass ich den Unterschied nicht erkannte. Erst hatte ich überlegt, ihn wegen der Manipulation beim Orakel – des Schenkens von Mut –, zur Rede zu stellen, aber letztlich hatte er es nur gut gemeint. Und während des Dämonenansturms auf das Gehöft hatte seine Gabe mir sogar geholfen. Ich wollte Fab vertrauen und ihn nicht darum bitten, seine Fähigkeiten für sich zu behalten. Ohne ihn wäre ich schließlich gar nicht hier.

Ich hob das Kinn und sah mich in der gut besuchten Bar der Blackfeather um. Alles schien aus demselben schiefergrauen Material zu bestehen. Verständlich. In Tirithan war es Quiryll, hier eben … wie immer es hieß.

»Wohin jetzt?«, flüsterte ich. Unser Erscheinen löste erste neugierige Blicke aus.

»Nicht zum Tresen, zu viele Betrunkene«, wies er mich an, »und auch nicht in eine der Sitznischen. Es könnte dich jemand festsetzen.«

»Dahin«, entschied ich. Hinter einer skurril geschwungenen Sitzgelegenheit, die wirkte, als könnte man Unaussprechliches darauf vollziehen, befand sich eine Wand, die ganz nach der von uns gesuchten Trophäensammlung aussah. Unzählige kreuz und quer gespannte Schnüre hielten Zeichnungen, Schriften und Tand an ihrem Platz. Wo, wenn nicht dort, sollten wir fündig werden?

»In Ordnung. Möchtest du etwas trinken?«

Ich schaute ihn verdutzt an. »Du willst etwas bestellen?«

»Natürlich. Wir sind in einer Bar. Also, möchtest du?«

Ich zuckte mit den Schultern. »Wenn es etwas gibt, das mir nicht gleich die Sinne vernebelt.«

Ein verschmitzter Ausdruck trat auf sein Gesicht. »Keine Ahnung. Wie leicht lässt sich dein Verstand denn ausschalten? Wasser werde ich jedenfalls nicht bestellen, andernfalls könnten wir gleich lauthals verkünden, wer du bist.«

Ich schnaufte. »Besorg uns einfach was. Ich werde das Zeug schon runterkriegen.«

Fab nickte und ging hinüber zur Theke, hinter der eine attraktive, wenn auch mürrisch dreinblickende Barfrau aus angelaufenen Flaschen allerlei bunten Fusel ausschenkte. Ständig verrutschte der Träger ihres reizvoll geschnittenen Oberteils, sodass sie alle Mühe hatte, ihre *Zwillinge* im Zaum zu halten. Recht anschaulich. Ich schüttelte unwillkürlich den Kopf. Hier in Sorothez wirkte tatsächlich alles ein klein wenig verrucht. Fab beugte sich über den Tresen und teilte ihr seine Bestellung mit. Mein Blick glitt über seinen Körper. Ebenfalls ansehnlich. Jetzt verschränkte er die Arme auf der Theke und sah über seine Schulter zu mir. Der Schimmer auf seinen angelegten

Schwingen brachte mein Herz zum Stolpern. Ich biss auf meine Unterlippe, um mein Lächeln zu kaschieren. Was sagte es über mich aus, dass ich Fab in diesem Ambiente äußerst anziehend fand? Nein, mehr als das. In der geliehenen schwarzen Kleidung und mit der falschen nächtlichen Farbe meiner Flügel wünschte ich plötzlich, ich könnte Teil seiner Welt sein. Herrgott, was löste dieser zum Mann gewordene Rebell nur in mir aus? Ich kannte mich ja selbst nicht mehr.

Fab zwinkerte mir verschwörerisch zu. Ich wandte mich schnell ab und richtete meine Aufmerksamkeit auf die Kuriositätenwand. Das hier war kein Date, sondern eine Mission.

Mein aufgewühlter Herzschlag ließ meine Gedanken wie Schmetterlinge herumflattern. Ich musste mich endlich wieder konzentrieren. Also, wonach suchten wir? Etwas, das nach Whitefeatherrunen aussah. Eine Notiz, die die Existenz eines Greyfeathers bewies. Mein Blick wanderte prüfend über die Sammlung. Schnell stellte ich fest, dass ich die meisten losen Seiten nicht entziffern konnte. Die Blackfeather hatten ganz eigene Schriftzeichen, um sich auszudrücken. Whitefeatherrunen fand ich natürlich keine. Allenfalls die allgemeingültigen Schriftzeichen, die mir und allen übrigen Anwärtern noch aus der Siedlung bekannt waren. Menschenschrift, vermutete ich.

»Das jemand zum Lesen ins Salvation kommt, ist mir neu«, erklang unvermittelt eine tiefe, raue Stimme neben mir.

Ich hielt den Atem an, kontrollierte mich erfreulicherweise aber so weit, dass ich nicht zusammenschreckte wie ein kleines Mädchen, sondern ruhig den Kopf drehte.

Ein attraktiver Blackfeather mittleren Alters stand vor mir und musterte mich unverhohlen aus wachen, blauen Augen. »Darf ich dir vielleicht die Vorzüge anderer Aktivitäten näherbringen?«

»Darum kümmere ich mich schon«, erwiderte Fab, der zum Glück rechtzeitig zurückkehrte. Souverän hob er einen Mundwinkel und reichte mir ein Glas, ohne jedoch den Typen aus den Augen zu lassen. »Vielleicht versuchst du es an einem anderen Abend, mein Freund. Heute gehört sie mir.«

Angespannt wartete ich ab, wie der Blackfeather reagieren würde. Beinahe rechnete ich mit einer Auseinandersetzung. Doch dazu kam es nicht. Der Typ hob die Hände und signalisierte Fab seine Kapitulation. Dann allerdings drehte er sich völlig unerwartet noch einmal mir zu, legte seine Hand an meinen Bauch und drückte mich unvermittelt an die Wand. Aufgeschreckt huschte mein Blick sofort zu Fab, der nur abschätzig lächelnd den Kopf schüttelte, einen Schluck trank und seinen vermeintlichen Konkurrenten gewähren ließ, der jetzt neben meinem Ohr flüsterte, was er mir alles beibringen könnte, wenn ich ihn nur machen ließe. Die unmissverständliche Röte, die sich meiner Wangen bemächtigte, zauberte ein zufriedenes Lächeln auf sein Gesicht. Er trat von mir zurück, klopfte Fab anerkennend auf die Schulter und ging zur Bar hinüber.

»Du lieber Gott …«, brachte ich über die Lippen, während Fab einen weiteren Schluck nahm, der, so wie er kurz das Gesicht verzog, offensichtlich in seiner Kehle brannte. Eine hervorragende Idee. Jetzt konnte ich selbst etwas Hochprozentiges gebrauchen. Ich leerte das Glas mit der überschaubaren Menge blau schimmernder Flüssigkeit in einem Zug. Hm, das Zeug war nicht so stark, wie ich es mir gerade wünschte, dennoch genau das Richtige. Ein leicht bittersüßer Geschmack breitete sich an meinem Gaumen aus.

»Trinkst du dir gerade Mut an?« Fab grinste. »Denn wenn es darum geht, könnte ich dir durchaus behilflich sein, wie du weißt.« Ehe ich antworten konnte, bezog er vor mir Stellung, nahm mir mein Glas ab, um es zusammen mit seinem auf einen Tisch neben der Kuriositätenwand zu stellen, und schirmte mich gegen weitere neugierige Blicke ab. Sein betörender Geruch hüllte mich ein, während er viel zu dicht vor mir stand und seine Hand in mein Haar grub. Jetzt geriet mein Herz gänzlich aus dem Takt. *Nur eine Mission, kein Date. Es ist nicht echt,* rief ich mir ins Gedächtnis und genoss Fabs Nähe viel zu sehr.

Ich hob die Lippen an sein Ohr und legte die Finger sanft streichelnd an seinen Hals. Ich beherrschte dieses Spiel ebenso gut. »Siehst du die Blackfeatherschriften hinter mir? Steht dort irgendetwas Brauchbares über die Greys?«

Fab richtete sich mit einem widerwilligen Raunen auf und inspizierte gewissenhaft die Notizen. Ich legte unterdes die Hände auf seine Brust und fuhr mit den Fingerspitzen den Ausschnitt seines Hemdes nach. Einige Blackfeather betrachteten mich mit, wie ich glaubte, Interesse. Das Orakel mochte recht behalten. Scheinbar fühlten sie sich irgendwie angezogen von meiner Erscheinung, ohne jedoch ausmachen zu können, woran es lag. Besser, Fab und ich spielten unsere Rolle gut, bevor sich noch einmal jemand dazu berufen sah, mich anzuflirten. Es war zwar durchaus schmeichelhaft, wenn auch ungewohnt, die Blicke von Männern auf diese Weise auf mich zu ziehen, aber gemessen an meiner Unerfahrenheit erschien mir das Wunderland, in das der Typ mich vorhin eingeladen hatte, doch eine Spur zu groß für mich.

»Schon etwas entdeckt?«, fragte ich, um mich abzulenken. Himmel, warum musste er so gut riechen?

Fab beugte sich an meinen Hals hinunter. Sein Atem in der Beuge an meinem Schlüsselbein jagte einen heißen Schauer über meinen Rücken. »Ja, vielleicht …«, flüsterte er und küsste die empfindsame Stelle unterhalb meines Ohres. Aufgewühlt schnappte ich nach Luft. Damit hatte ich nicht gerechnet. Seine Berührung fachte die Glut in meinem Bauch etwas zu sehr an. Ich spürte ein Kribbeln hinabsteigen. Meine Finger krallten sich in sein Hemd. Ich schob ihn von mir und wechselte – diesmal zu seiner Überraschung – mit ihm den Platz. Man hätte denken können, ich würde Fab an den Kragen gehen wollen, dabei musste ich zwingend den Impuls unterdrücken, ihn zu küssen. Mein Pulsschlag war bei seiner Berührung durchgegangen. Und es ärgerte mich ebenso sehr, wie es mich faszinierte. Wie konnte er so mühelos all diese Empfindungen in mir auslösen? Er brauchte sich überhaupt nicht anzustrengen, mein Körper gehorchte. Es machte mich rasend.

»Ihr Blackfeathermänner habt ein schier unerschütterliches Selbstvertrauen, nicht wahr? Wie ist das mit euren Frauen, sind die genauso forsch?«

Fab musterte mich voller Neugier, mein Auftreten fesselte ihn wohl. »Wenn sie wissen, was sie wollen«, sagte er provokant. »Warum fragst du? Irritiert es dich, was wir tun?«

»Ich versuche meine Rolle überzeugend zu spielen«, konterte ich. »Wisst ihr überhaupt, was das mit einem Mädchen macht?« Aus irgendeinem Grund wollte ich ihn diese Lektion lehren. Vielleicht, um mich weniger ausgeliefert zu fühlen.

»Was meinst du?« Noch amüsierte ihn mein kleiner Aufstand, aber das würde sich gleich ändern.

»Wenn ihr unseren Körper festsetzt.« Ich stützte die Hand neben seinem Kopf an der Wand ab, wie er es zuvor getan hatte. »Eure Finger auf Wanderschaft schickt, als wäre es euer gutes Recht.« Ich platzierte meine Hand auf seinem Brustbein und führte sie mit leichtem Druck immer weiter hinab, bis sie auf seinem Bauch ruhend verharrte. Jetzt schluckte er sichtbar und das Lächeln wich einer nervösen Angespanntheit. Doch ich war noch nicht fertig. Ich beugte mich etwas vor und legte meine Wange kaum merklich an seine, während ich neben seinem Ohr flüsterte: »Wenn ihr uns genau da habt, wo ihr uns mit jeder Faser wollt.« Ich spürte seine Bauchmuskeln unter dem Hemd, angespannt, hart, und beförderte ihn mit einem Ruck gegen die Wand. Er keuchte. Mein Mundwinkel zuckte amüsiert. Na also.

Im nächsten Moment brach er aus. Ich ließ ihn gewähren, als er meine Schulter touchierte. Sicher hatte er mir so etwas nicht zugetraut. Die Verwirrung war ihm ins Gesicht geschrieben. Er fuhr sich aufgebracht durchs Haar.

»Okay, hab verstanden. Du brauchst keine Nachhilfe, was das angeht«, räumte er ein. »Dennoch. Du solltest jetzt besser aufhören.« Er nickte leicht Richtung Bar, an der ich den Typen von eben ausmachte, der uns offenbar beobachtet hatte. Seine Augen glommen fasziniert, ein breites, wissendes Schmunzeln im Gesicht. Scheinbar gefiel ihm mein Auftritt. Herrje, das hatte ich nicht erreichen wollen. Es sollte doch nur Fab in seine Schranken weisen und nicht den fremden Blackfeather weiter anheizen. Das hatte ich nun davon.

Fab fasste mein Kinn und zog meine Aufmerksamkeit wieder auf sich. »Du verzeihst sicher, dass ich die Verhältnisse kläre, jetzt, wo du mich wie einen Anfänger hast aussehen lassen. Sonst fühlt sich der Kerl noch dazu verpflichtet, mir zur Seite zu stehen«, sagte er bestimmt. Ehe ich begriff, beugte er sich zu mir und küsste mich. Seine Lippen setzten dabei jedes Aufbäumen meinerseits außer Gefecht. Es war ein berauschendes Gefühl. Sein Mund strich sacht über meinen, sodass ich um meinen Verstand fürchtete, nur um im nächsten Augenblick meine Selbstbeherrschung an den Rand des Erträglichen zu treiben, indem sich seine Lippen teilten und seine Zungenspitze meine berührte. Ich verglühte innerlich. Unsere Atemzüge verschmolzen, Schwindel breitete sich auf wunderbare Weise in meinem Kopf aus. Fab zog meinen Körper dichter heran. Es war das Paradies.

Ich wollte mich nicht von ihm lösen, aber ich musste. Zu sehr verloren wir uns in diesem Spiel.

Ich keuchte. »Okay, du hast gewonnen«, brachte ich atemlos hervor und schob ihn ein wenig von mir. Weit genug, um nicht erneut dem Verlangen zu erliegen, ihn zu küssen, nah genug, um unsere Rolle zu bedienen. Den Typen am Tresen konnte ich hinter all den Rücken nicht mehr ausmachen. Das Salvation hatte sich mittlerweile weiter gefüllt. War mir recht. Nun konnte ich mich wieder der Trophäensammlung widmen. Zwar lasteten immer noch eine Menge Blicke auf mir, aber Fab hatte ja mehr als deutlich gemacht, zu wem ich gehörte.

»Also …«, ich musste mich räuspern. »Du hast etwas entdeckt?«

»Dies hier.« Er strich an einer Kordel hinab, an deren Ende ein Stein verknotet worden war.

Ich nahm ihm den glatten Kiesel aus der Hand und drehte ihn herum. Wenn man das grobe Band zur Seite schob, konnte man darunter eine Rune eingraviert sehen. »Lass mich raten, kein Blackfeatherzeichen.«

»Nein. Und grau sind unsere Steine für gewöhnlich auch nicht.«

»Es ist auch keines unserer Zeichen, da bin ich mir sicher. Warte mal, da steht noch etwas. Sieh mal …« Weiter oben an der Kordel war eine Banderole angebracht. Ich nahm jetzt das Ganze von der Wand herunter und entrollte das Stück Papier. Vielleicht war das ein Runenstein der Greyfeather? Aber wie konnte das sein, wenn es sie gar nicht offiziell gab. Eine Gemeinschaft ohne Mitglieder konnte keine Rituale pflegen.

»Du bist neu, oder? Hier. Geht aufs Haus«, unterbrach die hübsche Barfrau meine Nachforschungen und drückte mir ein neues Glas in die Hand.

Geschickt und fast beiläufig entwand sie dabei den Stein aus meinen Händen, warf einen kurzen skeptischen Blick darauf und schwups, schon war er in ihrem Ausschnitt verschwunden. Na super.

»Ich mag diesen aufrührerischen Kram nicht, sorgt nur für Diskussionen und am Ende schlagen sie sich wieder die Köpfe ein, wegen eines dummen Scherzes. Kann doch eh keiner was damit anfangen.« Sie drückte auch Fab ein Glas in die Hand.

»Wem gehört das ganze Zeug?« Er prostete ihr zu und trank.

Sie nahm sein leeres Glas wieder an sich. »Dem ehemaligen Besitzer des Salvations. Ist als Neuntöter ziemlich herumgekommen. Hat immer mal was mitgebracht, alles Mögliche gesammelt. Sollte wohl seine wilden Geschichten untermauern.«

Ich brauchte nicht zu fragen, wo er sich gerade aufhielt. Wenn das seine Sammlung war, hatte seine Rotte ihn verschwinden lassen. Ich kippte den Fusel herunter und überließ es Fab nachzufragen.

»Was war denn seine wildeste Geschichte? Mein Kumpel Oz schwärmt von dem Sturz ins Meer und dem Kampf mit den Haien, aber ich glaube, er hat noch Ausgefalleneres auf Lager gehabt.« Oh, das war gut eingefädelt.

Die Barfrau schmunzelte. »Ja, die Haie sind schon eine tolle Geschichte ...« Sie beugte sich verschwörerisch vor. »Aber den Frauen gefällt meist die Erzählung von der glanzlosen Whitefeather besser.«

»Glanzlose Whitefeather?« Fab hob sichtlich erstaunt die Augenbrauen, was ihr ein stolzes Lächeln entlockte.

Sie wies mit dem Finger zum verspiegelten Regal hinter der Theke. Ich folgte ihrer Geste und suchte fieberhaft zwischen den bunt gefüllten Flaschen nach etwas Ungewöhnlichem. Ich versteinerte, als ich es entdeckte.

»Eine Engelsfeder.« Sie steckte hinter einer der Flaschen. Lediglich das untere Ende des Kiels fehlte und ein Teil der Federfahne, sodass sie Lücken aufwies. Möglicherweise war sie im Kampfgeschehen abgebrochen, ging meine Fantasie mit mir durch. Etwas Dunkles verklebte sie stellenweise. Das Hervorstechendste war jedoch ihre Farbe. Trotz des bunten Schimmers, den der vielfältig gefärbte Alkohol reflektierte, war ich mir sicher: Sie war grau.

Eine Greyfeather.

»Sieht ein bisschen mitgenommen aus, das arme Ding«, spottete Fab unbeeindruckt.

»Ja«, seufzte sie, »ein bisschen schmuddelig. Aber die Geschichte, dass Tirithans Glanz allmählich verblasst, kommt immer gut an. Er hat sogar die schriftliche Bitte des armen Mädchens behalten, ihrer Schande ein Ende zu bereiten. Mag der Teufel wissen, wem er die Feder und den Fetzen Papier wirklich abgenommen hat.« Sie sammelte auch mein Glas ein und begab sich wieder hinter den Tresen.

Mein Blick glitt sofort zu Fab, der sich vor mich stellte. »Sie glaubt, es wäre eine weiße Feder«, sagte ich entsetzt.

»Sie hat nicht verstanden, was er da angeschleppt hat. Ist doch gut für uns.«

»Inwiefern gut?«

»Jetzt wissen wir, dass wir richtig sind. Außerdem werden wir sie mitnehmen.«

»Wir stehlen die Greyfeather?«

»Nein, wir stehlen eine irgendwo aufgegabelte weiße Feder, die einer wilden Geschichte dienlich war. Sie wird es verschmerzen«, gab er zurück. »Nicht zuletzt ist dir wohl entgangen, was dort noch liegt. Neben dem Federkiel, unter dem Flaschenboden. Sieh genau hin.«

Ich spähte über seine Schulter und schärfte meinen Blick. »Ein Umschlag. Du denkst, es ist sein Brief an den Rat?«

Fab schürzte die Lippen. »Ich schätze, die Geheimnisse des Neuntöters liegen in dieser Geschichte begraben. Die Bitte einer Whitefeather, ihrer Schande ein Ende zu machen? Pff ... Der Zettel wird in Whitefeatherrunen geschrieben sein, allerdings von ihm.«

»Aber ... bist du sicher?« Wir hatten schließlich nur diese eine Chance.

Fab nickte. »Warum sollte der Brief sonst neben einer grauen Feder hinter der Theke liegen?« Er setzte sich über mein Zögern hinweg und entschied, der Sache ein jähes Ende zu bereiten. »Finden wir es heraus. Bereit für ein Wagnis?« Er schlenderte drauflos.

Im ersten Moment blieb ich wie angewurzelt stehen, doch dann überkam mich plötzlich ein ungutes Gefühl. Die Barfrau hatte in nostalgischer Erinnerung von dem Barbesitzer gesprochen. Was, wenn sein Ableben aus ihm eine Legende gemacht hatte? Oder sie mit ihm verbandelt gewesen war? Wir würden ein kostbares Erinnerungsstück stehlen, vielleicht das Wertvollste, was sie von ihm aufbewahrte. Schließlich hing die Feder nicht wie die vielen anderen Dinge an der Wand. Verdammter Mist. Ich musste Fab aufhalten.

Zu spät. Als ich mich zwischen den anderen hindurch zur Theke manövriert hatte, sah ich eben noch, wie er dem Typen von vorhin etwas ins Ohr flüsterte, worauf der so heftig vom Stuhl hochschoss, dass dieser krachend zurückflog. Der Blackfeather packte Fab am Kragen, warf ihn auf die Theke und fegte ihn darüber, sodass die Gläser zerbarsten. Fab schmetterte in das verspiegelte Regal. Flaschen fielen zu Boden und zerplatzten in tausend Splitter.

»Scheiße!« Die Barfrau sprang entsetzt zurück und fluchte ungehalten. Der Blackfeather kletterte nun unter dem Gejohle der Gäste auf die Theke. Scheinbar war das erst der Auftakt gewesen. Ohne nachzudenken, sprintete ich rüber und stieß ihm mit den Händen von hinten in die Beine, bevor er sich erneut auf Fab stürzen konnte. Überrumpelt verlor er den Halt und krachte vor mir auf den Tresen. Seine eine Schwinge gab ein grausiges Knacken von sich. Er griff sich an die Schulter und biss sichtlich die Zähne zusammen. Fab schubste ihn hinunter, zwinkerte mir schelmisch zu und presste etwas in meine Handfläche, das ich sofort fest umschloss. »Und jetzt lauf!« Er zog mich an den Ellbogen auf den Tresen und nickte Richtung der halb offenen Fensterluken am Ende der langen Theke.

Ich verstand.

Mit langen Schritten rannte ich auf die Öffnung zu, sprang, die Beine angezogen, mit vor dem Gesicht verschränkten Armen, und brach durch die Luken. Mein Körper landete hart auf dem Plateau darunter. Ich rappelte mich unbeholfen auf und stolperte weiter. Hinter mir hörte ich bereits wütende Rufe laut werden. Sie würden mich nicht ungeschoren davonkommen lassen. Die Blackfeather waren Jäger und diese Jagd war eröffnet.

Strauchelnd fanden meine Füße die schmale Planke, die vom Salvation wegführte. Als ich das Gleichgewicht wiedererlangt hatte, spurtete ich in die Dunkelheit. Noch durfte ich die Schwingen nicht nutzen. Einmal enttarnt würde die angeheizte Atmosphäre sie zu Unaussprechlichem aufstacheln. Doch auch so waren mir ein paar Blackfeather auf den Fersen. Ich beschleunigte meine Schritte und bog auf die nächste Planke ab. Das Diebesgut stopfte ich in meine Oberbekleidung.

»Liz!«, Fab schoss unvermittelt zwischen den Bauten auf mich zu, packte mich unter den Armen und setzte mich mit zwei Flügelschlägen auf einer tieferen Ebene ab. »Lauf!« Er lachte, als sei dies nicht gefährlich, sondern ein dummer Streich. Auf beinahe absurde Weise stachelte mich sein Lachen an.

Jemand erschütterte die Planke, als er vor mir landete. Ich wankte und stürzte. Gerade noch so fing ich den Sturz ab und hielt mich an der Planke fest, während meine Beine in der Luft hingen. Der Blackfeather kam näher.

»Hey!« Es war Oz, der weit unter mir stand und die Arme ausgebreitet hielt. »Komm schon!«

Ich löste mich und sauste hinab. Mit einem Ruck landete ich in seinen Armen. Er setzte mich ab und schubste mich in eine andere Richtung weiter. »Zeig's ihnen!« Dann erhob er sich in die Luft und verschwand, ehe ihn jemand stellen konnte.

Ich beschleunigte abermals meine Schritte und fühlte mich wie eine verdammte Maus im Labyrinth, mit einem Dutzend schwarzer Katzen im Rücken. Mein Herz pumpte hektisch. Ich bog ab, sprang zu einer anderen Planke hinüber, rannte weiter.

»Hier lang!« Jetzt winkte Fab mir, ihm über die Dächer zu folgen. Ich sprang von der Planke auf das darunterliegende Dach, dass eine Platte barst und sich Teile lösten. Genau dort, wo die Bruchstücke über die Kante schlitterten, tauchte im nächsten Moment ein Blackfeather auf und stemmte sich hoch. Panisch hastete ich in die Richtung, in die Fab verschwunden war. Meine Schritte klangen einsam, als ich durch die Schatten hetzte. Endlich erspähte ich ihn am Rand des Daches, die Hand ausgestreckt. Ich überlegte nicht lange und ergriff sie. Er schleuderte mich mit Schwung über die Kante hinaus.

Die Dunkelheit ließ mich fallen wie einen Stein.

Mein Herz flatterte. *Er weiß, was er tut. Nicht die Schwingen aufmachen.* Der Wind riss an mir. Ich hielt die Arme vor der Brust gekreuzt. Gerade als ich dachte, mein Herz müsse platzen vor Anspannung, packten mich Hände und bremsten meinen Fall.

»Hab sie«, sagte Oz. Fab, der uns eben im Sturzflug erreichte, drehte wieder ab, während Oz mich zu einer tieferen Ebene der Stadt brachte und absetzte. »Rein da!«, wies er mich an, lachte und drehte ebenfalls ab.

Ich schlüpfte geduckt in eine Art Tunnel. Hier war es noch finsterer als dort draußen, aber das erste Mal überkam mich das Gefühl, durchatmen zu dürfen.

Ich setzte mich auf den Boden. Die Knie herangezogen legte ich die Arme darauf und ließ den Kopf hängen. Meine Lungen brannten. Himmel noch eins, was für eine wilde Jagd. Ich keuchte und versuchte meine Sinne zu sammeln. Das Kribbeln in meinen Adern ließ mich erschaudern. So fühlten sich also Abenteuer an. Fab hatte das immer gewusst.

Kapitel 25

»Mach was mit deinen Haaren.«

Ich hob den Blick und erspähte Fab, der im dämmrigen Licht des anbrechenden Morgens endlich mein Versteck aufsuchte. Stunden waren vergangen. Vermutlich war ich sogar eingenickt, nachdem mein innerer Aufruhr sich gelegt hatte. Meine Augen brannten vor Müdigkeit.

»Ich soll meine Haare richten? Ist das deine einzige Sorge?«, raunte ich und erhob mich von meinem Platz an der Wand. »Wo warst du? Ich dachte schon, es wäre etwas schiefgelaufen.«

»Wir mussten erst sichergehen, dass sie nicht weiter nach dir suchen. Prügeleien kommen öfter vor. Scheinbar haben sie es bei einer Meldung bewenden lassen. Nichts, was uns beunruhigen müsste. Die meisten Nachtwachen sind Neuntöter. Wir kennen uns untereinander. Das hilft manchmal, um solche Sachen schneller abzuwenden«, setzte er mich ins Bild und kam mit einem Bündel unter dem Arm zu mir unters Gewölbe. »Oz hat dir trotzdem andere Kleider besorgt. Etwas weiblicher, weniger kriegerisch. Wenn du deine Frisur noch änderst, wäre das sicher hilfreich. Wir sollten dich von hier weg und hoch ins Zimmer schaffen, bevor es taghell wird. Dann fliegt hier keiner mehr und wir würden nur unnötig auffallen. Aber du musst dich zuerst umziehen.«

»Hier? Jetzt?«

Er zuckte ungerührt mit den Schultern. »Ein geringer Preis für deine Sicherheit. Keine Sorge, ich werde schon nicht hinsehen.« Er warf mir das Bündel Kleider in die Arme und wandte sich ab, um vor dem Ausgang des Tunnels Stellung zu beziehen. Draußen waren nichts als Wolkenfetzen und die Grundfesten Sorothez' zu erkennen.

Ich streifte die enge Montur von meinem Oberkörper. Die zerknautschte Feder und der Brief fielen zu Boden. In der Nacht hatte ich keinen Blick darauf werfen können, dafür war es in diesem Tunnel einfach zu dunkel gewesen. Jetzt jedoch sah ich, dass der Umschlag unverschlossen war. Außerdem purzelte etwas Schwarzes hervor und entging beinahe meinem Blick, als es auf dem dunklen Boden zu liegen kam. Ich ging in die Hocke, warf zuerst einen schnellen Blick auf den Inhalt des Umschlags, indem ich ihn mit den Fingern spreizte – Whitefeatherrunen, hochrangig, kein Zweifel –, und hob dann das schwarze Stück auf, um es zwischen meinen Fingern kreisen zu lassen. Eine Blackfeatherrune. Eine andere als meine. Sie musste in dem Umschlag gesteckt haben. Mit verstohlenem Blick auf Fab, der immer noch Wache hielt, schloss ich die Faust um den Stein und zog sie an die Brust. »Ich soll zurück in dein Zimmer?«

Er sah über seine Schulter zu mir. »Ist besser so, glaub mir.« Sein Augenmerk galt unübersehbar meinem unbedeckten Oberkörper. Mit den Armen vor der Brust richtete ich mich langsam auf. Fab wandte sich aufgewühlt ab und blickte wieder ins Freie. »Oz wartet«, sagte er spürbar nervös.

»Ich beeil mich.« Ohne Hast zog ich auch die Hose aus und wechselte die Kleidung einer Kriegerin gegen etwas, das meine Figur auf andere Weise umschmeichelte. Der schwarze Stoff schmiegte sich an jede Kurve meines Körpers, ohne mich einzuengen. Hier und dort hatte das einzigartige Stück hübsche Aussparungen, die etwas Haut zeigten, an anderen Stellen bauschte sich ein wallender Stoff und betonte spielerisch meine weibliche Seite. Ich steckte Feder, Brief und Rune in den breiten Bund an der Taille. Noch schnell die Haare ... Zwei-, dreimal mit den Fingern hindurch musste leider reichen, um sie dann locker über die Seite zu flechten. Mehr war nicht drin. Ich atmete tief durch. »Fertig.« Die Hände auf den Bauch gepresst erwartete ich Fabs Urteil. Seltsamerweise machte es mich nervöser, ihm in dieser Blackfeathermontur gegenüberzutreten, als noch zuvor halb bekleidet seine Blicke auf mir zu spüren. Ich wollte vor seinen Augen bestehen.

Fabs Miene wirkte kontrolliert, als er mich ausgiebig musterte. Zu meiner

Enttäuschung zeigte er kaum eine Gefühlsregung. Dabei wollte ich ihn zu gern aus der Reserve locken. »Deine Schwingen sind noch schwarz?« Ich nickte beklommen.

»Es hat sich zumindest noch kein Staub gelöst. Ich habe sie nicht ausgeschlagen.«

»In Ordnung. Dann lass uns aufsteigen.«

»Willst du mich nicht lieber gehen lassen? Ich sollte dem Präfekten Feder und Brief aushändigen. Vielleicht ist er in der Lage, uns damit zu helfen.« Wenn darin klar formuliert stand, dass die Greyfeather von der Rotte gejagt wurden, oder aber, dass sie ungefährlicher Natur waren, mochte uns das weiterbringen. Ich wünschte, ich könnte die hochrangige Runenschrift lesen.

Fab runzelte die Stirn und wirkte plötzlich erschöpft. »Ist das nicht offensichtlich? Ich kann dich nicht einfach gehen lassen.«

Ich zog irritiert die Brauen zusammen. »Aber … Heißt das, du vertraust mir immer noch nicht?« Enttäuschung zog in mein Herz ein. Ich hatte geglaubt, wir stünden uns näher. Ebenso wie ich gehofft hatte, ihm in diesen Kleidern zu gefallen. Aber offenbar irrte ich in vielerlei Hinsicht.

»Nein, das heißt es gewiss nicht.« Er trat jetzt dicht vor mich. »Aber ich werde dich nicht gehen lassen, wenn das Tageslicht verhindert, dass ich dir folgen kann.« Mein Verstand stand für einen Augenblick still. Seine Hände suchten mich, seine Finger glitten zwischen meine. »Ich habe dich nur aus dem einen Grund markiert, Liz. Um sofort an deiner Seite sein zu können, wenn du mich brauchst. Und …« Er schlug den Blick nieder und räusperte sich.

»Und …?«, hauchte ich.

»Vielleicht, um dich noch einmal sehen zu dürfen, wenn sie mich für meinen Namen doch eines Tages zur Rechenschaft ziehen.« Mein Atem stockte. Das war der Grund? Er hatte mir nie misstraut. Er wollte mich einfach nur beschützen können. Tränen verschleierten mir plötzlich die Sicht.

Meine Finger schlossen sich fester um seine Hände, so fest wie das zwischen uns geknüpfte Band.

Ein Blackfeather setzte vor dem Tunnel auf, der Schatten seiner gewaltigen Schwingen verdunkelte kurz Fabs Antlitz. »Oz«, sagt Fab matt. Ich löste meine Hände von ihm.

Der hünenhafte Feather beugte sich in den Tunnel vor und begrüßte mich mit einem knappen Nicken. »Dein Signal kam nicht, da wollte ich lieber nachsehen. Die Wachposten wechseln gerade. Wir sollten Liz in dein Zimmer schaffen. Übereinander herfallen könnt ihr auch dort noch«, fügte er als Stichelei hinzu, drängte aber unmissverständlich zur Eile. »Komm her, süßer Käfer. Du weißt ja, wie es geht.« Oz forderte meine Hände und legte wie schon einmal meine Arme um seinen Nacken. Lächelnd musterte er mich. »Wenn ich mich jetzt hinreißen ließe, wäre bald ich der Gefallene«, flüsterte er mit schelmischem Ton.

Ich legte meine Wange an seine Brust, um nicht antworten zu müssen. Mir war nicht nach Scherzen zumute. Mein Herz wog zu schwer. Nach Fabs Eingeständnis hatte ich mehr denn je das Verlangen, diese elenden Grenzen einzureißen. Aber das würden die Obersten der Himmelsstädte nie zulassen. Allein an solchen Fanatikern wie Deklan würde ein Versuch scheitern.

Oz umschloss meinen Leib mit seinen Armen, hob uns mühelos in die Höhe und setzte mich kurz darauf behutsam auf dem Tritt vor Fabs Zimmer ab. Er tat das diesmal so vorsichtig, als fürchtete er, ich könnte an einer rauen Bewegung zerbrechen. Meine schwermütige Stimmung war ihm offenbar nicht entgangen. Obwohl wir das Unmögliche bewerkstelligt hatten und ich vielleicht einen Beweis für die Unschuld der Greyfeather in den Händen hielt, kam mir plötzlich alles so ausweglos vor. Es schien kaum noch eine Rolle zu spielen, ob der Ältestenrat mich freisprach, denn ich fühlte mich bereits verurteilt und eingesperrt.

Ich schlüpfte gefolgt von Oz durch die geöffneten Luken. Fab traf kurz nach uns ein, legte die Schwingen an und stieg ins Zimmer. »Danke, dass du Liz hergebracht hast, aber jetzt lass uns bitte allein«, bat er seinen Freund.

»Hältst du das für klug?«

»Geh einfach.«

»Fabulous …«

»Habe ich dir je gesagt, du sollst die Finger von Savanna lassen?«, entgegnete Fab nüchtern und bot dem um einen Kopf größeren Neuntöter die Stirn.

»Nein, aber das ist etwas anderes.«

»Ist es nicht! Sie kann dich deine Zukunft kosten. Das weißt du genau und ignorierst es. Also misch dich nicht in meine Angelegenheiten.«

Oz' Miene verfinsterte sich. »Richtig, ich könnte bei der Sache verlieren. Nicht aber sie«, fuhr er Fab an. »Ich sollte euch nicht allein lassen. Du hast zur Genüge bewiesen, dass du dich nicht im Griff hast.«

Fabs Augen glommen dunkel, er ballte die Fäuste. »Du weißt, ich höre immer auf dich. Aber wenn du jetzt nicht gehst –«

Oz packte Fab am Revers. Ich wich zurück, stellte mich neben den Tisch. Für einen Augenblick schienen sie im Geiste zu kämpfen, ehe Oz ihn zornig zurück gegen das Bettende stieß und ohne weitere Worte über den Ausstieg nach draußen verschwand. Ich atmete auf.

Fab sank an die gegenüberliegende Wand und rieb sich das Gesicht. »Entschuldige ...«

»Schon okay. Ich verstehe, warum er sich zwischen uns stellt.« Dass jemand mich davor bewahrte, mit Fab allein zu sein, war mir allzu vertraut. Dass jedoch ein Blackfeather sich anstandshalber zwischen uns drängte, war neu.

Fab beugte sich vor und schüttelte den Kopf. »Zwischen uns steht viel mehr als nur ein starrköpfiger Neuntöter.«

Der Schmerz kehrte ohne Umschweife zurück und bohrte sich in mein blutendes Herz. »Ich weiß. Eine ganze Ordnung trennt uns. Und doch kreisen meine Gedanken fortwährend um eine Tatsache, der sich keiner verschließen kann. Auch die Ältesten nicht.«

Er stieß sich von der Wand ab und kam zu mir. Seine Hand strich den lose geflochtenen Zopf zurück, der sich bereits zu lösen begann. »Und welche Tatsache?«

Mit pochendem Herzen hielt ich seinem Blick stand. »Tirithan. Die erste Seraphin unserer Ordnung hat für Sorothez, den Krieger, gekämpft. Wenn sie sich nicht als Erste den göttlichen Geboten widersetzt hätte, wären die

Himmelsstädte nie entstanden.« Es war das Einzige, was mir Mut machte. »Wie kann es also falsch sein, sich aufzulehnen?«

Fab lächelte matt. Sein Daumen zeichnete meinen Kieferbogen nach. Die Berührung löste einen Erdrutsch an Gefühlen aus. »Wunderschöne Worte für etwas Undenkbares«, setzte er meiner Sehnsucht ein Ende. Doch ich wollte mich nicht geschlagen geben.

»Beim Orakel hast du mir Mut gemacht, Antworten zu fordern. Ich wäre nie so forsch aufgetreten. Aber es war das Richtige.«

»Meine Gabe, Mut zu schenken, beeinflusst nicht deine Entscheidungen. Sie bekräftigt nur, was ohnehin in dir steckt.«

»Ich bin in die lasterhafte Bar der Blackfeather spaziert«, erinnerte ich ihn.

Fab zeigte sich unbeeindruckt. »Deine Entscheidung. Ich wollte dich nicht dort hingehen lassen, weißt du noch?«

»Dann hast du mich im Salvation also nicht dazu angestachelt, meine Rolle perfekt zu spielen?«, prüfte ich den Grad seiner Einmischung.

»Wenn es eine Rolle gewesen ist, hast du sie äußerst überzeugend verkörpert, muss ich gestehen. Wer weiß, wenn der Abend länger angedauert hätte ...«, fordert er mich heraus.

Ich verengte den Blick. »Was dann? Wäre ich deinem Kuss zuvorgekommen? Du konntest dein Revier ja nicht schnell genug abstecken.«

»Du suchst die Gesellschaft eines Blackfeathers und wunderst dich, dass ich Grenzen überschreite?«

»Du wolltest mich berühren.«

»Wollte ich«, gab er reuelos zu und nahm mir den Wind aus den Segeln. »Ich wollte dich berühren. Immer schon. Und du willst mich küssen.«

Ich kontrollierte die Waagschalen in meinem Inneren, die gefährlich zwischen Streitlust und Verlangen schwankten. »Wenn du mich immer schon berühren wolltest, warum hast du mich das nie wissen lassen?« Meine Haut kribbelte am ganzen Körper.

»Und deine Bestimmung durchkreuzen? Ich mag ein Blackfeather und in den Augen Tirithans weniger wert sein, aber ich besitze Ehrgefühl. Du solltest dich aus freien Stücken für meine Welt entscheiden. Hast es aber nicht.«

Seine stolze Haltung rang mir Respekt ab. Ich verlor mich in seinem Anblick. Warum nur hatten wir so viel Zeit verschwendet?

»Machst du mich jetzt gerade mutig?«, fragte ich mit belegter Stimme und schmiegte mich an seinen Körper, wie eine Whitefeather es nicht sollte. Mit geschlossenen Augen lehnte ich meine Stirn an sein Gesicht und spürte seine Lippen über meine Schläfe streichen. Meine Atemzüge entglitten mir augenblicklich. Ich hatte mich ihm noch nie so nah gefühlt. Ich hatte mich überhaupt noch nie so gefühlt.

»Fab ..., ich ...«

»Nicht.« Seine Hände fassten meine Schultern, glitten zu den Oberarmen. Gleich würde er mich von sich stoßen. Sekunde um Sekunde verstrich, in der ich sicher war, er würde eine Grenze ziehen. Nichts geschah.

Ich hob das Kinn und verharrte. Jetzt waren unsere Lippen nur einen Hauch voneinander entfernt. Nur ein flüchtiger Impuls trennte uns und doch lag eine ganze Weltordnung dazwischen, die wir nicht ungestraft missachten durften.

Fabs Mund öffnete sich leicht, sein Griff festigte sich. Er wollte nicht nachgeben und rang doch genauso wie ich.

»Liz.«

»Warum nicht?«, flüsterte ich.

Er schnaufte. »Weil es kein Spiel mehr wäre. Diesmal würde es etwas bedeuten. Meine Schwingen könnten nicht schwärzer sein. Aber deine ...«

»Du willst mich nicht in Versuchung führen?« Herrgott, meine Stimme klang so rau, als wollte ich genau das.

Mit Lijan hatte mich diese brüderliche Zuneigung verbunden, es war nichts Flammendes daran gewesen. Aber Fab? An ihm war alles so anders. Aufregend, gegensätzlich und falsch. Er war so wenig mit all dem verbunden, was ich als Whitefeather symbolisieren sollte, dass allein der Gedanke an Zuneigung absurd schien. Ich konnte nichts für ihn ..., ich meine, ich sollte nichts für ihn empfinden. Nein, ich durfte es nicht. Was war nur los mit mir? Mein törichtes Herz gehorchte nicht länger.

Ich trat einen Schritt zurück, bis ich die Wand in meinem Rücken spürte, und zog ihn gleich darauf gegen mich, weil ich die Distanz nicht ertrug.

Seine Augen musterten mich düster. »Was wird das? Ein Test, wie ehrenhaft ich wirklich bin? Ich werde die Situation nicht verschlimmern, indem ich dich anrühre.«

»Und wenn es *mein* Test ist?«, flüsterte ich, den Blick einzig auf seine Lippen gerichtet, die sich jetzt erstaunt öffneten. »Vielleicht muss ich mich meines Standes versichern.« Ich konnte den Blick nicht lösen.

Fab legte seine Hände auf meine Hüften und schob mich fest gegen die Wand. Erschrocken suchte ich seinen Blick. Ein heißes Kribbeln jagte meinen Rücken hinab und elektrisierte jede Faser meines Körpers, den die Sehnsucht übermannte. »Und, wie steht es um deine Chancen?«, raunte er und beugte sich zu meinem Hals.

Ich spürte seinen Atem auf meiner Haut und schloss die Augen, um mich zu konzentrieren.

»Ich verliere.«

Ohne mich zu küssen, strichen seine Lippen unter meinem rechten Ohr entlang, fuhren meinen Kiefer nach, bis hin zu meinem Mundwinkel. Ich wollte verbrennen, so heiß waren seine zaghaften Berührungen. »Fühlt sich *das* wie verlieren an?«

»Nein«, hauchte ich.

»Nein?« Er strich mit seinem über meinen Mund. Ich öffnete aufgewühlt die Lippen, sodass sich unser Atem mischte. »Wie dann?«

Mir wurde schwindelig. Ich war nicht in der Lage, zu antworten oder einen klaren Gedanken zu fassen. Alles in meinem Inneren schien so laut zu summen, dass ich mich kaum noch spürte.

»Wie fühlt es sich an, Liz?«, forderte er eine Antwort. Als ich die Augen öffnete, immer noch sprachlos, durchdrang sein Blick mich mit solcher Gewissheit, dass ich ihm nicht entkommen konnte. Er wartete. Meine Atemzüge verklangen in meiner Brust, als würde jemand herunterzählen.

Fab senkte seine Lippen und küsste mich.

Ich presste die Hände gegen seinen Bauch, mehr um Halt zu finden, als um ihn wegzudrücken. Ich war hin- und hergerissen. Als er mit seinem Körper den meinen festsetzte, stoben Feuerfunken in mir auf. Ich keuchte gegen seinen Mund und spürte seine Zungenspitze an meine stoßen. Etwas zerbrach in mir und verglühte auf köstliche Weise. Himmel. Ich konnte seinen flammenden Kuss nicht genug auskosten. Denn endlich bedeutete er das, was ich mir immer erhofft hatte.

***

»Darf ich dich etwas fragen?« Seine grünen Augen musterten mich, während ich mein Haupt auf dem Kissen neben ihm bettete. Keine Ahnung, wie lange wir uns geküsst oder wie wir uns dabei durch sein Zimmer bewegt hatten. Meine Sinne waren nicht mehr in der Lage gewesen, irgendetwas außer seinen Berührungen wahrzunehmen. In einem besonders intensiven Augenblick waren jedenfalls meine Schwingen hervorgebrochen und hatten den schwarzen Staub quer durchs Zimmer verteilt. Aus einem anfänglich überraschten Lachen über die Situation war schnell Verlegenheit und schließlich so etwas wie Ernüchterung geworden, sodass wir uns aufgerieben von den Ereignissen und der letzten Nacht aufs Bett hatten sinken lassen. »Du hast gesagt, ich war nicht der Erste, der dich geküsst hat.« Er drehte sich auf den Rücken und schob eine Hand hinter den Kopf.

Unschlüssig nestelte ich am Stoff seines Oberteils. »Lijan«, gestand ich, was er bestimmt längst ahnte. »Aber es hat nicht das bedeutet, was es zwischen uns ist.« Er nickte ernst und musste es sicher dennoch verwinden. »Ich denke, er wollte mich zu seiner Gefährtin erwählen, weil es – wie Ibe gemeint hat – einem den Aufstieg in die Himmelsstadt erleichtert, gemeinsam diesen Weg zu beschreiten. Er hat mich nur benutzen wollen.« Eine immer noch bittere Erkenntnis, die sich nur damit entschuldigen ließ, dass Lijan selbst in jeder erdenklichen Weise manipuliert worden war. »Deshalb ist er wohl auch so wütend auf dich gewesen.« *Das ist für Liz,* hatte Lijan gesagt, bevor er Fab während der Auseinandersetzung im Wald einen Schlag versetzt hatte. »Du hast ihm jede Chance darauf genommen, mich für sich zu gewinnen, weil ich mich immer schon nach deiner Nähe gesehnt habe.«

Ein vages Lächeln huschte über Fabs Züge, erwidern wollte er trotzdem nichts.

»Darf ich auch etwas fragen? Warum ausgerechnet die Neuntöter? Hast du eine Rune gezogen, die dich ihnen zugewiesen hat?« Ich kroch dichter an seinen Körper und fuhr die Falten seines zerknautschten Hemdes nach. Er sah fabelhaft aus, wenn er in zerwühlten Kleidern vor mir lag. Das gefiel mir. Die Leidenschaft, mit der wir uns geküsst hatten, hätte uns beinahe alles vergessen lassen.

»Ich habe meinen Platz unter den Neuntötern frei gewählt«, antwortete er ohne Zögern.

»Warum?« Ich verstand es nicht. »Eine Pflicht, bei der du kämpfen musst und verletzt wirst.« Sein Leben möglicherweise früher endete.

Sein Antlitz verfinsterte sich, unerwartet setzte er sich an die Kante des Bettes und kehrte mir den Rücken zu. Ich stützte mich auf und beobachtete ihn abwartend. Er seufzte. »Du warst in Tirithan und ich habe unumstößlich nach Sorothez gehört. Mir einzugestehen, dass ich dich verloren habe, war schwerer, als ich erwartet hätte. Ich wollte den Verlust nicht fortwährend fühlen müssen.« Er beugte das Haupt. »Ich schätze, meine Idee war, dass körperliche Schmerzen von anderer Qual ablenken. Es ist leichter gewesen, Blessuren davonzutragen, als das auszuhalten, was du meinem Herzen zugefügt hast«, gestand er. Als ich nicht antwortete, blickte er über die Schulter und fügte mit einem schwachen Lächeln hinzu: »Du bist eine Whitefeather. Kannst du das nicht heilen?«

Meine Kehle schnürte sich zu. Die Realität holte mich in dieser Sekunde ein. »Ich wünschte, ich könnte. Denn egal wie sehr wir es auch versuchen, diese Sache wird immer nur Leid über uns bringen.« Wenn wir dafür kämpfen wollten, alles in Ordnung zu bringen, durften wir nichts beginnen, was keine Zukunft hatte. Wenigstens Fab sollte unbescholten davonkommen.

Er richtete den Blick wieder nach vorn und musste meine Worte scheinbar verdauen. »Vielleicht hast du recht.«

Ich zog das leicht verrutschte Blackfeathergewand über die Schulter hoch, entstieg seinem Lager und streckte behutsam meine jetzt wieder gleißend leuchtenden Schwingen, die nicht hierher passten und mir nur umso mehr meine Zerrissenheit aufzeigten.

Fab sah auf. Sein Mundwinkel kräuselte sich. »Wenigstens haben wir deinen Glanz auf reizvollere Weise als auf der Flucht freigelegt.«

»Die Erinnerung daran werde ich auf ewig tief in mir einschließen.« Ich errötete bei dem Gedanken daran, wie unsere Körper sich umschlungen, seine Küsse mich an den Rand des Erträglichen geführt hatten. Wie musste es erst sein … Nein, ich sollte mir diese Sehnsucht verbieten. »Versprich mir, dass wir uns nicht das letzte Mal berührt haben«, verriet mich mein Flehen, obwohl ich doch tapfer sein wollte. Noch während die ersten Tränen meine Wangen hinabliefen, stand Fab auf und umfasste mit beiden Händen mein Gesicht. »Denn wenn es das letzte Mal gewesen ist«, flüsterte ich erstickt, »möchte ich lieber sterben.«

Er verzog leidvoll das Antlitz und legte seine Stirn an meine. »Es kann niemals enden. Nicht solange ich atme.«

Die Qual war unsäglich. Doch ich hatte die Worte hören müssen, wenigstens ein einziges Mal.

»Schenk mir noch einmal Mut«, bat ich heiser. Fab verschloss meine Lippen mit einem Kuss, der jedes Versprechen in den Schatten stellte. Ich spürte Hitze in harten Pulsschlägen durch meinen Körper strömen. Jetzt war es gut.

»Du wirst mir auch das verzeihen«, stahl ich seine einstigen Worte und riss mich los. Mit drei Sätzen sprang ich über den Ausstieg hinaus ins Tageslicht. Die Arme vor der Brust gekreuzt, die Flügel eingezogen, sauste mein Körper pfeilschnell in die Tiefe. Ich zitterte vor Anspannung und beschwor den Tunnel. Diesmal gab es niemanden, der mich hielt. Ich war auf mich gestellt. Mein Körper machte sich starr, bis ich durch die Wolkendecke brach. *Das wird wehtun,* hörte ich Fabs Stimme in meinem Kopf nachhallen. Unter mir tauchte das Meer auf. Ich zwang die Schwingen heraus, schlug mit aller Härte gegen den Luftstrom an, um sie zuletzt doch einzuziehen und ins Wasser zu tauchen. Es war, als bräche ich gewaltsam durch pures Gestein. Die Wassermassen umschlossen mich binnen eines Herzschlags. Die Kälte ließ jeden Muskel erstarren. Es verlangte meiner Disziplin alles ab, mich zu behaupten. Ich hatte gewusst, dass es trotz Tunnel knapp werden und der

Aufprall mich außer Gefecht setzen könnte. Ich war zu unerfahren, um derlei Sprünge genau zu kontrollieren.

Die Schmerzen schossen wie elektrische Ladungen durch meinen Körper. Jetzt musste meine Whitefeathermagie mit all ihrer Heilkunst aufwarten. Ich ignorierte das scheußliche Ziehen in meinem rechten Bein ebenso wie den dumpfen, nicht weniger aufreibenden Schmerz in meinem Becken und kämpfte mich zurück an die Oberfläche. Während meine Flügel sich streckten und unbeholfen auf das Wasser klatschten, begann ich zu schwimmen. Die Kontrolle über mein Aufsteigen zu erzwingen, war ein Höllenakt, doch schließlich erhob ich mich Stück für Stück aus den Fluten und hielt mich lange genug in der Luft, um einen weiteren Tunnel zu beschwören und mich hindurchzuschleppen. Das Irisieren führte mich direkt ans Ufer unterhalb unserer Klippe, wo ich zusammensackte und mit der Wange im Sand liegen blieb. Ohne Umschweife brach alles über mir zusammen. Ein verzweifelter Klagelaut, von Tränen und Schluchzern erstickt, löste sich aus meiner Kehle. Es war geschafft. Ich war Sorothez entkommen, ohne Fab weiteren Ungehorsam aufzubürden. Er hatte schon genug für mich riskiert. Wer wusste, ob ich neben Lijans Drama mein eigenes Schicksal würde abwenden können und nicht doch noch meine Schwingen verlor. Fab sollte nicht dasselbe drohen, nur weil wir befreundet waren, oder als Neuntöter aus demselben Grund gezwungen werden, meine Strafe zu vollstrecken. Wenn dieser Engel fiel, sollte er nicht in der Nähe sein.

Kapitel 26

Nach einer Ewigkeit des Heilens und der sich einstellenden Erkenntnis, dass ich mich dennoch nie wieder ganz fühlen würde, flog ich zu den verwaisten Unterkünften und holte Tirithans Kleider unter der Diele hervor. Es mochte einzig daran liegen, dass mein kämpferisches Herz gewachsen war, aber sie passten nicht mehr. Alles an ihnen, insbesondere der Glanz, engte mich ein.

Ich verstaute das Blackfeathergewand in demselben Versteck und machte mich auf den Weg zu Lijan. Fab hatte mir seinen Aufenthaltsort sehr genau beschrieben, sodass ich keine Schwierigkeiten hatte, den verlassenen Stollen weit abseits des Sumpfes zu finden. Feder und Brief befanden sich wie zuvor verstaut in meinem Bund. Ich hatte mir vorgenommen Lijan die Entscheidung zu überlassen, wie es mit ihm weitergehen sollte. Vielleicht konnte er mir bei meiner eigenen helfen. Denn wenn ich die Schwingen ablegte, würde ich vermutlich überleben, aber mehr als eine Himmelsstadt verlieren, in die ich nicht länger gehörte. Ohne den göttlichen Funken verlor ich auch die Fähigkeit, Feather sehen zu können. Selbst wenn Fab eines Tages direkt neben mir stünde, würde ich es nicht wissen. Er durfte sich mir nicht zeigen. Seine Nähe wäre dann nichts als Einbildung, jedes Aufkommen von Tapferkeit eine schmerzhafte Erinnerung an den Mut der Blackfeather. Nein, ich musste loslassen. Fab durfte nicht glauben, dass ich ohne ihn unterging. Auch wenn es sich genauso anfühlte.

»O mein Gott, Liz?« Eine vertraute Stimme durchdrang die Stille des Waldes auf geradezu unpassende Weise. Ich schaute mich um.

»Mila?« Ich wusste nicht, wie mir geschah. Dort schritt tatsächlich meine Freundin an der Seite von Lijan auf mich zu. »Was machst du hier?« Ich hätte ja angenommen, dass die Whitefeather Lijan holen wollten, aber sie würden dafür kaum Mila schicken. Ihre bezaubernden weißen Flügel wirkten noch unschuldiger in diesem düsteren Winkel des Waldes.

»Wir haben gleich nach deinem Aufbruch begonnen, die Gegend um Silver Crevice nach deinem Freund zu durchkämmen. Glücklicherweise hat er sich aus seinem Versteck getraut, als er unsere glanzvollen Schwingen gesehen hat.«

»Wer ist denn wir? Sind noch andere Whitefeather hier?«

»Der Präfekt und ich. Er hat sich eigens auf den Weg gemacht, um zu helfen. Andere konnten wir ja schlecht einweihen, solange du auf der Flucht bist.« Lijan, der mitgenommen wirkte, hielt sich ungewohnt bedeckt. Sein Blick schien mich jedoch stumm zu warnen. Ich fragte mich, ob Mila über alles im Bilde war. Vielleicht hatte der Präfekt Lijans Situation, die Sache mit den grauen Schwingen, erst einmal für sich behalten? Lijan trug sie jedenfalls nicht offen.

»Wo ist der Präfekt jetzt? Ich habe gefunden, wonach ich suchen sollte.« Meine Hand glitt unwillkürlich an den Bund.

»Er ist zurück nach Tirithan geflogen. Steht unter Beobachtung. Die Ältesten machen ihm ganz schön Druck, weil du ihm entwischt bist.«

»Dann halten sie mich gar nicht für tot?«, fragte ich erstaunt. Ich war davon ausgegangen, dass irgendein Mitglied der Rotte die Ausführung des Befehls melden würde. Aber vielleicht lief das auch anders ab. Was wusste ich.

»Du musst ihm sagen, dass ich Beweise habe. Er soll umgehend herkommen. Bitte, Mila. Er muss sehen, was ich gefunden habe, und es dem Rat vorlegen.« Lijans Ausdruck schien wie eingefroren, ohne zu blinzeln starrte er ins Nichts. Er schien zu bezweifeln, dass ein einziger Verbündeter, wenn auch einflussreich wie der Präfekt, nützen würde, um das Ruder herumzureißen.

Mila nickte. »Ich werde sofort aufsteigen und dafür sorgen, dass er deine Nachricht erhält. Bleibt einstweilen im Versteck, bis ich mit ihm oder einer Antwort zurück bin. Sicher ist sicher.« Dann wandte sie sich an Lijan. »Und du mach dir keine Sorgen. Jetzt ist Liz ja bei dir. Ich bin mir sicher, es wird sich alles richten lassen.« Ihre Aussage war derart vage, dass ich kaum noch bezweifelte, dass sie Lijans wahre Situation gar nicht kannte.

Jetzt hieß es jedenfalls abwarten. Ich konnte Mila die Beweise nicht mitgeben. Was, wenn sie gestellt und durchsucht würde? Nein, der Präfekt tat recht daran, sie aus Schwierigkeiten herauszuhalten. Ich wollte das ebenfalls beherzigen.

Während Mila sich auf den Weg machte, um eine geeignetere Stelle für den Aufstieg zu finden, wandte Lijan sich aufgewühlt ab. Erfolglos versuchte er seine tiefen Atemzüge zu verbergen. Er wirkte völlig aufgerieben. Was taten ihm diese grauen Schwingen nur an? Mein Herz zog sich zusammen, so sehr litt ich mit ihm. Verstohlen vergewisserte ich mich des Stücks Silents in meinem Bund, das ich seit jenem ersten Tag in Sorothez bei mir trug. Ein Schauder überkam mich. Wer wusste, ob Lijan und ich nicht gezwungen sein würden, uns noch vor Ende der kommenden Nacht gegenseitig die Göttlichkeit zu nehmen. Ich war auf alles vorbereitet.

***

Vor dem Stollen setzten wir uns nebeneinander an einer kleinen Feuerstelle auf einen Baumstamm und ließen die Zeit verstreichen. Uns blieb nichts anderes übrig. Was ich hatte tun können, war erledigt. Jetzt hieß es weglaufen oder sich der vagen Chance auf Rettung stellen, in dem Wissen, dass unser bisheriges Leben hier enden könnte. Ich verstrickte mich immer wieder in den Gedanken um Fab, den das Tageslicht noch in Sorothez hielt. Wenn ich meine Flügel verlieren würde, verlor ich auch ihn. *Nie wieder* war eine lange Zeitspanne für ein gequält aufschreiendes Herz. Der Schmerz wollte mich jetzt schon zerreißen.

»Du könntest immer noch dein Glück auf der Flucht versuchen«, sagte ich halb zu mir selbst. Lijan schüttelte unmerklich den Kopf und schwieg.

»Du hast den Präfekten also kennengelernt?«, wagte ich nach kurzer Weile einen neuen Versuch, ihn in ein Gespräch zu verwickeln. Lijan fuhr sich mit den Händen über das Gesicht, rutschte von seinem Platz auf die Knie und begann die Holzreste auf der Feuerstelle neu aufzustapeln.

»Ein beeindruckender Mann«, antwortete er. »Steigt trotz seiner hohen Position hier herab, nur um sich meines Schicksals anzunehmen.«

»Habt ihr über deine grauen Schwingen gesprochen? Hat er dir etwas dazu sagen können? Ich meine, kann er sich eine Lösung für dich vorstellen?«, sprudelten die Fragen nur so aus mir heraus. Wenn er nach ihm gesucht hatte, wollte er sich womöglich nicht nur von seiner Existenz überzeugen. Lijan verharrte, zögerte und legte schließlich, nachdem er das Holz geordnet hatte, die Hände in den Schoß.

»Du hältst ihn doch auch für klug, sonst hättest du ihn wohl nicht um Hilfe gebeten«, sagte er ausweichend. Ich verstand dennoch und schnaufte resigniert.

»Er hat dir nichts versprechen wollen, was er nicht halten kann.«

»Eure Beweise, die er mir gegenüber angedeutet hat, hielt er ja noch nicht in den Händen.«

»Und was konnte er dir ohne sie zugestehen? Ich nehme an, er und ich sind weiter die Einzigen, die über dich Bescheid wissen. Mila scheint mir jedenfalls nicht im Bilde zu sein.« Lijan sah über die Schulter zu mir auf. Trotz stand ihm ins Gesicht geschrieben. Oder vielleicht hatte er auch nur endlich seine Angst unter Kontrolle.

»Was außer Verlust der Flügel oder Tod kommt denn für einen Greyfeather infrage?!« Betreten runzelte ich die Stirn. In Ordnung, dann hatte der Präfekt ihm wohl keinen Mut gemacht. Mir gegenüber hatte er sich ja auch eher abgeklärt, wenn auch verbunden gezeigt. Für einen Graugeflügelten mochte er weniger Sympathien aufbringen.

Lijan holte aus einem Beutel, der an seiner Seite hing, Feuereisen, Stein und ein Stückchen Zunder hervor, widmete sich dem Entfachen des Feuers und hockte sich danach wieder auf den Stamm. Wir schwiegen. Mein Bestreben, die Stille mit Gesprächen zu füllen, war vorerst erloschen. Es gab ja auch irgendwie nichts mehr zu ergründen, ehe wir nicht Rückmeldung aus Tirithan erhielten. Verstohlen spähte ich dann und wann aus den Augenwinkeln zu ihm, doch er schien ganz und gar in sich versunken. Sein Antlitz im Schein der knisternden Flammen wirkte auf mich so vertraut, dass ich mir kaum vorstellen konnte, durch die bloße Farbe seiner Federn von ihm getrennt zu sein.

Als die Sonne schließlich untergegangen war, spürte ich Lijans Nervosität erneut steigen. Auch ich wurde langsam unruhig. Mit einem zaghaften Lächeln versuchte ich trotzdem seine schützenden Mauern aufzuweichen, als er endlich einmal meinen Blick erwiderte, doch er reagierte nicht. Sein Bein wippte, er wirkte immer fahriger. Seine Blicke huschten wiederholt hinaus in die Dunkelheit des Waldes.

»Bald kommen sie«, sagte er mit gebrochener Stimme. Seine Hand wanderte zum Beutel. Er holte eine braune Flasche hervor, wie ich sie schon beim Halbgefallenen gesehen hatte. Fusel. Der Geruch stieg mir in die Nase, kaum dass er den Verschluss geöffnet hatte.

»Lijan, glaub mir, es wird sich alles zum Guten wenden. Die Whitefeather werden dich nicht verurteilen, wenn sie erst deine Geschichte kennen.« *… und erfahren haben, dass weitere Greyfeather durch die Blackfeather umgekommen sind.* Ich legte versöhnlich die Hand auf seinen Arm und wünschte, ich könnte ihm Mut schenken.

Lijan setzte die Flasche an und kippte einen großen Schluck seine Kehle hinab, fuhr sich mit dem Handrücken über den Mund und legte seine Hände in den Schoß. »Dein Wort in …« Er seufzte und ließ die Schultern hängen. »Ach, lassen wir das mit dem Zuspruch. Vielleicht erwartet mich nun, was ich verdient habe«, bröckelte unerwartet seine Fassade.

»Und was wäre das? Du hast graue Schwingen, na und? Soll jeder für sich entscheiden, was er darüber denkt. Ich jedenfalls sehe darin nichts, was sich verurteilen ließe. Egal was zwischen uns einst vorgefallen ist. Ich müsste blind sein oder herzlos, wenn ich deine Zweifel nicht verstehen, deine Beweggründe, seien sie auch noch so verquer, nicht nachvollziehen könnte. Du hast dich zu lange versteckt.« Jetzt war ich es, die die meine Schultern sinken ließ. »Wäre ich dir eine bessere Freundin gewesen, hättest du es mir sagen können.«

Er ließ den Kopf hängen. »Die Sache mit Fab?«

»Ja, deine Gefühle für ihn und deine Situation mit Ibe und … Ich wünschte, ich hätte dir beistehen können. Du musst schrecklich allein gewesen sein.« Meine Hand glitt kraftlos von seinem Arm, doch sofort packte er sie und hielt sie fest umklammert.

»Nein. Allein war ich nie. Ich konnte nur nicht meinem Herzen folgen. Es hat mich in unterschiedliche Richtungen gezogen, verstehst du?«, fragte er mit verzweifeltem, fast wildem Ausdruck. Vorsichtig nickte ich.

Erleichtert schloss er einen Moment die Augen, atmete tief durch, als ob es das Letzte wäre, das er unbescholten tun durfte, und ließ meine Hand los. Auch er nickte bedächtig. »Lass uns trinken, Liz. Auf die alten Zeiten, in denen unsere Herzen bereits mit Splittern gespickt, aber dennoch frei waren.« Er wischte mit seiner Hand über die Flaschenöffnung und reichte mir die Flasche aus seinem Schoß. »Um der alten Zeiten willen, vor jeder Bestimmung, vor dem Absprung, weit jenseits der verdammten Klippe.«

Ich nahm die Flasche und trank.

Der Fusel brannte in meiner Kehle. Ich verzog das Gesicht und setzte gleich noch ein zweites Mal an. Dies war kein Moment, um zimperlich zu sein.

»So ist es recht.« Lijan nahm die Flasche an sich und verschloss sie sorgsam, ehe er sie zurück in seinen Beutel gleiten ließ. »Und nun lass uns auf die nächtliche Rotte warten. Tirithan wird sie schicken, daran habe ich keinen Zweifel. Sie werden bald kommen.«

»Du glaubst, sie verurteilen dich?« Der Präfekt musste ihm wirklich keine Hoffnung gemacht haben. Vielleicht hatte er ihm sogar geraten seine Schwingen freiwillig abzulegen? *Und wenn es nur dazu dient, ihm sein Leben zu lassen?*, hatte seine Frage gelautet, als er mir die letzten verbleibenden Möglichkeiten aufgewiesen hatte. Er war mehr daran interessiert gewesen, mir aus meiner Misere zu helfen.

»Wie könnten sie nicht. Zwei Lager, eine Ordnung. Es gibt keinen Platz, an den ich mit grauen Schwingen gehöre.«

Mein Herz wog schwer. Lijan war von Zweifeln durchdrungen und ich konnte sie ihm, so gern ich es wollte, nicht nehmen. »Du wirst nicht vor ihnen fliehen?«

»Glaub mir, Liz, vor den Blackfeather flieht man nicht.«

Da mochte er recht haben. Bisher war er nur Fab und seinem Freund Oz begegnet und keiner Abordnung von Neuntötern, die sich einen Dreck um die Hintergründe seines Schicksals scherten. Ich schmiegte mich an seinen Arm und starrte ins Feuer. Blieb uns also nur, die Sanduhr verstreichen zu lassen.

»Und Liz?«

»Mhm?«

»Es tut mir leid. Ehrlich.«

»Längst vergessen«, raunte ich und rieb mit der Hand über meinen Bauch, in dem der Fusel sich anschickte ein eigenes Lagerfeuer zu entfachen. Himmel, das Zeug war vielleicht stark.

»Ich weiß, aber das meine ich nicht. Ich wollte nur, dass du verstehst –« Mit der Hand gebot ich ihm Einhalt, denn allmählich wandelte sich der wärmende Trunk zu einem sengenden Stich durch meine Eingeweide. Ich musste mich aufsetzen. Mir war nicht wohl.

»Liz, ich wollte es nicht, aber ich musste es tun. Verstehst du? Wenn es so enden soll, dann kann ich nicht zulassen, dass du mich rettest.«

»Was? ...« Ich rappelte mich auf und fiel doch gleich wieder rücklings um, zwischen Stamm und Feuerstelle. Meine Sinne taumelten, dann durchfuhr eine gleißende Klinge meinen Magen. Heiße Ströme fraßen sich durch meine Adern. Ich vermochte kaum zu atmen. »Was hast du mir gegeben?« Die Erkenntnis kam viel zu spät. »Gift ..., oder nicht? Du hast mich vergiftet.«

»Nein, nein ...« Lijan kniete sich zu mir, um mein Gesicht zu berühren, doch ich schlug seine Hand aus. »Bitte, Liz. Es wird dir nichts geschehen. Du kannst daran nicht sterben. Es bindet lediglich deine Gabe zu heilen, sodass dein Körper sich gänzlich auf sich besinnen muss. Du heilst dich selbst, vertrau mir.«

Verwirrt und überfordert durch den abrupten Wechsel der Situation wich ich zurück. »Aber ... Warum?!«, fuhr ich ihn an.

Seine Hand sank nieder. »Weil du keine Kraft haben sollst, mich zu heilen, wenn sie über mich richten.«

Gebrochen starrte ich Lijan an, der vor mir im Laub saß und den Blick zu Boden richtete. Großer Gott. Er wollte sterben? Ich schüttelte den Kopf. Tränen übermannten mich, mein Atem kam nur noch stoßweise. Ich wollte nicht schluchzen, wollte mich nicht geschlagen geben, angesichts so tiefer Qual. Aber was blieb mir nun? Das Gift in meinen Adern forderte meine ganze Kraft ein. Sicher hatte er recht. Ich würde nicht sterben. Aber er könnte es.

»Was geht hier vor sich?«, donnerte eine vertraute Stimme hinter uns. Lijan sprang sofort auf die Beine und brachte Raum zwischen sich und mich.

»Nicht. Lass ihn«, presste ich tapfer hervor und stemmte mich hoch. Leicht schwankend kam ich zum Stehen.

Fab holte mich sofort an seine Seite und hielt mich am Oberarm aufrecht. »Liz ... Was ist mit dir?«

Ich schüttelte den Kopf und versuchte meinen Körper unter Kontrolle zu bringen. Sie sollten ihn nicht deshalb verurteilen. Nicht wegen einer solchen Torheit. »Nichts. Alles in Ordnung.«

Lijan stand jetzt Fab, der Rotte und mir gegenüber. Seine Haltung war geprägt von purer Anspannung. Offenbar hegte er keinen Zweifel daran, dass Fab – jetzt, wo er tatsächlich seine Neuntöter hergeführt hatte – einem neuerlichen unmissverständlichen Befehl von oben den Vorrang geben würde. Dabei hatte Fab sich doch längst dazu durchgerungen, Lijan eine Chance zu geben. Seine Neuntöter würden nicht einschreiten, da war ich sicher. Und noch hatten wir ja gar nicht ergründet, ob dieser Befehl aus Tirithan überhaupt erfolgt war. Es bestand keine unmittelbare Gefahr für Lijan.

Zumindest dachte ich das, bis im nächsten Augenblick weitere schwarz gekleidete Gestalten aus den Schatten hervortraten und Lijan von der anderen Seite umringten, sodass er – jetzt eingekesselt – herumfuhr und panisch von einem zum nächsten spähte. Meinem ersten Impuls folgend schaute ich zu Fab auf. An seinen mahlenden Kiefern erkannte ich, dass er von diesen anderen ebenso wenig gewusst hatte.

»Bringt ihr es jetzt zu Ende?« Lijan konnte sich nicht entscheiden in welche Richtung er als Nächstes zurückweichen sollte.

»Eine weitere Rotte?«, fragte ich entsetzt. Sorothez hatte mehr Neuntöter entsendet?

»Keine offizielle«, raunte Fab unzufrieden. »Jetzt wird es kompliziert.« Er bedeutete seinen Männern, sich zurückzuhalten. Das hier war offenbar sensibles Terrain, verstand ich. Was, wenn hier und jetzt beide Rotten ihr Vorrecht geltend machen wollten? Lijan würde zum Spielball ungeklärter Machtverhältnisse werden, wenn das hier böse verlief.

»Der Greyfeather lebt?« Eine rhetorische Frage des kaltherzigen blonden Anführers. Er atmete tief durch, scheinbar um seinen Unmut zu bezähmen. Das ging ja gut los. Nervös warf ich Fab Blicke zu, der jetzt meinen Arm losließ und mich etwas von sich schob.

»Er kommt mit uns«, stellte er sich der Auseinandersetzung. »Ihr könnt ihn nicht haben.«

Der Blonde hob spöttisch einen Mundwinkel und ging zu meiner völligen Irritation in die Hocke. Seine Finger strichen durch die Tannennadeln am Boden. »Oh, wir behalten ihn gewiss nicht lang.« *Mistkerl.*

Lijans verzweifelter Blick suchte meinen. Sein Brustkorb hob und senkte sich unter panischen Atemstößen. Er fürchtete sich, vor beiden Seiten gleichermaßen. Es würde keinen Ausweg mehr geben, sollte die zweite Rotte auf seinen Tod bestehen. Ein Kloß verschloss meine Kehle. Ich konnte Fab und seine Blackfeather nicht darum bitten, für Lijan zu kämpfen, der sie offenkundig verachtete. Ihn laufen zu lassen, war eine Sache, gegen die eigene Himmelsstadt aufzubegehren jedoch undenkbar.

»Lijan. Du kommst jetzt zu mir«, befahl Fab in unmissverständlichem Ton.

Lijan zögerte.

»Los jetzt!«, brüllte Fab.

Lijan zog seine zitternden Hände an die Brust und lief mit gesenktem Haupt zu ihm.

»Ihr solltet die Sache als erledigt betrachten«, sagte Fab, fasste Lijan am Nacken und zog ihn demonstrativ zu sich heran. Tränen brannten in meinen Augen, als ich den gestrauchelten Freund an der schützenden Schulter des mächtigen Blackfeathers sah. Wie ein Kind, das Trost suchte, schmiegte Lijan sich an Fab, der ihn nur noch entschlossener in Schutz nahm.

Der Blonde hob voller Verachtung das Kinn und lächelte, dass es mein Blut stocken ließ. »Wir werden ja sehen.«

»Ja, werden wi–« In diesem Moment zuckte Fabs Leib zusammen und verkrampfte sich. Seinen Blick wurde starr. Er keuchte. Seine Hand glitt von Lijans Haar.

»Fab?«, flüsterte ich verwirrt. Mein Verstand registrierte nur noch Details, die keinen Sinn ergaben.

Lijan legte seine Stirn an Fabs Gesicht und schloss so fest die Augen, als quäle ihn ein tiefer Schmerz. Dann stieß er mehrere Atemstöße aus, als übermanne ihn die Qual, schluchzte und trat zurück. Fabs Körper sackte sofort zu Boden.

Jetzt ging alles ganz schnell. Fabs Blackfeather zogen ihre Waffen, Lijan wich mit blutverschmierten Händen zurück, den Silent, den er offenbar Fab abgenommen hatte, vor sich gestreckt. Der Blonde lächelte erfreut, jetzt, da Lijan sein Todesurteil selbst unterzeichnet hatte. Er sammelte jedoch mit einer einzigen Geste seine Rotte, drehte sich um und verließ die Lichtung.

Was passierte hier?

»Fab?« Ich konnte mich nicht rühren und starrte nur auf seine flatternden Augenlider. Mein Körper begann zu zittern. Wie betäubt nahm ich Oz wahr, der seinen Anführer hochzerrte, Fabs Namen rief, ihn zu erreichen versuchte. Mein Herz sah nur die zunehmende Blässe seiner vormals rosigen Wangen und die Blutlache im Laub. Die Erkenntnis kroch wie ein dunkler Schatten in meine Seele – ich konnte ihn nicht heilen.

Hasserfüllt wandte ich mich der Kreatur zu, die all dies verschuldet hatte. Lijan. Immer noch hielt er den unseligen Stern vor sich. »Warum?«, brüllte ich ihn so gellend an, dass nicht nur er zusammenfuhr und schwieg.

Sekunden verstrichen, Sekunden, in denen mein Herz begriff, dass Fab … Nein! Ich schritt auf Lijan zu, der den Silent hochriss und auf mein Gesicht zielte. Kurz bevor ich in das Stück Schnitzkunst lief, stoppte ich. »Deshalb hast du mir das Gift gegeben? Du wolltest, dass er stirbt.«

Lijan rang um Atem und redlich um Fassung. Wenn er nicht bald antwortete, und selbst wenn er es tat, würde ich ihm zeigen, zu was ein Silent noch fähig war. In kurzem Prozess entwand ich den sternförmigen Silent seinem kraftlosen Griff und richtete eine der Spitzen auf ihn.

»Warte!« Er hob beschwichtigend die Hände vor seine Brust. »Warte, bitte …« Langsam senkte er das Kinn und breitete die Schwingen aus.

Mein Herz verkrampfte. Ein Stöhnen verließ meine Kehle. Die Klinge wollte meinen Fingern entgleiten. Der Wald schien in dieser Sekunde in Stille zu verharren.

Weiß! An seinen grauen Schwingen entlang verlief ein Schimmer, der sie weiß färbte.

»Wie ist das möglich?«, hörte ich einen der Blackfeather den einzigen Gedanken aussprechen, der auch in mir widerhallte.

Lijan schaute voller Reue auf. »Jetzt bin ich endlich frei zu gehen, wohin es mich immer berufen hat«, sagte er mit grenzenloser Erleichterung wie unsäglicher Pein.

Meine Hand schloss sich fester um die krumme Waffe. Ich schnaufte, packte Lijan am Kragen, schleifte ihn zu Fabs Körper und schleuderte ihn zu Boden, wo er völlig überrumpelt gegen den Blackfeather stieß. »Du bist mitnichten frei!«, herrschte ich ihn an. Er glaubte, seine Schuld, seine Sünde ablegen zu können, indem er seine große Liebe tötete? Nicht. Mit. Mir. »Heile ihn!« Ich trat Lijan mit dem Stiefel.

»Was?«, stammelte er verunsichert. Oz erhob sich langsam und nahm Abstand.

»Heile ihn!«, brüllte ich erneut, diesmal deutlich ungeduldiger. »Du bist ein Whitefeather? Also gut, dann bediene dich deiner Kräfte. Rette ihn oder gnade dir Gott.« Ich wartete.

»Aber … das kann ich nicht.« Lijan betrachtete seine vor sich gehaltenen Hände. Der richtige Ansatz war ihm also bewusst. Gut.

»Du kannst und du wirst.« Jetzt trat ich an seinen Rücken heran, packte eine seiner perfekten Schwingen und brachte mit einem gekonnten Wechsel die Schneide in Position. Ich wusste, Männer beeindruckte man nicht mit leeren Worten. Die Klinge glitt durch Federkiele und Haut bis zum darunterliegenden Knochen. Sein Aufschrei war süße Genugtuung.

Ich beugte mich auf den Ansatz seines geschundenen Flügels, bis er vor Schmerz keuchend ausspie. »Heile ihn! Bevor nichts mehr da ist, was du an dir selbst heilen kannst!«

»Nein, ich trage weiße Schwingen, weil ich gegen Sorothez Stellung bezogen habe«, wehrte er sich.

»Dann lass uns gleich hier und jetzt herausfinden, ob dein Handel dich den himmlischen Gefilden näher gebracht hat.« Ich legte den Silent an seine Halsschlagader. »Du magst dir Tirithans Wohlwollen verdient haben, aber es kostet dich deine Seele. Ich lass dich direkt zur Hölle fahren, du mieser Verräter!« Meine Gefühle überrannten mich, während Lijan vor Fab kniete, der sich nicht regte. Blinde Wut raste in mir.

»Das wagst du nicht …«, wimmerte Lijan und klang doch alles andere als sicher. »Tötest du mich, wird Tirithan dich zur Rechenschaft ziehen. Dann wirst du mehr als nur deine Flügel verlieren.«

Plötzlich trat Oz vor, ein wölfisches Grinsen auf dem Antlitz. »Du glaubst, die Kleine brächte nicht den Mut auf, über dich zu richten? Dann lass mich dir versichern, sie wird!« Er legte seine Hand auf meine Schulter. Lijans Augen weiteten sich entsetzt. Ein dunkles, warmes Gefühl von Entschlossenheit durchströmte meinen Körper, bis alle Nervenenden in freudiger Erwartung kribbelten. Ich holte tief Luft und presste die Spitze des Silents fester an seinen Hals.

»Glaub mir, ich stehe zu meinem Wort. Ich lass es dich hier und jetzt büßen, wenn du Fab nicht hilfst.« Oz bestärkte mich darin.

Lijan presste die Kiefer aufeinander und haderte mit sich. Dann schob er Fabs Hemd hoch, unter dem eine klaffende Wunde zum Vorschein kam. Er legte seine Hände darauf, schloss die Augen und konzentrierte sich.

»Bete, dass es nicht zu spät ist«, übte ich Druck aus. Er sollte nicht wagen erneut ein falsches Spiel zu spielen. Doch offenbar waren wir überzeugend gewesen. Unter seinen Händen sah ich helles Licht aufleuchten. Es war auf eine Weise gleißend, dass ich die Augen zusammenkneifen musste. Oz wandte sogar den Kopf zur Seite. Scheinbar ertrugen seine Blackfeatheraugen derartiges Licht nicht. Auch die anderen schirmten ihre Gesichter ab.

Nach einer Weile schwächte sich die Magie zu einem Glimmen ab und Lijan zog die Hände zurück. Ohne Zögern riss ich ihn am Kragen rücklings zu Boden und verpasste ihm einen Schlag ins Gesicht. All die angestaute Wut wollte hinaus. Ich stand über ihm. »Geh mir aus den Augen. Whitefeather!«, spie ich mit all meiner Geringschätzung aus.

Lijan kroch rückwärts, rappelte sich auf und flüchtete feige.

»Gut gemacht.« Oz strich über mein Haar und zog mich in eine grobe Umarmung. »Jetzt weiß ich, warum Fabulous so verrückt nach dir ist.«

Ich löste mich aus seinen Armen, lächelte matt und kniete mich zu Fab. Seine Wunde war verschlossen. »Warum wacht er nicht auf?«, fragte ich unsicher.

»Er wird sicher bald zu sich kommen, keine Sorge.« Oz packte Fabs Arm, zog den kraftlosen Körper vom Boden hoch und warf sich seinen bewusstlosen Freund über die Schulter. »Silents sind wahres Teufelswerk. Nicht nur, dass sie lautlos und präzise alles durchtrennen. Eine besondere Tinktur auf den Klingen sorgt dafür, dass der Gegner ausgeschaltet wird. Verlieren sie das Bewusstsein, können sie ihre Wunden nicht rechtzeitig versorgen.«

Meine Kehle wurde trocken. »Aha.« Das klang grausam, aber schlüssig. »Ich habe mich mal an einem Silent geschnitten«, wandte ich ein. »Damals bin ich nicht davon umgekippt.«

Oz lächelte nachsichtig. »Du bist ja auch eine Whitefeather. Ich wette, der Schnitt ist binnen kürzester Zeit verheilt. Euch zu erledigen, bedarf schon etwas mehr ... Hingabe.« Er zwinkerte.

Der Kloß in meinem Hals wuchs. »Verstehe ...«

Auf Oz' Schulter regte sich der außer Gefecht Gesetzte. »Siehst du?« Oz ließ Fab langsam hinabgleiten und stellte ihn auf seine noch wackeligen Beine. Mein Herz klopfte aufgeregt. Es ging ihm besser.

Fab fuhr sich mit den Fingern über die Augenpartie und richtete halbtrunken den Blick auf mich. »Danke«, nuschelte er.

»Lass das nicht zur Gewohnheit werden, dass eine Whitefeather dir den Arsch rettet«, spottete Oz.

Fab schnaufte und grinste matt. »Du bist ja nur neidisch, weil sie ihr Licht mit mir teilt.«

Oz klopfte ihm auf die Schulter. »O Fabulous. Ich bin gewiss neidisch, allerdings eher auf den Mut, den die Kleine ganz ohne mich aufgebracht hat.« Er schürzte die Lippen. »Echt heiß, eine Tochter Tirithans so zu sehen. Schade, dass du ihren Auftritt verpasst hast.«

»Was heißt denn allein aufgebracht?«, fragte ich verwirrt. »Du hast mir doch beigestanden.«

Oz zwinkerte. »Schätzchen, du magst durchaus glanzvolle Momente haben, aber tief in dir drin bist du unbestritten eine von uns. Ich habe ihn nur glauben lassen, dass ich dich aufstacheln würde.«

Kapitel 27

Meine Hand umfasste entschlossen Fabs Handgelenk, als ich ihn von den anderen fort zwischen die Bäume zog. Mein Herz schlug bis zum Hals. Aufgebracht fuhr ich herum. »Ich habe mich in allem getäuscht. In allem! Lijan ist ein Whitefeather. Er wollte dich töten und hat dafür weiße Flügel erhalten?! Wie kann das möglich sein? … Und du, du wolltest ihn laufen lassen, Befehle missachten, obwohl er dich schon zuvor so niederträchtig behandelt hat. … Ich habe den Blackfeather Unrecht getan. Es tut mir so leid. Wie konnte ich derart blind sein?«

Fab schnaufte. »So einfach ist es nicht. Nur weil die Whitefeather mit ihrer Farbe Unschuld symbolisieren, ist ihre Weste nicht automatisch weiß. Und nur weil es der Tragik der Legenden eine nette Wendung gäbe, sind die Blackfeather nicht plötzlich die Guten der Geschichte, auch wenn wir gekommen sind, um sicherzugehen, dass Tirithan Lijan fair behandelt. Die Neuntöter sind von Sorothez' Obersten schließlich nicht das erste Mal dazu berufen worden, die dritte Spezies auszumerzen.«

»Die nicht auszumerzen ist.«

»Nein, es wird immer Greys geben«, erkannte auch er. »Weil wir alle dem Glauben an uns selbst entspringen, im wahrsten Sinne des Wortes. Deshalb stecken sie uns von klein auf in die Siedlungen. Wir werden geistig geführt, bis zu dem Punkt gelenkt, an dem wir gar nicht anders können, als an unsere Bestimmung zu glauben. Und wenn wir zum Absprung gerufen werden, gibt es niemanden mehr, der die Farbe seiner Schwingen nicht vor sich sähe.«

»Niemanden bis auf die wenigen Ausnahmen, die an sich zweifeln und dem System nicht gerecht werden können. Wie Lijan.«

»Wie hätte er dem Druck standhalten sollen, der ihm auferlegt worden ist? Er hat nicht so wie wir die Möglichkeit gehabt, sich zu entscheiden … Ibe mag uns darin bestärkt haben, unseren Weg zu gehen, aber Lijan hat er gebrochen, um ihm dann einen Weg vorzuschreiben, den er nur mit harter Disziplin hat bewältigen können. Wer so lange Zeit sein wahres Ich verleugnen musste, weiß nicht mehr, wer er eigentlich ist.«

»Du denkst, Lijan wäre ein Blackfeather geworden?«

»Das werden wir niemals herausfinden. Sein Herz ist vernarbt von all den Dingen, die ihm angetan worden sind. Er folgt jetzt dem bloßen Kalkül. Er ist nicht, wer er sein sollte, sondern das, was er in sich sehen will – ein Whitefeather«, beurteilte Fab Lijans Wesen mit mehr Herz und Verstand, als diesem nach einer solchen Intrige zustünde. »Wissen – Bewahren – Ordnung. Lijan dient den Grundsätzen Tirithans, zumindest seiner Überzeugung nach. Es ist eben gefährlich, die Auslegungsmöglichkeiten solcher Werte nicht zu bedenken. Nicht alles, was mit einer guten Absicht begonnen hat, endet auch in einer solchen. Die Whitefeather würden alles dafür tun, ihre selbst geschaffene Ordnung zu erhalten. Sogar töten.«

Ich nickte traurig. »Lijan glaubt, sich seinen Stand als Whitefeather verdient zu haben.«

»Es ist mehr als das. Die Wahrheit ist, Lijan hat sich von dem Einzigen losgesagt, was ihn noch zurückgehalten hat. Ich war das letzte Hindernis zwischen ihm und der glanzvollen Stadt, in die er jetzt aufsteigen kann. Er …« Fab senkte das Kinn und sträubte sich scheinbar, den Satz zu beenden.

»Er liebt dich nicht länger«, tat ich es für ihn.

Wir schwiegen und akzeptierten wohl beide endlich die Vergangenheit. Lijans Schicksal hatte Fab und mich voneinander getrennt. Und jetzt, wo er in die glanzvolle Stadt einzog, in der auch ich zu Hause sein sollte, führte mich nichts mehr in Fabs Richtung. Nichts, außer all mein Sehnen. Der Schmerz schmeckte bitter auf meiner Zunge. Ich atmete gegen den Verlust an, der bevorstand und den ich nicht ertragen würde. Entweder ich ging nach Tirithan zurück oder ich fiel. »Fab …« Meine Kehle schnürte sich zu.

In der nächsten Sekunde zog er mich an seinen Körper und hielt mich so fest, dass es mich ängstigte. Seine Finger gruben sich in meine Kleider, seine Arme bebten vor Anspannung.

»Ich weiß nicht, was ich tun soll«, bekannte er, was ebenso gut meine Worte hätten sein können. »Ich kann dich nicht gehen lassen, Liz. Aber du darfst auch nicht bei mir sein.« Er löste sich von mir und nahm mein Gesicht in seine Hände. Stirn an Stirn berührten sich beinahe unsere Münder, während er weitersprach. »Ich liebe dich. Viel zu lange schon. Immerzu aus der Ferne.« Seine Lippen strichen sanft über meine. Der heiße Atem zwischen uns ließ meine Sinne verrücktspielen. »Mein Verstand weiß, du solltest gehen, aber mein Herz bittet dich, bleib.«

»Ich will bleiben«, flüsterte ich und konnte mich nicht länger zurückhalten. Fordernd legten sich meine Lippen auf seine. Fab hielt mich nicht davon ab, sondern beantwortete meinen Ansturm mit Leidenschaft. Seine Hände fuhren in mein Haar, sanft, aber bestimmt zog er mich an sich. Es fühlte sich berauschend an, ihm ausgeliefert zu sein. Sein Kuss, seine Nähe, das tiefe Raunen aus seiner Kehle, alles feuerte mein Verlangen an. Als seine Zungenspitze meine berührte, flammte der bittersüße Schmerz erneut auf. Mein Herz erlitt Wunden, eine nach der anderen, während wir uns küssten. Wie ein Silent, unbemerkt und lautlos, hatte Fab sich in mein Herz geschlichen und verletzte mich. Präzise und tödlich, weil genau dies nicht sein durfte. Weil wir es nicht wiederholen konnten, ohne alle Regeln zu brechen. Wenn sie uns erwischten, wäre das unser beider Ende.

Ich stieß Fab von mir, sodass er zwei Schritte zurücktaumelte. »Sorothez ist das, was du immer gewollt hast. Ich kann dir das nicht nehmen.«

»Liz ...«

»Nein.« Meine Hand gebot ihm Einhalt. »Bestenfalls verlieren wir beide unsere Schwingen. Ich will nicht, dass du ein Gefallener wirst.«

»Fabulous!« Es war Oz, der uns aus unserem Zwiespalt befreite, indem er uns zur Ordnung rief. Und wir täten gut daran, auf ihn zu hören. Ich eilte an dem hünenhaften Blackfeather vorbei, zurück zur Lichtung und den anderen. Wenn ich noch länger in Fabs Nähe blieb, würde ich mir selbst nicht mehr trauen können.

Fab und Oz folgten einige Augenblicke später. Mochte er ihm nur ordentlich den Kopf gewaschen haben. Ich war dazu offensichtlich nicht in der Lage.

»Was machen wir jetzt?« Ich versuchte meine Gedanken zu ordnen. »Mila hat sich vor Stunden aufgemacht, um den Präfekten zu unterrichten, damit er uns hilft. Aber Lijan hat diese Hilfe wohl nicht länger nötig. Mit weißen Schwingen wird Tirithan ihn aufnehmen. Ich hingegen muss hoffen, dass sie mir meine Verfehlungen nachsehen. Dass Lijan nach dieser Sache ein gutes Wort für mich einlegt, bezweifle ich. Und ehrlich gesagt kann ich darauf auch verzichten.«

Oz drückte meine Schulter. »Lass den Bastard ziehen. Er verdient es nicht, dass du auch nur einen weiteren Gedanken an ihn verschwendest. Jetzt geht es nur darum, deine Haut zu retten.«

Ich seufzte. »Sind wir mal ehrlich. Am besten wäre es wohl, wenn ich meine Schwingen freiwillig ablegen würde. Ich kann nicht von euch verlangen sie mir zu lassen, wenn Tirithan die Einhaltung geltenden Rechts fordert. Ich habe wissentlich die Grenzen übertreten. Ich sollte dafür geradestehen.«

»Nein«, fuhr Fab dazwischen. »Du hast mir das Leben gerettet. Und das nicht zum ersten Mal. Ich werde nicht zulassen, dass du fällst. Wenn nötig werde ich vor die Obersten Sorothez' treten und um Asyl für dich bitten. Sollte der Präfekt dir nicht helfen dürfen, werden wir es versuchen.«

Oz schenkte mir einen ergebenen Blick. Er schien einverstanden mit Fabs Plan. »Ich denke mal, es ist sicherer, wenn du hier auf Antwort aus der glanzvollen Stadt wartest. In Tirithan könnten wir dich nicht beschützen. Wenn du willst, bleibe ich bei dir, solange Fab in Sorothez Rat einholt, ob man dir dort Unterschlupf gewähren könnte. Ruft Tirithan dich in die Gemeinschaft zurück, wirst du als Glanzvolle aufsteigen. Sollten sie sich als die engstirnigen Hurenbö–«

»Oz!«, rügte Fab ihn.

Er räusperte sich grinsend. »Nun, ihr Verlust wird unser Gewinn sein«, verpackte er seine Worte schmeichelhafter.

Ich schlang die Arme um den breitschultrigen Hünen und schmiegte dankbar meine Wange an seine Brust. Was würde ich nur ohne sie tun?

»Auch wenn ich sehe, dass ich besser daran täte zu bleiben«, rügte Fab uns, »sollten wir keine Zeit mehr verlieren. Es ist Nacht, aber das Urteil aus Tirithan mag schneller kommen, als uns lieb ist. Wäre nicht das erste Mal, dass sie kurzsichtig einen der Ihren abschreiben, um die Ordnung Tirithans durchzusetzen. Oz und Aiden, ihr bleibt hier.« Er scharte die übrigen Neuntöter um sich, breitete die Schwingen aus, warf einen prüfenden Blick gen Himmel und stieg ohne ein weiteres Wort auf. Ein Blackfeather nach dem anderen folgte ihm, durchbrach die spärlichen Baumkronen und verließ die Lichtung. Mein Herz stach. Fab musste sich wirklich sicher sein, was sein Vorhaben betraf, oder er hatte eben mit eiserner Strenge den Abschied von mir vermieden.

»Sieh es ihm nach. Er muss verwinden, dass jemand, den er sein Leben lang verteidigt hat, ihn für den Glanz von Tirithan opfern wollte«, tröstete Oz mich. »Fabulous ist schon oft vom Leben enttäuscht worden, aber sicher noch nie auf derart niederträchtige Weise.«

»Ihr begegnet euch auf Augenhöhe, obwohl er es ist, der die Rotte anführt«, fiel mir nicht zum ersten Mal auf.

»Weil einer anführen muss und er sich dieser Verantwortung bereitwillig gestellt hat.«

»Warum nennst du ihn Fabulous?«, flüsterte ich.

Oz lächelte. »Findest du ihn denn nicht fabelhaft?«

Ich senkte das Kinn und schmunzelte. »Doch, du hast recht. Ein treffender Name.«

»Sag ich doch.« Er versetzte meiner Schulter einen freundschaftlichen Stoß. »Und jetzt erzähl Aiden und mir von Tageslicht, glanzvollen Schwingen und reizvollen Himmelsgeschöpfen. Die Nacht ist lang und ich will dir etwas von deinem Leuchten stehlen, wenn ich dich schon nicht küssen darf«, scherzte er mit einem schelmischen Zwinkern.

Plötzlich erfüllte jedoch ein Surren die Luft. Von allen Seiten schnitten Pfeile aus der Dunkelheit zwischen den Bäumen hervor. Im Sekundentakt trafen sie Aiden an der Schulter, in den Rücken, in den Bauch. Einer schoss durch seinen Unterschenkel. Sein Körper konnte gar nicht so schnell zusammenzucken, wie die Pfeile ihn durchbohrten. Oz warf mich zu Boden und breitete seine Schwingen über uns. Verstört spähte ich zu dem getroffenen Blackfeather auf. Nachdem der letzte Pfeil sein Ziel getroffen hatte, fiel er dumpf zu Boden. Der Pfeil in seinem Rücken durchbrach beim Aufprall die Bauchdecke nach vorn. Blut rann hellrot von der Spitze.

Endlich befreite sich das Entsetzen mit einem Schrei aus meiner Kehle und zerriss die nun herrschende Stille. Ich verharrte wie betäubt. Das war kein Kampf gewesen. Das war eine Hinrichtung.

Oz schlang den Arm um meine Taille und zog mich mit auf die Beine. »Aufsteigen! Sofort!« Doch kaum hatten wir uns aufgerichtet, traf es ihn an der Schulter und mich in den Oberschenkel. Ich knickte ein und verlor den Halt meines Beschützers. Der Feind schien uns eingekesselt zu haben. Lautlose Geschosse schnitten durch die Luft und hämmerten in die Baumstämme hinter uns.

»Silents!«, konnte Oz gerade noch rufen, da trafen ihn bereits zwei an Schulter und Bein, während ein Pfeil die seitliche Bauchwand durchschlug, dass das Blut nur so spritzte.

Ich schrie auf, geriet in Panik, kaum dass ich die Wurfsterne mein eigenes Fleisch durchschneiden spürte. »Aufhören!«, schrie ich verzweifelt. Doch das würden sie nicht, ehe auch wir am Boden lagen.

Ich strauchelte kopflos über Aidens leblosen Körper und ging zu Boden. Um Atem ringend blieb ich unten, den Kopf in den Händen verborgen. Mein Verstand überschlug sich. Binnen Sekunden hatten sie uns überwältigt. Es brauchte all meine Kraft, die Angst und den Fluchtinstinkt zu unterdrücken. Ich wusste, es gab keine Chance zu entkommen. Was geschah hier? Der Feind hielt sich bedeckt. Es waren sowohl Pfeile verschossen als auch Silents geworfen worden. Ich konnte mich nicht entscheiden, was ich glauben sollte. Welche der Himmelsstädte griff uns an? Vorsichtig hob ich den Kopf und blickte mich um. Es rührte sich nichts. Der blinde Beschuss hatte geendet. Meine weiße Kleidung bot ein absurdes Bild. Immer wieder sickerte Blut in den Stoff und immer wieder löste das Quiryll es auf. Es wehrte sich und versuchte durchzuhalten, ebenso wie ich. Das Glimmen meiner Heilkraft befiel unzählige Körperstellen, an denen die Silents mich touchiert hatten. Ich umschloss mit zitternden Händen den Pfeil, der aus meinem Bein ragte, zerbrach ihn und zog ihn mit einem und dann noch einem Ruck heraus. Der Schmerz ließ mich aufstöhnen und gleich danach vor Übelkeit würgen. Ich schloss für eine Sekunde die Augen und hielt stand. Oz lag niedergestreckt einige Schritte entfernt. Ihn so reglos zu sehen, fachte meine schlimmsten Ängste an. Aber vielleicht war es noch nicht zu spät. Bestimmt hatten die Wurfsterne der Blackfeather ihn bewusstlos werden lassen. Das bedeutete aber auch, dass er ausbluten würde, wenn ich ihm nicht half. Ich streckte meine Flügel, um zu testen, ob weitere Pfeile die Luft durchschneiden würden. Nichts geschah. Also kroch ich mühsam auf ihn zu. Meine Augen erfassten jedes Detail des Kampfschauplatzes. Silents in den Stämmen, Aidens Leichnam, die Pfeilspitze, die kerzengerade aus seiner Bauchdecke ragte. Ein Frösteln ließ meine Zähne klappern. Wer hatte uns das angetan? Lijan? Waren das Lijans Leute gewesen? Ich erreichte Oz und zog mich an seinem Bein entlang zu ihm hoch. Schnitte, tiefe Wunden. Am schlimmsten sah die Verletzung unterhalb seiner Rippen aus. Hier hatte der Pfeil ihn glatt durchschlagen, sodass das Fleisch klaffte. Ich streckte sofort meine Hand nach der Stelle aus und beschwor die Whitefeathermagie. Mein Atem ging augenblicklich flacher. Es kostete meinen Körper zu viel Kraft, sich selbst und ihn zu heilen. An das Gift in meinen Adern durfte ich gar nicht erst denken. Egal. Mit der anderen Hand suchte ich die nächste Wunde, presste sie darauf und versorgte nun zwei Verletzungen auf einmal. Mein Oberschenkel begann zu brennen, als träfe mich der Pfeil erneut. Keuchend robbte ich an Oz vorbei und brachte mich an einen Baum gelehnt in eine sitzende Position. Mein Gesicht war von Schweiß bedeckt. Meine Lungen rangen um jeden Atemzug. Ich musste das hier schaffen und wenn meine Magie darunter erlosch. Oz war Fab immer Freund und Halt gewesen. Etwas, dass ich mit diesen verfluchten weißen Schwingen nie sein konnte. Aber zu etwas anderem taugten sie.

Ich zog an Oz' Schultern. Sein Leib wollte sich keinen Zentimeter bewegen lassen. Also beugte ich mich vor und presste meine Hände auf seine Brust, suchte sein Herz und ließ die Magie fließen. Langsam, aber bestimmt schlug sein Puls stetiger, während meine eigenen Wunden dem Gefühl nach aufrissen. Es schien nur für einen von uns zu reichen. Ich atmete tief und schluckte den Schmerz hinunter. Oz musste leben und Fab beistehen, nichts anderes spielte eine Rolle. Egal wie meine Geschichte endete, ich würde ohnehin nie wieder bei Fab sein. Sorothez würde niemals eine Whitefeather aufnehmen. Ich machte mir nicht vor denselben Status genießen zu dürfen wie das hoch angesehene Orakel.

Das Blut tränkte meine Kleidung, während seines versiegte. Vielleicht hatten wir Glück und es reichte irgendwie für uns beide. Ich musste nur rechtzeitig an mich denken und aufhören. Ich blinzelte immer schwerer und ermahnte mich dennoch, die Hand fester auf seinen Leib zu pressen.

»Liz ...«, hauchte er matt und war noch nicht klar genug, um mehr Worte zu sprechen.

»Mhm ...« Mein Atem wurde immer flacher, ein Summen zog in meinen Kopf ein. Und dann sackte ich einfach zusammen. Der letzte Sinn, der noch seinen Dienst tat, vermittelte mir, dass ich am Boden lag.

Kapitel 28

Ein vertrauter Geruch kitzelte meine Sinne. Er erinnerte mich an Perfektion und Unnachgiebigkeit. Ich schlug die Augen auf und blickte auf graue Wände. Wo war ich? Irritiert setzte ich mich auf und betastete erschrocken meinen Körper, als die Erinnerung zurückkehrte. »Oz?«

Niemand antwortete. Niemand bis auf … Ein Rascheln von Kleidung erklang.

»Ist das der Name deines Freundes?« Hinter Gitterstäben, die mich offenbar zur Gefangenen erklärten, tauchte das vertraute Gesicht des Präfekten auf. Sofort erhob ich mich mit zitternden Knien. Die Situation überforderte mich. Ich war also zu Hause in Tirithan? Oder besuchte der Präfekt mich im Kerker der nächtlichen Stadt? Ich war verwirrt.

»Oh, Liz. Es tut mir so leid.« Er trat nun eilig an die Gitterstäbe, ebenso wie ich.

»Wo bin ich? Was ist mit dem Blackfeather geschehen?«, überschlug sich meine verzweifelte Stimme. »Lebt er?«

Der Präfekt umschloss mit seinen Händen meine, die mich am starren Gitter aufrecht hielten. »Keine Sorge, du bist in Tirithan. Sie haben dich völlig verausgabt an den Klippen gefunden. Da waren keine Blackfeather.«

»An den Klippen?« Eine Träne rann vor Erleichterung meine Wange hinab. »Dann habe ich es geschafft.« Sicher hatte Oz mich dort abgelegt und sich zurückgezogen, als meinesgleichen mich holte.

»Was ist mit Lijan?« Wusste der Präfekt schon von seinen weißen Schwingen?

»Dein Freund ist aufgestiegen. Ganz so, wie du es immer vorhergesagt hast. Er ist ein Sohn Tirithans. Irgendetwas hat scheinbar das Problem seiner Bestimmung gelöst.«

Ich ballte die Hände augenblicklich fester um die Gitterstäbe und beherrschte meinen Zorn. Lijan war also aus dem Schneider. Mich hingegen hatte man eingesperrt. Vermutlich sollte ich meine Zunge bezüglich der Vorkommnisse im Zaum halten.

»Was passiert jetzt mit mir?«

»Du bist weiterhin angeklagt«, sagte er bedauernd. »Eigenmächtig Tirithan zu verlassen, seine Flügel den Menschen zu zeigen – deine Verfehlungen sind nicht vom Tisch. Sie werden dich vor Gericht stellen. Die Geschichte von Lijans grauen Schwingen können wir nicht mehr ins Feld führen. Sie werden denken, du sagst das, um von deinen eigenen Fehlern abzulenken.«

»Aber Ihr könnt es bezeugen. Und ich habe Beweise!« Scheinbar hatte ihn die Nachricht durch Mila gar nicht erreicht. Fahrig betastete ich meine Kleider, während der Präfekt mich alarmiert beobachtete. »Ich habe einen Brief, er ist in hochrangigen Whitefeatherrunen geschrieben, und eine graue Feder. Beides hat sich im Besitz der Blackfeather befunden.«

»Tatsächlich? Dann ist vielleicht noch nicht alles verloren.«

Ich holte Brief und Feder hervor. Zerknautscht und beklagenswert schmiegten sie sich in meine Hand. »Seht Ihr? Ich sage die Wahrheit. Beweise.« O Gott, ich hoffte, sie würden reichen.

Die Augen des Präfekten weiteten sich, als er die Sachen behutsam entgegennahm. »Das ist allerdings bemerkenswert«, sagte er und drehte die graue Feder zwischen den Fingern. »Man kann nicht abstreiten, dass sie das Göttliche erkennen lässt.«

»Die Ältesten werden das sehen, oder? Dann müssen sie mich freisprechen. Bitte sagt mir, dass alles gut werden wird.«

»Aber natürlich wird alles gut werden«, beschwichtigte er mich, fuhr mit den Fingerspitzen die Feder entlang und verstaute sie anschließend tief im Inneren seiner Robe. »Zumindest für mich.«

Irritiert merkte ich auf. »Wie bitte?«

Er trat zurück, faltete die Hände und lächelte gelassen.

»Ihr … Ihr werdet sie ihnen gar nicht zeigen«, erkannte ich mit Entsetzen und spürte kalte Taubheit meine Glieder hinabkriechen.

»Nein, natürlich nicht. Das lag nie in meiner Absicht. Die Feder wird verschwinden, ebenso wie die Greyfeather. Als habe es sie nie gegeben.«

Meine Kehle fühlte sich rau und kratzig an. Das war alles ein Schwindel gewesen? Er hatte mich vorgeführt, mich für seine Zwecke eingespannt? Ich schüttelte unmerklich den Kopf und wollte einfach nicht akzeptieren, was er mir soeben eingestanden hatte. »Wir sollten diese Dinge nur für Euch holen, weil Ihr Sorothez als Whitefeather nicht betreten könnt.« Ich konnte es nicht fassen. »Warum?« Eine sinnlose Frage. Offensichtlich hatte ich ihn völlig falsch beurteilt.

»Du fragst dich, ob ich mir dein naives Gemüt zunutze gemacht habe? Oder warum ich Tirithan das Wissen um die Existenz der Greyfeather erspare?« Unerträgliche Arroganz zierte sein Antlitz. »Oder nein, viel mehr dürfte dich quälen, ob allein du es gewesen bist, die mich überhaupt erst auf ihre Fährte gebracht hat.« Er seufzte. »Vielleicht lasse ich sie seit jeher jagen und beseitigen. Spielt das tatsächlich noch eine Rolle? Du bist eine Tochter Tirithans, du solltest die Grundsätze und Regeln dieser Stadt kennen. Sie nicht zu befolgen, sich nicht anzupassen, zieht Konsequenzen nach sich, Liz. Für deren Einhaltung es mir obliegt zu sorgen.« Er rief nach den Wachen und lief vor dem Gitter auf und ab wie ein Raubtier, während sie mich mit Hieben und Tritten gefügig machten. »Bringt sie hoch. Es ist Zeit«, befahl er. »Und gebt nichts auf die irrwitzigen Geschichten, die sie euch sicherlich aufzwingen will. Der Rat gibt auch nichts darauf.«

***

Der Älteste des Rats sah mich über den Rand des Richterpultes hinweg an. Hinter ihm erhoben sich zwei mächtige Säulen, dazwischen das Abbild von Tirithan, der sechsflügeligen weißen Seraphin. »Ihr habt Sorothez betreten!« Er hatte es nicht einmal als Frage formuliert. Kein Zweifel, er wusste über all meine Handlungen Bescheid. »Ihr habt Euch Vergnügungen hingegeben, die den Söhnen und Töchtern Tirithans streng untersagt sind, Euch als eine

Blackfeather ausgegeben und gänzlich zuwider jedweder Moralvorstellung gehandelt.« Die Liste meiner Vergehen war noch weitaus länger. Und was sie nicht aus erster Hand wussten, das hieß, von Deklan oder dem Präfekten, hatten sie freimütig angefügt. Er seufzte und schlug das Buch zu, in das er mein Urteil nicht zu schreiben brauchte. Schuldig. »Ihr seid vielversprechend gewesen, habe ich gehört.« Er machte eine Geste, die zwei Wachen veranlasste die Seiten seines hochrichterlichen Sitzes zu verlassen, durch den Mittelgang entlang der Bankreihen mit drei Dutzend hoch angesehenen Whitefeather zu marschieren und zu verschwinden. Bevor man mich vor dem Pult am Boden angekettet hatte wie ein Tier, war es mir möglich gewesen, einen Blick auf sie zu werfen, in ihren fein bestickten Roben. »Doch das Zusammensein mit einem gewissen Burschen hat Euch scheinbar dazu verleitet, Euren Prinzipien untreu zu werden. Sehr bedauerlich. Wenn Ihr mich fragt, eine Schande.« Er lehnte sich auf seine gebeugten Arme gestützt vor und sprach jetzt mehr für meine als für die Ohren der Beisitzenden. »Wenn Ihr wenigstens gewillt wärt, dieses absurde Märchen über graue Flügel zu widerrufen, das allerorts die Runde macht. Was Ihr in den Wäldern zu sehen geglaubt habt, mag dämonischen, aber niemals göttlichen Ursprungs gewesen sein. Es könnte Eure Strafe deutlich abmildern, würde ersichtlich, dass Ihr immer noch auf der rechten Seite stündet. Das Dienen in Tirithans Archiven ist angenehmer als sein Ruf. Immerhin wäret Ihr weiterhin Teil der Gemeinschaft.« Er neigte erwartungsvoll den Kopf und hob seine buschigen Augenbrauen, als hätte er mir soeben ein unverschämt verlockendes Angebot gemacht.

Ich musste mich zwingen, ruhig zu atmen. Die schmalen Schellen um meine Handgelenke schnitten in die Haut, als ich mich gegen die Kette nach vorn lehnte. »Ich war nie Teil dieser Gemeinschaft«, presste ich hervor, »und welche Strafe könntet Ihr über mich verhängen, die mich mehr treffen würde als die Einsicht, was für ein heuchlerischer, intriganter Haufen ...«

»Es reicht!« Seine flache Hand donnert auf das gewaltige Pult. Ich zuckte zusammen. Er richtete den Finger auf mich. »Mit meiner Geduld geht es zu Ende, junge Dame. Entweder ...« Die Türen hinter mir wurden geöffnet, der

Vorsitzende unterbrach sich und spähte zum Ende des Saales. Ich hörte die Unruhe, weil sich scheinbar jeder Beisitzende umdrehte. Auch ich versuchte an meinem Körper vorbei einen Blick zu erhaschen, aber mit angeketteten Händen hinter dem Rücken und von der Halsschelle nach vorn verlaufender Kette war meine Position unveränderbar. Nur aus den Augenwinkeln konnte ich ein wenig erkennen. Die Wachen waren zurück. Zwischen sich eingekeilt eine Gestalt mit hängendem Haupt. Sie schleiften ihn über den Boden, seine Haltung trauriger Beweis dafür, dass sie mit ihm nicht zimperlich umgesprungen waren. Seine Füße versuchten nicht mal Halt zu finden. In den hinteren Bänken begann ein aufgeregtes Murmeln. Ich drehte meinen Kopf zur anderen Seite, konnte aber auch so nicht viel mehr erkennen. Entsetzte Laute lösten sich aus der Menge, bis das Gezische schließlich in Windeseile durch den Saal bis an meine Ohren gelangte. »Blackfeather.«

»Nein!« Ich bäumte mich auf, zerrte an meinen Ketten und versuchte meine Position doch irgendwie zu ändern, was völlig misslang und mich nur zu einer jämmerlich auf dem Boden rutschenden Gestalt machte. Nun bekamen sie doch ihr Schauspiel.

Während ihn angewiderte Laute begleiteten, waren jetzt aus der ersten Bank, die sich nicht meinem Blickwinkel entzog, vor Scham und Schadenfreude auflodernde Augen auf mich gerichtet. Diese Heuchler! Sie genossen das Theater.

Die Stimme des Ältesten rief zur Ordnung auf. Jedwede Bekundung von Entsetzen, Neugier oder Sensationsgier war hier so falsch am Platz wie frivoles Lachen auf einer Beerdigung. Dies war Tirithan.

Die Wachen setzten ihn neben mir ab. Seine kniende Haltung bot kaum genug Widerstand, um ihn aufrecht zu halten. Dennoch hatten sie nicht auf den vom Hals zu den am Rücken gefesselten Händen verlaufenden Strick verzichtet. Man legte am Boden verankerte Ketten an, stärkere als meine. Man wähnte ihn scheinbar trotz seines Zustandes kräftiger als mich. Vielleicht war es aber auch nur die Feigheit, einem entschlossenen Blackfeather zu begegnen, der an diesem Punkt nichts mehr zu verlieren hatte.

»Fab …« Meine Stimme war dünn wie Papier. Blut rann von seiner Schläfe über die Wange und sammelte sich unter seinem Kinn. Ein Tropfen löste sich, verfehlte seinen Oberschenkel und befleckte Tirithans heiligen Boden. Es war wie der Punkt unter dem Ausrufezeichen am Ende einer langen Beweiskette. Sie vergossen Blut.

»Fab …«, flüsterte ich erneut. Sein Kopf wankte hängend. Sie hatten ihn gründlich bearbeitet. »Fabulous!« Das eindringliche Fordern meiner Stimme fuhr wie ein Ruck durch seine Glieder. Er hob mühsam das Haupt. Der harte Tritt der Whitefeatherwache warf ihn in den Ketten hin und her. Er sackte zusammen.

»Ihr elenden Schweine.« Meine Fäuste bebten.

Vorne begann der Älteste damit, unsere Vergehen laut und deutlich zu verlesen, doch diesem Irrsinn wollte ich nicht länger beiwohnen. Meine Sorge galt einzig Fab und dem, was sie ihm angetan hatten. Seit Jahrhunderten, so rühmte sich Tirithan, herrschte Frieden zwischen den Himmelsstädten, einträchtige Aufgabenteilung zwischen den Mächten. Kein Feather durfte dem anderen, ohne ordentlichen Prozess, auch nur eine Feder krümmen. Und jetzt hatten Wachen der glanzvollen Stadt einen Blackfeather gefangen genommen und übel zugerichtet. Sie riskierten Aufstände.

»Bringt sie in ihre Zellen. Morgen werden sie auf dem großen Platz vorgeführt«, verkündete der Älteste gerade seinen Richterspruch. Die Wachen verharrten noch.

Rufe nach unserer Bestrafung wurden lauter, es waren gesichtslose Zwischenrufe aus den Reihen der Beisitzenden und sie häuften sich.

Der Älteste faltete seine Hände über der Robe. Nach kurzem Zögern und einem langen Blick auf mich seufzte er. »Schneidet ihnen die Flügel ab, allen beiden.«

»Nein! Nicht ihm!« Ich warf mich in die Ketten. »Das könnt Ihr nicht tun. Wir sind hier in Tirithan. Das könnt Ihr nicht tun. Fab!« Mein Flehen um Gnade erreichte weder sie noch den Blackfeather, dessen Kopf unkontrolliert nach hinten kippte, als die Wachen ihn auf die Beine zwangen. Das über ihn verhängte Schicksal hatte ihn noch gar nicht erreicht. Der Rat der Ältesten wandte sich zum Gehen. Auch ich wurde fest an den Oberarmen gepackt, von meinen Ketten, nicht aber von den Handschellen befreit, und auf die Beine gezerrt.

»Ich widerrufe! Ich widerrufe!«, brüllte ich in meiner Verzweiflung. Das konnte ich nicht zulassen. Nicht Fabs Schwingen. »Bitte, ich tue alles. Ich widerrufe meine Lügen.« Doch mein Einwand schien kein Gehör mehr zu finden. Alle, Älteste und hoch angesehene Whitefeather, drängten zu den weit geöffneten Toren.

»Vorwärts!« Die Wache trat mir in die Beine, ich knickte ein. Er hatte sich und seiner Aufforderung damit keinen Gefallen getan. Mühsam rappelte ich mich wieder auf und funkelte ihn zornig an, bevor ich den anderen beiden Wachen und Fab folgte. Seine Schritte, nur durch ihren Halt möglich, taumelten hilflos.

»Einen Moment …« Der Präfekt empfing uns an der Seitentür, die zu den Zellen hinabführte. »Auf ein Wort«, sagte er, winkte Fab und seine Wachen durch und bedeutete meiner, einen Schritt zurückzutreten, bevor er sich vorbeugte und seinen Mund neben meinem Ohr platzierte. »Bist du nun endlich überzeugt, dass man überdenken sollte, einem Freund beizustehen, der nicht dieselben Schwingen trägt? Aber keine Sorge … Bevor der Morgen graut, wirst du Gelegenheit bekommen, dich für das zu engagieren, was dir wirklich am Herzen liegt.«

»Ihr seid ein solcher –«

»Bitte, bitte.« Er richtete sich auf und hob die Hand. »Mich musst du nicht mehr von deinem Charakter überzeugen. Du bist ein Ausbund an Einfältigkeit. Wie sonst hättest du glauben können, ein Stadtvorsteher schlüge sich aus reiner Gutmütigkeit auf die Seite eines unbedeutenden Mädchens.«

Bevor ich mich versah, spuckte ich ihm ins Gesicht. Hatte ich mich je gesträubt Grenzen niederzureißen, so hatten sie genau das in mir bewirkt.

Der Präfekt lächelte kalt. Im nächsten Moment schlug er mich so hart zu Boden, dass ich Blut ausspie. »Lasst sie mich in ihre Zelle führen«, bedeutete er der wartenden Wache zu verschwinden. »Offensichtlich werde ich ihr einbläuen müssen, wie sich eine verurteilte Whitefeather ihrem glanzlosen Ende zu stellen hat.« Sein eiserner Griff zwang mich auf die Füße. In meinem

Kopf dröhnten hundert Glockenschläge. Ich musste mich ermahnen zu atmen. Mein Kiefergelenk knirschte und glomm heiß auf. Offenbar hatte er es mir gebrochen.

Während der Präfekt mich vorwärtszerrte und irgendetwas über die Grundsätze und mit Macht einhergehender Verantwortung schwafelte, öffnete und schloss ich vorsichtig meinen Mund. Der Schmerz war höllisch.

»Wirklich. Tirithan kann alles sein, was du dir vorstellst, Liz. Ich meine das wörtlich.« Er führte mich ans Ende des Ganges, dorthin, wo die Mauern und der glänzende Belag plötzlich endeten und nichts als Wolkennebel vor uns lag.

Ich stemmte mich instinktiv gegen seinen Griff. Was wollte er tun? Mich gefesselt hinabwerfen?

Er schmunzelte ungerührt. »Mir jetzt noch zu vertrauen, wird dir sicher schwerfallen.« Unerbittlich zerrte er mich weiter. Unter unseren Füßen begann ein flirrender Flug von Asche. Nein. Quiryll. Das Quiryll setzte sich zusammen. In Sekundenschnelle formten die zarten Fetzen einen festen Untergrund, umschwirrten uns, bildeten einen Bogengang, dessen Wände irisierten und gleißend strahlten. »Es ist das gleiche Prinzip wie auf den Himmelswegen«, erklärte er knapp. Mein Herz schlug dennoch bis zum Hals, als die grauen Wände des Kerkers sich offenbarten.

Man kam also dort an, wohin es einen zog? Ich beäugte den Präfekten. Fragte sich nur, wohin er mich bringen wollte. »Wo ist Fab?«, gelang es mir zu fragen. Nur widerwillig folgte ich seinen Schritten. »Bringt Ihr mich zu ihm?«

»Das werden wir gleich feststellen, nicht wahr?« Der Zug um seinen Mund hatte nichts Gütiges mehr.

Tatsächlich führte er mich in Fabs Zelle, wo er mir die Schellen abnahm und ich sofort zu dem geschlagenen Blackfeather eilte und neben ihm niederkniete. Fab saß zusammengesunken an der Wand, Arme und Beine von sich gestreckt, den Ansatz seiner Schwingen in Ketten gelegt. Er blickte matt auf. Jedweder Kampfgeist in ihm schien erloschen. Meine Hände hielten sein Gesicht sanft umfangen. Wie sehr hatten sie ihn für das, was er war, büßen lassen?

»Das ist euer Abschied«, verkündete der Präfekt in ruhigem Ton und holte etwas hinter seinem Rücken hervor. Eine gebogene Klinge. »Ich habe eure Lösung gleich hier und ich werde dir das nur einmal erläutern. Morgen, wenn du auf den Platz trittst, um den Glanz Tirithans zu verlieren, wird auch er vor den Scharfrichter treten, allerdings an einem abgeschiedenen und weniger glanzvollen Ort. Solltest du schweigen, sorge ich trotz Urteil des Rates dafür, dass ihr beide mit eurem Leben büßt. Solltest du dich als folgsam erweisen, sind es lediglich eure Schwingen, die ihr verliert. Als Gefallene könntet ihr unter den Menschen wohl ein halbwegs erträgliches Leben führen«, sagte er, als sei das eine Art von Gnade. »Allerdings ließe ich euch natürlich in unterschiedliche Regionen bringen. Nein, ich für meinen Teil würde euch einen völlig anderen Weg nahelegen. Du kannst nach Belieben entscheiden, Liz. Ich grolle deiner Zuneigung für ihn nicht. Du kannst nichts für dein verirrtes Herz. Wir bringen dich schon wieder auf Kurs.«

Tränen sammelten sich in meinen Augen. Ich sah zwischen dem mächtigen Whitefeather und dem gefangenen Sohn Sorothez' hin und her. »Was wollt Ihr von mir? Soll ich ihn töten? Hier fernab aller anklagenden Blicke? Damit ich es leichter hätte zu widerrufen? Damit ich Euch meine Loyalität beweise und in den Schoß der Whitefeather zurückkehren darf? Ist das auch Euer Rat an Lijan gewesen? Deshalb hat er versucht Fab zu töten.«

Fab starrte ins Leere, während ich sprach. Ihn schien nichts mehr zu berühren. Sein Verstand hatte ihn weit weg befohlen.

»Nun, natürlich wäre sein Tod ein wirkliches Zeichen deiner Reue, den rechten Pfad verlassen zu haben ...« Er fuhr mit dem Daumen vorsichtig über die Schneide, bevor er den breiten Gürtel packte, der seine Taille umschloss, die Klinge ansetzte und mit einem zarten Streich hindurchfuhr, als wäre sie aus Papier. Die Klinge musste unfassbar scharf sein. Sofort reparierte das Quiryll den Schaden. »Aber ich mache mir nichts vor. Deine Reue wird immer erkauft sein, nicht wahr? Nein, es ist etwas anderes, das ich dir nahelegen möchte. Du solltest ihm Gnade erweisen, deiner großen Liebe, indem du ihn befreist. ... Ich lasse für eine Stunde alle Wachen abziehen, lasse die Tore geöffnet. Befreie ihn und lass ihn gehen. Dann, meine kleine Whitefeather, darfst du deinen Glanz behalten.«

Ich runzelte die Stirn und betrachtete das Werkzeug in seinen Händen. Befreien? Wie sollte ich … Meine Augen weiteten sich, während mein Herz stockte. »Ihr wollt, dass *ich* ihm die Schwingen abschneide.« Nur das konnte er meinen. Fab war an seinen Flügeln angekettet worden. Deshalb. Nur der Verlust seiner schwarzen Schwingen würde ihn befreien. Was für eine Ironie. Genau daran glaubte der Präfekt offenbar. Ein Blackfeather fand nur Freiheit in der Aufgabe seiner Bürde. Ich schluckte.

»Nun, natürlich kannst du dich dagegen entscheiden. Ganz wie es dir beliebt.« Er kam zu mir herüber, die Waffe auf mich gerichtet, beugte sich zur Wand neben uns, nahm eine der schweren Ketten und legte mir das Eisen um den Hals. Es rastete ein. Das Gewicht der Kette zerrte an meinem Genick, als sie seiner Hand entglitt. »Du weißt jetzt, was ihm morgen bevorsteht. Bestenfalls verliert er sie sowieso. Ich kann dir allerdings aus Erfahrung sagen, dass der Scharfrichter nicht besonders zimperlich mit einem verurteilten Sohn Sorothez' umspringen wird. Manch einer übersteht das grobschlächtige Handwerk nicht. Denn siehst du, die Henker bedienen sich nicht dieser grazilen feingeschliffenen Klinge, wie ich sie bevorzuge. Es wäre sicherlich qualvoller, ihn diesem kaltherzigen Schlächter auszuliefern.« Der Präfekt trat einen Schritt zurück und bot mir auf offener Handfläche die gebogene Klinge dar. »Nimm sie und entscheide über euer Ende. Es wird die letzte Entscheidung sein, die du für euch treffen kannst. Und weil du eine Whitefeather und zur Vernunft fähig bist, überlasse ich sie dir. Trenne ihn von seiner Bestimmung, heile seine Wunden und rette sein Leben.«

Mit aller Disziplin kontrollierte ich meine Atemzüge, hielt seinem Blick stand und erhob mich. Dieser elende Bastard. Er hatte uns in der Hand und genoss es. Aus einem Impuls heraus schnellte meine Hand vor, ergriff die Klinge und führte sie in einem Bogen durch die Luft. Nur knapp ritzte die Spitze dabei seine Brust. Der weiße Stoff klaffte auseinander, bevor der Schnitt sich wieder schloss. Er hob unwillkürlich das Kinn und trat einen Schritt zurück, bevor er sich abwandte und vor die Gitter der Zelle trat. »Entscheide dich, Liz.«

Ich kam schnellen Schrittes auf ihn zu, bis die Kette mich mit einem Ruck stoppte. Erneut war er in meiner Reichweite. Die Tür stand weit offen. Er würde sie nicht schließen, hatte er gesagt. Damit Fab entkommen konnte. Ich musterte ihn aus zusammengekniffenen Augen. Er log. Ich glaubte ihm kein Wort. Er würde mich diese Grausamkeit an Fab begehen lassen und wenn er ohne Schwingen die Gänge entlangirrte, würden sie ihm den Garaus machen.

»Wie ihr wollt!«, presste ich hervor. »Ich habe mich entschieden.« Ich packte mit einer Hand das Gitter der Tür, zog sie ins Schloss und warf ihm seine Klinge zu Füßen.

Der Blick des Präfekten drückte Bedauern aus. Er seufzte. »Also schön ... Dann verlasst ihr wohl auf unrühmlichem Weg Tirithan. Wie schade. Aber gut, euch öffentlich zu richten, sollte dem Zweck nicht abträglich sein. Wenn du ihm danach im Kerker beim Sterben zusehen musst, ohne ihm helfen zu können, wirst du bereuen, mein Angebot ausgeschlagen zu haben. Stolz, mein Engel, wird überschätzt.« Er drehte sich um und verließ den Kerker. Ich schloss die Augen und lehnte die Stirn an die Gitterstäbe. Verloren. Wir hatten verloren.

In meinem Rücken stöhnte Fab auf. Ich eilte an seine Seite und strich behutsam die Strähnen aus seinem Gesicht. Er legte den Kopf in den Nacken. Die Platzwunde an seiner Schläfe sah böse aus. Ich versuchte sie zu heilen, doch irgendetwas blockierte meine Fähigkeit. Das Leuchten stellte sich nicht ein. Ich konnte nichts tun. Mein Herz zog sich zusammen. Irgendwie musste der Präfekt mich manipuliert haben. Womöglich auf ähnliche Weise, wie Lijan es getan hatte. Mit Gift. Hatte ich es doch gewusst, dass er sich nicht an Absprachen halten würde. Ihm konnte man nicht trauen. Darüber hinaus ertrug ich es ja nicht einmal, Fab verletzt zu sehen, wie sollte ich ihm da seine Schwingen nehmen? Undenkbar.

Fab regte sich und versuchte zu flüstern.

»Scht ... schon gut. Ich bin hier und ich bleibe an deiner Seite, solange sie mich lassen.«

»Du musst mir die Schwingen nehmen, Liz. Mein Leben ist verwirkt.«

Ich legte seinen Kopf an meinen Hals und hielt ihn. »Das könnte ich niemals tun. Außerdem ist mein Leben ebenso verwirkt.«

»Nein. Du musst leben, Liz. Ich muss wissen, dass du leben wirst.«

Zwei aufgewühlte Atemzüge ließen mich die Tränen beherrschen, die nun mit aller Verzweiflung aufstiegen. Ich schob ihn von mir und fasste seine Schultern. »Ich lebe, Fab. Genau jetzt. Genau hier. An deiner Seite. Ich habe schon immer nur an deiner Seite gelebt. Wie könnte ich einen Augenblick ohne dich sein?« Eine Träne löste sich stumm aus seinen Augen und tropfte über seine Wange, als wäre es die letzte, die er besessen hatte. Wir waren am Ende unseres Weges.

Ich kletterte auf seinen Schoß und zog sein Gesicht so weit heran, dass unser Atem sich mischte. Er war alles, was ich je gewollt hatte, erkannte mein Herz. Und ich hätte mit ihm zusammen sein sollen. Das war die einzige Reue, die ich empfand. Ich hätte ihn öfter berühren, ihn küssen und seine Wärme spüren sollen. Jetzt war alles zu spät. Verzweiflung übermannte mich.

»Ich liebe dich. Ich kann dich nicht verlieren.« Meine Hände wanderten über sein wunderbares Antlitz. Ich versuchte jedes Detail einzufangen, um mich bis in alle Ewigkeit daran zu erinnern.

»Liz, ich …«

»Bitte«, flehte ich. »Küss mich. Befrei mich aus diesem Gefängnis. Ich kann das nicht aushalten … Ich werde dich verlieren. … Bitte …« Der Schmerz wurde übermächtig.

Fabs Hand fuhr in mein Haar. Er küsste mich. Die Lippen leidvoll verzogen keuchte er, um mich im nächsten Moment mit einem noch leidenschaftlicheren Kuss an sich zu fesseln. Seine Finger schlossen sich um mein Haar. Ich verlor mich in seiner Berührung, hielt mich an seiner Stärke aufrecht. Mein Verstand brachte mich an einen anderen Ort. Nach Sorothez, in Fabs Zimmer. Die Sonnenstrahlen drangen wärmend durch die Verschläge. Wir lagen eng umschlungen in seinem Bett. Meine Hand berührte seine Wange. Der Kuss schmeckte salzig. Mein aufgewühlter Atem hallte tief in mir wider.

»Liz …«, versuchte er mich zurückzuholen.

»Nein …« Ich schüttelte mit geschlossenen Augen den Kopf. »Bitte … Komm mit mir. … Wir sind gar nicht hier. … Wir sind in deinem Zimmer in der schwarzen Stadt. … Bitte, lass mich nachholen, was ich versäumt habe. … Befrei mich.« Ich konnte die Zeit nicht zurückdrehen. Ich konnte nur nehmen, was mir geblieben war. Bald war es vorüber, all das Leid.

Fab küsste mich mit derselben Verzweiflung, die auch mir innewohnte. Es war der nackte Schmerz. Es war falsch, so falsch. Wir sollten nicht hier sein, nicht an einem solchen Ort, nicht, wenn es der Abschied war. Alles daran fühlte sich verkehrt an.

»Ich hol uns hier raus«, flüsterte er mit rauer Stimme, und während wir einander küssten und unsere Seelen sich fanden, lösten sich die starren Wände um uns herum auf, sprengten wir alle Fesseln. Sie konnten uns töten, aber sie konnten uns nicht nehmen, was wir entdeckt hatten. Dieser Funke in unseren Herzen würde wie eine ewige Flamme brennen und alle Zeiten und Schatten überdauern.

***

Fab

Der Präfekt betrat voller Genugtuung die Zelle. Liz kauerte zusammengerollt in Fabs Armen, ihr Haupt an seine Schulter gebettet. Ihre weiße Schwinge berührte seine schwarze. Das würdige Ende eines Märchens. Nur war dies hier keines. Es war das düstere Ende, das ihnen aufgezwungen wurde.

»Ihr seid mein Vater, richtig?« Fab beobachtete ihn genau.

Der Präfekt verharrte erstaunt. Dann schnaufte er, trat langsam näher und sank in die Hocke. Er schüttelte widerwillig den Kopf. »Und du willst einfach nicht sterben.«

Fabs Kiefer mahlten. »Ihr habt mich in die Siedlung bringen lassen, mir diesen Namen gegeben, damit Ibe meinem Leben ein Ende setzt. Nur hat er das nicht getan.«

»Dafür hat er letztlich seines verloren«, gab der Präfekt zu. »Jeder muss seine Rolle einnehmen und du … du wirst morgen deine spielen. Zu meiner Zufriedenheit.«

»Ihr habt mir alles genommen. Meinen Stolz, meine Zukunft …«

»… deine Liebe.« Der Präfekt strich eine Strähne aus Liz' Gesicht.

Fab ballte augenblicklich die Hände. Er sollte seine Finger von ihr lassen. »Warum? Warum hasst Ihr mich so sehr?«

Der Präfekt seufzte. »Du bist der Beweis dafür, dass ich fehlbar bin«, sagte er schlicht. »Deine Mutter hat in dir ein Geschenk gesehen. Einen Beweis dafür, dass in jedem von uns dieser eine Funke glimmt, diese eine untrügliche Verbindung zur anderen Seite.« Er lachte. »Dabei hat sie nicht verstanden, dass ich gewillt war, diese Seite tief unter der anderen zu begraben und dunkleren Pfaden zu folgen. Ich bin sogar bereit gewesen, ihr Leben zu opfern, um meinen Stand zu schützen. Ich meine, wie schwarz kann eine Seele noch sein?«

Fab stutzte, als er die Worte des Präfekten überdachte und nun die unausgesprochene Wahrheit darin erkannte. Dann sah er auf. »Ihr tragt gar keine weißen Schwingen. Ihr seid ein Blackfeather wie ich. … Wie macht Ihr das? Tarnt Ihr Eure Schwingen mit weißer Asche?«

»Du weißt also um diesen eleganten kleinen Trick? Nun, deine Mutter hat ihn mir beigebracht. Sie selbst hat wunderbare weiße Schwingen getragen. Die schönsten, die ich je zu Gesicht bekommen habe. Es schien mir ein geringer Preis, meine eigenen Flügel mit der Asche eines Toten zu verschandeln, um bei ihr sein zu können. Tirithan ist zu intolerant, um eine solche Verbindung zu dulden, aber ich wollte dennoch durch ihre Reihen wandeln.« Wieder lachte er. »Sie hat das genossen, alle an der Nase herumzuführen. Das war wohl ihr eigener rebellischer Anteil. Aber als sie dann ein Kind unter dem Herzen getragen hat, änderte sich alles. Sie hat verlangt, dass wir uns zu unserer Verbindung bekennen. Für eine Ordnung kämpfen, die endlich beide Himmelsstädte vereint. Kannst du dir das vorstellen? Naives Ding. Was blieb mir, als sie unter der Geburt ausbluten zu lassen? Keiner hat Verdacht geschöpft und ich konnte bleiben.«

Die Knöchel an Fabs Händen traten hervor. Er konnte sich kaum mehr beherrschen. Aber er wollte nicht, dass Liz dieser Unterhaltung beiwohnte. Er hatte sie befreit. Sie war aus diesem Kerker geflohen, in den tiefsten Winkel eines Traumes, der nie wahr werden würde. Sie sollte ihren Frieden haben, solange es möglich war. »Ihr habt meine Mutter getötet.«

»Natürlich habe ich das. Die Bestimmung allem voran.«

»Aber Ihr dient den Whitefeather. Ihr seid ein Verräter.«

Der Präfekt winkte ab. »Wen kümmert das, solange ich dafür sorge, dass wichtige Belange in Sorothez' Interesse geregelt werden.«

»So wie das Hinrichten der Greyfeather?«

Der Präfekt neigte den Kopf. »Begreifst du es denn wirklich nicht? Die Greyfeather vereinen beide Seiten in sich. Damit besitzen sie auch jede uns bekannte Fähigkeit. Sie sind uns überlegen! Wenn wir sie aufsteigen lassen, werden sowohl Tirithan als auch Sorothez hinfällig. *Sie* würden *uns* beherrschen. Die Ordnung würde sich umkehren. Das darf niemals geschehen. Bis jetzt sind es Einzelne, aber ein Bekanntwerden könnte das Denken der Anwärter verändern, ihren Geist vergiften, sie nach Macht streben lassen, die unumstößlich mit den grauen Schwingen einherginge. Es würde Krieg geben. Die Greyfeather würden ihren Platz erstreiten. Also ersticke ich die elende Seuche im Keim.«

»Woher wollt Ihr wissen, dass sie kriegerische Absichten hegen würden? Vielleicht wäre es von Vorteil, die Greyfeather unter uns zu haben, wenn sie beiderlei Talente besitzen.« Er konnte doch nicht so blind sein. »Warum habt Ihr solche Angst vor ihnen?«

Er faltete geduldig die Hände. »Weil ich, im Gegensatz zu dir, hinterfragt habe, warum es sie überhaupt gibt und warum sie derart sporadisch auftreten. Viele Whitefeather, unzählige Blackfeather, aber nur sehr wenige Greys. Warum ist das so, wenn sie doch offensichtlich die nötige Stärke besitzen?«

»Und zu welchem Schluss seid Ihr gekommen?«

»Sie sind diejenigen mit dem schwächsten Glauben, mein Junge. Tirithan und Sorothez – die Greys stellen beide Himmelsstädte infrage und fühlen sich nirgendwo zugehörig, weil ihre Selbstzweifel es nicht zulassen. Sie sind Verlorene. Was anderes als unseren Untergang könnten sie also bedeuten?«

Fab verzog das Gesicht. »Eure Worte machen mich krank.« Dieser Fanatismus brachte nur Leid über all das, was gut und wertvoll sein konnte, aber das würde er niemals begreifen. Jede Silbe war pure Verschwendung.

Der Präfekt beugte sich leicht vor und streckte seine Hand über Fabs

Schulter, was ihn irritiert den Kopf wenden ließ. »Gib acht, dass sie nicht aufwacht. Sie schläft so unschuldig. So ein wundervoller Engel. Es wundert mich nicht, dass sie dich in Versuchung geführt hat.« Er packte zu und riss Fab eine lange Feder aus. Spielerisch drehte er sie zwischen den Fingern und richtete sich auf. Sein Blick haftete auf dem samtenen Schwarz, er zog die Feder nachdenklich durch seine Hand.

»Ein letztes Andenken?«, spottete Fab. Der Dreckskerl wollte sich seiner Vergangenheit erinnern? Vielleicht der Frau, die er einst geliebt und fallen gelassen hatte?

»Nein …« Der Präfekt rieb sich mit der Feder über Ärmel und Brust, als salbe er sich. »Dein Geruch.« Er ließ die Feder ungerührt fallen, beugte sich herunter, löste behutsam die Halsschelle und nahm Liz aus Fabs Armen. »Wir wollen doch nicht, dass sie aus ihrer Erschöpfung erwacht und doch noch deinen Tod mit ansehen muss, nicht wahr? Dein Geruch an mir wird sie schlafen lassen, ich verspreche es dir. Ich bringe sie raus aus den Kerkern und ihr bleibt der Tod erspart. Denn mit der Gewissheit, dass ich dir das Leben lasse, wird sie widerrufen, und du wirst dennoch sterben. Ich kann sogar sagen, es tut mir leid, mein Sohn. Nur wissen wir beide genau, ich lüge.« Ohne einen weiteren Blick auf ihn verließ er den Kerker und brachte sie fort. Das Rasseln der Ketten, an denen Fab verzweifelt zerrte, hallte von den Wänden wider.

Kapitel 29

Als ich erwachte, fühlte ich mich seltsam. Als wäre jeder Aufruhr in mir einer unheilvollen Stille gewichen. Ich fuhr hoch. Man hatte mich auf einer der steinernen Bänke im Innenhof des Archivs abgelegt. Warum?

»Keine Sorge, Liebes. Es hat sich nichts geändert«, sagte der Präfekt, der hinter meinem Rücken auf dem Rand eines mit Wasser gefüllten Beckens saß, aus dessen Mitte eine abstrakt gewundene Skulptur ragte, und mit der Hand durchs kühle Nass strich. »Jedenfalls nicht sehr.«

»Wo ist Fab?«

»Wo er sein sollte, in Ketten liegend.«

Ich taxierte ihn. »Ihr habt mich holen lassen, um mit mir zu sprechen?«, schlussfolgerte ich. Der Gedanke, dass eine der Wachen mich schlafend aus der Zelle getragen hatte, jagte einen Schauder über meine Arme. Ich hatte nicht das Geringste bemerkt. So leicht hatten sie mich von Fab trennen können.

Der Präfekt blinzelte in die hochstehende Sonne und schirmte seinen Blick ab. »Wirst du widerrufen und dich zurück auf unsere Seite stellen, Whitefeather?« Das letzte Wort hatte er deutlich betont.

»Werdet Ihr Fab nach Sorothez zurückkehren lassen? Unbeschadet?«

Ein mattes Lächeln huschte zur Antwort über seine Gesichtszüge.

Ich schwang die Beine über die Bank und wandte mich ihm zu. »Dann nicht.«

Er nickte. »Habe ich mir gedacht. Im Grunde nur ein Akt der Höflichkeit, dass ich erneut gefragt habe.« Ich glaubte ihm kein Wort. Er wollte mich benutzen. Eine Whitefeather, die ihre Verfehlungen bereute und als geläutertes Beispiel dafür sorgte, dass andere weiter die Ordnung einhielten.

»Nach all den Vorschlägen, die Ihr mir unterbreitet habt, hätte ich jetzt einen für Euch.« Er blickte mich aufmerksam an. »Am morgigen Tag führt Ihr mich auf den Platz, gemeinsam mit Fab. Ich will ihm in die Augen sehen, wenn er den Tod findet. Ich widerrufe nicht, ich kann es nicht. Ihr tötet uns ohnehin. Alles, was mir bleibt, ist mein Stolz. Ich will bekennen, dass ich einen Blackfeather liebe, dass ich die Seiten gewechselt und die Vorzüge von Sorothez genossen habe. Dann beuge ich mich freiwillig Eurem Urteil, das zweifelsohne grausamer ausfällt als das des Rates, und büße meine Schwingen *und* mein Leben ein.«

Stille.

Der Präfekt blieb ungerührt angesichts meiner Darstellung der Abläufe. »Ich soll euch also zu Märtyrern machen?«

»Für die wenigen, die sich aufbäumen werden?« Ich lachte auf, bevor ich ernst wurde. »Wir wären entstellt und tot. Eher Mahnmale als Märtyrer. Gegenrufe würden allzu schnell verhallen. Ihr wärt uns los und hättet Euren Standpunkt verdeutlicht. Und ist es nicht das, was Ihr wollt?«

Er schöpfte Wasser in seine Hand und schloss sie zur Faust, als könnte er die Tropfen ausquetschen. »Und wenn ich dich lieber foltere, bis du mir gewährst, was ich verlange?«

Mir wurde schwindelig angesichts seiner unverhohlenen Drohung. »Dann bekommt Ihr euren Auftritt nicht. Ich werde niemals widerrufen, was ich mit eigenen Augen gesehen habe.« Ich hatte mich so sehr um eine feste Stimme bemüht und doch spürte ich den Tränenfilm in meinem Blick.

Er nickte erneut. »Das Drama einer gefallenen Whitefeather, die durch einen Blackfeather zur Sünde verführt worden ist. Dein Leumund wäre zerstört, deine Worte über Greyfeather unglaubwürdig.« Er schüttelte seine Hand aus und erhob sich. »Sei es drum. Also Tirithans Strenge statt Gnade … Liege stolz in deinem selbst erwählten Grab.« Er winkte den Wachen, die von beiden Seiten des Hofes auf mich zutraten, und verschwand unter dem Rundbogeneinlass des Archivs. Grobe Hände packten mich, ich wurde zurück in die Kerker verfrachtet.

Fab sprang sofort auf die Beine und bäumte sich gegen die Ketten auf, als wir den Vorraum zur Zelle betraten. »Lasst sie los, ihr Dreckskerle!«, brüllte er.

Die Wache schloss auf und stieß mich zu Fab hinein. Nachdem sie abgeschlossen hatten, verschwanden sie unbeteiligt in den Gängen.

»O Gott, was … Haben sie dir etwas angetan?« Er fasste meine Hände und musterte besorgt meinen Körper.

»Nein.« Ich warf mich an seine Brust. »Werden sie aber. Morgen.«

»Liz, du musst widerrufen. Streite ab, dass es Greyfeather gibt«, begann er erneut, aber ich schüttelte den Kopf.

»Nein. Werde ich nicht. Der Präfekt will dich nicht freilassen und wir beide wissen, dass er dich töten lässt, egal was ich tue. Ich bleibe an deiner Seite. Nichts wird mich von dir trennen.«

Fab schloss seine Arme fest um meinen Leib und atmete tief durch. »Du musst mich loslassen. Wie kann ich dich überzeugen?«

»Gar nicht!« Ich schmiegte meine Wange an seine Brust und hörte die harten Herzschläge. Wie hatte ich so viele davon missen können?

***

Ich verbrachte die Nacht eng an Fabs Körper geschmiegt, genoss jede noch so vage Berührung und nahm seinen Geruch tief in mich auf. Wir teilten Erinnerungen, die nur uns zwei betrafen, und ließen meine Zeit in Sorothez Revue passieren. Wir hielten uns an allem fest, was nicht vom Präfekten oder der Farbe unserer Schwingen vergiftet worden war. Der Abschied stand uns bevor. Wir wollten die letzten Stunden so gut wie möglich nutzen und nicht an unserem Schicksal zerbrechen.

Im Morgengrauen kamen schließlich die Wachen, um uns zu holen. Ein Trupp von sieben gestandenen Söhnen Tirithans marschierte auf. Ich schüttelte voller Verachtung den Kopf. Sie mussten die Blackfeather wirklich fürchten.

Während ich mit einem Speer in Schach gehalten und vorläufig an die kurze Kette der gegenüberliegenden Wand gelegt wurde, setzten zwei der Wachen Fab am Boden fest, bevor ein weiterer seine Hände vor dem Körper fesselte. Jetzt konnten sie ihn ungestraft bearbeiten. Mit Tritten und Schlägen versuchten sie ihn gefügig zu machen. Es schien ihnen regelrecht Freude zu bereiten, wie man ihren Gesichtern deutlich ablesen konnte. Ich hielt stand und wandte mich nicht ab. Diese Genugtuung würde ich ihnen nicht verschaffen. Mein Blick konzentrierte sich einzig auf Fab, der immer wieder zu mir aufsah. Sie konnten uns nicht beugen. Unser Widerwille brannte lichterloh.

Als man endlich von ihm abließ, die Ketten von seinen Flügeln löste und ihn auf die Beine zerrte, war sein Antlitz von Blutergüssen entstellt. Auch meine Hände wurden nun zusammengebunden.

»Und gleich bist du an der Reihe«, spottete einer der Whitefeather und hielt mir seine gerade verheilenden Fingerknöchel hin. »Dauert nicht lang, Schätzchen.«

»Glaub ich dir unbesehen. Ein dauerhaftes Problem?«, fragte ich spitz. Die schallende Ohrfeige ließ meinen Kopf zur Seite schnellen. Fab bäumte sich auf, sein Hinterkopf traf eine Wache mitten ins Gesicht. Er trat aus, erwischte das Knie eines seiner Peiniger. Der Whitefeather knickte ein. Doch sofort waren weitere zur Stelle und brachten Fab mit harten Schlägen wieder unter Kontrolle. Es bedurfte all meiner Disziplin, nicht vor Verzweiflung aufzuschreien. Geschlagen starrte ich einfach ins Nichts, bevor mein Verstand an dieser unfassbaren Grausamkeit zerbrechen würde.

Meine Welt war aus den Fugen geraten, seit jenem Tag auf der Klippe. Und alles wegen Lijan und grauen Schwingen, die es nicht geben sollte.

»Bringt mich mit ihm gemeinsam rauf«, forderte ich. Zur Antwort trat die Wache meine Beine weg, sodass ich mit einem Ruck in der viel zu kurzen Kette hing.

»Du wirst warten, bis man dich holt, Schätzchen.«

***

Die Sonne blendete mich, als ich durch einen Torbogen ins Freie trat. Eine riesige Arena erhob ihre voll besetzten Ränge um uns. Überall flirrte glitzerndes Quiryll durch die Luft. Während der Kerker uns ehern umschlossen hatte, schien dieser Schauplatz wie üblich aus dem weichen wandelbaren Stoff erbaut worden zu sein. Die Erkenntnis traf mich erneut. Die Whitefeather hatten keine Ahnung, was alles unter der Oberfläche dieses selbst erschaffenen Glanzes schwelte. Die Obrigkeit hielt die Söhne und Töchter Tirithans unmündig. Fab hatte so recht. Sie würden gewiss nie etwas anderes als ihre Ordnung gelten lassen.

Die Wachen führten mich auf ein wohl eigens für dieses Schauspiel errichtetes weites Podest. Die Bühne für den Scharfrichter.

Fab befand sich bereits dort. Nicht wie vor Gericht in Ketten, aber am Boden kauernd. Hals und Hände waren durch einfache Stricke miteinander verbunden. Seine Schwingen nach hinten überstreckt und eine Armlänge über dem Ansatz aneinandergefesselt. Er sah aus wie ein betender Engel.

Als sich sein Blick zu mir hob, blieb ich wie versteinert stehen. Diese elenden Hunde. Sie hatten seine Wunden geheilt, um vor der Öffentlichkeit Tirithans den Schein zu wahren. Sie vertuschten, wie sie mit Verurteilten umgingen. Diese Heuchler. Der Glanz Tirithans stand über allem.

Der Präfekt betrat von der anderen Seite in langen Schritten das Podest und stellte sich mir gegenüber. Sein Blick durchdrang mich. »Ich hoffe, du bist bereit für den letzten Akt?«, fragte er süffisant. »Der Vorhang wird fallen, so oder so.«

Ich verengte meine Augen zu Schlitzen. »Lassen wir das Publikum nicht länger warten«, bot ich ihm die Stirn. Eine dunkle Welle durchströmte mein Inneres, straffte meine Haltung, stärkte meinen Willen. Das Herz schlug härter in meiner Brust. Ein bittersüßes Lächeln fand auf meine Lippen. Das war Fab. Er stand mir auf seine Weise bei. Ich spürte den Mut, den Widerstand, mein rebellisches Gemüt mit jedem Atemzug wachsen. Ohne auf den Präfekten zu warten, drehte ich mich der gesichtslosen Menge zu.

»Ich gestehe!«, rief ich laut. »Ich gestehe, Tirithan verraten zu haben! Ich habe die verbotene nächtliche Stadt betreten, um mich ihren lüsternen Verlockungen auszusetzen.« Meine Worte sollten das Wort Tragödie geradezu ausbluten, damit sie an meinen Lippen hingen. »Ich habe mich an ihren Drogen berauscht, habe gelogen, dunkle Magie angewendet, habe mich einem

Blackfeather hingegeben ...« Ein Raunen ging durch die Reihen. »... und ich bereue nichts davon, denn es hat mich frei –«

»Genug jetzt!«, stoppte der Präfekt mich rüde. »Du bist eine Schande für alle Whitefeather. Ich verurteile dich hiermit zum Verlust deiner Schwingen und zum Tode. Du wirst die Göttlichkeit ablegen, derer du dich als unwürdig erwiesen hast. Deine Einmischung in die Belange Tirithans und ihrer brüderlichen Stadt hätte schwerwiegende Konsequenzen nach sich ziehen können. Glücklicherweise ist bis auf diesen unseligen Blackfeather niemand auf deine vergifteten Ansichten hereingefallen.« Phrasen, nichts als Phrasen. Er mochte das Publikum täuschen, mich nicht. Sie konnten uns nichts vorwerfen, was den Tod rechtfertigte. »Schwerer wiegt jedoch ein anderes Vergehen«, fuhr er fort und überraschte mich. »Du und dein ...«, er verzog missbilligend den Mund, als sei er nicht willens eine geeignete Bezeichnung zu finden oder Fabs Namen auszusprechen, »... ihr habt einen verschollen geglaubten Sohn Tirithans angegriffen. Nachdem er eure lüsterne Beziehung entdeckt hat, wolltet ihr ihn beseitigen, um euer Geheimnis zu wahren.«

»Was?« Entsetzt weiteten sich meine Augen.

»Eine Lüge!«, bäumte sich nun auch Fab auf und kassierte einen derben Schlag ins Gesicht, der ihn seitlich zu Boden schickte. Seine gefesselten Hände fingen den Sturz nur ungenügend ab. Ich wollte zu ihm eilen, wurde aber sofort gestoppt. »Feiglinge«, zischte ich durch zusammengebissene Zähne.

Als ich meinen Blick erneut auf den Präfekten richtete, hob dieser soeben die Hand als auffordernde Geste Richtung eines Balkons, woraufhin sich dort ein Tor öffnete, aus dem Lijan hervortrat.

»Nein ...«, hauchte ich.

Sie hatten ihn in strahlendes Weiß gekleidet. Seine glanzvollen Schwingen waren gerade genug geöffnet, um ihn als Whitefeather auszuzeichnen, doch nicht so weit, dass er bedrohlich wirkte. Perfekt inszeniert.

Ich starrte ihn an, darauf lauernd, dass dieses miese Stück Dreck das Antlitz hob und mich ansah. Aber das tat er nicht.

Lijan hielt den Blick gesenkt. Selbst jetzt zeigte er sich noch als der Schwächling, der er war.

»Tritt vor«, befahl der Präfekt mit fester Stimme. Zuerst dachte ich, er meinte ihn, doch offensichtlich war der Augenblick gekommen, in dem ich hingerichtet werden sollte. Seine Aufforderung galt mir. Der Schlussakt begann. »Nimmst du deine dir auferlegte Strafe an? So mag sich wenigstens der Himmel gnädig erweisen und dich als Gefallene aufnehmen.« Unglaublich. Selbst jetzt noch wollte er das Spektakel zu seinen Gunsten ausschlachten und mir Reue abverlangen.

»Ihr. Könnt. Mich. Mal.«

In meinem Rücken hörte ich Fabs raues Lachen anschwellen, ehe es von einem Tritt oder Schlag unterbunden wurde. Zu wissen, dass er meiner Entscheidung Respekt zollte, bestärkte mich.

Der Präfekt seufzte bedauernd. »So lasst uns das Urteil vollstrecken und diese verirrte Seele freilassen«, beschönigte er für die unzähligen gaffenden Zuschauer das Verbrechen. »Strecke deine Schwingen.«

Mein Herz raste. Ich zwang meine Flügel hinaus. Zwei kräftige Whitefeather ergriffen die Enden und hielten mich im Zaum. Ich hob die Arme und führte meine gefesselten Hände an den Hinterkopf. Sie sollten mein Aufgeben sehen.

»Und über die Gefilde wachten zwei Seraphen. Einer mit weißen Schwingen, so unschuldig wie der Morgen; der andere mit schwarzen, düster wie die Nacht …«, meine Lippen formten die Worte wie ein Gebet. Ich fiel auf die Knie. Des Henkers Bühne sollte meine sein, nicht ihre.

»Ein jeder mit sechs Flügeln …«

Haarsträhnen, feucht von Schweiß, hingen in mein Gesicht. Die Sonne brannte auf uns herab. Ich wandte den Kopf zur Seite.

»… zwei, um sich in die Lüfte zu erheben und zu richten …«

Die johlenden Laute drangen dumpf an meine Ohren, erreichten kaum meinen Verstand. Das Spektakel auf den Rängen berührte mich nicht.

»… zwei, um ihr Antlitz vor den Menschen zu verbergen …«

Nichts vereinnahmte mich so, wie der Anblick dessen, was ich nicht bereit war zu verlieren. Fab. Mein Atem kam gepresst, so sehr rang ich um Beherrschung. Ich würde sie nicht über uns richten lassen. Wir hatten nichts

Unrechtes getan. Und selbst wenn es in ihren Augen schändlich und gegen die Regeln war. Ich liebte ihn. Ich liebte ihn und ich würde ihn nicht aufgeben, nicht einmal, wenn der Tod uns umarmte.

»… zwei, um ihre Füße zu bedecken, auf dass niemand ihrer Spur folge.«

Ich suchte das Stück Widerstand in meinem hochgebundenen Haar und holte es in meine Hand. Umschloss es, atmete aus und zählte herunter.

Zwei … eins …

Die Klinge des abgebrochenen Silents durchtrennte mit Leichtigkeit die Stricke um mein Handgelenk. Im selben Moment sprang ich auf, machte einen Satz auf den Präfekten zu, ehe die Wachen reagieren konnten, und schnitt ihm mit ausladender Geste über die Brust. Seine Schwingen brachen alarmiert hervor, gewaltig und hell. Überrumpelt stolperte er zurück und musterte verunsichert seine Flügel. Ich stutzte. Doch nur eine Sekunde, ehe die zwei Wachen einschritten und ich mich verteidigen musste. Das winzige Stück Silent in meiner Hand vollbrachte keine Wunder und verschaffte mir doch den gewünschten Überraschungseffekt, als ich ihnen Schnitte zufügte. Natürlich verheilten diese sofort, aber einer der beiden strauchelte im Kampf mit meiner Schwinge. Fab warf sich herum, beförderte ihn mit einem gekonnten Tritt zu Boden und schlang die Beine um seinen Hals. Jetzt konnte ich mit der befreiten Schwinge Kraft aufbringen, um den zweiten Whitefeather zu bezwingen. Ein Schlag und er konnte mich nicht länger halten. Ich stürzte bäuchlings, als er mich aus seinem Griff entlassen musste. Der Silent entglitt mir. Verdammt. Ich warf mich herum. Der Whitefeather marschierte bereits wieder auf mich zu. Unverletzt durch seine Heilkunst. O Gott, jetzt stürmten weitere das Podest. Mein Blick wanderte über die Unzahl an Wachen, die entschlossen einen Kreis um uns bildeten, an dessen Rand der Präfekt aufgebracht Befehle brüllte und sichtlich aus der Fassung geriet. Sein Oberteil war blutgetränkt. Er befahl den Wachen, für Ordnung zu sorgen und machte doch nur den Eindruck, als wolle er von sich selbst und seiner Ohnmacht ablenken. Immer weiter zog er sich hinter ihnen zurück, während die Whitefeather uns festsetzten. Noch hielten sie gebührenden Abstand. Ich kroch zu Fab und bemerkte jetzt, warum sie noch zögerten. Offenbar hatte er seine Stricke ebenfalls durchtrennt. Das Stück Silent in seinen Fingern ruhte am Hals der gestrauchelten Wache. Fab hielt den Mann mit den Beinen umklammert und am Haaransatz gefasst.

»Nein …«, hauchte ich erschöpft. »Es reicht. Lass ihn los.«

Fabs Kiefer mahlten. Er hatte mich verstanden und zögerte noch. Dann stieß er den Whitefeather von sich, der hektisch zwischen den Reihen seiner Brüder verschwand.

Geschlagen halfen wir uns gegenseitig auf die Beine und hielten uns aneinander fest.

»Du hast stolz gekämpft, kleine Liz.« Fab ignorierte das uns umringende Feindeslager und zog mich enger in seine Umarmung.

»Wenn es dazu gedient hat, in deinen Armen sterben zu dürfen, ist es die Sache wert gewesen.« Ich lächelte mit Tränen in den Augen. »Auf diese Weise darf es enden. Ich an deiner Seite.«

Er strich mein Haar zurück und mit dem Daumen eine Träne von meiner Wange. »Whitefeather und Blackfeather gemeinsam. Wenn wir sie nichts anderes gelehrt haben, aber das werden sie nicht ignorieren können.« Er küsste mich zärtlich mit der bitteren Süße des Abschieds.

»Es tut mir leid«, brachte ich schluchzend hervor, »dass ich dich erst jetzt verstehe, wo es zu spät ist. Du bist ein wundervoller Feather, ein würdiger Erbe Sorothez'. Ich wünschte, ich wäre mit dir von der Klippe aufgestiegen und hätte deine Welt besser kennenlernen können.« Meine Finger strichen sanft über sein Antlitz. »Ich liebe dich, Fab. Jetzt noch viel mehr.«

Seine Augen schlossen sich, als er die Stirn an meine legte. Vielleicht teilte er ein letztes Mal seinen Mut mit mir. Ich wollte ihm jedenfalls keine Hoffnung schenken. Es war das Ende und es war in Ordnung. Wir hatten gekämpft und verloren, aber zu unserer Liebe gestanden. Das Leben schrieb solche Geschichten. Das hier war unsere. Ich schloss die Augen und spürte Gewissheit.

Entsetzte Aufschreie aus der Menge hüllten uns ein. Jetzt mochten sie ihre Waffen ziehen. Unruhe breitete sich aus. Gehetzte Rufe erklangen. Ich kniff die Augen fest zusammen und presste mich an Fab. Mein Herz wollte platzen vor Anspannung. Wann beendeten sie es endlich? Ich keuchte und gab dem Drängen nach, meine Augen zu öffnen. Etwas stimmte nicht.

Zögerlich löste ich mich von Fab und bemerkte ihre verstörten Blicke auf mir ruhen. Einige Wachen strauchelten zurück, andere drängten sich gegenseitig einzuschreiten und sträubten sich doch.

»Große Güte …«, vernahm ich nun Fabs Stimme. Unglaube und Fassungslosigkeit zeichneten sein Gesicht. Überwältigt betrachtete er meine Schwingen.

»Was …?« Ich sah über die Schulter an ihnen herauf. O Gott. Mir stockte der Atem. Sie erstrahlten in glitzerndem Schwarz.

»Ikarus!«, erscholl der Ruf von irgendwo und der Tumult brach los.

Ende von Band 1

HIMMLISCHE ENGELSROMANTIK

Jennifer Wolf

DIE ENGEL-REIHE 1: BERÜHRT VON HIMMLISCHEN SCHWINGEN

ISBN 978-3-551-30201-4

Softcover

Auch als E-Book erhältlich

Polly ist geschockt, als sie an ihrem ersten Collegetag von dunklen Kreaturen angegriffen und quer über den Campus gejagt wird. Ein geheimnisvoller junger Mann kommt ihr zu Hilfe. Von ihm geht eine Magie aus, der sich Polly nicht entziehen kann. Bis Yashiel ihr seine wahre Gestalt zeigt und der Himmel selbst um ihre Hilfe bittet …

Leni Wambach

ENGELSSCHATTEN 1: GEJAGTE DES HIMMELS

ISBN 978-3-551-30196-3

Softcover

Auch als E-Book erhältlich

Das himmlische Dasein als Engel könnte für die temperamentvolle Außenseiterin Maggie nicht unerträglicher sein. Doch niemals hätte sie damit gerechnet, dass sie für ihre Aufmüpfigkeit die schlimmste Bestrafung für einen Engel erwartet: Sie soll fallen! Maggie flieht und landet ausgerechnet in den Armen eines teuflisch charismatischen Dämons …

WWW.IMPRESSBOOKS.DE

Impress
Die Macht der Gefühle

Impress
Ein Imprint der CARLSEN Verlag GmbH
Juli 2020

Lektorat: Yvonne Lübben
Umschlagbild: shutterstock.com / © moobeer / depositphotos.com / © aelice /© vichly / © Petkov / © ronedale / © vikiri
Umschlaggestaltung: formlabor, Buchgewand
Satz und Umsetzung: readbox publishing, Dortmund
Druck und Bindung: CPI Books GmbH, Birkach
ISBN 978-3-551-30287-8
Printed in Germany
www.carlsen.de/impress

Alle Bücher im Internet: www.carlsen.de